「第二屆竹塹學國際學術研討會」於國立新竹教育大學國際會議廳隆重開幕

陳惠齡主任與新竹詩社合影

邱鏡淳縣長接受媒體採訪

邱鏡淳縣長（右二）、陳惠邦校長（左二）於開幕式致詞，右一
為蔡榮光局長，左一為陳惠齡主任

邱鏡淳縣長、陳惠邦校長、蔡榮光局長，及與會學者於開幕式後合影

第一天專題演講：「竹塹堡、科技城與烏托邦／我的科幻小說創作」，
由張系國教授主講，陳惠邦校長擔任引言人

會議現場，與會嘉賓專注聆聽

第一場：竹塹傳統文士及其文學活動，主持人蔡英俊院長與學者合影

第二場：竹塹文史與經學思想，主持人為顏崑陽教授

第三場：客家文學、民俗信仰及其區域社會發展，
主持人李奭學教授與學者合影

座談會主持人蔡榮光局長，與談學者由左至右為吳冠宏教授、
黃美娥所長、武麗芳處長、陳銘磻老師、張德南老師

第二天專題演講：「竹塹學的建構提要與進程」，由李喬先生主講，
陳萬益教授擔任引言人

第二天「專題演講」後，在場與會學者合影

第四場：竹塹地景與地方記憶，主持人為黃美娥所長

第五場：全球化與地方誌書寫的多元性，主持人陳益源館長與學者合影

第六場：竹塹現當代作家作品探討，主持人為林瑞明教授

第七場：竹塹地方文化、語言與教育，主持人為羅達賢教授

地方曲藝表演：朱買臣休妻、上山採茶（霓雲社客家三腳採茶戲團）

茶敘時間與交流活動

陳惠邦校長於閉幕式致詞

「第二屆竹塹學國際學術研討會」全體工作人員大合照

陳惠齡主任及與會學者晚宴合影

第三天在地參訪行程，學者們於新竹縣「金漢柿餅教育農園」聆聽導覽

第三天在地參訪行程，於新竹縣新埔「義民廟」前合影

學術論文集叢書

自然、人文與科技的共構交響

——第二屆竹塹學國際學術研討會論文集

陳惠齡　主編

縣長序

　　雖然新竹縣市分屬不同的行政體系，然而在科學園區、大學城逐漸成型，高速公路、高速鐵路、東西快速道路等交通網的連結，大新竹地區早已形成文化生活圈的命運共同體。如今的新竹，不僅是傳統的「竹塹古城」，更是現代的「科技新都」。

　　漢族（客家人、閩南人）、原住民族（泰雅族、賽夏族、道卡斯平埔族人），共同居住在這兼具山、海、湖景觀的大地上，三百年來的發展歷程，始終呈現多元文化融合的現象，積澱出兼容並蓄、溥博淵深的竹塹文化底蘊。

　　二〇〇〇年新竹縣文化中心改制為新竹縣政府文化局，十餘年來積極投入地方文史業務的推展，二〇一五年更與清華大學南大校區中文系（原新竹教育大學）合作，將豐富多元的新竹地方文化，藉由竹塹學國際學術研討會的舉辦，以及竹塹學相關活動的推展（如演講、座談等等），開創前所未有的新局。除了整合新竹在地文史與藝文工作，考掘新竹傳統詩社與地方曲藝，綰結科技與人文的鎖鏈外，更將新竹的區域文化推向國際舞台，讓更多國內外學者，藉由對竹塹學的深入研究，認識竹塹、發現新竹，進而鍾愛風城。

　　第二屆竹塹學國際學術研討會於二〇一五年十一月十三日順利舉辦，本次會議除有張系國、李喬二位名作家的專題演講外，另有來自中國、馬來西亞、日本、台灣等二十二位學者發表篇擲地有聲的論文，並由蔡榮光秘書長與國內學者、地方文史專家共同討論以「地方學的起點與開新」為主題的座談會。會議並在第二天由文化局安排地方曲藝——客家三腳採茶戲的表演下，達到活動的高潮，並劃下美麗的句點。

　　從籌備、執行到最後會議得以圓滿成功，論文集得以付梓，特別要感謝國立清華大學南大校區中文系陳惠齡教授暨所有師生，以及新竹縣政府秘書

長蔡榮光、文化局局長張宜真暨同仁的辛勞努力,並且也為地方政府與學界的互動,奠定良好的合作模式。期待這別具意義的竹塹學活動得以永續經營,為新竹在地文化留下璀璨的史頁。

新竹縣長　邱鏡淳

主編序
竹塹符碼與地方敘事

一 第二屆竹塹學會議宗旨：標記新竹的多重面貌

從「竹塹埔」、「竹塹社」到「竹塹城」，昔為「新竹」舊稱的「竹塹」符碼，不僅可視為一「地理實體」（座落位址與地區特質）、「歷史實體」（表徵地方的歷史）、「文化實體」（蘊含地方的傳統性），同時也可表徵為在地住民生活體驗所建構的一個「多元世界」──同時涵攝自然、人文、族群、社會、科技等諸多遷變流動而互為關聯性的大新竹生活區域。由是而觀，「竹塹」一詞作為隱喻性與關鍵性的符碼，除了取其襲用迄今，已有三百多年的歷史事實與文化表徵性，「竹塹」主要被界定為「家園」、「社會空間」、「日常生活」、「社群」、「集體意識」、「歷史感」，甚至是面對內部多元族群文化融合（台日、閩客、原漢等），或異文化輸入後所產生本土與外來、傳統與現代、古都與新城等種種「衝突性」與「辯證性」的區域文化特質。在「現代性」與「全球化」擴散影響下，兼具最尖端科技與最古老人文的新竹縣市景觀，可謂是多重面貌的地方標記。

國立新竹教育大學中國語文學系於二〇一三年十一月八至十日與新竹市政府合辦第一屆「台灣竹塹學國際研討會：傳統與現代──竹塹學術三百年」。首屆學術研討會以「竹塹」為命題，強調由三百年地方歷史的視角出發，召喚並銘刻「傳統竹塹」到「現代新竹」的地方記憶與地方風貌。為賡續並積累新竹區域研究成果，國立新竹教育大學中國語文學系復於二〇一五年十一月十三至十四日與新竹縣文化局合辦第二屆「臺灣竹塹學國際研討

會」，並以「自然、人文與科技的共構交響」為會議主題，期能藉由「竹塹」所兼容並蓄「自然景觀」、「文化古城」與「科技新都」等多元與差異的地方風貌，開啟多元新竹在地文化的展示，以建構地方主體性與特殊性。

第二屆竹塹學研討會邀請來自美國、日本、新加坡、中國大陸等七位國際學者，以及國內知名學者專家共同與會。會議前並展開系列專題講座，周彥文教授、陳啟佑教授（詩人渡也）、蔣淑貞教授，以及新竹縣政府文化局蔡榮光局長、竹社總幹事武麗芳博士，以及文化研究者楊語芸老師等人，分從地方影像的立體方志、靠近地方的詩寫銘刻、重讀在地作家作品、客庄人文觀光路線、在地傳統詩社史話、深度移動與地方面貌等不同角度，輻輳人文與土地的在地關懷。

至於兩天正式會議內容則含專題演講二場、會議場次七場，發表論文二十二篇、座談討論會一場，並邀請「新竹縣客家三腳採茶戲團」表演「上山採茶」、「朱買臣休妻」等地方曲藝，展現新竹在地傳統藝文活動。第三天並安排與會學者地方參訪，行程規畫則以新竹縣客家人文景點為軸線：新竹義民廟——縣定古蹟劉家雙堂屋——柿餅遊（金漢柿餅園區）——湖口老街踩踏——新竹縣史館參觀。透過地方踏查，學者專家筆下邈遠的歷史記憶與空間距離，已然化為眼前可親炙的地名、地物與地景，可謂真正從「認識地方」、「進入地方」，而臻於「玩味地方」。

夙有「文學為北地之冠」與「淡蘭文風冠全臺」美稱的竹塹，是被文化遺產環繞而新舊並置的地方，具有可閱讀性與可參觀性的人文諸景，諸如文人及其文學活動（如鄭林兩家及其詩社活動等）、文物藝術及公共建築（如北管、客家山歌、採茶戲、風城漫畫、玻璃藝術、牌坊家廟、金廣福公館、廟宇善堂、書院和劇院等）、地方拓墾及族群文史（如開山隘墾、番屯制度、北埔事件、土地訟案、閩客原漢文化語言等）、區域地理及地方物產（如竹塹社、東興庄、北門大街、竹東圳、米粉、貢丸、茶葉、柿餅）、民俗信仰及社會發展（如客家義民祭、賽夏族矮靈祭、城隍信仰、伯公信仰、耶儒釋道信仰、芎林鄉紙寮窩、眷村歷史等）、自然地景及科學園區（如竹塹八景、山脈水系諸景、五峰清泉、尖石那羅部落、九降風、科技城與園區等）。

　　上述跨越三百年以上的「竹塹人文地理」圖景，內容豐碩無比。由是，第二屆竹塹學術會議外部研究和內部研究並重，統攝研討論題概有：一、竹塹傳統文士及其文學活動，二、竹塹文史與經學思想，三、客家文學、民俗信仰及其區域社會發展，四、竹塹地景與地方記憶，五、全球化與地誌書寫的多元性，六、竹塹現當代作家作品的探討，七、竹塹地方文化、語言與教育等研討論題，並邀請海內外與會學者專家分就論題，提出卓見，輯錄為第二屆會議具體成果──《自然、人文與科技的共構交響──第二屆竹塹學國際學術研討會論文集》。

二　論文輯錄概要：本土化、多元化與國際化的地方學研討

　　本論文集收錄與會專家學者佳構鉅作，總計二十一篇論文，二篇專題講稿和一篇座談會實錄，內容斐然可觀。兩場專題演講，一為張系國〈竹塹堡、科技城與烏托邦：我的科幻小說創作〉，演講概分四個重點：「人怎麼樣安身立命」、「烏托邦及桃花源」、「Ｖ托邦」的概念，以及「科幻小說對於理想世界的追尋」，其意在重新理解新竹在「竹塹堡」與「科技城」脈絡裡的意義，冀能打造一個新的烏托邦城市，做為新竹未來發展的一個目標。李喬先生的專題演講：「竹塹學的建構提要與進程」，則主張學界與民間攜手合作，致力於整體文化建構工程，諸如「族群流動變遷」、「竹塹城」、「新竹中學」、「漫畫家劉興欽」、「師範體制」、「新竹機場」、「新竹城隍廟」、「印順人間佛教」、「金廣福拓殖」、「永和山事件」、「竹北建築物」、「畫家李澤藩」、「新竹魍神仔」、「傳統產業」、「科學園區」、「新竹抗日研究」、「新竹思想家」等十八個研究項目。

　　本屆座談會邀請蔡榮光局長擔任主持人，與談學者專家分就「地方學的起點與開新」之論題，展開精彩交鋒對話。黃美娥就「大新竹」概念，提出兩個地方學脈絡：「誰的起點？怎樣的起點？誰能開新？如何開新？」期能形塑新竹地方性格與特色意義。吳冠宏則以東華大學「志學村」典出《論

語》，或原住民植物「記哈」之擬音，引領地域想像的突破及理解文化的限制。作家陳銘磻立基於創作者身分，提點以文學和出版，行銷新竹，透過文字表達，深入報導地方。張德南則賦予「區域文史工作者」更具有系統性與學術性的研究使命，並強調以微觀敘事為基礎，凝聚宏觀視野的地方學。武麗芳期勉「身為新竹人，不可不知新竹事」，力主以鄉詩俚諺與在地詩文會，見證地方鄉土之美。主持人蔡榮光則以「追逐天邊彩霞，踩碎腳邊玫瑰」為戒為喻，呼籲為後代孕育更多屬於現代的、新竹的、竹塹的，屬於臺灣自己的文學作品與地方故事，而以此總結座談會討論。

　　至於二十一篇會議論文，在竹塹研究方法學上各有重要突破，藉由跨語際實踐，並展開了跨文化與跨地域的學術交流網絡。如許俊雅〈葉際唐及其詩話研究——以編纂背景及取材來源、評詩內容為討論核心〉，藉報刊史料，掌握葉文樞詩話編纂背景，探論其取材來源，而給予學術定位。朱雙一〈魏清德島外紀遊作品芻論——以對東亞各地文明狀況的觀察和思考為中心〉，析論魏氏於日殖期間紀遊諸作，所反照文明狀態的觀察和思考。嶋田聰〈日治時期蘇維熊文藝思想的歷史考察——以〈自然文學〉為中心〉，則考察新竹籍蘇維熊「自然文學」思想，及與其臺灣想像的關聯性。余育婷〈鄭用錫詩歌特色重探〉，則取徑陶淵明詩文，重新界定鄭氏詩歌自然與真趣之特色。上述四篇論文，分就新竹知名文士著作，提供可貴的研究線索，展現知識生產，以及更深入的思想脈絡梳理。

　　詹雅能〈從新竹到南安——以新史料重探舉人鄭家珍生平事蹟〉，藉由新史料，觀測鄭氏遷徙軌跡，並啟動臺閩文學關係研究的新面向。林保全〈清領時期臺灣竹塹地區二鄭經學的通經與致用—兼論《靜遠堂文鈔》的文獻來源〉，著力於梳理文獻來源，比異鄭用鑑、鄭用錫之作，以探討二鄭經學與內陸的聯繫互動。王鈺婷〈民間故事與文化記憶——論張漱菡於《當代文藝》之「小樓春雨」系列作品的發表策略與創作意涵〉，透過張漱菡系列作品特色及其文化意義，審視台灣女作家在香港的發表策略。上述三篇論文，雖措力於不同代際與不同類型的著作，卻都關涉台灣與內陸港澳的經學、文學與文化互動現象。

　　江天健〈眾聲喧嘩——《竹塹文獻》雜誌與口述歷史〉，探討口述歷史文獻所涉及口述者記憶與在地各行業史、地方遺產內容等等。羅烈師〈英靈與時疫：義民信仰的中元之疑〉，藉清代廟史、日治文獻，探述地方信仰與時疫之報導，並兼及枋寮義民爺神格性質。翁聖峰〈日治時期統治者、知識份子、社會大眾對新竹城隍廟的接受與文化意識〉，釐析日治階段新竹城隍廟與官方交混多元的互動，以及士庶雅俗對於城隍廟的接受意識。史欽泰／吳淑敏〈東方矽谷——新竹科技產業發展探源〉，則回溯新竹科技產業發展脈絡，表記科技聚落形成歷史及其重要進程。上述四篇論文，分從地方行業史、民俗信仰、廟宇崇祀和科技產業史，展現豐富的區域歷史與在地知識。

　　張重崗〈失敗的潛能——關於釣運的文學反思〉，取材張系國、平路、劉大任和鄭鴻生諸作，考察保釣運動的緣起與脈絡，及其歷史認知。徐道彬〈從徽學到竹塹學——論地域人文與時代學風的關係〉，以皖南徽學為主論述，對比「竹塹學」的內涵與外延，闡發地域人文與時代學風的關係。許維賢〈從臺灣到南洋的萬里尋妻——以默片演員鄭連捷和周清華為媒介的通俗劇探析〉，以新竹籍演員鄭連捷和周清華為媒介，探掘華語大眾文化，如何經由通俗劇式的想像，再現「海外尋親」的母題。森岡緣撰／黃耀進譯〈漢詩文化研究對地方教育學之貢獻——以新潟縣燕市、岐阜縣高山市、臺灣新竹市為主〉，列舉白川琴水、鈴木虎雄、魏清德等例，探討地方漢詩漢文對於未來「場域教育」的可能貢獻。上述四篇論文，連結並比勘異國異地的文學書寫、文化想像、學術特色與語文教育，充分開展對應性論題的討論空間。

　　蔣淑貞〈逆寫當代愛情——李喬《情世界——回到未來》之知識與價值〉，取徑「客家話使用」、「未完成狀態的臺灣」和「濃厚自傳色彩」等特點，以定調李喬「知識與價值」的敘事觀點。林淑貞〈文情與畫意——席慕蓉散文與插畫之互詮性〉，採以對話理論，探討席慕蓉出入散文繪畫之間互詮互襯的關係。陳惠齡〈凝視、再現與自我書寫——邵僩小說中的城市文本〉，以邵僩小說的城市文本為問題焦距，探論作者展演人我觀照下的城市書寫意識。上述三篇論文重探三位與新竹師專淵源深厚的現當代作家作品，不僅提出新的閱讀策略，並開掘新的研究面向。

　　陳淑娟／鄭宜仲〈新竹市公共地區的語言轉移：1978年及2015年的比較分析〉，藉由不同年代新竹公共區域語言使用之相關調查，觀察語言轉移現象。劉宜君〈以合作學習教學及跨國線上合作方式提昇新竹在地華語教師的專業〉，則運用實體教學、跨國網路教學實習等，以提升新竹華語師資專業。上述兩篇論文，主要將學術研究安置於地方語言與教學實務，可謂增補地方學較為疏忽的研究課題。

　　綜觀第二屆竹塹學論文集的研究論題，在「竹塹」區域為主體概念的表述實踐與多元建構下，不僅點染了鮮明的地方特色，也重新梳理竹塹學的譜系脈絡。在傳統文史的承繼中，隨著「全球化」與「在地」的交流意識，使竹塹學術研討進入「歷史的」、「國際的」與「科技的」對話情境，並由此展開新舊文化的交涉，甚至是跨國界、跨語言與跨文化的現代性地方學視域。

三　誌謝：悠悠逝水中的感懷與感動

　　自一九四〇年四月創校，原名為「台灣總督府新竹師範學校」，歷經師範學校、師範專科學校、師範學院等變革，復於二〇〇五年八月改制為教育大學，擁有七十七年校史的國立新竹教育大學，堪稱是新竹地區最具傳統性與在地性的學校。而今以師培教育為特色，歷史最悠久的新竹老學校，於二〇一六年十一月一日與國立清華大學正式整合。由韶華勝極轉為稚影綽綽的清華大學竹師教育學院，或許並未湮沒於新竹地方文教歷史長河，卻終只能在新竹地方教育文獻中檢索出「才敢鑄賢英，喜青年個個頭角崢嶸」的校歌遺韻與歷史風華。第二屆竹塹學研討會始於竹大主辦，而以清大名義出版第二屆竹塹學論文集。別來滄海，時移事易，參差對照之際，倍增悵惘而慨然系之。

　　感謝第二屆竹塹學研討會與會人士，以及惠賜鴻文的學者專家，尤其是新竹教育大學陳惠邦校長鼎力支持，全程參與兩天議程的身影，最令人動容；林紀慧副校長陪同籌募經費的溫暖，點滴心頭。感佩新竹縣政府邱鏡淳縣長對於高教學府參與地方文史活動的尊重與支持，並大力挹注經費，以及

最具人文素養的蔡榮光秘書長（前文化局局長）和張宜真局長帶領最堅實優秀的文化局團隊：徐爾美秘書、林秀珍科長、張愛倫科長、周茵苓科員等，可謂竹塹學永續經營最堅強的支柱與推動力；又財團法人新竹學租教育基金會與沛錦科技公司的熱情贊助；新竹市政府社會處武麗芳處長全始全終地協力與同工；李秉昇理事長率領竹社社員的熱忱參與，在在銘篆於心。由衷感謝竹大中文系陳淑娟主任暨全體師生的情義相挺與動員投入，正副總幹事謝秉憲、戴嘉馨，楊雨蓉、吳俞儒等全體工作夥伴的辛勤籌辦，以及系辦陳純玉、邱茹敏行政支援。第二屆會議論文集的出版，也要特別感謝臺北萬卷樓圖書公司梁錦興總經理、張晏瑞副總、邱詩倫執編、林秋芬校對等大力協助，以及楊雨蓉、馮馨元、林軒名等悉心編校，使論文集得以順利問世。

相較於台灣各區域地方學，今年甫邁入第三屆的竹塹學研討會，尚只是雛鳳，難以追企老鳳聲，值此階段性的總結與眺望，謹表呈竹塹學研討會心懷「地方主體」的創辦精神，並由在地學府與地方政府攜手共圖地方學術活動，薪傳「在地文化精神」，最重要者尤為發揚「全球化在地感」語境下的地方情懷，誠如摯愛土地的詩人聶魯達所言：「最鄉土的也會是最國際的。」因此歷屆竹塹學學術會議研擬的論題，大致放眼於全球的脈絡來解讀地方學，並探查其背後多方文化的參與及影響，藉此融匯「地方」、「台灣」與「全球」之三元向度，開拓在台灣地方學系譜下竹塹學術研究的深廣度。

回首這兩屆竹塹學會議籌辦，從募款到籌畫的過程，直如越陌度阡，箇中哀怨苦樂難表，但因著與神同在，我總是聆聽到聖靈的溫柔話語：「主雖然以艱難給你當餅，以困苦給你當水，你的教師卻不再隱藏；你眼必看見你的教師。你或向左或向右，你必聽見後邊有聲音說：『這是正路，要行在其間。』」（以賽亞30：20-21）謹獻上感謝，並將一切的讚美，歸給那榮耀無限的至高神！

陳惠齡於風城絜園

二〇一七年三月二十九日

目次

竹塹堡、科技城與烏托邦：
我的科幻小說創作專題演講

張系國[*]

校長、陳主任、各位貴賓、各位老師及同學大家好。

今天實在是非常高興又回到我的故鄉新竹。其實我和新竹的淵源非常深。家父就在新竹從前的台肥五廠擔任三十幾年的廠長，所以我們家在新竹住了很久。那我自己呢，就像校長講的，是新竹的產品。

我的初中、高中都是在新竹省中唸的，今天也碰到好幾位同學。更不用講小學是在竹師附小，所以今天是回到我母校的媽媽的家裡來，特別高興。我們附小到了四年級以後，都會接受實習老師的教導。這些實習老師都是當時的新竹師專來的。我還保存一些照片，現在來看，那時候的老師好年輕啊！差不多都跟我的女兒甚至是孫子一樣年紀了，真是很感慨。

其實我常常會回到新竹來，多半是跟我的老朋友有一些聚會。三、四月的時候，我跟附小的同學去了一趟畢業六十年南臺灣之旅，很高興。最近他們去日本北海道，但是我教學太忙，所以沒有機會去。

這次來這邊也是很難得，因為我現在還在匹茲堡大學教書。剛剛康來新老師還問我這一週是不是感恩節？其實不是，感恩節是下下星期，所以我並沒有假期。我常常是躲著不看 Email，因為沒看到人家邀請的話，就說「我沒有看到」，就賴過去了。可是康老師有我的秘密 Email Address，告訴了陳主任。聯絡到的話，我當然一定拔刀相助，因為這是我故鄉這麼盛大的活

---

* 　美國匹茲堡大學教授、知名小說家。

動,尤其以竹塹堡來做中心,不管是談科技、談文學都非常恰當。剛好我是跨這兩行的,所以今天也來獻醜。

我這套幻燈片是精心製作,大家看不看得見?

我今天的講題是「竹塹堡、科技城與烏托邦」。為什麼選這個講題呢?因為新竹從古到今文風很盛,這在清朝就是這樣子的。在還有科舉制度時代時,新竹中舉的人也不少。以文化淵源來講,新竹有相當長久的文化傳承。那麼現在大家都知道,新竹變成科技城,許多我的朋友、我的學生,都在科技行業,在工研院、在私人的公司服務。所以它是一個最有可能結合科技跟人文的新的烏托邦。

講到烏托邦的話,大家說你這個是不是科幻小說、天方夜譚?其實烏托邦不管在西方或東方都有它的歷史淵源,所以我會跟大家介紹一下過去對烏托邦是怎麼說法,現在對新的烏托邦又有甚麼國內外學者新的概念。

這樣的一個新的烏托邦城市,可能可以作為新竹未來發展的一個目標。這樣的城市對於臺灣、對於中國、對於世界有什麼意義?所以我希望在現代烏托邦的架構下,來重新理解我們對於竹塹堡跟新竹,從文化及科技上面,它的意義是怎麼樣?當然這個是大題目。我的演講內容大致上一共分為四個方面。我跟陳老師商量的結果,演講大約是一個半小時,我會留十分鐘給大家發問,我大概講八十分鐘左右。

第一部分,講「人怎麼樣安身立命」。因為你不管講烏托邦也好,其實講到最後都是一個問題:「我們不管從個人或者是從一個群體講,我們怎麼安身立命?」換句話講,我們是什麼人?我是誰?這是個根本的問題,是個哲學上的問題,也是文學上的問題。事實上,每個人在人生的過程中,都會面臨的問題。所以我會先從人怎麼安身立命講起。當然演講的話,我會盡量講得輕鬆一點,就像剛剛校長介紹,我希望用比較幽默的話語,深入簡出的方式把一些問題帶出來,但絕不是讓大家笑啊笑的,過了就算,後面還有比較嚴肅的意義。

第二部分,我會介紹「烏托邦及桃花源」,它算是一體兩面。我們怎麼樣看它、怎樣認識它,並介紹一些西方的理論。

第三部分，我們談一個新的概念，叫做「Ｖ托邦」。關於Ｖ托邦，我幾年前寫過一本書《Ｖ托邦》，由天下文化出版，後來這本書也變成電子書了，所以今天來參加的人，我希望給大家一個贈品。文人最能送人家的就是自己寫的書。但是我送給大家的不是實體的書，而是電子書。你在這兩天都可以上網免費下載一本《Ｖ托邦》的電子書。當然，天下沒有白吃的午餐，給你們免費的書，也想趁機做廣告。所以網頁再往下看的話，可以看到我最近要出版的「海默三部曲」的第二本小說《下沉的世界》，紙本書預約價七五折，然後對來參加大會的人再打二十塊錢的折扣。所以你有興趣的話可以免費得到一本《Ｖ托邦》電子書，也可以再買一本我最新的科幻小說《下沉的世界》紙本書。而且是買一送二，《Ｖ托邦》電子書不算，你買《下沉的世界》紙本書的話再送《下沉的世界》電子書，所以你會得到兩本電子書跟我最新的小說紙本書。對不起啊，做一下廣告。

第四部分，談談從我的科幻小說跟別的科幻小說看「科幻小說對於理想世界的追尋」。

最後留十分鐘的時間，歡迎大家發問，這是今天演講的內容。

＊　　　　＊　　　　＊　　　　＊　　　　＊

第一就從個人講起，一個人怎麼安身立命。先從臺灣講起。我自己是臺灣長大的，在座也多半都是臺灣出生、臺灣長大的。臺灣在過去一直有留學的風氣。這邊我就先給大家看一張照片，是我的好朋友趙寧，他不幸前幾年就因為胰臟癌過世了。可是在六〇年代、七〇年代，趙寧最紅的時候，他不但會畫漫畫，而且也會寫打油詩，往往是把過去的詩改幾個字，就變得很幽默、很有趣的詩。這裡跟大家介紹一首，這原來是王翰的〈涼州詞〉：

「葡萄美酒夜光杯，欲飲飛機馬達催。

（為什麼呢？因為要出國嘛！所以他在那邊喝酒的時候飛機馬達就催了。當然這是文人的想像，你坐了飛機就聽不到馬達的聲音了。）

醉臥機場君莫笑，古來出國幾人回。」

（在三、四十年前是這樣子的，出國的話，他就不回來了。所以那時候有所

謂的順口溜說「來來來，來臺大；去去去，去美國」。那個時候很多人是以「出國」，作為人生的一個指標，出國以後就不想回來了。）

這種情況在經濟、社會發展之後慢慢改變了。比如說我自己本行是電腦科學，通常我的實驗室的學生絕大多數是香港、臺灣、大陸來的學生。這兩年情況改變，臺灣學生越來越少。去年就發現一個新的現象，沒臺灣學生了！我回來之前還特地清點了一下，現在我的實驗室裡面，兩個博士生、四個碩士生、一位訪問學者，通通是大陸來的。而且他們不以留在美國作為人生最後的目標，以後通通要回去。大陸叫做什麼呢？就變成「海龜」。「海歸」是很有趣的新名詞，就是從海外歸去。因為我們中國人喜歡把一個長的詞縮短變成短的詞。比如說英文叫做「Male Chauvinist Pig」，男性沙文主義豬。那時我就發明一個詞叫「沙豬」。現在臺灣用「沙豬」的話，記得是我發明的。而且「沙豬」叫起來很好聽，跟「Kill the pig」殺豬一樣，所以女權運動者也能夠接受。

而「海龜」現在在大陸也好，臺灣也好，都用這個名詞。新一代的留學生，目的是再回到大陸或是臺灣，去貢獻自己的所長。有的海歸還有另一個特徵，他是「坐直升機」的，空降到一個單位就可以獲得很好的待遇或者得到很好的頭銜。過去「海龜」是這樣風光的。

但是不管在臺灣或大陸，現在在學府裡面都是一職難求，想要得到一個永久教職的話，真的很困難。所以回去的話還是要進入或者是公營單位或者是私營單位，那好，你就排隊吧！這是一位大陸漫畫家畫的漫畫。過去「海龜」那種風光的、坐直升機的場面沒了，回去還是要找事情。去獵頭公司（Head Hunter）找事情常常吃鱉，所以「海龜」都變成「海鱉」。

不過話又說回來，我自己學生裡面有很多回到臺灣都還滿成功的。比如說工研院過去電子所所長——林寶樹，他是臺南人，在新竹交大念書，回來做所長很成功。可是現在回大陸的話，也會有很多成就。

再新一點的趨勢，就發現回來的年齡階層慢慢兩極化。一方面是小留學生越來越多，橫跨兩個地方，在歐美讀書，或者也可以回國，尤其是權貴子弟如魚得水。我記得有一次到臺北的 night club，裡面坐了很多年輕人，因

為剛好我跟另外一位年輕朋友去。一問，不得了，他們都是在美國很好的大學念 MBA，然後回到遠東來發展。

我說兩極化，一方面是年輕的，另一方面就是我們這種七、八十歲的回來了。

各位可能聽過韋莊的〈菩薩蠻〉：「人人盡說江南好，游人只合江南老。春水碧于天，畫船聽雨眠。壚邊人似月，皓腕凝霜雪。未老莫還鄉，還鄉須斷腸。」

對於傳統中國人，「歸根」一直是一個很重要的概念。老了一定要回家，回家以後一看，人物全非，往往就會有一種愁情，或者莫名的悲嘆：「未老莫還鄉，還鄉須斷腸。」

這話現在也不大對了。可惜我的朋友趙寧不在了，趙寧在的話他又可以有點子了。我這替趙寧擬的兩句：「未老莫還鄉，還鄉須臺獨！」

各位不要搞錯了，我講的不是政治的臺獨。「臺獨」是什麼意思呢？我今年七十一，很多朋友像我這個年紀，老伴兒先走了，一個人在國外待實在是沒意思。回到臺灣的話，有朋友常常可以一起出去遊山玩水，而臺灣的社會機制基本上適合老年人居住。老年人回鄉，「一個人在臺灣獨身生活」，就是變成「臺獨」了，男的女的都一樣。現在很多臺獨，不是政治的臺獨，但也可能是政治的臺獨，我不知道，回臺就變成獨身的老人。所以說，「未老莫還鄉，還鄉須臺獨！」

從前有兩句順口溜：「一二三到臺灣，臺灣有個阿里山。」現在呢？我還是替趙寧擬兩句：「三二一回新竹，新竹遍地七十一！」七十一是什麼？就是7-11。我每次回臺灣最喜歡的地方就是7-11，當然也不見得是7-11，全家也可以，這些便利商店都可以。便利商店是一個奇妙的小宇宙，裡面什麼都有。你不要看它只有這麼幾百尺的空間啊，它可以賣吃的、可以賣你要用的。要買剪指甲刀，它有。要買去漬油，它有。它什麼都有。而且大家也知道，我們在便利商店可以辦悠遊卡加值，火車票、飛機票一樣可以買。甚至你要去複印一樣東西，然後要傳到哪個地方去，它可以幫你辦。最後最了不起的，因為我是書生嘛，免不了想買書什麼的。你買了一本書，宅急便可以

給你送到7-11去！你看看，這多好啊！你從此不要去圖書館啦，也不用去大書店了，都辦得到。這個了不起，真的了不起。因為你到別的國家看，他們的便利商店沒有這樣。日本有，可能是臺灣先從他們那邊學，「宅急便」是日本話。可是臺灣青出於藍啊！臺灣的7-11，絕對超過日本、也超過大陸，大陸基本上還是沒有這麼方便。所以你別看，很多人是為了這個回來的。

很多人問我，你回來之後吃喝怎麼解決呢？太簡單了！我要吃麻婆豆腐，我喜歡吃辣，到7-11買麻婆豆腐加熱就成了。咖哩雞飯它也有。當然你們臺灣人胃口比較挑啊，那個你們看不上眼，在我的話覺得已經是山珍海味完全滿足了！

很久以前我寫過一篇科幻小說，叫《偉大的食物製造機》，因為那時我在海外，晚上常常飢腸轆轆，尤其看臺灣報上，焦桐在那邊寫，康來新老師也寫《紅樓夢》裡吃的東西，看完後那個餓啊。你想，在海外半夜沒東西吃，那個餓怎麼辦啊！很慘，真的很慘。所以假如誰能發明一個食物製造機，你叫它做甚麼劈哩啪啦就做出來了，那該多好啊！所以7-11基本上就有這樣的功能。別講，前兩年便利商店還有大閘蟹啊。別誤會了，那個是假的大閘蟹，才三百塊一隻，太便宜了！所以大閘蟹我還是在7-11吃的，不是開玩笑！這種能夠讓生活機制不斷改善的便利商店，其實非常重要，不只對老年人重要，對任何人都重要。等會兒我們在談這個「V托邦」的概念，會重新再談這個題目。

所以現在很多像我這個年紀的朋友，在美國經常談的一個題目是「回哪兒去養老」？因為很多人都到大陸去開過廠，尤其我自己學電機，我們這一行到大陸去當廠長的人很多，留在美國還是回大陸去臺灣？最後決定是哪一個啊？雖然說今天在座有大陸來的學者在，我可以大膽說一句，決定留在美國還是回大陸去臺灣？幾乎百分之百回臺灣！美國留著太無聊，大陸的話還是有文化隔閡。臺灣到底是自己的土地，不只講話通，你到哪裡都覺得方便。還有啊，臺灣的半票是真的半票，美國的話，去看電影，全票十二塊錢，老人票十一塊，這一塊錢給我幹嘛？給我我都不要！臺灣的半票，各位啊，真的是半票。我從飛機場到福華，怎麼走呢？買張大友巴士一百四十

元，我給售票小姐看我的悠遊卡，馬上變七十。搭計程車也有愛心計程車給八折，對老人有很多優待，這個都是好的地方。當然，國家的財力能不能負擔，這又是另一個問題了，對於高齡社會很重要。

所以這是一個在國外常常會談到的一些問題。可是也有人反對，像黃美惠，她是世界日報的記者，就提出一個觀念。她認為到臺灣去養老是一種墮落。你認為是不是墮落啊？我認為不是墮落，不過她講的也有她的道理。她主要說「一個到處在賣家庭製果醬、手工卡片和裝飾家具的世代，是不可能出現和三星競爭的公司」。這也有道理，因為臺灣現在很講究創意，也的確大家也都講文創。到哪兒去都有這個國外叫做「Bed & Breakfast」，在臺灣 B&B 就是個體化的、小的旅社。它可能旅社一共只有兩三間房間，女主人親自經營，價格不便宜喲，可能跟四星飯店沒甚麼兩樣，可是她給你個體化服務。早上你吃早飯的話，是女主人親自做的菜。我就住過，非常喜歡。這個其實在別的國家也有，B&B 最多是英國，可是英國 B&B 很便宜的。它有個特點，你假如住在 B&B 的話，早餐是免費的，還有免費的下午茶。英國人喜歡下午茶，下午茶其實沒甚麼吃頭，英國的下午茶就是我們的紅茶然後配幾顆 cookie。英國人基本上不講究吃，吃的都是很難吃的東西，主要是要聊天「擺龍門陣」嘛，而那種感覺是老大帝國淪落的的一種象徵，人沒有事情幹了，他就在那兒喝茶。所以黃美惠講的也有她的道理，假如都在搞這種文創的話，這個國家恐怕需要更高的創意。所以她說：「如果你年輕、很有才華，離開臺北，到上海或北京發展，是比較好的選擇」。是不是這樣？我不知道，這是可以討論的。我跟在國內的年輕朋友談，幾乎他們都面臨了一個焦慮，到底畢業之後怎麼辦？留在臺灣、出國、去大陸？當然另一方面講，多樣選擇也有它的好處。

另外一位是王尚智，也是臺灣的媒體人、作家，他的文章我也滿喜歡看的。他也提過：「臺灣的一切朝向『邊緣化』已無法逆流！更無可諱言，這個現況已沒有任何可以改變的地方了。」當然他這話講的也可能過分，因為作家往往會故作驚人之語，刺激大家一下。照他的講法，臺灣已經邊緣化了，雖然吃的東西很好，但是對於一個媒體人的話，他是一個媒體人，他覺

得這個不一定是他的出路。

這些現象都很有趣，講個人的安身立命，到底是到哪裡去？到異國去打天下、留在本國、或者到大陸，或是在哪裡安身立命，有多樣的選擇。那你老兄怎麼樣呢？我自己怎麼樣呢？當然這邊有一點我要提一下，就是「人間處處有桃源」。桃花源不是一個地方，到處都有。

我自己是住在匹茲堡，大家可能聽過這個城市。一聽到匹茲堡想到什麼？煉鋼廠，因為過去美國的大煉鋼廠起源在匹茲堡。現在匹茲堡還有沒有鋼廠？通通沒有了！為什麼？因為競爭不過日本、競爭不過德國。這個是打敗仗的好處。為什麼說打敗仗的好處呢？中國人有一個觀念叫做「後發先至」。後來的可以超過前面的。二次大戰，日本、德國被打得很慘，而且被炸得所有工業全部夷成平地，沒了！包括鋼鐵工業。鋼鐵工業一定要炸，因為各種軍事武器都需要鋼鐵。鋼鐵工業整個摧毀了，對德國也好、對日本也好，是個天賜良機。因為他們新建的鋼廠，又小又有效率，而且沒有一天到晚想罷工的工人。美國的鋼鐵工業不行，因為他們的老廠還在，你又不能關，關的話工人會罷工，所以到最後全部垮掉。這個很有趣，在科技界，我們看過很多這種後發先至的現象。先走的不見得贏，到最後會輸給後來的。

現在匹茲堡最大的企業是什麼呢？它是 University of Pittsburgh Medical Center，匹茲堡大學的醫療中心。其實 UPMC 不是醫療中心，它是一個龐大的醫院組織，包括現在八十幾家醫院，而且還在發展。事實上它的 CEO 非常有野心，把 UPMC 當作一個全國事業在發展。有時當然過分了，可是現在變成匹茲堡最大的企業。連帶的匹茲堡大學也有好處，學校也提升了。僱人最多的，就是匹茲堡大學，員工包括這些從事醫療行業的話，超過十萬人。

最近富比士列舉美國十個退休最好的地方，其中一個是我們賓州的狐狸寺。這個名字很好玩啊，它叫 Fox Chapel，那個城就在我家附近，名列美國最好的退休地方。為什麼好呢？有幾個道理：生活費低、醫院好、交通方便、文化活動多，還有一點，對美國人很重要的，球隊好。你到匹茲堡來找我的話，我一定帶你去看 Steelers 大本營、看我們的 Pirates 大本營，最後一樣不知道你喜不喜歡看，喜歡看冰球的話，我可以帶你看 Penguins 大本

營。老美週末在幹嘛？他們不是在家裡看書，老美不看書的，沙發上一坐，一大包爆米花，看電視、看球。這個入境隨俗，我在匹茲堡住了三十年，現在也是啊。你一定要懂得看球，不然你跟老美沒話題。坐計程車你跟他們講什麼？臺灣我知道是談政治啊、談選舉啊！老美沒這一套，他們才不管誰做總統。你談 Steelers 輸一場，哎呀，真糟糕！他們談這個，這是他們的文化。球隊好也很重要，他們就過得很快樂。

　　這個狐狸寺其實還是有錢人住的。我不住在狐狸寺，我是住它旁邊的一個城，叫做 O'Hara Township，郝村。O'Hara 這個字，大家如果熟悉歐美文化的話，你立刻知道他是哪一種人——愛爾蘭人。愛爾蘭人他們的姓啊，常有什麼 O、什麼 O'Henry、O'Hara，這都是愛爾蘭人。就像姓 Mcdonald，姓打頭是 Mc、Mac 字的話，是蘇格蘭人。愛爾蘭人在美國幹嘛呢？當警察的。這當然是一種典型。你想到愛爾蘭人，他是當警察的。你想到韓國人，他是開洗衣店的。你想到老中，他開餐館的。現在當然年輕人他們突破這個模式。基本上愛爾蘭人還是比較窮，美國的上流社會看不起他們。所以當年甘迺迪競選總統，在美國是不得了的事情，為什麼？因為他是愛爾蘭裔，又是天主教，這都是少數，當年他突破這個不容易啊！

　　O'Hara 呢，尤其對於喜歡文學的人還有一個特別意義。有一部很有名的美國小說，後來改編電影，叫做 Gone with the Wind《飄》。那位女主角叫什麼名字？Scarlett O'Hara。Scarlett O'Hara 翻成什麼？翻成「郝思嘉」，翻得很好。我們前一輩翻譯工作人員翻得好，像那時候徐志摩時代，把 Firenze 翻成「翡冷翠」，你聽這名字真是浪漫的一蹋糊塗。可是你把它從 Firenze 變成 Florence，再變成佛羅倫斯的話，佛羅倫斯你一聽就是商業城市，沒啥意思。假如翡冷翠你要不要去？一定要去，對不對？因為翻譯得很不一樣。過去一代翻譯的人有這個功力。「郝思嘉」這個名字，你一聽，就想到這個很美麗的女子。大家看過《亂世佳人》就知道，郝思嘉是很堅強的一個女子，她的力量是從她的家園——Tara 來的。她要回到這個家園，她才能夠得到她的再生，再站起來。可是 O'Hara 是窮人，美國人一看到 O'Hara 的名字，知道是個窮人，是愛爾蘭人，是警察的後裔。

那我住的城呢？因為我比較窮，我是教授，住不起狐狸寺，就住到這個郝村。其實我把它翻成「郝伯村」，為什麼呢？因為我住的這個城呢，多半都是退休的老年人。「郝伯」住的村子是「郝伯村」嘛，對不對？

這是我家社區的示意圖。這也是個新的觀念，就叫所謂的 Hybrid Community「混居社區」。什麼叫混居社區呢？你想，假如說一個社區通通都是老人住在那邊，你願不願意住那邊？可能我就不願意。我剛剛還在跟康來新老師講，林口這邊有一個叫做長庚養生村，我去看，看完我就不想住那兒了。它離台北城很遠，看來看去都是老人家。當然我自己也老了，可是你老了就希望看點年輕的人嘛，對不對？你都看跟自己一樣的人有甚麼意思呢？所以有這個混居社區的概念，就是說，一個社區裡面，有老人住的地方，也有年輕人住的地方。我住的地方就在紅點這兒，對面就是一個小公園，這邊的話，這一帶都是所謂的 independent house，一家一家單獨的，房子比較貴。這邊的話是三層的公寓，比較小、比較密集。然後呢，這裡會看到一個其實是養老院，它叫做 independent living community，其實就是自己住在自己的公寓裡，可是呢，你不用打掃收拾，有人幫你做、有人幫你做菜。這邊是給更有錢的人住的，是高級公寓，但他有完整的配套服務，你住在裡面什麼事都不用管，買菜什麼的都給你送過來，有醫療設備。你看這混和社區裡就有好多玩意兒，給老人住的、給最老的人住的養老院也有、給更有錢的人住的也有，給比較窮的人住也有。像我這樣中產的住單獨的房子，旁邊就是河。所以我最喜歡做什麼事呢？就是早上坐在陽臺上，看小孩子搭車到學校去。小孩去上學，往往是年輕爸爸媽媽會送，然後爸爸媽媽兩個人拉手回去。哎呀，你看到這個畫面覺得好美啊！對不對？就應該是這樣，看得自己覺得年輕一點。

這一棟是我家。這是春天拍的所以特別好，都是白花。那邊你看過去有這一、二、三、四，有四棟，隔得很近。我們這四棟房子一共住了幾個人呢？一共住了五個人。怎麼四棟房住了五個人呢？我自己一個人住這兒，我旁邊是一個離婚的婦人，很漂亮，她的名字一聽就好聽。她第一天搬來我說：「妳叫什麼名字？」她說：「我叫 Maria。」你一聽瑪麗亞，心都酥了，

對吧？那，為什麼呢，因為美國人叫 Mary，瑪麗就很難聽，Mary has a little lamb. 瑪麗有隻小羔羊，是因為羊而記起來的。瑪麗亞讓你想到《西城故事》，Maria、Maria、Maria。我說「妳是義大利人」。對！果然是義大利人，所以她男朋友很多，最近好不容易決定跟一個男的訂婚了。我是她鄰居，我也很高興，因為她這個男人很好，一來他也喜歡種花，和我有同好。從前男朋友呢，來就要跟我談球隊，當然我也可以談。前幾天我看她一個人晚上坐在那邊若有所思，我說瑪麗亞妳怎麼了？原來他們兩個去莫斯科，不是，是墨西哥，莫斯科沒有什麼。在墨西哥的海邊他們正好的時候，突然間她的未婚夫心臟病發作，當場就死了。瑪麗亞非常傷心，所以現在她可能搬家。再過去一家是一個老太太，她的先生患了癌症過世了。再過去是唯一的一對老夫婦。四家，五個人。

而我們對面公寓的話，第一家是一個土耳其人家，一棟房子裡住了十六個人，祖孫三代都住那邊。所以房子或公寓人口密度不大一樣，但對大家都有好處。老年人是希望看到年輕的人，年輕人也願意有老年人負擔房地稅，這裡面有一個混居社區的概念。

這張照片是我家春天時候的花。我很會種玫瑰，別看我啊，我會種很多花的。我還會種果樹，我家有很多果樹。我家也出過《仙履奇緣》的故事。《仙履奇緣》的故事大家曉得啊，Cinderella 故事裡面，女孩兒被她的繼母跟她的兩個姊姊欺負。後來王子邀王國所有的淑女去參加一個舞會。她沒辦法參加舞會，誰幫她忙呢？有一個在西方文化很重要的角色，教父教母或是祖父祖母，就是我們中國文化生命裡的「貴人」。所以她的教母就幫她把南瓜變成一輛馬車，四隻小老鼠變成了四匹馬。

我有一位女博士生，從大陸西安交大來的，唸得很好。她先生在隔壁校 Carnegie Mellon University 唸，也是西安交大來的，都很傑出。她本來要跟她先生回大陸去結婚。後來我看她那天很傷心，我問她怎麼了？她說不能回去啦，因為簽證有問題。這下慘了。女孩子嘛，都想早點跟男生結婚。那個先生是個書呆子，除了讀書甚麼都不曉得。這種男人要趕快把他抓到，不然的話，到後來他可能會錯過這個機會。我說，沒問題！妳要結婚還不簡單，

我可以幫妳。當然我變不出南瓜馬車，可是沒關係，我們家對面有一個小公園，住混居社區的人去租的話不要錢，唯一條件就是妳要把它整理清潔。她聽了就很高興。

我們家是婚禮大本營。這是那位女學生跟她的兩位同學，兩個死黨都是從別的地方飛過來。後面這位是當她的家長，其實也是我的一位學生，不過現在已經在我們系當教授了，他從南京來的，坐這邊滿像個樣子對吧？在我家門口有一個亭子，有樹有河，看起來像一體的。這個女孩很聰明，她沒錢，可是她就自己佈置場地，亭子掛了兩朵紫花，自己租了椅子。我說，哪租的？她說，網路上租的。租一次多少錢啊？租一張一塊美金。老天啊！一張一塊美金，人家還得給她送來。送來之後呢，還打電話給我說車子壞了，不能拿，所以就堆在我家，堆了好幾個星期，我看這是虧本的。

雖然是很小的婚禮，但很隆重，當然照了很多婚禮的照片，而後來發生很大作用。後來她終於能回西安老家，再回美國時，美國的移民官員就開始刁難，妳婚姻不要是假的。因為她老公已經畢業了，你知道，美國常常有結婚是假結婚。她說，不要誤會，我給你看我們結婚的照片，你看這照片。移民官員說，這不是假的，這一定是真的。再看看最後一張，這證婚的人是誰啊？她說，證婚是我的指導教授。移民官員說，指導教授怎麼穿海軍制服呢？要讓大家知道，我最喜歡就是水，所以那時候我自己還特地研究一下怎麼給她證婚呢？後來發現只有三種人可以證婚，第一種人當然是神父或牧師，第二種人是 justice of peace 太平紳士，第三種人人是船長，船長才可以證婚。你說我沒有船啊？當然有船！這是我的小船，雖然很小，但也是船嘛。她就很快結婚，現在兩人都到紐約去了。

這男孩也很有趣，其實很聰明，大陸來的同學就知道，他是屬於國家培訓班的，從小就好學。他還沒畢業，NYU 紐約大學就給他助理教授，這不容易啊！那天我就問他，你要不要去啊？他說，老師我不去。我說，這麼好的機會你怎麼不去啊？他說他要去加州大學，那邊有位大師搞人工智慧學，要去那邊跟他學，寧可不要去做教授。我聽了就跟我的學生說，這個人妳真的該嫁了，他有很大的志向。她說，老師你不知道他是書呆子。我說，書呆

子沒關係，妳只要把他抓住了，他就不會變心。

他真的就去加州大學當「博士後」，可是 NYU 知道了以後，為了等他，把職缺保留一年。這也是我們可以討論的。我就發現現在大陸年輕人有大志，眼界放得很高，開公司也是一樣有大志的。你看前兩天，馬雲的公司一天收入將近一千億啊，不是開玩笑的。臺灣呢？臺灣小孩好的很。我最喜歡用臺灣人，他們都很忠誠、會跟我很久。可是我有一個臺灣學生現在終於畢業了，他每次出去面試每次都失敗，怎麼會呢？我幫他改履歷也都改得很好，後來發現怎麼樣？他太老實了。他每次去面試，人家問他說三年之後你怎麼樣，講完話之後，大陸同學一定講「三年之後，我會是你們公司的經理也不一定」。他說「我三年之後可能回臺灣」。這怎麼行呢？講完之後人家一定覺得你沒有大志。但他是非常誠懇的年輕人，他說三年之後，我父母親年紀也大，我就要回去了。每次去，人家送機票請他去，回來，沒有給他職位。這個要想盡辦法改。尤其新竹是科技城，我們怎麼樣給這些年輕人，給他一個更大的目標、一個希望。

我們講退而不休、休而不退，我現在是屬於第二種啊。做事速度慢一點，不像以前那麼拼老命，休，可是不退。平白的講，我自己算過，我腦子的計算速度大概比一般人快一百倍，我慢十倍的話比一般人還是強十倍。這是實話。

這是我的小孫子，他是混血，好可愛。我過去對於洋人有偏見，後來我女兒一定要嫁給洋人我也沒辦法。到了生小孫子這一天，他們先到醫院去，小孩生了才告訴我們。我女婿打電話來說，已經生了。我們當然趕到醫院，這時我女婿已經在醫院待十幾個小時，我們就帶他出去吃飯。我問他剛剛生產過程怎麼樣，因為女兒是自然分娩、自己生的。因為女婿在場看，他就說「我看那時候看 Emily（就是我女兒）滿臉都是汗、很狼狽，可是我越看她越美。」他講完這句話，我就認他這個女婿了，從此我看不到他皮膚的顏色。當然他是藝術家，他講的話本身就有一種藝術境界。

這是我的孫女，也是很可愛，也是幾年前了。她去學拉中提琴，她的志向是跟馬友友比。最近又變了個素食者，為什麼呢？因為她媽媽也不好，拿

螃蟹活煮，煮了以後給孩子吃。孫女暗中反抗。可是我女兒也很霸道，孫女不能直接反抗，她第二天早上就宣稱「我從此吃素」。到現在還維持啊，很厲害。跟這些年輕人交流啊，一定要懂得 text，你打電話也不理你，你寫信也不理你，所以我也學會跟小孩互相 text。然後前兩天呢，她就 text 了這麼一張。這個叫 selfie，中文怎麼叫 selfie？自拍照、自己照。我一看，哎呀，好大了，跟幾年前完全不一樣。這一張是參加婚禮的時候，她那天穿雪白的長禮服。哎呀，我的心都化了，不過就表示她已經長大了，她現在十歲。

這是我們全家福，我跟我老婆在右邊，後面是我的女婿，就是看她太太生小孩覺得很漂亮啊、很美的。這是我大女兒、小女兒。欸，你說小女兒旁邊怎麼有一個人塗白了呢？是這樣子的，他本來跟我的小女兒很好，後來就不好了。他就是叛國嘛，叛了張系國，所以把他塗白了。

我可能講得太慢，我是到幾點鐘為止？十點五十是不是？那還有很多時間，可以慢慢講。前面講得比較輕鬆，我們這樣可以聊聊天，下面講的就比較嚴肅了。

　　　　＊　　　　　＊　　　　　＊　　　　　＊　　　　　＊

第二部分講「烏托邦及桃花源」。我剛剛介紹人要安身立命，都是希望找到心中的桃花源。那桃花源和烏托邦這些概念怎麼連結在一起呢？這裡介紹一位美國華盛頓大學的席德班教授，他是建築學的教授，不過他研究美學，發明了一套理論，叫做「生存美學」。

人的建築、人的居所，它為什麼會美？我們怎麼樣知道它是美？席德班教授提出來的概念我覺得滿有意思。他說我們人住的地方，基本上可以分為兩種：一種英文叫做 Refuge，我把它翻譯成「隱蔽所」。因為古時候的人，沒有什麼可以保護自己。那野獸、大動物來了怎麼辦呢？逃到一個山洞裡面、一個地洞裡面。隱蔽的地方也比較暖和，沒有日曬雨打。隱蔽所就是這個概念。

跟隱蔽所相對的概念呢，英文叫做 Prospect。我用一句佛家的話翻成「光明地」。你看，人不能永遠躲在洞裡啊，躲在洞裡你吃喝哪來？你要到

曠野去，為什麼？說不定可以在曠野覓食，找到一些吃的東西，或是可以種東西。一定要空曠，為什麼呢？因為你可以老遠的就看到有沒有野獸、敵人來，就可以逃嘛。所以這就叫做光明地。

　　一個是黑暗的，一個是光明的。哪一個比較重要？都重要！很難說哪個重要。隱蔽所也很重要、光明地也很重要，就看我們當時的心態、當時的狀況。你看，這是一張很有名的照片。他就是從一個洞裡面向外看到一個湖，就是這兩個概念。

　　另外一張同樣有名的照片，有兩個小孩，一個男孩、一個女孩在走。我們看這照片，尤其你假如學文學的話，你馬上知道這是個隱喻。這兩個小孩在走，他們不是在陸地上走，是在時間流裡面走，他是從現在走到未來。他現在在這邊走，後面是黑暗、是隱蔽所，說不定那地方剛剛經過洪水。我們看世界各國的神話，都有洪水這一段。當然可能我們祖先過去都經過洪水，也可能是類似的共同回憶。經過洪水以後，大部分人都被消滅掉，少部分人重新再去播種，很可能都是近親繁殖。我們知道泰雅族的神話，也是洪水，有一對兄妹沿著河床走，拿石頭往後面丟，對不對？丟過之後變成勇猛的壯士，或美麗的女子，這一族就繁榮起來。所以這裡我們看到這對小孩，當他們走到目的地的時候，他們已經成長了，這就是從隱蔽所走到光明地。

　　席德班做了很多研究，發現古今中外很多建築都合乎這個規律。當然他主要的研究對象是美國一個很有名的建築大師，可能大家聽過他的名字，叫做 Frank Lloyd Wright（萊特）。假如你到匹茲堡來找我的話，我一定會帶你到 Fallingwater，萊特在一個瀑布上面蓋了一個房子。萊特的房子很有趣，他非常講究明暗對立，比如說 Fallingwater，如果有機會去的話，你一定要記住我今天講的。一進門的時候，走過一條走廊，走廊沒有光的，黑暗的，走過之後，向左轉突然就亮了，亮的地方就是客廳，外面就是瀑布。你想，多美！可是呢，這也是象徵他從這個隱蔽所走向光明地去，黑暗跟光明對照。

　　後來我又去蘇州，找到萊特的祖宗了。蘇州有一個獅子林，獅子林你走進去的時候有兩條走廊，一左一右，一邊是給女人用的，叫做女廊；一邊是給男人用的，叫做男廊。兩條走廊也都是暗的，轉進去就是客廳，客廳是亮

的。明暗相間，其實中國老早就用這個道理了，為什麼？我們講究陰陽五行嘛！其實萊特的建築也好，或者席德班的生存美學，都應用到中國的陰陽理論。可是他可以解釋很多，不只是建築、小說也好，尤其是在神話或科幻小說都可以用到。

大家知道一個很經典的神話作品，就是荷馬的史詩。史詩講什麼？就是講希臘人在打過特洛伊戰爭之後，奧德賽就帶了他的部下回家。這很有意思，他們坐戰艦回家，我小時候唸這書的時候，以為這戰艦是很大的船，後來才知道這戰艦其實很小，因為就是坐二十個人，他可以拎著、提著跑。這些希臘戰士是拿著船在陸地上走一走，然後再下來在水裡走一走，所以他沿著岸走。你想，沿著岸走，家也不遠，應該早就回家了。但他沒有，走了好幾十年才走回家。所以我就懷疑啊，他壓根兒都沒想回家。男人常常這樣，一打仗，你看那戰爭片，每天都在想家。那真的回家兩天，他受不了跑掉了。所以出走跟回歸是這樣子，回歸是個浪漫的想法，真的回歸之後，受不了，趕快要出走。

奧德賽國王的名字希臘文叫 Odyssey，拉丁文叫 Ulysses。所以喬哀思寫 Ulysses 是用奧德賽的拉丁文名字，很經典的作品，就是喬哀思的史詩。

再看我們臺灣文學也有出走跟回歸啊。林懷民，他現在不寫小說啦。他寫小說的時候，一篇很有名的叫《辭鄉》。《辭鄉》差不多是他最後的一本小說。《辭鄉》寫了甚麼呢？就是一個年輕人回到他的故鄉去，看到什麼東西都又老又舊，他就有一個衝動想要把它們都打碎。這當然也可能是他對他的故鄉臺南的一種想法。

鍾理和，我們知道他是回過大陸的，有一段時間是在北京生活，他還寫過〈夾竹桃〉，大家都熟悉的。當然也是從臺灣眼光看大陸，覺得這個舊中國那些東西他沒辦法適應。我提醒大家，這也是一個出走跟回歸的對比。但文學上這兩個東西其實是一個對比，不是說回歸就好、出走就壞，或是出走比較好、回歸就壞。沒這一回事，它其實是交互運作的。

再回到科幻小說。有一部一九五〇年代科幻電影，叫做 *Forbidden Planet*（《禁忌星球》），它講的故事就是太空船到一個星球去，船長當然是英俊瀟

灑。那星球住著一個美麗女孩，那當然船長就愛上這個女孩，女孩也愛上船長。他們就要走了。女孩的爸爸當然不高興，不高興也沒辦法，最後他自己變成怪物，反對不成功就死掉了。這個故事哪來的呢？這個前身是莎士比亞的 *The Tempest*（《暴風雨》）。我們看球啊，內行看門道，外行看熱鬧。你看小說、看電影，甚至科幻小說、科幻電影都一樣。你看一個東西呢，它都有所本，不是天上掉下來的。沒有人有那麼大的創意，每個人都是站在前人的肩膀上。所以這部《禁忌星球》現在被推崇是新派科幻小說的第一部。因為那邊引進了很多東西，包括和善的機器人，就是現在《星際大戰》的機器人，包括這個太空船。很多東西在《禁忌星球》是新的，可是它裡面最原始的東西，事實上是莎士比亞的《暴風雨》，那莎士比亞的故事哪來的呢？從荷馬的奧德賽故事來的，它都有來源。當然我們不是文學批評家的話不必走這麼深，其實沒有什麼是偶然的。

最後介紹一個很有趣的美國科幻作家 Robert A. Heinlein，他有一部是寫給兒童的 *Time for the Stars*（《探星時代》）。那時候林海音來找我，她想翻譯幾本科幻小說介紹給臺灣的讀者，要我推薦。我就推薦這一本，她也找人翻譯了。現在因為純文學已經解散了，這書到哪去我就不知道了。

《探星時代》很有意思，它是講人坐太空船到最接近太陽星的星系，可是船很慢，只能慢慢走，沒辦法，那時候的科技只能造這麼快的船。就在走的過程中間，後面的船因為有新的科技，走得更快，可以超光速。這也是我剛剛講的後發先至的概念，後來走得比他快。等那船到的時候，他們都變老了不說，到的地方已經是地球人住的地方。你知道這意思嗎？他原先是在出走，結果變成回歸，又回歸到一個人類的世界了。是好是壞這是另外一回事，不講。可以看出來出走、回歸，這些主題是不斷在文學裡面，在電影裡面出現。

最後講大家熟悉的一部電影《阿凡達》，這電影大家都看過。《阿凡達》講什麼故事呢？講一個美國陸戰隊的隊員叫做傑克，他因為打仗全身癱瘓，然後到阿凡達星球去。可是到這個星球很奇怪，他的投影的虛擬存在很健壯，後來還跟藍色種族的的女孩一起抵抗壞地球人，故事大家都知道。這個

故事也不是《阿凡達》導演的創造，當然導演很傑出，用了很多科技的技巧。對於喜歡科幻的朋友，*Star Trek*（《星艦漫游》）的第一集，事實上不是第一集。《星艦漫游》影集預先的 pilot 就是講一個太空船的船長到一個星球去，他自己癱瘓，可是他投射出來的人卻在那邊安居樂業。

你仔細想，這就是一個安身立命的故事，講的其實是一個老人家。老人家老了，你已經都殘廢了，你就希望通過怎樣一種方式，可以很快樂的生活。說不定還是跟你的老伴，經過時光移轉，你們又回到年輕的歲月，在那裡生活。很有意思，很多科幻故事，你去想的話，它都是來源有自，它的概念來源和歷史可以分析。當然這樣講可能會破壞你看電影的興趣。

我自己寫的《超人列傳》，這也是我自己的第一部科幻小說。講的也是怎樣變成超人，怎樣安身立命的一個主題。

＊　　　　＊　　　　＊　　　　＊　　　　＊

第三部分談「V 托邦」。這本來是今天的重點，現在因為時間關係我就講快一點。好在我可以送大家一本書，這《V 托邦》本來是天下文化出的，你現在可以下載來看。那麼就是介紹現代人怎麼去看烏托邦。我已經講過，我們現在概念改變了，改變主要的一點，就是有了 Internet，有了網際網路。

現在有個概念叫做擾亂科技，就是說一個科技在發展的時候，假如一直走這條路的話，越走越僵，就走死掉了。這時候就要有另外一種科技來，好像是破壞性的，把原來的科技取代掉。舉個例子，帆船時代，大家坐得好好的，一旦帆船上裝了一個蒸汽機，它就走得快。那是不是原來帆船公司全倒掉了，沒生意了，對不對？因為新的科技來了。馬車很好，突然就想到可以做火車，新科技，把原來的取代掉。所以原來的科技叫 Supporting Technology（護持科技），相對的就是 Disruptive Technology（擾亂科技）。這個現在大家都會用，因為假如去上這些 EMBA 課程，不管你到 Harvard、MIT，它都有一節課專門講這個擾亂科技。其實擾亂科技就是創新的意思，你創新一定要破壞，你沒有破壞就沒有創新，你把原來的科技破壞掉，新的科技才能起來。

當年，我家還在新竹的時候，那個時候還沒有清華大學，只有核工研究

所。核工研究所就來了很多國外的專家，大部分都是學物理的。大家都知道新竹有一個很大的特點，就是當初去大陸偵察的飛機，所謂的黑貓中隊，它們的基地在哪裡？就在這兒，在樹林頭。所以就有很多不怕死年輕飛行員專門飛這種飛機，好些飛 U2 都犧牲掉了，他們都長得很帥，飛行員在那時候都是女孩子崇拜的對象。我媽最喜歡的工作就是給人家作媒。我們家常常在周末有派對，是為了這些年輕人給他們作媒，包括這些清華核工所的物理學家和空軍的飛官。

有位空軍寡婦，很年輕，才三十來歲。我媽就希望給她作媒一個從哈佛來的物理博士，有一天就安排他們去青草湖。我不知道現在青草湖怎麼樣，那時候的青草湖還是一個很美的地方，遊客都要去的。結果我打死也要跟去。但我為什麼要跟去呢？因為這個物理學家什麼不好帶，就帶了個電晶體收音機。那個收音機很大的，一個大盒子，但那時候是最進步的收音機，我看了就愛上了。我為什麼要跟去呢？我要幫他提收音機。回來以後女方就非常抱怨，她說張太太你幫我介紹對象很好，但你兒子為什麼要跟去呢？一個電燈泡嘛！把好事破壞掉，後來也就沒成。有了電晶體收音機，不久真空管收音機都被淘汰，這就是擾亂科技嘛。

最早提出這個 e-topia 是 MIT 的 Mitchell 教授，也是 MIT 建築學院的院長。很奇怪，搞建築的人其實跟搞文學的人很接近，搞了建築最後還是講一些概念的東西。所以他提出了 E 托邦的概念，說這是個擾亂科技。而且 Internet 是最可以使聖經上的故事成為真的，你一個小子大衛也可以擊敗巨人歌利亞。就像馬雲，前幾年他不是什麼東西嘛！你講馬雲我都沒聽過，對不對？現在搞這麼大。這些都是 internet 的好處。

這裡就引用一段 Mitchell 教授講的重要的話：「網際網路不僅是通訊網，它徹底改變了城市的結構，有如過去鐵路、公路、電話、電力網徹底改變了過去城市的結構。」每一種科技來了，都改變了城鄉結構、城市結構，也改變了人的生活方式。所以就有了 Internet of things，IOT 可能大家聽過。網路無所不接，什麼東西都能接得上，包括你家電燈、水、房子，都可以控制。所以「到公元二〇二五年，地球上百分之六十的人口都將住在城

裡」，可能還不止，絕大多數都在城裡面。所以我們必須要打造一座綠色的城市，「將智慧型物件組成智慧型空間」，最後一句話很重要，「建築不再是空間和光線的互動」，你們仔細想什麼叫建築？建築是光跟物件的互動，它是空間裡面數位資訊的互動。這個都很玄啊，就是現在沒辦法深講，裡面都有很多很多的道理在。

所以會有新的商機，例如二十四小時營業的商店。剛剛講 7-11，臺灣7-11我認為是一個很大的突破，因為7-11裡面什麼都可以做，你所有的慾望都可以滿足。當然不是所有，而是相當多的慾望。而且未來的工廠也不是集中的，也是分散的。你居所也不一樣了，你工作跟生活可能合在一起。你二十四小時的生活空間，也是你二十四小時的工作空間。對於教授或是學生來講，幾乎真的是這樣，因為一天到晚拿了一個電腦，其實不是電腦，拿了個ipad、拿了個 iphone，就可以了，對不對？將來工作環境也會改變，而且中間還有很重要的因素，這也是電子科技，而且是在新竹，我已經看到有好幾間公司在做了，就是所謂的3D 數位印刷。它就像一個普通印刷機一樣，可是它用的材料不同，比如說塑膠。所以你可以通過印刷技術，做出一個三度空間的實體模型，不是模型喔，真的東西。這真的跟科幻小說一樣，今天在家裡可以傳一個 e-mail，傳到另外一個地方，它就造出一個真的東西來，這不得了！現在用塑膠，已經有人開始，像我們學校有一個研究中心實驗用不是鋼鐵，可是很堅固的材料——合金，傳過去，那還得了！你想，你就可以送更有破壞力的東西，包括槍。這個照片是去年的例子，有一個美國年輕人，他就試驗用3D 技術傳一把槍，而且這槍裝起來就可以用、可以殺人。你想，這還得了，我們現在都怕伊斯蘭的 ISIS，ISIS 的活動都在腦裡，把人的腦子改壞了，就不得了。它可以隨便到一個地方去，鼓勵那邊的人造反。造反沒有武器怎麼辦？沒問題，用這個 3D 數位印刷技術的話，武器就給他送出去了。

未來人們的生活模式將會非常不一樣。另外就是說你生產模式不同，我不需要再集中到一個地方生產很大量的東西，我可以分散在許多地方，包括你家裡，生產少量的東西。這就是所謂的「應需要而生產」，你有需求那你

就做。這個在幾年之內我們都可以看到，不得了。所以這更說明將來會有智慧城市，像新竹就很可能會變成智慧城市的例子。有這麼多好的大學、有這麼好的科技，可以設計一個更適合人生活的城市。我把它歸納成幾句話：

白日見鬼、畫餅充飢、家國一體、公私不分。

　　聽起來都是壞的對不對？其實不是。「白日見鬼」什麼意思呢？因為每個人身上都掛了一大堆的線，掛了一大堆 sensor 感應器，隨身帶，比如說監控自己的健康狀況，或做別的。帶了一個墨鏡，墨鏡裡面可以看電影、看電視，或是接受別的訊息，「白日見鬼」嘛。然後呢，「畫餅充飢」，你要吃什麼東西，就透過 3D 數位印刷可以做。「家國一體、公私不分」，一個家跟一個國家公私會混在一起，不見得是壞，它就變成一個更分散型的社會。然後呢，給你看病的不見得是醫生。醫生也很重要，可門診之外呢，用電腦輔助。因為現在全世界都在進入高齡社會，很多把高齡長者送到養老院去以後都發現一個很令人傷心的事情，老人家都被虐待。人的天性本來就是動物，你一個動物如果可以全部控制另外一個能力比他弱的動物的話，就會去虐待他。在美國裡面不知道發生多少這樣的事情，臺灣也是一樣。你把老人送到養老院去，事實上是送他去死，他就被虐待死了。倒不如請機器人來看老人。至少現在為止，機器人對老人沒有敵意，可以請他來做看護。

　　國家會塌縮掉，可是這跟馬克思主義講的，國家的崩潰不一樣。過去是政治影響，現在的話因為科技的發展，國家的存在越來越沒有需要，變成一種障礙，國家會不見。所謂世界化包括 Virtual Nation（虛擬國家）、Virtual Corporation（虛擬公司）、Virtual Person（虛擬個人），達到電子三通。

　　對臺灣來講，其實這些都有很重要的意思，因為臺灣現在最大的問題是：人慢慢對自己缺乏自信，不知道自己在幹什麼，就是我剛剛講的這個「我是什麼」的問題。可是事實上這個美麗的小世界，可以有更適合人居住、工作、休閒的生活方式，不是太快也不是太慢。最後重要的一點，擁抱海洋、保持冒險犯難。所以我最擔心的也是年輕一代缺乏衝勁。而且我剛剛

講的，年輕一代缺乏衝勁的話，會影響了整個社會、影響了整個國家。我們這邊在座很多是教育工作者，我們怎麼保持人的衝勁？另外很重要的一點就是擁抱海洋，因為臺灣不是一個大的國家，海就在我們旁邊，海是充滿危險的，可是海也是充滿機會的。我們要改變，我們要成為一個看著海的國家，所以就像黃春明講的《看海的日子》，從正面講的話我們不單要看海，還要擁抱它，經濟怎麼落實這些都不講了。

所以「V托邦」是什麼？一個中國，不是各自表述，我認為是各自虛擬。我這話十幾年前就講過了，不是現在啊。提醒大家，我老早就講了：

一個中國，各自虛擬；兩岸三地，網路大同。

＊　　　　＊　　　　＊　　　　＊　　　　＊

第四部分，從我的科幻小說跟別人的科幻小說看「科幻小說對於理想世界的追尋」。這張照片是上次我回來的時候的科幻座談會跟老朋友黃海，主持人朱學恆還有年輕朋友合照。我們臺灣的科幻人口很少，對不對？現在大陸的科幻人口倒是越來越多。我另外一個理論就是說，因為科幻關心人的安身立命，當一個國家強盛、當一個國家對未來有希望，它的科幻地位也會提升。舉個例子，美國在二次戰後，是它科幻小說、科幻作品最蓬勃的時候，跟當時的美國國力有關。大陸最近發射神州火箭，你看這張照片裡家長帶著小孩去看。帶著小孩去看的意思是說，這個小孩將來就會變成科學家或是科幻文學的創造者。最近在美國的科幻電影《Gravity》，傻大姊珊卓布拉克演的，裡面最後救了她的就是中國的神州太空船，你想這對大陸年輕人的心理有什麼影響？

可是我認為臺灣科幻作品還是會有它的特質好處，現在沒時間細講。我另外有一本書《帝國與臺客》，就講臺客的一些特質。臺客有一個很重要的特質，就是隨機應變，可以在變化中間求得生存，而且永遠有一種悲劇感。悲劇感的意思就是說：總覺得自己的文化或者自己的家園是會被摧毀的，這

就是臺灣人講的悲情。悲情其實就是一種悲劇感。假如你今天車禍撞死，這不是悲劇，這是你自己的不幸。可是假如你知道你會被車子撞死，這是悲劇，就是主人翁一定要知道他的處境，有一種像漢姆雷特講的「to be or not to be」的悲劇，因為他自己有這個意識。臺灣其實老早就有這個意識了。

　　過去有一位海賊林道乾，這故事可能大家聽過，沒有聽過我現在再跟大家很快的講一下。林道乾是在高雄活動，從前叫做打狗港。他是個海賊，後來野心大了，想要把北京的天子幹掉取代之。就有一個神人來教他：「我給你三支神箭，上面寫了你名字，你只要早上射這三箭，就會射到大明天子的寶座上，射入左、右、心臟，皇帝被你宰掉了，天下就是你的。」林道乾相信啦，要一早射出這三支神箭，就交代他妹妹說：「妹子啊，妳明兒早上一早要把我叫起來，因為要在皇帝早朝時射這箭才有用。」妹妹聽了哥哥交代，不能夠輕視。林家裡養了一隻大公雞，平常是用罩子罩著牠的雞籠的，所以一早林道乾的妹妹跑出去把雞籠罩子打了開來，雞受到光的刺激立刻就叫了。雞叫了林道乾就跑出來連射了三箭，結果到大明天子早朝，發現箭已經射到天子寶座上，一看上面寫了林道乾名字，就來討伐。當然，林道乾就敗亡了。這故事什麼意思呢？timing 時機。時機很重要。對臺灣，不管是民俗文化裡面、或是神話故事，都有一種時間悲劇意識。

　　我們也聽說老蔣在他老年的時候還想反攻大陸，每天晚上在他睡覺時也想反攻，有時半夜醒過來立刻打電話，叫空軍出動，飛機就出去了。過了一陣子他清醒過來，把飛機叫回來。這故事是空軍裡的人跟我講的，所以大概是真的故事。老蔣也是臺灣文化的一部分，所以這整個一起的話，就是對時間能不能夠掌握，這是臺灣人特別的一種敏感。你可以說它是悲劇性的敏感，可是這是根深柢固的一部分，不能忽視，但也有好的一面，剛好在對的時間，要特別珍惜。

　　前陣子有個蔡美兒，可能大家聽過，她是耶魯的教授，這張照片站在中間，旁邊是她兩個女兒。她寫一本書叫做 *Battle Hymn of the Tiger Mother*（《虎媽的戰歌》），其實那本書沒有什麼，就是寫給她兩個女兒看的，想不到很暢銷。她前面有一本書很好，這本書是我到波士頓的時候，站在書店裡

看的,這也是一種壞習慣。其實一個人的創意很有限的,一本書裡有幾個創意也就不錯了。我喜歡在書店裡面看書,很多書被我偷偷看光了,我也很高興。那天去哈佛,我太太去 shopping 創意,我就去書店看書,欸,看到一本好書,就蔡美兒寫的。那時候蔡美兒還沒成名,至少對一般人講還沒成名。這本書叫《Day of Empire》,就講帝國怎麼形成的。她主要理論也不是很難了解,就是帝國一定要有包容性,你可以包容異族、包容不同文化,你的帝國才能成其大。江海之所以能成其大,為什麼呢?廣納萬川。她就舉個例子,羅馬帝國是這樣、美國是這樣,言下之意下一個是誰呢?我不講大家也知道。對於中國人來講,大陸應該容得下臺灣,就是一種文化面上的包容性,不要這麼小氣。

最後實在時間超過太多,不過就是說我最近在寫一連串的科幻小說,也是因為有一段時間不寫了,那麼去看一部電影,這電影叫《他們眼中的秘密》,講一個偵探要破一個案子,他就跟旁邊的人講,我一定抓得到嫌犯。為什麼呢?嫌犯他可以隱姓埋名,改變他面貌,什麼都可以改,他真正的狂熱不能改。這個是一部阿根廷電影,所以講的狂熱是足球。我一聽這話就覺得講的就是我,我對科幻小說的話永遠這麼熱情,不能改,所以就寫了一系列的故事。《多餘的世界》兩年前寫完,現在剛剛寫完的就是《下沉的世界》。下面還有一本,最後的完結篇,那就構成《海默》三部曲。現在臺灣沒有什麼人寫科幻小說了,我寫沒有什麼別的目的,可以說這是我的狂熱。我這樣講完,大家可以發現我這腦子裡面,五花八門什麼東西都有,怎麼樣子把它統一起來,就是我另一本有關文化的書的構想。

很抱歉已經超出十分鐘了。假如還有時間的話,歡迎大家提出問題,謝謝大家。

＊　　　　＊　　　　＊　　　　＊　　　　＊

Q&A

Q：請問張教授，你寫小說是用手寫的，還是用打字的？還是用口述轉成語音轉成字？

A：這個問題非常好，我起先都是用手寫的，一直到黃春明編《文訊》的時候，我都用手寫的。我喜歡用鉛筆寫，為什麼用鉛筆寫呢？因為寫的時候可以擦、可以改。那個時候，我都是用爬格子的紙，所以有一次黃春明講，他從來就沒有看過別人稿子是用鉛筆寫的。寫了很多年，後來有一次龍應台到我家來訪問我。那時龍應台還沒出名，還是個小記者，為書評書目採訪我，到我家跟我聊。我還記得那天我給她一本我的書，大筆一揮，簽名寫了我的名字給她。很多年後她成名了，我去找她，她就大筆一揮簽名給我她的書。我當時還沒想到，後來想到了，這是在報復當年的一箭之仇。不過我們其實是很好的朋友。她那時問我寫作怎麼寫，我就跟她講用鉛筆寫。她大驚失色說張系國，你是搞電腦的，你沒有用電腦寫作嗎？我很不好意思，所以後來我也是被時勢所逼迫，因為各報或朋友來都是用 e-mail，也不得不用電腦寫作。最近的話又碰到一個花樣，智慧手機你可以口述。我以前不相信，說這一定不準，但前一陣通訊發現方便，因為我打還要花時間，而且它真的是智慧型的，連洪秀柱它都知道，我講洪秀柱，它就轉洪秀柱。所以我現在考慮要用這個，因為你用口講的話最快，而且我只需要一個手機在手就可以用了。不過這也是大勢所迫，假如是我本性的話呢，我還是喜歡用手寫。而且講實話，假如你是要存歷史紀錄的話，還是手寫的稿子比較珍貴嘛。你一個電腦磁碟給他，那什麼意思，對不對？

Q：請問科幻小說裡面那些飛過來的幻想是否對現代教育會有些啟發？

A：我想是一定會有的，比如說 Verne 他寫的潛水艇、鸚鵡螺號這些東西，都是預言到未來的科技的一些工具，都會有些啟發。另外一個很大的作用就是說，其實科幻小說有它深層的一面，很多的神話或哲學，它是融

合在裡面的。小孩子不一定知道，但假如他真的是有心的，長大以後，他慢慢會知道這裡面很多東西可以發掘，可以把它拿出來。事實上，假如小孩子不能夠、不願意接受正統文學的東西的話，很多科幻作品他看可能會覺得好看，就像《哈利波特》。當初《哈利波特》為什麼會被美國的教育界視為一個奇蹟呢？因為那時候美國小孩子不看書啊，就發現《哈利波特》的魔法學校，每個小孩愛看、拚命看，對於教英文，也就是剛剛講，教國文的那些老師的話，他們覺得那是奇蹟，對不對？他們巴不得小孩看這個東西。當然有這個習慣之後呢，現在不只《哈利波特》，還有很多別的少年作品，也可以發現很多電影都是一系列的，為什麼？因為它前面都有一系列的紙本書，這些書都是為小孩子寫的。這種，你也可以說它科幻，也可以說它魔幻，它是一種結合。

對於作家講的話，作家必須有足夠的愛心，他寫的時候，不是為了毒害小孩子，就是說他寫的時候必須有一些認知，有些東西是不能做的。就是真的是做很壞的事情，是不可以鼓勵的，真的壞人的最後一定要被懲罰的。這是所謂的盜亦有道，你一定要做到這些。最後我認為他要有自覺的意識，更不要說很多小孩子，因為現在他們的寫作方式也不一樣。有一次我評審的時候，那時候中國時報還有文學獎，我看小說，看完以後我覺得很有感想，這些作品寫的真新派，因為他每一個段落跟別的段落都不相干。可是後來我也理解到他為什麼這樣寫，因為他平常在網路上看東西也是跳接式的，也是不相干的。所以他寫出來也是用這種方式表達，我們一旦接受了，也覺得是很好，說不定是還比較好的表達方式。

文本在變，技巧隨時在變，不只是用字在變，表達方式也在變。還有很多問題，我整天都會在這邊，所以歡迎大家跟我私下討論。

自然、人文與共構交想

——竹塹學的建構提要與進程

主講人：李喬[*]
引言人：陳萬益[**]

陳萬益教授

各位朋友，這個場次是由李喬先生作專題演講，由我本人來做引言。

首先，我要向竹教大的各位老師、朋友、同學致上敬意。竹塹學因為大家的努力讓第二屆比較第一屆更加地開闊，那麼尤其今天邀請出身於新竹師範，在國小任教七年、在初中高中高職教了二十幾年的前輩校友做專題演講，這是今年度，在台北教育大學舉辦的「七等生」，也是出身於台北師範的校友的一個活動，這是類似的。

今天邀請我來當引言，我應該說是義不容辭，而且不只是義不容辭。要來當引言人有很多理由，但有個理由主辦單位應該不知道，如果套一句俗語我們現在所謂的「果粉」，這個詞語剛開始我搞不清楚是什麼意思，後來才知道是蘋果「iPhone」、「iPad」的粉絲，用「果粉」來講的話，應該說這場請我當引言人是找一個「李仔粉」來當引言。

我作為李喬文學的粉絲大概有四、五十年的時間，我閱讀他的作品實際上是在七〇年代就開始，那時候印象是從他的《寒夜》三部曲，以至於到他所創作的《情天無恨》開始。我們也曾邀請李喬到清大那時候叫中語系來演講，在八〇年代的時候，一九八八年清華大學中文系舉辦了「當代中國文學

---

[*]　台灣文化榮譽博士、知名小說家。
[**]　國立清華大學臺灣文學研究所名譽教授。

國際學術會議」。第一屆是跟郭楓先生合辦，第一屆中國文學會議，在這會議上我的第一篇有關台灣文學的論文，寫的就是李喬的《寒夜》三部曲。

　　大概在九〇年的時候，我個人開始決定在學院裡面從事台灣文學的教學跟研究。起步的階段的時候，當時有個民間的社團邀請我去演講，我演講的是有關李喬先生的作品，當時的題目叫做「台灣文學史料哪裡尋」，那是因為在前不久我在舊書攤裡面看到了這兩本書：《痛苦的符號》跟《恍惚的世界》，這是高雄三信出版社所出版的。

　　九〇年我們開始從事台灣文學教學研究的時候，真的不曉得台灣文學史料在哪裡，那時候既沒有台灣文學館，全台灣各個地方的文化中心，基本上也沒有這方面的人才、也沒有誰這方面的用心地蒐集跟出版，那麼九〇年代以後我們在清華大學開始教研以後，我有一個學生（碩士生），我就要他寫的論文就是李喬的研究，可是他也用心蒐集了很多史料，下了很多工夫跟我談有關李喬的文學的問題，可是最終他沒有寫李喬，他來跟我說他想換題目。我以尊重學生的研究的這樣的觀點，我就說那你想研究誰？他就寫了宋澤萊的研究，這時他的碩士論文也已經出版了。這個人目前還躺在療養院，這清大的前台文所所長陳建忠先生，我在這裡非常期望他能夠早點醒來，來告訴我為什麼那個時候放棄李喬，而選擇宋澤萊。

　　雖然現在李先生的學問跟研究已經非常的多，可是在我的看法、學問裡面的研究，永遠跟不上李先生這個人以及他的創作，甚至於到現在已經超過八十歲，還是葷素不忌既可以寫情色小學，又在連載《草木恩情》，這樣的一個作家、這樣的一個新竹師範的前輩，到底是一個怎樣的奇怪人物？前不久在鍾肇政文學會議上碰到我，就跟我說：「萬益兄啊，你如果沒有允許的話，我都還不能開講。」早上來他跟我說：「我的命運決定在你的手裡。」其實我要告訴他，剛才講了能夠做這場引言，過去數十年，雖然我們之前有很多機會同台，但從來沒有過這樣的近，然後可以讓我多講兩句來傾訴粉絲的心情。我早上還特別盛裝而來，提早了二、三十分鐘就到，今天來當引言，雖然沒有一定的規範，主辦單位沒有說要我講什麼，但是我現在正式宣布我們請李喬先生開講，謝謝。

李　喬

　　剛才聽了這段話，說來創作是條很寂寞的路，但我發現今天在座有兩、三位從一開始就給我澆水，其中給我搧風的陳萬益教授、林瑞明教授竟然都在場，而新竹教育大學對我來講，是我的人生的開始。這樣講下去要兩小時啊！現在給我四十分鐘，四十分鐘我能夠講什麼呢？我就很簡單地就命題說一些話。不過有一個狀況我必須跟各位報告，人的記憶在腦筋的一開始進來叫海馬迴，是臨時記憶，然後需要其他的分成幾塊進入你的神經迴路裡面，神經系統的「突觸」；突觸會移動、會放大、會縮小。人年齡大了以後，那三個系統，我現在有兩個系統幾乎都崩潰，時間、地點、人的名字，那些東西很多我幾乎都忘了，昨天晚上查半天記起來，現在就忘記了。不過還好，抽象的、思考的，或者感情的東西，思考性的、邏輯性的東西還存在著。我希望上帝、我期待上帝，看能不能再給我兩年，人最後如果沒有大毛病的話，最後就慢慢走向老化，會變成老年癡呆。如果有一天，看到我沒有向你打招呼，你不要怪哦！我是不認識你了。

　　今天我就對著這個題目講一些我的想法。實際上「竹塹學」這種概念，我一直就有期待，就是說時間是一直不斷流動的，人很幸運地也很不幸地，被切斷在某個時段某個特定的地方去發展，既然有不同的空間，它自然有不同空間的特色；你的所學、你那邊的研發出來或發展出來，會不一樣的，那麼這樣創造的集體性的一個學問，就叫「什麼地方學」。另一方面，現在國際強權，經濟上的兩大帝國，在中、美之下形成國際化，在國際化之下，我們小地方要活下去，就是要把在地化、在地的東西，從人文、思想到產業做一個不同的東西出來，和人家能夠平行分工，而不是上下分工，這些就是在學界能夠用力的地方。

　　新竹教育大學有這個意思要做竹塹學，我知道現在國內有幾個地區，有以當地名詞為學的一些構想。今天在竹教大竹塹學開第二次會，前次我是參加一個討論會，這次我是根據各位兩年來的論文群，好像有提到，尤其是這次很多我想講的話，論文裡面已經有了，另外沒有的我放進去。所以今天我

講話的內容分為兩個部分：一個部分我就提出具體的研究項目，一種建構成為竹塹學的內容，第二要提出進程與方式。台灣自然科學早就是以小組、有組織的研究，單打獨鬥不行，人文社會科也一樣，一定不能單打獨鬥；或者所學相同，或者年齡相同，一個小組、一個小組的研究。

把我這個概念放進竹塹學，也就是說，把有關空間，以新竹概括起來的特色和可以發展的東西來做研究。第一，就是說哪些內容，各位提過的我不提，另外我有想到的東西提出來，這個是重點。第二，會提到進程與方式，例如新竹地區有三個國立大學，應該共同做，還有當地的有志之士，一起合作完成一些研究，而不是只有發表論文而已，而是真的成為竹塹學的內容，那個進程我會簡單提，因為時間非常緊促。

我最先要提出幾個議題，第一個，我要提「竹塹周圍居民族群的流動變遷史探索」。有一天人家帶我去看科學園區，他給我講到，我心裡面──尤其人老了以後──有很多怨嘆、感慨。原來那個地方，我們曉得台灣的原住民 Taokas（道卡斯族），是從大甲，「大甲」是 Taokas 漢音翻譯的，Taokas 不是漢文、也不是客家話、河洛話，從大甲一直到桃園以下，這個整個是 Taokas 的。這個出了一個問題，「竹塹」，我們望文生義，以為和苗栗一樣，這裡建城沒有錢，就用刺竹圍起來，所以叫竹塹。因為看了史料，一七六○年 Taokas 就成立了竹塹社，各位，竹塹學這名詞是漢語還是 Taokas 語？不曉得哦，很奇妙，我是無意中發現。很令人感慨，現在的科學園區，最先是 Taokas，還有一族原住民現在已經滅掉了，後來是客家人進去，後來又有一些軍眷進去，最後就成為科學園區。今天的科學園區，我經常問那些人：現在這麼龐大的建築，有幾間空著你知道嗎？這塊地區的變遷，我現在有點惆悵，今天這麼多的建築，還有幾家在運作？都跑到哪邊去了？所以說，這種竹塹學周邊族群的流動變遷史探討，非常有意思，這是第一個。

第二個，「竹塹城建立與改建的研究」，重點放在新竹火車站建築的研究，劉銘傳當時身邊的那些參謀是德國人哪，在台灣建築這個鐵路，是德國工程師指導，建到哪裡？建到新竹，為什麼那個年代，新竹以北的火車站建築大多是西方的，很多是 Baroque（巴洛克）式的，這研究很有趣啊！整個

竹塹城，縮小就是新竹火車站的變遷史，這是很有意思！

第三，很多人提過，但我認為一定要變成學問式的研究，不知道有沒有人想到「新竹中學的文化研究」，一個學校誰沒有校規？校規穩定下來，成為一個傳統的東西，傳承下來的是一個美好的東西，就是文化。今天，新竹教育大學有沒有特殊文化？各位教授，這個要研究。我不曉得住在桃竹苗的人知道多少？辛志平這個校長很特別，完全真正地以教育理念為中心，不受任何人打擾。我講一個笑話，我的兒子讀小學時，我就花錢讓他學游泳，當時有一個目標是高中要去新竹中學讀。新竹中學畢業的學生，一定要會音樂、會繪畫、會體育、會游泳，游泳要求游二十五公尺才能畢業。辛志平把一些政治上干擾都擋下來，我聽我兒子說，到大學以後，有兩個學校畢業生到台大讀書，會穿他高中的學生制服，一個是建國中學，一個是新竹中學。這裡面隱藏一個很特別、作為一個新竹中學的學生，他有他的特色，主要來自於辛志平做了很多很有意思的事。附帶講一下，有點遺憾，我是來自苗栗，苗栗農校的一個姓陳的……我忘了他的名字，他是一個青年黨的，做了二十九年校長，每年考績七十九分，也是非常了不起。我放小來講，「新竹中學的文化研究」，研究什麼？校風流傳下來成為學校的風格，風格如果流傳穩定下來成為 culture（文化），所以新竹中學的文化研究以辛志平校長為中心。講明白，就專以他為中心。這裡在座不知道多少個新竹中學畢業的，昨天演講那位（指張系國）也是新竹中學，李遠哲也是新竹中學畢業，所以這個很有意思。

第四，這個也是大家都知道，但沒有想到變成學術研究，那就是「新竹內灣漫畫家劉興欽研究」，台灣漫畫家有很多，但你一看就知道是台灣的漫畫家就是劉興欽，為什麼在新竹地區，有一個劉興欽先生會這麼特別？他有很多發明，這個不管，台灣現在有很多漫畫可能超越他了，不過他的作品放在國際上地方性比較重、真正以本土出發的，他造型的人物很奇特，你隨便拿他畫的一個人、他做的一塊東西，你一看就知道是台灣的。劉興欽比我大一歲還兩歲而已，這個研究是絕對值得，是文化的研究，是漫畫能夠成為藝術史的研究，這個也是一個很重大的題目。

第五，就是竹大的前身，「師範體制的研究」，主要的研究是和北師、北女師、中師校風的比較研究。學生畢業以後留在學校教書，或出去轉業的，各方面有什麼不同的地方。我作為新竹師範的畢業生，我覺得新竹師範比起他人到學校教書，就是比較老實、踏實，為什麼會這樣？所以說就值得研究。當年台灣特別成立教育體系，後來各種因素──這裡不談了，這個問題太大了──之後教書不是一定出身師範體系，成為師範體系有什麼它的優點、缺點？沒有人研究，這個師範體系的研究，我認為這是非常值得的東西。

第六點，很少人知道新竹有個飛機場，就是「新竹機場存在的文化研究」，新竹南寮那邊有一座飛機場，因為有飛機場，很多機構來這裡，所以特別有屬於它的小學，人才的聚集，成為一個文化。所謂文化，就是成為一個行為模式、成為一個價值觀、生活態度，就叫文化。這裡建立機場，各位大概不曉得，日據末期，我們桃竹苗征為軍伕的服務就在這邊被美軍炸死，當時他們在做新竹飛機場，來的是福建來的飛機。講到這抗戰史，那對台灣來講有點尷尬，這怎麼談啊，那是另外的話題。

第七是個大題目，有一位教授已經提的題目，我希望這題目可以更廣闊的談，就是「新竹城隍廟的綜合研究」，包括信仰與居民活動中心這個角度，這個是 Ph.D 級的研究。城隍的信仰有佛教的部分、有道教的部分，還有民間信仰湊合而成，這個城隍爺，夜管陰間、日管陽間，祂是全管的一個縣太爺。新竹城隍特別靈，香火特別盛，那裏周圍都以這個為中心發展出來，成為一個特別的生活圈，後面有它的文化意義存在，所以我認為這題目是一個博士級的東西，就是「新竹城隍廟的綜合研究」，以信仰、俗民層為中心來談，專門談宗教意義不夠厚實。

第八，「印順上人人間佛教研究」。現在台灣宗教有一部分，走向專門研究高深的學問，這種高深的學問在佛教裡叫「知了僧」，二級的，佛教知識你懂得三藏經文沒什麼了不起啊，佛教要的是救渡眾生，不是學問很好，所以我們講這種俗民層和社會大眾結合的民間宗教絕對值得研究。同時更進一步地來談，台灣的宗教有幾個講好聽是大道場，不好聽就是大山頭，不同的一位就在新竹，這個人的存在和我的人生有很大的關係，因為我的老師是他的

學生，那個人就是印順上人，提倡「人間佛教」在新竹地區的綜合研究，這也是 Ph.D，他以「中觀」為中心的佛教研究，中觀來自於龍樹菩薩那條線，就是比較落實現實人間的東西。當時印順上人的年代是很樸素，沒有像後來一些繼承人變成大企業，這裡面說明了很多人間的東西，學術界要研究、要檢討、要批判。為什麼當時印順法師會躲在新竹山頭你知道嗎？「人間佛教」當時政府就不爽，太涉入現實的生活了，所以留在新竹不是他自己願意的，是有關單位暗示他不要離開新竹，這樣才留下來的。他在新竹選擇引道青年佛子，在青草湖有學院，我的老師在那邊教佛學，因為是浙江人，他講的話大家不懂在那邊猜，我當他學生，來往很密切，我還給他去做翻譯，因為這樣，我和佛教搭上關係。早期我是喜歡西方哲學叔本華，叔本華的盲目意志論和佛教的 Karma「業」拉上關係，這是我前半生的思想脈絡，我認為，印順上人的人間佛教在新竹地區的綜合研究，這也是個博士級的東西。

第九，新竹地區有一個大家沒想到要提的東西，基督教的人也不喜歡，也認為他是邪教，叫「耶和華見證人王國聚會所」，大家不曉得在新竹地區是一個大本營，發展很快後來很少見了，最近我發現又有復興的味道。耶和華見證人王國聚會所，在新竹活動的研究，現在大概很難找到來龍去脈。

第十是一個大題目，一直到今天沒有處理好。我們曉得河洛人、客家人曾經械鬥過，但在北埔有個「金廣福」，這個「金廣福拓殖集團研究」，我的重點就是械鬥的研究。台灣很有名的歷史學家，他的歷史書寫裡面，一談到械鬥都不敢多談，這是為什麼？因為很「見笑」，台灣人自己「刣」自己人，不要談。在原鄉中國，械鬥是不同族群的械鬥。台灣械鬥裡隱藏了非常悽慘的因素，因為從清朝開始，有一個墾戶制度。原住民對土地觀念只重使用權。本來我們現在想起來，理論上來講，人怎麼可以擁有土地？只能使用啊，如果有神，是神給予人的啊！只能使用土地，這點土地史觀，原住民比我們漢人更強。我們漢人來台灣開墾，實際不是有錢人來開墾，都是「羅漢腳」，沒辦法生存，要給人家當佃農，當不成就往山地裡面去。原住民還有個特點：他們很怕鬼，人死了就埋在床下，越埋越多沒地方埋，沒地埋了所以就搬走，我們漢人、「羅漢腳」就給他半騙半交易，一年給你多少鹽巴、

多少米，土地就給你開墾。開墾五年、十年、二十年已經完成開墾好了，這時有個人來了，這個人他有幾個條件：他有幾個壯丁、幾把槍、一些資金，這個人跑到縣太爺那邊就可以申請「墾戶」，拿到墾戶執照以後，那些開墾了十年、二十年的土地，他說：「欸！明年你們開始要納租喔、要納稅喔！」所以有「番租」，番租就是原住民要納租，我一下變成你的「頭家」，你們就變成「佃農」。這個中國辭典沒有，台灣特有的。

　　為什麼提到這段？以上這段不是我創的，我是早期——很早很早、戒嚴以前——在台灣銀行的經濟研究室，從一百多本有關台灣歷史的史料裡面查出來的。凡是墾戶，就是財產經濟集團，也就是產業集團，產業集團要往外發展，一定會衝突，衝突就要打，誰去打？當然佃農去打，書上講的：你有三個兒子兩個要去，兩個兒子一個要去，你不去，台灣一個特有的名詞叫作「吊佃」，吊佃什麼意思？就是明年開始田不給你耕，所以族群械鬥原因是經濟利益的搶奪，是那些墾戶的搶奪，犧牲了可憐的佃農，佃農死掉以後還要被人罵，不敢承認父祖、我的誰是械鬥而死，死了還留下汙名。我一直以為台灣歷史上最可憐的人就是這批人。金廣福的組織是由河洛人、客家人合起來開墾，以這個正面的題目來帶動、來談。台灣有沒有專門的一個博士論文，看台灣的佃農制度？苗栗來講兩個，有個叫陸安成集團，一個黃南球集團，後來黃南球集團勝出，陸安成集團就被消滅了，殺了很多人，殺人的是佃農。佃農是為了生存不得不去，死了還被人罵，像這研究台灣是非常需要的，我是用這名字「金廣福拓殖集團研究：械鬥、墾戶制度的追尋」，這個是 Ph.D 的大題目。

　　第十一是個大事件，一九三二年永和山，在頭份鎮後面，台灣共產黨臨時中央和農民組合臨時中央，都落在永和山那個小水潭旁邊。被一個鍾日紅（警部補），台灣人第一批升為警部補的有兩個，一個河洛籍，一個客家籍，你看統治者自古以來分而治之，把你分開來好管啊！客家籍的叫鍾日紅，在頭份隱藏一個月，把台灣共產黨臨時中央、台灣農民組合臨時中央的負責人抓了。國際在談亞洲史、農民組合的時候都會提到「永和山事件」，這也是一個 Ph.D 的題目。再延伸下去，為什麼後來「二二八事件」以後的

白色恐怖事件，最窮的大湖區，新竹大湖（日治時期新竹州大湖郡大湖庄，今苗栗縣大湖鄉）這帶的人被抓的最多？這都是有線索可循，都是很好的研究題目。

　　第十二，「科學園區以竹北地區建築物的文化研究」，這是我本人經過高速公路最難過的地方，台灣的新型建築裡，新竹市的東北角科學園區延伸到現在的竹北這一帶，也就是我們往高速公路去的右邊，它的每棟房子地基特別小、特別高，所有房子是由許多九十度框框堆積，而所有的窗戶是兩個長方形為一個單位，做成一個正方形，瘦瘦、高高、黑黑的，台灣建築沒這麼難看的。同樣的，你去看台中，台中中港路一下來沒有多久，有個圓形的，圓形的後面有一個斜度的，對面有個建築和竹北完全一樣，瘦瘦、高高，但它的電梯做在外面，每一個電梯外面加上淡黃色的裝飾，看起來就沒這麼不舒服。其實自然環境與人文空間的切割，這種關係的處理，台灣建築學裡不知道為什麼沒有這塊？建築物很難看。這邊我要稍微提一下，清華大學人文社會所，建在十八尖山，都很好，只有個缺點，你那個陡陡高高的一個柱子不好看，那怎麼辦？有一個辦法，讓旁邊的樹長高，把它平衡掉；林瑞明教授，你那個人文學院的那個門是黑色的、厚厚的太沉重，也是「不好看」，怎麼辦？旁邊綠色植物增加平衡掉，像這些，這種自然景觀與人文的空間切割取得一個和諧平衡，這沒什麼困難的。我舉個例子，有個名字我不好講，是個賣餅的，他在全台灣各市開店，有個特點：一定是兩個並列店面是深紅色的，我一去看我會受不了，其實這不要什麼學問，我建議你，你在五公尺以外，你眼睛睜大大的看，一分鐘你就受不了了。所以所有的很崇高的學術，是從自然鑽出來的。那些建築我看到就難忘那個難受，現在沒有了，因為看那個樣子就不對嘛！同樣道理，新竹竹北土地很小沒錯，房子要蓋不高不行，那你為什麼造型上、顏色上不相互配合？因為線條只有兩個：直線還有曲線，直線和曲線形成的建築，那顏色和別的東西的配合，讓它和自然景觀取得一個和諧。關於這點，有個雜誌，曾經叫我設計過一個題目叫做「台北市的文化違建」，我提出十二個論文題目，大家不敢寫。我認為竹北要怎麼改？讓專家去研究，如果有興趣我可以提供一些意見。

順便提一下，台中市幾年前在水湳地區想建一個跳脫地面三百公尺，做一個台灣形的「東西」，然後上面變小植物園，這中間如果是三百公尺大樓沒有問題，但它是用柱子把它挺起來的，只有我一個人反對，我說這樣很簡單，反對黨一句話把你打死啊，「掏空台灣」嘛！現在台灣很多大建築都是被外國標去的，外國不知道台灣的人文歷史，如果我來設計，給我一千塊就夠了，把挑高三百公尺改為往地下挖三十公尺建築這個東西，然後再用雷射光往天空照，讓天空出現一個台灣圖形，那非常棒啊！台灣的大地光芒可以在半空中呈現，這腦筋一轉就好了嘛！這樣還是國際地標哩！同樣的道理，台灣的建築很多地方實在是要去修。日本人很厲害，當年殖民台灣，一個都市的中心點一定是警察所，最高的地方是神社。我們台灣的建築業，我是覺得可以多往文化和色彩學、形狀學去研究。

第十三，「新竹畫家李澤藩研究」，這研究包括兩個：畫家與藝術教育家兩個層面，因為李澤藩是李遠哲爸爸，我是給他教過的，我是不成材的學生，不過我現在還在畫，可以來我家樓下看，我最近的作品好像還不錯。李澤藩是一個藝術家、最重要他是一個美術教育家。很奇怪，上他的課，每個人都很喜歡，上到大家都覺得很有趣，這是很特別的，這值得研究。

第十四，「新竹地區『魍神仔』研究」，「魍神仔」這名字是我取的，後來客家庄裡的「亡神仔」用死亡的「亡」，如果「亡神」的話，這是精神醫學的問題，如果用「魍神仔」，那是文化人類學還有宗教的問題。什麼是「魍神仔」知道吧？我曾經帶一個博士生去客家庄田野調查，當地人說是「亡神」，「亡神」那就是精神醫學的問題。台灣有一個留美的教授，最近回來做這個研究，我看那個內容還不夠，這是國際級的研究題目，因為世界各地方都有同類（雖然名字不一樣），都有這個東西──「魍神仔」。新竹地方的「魍神仔」的研究，這也是一個 Ph.D 的題目，而且這研究非常有趣，你一定要做田野調查，田野調查好玩哪，非常好玩，這裡面迷信和幻想精神醫學之間的東西，很有意思。我帶人去田野調查，有看到一個狀況，你不可能了解啊，因為有個人塞進水涵洞裡，以身體的體積和水涵洞的比例而言，不可能進得去，可是衣服脫光卻塞得進去，你怎麼講也沒道理啊！所以這很有

趣，這是新竹地區有關「魍神仔」的人類學研究。

第十五，「試探新竹地區傳統產業的再生」，這馬上很有用，現在講究文化觀光產業，大家大概不曉得客家人用得最成功的是「桐花祭」。「桐花祭」是在我家決定的，我和客委會的主任祕書在我家裡面談，題目是我提的，我用了一個「祭」字，有個台大的教授批評了一頓：「什麼都可以用，就是不要用那個『祭』。」他望文生義，用文字解釋，我就用人類學家范傑納（A. Van Gennep）的「通過儀式」解釋，他就搞懂了。這個「桐花祭」第二年的收益有兩億，是最成功的文化產業。文化產業的研究其實很簡單，客家話有一句話：「鬼長鬍子，人湊上去的」，「鬼長鬍子」，這兩句話放在文化產業，鬼不是一般人平常看得到，抓到還不夠，要人給祂長鬍子，就是加上創意，這句話可以當作文化產業的一個原則。

第十六，「試探新竹科學園區的再生」，現在科學園區很多搬到中國去，搬到中國沒關係，我們就業人口也搬了，我們既有的那些房地產，我們怎麼樣的活用？怎麼樣讓它類似的，或者不同的科學產業在這裡展開？哪些可以在台灣，在這個地方好好地用。新竹科學園區的能夠再生，就是新竹地區的再生，新竹地區的再生，影響不得了，新竹都能夠再生，北部、南部一定會。所以新竹科學園區的再生，變成一個很重要的一個研究題目。

第十七，是很大的題目，我受影響很深、很不好動手去處理的「1895年新竹地區的抗日研究」，這都是有書、有記錄的，姜紹祖、吳湯興到新竹市三進三出，進去被趕出來、趕出來又回來，在新竹城東北角高樓上，有生意人掛著日本國旗，但是新竹郊外的作戰是非常慘烈。現在的動物園，從前的名字叫「雞卵面」，現在的十八尖山下面到清大那邊，全部是甘蔗園，姜紹祖在甘蔗園主人的地下室裡吃鴉片自殺，像這些痕跡都不在了，為什麼當時的抗日，當地的人會避而不與？為什麼三進三出，打得很慘烈，死的都不是當地人？這段歷史是很大而且充滿爭議性的題目。

最後，第十八，「新竹地區思想家探索」。很多年前我到處問人台灣有沒有思想家？很多人說沒有，有人說有，我問他哪位，他又說不出來，台灣有沒有思想家？這是整個人文社會科學共同要探索的問題，思想包含的層面很

多：哲學思想、社會思想、科學思想、政治思想，這些非常龐大，尤其是這個思想家，發生在一九四五年終戰那一天，到一九四五年十月二十五號這段時間台灣的各界領導人他們做了什麼？這個有資料，在美國可以查，美國有關單位對台灣菁英有過什麼接觸？菁英們有過一些提案或做些什麼沒有？最後的結果怎麼樣？最後的結果在「二二八」，那些人幾乎沒有例外，那些菁英都死掉。所以這一段東西，我們絕對是科學的立場，冷靜地去探索，我是藉著台灣思想家的探索來談，像這些東西，台灣要健康發展必須要了解，像我寫過《台灣人的醜陋面》，我一生寫的東西都從檢討自己開始，然後往外面。一個個人、一個民族不懂反省沒有用，尤其是一個共同族群或者家族的缺點，自己看不到。第二個看到以後，你要承認實在很困難，因為很「見笑」，大的缺點你承認以後，勇敢面對，改過了，那才是真正的成長，像這種概念和立場，在整個竹塹學的研究上都可以變成這種心態、這種觀念。

以下是提竹塹學的建構，每年開個學術討論會還不夠，我想主辦單位大概也很難說某某教授你寫什麼、你寫什麼，不好這樣啊，只好讓他們自己去寫。如果我們有長期性、跨校性的機構，他們就可以在還沒開會以前，半年甚至於今年這屆完了一個月以後，就開一個檢討會來設計下一屆研討會主要內容是什麼，這樣的進程我簡單提幾點：第一由新竹教育大學來奠基，三所國立大學共構，不要抱著是新竹教育大學的事情，這是新竹地區的學術研究，一定要這樣，三間大學共構，共同來完成，希望能夠成立研究室。清大比較大，放在清大也可以，不一定要放在教育大學。

第二點，分門別類分組的必要，關於這點，我這個非學術界的深深的體悟到台灣自然科學的研究，早幾十年都是分組分科的研究，沒有單打獨鬥的，我一個朋友在台大，他是中研院的研究員，他有一個原子分子研究室，在台大有幾個教授合起來，他的研究室有十二到十六個博士生、研究生，裡面有來自中國、來自日本的、來自東南亞的，他們十幾個教授合起來，成為這個研究的小組。我們人文社會都單打獨鬥，我別的不講，你如果要把一個學說弄通，一個人「沒法度」，別的不講，講「結構主義」，各建築學裡面、人類學、社會學都有，就文學裡面「結構主義」那條線，你就要幾個人一起

共同研究，興趣相同，年齡不要差太多，就可以一起研究。我讀了一本書叫
作《現代文學理論》，日本版的，是三個專家共同寫的，一個是傅柯專家，一
個是索緒爾專家，另外一個我忘了，三人共同寫的，這本書不是給剛入門的
人看的，是給專家看的。你一看它的內容，你會發現一定要共同去研究。關
於這點，你不得不怪我們教育制度，我的意思是說，教育絕對是專門學問，
請你進來當助理教授，你是研究什麼？請你提出一個升到當正教授為止，你
的幾段研究，詳細地寫出來，教育部給你核准，你就根據你的研究提出你的
論文，你升副教授、正教授。現在都好像是大家在比誰論文多，這個和世界
來比會把人文社會搞慘。另外一方面，台灣的大學部分的升等，翻譯好像不
算，台灣最重要的一個東西是什麼？是專業辭典，人文社會的專業辭典很
少，台灣有個最大本文化人類學辭典，那本書是一九九〇年浙江人民出版社
的「簡易某某辭典」，變成繁體字加些詞條而已。不能怪教授啊，我們的制
度要改，除了我當教育部長以外這也沒辦法，這是第二點，一定要分組。

　　第三點，提交進度表，研究一定要提交你的進度表，一年一度研討會的
時候檢視你的進度表。最後一點，你的經費來源，一方面向產業界來募款，
教育部、文化部是重點，當然教育部、文化部要捐錢，然後政府、文化局、
各大學共襄盛舉，我想竹塹學如果成功，是歷史性的創舉。現在已經有個雛
型，各地方也有類似的，在這個當中最積極的部分應該就是竹塹學，希望各
位教授、專家以個人的學術來奉獻社會，這是個開創性的美好的事情，希望
竹塹學的成功是學術的、也是個人人生成功的一條路。研究小地方有沒有意
思？有一位偉大的人類學家 Clifford Geertz，有人翻譯成紀茲（克利弗德·
紀爾茲），紀茲說過很有趣的一句話：「偉大的智慧往往藏在螞蟻窩裡」，這
個螞蟻窩是什麼意思呢？第一個，它是自然的、是在地的，從這裡可以研發
出偉大的東西。今天我們大唱國際化，實際上是世界上的政經強權他要吸血
啊，我們在地的地方首先一定要自強，自強就讓我們本地的學術研究、產業
的發展平行分工，而不是上下分工，所以我們做這樣的事情是學術的、也是
產業的，也是救當地的人民生活的方式，謝謝！

陳萬益教授

　　非常精彩！不過時間不夠，我建議陳惠齡主任請李喬先生來當駐校作家、或做一系列的講座，大家好好談一下明年度的、第三屆竹塹學，論文題目範圍都已經訂了，那怎麼樣的結合清華跟交大好好開展竹塹學的研究，李喬先生給我們很多的啟示，我們還是謝謝李喬先生的精彩演講！

魏清德島外紀遊作品芻論
——以對東亞各地文明狀況的觀察和思考為中心

朱雙一[*]

摘要

　　乙未割台之後，台灣民眾一方面無法與父祖之地割斷聯繫，甚至有些人內渡回到原鄉，另一方面，也不可避免地與殖民宗主國有了較多的往來，於是台灣人的生活中就增添了諸多前往日本或中國大陸短期旅行乃至較長期旅居的經驗。台灣文人、作家前往日本和中國大陸旅行，由於各人的職業、身分、情感乃至政治立場並不完全一樣，因此他們的觀感、認知、感受也往往大相徑庭。如以台中霧峰林家為核心的「櫟社」具有強烈的民族意識，相比之下，台北為日本殖民統治的中樞，殖民者對文人採取更多的籠絡手段，不少台北文人在日人報刊等機關任職，其主要詩社瀛社等，就在《漢文台灣日日新報》上設有「瀛社詩壇」等欄目，自然呈現較為「親日」的面貌。[1]

　　魏清德為新竹人，學成後長期生活於台北並最終遷居台北。新竹正處於台北與台中之間，堪稱新竹文人之代表的魏清德，由於長期在台北的《台灣日日新報》等日人報社任職，與台北文壇自有深厚淵源，卻又與台灣中部和南部的文人有所交往[2]；既曾前往日本觀光遊覽，也曾來到原鄉故土，乃至

---

[*]　兩岸關係和平發展協同創新中心、廈門大學台灣研究院教授。

[1]　對此廖振富教授已曾指出，見其《櫟社研究新論》（台北市：國立編譯館，2006年），頁198-213。

[2]　魏清德的詩題文題中，既有與北台文人（含遷居或長期在台北任職、工作者）如李春生、顏雲年、謝雪漁、王少濤等等交往的，也有與中台、南台文人密切關聯的，如連雅堂、趙雲山等；當然，新竹本地鄉親，亦多往來，如王友竹、蔡式穀等等。

同為日本殖民地的「滿鮮」旅行，其紀遊作品會呈現何種面貌？與台北、彰化文人相比，又有何獨特之處？魏清德表面的文字與其真正的內心所想是否完全一致？是否有言不由衷甚至正話反說的情形？以及在日本統治下三十多年的筆墨生涯，魏清德的思想和觀點是一成不變，還是有所發展變化等等，這都是本文想要考察和探討的問題。

關鍵辭：魏清德、紀遊詩文、文明考察、民族認同

一 文明狀態的觀察和思考：魏清德出遊的主要動機

　　魏清德的紀遊作品主要包括詩和文兩種類型。文傾向於理性的觀察和思考，詩則更多地抒發情緒和感懷，呈互補關係，很好地展現了詩人複雜斑駁的內心世界和認同狀況。一些送往迎來的詩作，也可視為廣義的紀遊詩作，因為它們往往表達了作者對於外出旅行的看法和態度。首先，親友遠行，詩人難免有離愁別緒的表露，如〈宜園小集送雪漁詞兄之呂宋〉寫道：「此日宜園景物佳，山川故土信堪懷。何因拂袖辭妻子，舟向天南水一涯。」[3]然而更多的是表現出支持乃至羨慕，這主要是因為作者認識到台灣本是狹小落後的地方，在當今世界文明發展突飛猛進之時，台灣人不能局促於家鄉一隅，而要開拓視野，特別是前往海外接受新知。這也是當魏清德自己有機會外出旅遊時，絕不限於遊山玩水，而是將文明考察擺在首位的原因。他曾寫道：「吾人殊慫恿本島人之觀光內地，而無徒驚其文化之發達，必研究其發達真理。堯舜人也，我亦人也，能自覺醒努力，烏有不進步者哉？」[4]意謂不僅要看到表面的文明狀況，更要進一步考究其文明發達的原因，如此才能促進自己社會的進步。又如〈怡樓小集送瘦雲君渡廈〉寫到：「吹萍南北會怡樓，載筆何當共遠遊。盡說賦詩兼送別，雄心飛渡入神州。」[5]筆下流露欽羨、鼓勵的意味。又有〈送蔡式穀君留學東京〉二首，除了表露「明知斯別壯，忍與故人違……明日基隆道，相逢又幾時」的離愁別緒外，其第二首寫道：「明月出簷隙，照人離別顏。江湖春水遠，莫想舊家山。子以毅能斷，人因怠乃頑。懸弧四方志，奚事老鄉關。努力勤修養，學成刺棹還。」[6]稱

3　魏清德：〈宜園小集送雪漁詞兄之呂宋〉，黃美娥主編：《魏清德全集・壹・詩卷》（台南市：台灣文學館，2013年），頁168。

4　魏清德：〈東遊見聞錄〉，黃美娥主編：《魏清德全集・參・文卷》（台南市：台灣文學館，2013年），頁266。

5　魏清德：〈怡樓小集送瘦雲君渡廈分尤韻〉，黃美娥主編：《魏清德全集・壹・詩卷》（台南市：台灣文學館，2013年），頁166。

6　魏清德：〈送蔡式穀君留學東京〉，黃美娥主編：《魏清德全集・壹・詩卷》（台南市：台灣文學館，2013年），頁172。

讚蔡式穀素懷大志，不拘囿於家鄉故地，毅然果斷決定到日本留學，並自謙地說自己懶惰，不求上進，流露的還是對海外留學的嚮往。台北詩人王少濤前往廈門時，魏清德撰寫了〈送王少濤芸兄任鷺門旭瀛學堂教習〉，後來又寫了〈寄王少濤君二首〉，其二詩曰：「聞道行蹤歸有期，且欣紅鯉寄新詩。神州豹變獅醒日，瀛社風流雲散時。半夜刀聲驚杜甫，一床禪榻待王維。祇愁廈埠彈丸地，未悉雄談快所思。」[7]該詩發表於一九一二年二月十三日的《台灣日日新報》「詞林」欄，其中的「神州豹變獅醒日」，指的應是辛亥革命。當時中國被視為「睡獅」，辛亥革命讓詩人感覺這頭巨獅正在蘇醒過來，說明他對於祖國其實有著深厚的關心和期待。「半夜……一床……」聯，說明王少濤詩作在特定環境下，兼具出世和入世的多樣性。即如謝雪漁赴馬尼拉，魏清德也寫詩相送，先是詩人雅集課題作詩，似乎對朋友離鄉別親前往外地不大以為然；然而幾天後所寫〈次韻送社友雪漁兄赴馬尼拉〉詩中，卻將謝雪漁前往馬尼拉稱為「欲將舊曲翻新曲」的「男兒行止」，對照於自己仍拘束於故里家鄉無聊地過日子，其躍躍欲試也想往海外開拓眼界，一展宏圖的心情，溢於言表。將魏清德對於海外旅行的觀點表現得淋漓盡致的是〈三月二十二日吾竹周君貢南鄭君維乞訪余客邸云將遊學東都鄭君大明王君原吉亦將偕往謹賦此言別〉，開頭就寫道：「落日正銜大屯山，君言遊學歡我顏。七鯤原是小天地，紅羊有劫無仙寰。多君志銳愛勇往，擬輸智識入台灣。」指出台灣幅員狹小，又正經歷著一場大劫難，稱讚年輕人的「志銳愛勇往」，表達了為年輕人敢於外出留學深感高興的心情和對其學成後將知識輸入台灣的期許。在接下來的幾句「神京輦轂集才俊，龍騰雲隨紛仙班。芙蓉富嶽聳靈異，珍瓏四望不些頑。白扇倒懸頭戴雪，皎如日本刀光寒。江山如此足尚武，豈獨櫻花遊蛾鬟」盛誇東京的美景、街市的熱鬧以及日本人的尚武精神後，繼續寫道：「徐福遺書多秘本，陽明活學呈大觀。更崇歐美新學派，參以和漢舊思瀾。一戰勝俄乾坤撼，萬年肇國磐石安。執牛耳東洋

---

7 魏清德：〈寄王少濤君二首〉，黃美娥主編：《魏清德全集・壹・詩卷》（台南市：台灣文學館，2013年），頁168。

盟主,附驥尾吾輩心肝。竭來織鳥如轉丸,大江西流去無還」,說明古代日本大量接受了中國文化,近來更引入歐美新學,將傳統和現代思想加以融匯參合,所以能戰勝俄國等列強,成為東亞的執牛耳者。該詩最後寫道:

> 男兒及壯須努力,吾獨敢為足蹣跚。吾黨蔡氏亦傑出,多君異彩光爛斑。眼中之人多畏友,與余意氣實相關。送君此去思追攀,抱琴不作別聲彈。寰球三月花木攢,祝福吾竹惟琅玕。[8]

對蔡式穀等新竹青年勇於走出台島一隅追求現代新知的精神行止表示欽佩,表達自己作為有志男兒不能蹣跚不前,而要接踵前行的意願,也說明了魏清德視前往海外旅行的主要目的,在於考察和學習現代文明知識,將其帶回台灣以更好地服務鄉梓、建設台灣。這一目標,在魏清德自己有機會前往海外時,得到了貫徹和實現。

　　魏清德這一目的,與其他人的前往中國原鄉時,多發思古之幽情,抒河山之歎,表民族之情感有所不同。他曾逕言:「有心人當不能僅以歌舞湖山潤飾昇平為能事也」。[9]不過,魏清德也並非全然沒有懷古傷時的吟詠,只是著重點有所不同而已。從他為連雅堂《大陸詩草》所作序言中可窺一二。他指出此前台灣人多局限於島內之旅遊,連橫的大陸行,無疑開闊了台人之視野:「第思我先民在昔自大陸徙居來台,涉重洋,冒危難,披荊斬棘,私我後人,當其時,豈暇治文字哉!其後騷人墨客蟬聯競起,類皆寄滄洲之興趣,圖島內之風光,欲求如連子行數萬里路、大暢厥辭者,奚可多覯。」又寫道:「詩可以興觀群怨者至矣。余序連子之詩,不得不先敘我大陸數千年人物藝文之煥發,我祖若宗競爭聚族之舊國。今連子涉江渡河,出長城,登

8　魏清德:〈三月二十二日吾竹周君貢南鄭君維乞訪余客邸云將遊學東都鄭君大明王君原吉亦將偕往謹賦此言別〉,黃美娥主編:《魏清德全集・壹・詩卷》(台南市:台灣文學館,2013年),頁172。

9　魏清德:〈滿鮮遊記〉,黃美娥主編:《魏清德全集・肆・文卷》(台南市:台灣文學館,2013年),頁298。

陰山，忖其志，豈徒以詩鳴哉？將於目之所擊，足之所履，人力舟車之所至，懷古傷時，慨然著為吟詠。道山川美好，不可不惜；國家民族歷史興亡，不可不鑑。是故義存乎揚厲，不嫌其夸；情迫於呼號，不病其激。而其奔放處，苦心孤詣，務去陳言，其辭雖騁，其旨實歸阮嗣宗、左太沖〈詠懷〉、〈詠史〉之流亞也。」[10]則從遊覽山川之美，進一步上升到對國家民族歷史興亡的關注和感懷，而這正是或隱或顯深藏於魏清德遊記中的精神脈絡之一，借為連雅堂《大陸詩草》寫序而得以流露。

二　對大陸閩粵地區文明狀況的考察和省思

如上述，魏清德外出旅遊的主要目的在於對各地文明狀況的考察和省思。根據黃美娥主編：《魏清德全集》，魏氏於一九一〇年元月進入《台灣日日新報》社擔任編輯，一年後的一九一一年一月二日，加入由五十四人組成的旅行團先後遊覽「南清」——廈門、汕頭、香港、廣東等地，並於一月十五日起，開始在《台灣日日新報》上發表散文〈南清遊覽紀錄〉和詩作〈南清紀遊〉。一九一三年四月十三日至五月二日，又承報社之命偕日本觀光團一行十餘人赴日，參觀遊覽了下關、宮島、大阪、京都、東京、橫濱、名古屋、奈良、神戶等地，並於四月二十三日至六月初，在《台灣日日新報》上刊出散文〈東遊見聞錄〉和詩作〈東遊吟草〉。一九一五年九月十四日，魏清德陪同《台灣日日新報》社長前往福州協助拓展閩報的業務，歷時近四個月，至翌年一月七日返台，撰寫了散文〈旅閩雜感〉和若干詩作刊載於一九一六年一月二十九日至三月八日的《台灣日日新報》。一九三五年四月二十二日至五月十三日，赴日本東京參加斯文會舉辦之儒道大會，並參訪了京都、神戶等地，撰寫了〈東游紀略〉發表於一九三五年五月底至六月中旬的《台灣日日新報》上。一九三六年五月九日至三十日前往「滿洲」和朝鮮，

行程包括大連、旅順、湯崗子溫泉、新京（現長春）、哈爾濱、奉天、撫
順、平壤、安東縣、外金剛、九龍淵等地，並撰寫後來總題為《滿鮮吟草》
的系列詩作和〈滿鮮遊記〉，發表於一九三六年六月二日至九月十九日的
《台灣日日新報》上。一九三九年三月重遊廈門，並撰寫了〈重遊廈門雜
句〉等詩發表於《台灣日日新報》上。綜觀這些作品，可發現其與眾不同的
若干特點。

　　首先，與一般遊記多觀河山風景、名勝古跡而發思古之幽情或表達某種
民族情感有所不同，魏清德的域外遊記將更多的筆觸放在各地人文景觀，詳
細記錄了遊走市井、訪見舊雨新知的過程，並用夾敘夾議或直接議論的方
式，說明了自己對於一些文明、文化乃至政治問題的看法，具有比較深刻的
思想意義。一九一一年新年伊始第一次赴廈門、汕頭、香港、廣東（實指廣
州）旅行時，他常將台灣的先進與「支那」[11] 的落後加以對比。他的「第一
眼」印象，廈門頗不「現代」：「雖為船舶往來之區，然市街不潔，道路窄
狹，臭氣薰蒸。西人雖貪其貿易之有利，然惡之，住宅皆卜鼓浪嶼」，以
「避疫氣」而「全衛生之大道」。[12] 汕頭「道路雖不潔，然視廈門則猶有可
行」。不過警察則都一樣：汕頭巡警裝束若台灣之壯丁，衣裳則黑，不帶刀
而執棍，兀立路傍，狀頗良順，而意氣沮喪，與台地之警官有天壤之別。作
者發現：「其國雖野蠻專制，民權未盡喪，故巡警不敢橫行威福」，但「捕盜
之敏捷及保護人民之生命財產，則我台灣之警官或者其長歟？」[13]，雖在誇
耀台灣，無意中卻透露了台灣警察的蠻橫和霸道。對於潮陽，魏清德同樣印
象不佳：「潮陽人口號稱百萬，市街頗繁華，然視汕頭不潔猶甚，且狹窄，

---

11 當時日本人稱中國為「支那」，魏清德作為一個在總督府官方報紙《台灣日日新報》任
　　職者，也跟隨著稱呼中國為「支那」，帶有特定時代的印跡。
12 魏清德：〈南清遊覽記錄〉，黃美娥主編：《魏清德全集・參・文卷》（台南市：台灣文
　　學館，2013年），頁138。
13 魏清德：〈南清遊覽記錄〉，黃美娥主編：《魏清德全集・參・文卷》（台南市：台灣文
　　學館，2013年），頁140-141。

行人雜沓，往來不便。挑薪婦女狀若台灣之客婆，矯健有力。」[14]此外，其
風氣未開，如所謂「水道」（即自來水管道）的鋪設，本為現代文明之舉，
但卻遭到部分本地人士的反對，其理由是：「以水道水放魚則死，以井水放
魚則生」[15]，顯然視自來水為毒水，其閉塞迂腐令人啞然失笑。

　　不過，魏清德對於香港和廣州則頗多讚賞，如寫道：「香港道路廣闊，
而地則甚狹，道路皆以紅毛土及石灰卵石砌成者，雖雨水，無泥濘難行之
苦。地之建築物皆四層樓，菜市建築費當數百萬，餘可類想也。海灣一帶市
街乃埋填海灣而成，有電車、人力車、馬車、自働車等往來，交通便極」。[16]
廣州的「市街如此其繁華，物產如此其殷富」，也讓魏清德印象深刻。他看
到：「珠江大小船隻密如蟻集……舟行，回視碼頭沿岸輪船如織，帆檣及煙
突林立蔽港，泱泱乎表南清之大都會者，其廣東乎！兩岸市街航約一勾鐘間
始不見」。[17]他甚至明確地承認，台灣比不上香港、廣州的繁榮：「立船頭一
望，則香港市街燈火視星宿猶多，稻江沿岸夜來之燈光真不足持以比較」。[18]
他上了香港太平山，發現那裡「公園設致幽雅，樹木陰翳，在市街之背後，
集六洲各地溫、熱帶植物，視台北苗圃大甚，非台灣之圓山可比擬也。」[19]
由此可見，魏清德是一極誠實之人，儘管他身為官方台日報的工作人員，身
分特殊，無疑具有為日本統治台灣塗脂抹粉、歌功頌德的既定「任務」，行
文中也確實多有阿諛奉承之語，如「我國今日之致富強，耀令名於史上，亦

---

14 魏清德：〈南清遊覽記錄〉，黃美娥主編：《魏清德全集・參・文卷》（台南市：台灣文
　　學館，2013年），頁165。

15 魏清德：〈南清遊覽記錄〉，黃美娥主編：《魏清德全集・參・文卷》（台南市：台灣文
　　學館，2013年），頁168。

16 魏清德：〈南清遊覽記錄〉，黃美娥主編：《魏清德全集・參・文卷》（台南市：台灣文
　　學館，2013年），頁144-145。

17 魏清德：〈南清遊覽記錄〉，黃美娥主編：《魏清德全集・參・文卷》（台南市：台灣文
　　學館，2013年），頁152-153。

18 魏清德：〈南清遊覽記錄〉，黃美娥主編：《魏清德全集・參・文卷》（台南市：台灣文
　　學館，2013年），頁154。

19 魏清德：〈南清遊覽記錄〉，黃美娥主編：《魏清德全集・參・文卷》（台南市：台灣文
　　學館，2013年），頁158。

由上有天皇之神聖威武，天縱英明」之類[20]，但他還是如實地將其所見所聞寫了出來，並不憚於指出台灣的文明程度——主要指物質文明方面——與香港、廣州相比，尚有落差的事實。

然而，魏清德並不因上述表層的「繁榮」而忽略了所存在問題的嚴重性：「雖幻若雲煙過眼、然刺戟神經，印象腦髓，亦自不少，作〈放歌行〉數首，懷支那山川地域之廣大，城郭人民之稠密，而一以保守退化，遂墜地不振，各處要害利藪悉為歐美各國侵掠而窺伺」[21]。他並頗為清醒地看到當時中國的要害，在於制度、精神上，而不在於物質上。或者說，與其說魏清德關注物質層面的文明狀況，毋寧說他更重視的是制度層面、乃至精神層面的文明狀況。這與當時文人們（包括連雅堂、洪棄生等台灣文人）認為西方為物質文明強、精神文明弱，而東方乃物質文明弱、精神文明強的普遍看法，有很大的不同。這是魏清德的觀察細密、思想深刻之處，也是魏清德島外紀遊作品的第二個特點。

比如，在制度層面，他看到廣州鎮海樓「負山扼險，雉堞逶邐，循山勢上下。城樓材木皆絕大，柱可合圍」，有龍蹯虎踞的氣勢，「明洪武年間之築此，將藉以為百世金湯，千秋磐石」，然而只有樓的堅固終歸流於「無用」，「彼絕險者亦不過一戰鬥上玩具」，「英法戰爭時，此樓為聯合軍所佔領」[22]。在作者看來，物質上的「文明」程度對於中國而言還在其次，更重要的是制度上的乃至人的「現代化」。看到雙門底的「銅壺滴漏」的精準報時，進一步想到中國古代的指南針、幾何測量及力學之應用、曆書、法制、哲理、文字、火藥、活版印刷等等重大發明，魏清德「歎古之文明孰有若支那人種者乎？」不過他接著馬上指出：「而後王專制野蠻，以無用文學之考試愚天下

---

20 魏清德：〈南清遊覽記錄〉，黃美娥主編：《魏清德全集・參・文卷》（台南市：台灣文學館，2013年），頁156。

21 魏清德：〈南清遊覽記錄〉，黃美娥主編：《魏清德全集・參・文卷》（台南市：台灣文學館，2013年），頁153。

22 魏清德：〈南清遊覽記錄〉，黃美娥主編：《魏清德全集・參・文卷》（台南市：台灣文學館，2013年），頁148-149。

之黔首,殺天下之人才,而士亦汲汲為身家財利計,無肯為國家社會盡死力,遂至退化至今,為天下笑,可不悲歟!」他認為,「吾儕幸歸新政府治下,幸勿仍守故陋,奮一足而留學內地,且負笈歐美,養高等之學問,為國家有用新附之臣民。」並自我檢討:「台灣隸版圖十餘星霜矣,而無一人有高等之學識,為朝廷分參贊之余勞,與行政之成功成反比例,是皆由人民之不奮發故也,負陛下一視同仁之厚德,政府當路培栽之深恩」[23]。其實,台灣人之所以尚未有受高等教育之人,正與殖民當局的差別教育政策有關,魏清德此說有為殖民當局塗脂抹粉之嫌;不過,他從中國古代政治制度和教育(科舉)制度的角度檢討中國文明退化衰頹的原因,顯然具有其深刻性。

魏清德具有相當的歷史知識。他知道,此次旅行所經之廈門、汕頭、香港、廣州等地,悉與「南清條約」有關係,而該條約乃「鴉片戰爭之特產物」[24]。英國靠武力打敗了清朝,得以攫取香港,並逼迫清政府開闢沿海通商口岸。作者寫道:「由是觀之,該戰爭兩國之是非自定,然勢力平均有公理,強權之外無公理,為國者皆可以鑑,而不獨支那一國已也。」而強與弱,「惟視一國之國民愛國心及政府之措置為何如耳!」[25]他看到了問題的關鍵所在,一是精神方面,即「國民愛國心」;另一則是制度方面,即「政府之措置為何如」。

值得注意的是,廣州和香港還有所區別,香港作為英國的殖民地,雖然其居民大多是中國人,但其現代化文明程度高過廣州,可見是否「文明」,並不在於「人種」,而在於「制度」和「精神」。作者甚至通過稱讚香港來對日本在台統治的一些弊端加以針砭,如轉述了船津領事所介紹的香港當地狀況:「英政府之經營香港殖民地也,政策務取懷柔,上海公園不許支那人入

---

23 魏清德:〈南清遊覽記錄〉,黃美娥主編:《魏清德全集·參·文卷》(台南市:台灣文學館,2013年),頁149-150。

24 魏清德:〈南清遊覽記錄〉,黃美娥主編:《魏清德全集·參·文卷》(台南市:台灣文學館,2013年),頁155。「南清條約」亦稱「江寧條約」或「南京條約」。

25 魏清德:〈南清遊覽記錄〉,黃美娥主編:《魏清德全集·參·文卷》(台南市:台灣文學館,2013年),頁156。

內遊玩，當地則不然，受公園之利益者，支那人視外人猶多。其政策不妄為
干涉，殊尊重其習慣，鴉片、賭博，強半放任，違者僅課以罰金。彼又為之
填海建市，招集內外商人以俾其利益。故英政府一言，則當地之支那人莫不
響應爭先，有如文王築臺，庶民子來之概。是英政策之成功，不獨貿易繁
盛，市街整理，建築物軒渠，即精神上，支那人亦歡心服從，不為排斥之舉
動。」，並稱「此數點，台灣之官民可參考也」[26]。這裡魏清德似乎想用英
國人的「懷柔」政策作為在台殖民當局的榜樣，其中或許隱藏著對日人統治
弊端的不滿和省思。

　　一九一五年，魏清德奉報社之派，再次來到福建，在福州逗留數月，
「由對岸以觀吾台，覺人民之活動、行政之設施、社會之組織、經濟之狀
態，別是一副廬山面目」[27]，因此撰寫了〈旅閩雜感〉介紹其觀察心得。他
仍注目於當地的一些不文明現象，表示：「吾人旅閩中最為厭惡之處有四：
一為市上之惡臭，二為飼狗之橫行，三為肩輿之轎閛，四為喝熱酒。」如福
州艇妓十中八、九皆具有花柳病惡疾，男子嫖妓，歸家傳染其婦，或更嫖他
妓，次第傳染，其害甚於洪水猛獸，又甚於肺癆、百斯篤等，無形使人斬嗣
絕後，因此發出「不有當局取締，設檢黴制度，則支那民族之四億不可得而
長保也」的警示。又如，「轎夫之衣裳襤褸甚於乞丐，使人厭惡，一昇官紳
有力及外人輩，則發揮其劣等之國民性，匪獨揚揚自得，甚於晏子之齊御，
從而推倒同胞之衣裳楚楚、禹步於街上者，無所忌憚。中流社會以上階級，
亦往往為黃金美女所誘，為虎作倀，乏國民的自覺，彼轎夫之無知，又烏足
以酷責之哉！」[28]此外，幣制之不統一，銀價陡起陡落，靡有定規，也讓旅
閩中的魏清德頗感不便。

26　魏清德：〈南清遊覽記錄〉，黃美娥主編：《魏清德全集‧參‧文卷》（台南市：台灣文
　　學館，2013年），頁162-163。根據主編者原注，文中「軒渠」或為「軒敞」之誤。

27　魏清德：〈旅閩雜感〉，黃美娥主編：《魏清德全集‧參‧文卷》（台南市：台灣文學
　　館，2013年），頁328。

28　魏清德：〈旅閩雜感〉，黃美娥主編：《魏清德全集‧參‧文卷》（台南市：台灣文學
　　館，2013年），頁352-353。

　　除了這些觸目可見的落後狀況外，在觀察重點上，魏清德顯然仍繼續著數年前觀察中國之所以落後的制度上和精神上弱點的視角。如對於中國家族制度，就頗多觀照。他認為：「支那民族，家族之發達趨於極端，而其制度與君主之專制國相為表裡，是則國家民族之大害也」。歐美諸國，病院、學校、收容所，感化事業等公眾機關發達，因此「無家猶可，無國則不可也」。而在中國，則與此相反，「支那之國既不能造福於民，人將求家族相為保護，養生送死，老安少懷，一家一人不幸，其慘與割地等。至情所鍾，至愛所結，往往婦死其夫、子死其父、弟死其兄、從容就義，慷慨赴死，彼等蓋視其國不足為，社會同胞之不足賴，不得不藉家族聊固吾圉。支那人民苟無家族，則疾病誰歸？老死溝壑！惟其家族含有專制的色彩，故其人民益奄奄然毫無生氣，人民畏去其家，有如靈魂軀殼，社會上智識之交換□矣。」[29]作者十分深刻地分析了中國人（特別是福建等南方省區）家族制度產生的原因，歸結於國家政治制度，而非人種原因。這是因為魏清德之先祖本屬閩南人，身在其中，而現在又開闊了視野，有了西方作為參照系，因此能看出當時中國人的病因之所在。可貴的是，魏清德還能以辯證的觀點來看待這一問題，寫道：「顧支那之家族制度如是，得則相為保護慰安，其失則相為姑息拑制，乏橫行闊步、睥視世界之精神。」[30]

　　另一方面，魏清德繼續探究著當時中國落後的精神（或曰國民性）方面的原因。他指出：「抑支那之退化，坐於數千年來專制，彼武健嚴酷之吏及儒家消極之學，皆不得辭其咎也。」「閩省之人，試問他讀書目的，他便答升官發財、封妻蔭子為惟一目的」。[31]在此文中，魏清德著重從文學角度來分析這一問題。他發現，「閩省文學分新舊二派」，而在立場上，魏氏顯然更

29　魏清德：〈旅閩雜感〉，黃美娥主編：《魏清德全集・參・文卷》（台南市：台灣文學館，2013年），頁341-342。

30　魏清德：〈旅閩雜感〉，黃美娥主編：《魏清德全集・參・文卷》（台南市：台灣文學館，2013年），頁343。

31　魏清德：〈旅閩雜感〉，黃美娥主編：《魏清德全集・參・文卷》（台南市：台灣文學館，2013年），頁338、340。

傾向於革新一方。他寫道:「側聞國家民族之隆替關於文運之盛衰,支那信為文章詞賦美妙之國矣,左、穀、馬、班而後,有唐初盛,蓬蓬勃勃,若駕生龍、馭活虎。其後綺麗去珍,國家民族之氣運一似乎駢體八比之文,奄然欲絕,亡國之音,哀思慷慨,其病非針砭藥餌所不得奏效者。若為鄭衛之聲,逸神蕩志,舉國若裸蟲之蠢蠢然,不知來日之大難,斯膏肓矣,哀思慷慨。譬如人之臥病,尚知呻吟苦痛,鄭衛則心臟麻痺,脈搏停止,雖有鹽水注射,莫能為力。」[32]而福建也有此弊病,「閩省人民所缺憾者,乏進取邁往氣象,文學詩歌、教坊劇界,楊枝柳枝、曉風殘月,使人之意也消。是其薰陶冶鑄,習熟暗示,遞相緣起,遞相因果,度一切苦厄,非發大慈悲心、大金剛力,莫之能救,非虛言也。」[33]因此,魏清德認為:「談支那之改良者,首由政治,其次則民智開發、富源增殖。」[34]民智開發自然與文學有莫大關係。他甚至看到了語言文字改良的必要性:「支那交通不便,其語言未能統一,例如榕垣省會之用語與閩省地方用語不同。文字雖不普及,舉國通用。文字者,有形無聲之語言也,文字為世界的應時勢之要求,則國民思想亦世界的應時勢之要求。文字卑鄙頭巾,則國民思想亦卑鄙頭巾。龍門百斛鼎,筆力可獨扛,惟大文豪為能積健為雄,興文字革命之師,作輿論之指歸者,又其誰乎?蓋改良,支那目下之急務也。」[35]時當一九一五年之年初,數年之後的「五四」新文學運動,此時至多僅在醞釀當中,而魏清德在當時就有對於語言文字改革的如此識見,其意義自不待言。

值得指出的是,魏清德從制度和精神兩方面對中國落後的原因加以檢省,避免了像西方殖民者那樣,總是將東方的落後歸於所謂人種問題。應該

---

32 魏清德:〈旅閩雜感〉,黃美娥主編:《魏清德全集·參·文卷》(台南市:台灣文學館,2013年),頁343-344。

33 魏清德:〈旅閩雜感〉,黃美娥主編:《魏清德全集·參·文卷》(台南市:台灣文學館,2013年),頁345-346。

34 魏清德:〈旅閩雜感〉,黃美娥主編:《魏清德全集·參·文卷》(台南市:台灣文學館,2013年),頁345。

35 魏清德:〈旅閩雜感〉,黃美娥主編:《魏清德全集·參·文卷》(台南市:台灣文學館,2013年),頁344。

說，要有關心才會有批評，因此表面上魏清德視自己為日本人而稱中國人為「支那人」，其實在深層內裡，還是有對本民族愛深責切的味道。他寫道：「日月照臨，神明在上，我東亞民族實迫處此，及今不奮，將安待哉！將安待哉！自治之精神不足，則無以改良政治上之設施；自發之性格不成，則無以啟拓經濟上之鎖鑰；自強之廟謨不定，則無以防外侮、救亡國，調節社會生活困難、人口生產之過剩也。」[36]雖然說的是「我東亞民族」，實指中國民族，其間的感歎寄望之心，恨鐵不成鋼之情，仍隱然可見。

不過魏清德第二次旅閩的最大亮點亦即其觀察文明狀況的第三個特點，在於他看到了福建也在現代化道路上向前邁進，非獨台灣然。這時的福州甚至在許多方面已經比台灣更為「現代化」了。他發現，福州的都市建設其實走在台灣的前面，「二十年前，我台灣都市及社會狀態骎骎骙榕垣，彼大而我小，彼文而我質，彼得風氣之先而我得風氣之後耳。省城用二重門。家屋搆造，城內外木造瓦葺，分西洋式、廣東式、本地式三種，設防火壁及防火池，防回祿不時之虞。」此外公園、茶店、酒樓等，亦讓魏清德印象深刻，流連忘返，「茶店款茶留客，水煙臺、籐椅，香茗一甌，上浮茉莉幾朵，熱氣沸騰，不啻若覆二八美姝於重裀迭褥間也。轎行由萬壽橋上城，中途規模軒礱之茶店比屋而張……他如西湖公園之茶店，若林文忠公讀書之處，楊柳含煙，芰荷出水，以茶亭而兼具料理資格，此中可人自不待贅。」酒樓如「三山座」，「客房廳面、樓上樓下不下百間，有如蜂窩，合台北東薈芳、春風得意樓、平樂遊三者，尚不足以比擬，吾台從未有見如斯之絕大酒樓也。」[37]

又如，「閩省人士類皆斷髮去辮，百分比例視台灣為多，婦人皆解纏，或赤其雙趺，吾不能不為吾台羞厥固陋也。閩省人士之斷髮去辮，始於革命光復，台灣人士之斷髮去辮，其發源本於支那未革命以前，由吾人鼓吹提唱，得大方先覺後援。解纏之事，去歲由各地方自覺，頗為普及，以視閩省

---

36 魏清德：〈旅閩雜感〉，黃美娥主編：《魏清德全集‧參‧文卷》（台南市：台灣文學館，2013年），頁348-349。

37 魏清德：〈旅閩雜感〉，黃美娥主編：《魏清德全集‧參‧文卷》（台南市：台灣文學館，2013年），頁354-355。

婦人猶未，閩省婦人之開明自覺，彼豈由一班新女若要求政權輩所影響而來耶？」[38]

　　學校教育方面也許更為明顯。除了「尋常高等小學」而外，「其上有中學及師範、農林、工業，公立、私立法政諸專門學堂。他如外人所創設之教會學堂，若英華書院外，更有亞美利堅人所提攜倡導之青年會。」魏清德還發現：福州此地「關於女子教育亦頗注重，故新女之呼聲頗高」，而「外人學校皆具有華美之建築物，背山環水，風景佳絕。其主義，則主在其國國語普及，與教會相為表裡，有形無形擴張扶植其勢力圈。」至於「支那人所創設之學校，其程度終不免於幼稚，然往往不乏文明舉動，近來時有學藝會、運動會及修學旅行之舉；又流行標榜日、德兩國軍國尚武主義，及英人種之獨立自營、自助自發、國粹保存、實業注重種種。」雖然苦無良教師及良教科書，並有數千百年來積弊相承，故往往「力不心從，名不實稱」，「然而造作既久，則成自然」[39]。其他方面，閩省官場之勢力，殆為安徽派壟斷獨佔，龍攀鳳附，朋黨附周，然而時任巡按使者，嘗為某親王隨員，曾赴歐美各國視察憲法，「下車伊始，首重衛生，整理路政」。在福州，已有電話、電火（即電燈）、馬路、公園等現代設施，被稱為「四大文明」。其中「馬路今方築造，幅員雖不廣，視舊時道路專用石坂肩摩而轂擊者，相去頗遠。警官立途中，促人靠左邊走。公園在城西之外，傍水為園，故有西湖公園之稱。其地幽趣，有亭臺寺院，畫舫小橋，異日芝草茂木，有馥其馨，論其天然形勢，當不讓我台北圓山公園，則其為彼地文明之誇，不亦宜哉！」[40]筆者以為，其實何止一個西湖為福州文明的表徵，就學校而言，當時福州的學校就遠遠超過整個台灣，如再加上福建其他城市，如過幾年後，廈門就創辦了集

---

38 魏清德：〈旅閩雜感〉，黃美娥主編：《魏清德全集‧參‧文卷》（台南市：台灣文學館，2013年），頁349。

39 魏清德：〈旅閩雜感〉，黃美娥主編：《魏清德全集‧參‧文卷》（台南市：台灣文學館，2013年），頁329-330。

40 魏清德：〈旅閩雜感〉，黃美娥主編：《魏清德全集‧參‧文卷》（台南市：台灣文學館，2013年），頁330。

美學村和廈門大學,福建省高規格大學的創辦,時間上早於台灣,數量上更遠遠超過台灣,再加上福建沒有殖民地特有的差別教育現象——十多年後的一九二八年創辦的台北帝大,其學生以日本人為主,台灣人僅占微小比例——因此近年來台灣媒體、學界經常誇示的日本帶給台灣現代化的說法,未必站得住腳,至少在教育方面,台灣的教育「現代化」就遠遠落後於未受日本殖民統治的福建。

　　當時就有人問:「支那視前有進步乎?」魏清德的回答是肯定的。他將兩次旅閩(粵)的所見所聞加以對比:「五、六年前乘大阪商船泛南清航路,寄港於鷺門、汕頭、香港、廣粵之間,當時凡百狀態,去今之世愈遠。警官兵士,服裝襤褸,警官執棒而立,欹頭靠壁,狀若甚憊。兵士臥吹喇叭,或出入酒樓戲台之間,或挾娼酗酒,聚賭街頭巷角。今雖敗絮其中,形式上猶尚幾分可表見也。他如衛生、路政、學校教育,積日改良,以今日之福建視昔日之廣東,有過無不及者,然則今日之廣東,其進步不大有可觀乎?」[41]這一點很重要,說明未必要被殖民才能走向現代化,現代化也未必都是殖民者帶來的,就中國的情況而言,很多地方並未遭受外來殖民統治,但在世界性的「現代化」潮流下,同樣也會走向「現代化」。筆者此前就曾表達過這樣的觀點:台灣的文明接受是多源的,即使在日本殖民統治時期,祖國大陸也仍是台灣的主要的文明輸入來源之一,一來台灣民眾的祖先大多從閩粵移民而來,移民從故土帶來政經制度、農耕技術等文明成分,他們與家鄉仍有千絲萬縷的聯繫,這種歷史的慣性並非一時即可剎止和斬斷;二來殖民者向殖民地輸入「文明」是為其殖民掠奪服務的,殖民地子民在享受文明的「恩惠」時,同時也得吞下被壓迫、被掠奪的苦果,認識或感覺到此,台灣人民寧願向祖國尋求「現代」和「文明」,而不必僅局限於日本,這就是從二十世紀二〇年代起,不少台灣青年選擇來祖國大陸留學,並帶回「五四」火種,點燃了台灣新文學熊熊烈火的原因。如此才能打破台灣的現代化全由日本的殖民統治所帶來的流行說法,還歷史以更真確、完整的本來面目。

---

41 魏清德:〈旅閩雜感〉,黃美娥主編:《魏清德全集・參・文卷》(台南市:台灣文學館,2013年),頁361。

三　從日本和滿鮮發現資本主義現代化的弊端

　　除了海峽對岸之外，日本和滿鮮之行，無疑進一步擴展了魏清德觀察東亞各地文明狀況的視野。第一次日本之行發生於一九一三年四月十三日至五月二日。十六日清晨船到下關港口時，魏清德看見「左右帆席高掛，檣桅林立，其數盈千累萬，目不暇給」，而「內地帆船頗稱進步，船體搆造優美，帆席利用風力，多至六、七枚者，小火輪之中亦多張帆，增長速力」。作者回想此前漫遊南清一帶，相比香港入港時之趣味，「覺馬關今日之入港自不稍遜也」。[42] 參觀位於大阪的造幣局，「櫻花方盛，其美不可形容。單重六瓣者，早開早落，迴風一吹，花片如雪，撲面而至，光景尤為佳絕，寥寥竹仔湖之數樹，安足道哉！造幣局之建築物在大阪有數，咸依洋式，日本全國金、銀、銅、白銅各幣製造之所，機械整然，運用機敏」。[43]

　　又有一日，觀「活動寫真」於朝日座，「照像鮮明，與台北所演者迥異」。魏清德寫道：歐美諸觀察大家，皆言遊歷必觀察遊廓、劇場、博物館、公園、學校，知其國之風俗文化。觀《鑛山之女》及《戀之失敗者》兩劇，前者開演前，「先述彼女敵愾之心，終及日本人之復仇性質出於天性。黃髮未齒之幼嬰，褓母負之，誤觸柱，幼嬰啼不止，褓母因蹴柱，示嬰兒，嬰兒觀其仇已復，啼乃止。有恩必報，有仇必復，恩怨分明，雖曰小丈夫之悻悻，亦奇男子快心事也」。《戀之失敗》則寓當世男女輕薄墜落，終於自殺。兩劇「寓意深遠，足以規勸，移風易俗有益焉」。[44] 參觀「帝室博物館」，該館敷地之廣百坪，內分十七室，收藏中、日歷代書畫名人，陳列之富，令人歎為觀止。後來又參訪東京博物館，其「規模視京都尤大，玉器一

42　魏清德：〈東遊見聞錄〉，黃美娥主編：《魏清德全集・參・文卷》（台南市：台灣文學館，2013年），頁213。

43　魏清德：〈東遊見聞錄〉，黃美娥主編：《魏清德全集・參・文卷》（台南市：台灣文學館，2013年），頁221。

44　魏清德：〈東遊見聞錄〉，黃美娥主編：《魏清德全集・參・文卷》（台南市：台灣文學館，2013年），頁223。

門,無慮數千點」。[45]

參觀東京,見其「政治軍事、人文學術及商工各業,勢力之大,遠駕全國。鐵道電車,交通完美,市民機敏,活動奮鬥。京童意氣磊落,不分階級,居貧賤者,亦有自主自發自負之精神,以為憲政之國,門戶開放,機會均等,風雲到來,即可破壁飛去。而貴者富者之態度,亦不敢以驕慢見於詞色,人權互相尊重,罔踐躪也。下者不屈,上者不驕,下者有敬人之念,而無自辱自小之心,上者有使人敬己之資格,而無自慢自大之志,此所謂不屈不驕也。鄙人何以知之?與之交接言語,平情細心,論察其機微也。於戲!是真有大國民之氣宇。台灣教育不當養成這般人物哉?」[46]

在〈東遊見聞錄〉的末尾,作者加以總結。首先是「內國風景美麗」,除了「松綠櫻紅」、「天光帆影」、「花木嬋娟」等自然美景外,尚有人文景觀,如「古跡保存之問題,糜費巨金,政府因以養成國民歷史的觀念、美術的思想,又公開以為國民樂園,是故國民愛國」。[47]其次是「內地人之性質」「異於在台之內地人」,亦即言「內地之內地人美德」。包括「公德心之發達」,如「船中車中事事清潔,不據廣席,不敢高聲駭人視聽,不敢驕慢傷人感情。電車、汽車乘客滿員之時,雖美服麗都、狀若貴紳者,亦必起立讓位于老人、幼子及婦人家。」不像台灣有人「自設階級,自造閥閱」;其他如「公園花卉不折,灰壁木牆無兒童之塗鴉,是亦台人所宜取範者也」。[48]「活動機敏」則如「內地人多積極的主義」,「汽車之往來若織,電車到處,雲屯雨集,乘員滿座,男婦老幼之乘車,一上一下,目不停瞬,街上無曳履徐行之人」;即使老人,「龐眉皓首,老當益壯,富據鞍顧盼之豪雄」;相比

---

45 魏清德:〈東遊見聞錄〉,黃美娥主編:《魏清德全集・參・文卷》(台南市:台灣文學館,2013年),頁245。

46 魏清德:〈東遊見聞錄〉,黃美娥主編:《魏清德全集・參・文卷》(台南市:台灣文學館,2013年),頁232。

47 魏清德:〈東遊見聞錄〉,黃美娥主編:《魏清德全集・參・文卷》(台南市:台灣文學館,2013年),頁257。

48 魏清德:〈東遊見聞錄〉,黃美娥主編:《魏清德全集・參・文卷》(台南市:台灣文學館,2013年),頁258。

之下，台人「則信守消極的主義，萬事萎靡，陷於不振。」[49]此外，還有
「尚武之國」、「英雄之崇拜」、「忠義之心」、「親切備至」、「民氣之盛」等
等。諸如此類，無疑都給作者以現代性的感動。

　　當然，在看到他人別地的「現代化」情景時，難免對比中國、漢族的落
後而多有感觸。如在參觀瀋陽法輪寺時，見有奇特的男女天地神交媾二立
像，且聽聞蒙人畏惡漢族強盛，故造作此種佛像，盛行配布於漢土各寺，欲
使漢人國中上下荒淫，弱其體質。魏清德寫道：「嗟夫！漢民族之自弱其體
質，亦奚待蒙人此種作用？各國政府惟恐國民體質不強，故獎勵體育，漢人
反是，盛吸鴉片，婦女纏足，富人早婚多妻，故多夭死，文人輩溺於辭章之
美，蓄長爪，氣息奄奄，求其真能經國濟民，上馬擊賊，下馬草露布文，有
幾人哉？是故國中小大盜賊之跳梁，亦無時或已。」[50]某種意義上說，這種
批評是正中肯綮的，只是與遊歷「南清」和閩省福州等地時的觀察和感受，
並沒有多大區別，缺乏新意。

　　頗出乎筆者意料的不同之處是，在〈東遊見聞錄〉等文中，並不全是對
於日本「現代化」的驚歎和感動，反而有一些具有另類色彩的觀察和思考。
上述強調「內地人之性質」「異於在台之內地人」，顯然包含著對在台內地人
（即在台日本人）的貶責之意。又如乘坐列車，得知除了「車賃」而外，還
課「通行稅」，「其稅起於日俄戰役，平定後仍存不撤，可知我國之財政困難
也」[51]，說明戰爭對於日本的國計民生產生了負面的影響。在參觀大阪紡績
株式會社時，作者一方面看到資本積累和產業規模擴充的快速，另一方面也
看到「工業之興，田村荒廢，人口集於都會，機械發明，細民失業，數千名
如花如錦之弱齡少女，全身蒙白，手不停揮，精力消耗，生命短縮，所得日

49 魏清德：〈東遊見聞錄〉，黃美娥主編：《魏清德全集・參・文卷》（台南市：台灣文學
　　館，2013年），頁258-259。

50 魏清德：〈滿鮮遊記〉，黃美娥主編：《魏清德全集・肆・文卷》（台南市：台灣文學
　　館，2013年），頁287。

51 魏清德：〈東遊見聞錄〉，黃美娥主編：《魏清德全集・參・文卷》（台南市：台灣文
　　館，2013年），頁218。

給,聞不過十余錢,僅堪餬口。」且「大阪工業雖發達,聞尚不足以與英、美京,英美工業都會煤煙蔽空,白晝反黑,使用數萬人員之工場者,不為罕覯云」。作者由此想到台灣的農業社會也將為工業社會所代替,因此「宜早準備覺悟」,防止「富力集中,貧富懸隔」,特別是「本島人工業」,當視政府保護,「斯能達其旨趣」。[52]可見作者對現代工業的弊端有所警惕和反思。又如遊天王寺附近通天閣時,高十數丈,有電車可坐,然而「一行昇天及針金渡半途之時,電氣忽生故障,俱懸於半空約三十分久,無法可復。」[53]觀看都踴表演,「由入口到觀席,擁擠尤甚,身子幾次浮上。有內地婦人率十齡左右之幼子被人推跌,非一行極力擋住,則踏斃矣。」[54]

在此篇遊記的末尾,作者除了總結他所見到的現代化盛景外,也陳述了日本本身存在的一些問題。一是「生活費昂騰」。由於「各國軍費膨脹,武裝相待……日俄戰役後財政之整理,至今未得就緒,國民負擔不堪,物品昂騰,即生活費之昂騰,視數十年前增二、三成,收入則不能與之並行比例。」另外,「機械發明,工場林立,農民喪其副業,都會集中」,而「機械發明則工業便,交通大啟則商業便,便則興,興則大資本家壓小資本家,大地主吞小地主,大農併中農,中農流落變為小農,小農,佃人也」。[55]可見現代化未必給所有人都帶來幸福。二是「貧富差隔」。「吾聞東京、大阪皆有貧民窟」,「小農年所入不過百圓,仰事俯畜,顧安能無拮据哉?」根據統計資料,少數人佔有了社會的大部分之財產,令人感歎「一國富力偏倚若是」「農民之分配不均又如是也」。作者曾在京都市上見有細民販賣傢具、古物,在路旁者成列,初疑為內地春季之大清潔,問之始知,發一浩歎:「都

52 魏清德:〈東遊見聞錄〉,黃美娥主編:《魏清德全集·參·文卷》(台南市:台灣文學館,2013年),頁219-220。

53 魏清德:〈東遊見聞錄〉,黃美娥主編:《魏清德全集·參·文卷》(台南市:台灣文學館,2013年),頁220。

54 魏清德:〈東遊見聞錄〉,黃美娥主編:《魏清德全集·參·文卷》(台南市:台灣文學館,2013年),頁228。

55 魏清德:〈東遊見聞錄〉,黃美娥主編:《魏清德全集·參·文卷》(台南市:台灣文學館,2013年),頁262。

會如此,地方奈何?」[56]三是「社會歎聲」。「貧者日喪其資本而日貧,富者
日利用其地位而日富,機械之優越人工,適足以增長富人資產。會社壟斷,
細大網羅,貧人側眼,束手無策。貧人終歲勤勤,不得以養其父母;富人乘
輕策肥,驕奢無所不至。製就之品多奢侈品,非日用生活所不可無者」。此
外,「富者、貴者得受教育,頭腦亦佳;貧者、賤者不得受教育,頭腦亦不
佳。雖曰憲政治下機會均等,無資本、無頭腦,烏望其爭競哉!」對此社會
不公平現象,其解決之道,作者認為「難也」。[57]於是一部分之學者遂益唱
道:「植民必要」。魏清德指出:「植民地之必要,亦列強所倚為生命也。拓
博之設,亦獎勵植民,鼓吹植民思想方法。」然而,「孰知植民地之人民人
口亦必漸增,又將奚處移植?異日者,其解決是種問題,人道而外,確信尚
須科學者之發明也。」[58]表面看來,作者似乎也附和著「殖民必要」論,但
其實是對「殖民」提出了疑問。在列強看來,殖民是正當和必須的,但在被
殖民者看來,就有殖民地人口增加後,又將移植何處的疑問和擔憂。

值得注意的還有,在這些遊記作品中,魏清德反覆多次提到日本人尚武
好戰的國民性格。如他寫道:「韓公祠四壁多日本人之題句,落款皆用『東
洋健兒某某』,母國人之尚武喜健,是其一例。」[59]「蓋支那人詞句喜談因
果,獎勵積善,若我國人,則必云宜尚武,以武力求發展,此國民思想之不
同也。」[60]還寫道:「余嘗遊日本東、西二京名勝之地,清泉白石,櫻花如
雲,美箭佳卉,敷榮其上。隨處有小學校兒童角力其間,此尚武之教育也。

56 魏清德:〈東遊見聞錄〉,黃美娥主編:《魏清德全集・參・文卷》(台南市:台灣文學
館,2013年),頁262-263。

57 魏清德:〈東遊見聞錄〉,黃美娥主編:《魏清德全集・參・文卷》(台南市:台灣文學
館,2013年),頁263-264。

58 魏清德:〈東遊見聞錄〉,黃美娥主編:《魏清德全集・參・文卷》(台南市:台灣文學
館,2013年),頁264-265。

59 魏清德:〈南清遊覽記錄〉,黃美娥主編:《魏清德全集・參・文卷》(台南市:台灣文
學館,2013年),頁166。

60 魏清德:〈東遊見聞錄〉,黃美娥主編:《魏清德全集・參・文卷》(台南市:台灣文學
館,2013年),頁227。

已而步哨、馬哨，揚塵蹴沙而來，喇叭之聲，劍光日影，颯爽悲壯，余心折之。不有赳赳武夫，誰為皇國干城？」[61]他參觀了靖國神社，又寫道：「九段招魂靖國神社，祀為國殉難軍人及忠臣志士為國死者，聖上每年躬自臨祭，可謂哀榮之極。台灣生蕃討伐，戰死軍人、警官，至近年間優詔，許以合祀，惟巡查補及隘勇尚在例外。海東男子，尚武之國，馬革裹屍，乃其本分，聞家族間以有一人得入祀靖國神社為榮，日清、日俄兩大役，焉得不戰勝哉！」[62]這些文字，都對「尚武」加以表彰。而在〈東遊見聞錄〉的最後回顧部分，魏清德對於日本作為一個「尚武之國」做了更為詳細的論說，並將其與中國的情形相比較，寫道：「日本刀、武士道、櫻花魂，非所以誇示於世界乎？支那人讀孔孟之書，尊重仁義，深信因果，到處有勸善之講演，路旁奉茶及施捨棺木、放生諸善舉者，不為罕覯，內地則未之見聞也。豐太閣以征韓受世人之崇拜，山田長政、濱田彌兵衛及西鄉隆盛之徒，或以個人之身，或抱英雄之志，終一身求展海外，而世人歌之不朽，見於史乘，施諸劇場，尊重其遺跡，詳為之裝飾，誇大說明。他如復仇、冒險、敢死、功利、機變，學校之教育，社會之陶冶，可稱十分。」又寫道：「尚武信美事也，弱肉強食之今日，非軍國主義不能海外發展，近時歐美政客、學者盛為唱道。以上所舉條件，皆含有英雄的及適於今日競爭之要素也。內地人喜飲酒，亦英雄的氣宇。英雄之人大都近酒親色。酒，興奮劑也，能使其氣昂進，不似鴉片之沉淪不振。兒女情長，英雄氣短，失戀之餘，不難自殺，稍易念頭，可利用為沙場決死之人。故曰浪子回頭，千金不換，以其有侵略的冒險的精神也。」[63]

這些話，表面看來是在推崇「尚武」精神，但細細讀來，卻總覺得像是

---

61 魏清德：〈旅閩雜感〉，黃美娥主編：《魏清德全集・參・文卷》（台南市：台灣文學館，2013年），頁360

62 魏清德：〈東遊見聞錄〉，黃美娥主編：《魏清德全集・參・文卷》（台南市：台灣文學館，2013年），頁234。

63 魏清德：〈東遊見聞錄〉，黃美娥主編：《魏清德全集・參・文卷》（台南市：台灣文學館，2013年），頁259-260。

批評。是魏清德的價值觀真的完全被扭曲了，真的以「侵略」、「武士道」、
「弱肉強食」、「軍國主義」為美德？或者這只是他的正話反說，似褒實貶？
我寧願相信是後者，因為綜觀全篇，可知他對於日本的資本主義現代化，並
非全然服膺擁抱，更多的卻是檢省和反思。如果說魏清德的思想家氣質以及
對於殖民宗主國現代文明狀況的興趣和實地考察，讓人想起早前的李春生及
其《東遊六十四日隨筆》，那他對日本東京的資本主義、貧富差距所造成的
工人貧困現象的揭示，則讓人想起後來的謝春木及其《新興中國見聞記》。
魏清德也許不像台北的李春生那麼親日，也不像彰化的謝春木那麼反日。作
為新竹人的魏清德正介於二者之間，這也許與新竹的「位置」不無關係。

四　認同的尷尬與未曾泯滅的民族意識

　　魏清德在其作品中，總是稱中國為「支那」，筆下「我國」指的是日
本，到一地經常前往神社或戰地遺跡憑弔戰死的日本將士，甚至在其詩文作
品中直接對日皇表忠心，而從他對九一八事件等的時局分析中，可知其立場
已完全站到日人一邊。[64]然而這是否就意味著魏清德已完全泯滅了他固有的
漢民族意識，成為一個道道地地的日本「皇民」？讀過他的紀遊作品後，筆
者認為答案應是否定的，在其作品的字裏行間，仍可看到他對本民族的關
心。如果說散文作品更多地記敘情景、表達理性思考，那詩歌作品更能抒發
情感，表達其隱秘的內心世界。

　　打敗荷蘭殖民者收復台灣的鄭成功，往往是台灣文人們表達其民族情感
時的寄託對象。魏清德第一次到廈門時，雖然對廈門的文明狀況並無好感，
但對於鄭成功等的相關古跡，卻表現出莫大的興趣。如〈鼓浪嶼日本領事館
樓上遠望〉三首之一寫道：「亭午館前花木陰，鳥歌珠玉送清音。草雞不復

---

64 魏清德：〈滿鮮遊記〉，黃美娥主編：《魏清德全集・肆・文卷》（台南市：台灣文學
　　館，2013年），頁277-278。

鳴金廈，北望連山霸氣沉。」[65]「草雞」即是指稱鄭成功的典故，作者為廈門、金門已不復見鄭成功的身影而感歎萬分。由於鄭成功是驅逐殖民者的民族英雄，因此相關詩作往往針對殖民者的入侵發出深沉的感慨。如〈鼓浪嶼〉一詩寫道：「鼓浪嶼邊水，朝朝送客船。別開新面目，相對舊山川。海氣侵樓上，嵐光落眼前。誰令形勢地，洋屋此蟬聯。」[66]詩人看到鼓浪嶼上洋屋連片，雖然有別開生面的新面貌，但他感慨的是自己作為殖民地子民，這些都僅是故國「舊山川」而已，他並發出了是什麼人讓這塊「形勢地」（指重地、要地），上面「洋屋蟬聯」——佈滿了洋租界——的質問乃至聲討！類似的慨歎在魏清德的詩文作品中反覆出現，如〈題潮陽開元寺〉寫道：「一龕香火開元寺，合掌如來金粟身。雖曰無常仍不滅，可憐舊國已灰塵」。[67]

　　潮汕地區韓愈的遺跡，也為魏清德所特別景仰和青睞。這是因為保存漢字漢文，對於日本殖民統治下的台灣人來說，具有延斯文一線於不墜的重要意義。而韓愈正是「文起八代之衰」的唐代著名散文家和詩人，對他的崇敬，其實也是對於漢字漢文的崇敬，或還可寄託一種民族的文化情懷。〈謁潮陽韓文公祠〉共有四首五律詩，其中第三、第四首寫道：「日月雙輪轉，乾坤百事非。側身聊俯仰，問道嘆依違。老佛雖衰季，吾儒亦式微。大荒披髮下，去去欲何歸」；「巨嶽嶙峋起，長江日夜流。文章扶八代，廟貌壯千秋。惜己生殊晚，悲公逝不留。肩輿催促甚，欲去幾回頭」[68]，表達了世事滄桑之感和對韓愈古跡依戀不捨之情。〈重歸汕頭寄弟清壬在醫黌〉是路過汕頭寫給在當地從醫的弟弟的詩，仍以韓愈事蹟互勉，中有「朝尋韓公祠，

65 魏清德：〈鼓浪嶼日本領事館樓上遠望〉，黃美娥主編：《魏清德全集・壹・詩卷》（台南市：台灣文學館，2013年），頁140。

66 魏清德：〈鼓浪嶼〉，黃美娥主編：《魏清德全集・壹・詩卷》（台南市：台灣文學館，2013年），頁140。

67 魏清德：〈題潮陽開元寺〉，黃美娥主編：《魏清德全集・壹・詩卷》（台南市：台灣文學館，2013年），頁145。

68 魏清德：〈謁潮陽韓文公祠〉，黃美娥主編：《魏清德全集・壹・詩卷》（台南市：台灣文學館，2013年），頁145。

午拜韓公像。松檜妻風煙，江山餘景仰」「一篇進學解，戒人以怠放。吾弟在醫黌，業患不能精。所期當遠大，毋自安小成」、「寄以繪葉書，公祠依山腳。偉人昔可懷，茲世多輕薄」[69]等詩句。

此後第二次旅閩，來到歷史深厚的古城福州，魏清德在參觀一些名勝古跡時，常借此表達某種屬於中華民族的歷史情懷。在鼓山，看到「如來金粟，彌勒精龕，菩薩金剛，莊嚴法相，大殿迴廊，長廡傑閣，連雲插天；香積之廚，爨萬人食，寺僧數千，接客司賑，各有綱紀，象教之力，不偉大乎！民國共和，苦於財政困難，辦事扞挌，而象教之籌款獨能一唱萬應，信徒之信仰，祝福未來，甚於國民之倚賴政府，而欲藉以完我生命財產、名譽自由者，抑何歟？」作者進一步發揮，表達心中憂患意識：「環球各國競爭劇烈，稍一失足，金甌破碎，社稷淪亡，國民若能移信仰象教之念，以愛護其國家，政府當道又能勵精圖治，百折不回，則東亞之平和可翹足待。不然，白禍之跳樑無已，閩王舊跡，方且興銅駝荊棘之虞，夫何名山千古之有哉！余好登臨，而每到絕景，目曠神怡之際，則驚心怵惕，慨當以慷，憂思難忘，是亦余之偏也。伐鼓撞鐘，發人深省，茲為之記，並繫以詩」。[70]在詩中，則一方面表達了面對名山美景，「甚欲化頑石，忘歸長駐此」的心情，另一方面也發出「江山豈不美，誤國將何尤。永懷往哲言，後樂與先憂」的感慨。[71]

魏清德還有一類詩，是表達對於時事，特別是有關國家、時代變革等事項的關注。包括這樣的詩句：「我懷工部邱仙根，杜鵑袍笏感君恩……吾台詩界中流砥，賴有斯人今尚存」，是對丘逢甲的懷念，而丘逢甲乃乙未割台時的抗日英雄。「巨雷醒夢轟半天，風氣夙傳兩廣先。康梁絕叫唱政變，我

---

69 魏清德：〈重歸汕頭寄弟清玉在醫黌〉，黃美娥主編：《魏清德全集・壹・詩卷》（台南市：台灣文學館，2013年），頁146。

70 魏清德：〈鼓山遊記〉，黃美娥主編：《魏清德全集・參・文卷》（台南市：台灣文學館，2013年），頁324。

71 魏清德：〈鼓山遊記〉，黃美娥主編：《魏清德全集・參・文卷》（台南市：台灣文學館，2013年），頁326。

讀其傳淚漣漣。男兒不有犧牲志，天下蒼生總可憐……」作者緬懷康有為、梁啟超，表達的是對試圖通過變法以救國救民的志士仁人的崇敬，其深層內裡則是對民族命運的關懷。「遇佳山水思隱遯，人世可惜無桃源。非先富強能立國，未見雞犬得成村……我來感今又弔古，今古難歸一轍論。世界一紀非一紀，競爭奮鬥者可尊」[72]，又表達了對在當今弱肉強食的世界中敢於競爭奮鬥者的敬意。

也許因為新竹正處於北台和中、南台的中間地帶，來自新竹的魏清德既與大台北地區的文人們乃至日本人有緊密的關聯，而自己就是瀛社的重要一員；另一方面，他又與以霧峰林家櫟社為代表的中台地區（現台中、彰化等地）和以南社為代表的南台地區的文人們有密切的交往。這種特殊的「位置」和關係網絡，在其島外紀遊作品中也有明顯體現。如他對來自中台灣的抗日志士丘逢甲（仙根）就充滿了敬意，雖有意拜訪未遇，但在其詩文作品中多次提及。施士洁（澐舫）則是來自台南，後內渡回到廈門、泉州（晉江）的台灣著名詩人。〈奉呈澐舫夫子郢正二首〉，其第一首回顧此行歷程：「……扁舟馳香廣，昨夜潮陽還。不見邱工部，戎馬語時艱。韓公祠廟古，鸚鵡石碑斑。歸來抵鷺門，潮水又潺潺。」盛讚施士洁的道德文章：「夫子文章在，於山為衡山。芙蓉天際插，飄渺雲霄間。德生懷仰止，路遠莫能攀」；又指出：「廿紀雲霧惡，群虎吼聲虦。黨派相爭鬥，朝野相謗訕。文章無世代，士氣怕虛屌。得公大砥柱，庶足迴其頑。譬如航弱水，忽遇神仙寰。大海翻金翅，萬花啼野鷴。乾坤猶壯大，詩酒且安閒」，對於施士洁的詩在亂世中的中流砥柱的作用，給予充分肯定。其第二首則有更深層的感歎和期待，寫道：「德也游南清，往返無所獲。得公一卷詩，珍若連城璧」、「滄桑變幻多，感嘆寧千百。惜公金玉軀，鄭重煉瓊液。毗耶桑梓地，衣帶一水隔。後生瞻仰切，望道無所擇。赤嵌固依然，濁水還西適。我公如有

---

72 魏清德：〈六日晚抵廣東乘肩輿遍歷各勝是日向晚復乘輪船歸香港獨立船頭對如鈎新月如練晴江緬想一日遊慨然放歌十首以記其事〉，黃美娥主編：《魏清德全集・壹・詩卷》（台南市：台灣文學館，2013年），頁144。

意，一片青山石。」[73]在感慨「滄桑變幻」之餘，似乎想以「赤崁樓」、「濁水溪」等標誌性地景勾起施氏的鄉情，勸說建議施士洁返回家鄉桑梓之地，以滿足台灣後生青年之熱望和期待。

這兩首詩與魏清德的〈南清遊覽記錄〉合起來讀，更能理清事情的來龍去脈，也更能理解這些歷經滄桑巨變的文人們的認同取向和內心世界。南清之行，先經廈門往汕頭、香港、廣州，後又原路返回，路過廈門時得到台灣公會會長周子文、全閩報社長江蘊和等的歡迎和宴請，江蘊和又邀施士洁同至。魏清德「竊計台灣文風，甲第雖不乏人，然以天才煥發，學問淹博，孰若我雲舫先生及邱君逢甲其人乎？」又稱：「台灣自改隸以來，八比廢而詩道興，然而猝募之士無紀律以繩，讀書未多，持論不一，雖有立論不偏不黨而得大中至正者，亦大都為大勢所左右。於是瀛社各有志之徒屢乞先生玉稿，藉海上指南，先生云：『慨自滄桑變幻，老境顛連，雖有感歎遭時之作，第非昇平昭代之音，不欲以示人也。暇時當擇未政變以前諸作，以應貴囑，其庶幾歟？』」不過，施士洁在以自己的詩作「非昇平昭代之音」而婉拒後，還是拿出一首有序的七古詩相贈。此時施士洁大病初癒，因此最後幾句寫道：「我逞談鋒聊自壯，諸君拊掌亦稱快。死灰重然枯木活，奇事驚人同意外。玉樓縱召那肯行，老天留待耆英會。狂來自署不倒翁，鯤海餘生百無礙。忽然顧問鏡中誰，嚇殺龍鐘諸醜態。者番賺出鬼門關，何時了卻騷壇債？百歲纔經一半過，還留一半乾坤大。且說婆羅吉利詞，元旦焚香向天拜。」[74]其中「百歲纔經一半過，還留一半乾坤大」等句，無疑足以令讀者動容。

更重要的也許是魏清德所記錄的施士洁在宴會上的即席演說。其言曰：「身世曾受清政府厚恩，祖宗墳墓廬舍在台，又深受日本政府愛顧，今值觀光一行到廈，鄙人無以為祝，惟祝日、清兩國前途交誼，並一行健康。顧東

---

73 魏清德：〈奉呈澐舫夫子郢正二首〉，黃美娥主編：《魏清德全集·壹·詩卷》（台南市：台灣文學館，2013年），頁146-147。

74 魏清德：〈南清遊覽記錄〉，黃美娥主編：《魏清德全集·參·文卷》（台南市：台灣文學館，2013年），頁171-172。

亞大勢,脣齒之國,亦不得不完滿,執玉帛,罷干戈,排城郭,露肝膽,鄙人之志也。」[75]這與李春生所謂「新恩雖厚,舊義難忘」[76]約略相似,而在魏清德以及其他台灣文人的言說中不絕如縷。這種說法典型地表現了台灣人在日本殖民統治下所普遍面臨的在新恩舊義、祖國和殖民母國之間徘徊、抉擇的認同難題,而他們打從心眼裡真心希望的是中、日之間化干戈為玉帛,罷兵息戰,永久地友好和平。在近代日本的「脫亞入歐」和所謂「東亞共榮」的大亞細亞主義兩種戰略選擇之間,他們往往自然而然地傾向於後者,因為後者能夠平復他們所面臨的認同焦慮和困境。

相關的言說在台灣文人的詩文作品中反覆出現。在廈門時,魏清德發現:此處排日風潮,「視汕頭、廣東、香港各處猶盛,過市街,有小兒輩騎竹馬,見一行之遊覽員過,以竹擬肩上,曰:『銃擊日本!』小兒尚如是,況其他乎!」且時任日本駐廈領事最為公正,不肯妄庇在廈台灣籍民以侵害廈門人權利,「今政府以一視同仁待台民,而盈盈帶水對岸之廈門尚唱排日,不可怪耶」!在分析了三種排日的原因後,魏清德寫道:「嗚呼!為千百年東亞大計,日、清兩民種當慎思遠謀,各捐個人一時利益,勿妄為舌齒之齟齬,則庶幾乎!」[77]

在福州,他也看到了排斥日貨的情況,為此發為議論,表示:「深慮我國人口,不足與白種競,舉支那全人口亦不足與白種競。」若西洋歐美文明之白皙民族,「一朝統一,厥數八億。以彼之智力、富力、團結之力,其鋒可得當哉?」因此,「孰謂日支親善及支那啟發為外交上口頭禪耶?日支親善,必也兩兄弟發生國民的遠大自覺;日支箕豆相煎,東洋其不國乎?謂之啟發,啟發其智根、啟發其富源。富源不開,則我國雖欲輸出之,彼已失其

---

75 魏清德:〈南清遊覽記錄〉,黃美娥主編:《魏清德全集・參・文卷》(台南市:台灣文學館,2013年),頁173。

76 李春生:〈東遊六十四日隨筆〉,陳俊宏編著:《李春生的思想與日本觀感》(台北市:南天書局,2002年),頁260。

77 魏清德:〈南清遊覽記錄〉,黃美娥主編:《魏清德全集・參・文卷》(台南市:台灣文學館,2013年),頁173-174。

購買能力，庸有濟耶？無寧與之合資，結經濟上不可斷絕之關係耶？將紹介其商品於歐美諸邦，而使之富力增進耶？」[78]

又如，在〈滿鮮遊記〉的末尾，魏清德總結道：「原夫我亞細亞民族，自海運大開、西力東漸以來，續受外侮久矣」，「抑吾人此回之漫遊滿、鮮，益深感夫大和民族性及科學力之兩偉大也。」其民族性之偉大，「為上戴萬世一系之皇室，國民上下一德，知採取外國文化長處，與固有文化相與融合為一。」他「觀其日、滿兩國之相為生命，及東亞平和保全、大亞細亞主義之提倡，非僅依軍備之強，國民實具有汪洋包含之襟度，扶弱鋤強」，而「日本軍則所到秋毫無犯，軍紀整然」，為碧眼黃髮的西方俄國人難以相比；加上「日本人士之在於滿洲者又多通曉漢文，間有能詩而相與酬詠者，文字上之苔岑契合，引為同種同文」，「所謂血濃於水，文字的、歷代的風俗習慣之共通點，在在於感情上不至反撥。」因此在大東亞整體格局中，日本「執牛耳主盟，為極合理的」。[79]

這種情況在〈東游紀略〉中有了較大的變化和發展：從單純的東亞共榮、中日親善、漢和融通的期待，提升為一種更寬廣的深具傳統根柢的中華文化情懷。該文為一九三五年四月二十二日至五月十三日作者赴東京參加斯文會舉辦的「儒道大會」並參訪京都、神戶等地的記錄。此次會議為東京湯島聖堂重新後第一次釋奠，外賓有來自中華民國、「滿洲帝國」、朝鮮、台灣各地代表凡四十五名，還有來自中國的孔家代表──孔子第七十八代孫孔昭潤，顏家代表顏振鴻等。在記敘了會議的經過後，魏清德發表了他對漢學的根本看法，這就是：「漢學決非迂闊」。他首先說明了近代以來漢學衰頹的原因：「黑船西來，科學上之偉大發明，各種利用厚生及殺人機械嶄新，足使三百年來鎖國之日本全國驚駭，於是尊王攘夷者有人，出洋求學者有人，主張變法自強者有人，矯角殺牛、排斥漢學為無用長物者亦有人，漢學從而寢

---

78 魏清德：〈旅閩雜感〉，黃美娥主編：《魏清德全集・參・文卷》（台南市：台灣文學館，2013年），頁362-363。

79 魏清德：〈滿鮮遊記〉，黃美娥主編：《魏清德全集・肆・文卷》（台南市：台灣文學館，2013年），頁308-309。

廢。」加上「漢學之本土（按：指中國）睡獅不醒，國土日削。富者佩琨珨玞，人必以為真玉，貧者雖懷瑾握瑜，亦視同瓦礫。是則美惡判於愛憎，而貴賤生於炎涼者也。」[80]

對此，魏清德頗不以為然，指出：「漢學為學，非能使國土日削，民族委頓不振，中國負漢學，非漢學負中國也。所以者何？中國之人咎在於不習漢學及誤用漢學⋯⋯漢學重在格物，孔子為聖之時，孔子之教，明德新民，何嘗教人守舊？何嘗教為政者以八比時文愚民取士？使優於八比、不通世情之士出為民牧，或立於廟堂之上，尚論治平，於曾文正公所謂『實事求是』之四字何關？莫怪政治上之永久不上軌道，地方土豪劣紳及逞而走險之徒，視在官者有如書駛，殺人越貨，或嘯聚為盜，戕官屠邑，而莫之能禁，良由所學非所用也。日本國反是，歷代為政者依儒教之精神以鼓舞士氣，又無八比取士、所學非所用之弊，明德新民，以採取科學長處，所志在於止於至善，治國平天下，不僅以風雲月露、吟風嘲月為能事也。」又寫道：「漢學決非迂闊，在善用與不善用之判而已」，誤用之，則成迂闊；漢學而外不知有學，迂闊也，不善用也，「漢學之精神，即君君、臣臣、父父、子子，仁義忠信，廉節有勇；若徒尚清詞麗句，罔肯實事求是，是亦迂闊不善用也⋯⋯迂闊者決非漢色（按：疑為『學』字之誤）本色，迂闊者，沒卻儒教精神。」[81]在具體的治學方式上，作者指出：「浩瀚之漢籍豈能盡讀？有關於明德親民、止於至善、修身齊家、治國平天下之學，斯可也。」[82]

這裡魏清德頗為準確地說明了錯誤在於當政者，而不在於漢學、儒教、中國文化本身，指出中國傳統科舉取士方式的要害，在於「所學非所用」，以吟風弄月為能事，而非「實事求是」地務實解決實際問題。他提倡漢學的

---

80 魏清德：〈東游紀略〉，黃美娥主編：《魏清德全集‧肆‧文卷》（台南市：台灣文學館，2013年），頁257。

81 魏清德：〈東游紀略〉，黃美娥主編：《魏清德全集‧肆‧文卷》（台南市：台灣文學館，2013年），頁257-258。

82 魏清德：〈東游紀略〉，黃美娥主編：《魏清德全集‧肆‧文卷》（台南市：台灣文學館，2013年），頁259。

特點，在於清醒地認識到不能趨詞章末技，而要追求「修身實用」。為此他進一步說明道：「鄙意台灣之漢學必不可廢，然而教授漢學之塾師及學習漢學之人，皆宜改□。志在修身實用，達則□善；若徒趨詞章末技，及所作詩文格卑，除二、三朋比交相謬許而外，不足值識者一顧，如是，則雖當局寬大，許以任意設立，亦必不能維持命脈于永久也。」[83]此處雖未明講是什麼「命脈」，但漢學乃漢文化的核心，而文化素來為一個民族存廢的根本，由此可知魏清德最深層、最根本的追求和目標，在於用漢文來維繫漢民族的命脈於不墜。

當然，魏清德也知道在東京召開「國際儒道大會」，東道主有其特定目的。他寫道：「時下東都漢學有重興氣運，國際儒道大會之開，非僅止於友邦親善，蓋當非常時局，欲藉漢學以益發揮皇國精神，匡正異端思想，擡高國民道德。是故有論儒教根據天地公道，人倫常經，寄與於我國民道德不少。有論我國有固有道德，固有文化，自儒教傳入，醇化一體，益見光彩陸離，垂世道人心指導教理，明治維新之鴻模，賴以翼贊，降而致今日昌隆國運。有論今之學校類多養成外國式人才，莫怪漢學益受其擯斥不顧，迨夫馬克斯、黎仁輩諸學說勃興，思想動搖，憂國之士始翻然有悟。及今國粹保存之提唱，尚屬非晚。我日本既基於正義之自信，勇敢脫退聯盟，則我國之文化學說寧容再追隨耶？勿論漢學復興，歐美科學及制度長處亦不可不採，但不可如從來醉歐論者，一味盲從，不暇採擇。」[84]這裡魏清德仍表現出台灣人排拒脫亞入歐、全盤歐化西化，而認同於中、日親善以及文化的融會貫通以建立東亞共榮的傾向。然而正如上述，賴清德在順應當局時局需要的前提下，表達了他的延續民族文化命脈的根本訴求，是難能可貴的。

在該文中值得注意的還有如下幾點。在最後的「三周間之回顧」中，作者陳述了他對地震後東京重建復興的感想：「睹震火後復興之大東京，街衢

83 魏清德：〈東游紀略〉，黃美娥主編：《魏清德全集・肆・文卷》（台南市：台灣文學館，2013年），頁260。
84 魏清德：〈東游紀略〉，黃美娥主編：《魏清德全集・肆・文卷》（台南市：台灣文學館，2013年），頁259。

視前加廣，樓屋視前加美，建築視前加固，人口視前加眾……若然，則我台灣之震害，其復興可望如是之速乎？曰：台灣使震害為台北市，容或較易，郡部不然，寒村僻邑加難。何則？大東京有各種之機關在，人所必趨，國家為盛發復興債券及依各種方法，傾注全力為之。台灣郡部、寒村僻邑之難於復興，有如內地農村之罷弊，容易不能更生者也。」[85]隱約中作者表達了對內、台不公平待遇的微詞。

　　與此同時，魏清德也就教育問題將台灣與日本、乃至朝鮮做了比較。他發現：「六十邦里之大東京市，人口約略與全台灣之人口等，戴四角帽之官公私立大學生數，足與全台北市人口匹敵。」又寫道：「余觀大東京及其他都市人口稠密，而秩序整然，是出於教育普及之賜。學校之多、學童之眾，為構成大東京人口要素，而台灣自初等教育之公學校即告收容力不足，其他上級學校之入學難，彌益深刻。當局恆託言財源挹注無從，有是理耶？中等學校卒業生無職之人，盡可廉價採用，不必拘於訓導名義及六割之增俸、均衡上問題。校舍取質樸堅牢者斯可，惟程度不可低，年數不可短耳。姑息的之國語講習所，效力幾何？內地盡多私立學校，台灣不然，條件至酷，故至今容易不能實現。又台灣人留學生至今多趨於法、文、醫、商等，法、文、醫、商固可，外宜更留意於各種簡易工業及農業加工，庶不偏於一隅。」[86]台灣甚至與同為日本殖民地的朝鮮也相距甚遠，後者其「京城市內，帝大而外，官、公、私立之專門程度學校，數之十餘，不似我台灣島都大台北市之僅有高商及台大附屬醫、農兩專門部三者，故其入學難，比較的似得緩和」。[87]魏清德還認識到，台灣輓近人口驟增，島內同胞競爭加劇，因此有向南華、南洋移民之必要，「若然，則漢文力須豫為涵養……若台灣此後之

85 魏清德：〈東游紀略〉，黃美娥主編：《魏清德全集・肆・文卷》（台南市：台灣文學館，2013年），頁264。

86 魏清德：〈東游紀略〉，黃美娥主編：《魏清德全集・肆・文卷》（台南市：台灣文學館，2013年），頁265。

87 魏清德：〈滿鮮遊記〉，黃美娥主編：《魏清德全集・肆・文卷》（台南市：台灣文學館，2013年），頁304。

漢文種子絕滅，則是自絕海外發展之途……其後果不難預為想像者也」。[88]
這裡作者再次強調了漢文的重要性，顯然針對著殖民當局的廢除漢文欄等皇
民化的舉措，同時對於殖民當局的教育制度的不滿和非議，溢於言表。

　　這裡顯現的是日據末期殖民統治危機重重、權力鬆動的現象——一方面
是壓迫日深，另一方面則是不滿和反抗也在增加。有此鬆動和過渡，數年後
台灣光復之時，魏清德寫下了〈台灣光復頌〉三首，也就不是不可理解的
了。茲錄其二：

> 歷歷循環史，星霜五十年。煩苛除弊政，光復仗群賢。國是三民唱，
> 邦家一脈聯。此生真有幸，滄海又桑田。
> 破碎河山獲再完，台澎士女盡顏歡。敢忘家祭焚香告，無復民勞失所
> 嘆。苛酷早蠲秦法令，威儀重見漢衣冠。最憐雙袖龍鍾淚，痛定追思
> 淚不乾。[89]

五　結語

　　日據下台灣文壇歷來存在著台北文人與日人關係較為密切、具有親日傾
向，而台中、台南文人更具抗日的民族意識的說法，魏清德似乎正介於二者
之間，這隱然與其家鄉新竹正處於台北和台中之間的地理位置具有某種呼
應——魏清德與台灣南、北文壇作家都有密切交往，這或者促成了他的兼及
二者的「中間」性格。作為在台日報工作，領著較高薪水，且多次受到日本
殖民當局褒獎的魏清德，表現出某種親日傾向，其實並不奇怪。然而從其行
止文章中，仍能看出一些縫隙，聽到諸多異音。

---

88 魏清德：〈東游紀略〉，黃美娥主編：《魏清德全集・肆・文卷》（台南市：台灣文學
　　館，2013年），頁265-266。
89 魏清德：〈台灣光復頌〉，黃美娥主編：《魏清德全集・貳・詩卷》（台南市：台灣文學
　　館，2013年），頁248。尚有「昔我垂髫時」一首，因較長，篇幅所限，茲從略。

與一般遊記大多觀風景而發思古之幽情或表達某種民族情感有所不同，魏清德的島外紀遊作品重在對於各地現代文明狀況的觀察和思考，並發為議論，具有較明顯的思想色彩，這一點與「台灣第一思想家」李春生頗為相似。最早的「南清」之旅，作者看到了廈門、汕頭等地的落後景觀，卻也對香港、廣州等大都市的繁榮景象印象深刻，認識到當時中國的落後主要還不在物質層面，而在制度和精神層面，因此將主要筆力放置於此，揭示了當地政經、社會制度的弊端以及「國民劣根性」問題。稍後的福州之行中，他更敏銳地發現，大陸同樣早已開啟了「現代化」的進程，某些方面其步伐和成果，可能更甚於台灣，如女子裹腳的廢除，學校的興辦；而日本人統治下的台灣也有許多落後之處。經過此種觀察和反思，說明和印證了台灣除了殖民宗主國日本外，其實還有一個更長久的文明輸入源——大陸原鄉。

日本之行，魏清德觀覽了各地自然美景和人文景觀，也感受到現代化的都市風情，比較了日本人的積極進取、尚武好戰和中國人的消極保守、平和溫順的國民性，同時也發現了日本資本主義發展中的一些弊端，如無法解決嚴重的貧富差距，並對「軍國主義」、「殖民」等問題加以思考。幾年後謝春木的〈新興中國見聞記〉中對於東京的貧富差距現象，也有著同樣的觀察和揭示。

除了觀察東亞各地的現代文明狀況外，魏清德的紀遊作品自然也會體現出作者的民族意識、國家認同的狀況。廈門、潮陽等地鄭成功、韓愈的古跡，勾起了魏清德並未泯滅的民族意識和歷史情懷，丘逢甲、施士洁等內渡的文壇前輩，也得到他的崇敬和景仰，給予他某種深刻的影響。在當時日本的「脫亞入歐」和大亞細亞主義兩種道路選擇中，魏清德和絕大部分台灣人一樣，總是更傾向於後者。他們真心希望日、清（或日、中）和好，息兵罷戰，共建「東亞共榮圈」，因為這樣才能解決他們在國家和民族身分認同上的艦尬處境。一九三五年他赴日本參加「國際儒道大會」，將中西文明加以比較，更使他認識到問題在於中國傳統科舉方式所造成的「所學非所用」、趨於詞章末技等弊端，而不在於漢學、儒教、中國文化本身，因此更堅定了「漢學必不可廢」的立場，由此也顯露了魏清德最深層、最根本的追求和目

標，在於用漢學、漢文來維繫漢民族的命脈於不墜。

魏清德在當時發現日本的國民性是積極好戰，而中國的國民性是保守平
和，從某種意義上說，這種觀察是準確的。這種觀察和論述，在當前另有一
番現實意義。日本人的好戰，終於受到歷史的懲罰，中國人的和平天性，終
於獲得了善果。當前有人渲染「中國威脅論」，其實是不懂中國的歷史文
化，或者說是不懂中國的「國民性」所致。讀讀魏清德，或者能夠從中得到
一些啟示。

參考文獻

李春生　《東遊六十四日隨筆》　陳俊宏編著　《李春生的思想與日本觀
　　　　感》　台北市　南天書局　2002年

廖振富　《櫟社研究新論》　台北市　國立編譯館　2006年

魏清德著　黃美娥主編　《魏清德全集・壹・詩卷》　台南市　台灣文學館
　　　　2013年

魏清德著　黃美娥主編　《魏清德全集・貳・詩卷》　台南市　台灣文學館
　　　　2013年

魏清德著　黃美娥主編　《魏清德全集・參・文卷》　台南市　台灣文學館
　　　　2013年

魏清德著　黃美娥主編　《魏清德全集・肆・文卷》　台南市　台灣文學館
　　　　2013年

從新竹到南安
——以新史料重探舉人鄭家珍生平事蹟

詹雅能[*]

摘要

　　乙未割臺後，當時有不少獲有科舉功名的士子，為了不願屈辱於異族統治，最終選擇返回內地原鄉，這些內渡文士後來的發展如何呢？一直以來都是兩岸文學研究者關注的議題。其中，生長於臺灣新竹，並以新竹縣籍取得舉人功名的鄭家珍，在返回福建南安祖籍地後，歷任教職，直到民國初年才因堪輿盛名受邀返臺，往後更膺故鄉新竹在地士紳之聘，擔任西席，教授漢學，總計前後寓臺八載，最後返歸南安省親而病逝。大抵，這段由新竹到南安避難，再由南安返回新竹工作，以及從新竹又回南安的歷程，實是鄭家珍一生遷徙移動的軌跡與歷程，其間的曲折充分見證了時代變局。有鑑於此，本文擬在此一問題意識上，進行其人生平事蹟之考述。對此，過去學界大抵倚重鄭喜夫所撰〈鄭雪汀先生年譜初稿〉，以及莊幼岳等所編《雪蕉山館詩集》內容為研究依據。唯筆者近年藉由田野調查所得，除早年於新竹尋訪到之鄭氏《客中日誌》、照片及其他文獻手稿外；二〇一三年又因緣際會與鄭氏南安親人取得聯繫，並進行數次訪談，掌握了〈崎峰鄭氏家譜〉及後人口述訪談資料，再加上現行可見日治時期臺灣報刊資料之補充，大大有利於重構鄭家珍游移於新竹與南安之間的生命史。從而透過其人相關事蹟之考察，

---

[*]　東南科技大學通識教育中心副教授。

自是有利於後續鄭氏相關作品內容與個人心境的探討,同時也應有助於乙未內渡文學、新竹區域文學、臺閩文學關係等議題之研究。

關鍵詞:乙未內渡、鄭家珍、新竹、南安、客中日誌、崎峰鄭氏家譜

一 前言

　　近十餘年來，個人因為興趣所在，故長期投注心力於新竹區域文學研究及相關文獻史料的蒐羅、整理與出版，而關注範疇主要在於清代與日治時期相關情形。其中，由於乙未割臺因素，筆者注意到在面臨時代變局之下，日治初期的文人精神面貌及其作品內涵表現，往往曲折動人，充滿時代滄桑無奈之感，特別令人感動；為此，先前曾針對吳三連史料基金會典藏之劉梅溪詩歌手稿，發表〈1895世變哀歌：劉梅溪及其《乙未年遺稿》〉一文。[1]實際上，劉梅溪是一位企圖內渡，卻因誤了船期，而無法離臺的個案，他後來在日治期間的生活，不僅抑鬱度日，最後更因疫情而早逝，讓人不勝唏噓。同此，其實還有不少新竹文士，為了不願淪落於異族統治，而選擇回到內地原鄉去謀生，此後也就步上各種不同境遇的生命旅程。其中，有若干文人後來選擇再次回臺，如王松、張錦城／張純甫父子、鄭兆璜、鄭養齋；有些則終生未再返臺，如陳濬芝、陳濬荃、陳朝龍；更有些則是漂泊兩地，過著流離遷徙的生活，如鄭鵬雲。他們都經歷了一段游移、離散的際遇與經驗，每一位文人都有一個故事值得去追索與考察。基於此，本文特別聚焦生長於新竹，且以新竹縣籍取得舉人功名的鄭家珍作為關注對象，這是因為得力於幾份新史料重新發現的緣故。

　　鄭氏在乙未割臺之後，選擇返歸福建南安祖籍地，以課徒為業，其後歷任地方教職，民國初年因為堪輿盛名受邀返臺，其後更膺新竹本地仕紳之聘，擔任西席，教授漢學，前後總計寓竹八載，最後在返鄉省親時，棄世於南安。回顧鄭氏一生，由新竹到南安避難，再由南安返回新竹工作，以及從新竹又回南安的移動歷程，充分見證了時代變局對於文人生命的衝擊與影響，其生平軌跡自然頗堪玩味。但，面對這樣的人物，我們除了抱持無限同情之外，更要思索的是，他與新竹以及南安關係如何？尤其更須掌握其人在區域社會中的角色關係。那麼，出生於清同治七年（1868），逝世於民國十

1　詹雅能：《新竹文史研究論集》（台北市：知書房出版社，2012年），頁109-142。

七年（1928）的鄭家珍，他在新竹究竟如何度過清代與日治時代？在南安時
期又如何經歷清代與中華民國時期？一生之中除了教職，是否還具備其他身
分？他的文學活動與文學創作如何？與新竹、南安當地文人之互動狀態為
何？從個人、家庭、家族到區域社會，新竹、南安兩個地方的人又會怎樣評
價鄭家珍？為什麼，鄭氏在新竹時間雖不長，卻能與張純甫、葉文樞並列為
對漢詩文教育貢獻最大的三位私塾教師？而現今南安地區舉行教師節活動
時，又何以會特別吟詠鄭氏的絕筆詩？

　　以上種種問題，若是回顧現階段鄭家珍個案研究成果，將會發現諸多攸
關其人生命的細節，過去學界其實並不知曉。有鑑於此，本文擬就鄭氏生平
事蹟重加考述，盼能更為完整掌握其人一生往返於新竹與南安之間的梗概。
至於研究取徑，除了參酌過去學界甚為倚重的鄭喜夫〈鄭雪汀先生年譜初
稿〉，以及莊幼岳等所編《雪蕉山館詩集》書前之內容提示外，筆者另要藉
由在新竹與南安兩地田野調查所得之新史料，包括鄭氏在竹學生鄭却女士細
心保存之《客中日誌》[2]、照片和其他文獻手稿，以及南安家屬後代的訪談
資料、族譜與少數史料，再加上臺灣日治時期相關報刊資料，重新考訂其人
生平事蹟，以此作為建構鄭家珍生命史與精神史的基石。

二　文獻研究探討

　　有關鄭家珍生平的相關研究，第一位具有代表性的研究者為鄭喜夫，其

2　《客中日誌》是鄭家珍在乙未避難南安後，重返新竹居住的生活日記。日記現存八
本，詳實記載鄭氏寓竹時的生活情形，是現在難得一見的傳統文人日記。日記多以毛
筆書寫，記錄時間自一九二三年九月二十三日至一九二六年八月十八日止，內容除了
記載鄭氏人之日常作息外，尚包括鄭氏與朋友間的人際往來，參與各地詩社活動的情
況，為人堪輿、題主、教授天文曆算的過程，每日教學大要，家中經濟收支開銷等種
種雜務之紀錄。更可貴的是，鄭氏還將當日詩文作品一併登入日記中，對於今日鄭氏
作品之繫年、文字校讎等，皆有莫大助益。因此，鄭氏《客中日誌》，雖然記載時間不
長，但這份史料所能提供的研究資訊，卻涵蓋了文學、歷史、經濟、堪輿、天文曆
算、教育等範圍，堪稱豐富。

所撰寫〈鄭雪汀先生年譜初稿〉[3]一文，對於鄭家珍生平事蹟、相關作品寫作年表，考證詳細，同時對於當時與其往來友朋之相關事蹟，也多所介紹。該文引用資料豐富，除了取借《雪蕉山館詩集》作品以記行誼外，尚且根據黃玉成〈清敕授文林郎雪汀鄭先生墓誌銘〉勾勒鄭氏在閩、臺兩地的家族史，此外其他相關史籍、地方志及他人作品集中凡涉及鄭家珍之相關資料，鄭喜夫也均一併引用，故能呈顯鄭家珍在當時社會的人際互動網絡。

　　而第二位研究者黃美娥，其於博士論文〈清代臺灣竹塹地區傳統文學研究〉第三章第二節「清代竹塹地區重要傳統文學作者傳略」[4]中，介紹了鄭家珍的生平及其作品，因為曾經在新竹紫霞堂拜訪鄭家珍學生鄭却女士進行初步的田調訪查，故能稍微概述鄭氏生平，並對其作品有綜合性的評價。又，其〈新竹地區傳統文學史料存佚現況（清朝──日據時代）〉[5]一文，也載錄介紹了鄭家珍「客中日誌」，提供本文研究之基礎。

　　至於第三位值得一提的研究者是福建學者莊小芳，她所寫〈日據初期內渡泉州的臺灣文士及其活動〉一文，涉及了本文所關注的內渡文士返歸內地後之肆應情形，其中最重要的是探討了鄭家珍在南安教育界的影響，尤其透過田調尋得鄭家珍後人，直接取得了鄭氏家譜，其相關研究訊息對於本文多所幫助。[6]

　　此外，施懿琳〈新竹齋堂貞女鄭却（1909-1997）的漢學養成及其詩文書寫〉[7]一文，透過鄭家珍《雪蕉山館詩集》探討鄭家珍與鄭却的師生情

3　鄭喜夫：〈鄭雪汀先生年譜初稿〉，《臺灣文獻》（南投市：臺灣省文獻委員會，1991年），第42卷第1期，頁167-196。

4　黃美娥：《清代臺灣竹塹地區傳統文學研究》（臺北市：輔仁大學中國文學系博士論文，1999年），頁90-91。

5　黃美娥：〈新竹地區傳統文學史料存佚現況（清朝──日據時代）〉，《國家圖書館館刊》1997年第1期（1997年6月）

6　莊小芳：〈日據初期內渡泉州的臺灣文士及其活動〉，收入陳益源、鄭大主編：《科舉制度在臺灣》（臺北市：里仁書局，2014年），頁297-299。

7　施懿琳：〈新竹齋堂貞女鄭却（1909-1997）的漢學養成及其詩文書寫〉，「第一屆竹塹學國際研討會」論文（新竹市：新竹教育大學，2013年11月8-9日）。

誼，而其中鄭却所遺留詩文手稿中亦有不少述及與鄭家珍及家人的互動情事，同樣值得參看。另外，筆者《竹梅吟社與《竹梅吟社詩鈔》》[8]書中考證確認鄭家珍亦為清代新竹重要詩社──竹梅吟社社員，大抵於光緒二十年取得舉人功名後參與竹梅吟社活動，由此可知鄭氏在清代竹塹地區時的文學表現。

除上所述，其他臺灣文學史相關著作，若涉及古典文學部分時，也偶有論及鄭家珍相關事蹟、作品者，如汪毅夫《臺灣近代詩人在福建》第六章，提到鄭家珍內渡後之概況，所據史料主要為王松《臺陽詩話》、《友竹詩集》、鄭鵬雲《師友風義錄》等。

另外，早期文獻中對於鄭家珍實際已有些許記載，其中除了鄭鵬雲、曾逢辰《新竹縣志初稿》最早記錄其科名外，其後王松《臺陽詩話》〈上卷〉則有兩則訊息記載，大抵述及鄭氏乙未內渡後之相關言行事蹟。往後，在日治時代的報刊裡，包括《臺灣日日新報》、《漢文臺灣日日新報》、《臺灣詩薈》等，以及同時期《東寧擊缽吟集前集》、《東寧擊缽吟集後集》、《臺灣詩醇》、《臺灣詩海》等詩歌作品總集，也收錄了鄭家珍作品。到了戰後的文獻，談到鄭家珍事蹟及作品者，計有：《新竹文獻會通訊》（新竹縣：新竹縣文獻委員會，第15號，1954年6月）「藝文談片及資料」中有鄭家珍小傳及詩文作品；黃旺成纂修《臺灣省新竹縣志稿》（新竹縣：新竹縣文獻委員會，1955年）卷九〈人物志〉第七章「教育」類中記有鄭家珍事蹟，同〈卷十一藝文志〉第三章「詩乘」類中則是錄有鄭家珍數首作品，而〈卷末志餘〉又有「寄齋」相關軼事。

至於，晚近新修的地方志則有張德南《新竹市志》〈人物志〉（新竹市：新竹市政府，1997年）將鄭家珍列於「科舉」項中，彰顯其科舉功名之成就。又，筆者參與《續修新竹市志》〈藝文志〉（新竹市：新竹市文化局，2005年）時，也曾將鄭家珍列入第二章「日治時代新竹地區的文學」中，突顯其人文學表現。

8　詹雅能：《竹梅吟社與《竹梅吟社詩鈔》》（新竹市：新竹市政府，2011年）。

以上，從過去到現在，無論是研究者或是文獻、報刊、詩集中，前述有關其人、其事、其作的探索、介紹或紀錄，正足以說明鄭家珍是一位受到囑目的文人；換句話說，他是值得加以關切的研究對象，在新竹或臺灣文學史上自有其地位。正因如此，本文不僅一方面釐清前行研究的基礎意義與價值；另一方面，也因為從事此人之研究，而更加洞悉前行研究的侷限與缺漏處，遂乃利用田野調查所收集之新史料，針對鄭氏重加探索，並以生平事蹟考述為優先處理焦點，希望對於鄭家珍的個人史、家族史有更完整的掌握，這正是本文研究動機與問題意識所在。

三　生平事蹟考述

本文既然想要藉由數種新發現的史料來重探鄭家珍生平事蹟，故在以下行文之時，為求方便，有時將會採取與前行研究成果或報刊文獻資訊相互對照、比較、核對的方式加以呈顯，有時則是直接利用新史料之線索，進以鋪陳若干狀況，而這大抵就是本文處理模式，於此先做說明。

首先，有關鄭家珍生平資料，除了《新竹縣志初稿》中曾經出現相關科名的載錄外，目前可見最早文獻應是王松《臺陽詩話》的兩則記載，其一言：「鄭伯璵孝廉（家珍），吾竹鉅子也。自少好讀近世譯本，精於術數之學。乙未，避地入閩，從學者眾，皆游泮而歸；譜弟篠盤亦出其門。在泉有年，造就良多。當道推其算術為八閩第一。有英儒某氏聞其名，欲往試之，互相運算，竟被所屈。由是名益噪，遐邇莫不知其人者。其詩余不多見，僅記其感臺事末二聯云：『虎旗強迫元戎拜，雞嶼終看故壘空。不及月樓身一死（謂張月樓戰死雞籠），猶噴熱血灑秋風』。」[9]這段文字除記載鄭氏在教育上的貢獻外，更彰顯他在算術方面的優異表現。而其二又言：「臺屬稱師，嘗曰『某先』，講禮法者恆深鄙之，謂近世輕薄子之所為；不知古人已有用之者。如漢梅福曰：『叔孫先非不忠也』；顏師古註云：『先猶言先生』。

9　王松：《臺陽詩話》〈上卷〉（文叢本），頁11。

俗例稱呼，或本於此。余記鄭伯璵孝廉寓泉州，其徒張某訪於客邸，問主人曰：『伯璵先有在否』？孝廉聞之，惡其無禮；越日答以詩，有『運蹇文章難入彀，途窮弟子亦呼名』之句。噫！孝廉通貫古今，竟亦忘此典實。又孔子之門人，如子思所謂『仲尼祖述堯舜』、子貢所謂『仲尼日月也』之類，亦可為呼名進一解。」[10]此文重點，乃在於藉由鄭氏的一段軼事，用以說明「先」這個稱謂的意涵及其文獻根據。

另外，在地方志書上首次出現的鄭家珍人物傳，是黃旺成的《臺灣省新竹縣志稿》，其記載如下：

> 鄭家珍字伯璵號雪汀，世居泉州南安縣崎口鄉。祖渡臺，居竹塹城外東勢莊，務農為生。父仍繼承農業。家珍雖生長於純樸田家，而其聰明終不可掩。與知名童生張麟書等，就學於竹城通儒陳錫茲字世昌之私塾時，頭角崢嶸，與麟書結異性兄弟，互許將來並步青雲，家珍勤儉成性，每日上塾，跣足攜鞋，至城內近書塾井邊，始洗腳穿之。長而入泮為附生，二十七歲以臺籍，由廩生中式光緒甲午科舉人。年少登科，才名噪甚。翌年，臺灣改隸，乃挈眷內渡，僦居泉州府城，設帳授徒。光緒三十四年，保送專科，取錄全省算數第一名；會考二等，籤分鹽大使，任豐州學堂正教習，兼勸學所長，辛亥革命後，國內地方多故，民國八年復避地來臺；寓居新竹八載，每歲一歸省親，人皆讚其孝友。曾一次為新竹富商鄭肇基聘作西賓，旋辭退，教讀於寓所。學詩學聞者爭趨其門。民國十六年，抱病回鄉，翌年春卒於家，享壽六十一歲。按其生平：博覽群書，誨人不倦；待人接物，一出至誠；殆無一日不讀書，無一歲不授徒；至若分外事，分外財，則潔己不屑為不屑取也。遺著有窮探奧妙之古文辭外，如天文、地理、曆法、算術、星命、卜筮等，已輯成書；尚有雪蕉山館詩草藏於家，

---

10 王松：《臺陽詩話》〈上卷〉（文叢本），頁40-41。

尤為學詩者所愛誦。[11]

此一傳記的史料基礎是來自於新竹縣文獻委員會的口述調查資料，原始材料
刊登在《新竹文獻會通訊》[12]，黃旺成據以去取，撰寫而成，主要史料多是
根據黃玉成〈敕授文林郎會考二等籤分鹽大使甲午舉人雪汀鄭家珍先生墓誌
銘〉，再加上當時的口述訪談。

而第二次地方志書的記載，則是張德南的《新竹市志》〈人物志〉：

> 鄭家珍（1868-1911），字伯璵，號雪汀。同治七年（1868）出生於竹
> 塹城外東勢莊。世代以務農為生，性極純樸，聰明好學，早年就學於
> 竹塹通儒陳錫茲門下時，已顯崢嶸、受人器重，與張麟書、陳如椽、
> 杜家修、黃平三等「三載聯床同話雨，盎然書味五更燈」，因而結為
> 金蘭之交，互請將來並步青雲。鄭家珍勤儉成性，每日上學，跣足攜
> 鞋至城內書房井邊，洗足而後穿之。光緒十三年設帳於東勢，啟迪後
> 學，與竹城名詩人王松交往殷切。仍遊學於陳錫茲門下，為參加科
> 考，全力投入帖括應舉課業。光緒十四年取入新竹縣學，次年歲考，
> 補為廩生。一八九四年取中甲午科舉人，次年五月日軍攻陷新竹，
> 「受據台日軍之侮，等於伕役。清掃街路馬糞，因不勝其辱，忿而挈

---

11 黃旺成：《臺灣省新竹縣志稿》（新竹縣：新竹縣文獻委員會，1955年）卷九〈人物
志〉第七章「教育」類，頁37-38。

12 「鄭家珍，字伯璵，號雪汀，世居南安崎口鄉。其祖邊居臺灣住新竹。德配蘇孺人即
現任陸軍中將蘇紹文（新竹籍）之姑母也。乙未移籍內渡，迨辛亥鼎革，南安地方多
故，己未春，來就臺灣詩社之聘。嗣後寓新竹八載。丁卯冬，抱病復歸南安。越年春
不起，歿年六十一。天性孝友，待人接物一出至誠。古貌古心，一望而知為長者。生
平無一日不觀書，無一歲不授徒。分外事，分外財，則漠然不屑及之。年二十七由廩
生以臺籍登光緒甲午科舉人。戊申保送專科取錄全省算數第一名。會考二等，籤分鹽
大使，任豐州學堂正教習，兼勸學所長。博覽群籍，詩古文辭外，凡天文、地理、曆
法、算術、星命、卜筮，無不窮探奧妙，著有成書。詩尤工，所著雪蕉山館詩草藏於
家。後人以『其學則富，其遇則窮；錦繡心腸，永閟幽宮』惜之。」詳見《新竹文獻
會通訊》（新竹縣：新竹縣文獻委員會，第15號，1954年6月）「藝文談片及資料」。

眷內渡」，居泉州府城，開館授徒多年，造就良多。時泉州南安陳、
鄭兩姓械鬥不已。家珍在台與友人陳澤粟相交甚深，回泉州後與澤粟
相晤交遊，交相勸化，陳鄭兩姓，不復動干戈，爭鬥遂止。

一八九八年，保送專科，錄取為福建全省算術第一名，會考二等，籤
分鹽運大使，任豐州學堂正教習，兼勸學所長。辛亥鼎革，國內地方
不靖，一九一九年避地來台、寓居新竹八載。鄭家珍寓竹期間，曾受
北門鄭肇基禮聘為西席，不久即辭退。此後教讀於水田吳氏耕心齋，
東勢鄭希康寓所，與竹塹詩人王松、葉文樞、文獻、鄭樹南、以庠、
秋涵等酬唱甚密，並指導新竹公學校同仁組成之「亂彈會」習作詩
文，對後起學子組成之大同吟社，青蓮吟社等亦多加獎掖提許，並集
合門下弟子組耕心吟社，宏揚詩教。當時日人極力阻止台民學習漢
學，多方刁難取締，唯獨以家珍所授有益修身勵志，不加禁制。教學
之時，嚴肅認真，準備周詳，教材吟誦熟練，不需翻閱書本，時時以
「學然後知不足，教然後知困」自勉。除古文辭外，天文、地理、曆
法、算術、星象、卜筮等，皆窮探奧妙。「平日無一日不觀書，無一
歲不授徒，至若分外事，分外財，則漠然不屑也」。一九二八年病逝
南安祖厝，遺著有《倚劍樓詩文存》（泉州古華閣書局刊行），所作詩
文皆器局恢宏，旨深意正，台灣鮮見傳本，又有《雪蕉山館詩集》經
門下弟子整理後，由中華民國傳統詩協會出版，書中除收錄各體詩
外，並將聯語、詩鐘、詞文、歌曲一併收入。[13]

此份人物傳記，在史料上除了黃玉成〈清敕授文林郎雪汀鄭先生墓誌銘〉
外，另亦參考鄭喜夫〈鄭雪汀先生年譜初稿〉，以及民國八十年鄭家珍表姪
女鄭卻的口述訪談。其後，黃美娥《清代台灣竹塹地區傳統文學研究》中有
關鄭家珍的部分，則在前二者的基礎上，再增加《臺灣日日新報》，以及再
度訪問鄭卻所得之相關史料，進一步撰寫而成，其中有不少較為精確的時間
繫年：

---

13 張德南：《新竹市志》〈卷七人物志〉（新竹市：新竹市政府，1997年），頁95-96。

鄭家珍，字伯璵，號「雪汀」，生於同治七年（1868年），卒於民國十七年（1928年），竹塹城外東勢莊人。

先生出身農家，但敏於向學，弱冠入陳錫茲門下，時塾中習舉業者二十餘人，以家珍天資最優，故陳氏視之以「國器」。與張麟書、陳如椽、杜家修、黃平三等人，同出師門，遂共結金蘭。光緒十四年（1888年），鄭氏取中生員，次年再食廩餼，迄二十七歲，由廩生中式光緒甲午科舉人。翌年台灣改隸，先生攜眷回泉，開館晉江城內。光緒三十四年（1908年），保送專科，取錄全省算術第一名，會考二等，籤分鹽大使，任豐州學堂正教習。

乙未後先生本已返回故籍，定居福建泉州府南山縣崎口鄉卅一都，後因堪輿盛名，受北門鄭肇甫之邀，於大正二年（1913年）、三年（1914年）兩度來台為鄭如蘭勘墳暨題主。大正八年（1919年）春再應鄭肇甫聘為西席來台，次年因思親而辭歸，但由於大陸南方多故，兼以新竹邑人再三懇請設帳，故於四月復履臺疆講學；大正十年（1921年），又授課鄭秋涵處；十一年（1922年）回泉；十二年（1923年）再度返竹，於水田吳厝課讀；至大正十四年（1925年）移帳北門進士第鄭邦焯處，下半年改在紫霞堂「寄齋」教學，直至昭和三年（1927年）初返泉省親後，不幸病故，共計寓竹八載，作育桃李無數。其於日人統治下，對漢文化的推廣與保存，實有其不可抹滅的功勞。且於本邑寄寓期間，創設「耕心吟社」傳承漢詩、漢學，並且擔任由新竹公學校及女子公學校本省教員所組成的「亂彈會」的詞宗，對於新竹詩社活動與詩風的興盛，厥有裨益。又客竹期間撰有日記，署曰《客中日誌》，記載時間自癸亥八月十三日至丙寅七月十一日止（1923年9月23日至1926年8月18日），大抵真實記錄了先生每日的生活作息，與一切人際往來情形，及參與當時詩社活動的種種訊息，有助掌握當時新竹文壇之概況。

鄭氏於學無所不窺，天文、地理、星相、命卜各有鑽研，又精於西學格致諸書，對算學一門，尤有心得，可說是通曉新學的舊文人。一生

篤好詩文，曾經參加光緒年間的「竹梅吟社」，頗好擊缽詩作；後又入「竹社」，活躍於日據時期；其所創「耕心吟社」，更有擊缽吟集傳世。另乙未居閩時遺有作品《倚劍樓詩文存》，惜台灣、福建均未見傳本。至於，今所刊印的《雪蕉山館詩集》，內多寓竹之作，屬於日據時期的創作，乃門人鄭却女史於民國七十二年出其所藏，交由台北中華民國傳統詩學會編輯付梓，而龍文出版社又據此於民國八十一年重印出版。但詩集所錄，不足仍多，蓋先生所作詩文散見日據時期之報章雜誌者尤夥，是皆有待輯佚，以免遺珠之憾。

而在上述成果之後，筆者利用鄭却女士所保存的鄭家珍《客中日誌》，一一整理其內容，從中更進一步掌握鄭家珍在臺期間的更多事蹟史料，再加以近期前往南安實地田調所得的〈南安武榮鄭氏家譜〉、家屬後代回憶資訊，以及查閱當地雜誌文獻[14]，個人重新彙整後的鄭家珍個人生平傳略如下：

鄭家珍（1868-1928）

鄭家珍，譜名彥奇，字伯璵，號雪汀，又號雪蕉居士，家珍為榜名；竹塹城外東勢莊（今新竹市東勢街一帶）人。雖生長於農家，但卻勤敏向學，二十歲入陳錫茲門下，塾中二十多人，資質最優，備受肯定，視為國器。光緒十四年（1888），考入新竹縣學，十六年（1890）科考取錄一等第一名遞補為廩生；光緒二十年（1894）考中甲午科第三十六名舉人。一八九五年乙未割臺後，先生舉家內渡，返回故里泉州南安，並於宗祠內開設學館，教授鄉里子弟，後更設館於泉州郡城泮宮內。光緒二十四年（1898）春，會試薦卷銓選州學正。三十年（1904）春，擔任南安豐州學堂正教習。三十三年（1907），保送專

---

14 李輝良：〈臺灣舉人南安辦學〉，中國人民政治協商會議福建省南安市委員會文史資料委員會編：《南安文史資料第23輯》（南安市：中國人民政治協商會議福建省南安市委員會文史資料委員會，2001年），頁127-131。

科，錄取福建省算術第一名，並晉京參加會考，以會考二等籤分閩浙贛三省鹽大使，唯因時局動盪而未能履任。光緒三十四年（1908）陞任豐州學堂堂長，民國二年（1913）擔任南安縣勸學所長，民國五年（1916）任崎峰鄉高等小學校長，晚年更任通德學校校長。

大正二年（1913）、三年（1914）間，由於精通堪輿之故，兩度受北門鄭擎甫之邀來臺，為父親鄭如蘭勘看墳地風水並題主。大正八年（1919）春，鄭擎甫再次禮聘來臺擔任塾師，隔年二月因思親而辭歸，唯因大陸南方動亂，加以竹人懇請，是年四月攜眷再次蒞臺，仍設館鄭家述穀堂；大正十一年（1922）初返鄉省親，因父親年邁，南安鄉人特以設學為由，留其在鄉奉養，隔年（大正12年，1923）二月又再次返回新竹，此後分別開設書房於北門外水田吳厝、進士第鄭邦焯等處。大正十四年（1925）下半年起，寓居水田紫霞堂「寄齋」授課教學，直到昭和二年（1927）年底返回泉州南安，隔年（1928）因病去世，前後寓居新竹共計八年。

鄭家珍於學多所鑽研，除傳統漢學之外，天文、地理、星相、命卜均有涉獵，尤精於西學格致諸書。一生作育桃李無數，入泮後至乙未年間曾設塾於竹塹東勢庄，有黃世元、王石鵬等出其門下；而日治時期，在臺開設書房期間，則有曾秋濤、吳景祺、許炯軒、邱再傳、鄭邦圻、鄭邦熙、魏經魁、鄭藥珠等，入塾受業。此外，鄭氏喜好詩文，不僅於光緒甲午年（1894）間參與「竹梅吟社」重興，日治時期在臺期間更加入「竹社」，活躍於當時北臺灣詩壇。大正十二年（1923），集合門弟子創設「耕心吟社」，指導漢詩寫作；同時也對新竹本地青年組成的「青蓮吟社」、「大同吟社」、「青年吟社」多所獎掖提攜，對於新竹地區的漢詩、漢學傳承有不可抹滅的貢獻。

鄭家珍作品，現有《雪蕉山館詩集》傳世，主要收錄光緒三十三年（1907）後在閩、臺兩地間的詩文創作，其中寓竹期間作品尤多。此外，仍有不少未收詩文散見於日治時期報章雜誌。王國璠曾評論其詩作：「器局恢弘，旨深詞正，有立馬吳山，看花洛苑之慨。兼有哀屈

　　弔賈之聲,卻無無病呻吟之痛,宜可傳也」,更言其有《倚劍樓詩文
存》一書,惜未見傳本。
　　家中共有四男四女,長子榮俊,字漢德,豐州學堂畢業,曾隨鄭家珍
來臺,子登洲乃在臺灣出生;其次為榮水、榮璇、榮璣。而三女榮
慰,聰慧過人,十歲即能詩,亦曾隨先生來臺居留。

前述乃筆者彙集前行研究所得,參酌、比對新取史料訊息之後,重新撰寫而
成的鄭家珍小傳,較前完整,所論文個人生平面向亦較多元。

　　在重撰鄭氏新的傳記輪廓後,筆者將再藉由新史料的考察,對於鄭家珍
在新竹與南安之間的幾項重要事蹟,重新再加以探討:

（一）鄭氏家族之遷徙

　　有關鄭家珍家族的遷徙情形,早先研究者大抵根據黃玉成〈敕授文林郎
會考二等籤分鹽大使甲午舉人雪汀鄭先生墓誌銘〉所載「世居南安崎口鄉,
其祖遷居台之新竹,乙未移籍歸,仍為南安人」,以及〈墓誌銘〉中所載曾
祖以下世系,考知鄭氏家族乃自其祖父賢濕公時從南安崎口鄉遷居來臺,而
於乙未年時移籍返歸南安,在臺共歷經三代。據此資料建構其世系如下:

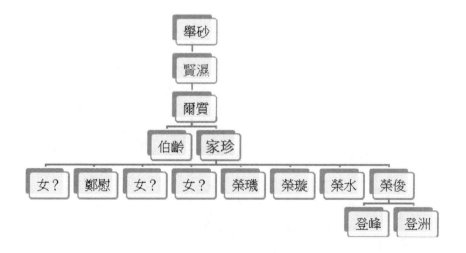

　　歷來對於鄭家珍家族的遷居與移籍之相關敘述係如上所述，而筆者在此根據南安訪問鄭氏後人所得《福建省南安縣溪美鎮崎峰村鄭氏家譜》重新考察，得知鄭家珍家族乃系出南安武榮崎口鄭氏，先世從奕齋公開始定居福建省泉州府南安縣三十一都崎口村（今南安市溪美街道崎峰社區），而鄭家珍一支則是在祖父鄭賢濕時遷居臺灣竹塹城外東勢庄。按照《崎峰鄭氏家譜》所載父祖輩等家譜資料來看：

十三世　舉砂公

生於乾隆庚寅年（1770）七月十二日辰時

卒於嘉慶乙亥年（1815）十月二十日未時

享年四十有六歲

葬於本鄉寨仔山尾口

元配王氏閨名居娘

　　生於乾隆癸卯年（1783）六月廿五日寅時

　　卒於同治辛未年（1871）七月十五日辰時

　　享年八十有九歲

　　葬於十八尖山通天蠟燭東穴坐壬向丙兼子午分金辛亥辛巳

十四世　賢濕公

生於嘉慶辛酉年（1801）八月初五日午時

卒於光緒丁丑年（1877）八月廿七日辰時

享年七十有七歲

葬於十八尖山通天蠟燭西穴坐壬向丙兼亥巳

民國貳年改葬出粟湖小窟坐子向午兼癸丁

元配陳氏閨名富娘改號惜娘

　　生於嘉慶乙亥年（1815）五月十六日巳時

　　卒於光緒辛丑年（1901）十月初五日卯時

　　享年八十有七歲

　　葬於虎硿穴坐巳向亥兼巽乾

十五世　爾質

生於道光壬寅年（1842）三月初四日巳時

卒於民國十三年（1924）正月初十日未時

享年八十三歲

葬於寨仔山

元配林氏閨名勸娘

　　生於咸豐壬子年（1852）七月初七日辰時

　　卒於民國庚午年（1930）十一月初三日未時

　　享年七十九歲

十六世　彥奇　文質長子乳名清奇榜名家珍字伯璵號雪汀

生於同治戊辰年（1868）七月十六日午時（另一譜作巳時）

卒於民國戊辰年（1928）三月初十日辰時

葬於廿九都淺寮山

元配蘇氏閨名引娘

　　生於同治壬申年（1872）十二月十八日卯時

　　卒於宣統庚戌年（1910）六月初六日申時

　　享年三十有九歲

　　葬於寨仔山銃樓腳湖內

　　生子一　益烈（中殤）

　　養子二　式穀（長殤）　　榮水

次配王氏閨名純娘　宣統三年（1911）扶正

　　生於光緒戊子年（1888）八月初三日午時

　　卒於公元一九六六年三月二十日

　　生子　魁俊　　魁梧（幼殤）　　榮璇　　榮璣

前據〈清敕授文林郎雪汀鄭先生墓誌銘〉所言，鄭家珍家族遷居新竹，是在祖父鄭賢濕時期，今依家譜世系排序屬第十四世，若從其父親第十三世鄭舉

砂之卒年在嘉慶二十年（1815），以及葬地為南安「寨仔山尾口」推估，鄭舉砂過世時，長子賢濕年方十五歲。因此，鄭家遷臺年代當在鄭舉砂過世後的嘉慶末年（1816-1820）。而且，再以賢濕母親王居娘葬地在「十八尖山通天蠟燭」，以及同〈家譜〉載錄之幾位弟弟，其中二弟賢纘（又作賢颺）不記葬地，但次子爾犁則葬於「臺灣後山蘇澳」，三弟賢涉葬於「土地公坑崎頂平埔墩」，四弟賢卯葬於「十八尖山通天蠟燭」等來看，可見鄭賢濕當時是舉家遷臺。此外，同此〈家譜〉記載，叔父舉閏公卒於「道光庚寅年」（1830），葬地亦在新竹「土地公坑崎頂平埔墩」，顯然當時亦陪同來臺。[15]綜合上述，大抵可以確認，賢濕是在叔父一家陪同下，攜其母親及三位弟弟跨海渡臺，定居竹塹城外東勢庄，從事農耕，並分別在臺成家。[16]

其後，鄭家在臺接續繁衍了兩代，直到十六世鄭家珍才藉由科舉取得功名，晉身地方仕紳階層。不過，就在其取得舉人功名的隔一年（乙未年，1895），清朝割讓臺灣給日本，日人領臺後，鄭家珍遂攜眷內渡，返歸南安祖籍地，在鄉人協助下定居三落角頂厝。

根據〈鄭氏家譜〉載錄的卒年時間點及葬地來看，鄭家珍在臺家族基本上也是整支移籍返回南安，其中包括鄭家珍祖母、父母以及四位弟弟，還有叔父爾宗一家人。[17]當年鄭家遷臺的兄弟中，除了長房賢濕一派得以繁衍持

15 依〈鄭氏家譜〉載錄：「十三世舉閏公：生於乾隆戊戌年（1778）六月廿三日辰時，卒於道光庚寅年（1830）十月十三日未時，享年五十有三歲。葬於土地公坑崎頂平埔墩穴坐寅向申兼甲庚。元配陳氏閨名金娘，生於乾隆壬子年（1792）七月廿三日吉時，卒於道光壬辰年（1832）七月廿九日巳時，享年四十一歲。與公合葬。生子一：賢鈔」，又載賢鈔，生卒年均未詳，僅載「客死無傳」。
16 案：賢濕之元配陳富娘，生於嘉慶二十年（1815），而其長子爾穎生於道光十六年（1936）。
17 依〈鄭氏家譜〉載錄：「十五世爾宗：生於道光乙巳年（1845）正月初十日戌時，卒於宣統己酉年（1909）五月廿八日巳時，享年六十五歲。葬於茂林穴坐午向子兼丙壬。元配陳氏閨名吉娘，生於咸豐乙卯年（1855）九月十二日卯時，卒於宣統己酉年（1909）十月十九日寅時，享年五十五歲。葬於寨仔山。生子三：炎圭、萬里、清桂（幼殤）」，三子中，除炎圭失載，清桂幼殤外，萬里卒於光緒丁未年（1907），亦當隨父返鄉，子嗣無傳。

續外，其於各枝則多未能延嗣。依《家譜》，二房賢颺生子二：爾遷、爾
犁，唯其後無傳；三房賢涉生子爾遠，爾遠傳子新科，其後亦無傳；四房賢
卯，生子爾海，早卒，後由鄭家珍父爾質承其嗣。至於，鄭家珍之伯父爾
穎，得年僅十八，無子嗣，由家珍三弟彥石承其祧；四叔父爾明，生子捱
獅，早殤，由三叔爾宗次子萬里承其祧。

　　鄭家珍一家返回南安時，由於當年舉家遷臺，歷經三代隔絕，因此在南
安崎峰已無至親族人，唯因其以舉人身分返歸原籍，自然受到敬重，宗族鄉
親不僅抬轎至泉州郡城迎接，更在村裡騰出空房來安置他們，而鄭家珍為了
回報村人的盛情接待，於是便在鄭氏宗祠裡開館辦學，教導鄉人子弟。[18]此
後，鄭家珍家族便在南安崎峰村落腳，綿延至今，已至第二十一世。其家族
世系表如下（依《鄭氏家譜》編至第十九世）：

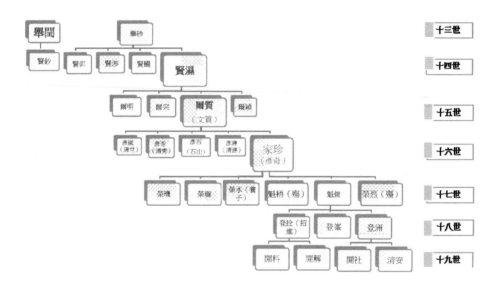

---

18 李輝良：〈臺灣舉人南安辦學〉，中國人民政治協商會議福建省南安市委員會文史資料
　　委員會編：《南安文史資料第23輯》（南安市：中國人民政治協商會議福建省南安市委
　　員會文史資料委員會，2001年），頁127-128。

（二）天文曆算與堪輿之表現

有關鄭家珍在天文曆算方面的表現，最早提及者為王松，其《臺陽詩話》言：「當道推其算術為八閩第一。有英儒某氏聞其名，欲往試之，互相運算，竟被所屈。由是名益噪，遐邇莫不知其人者。」而吾人在明治三十三年（1900）九月三十日《臺灣日日新報》中可以看到一則鄭家珍「精工算學」報導：

> 新竹東城外鄭伯璵自幼講究經史子集，後聞留心探索西洋汽學化學，而於算學一道精心研究，不藉師承。所有天文各學一經握算，成竹在胸。聞近日廈門東亞書院第七期課算學題，假如織女第一星黃道北緯六十一度四十三分三十四秒赤道北緯三十八度三十八分十四秒，求黃赤經度各若干？按圖立說，指畫詳明。次題：設有礮臺不知其長，但知從其長處量至此首三百丈，量至彼首四百丈，兩線成角二十二度，試推礮臺長若干？嘗考同文算學課藝蔡錫勇此題答曰長一百八十九丈五尺八寸，鄭伯璵代其生徒所擬課卷則云係一百六十五丈七尺六寸。二說不同，附錄之，以資考正。鄭伯璵現寓泉城海濱鄒魯王慕蓼先生祠教讀，生徒日眾，若得移寓通都大邑，留心時事，講求新學，其獲益何可量也！[19]

此報導呼應了王松所謂「算術為八閩第一」的表現，同時也說明當時中國新學盛行，鄭家珍以新學課徒的情景。其後，明治三十六年（1903）八月二十八日同報中更有一段「新學啟後」的後續報導：

> 新竹鄭家珍孝廉，少以詩文馳名。入泮後講學東里，教授法為閤竹之冠，故士之從遊者甚眾，若黃世元、王石鵬輩，俱出其門。先生當八

---

19 〈精工算學〉，《臺灣日日新報》，第5版，明治33年9月30日。

比競爭時代，獨專攻於西學格致諸書，而算學一門，尤為獨得其秘。甲午領鄉荐，越歲漫遊南清，僑居晉惠二邑之間，甚為當道所推重。近來支那風氣大開，處處講求新學，先生乃設帳於泉，授泮宮內，專授新智識於生徒。彼都之所謂秀才貢生者，多登其堂而請益焉，而先生新學之傳，為不孤矣。[20]

全篇同樣在彰顯鄭家珍對於新學教育的貢獻。最後，鄭家珍藉由此一表現，於四十歲時，「保送專科，取錄全省算學第一名」，並以「會考二等籤分鹽大使」[21]，當時《臺灣日日新報》明治四十年（1905）四月二十四日一則「公車北上」之報導，更為此事留下佐證：

本屆閩省考取舉貢一百名，均於前日由福藩司發給咨文，赴搭輪船晉京考試。公舉首名鄭家珍稟請學務處照會試成例，給發川資，未蒙允准，其旅費各自籌措，頗費張羅。[22]

除了以上有關鄭家珍在泉州教授新學，以及因算學能力獲得保送專科，取得鹽大使之職銜外，我們在其寓竹期間的教學過程中，亦可以看到他對於新學的傳授，從《客中日誌》的記載當中，可以見其教學情形：

甲子年（1924） 二月卅日 壬子 木 四月三日
宿雨難晴，而陰曀不開，溪水陡漲，田園多被淹沒。在家無事，檢點東行攜帶之書籍，計《綱鑑補註》一部共訂十二本、《御纂周易折

---

20 〈新學啟後〉，《臺灣日日新報》，第3版，明治36年8月28日第1599號。

21 〈鄭家珍墓志銘〉載其「戊申保送專科，取錄全省算術第一，會考二等，籤分鹽大使。」另按〈鄭氏家譜〉載此事作「四十歲保送專科，蒙提學使姚文焯取錄全省算學第一名」「四十歲，保送會考二等，籤發鹽大使。」若依其生年推算，鄭家珍四十歲是在丁未年，即光緒三十三年（1905）。

22 〈公車北上〉，《臺灣日日新報》，第3版，明治40年4月24日第2690號。

中》二本、《書經傳說》二本、《詩經傳說》三本、《有正味齋駢體文》四本、《恆星經緯度》四本、《蓋氏對數表》一本、《尚友錄》四本、《五緯捷算》二本、《月五星相距恆星經緯度表》一本，畫圖機器一匣，為本年教誨生徒之用。

甲子年（1924） 三月十八日　庚午　月　四月廿一日

早飯後率兒輩到赤土崎石頭坑上伯父坟。坟坐子拱午兼癸丁，來水乙辰，去水丁未，收逆朝到堂形勢，頗佳。惜逼處澗邊，前無餘地，不能發展耳！歸時已十勾鐘矣。下午命兒輩購畫圖機器，為教授生徒習天算之用。晚間為香圃題畫。

前一則是其要從南安返回新竹前準備行李時的紀錄，提到為今年教授生徒而準備的書籍與教具，除了傳統的經史集部著作外，還特別準備了「恆星經緯度四本、蓋氏對數表一本、尚友錄四本、五緯換算二本、月五星相距恆星經緯度表一本，畫圖機器一匣」，這些都是教授天文曆算時所需。又從《客中日誌》本日以前的記錄來看，今年應該是鄭氏第一次以新學作為上課教材。以下摘錄民國十三（1924）至十四（1925）年間相關教學記錄：

甲子年（1924） 五月廿六日　金　丁丑　六月廿七日

晴。照常上課。<u>藥珠手製測星儀器，為教以測高測遠之法</u>。設有一物不知其高與照常上課。藥珠手製測星儀器，為教以測高測遠之法。設有一物不知其高與遠，先用儀器測之得三十一度，其餘弦為8572，正弦為5150，再將儀器退九尺測之得一十五度，其餘弦為9659，乃以兩餘弦相減，餘11087為一率。前後表距九尺為二率。三十一度之正弦為三率，求得四率為四尺二寸六分，加四表高得所求。

十三年　陽曆十月六日　月曜　陰曆九月八日　戊午

（工課）午前七人。午後七人。夜間九人。<u>誨藥珠真數和假數法</u>。

十四年　陽曆三月廿三日　月曜　陰曆二月廿九日　丙午

（課功）開時，研「<u>月離數理求初均諸法</u>」。

十四年　陽曆三月廿四日　　火曜　陰曆三月初一日　　丁未

（事人）蘗珠南遊，於昨晚回，今日來請業，余授以<u>切線分外角算法</u>
　　　　<u>及躔離步法</u>。

十四年　陽曆三月廿七日　　金曜　陰曆三月初四日　　庚戌

（課功）日學上課者六人，夜學因赴宴缺課。為蘗珠講「<u>推逐月交周</u>
　　　　<u>入食限之理由</u>」，令其學「<u>步本年正月望月食之時刻分</u>」。

十四年　陽曆三月卅一日　　火曜　陰曆三月初八日　　甲寅

（課功）上下午為日學生上課，夜學因宴會缺課。<u>蘗珠學步月食，已</u>
　　　　<u>推得正月十七日卯初二刻五分為實望，同時再命推前後二時</u>
　　　　<u>躔離，以考其交周是否入的食限。</u>

十四年　陽曆四月十八日　　土曜　陰曆三月廿六日　　壬申

（課功）午前上課者八人。午後七人。晚間三人。<u>蘗珠學步日食推得</u>
　　　　<u>丁卯年六月朔日食一分弱，係申取三刻有奇。</u>

十四年　陽曆四月廿日　　月曜　陰曆三月廿八日　　甲戌

（課功）午前上課八人。午後七人。晚間一人。<u>為蘗珠改正日食算法。</u>

十四年　陽曆四月廿六日　　日曜　陰曆四月初四日　　庚辰

（課功）本日照例停課。<u>教蘗珠畫「黃赤道之法」。</u>

十四年　陽曆四月廿七日　　月曜　陰曆四月初五日　　辛巳

（事人）阻雨不出。除工課外，<u>在寓研究《交食數理》，並教蘗珠</u>
　　　　<u>「畫黃白距限之法」。</u>

十四年　陽曆四月廿八日　　火曜　陰曆四月初六日　　壬午

（事人）在寓無事。除功課外，<u>教蘗珠「日躔借角求角法」，頗能領</u>
　　　　<u>悟，余甚喜絕學之有傳人也。</u>

從以上日記中記載，吾人觀察到鄭家珍天文曆算教學的主要對象是其表姪女
鄭蘗珠（即鄭却），而在此前後一年的教導下，鄭蘗珠女史頗能領悟，更令
其感到喜得傳人，《雪蕉山館詩集》中有〈蘗珠近學天算頗有心得書以勵

之〉[23]詩，同記此事：

> 日天距地有高卑，橢積平分術亦奇。為女文殊談步法，沉思不語自低
> 眉。本均輪法浩無涯，五緯東行辨歲差。竟使蛾眉傳絕學，談天未敢
> 薄裙釵。渾蓋融通舊與新，天然妙悟本靈根。海東從此添佳話，傳附
> 疇人有女真。

詩中除了描述天算的教學情形外，更充滿著其對表姪女藥珠在學習天文曆算
上能力的肯定。

除了天文曆算外，鄭家珍堪輿之能力素來亦為時人所重視，民國二年
（1913）他所以返臺，主要是接受新竹北門外鄭家禮聘，來為鄭如蘭勘定風
水。當時《臺灣日日新報》有一則「遙聘堪輿」之報導：

> 鄭伯璵先生，名家珍，前清之名孝廉也。原為竹北一堡東勢庄人。明
> 治二十九年，避地泉州，現為南安縣中學堂長。先生博覽群書，尤精
> 於青烏之術，彼都人士，甚引重之。近因故參事鄭香谷翁，自前年仙
> 逝，卜兆未妥，現尚停櫬在堂，其遺族拱辰君，深引以為慮。爰擬聘
> 先生來臺，為擇一牛眠地，近已致書遙聘，大約須俟該學堂夏季休暑
> 之期，方得鼓輪而來也。[24]

由於鄭如蘭明治四十四年（1911）逝世後，一直未能找到足以安葬之地，因
此，鄭拱辰乃致書遙聘鄭家珍來臺，為其父親勘定風水。而鄭家珍借此機會
也在離臺十九年後，重新踏上返鄉之路。他在八月三日（舊七月二日），抵
達新竹，其後展開勘察墓地工作，依其《雪蕉山館詩集》所刊作品，有〈七
月廿二日再到金山寺相地偶成一律〉、〈癸丑孟秋遊雙溪大崎晚宿鄉人阿榮家

---

23 按此詩作者自註有：「乙丑四月」，所記時間與日記相符。
24 「遙聘堪輿」，《臺灣日日新報》，第6版，大正二年五月二十四日第4658號。

枕上口占〉、〈八月初三下午往楊梅壢道中口占〉、〈八月六日薄遊南莊〉，大
抵可窺其勘定風水之過程。吾人從陳寶琛〈鄭香谷主政墓志銘〉中所記之穴
位曰：「葬公於新竹雙溪大崎之原穴，乙辛辰戌」，可知最後鄭家珍選定了約
在舊曆七月底時至雙溪、大崎所探勘之風水寶地。〈東渡長歌行〉中亦有
言：「青烏隊裡慚竽濫，指掌砂明與水暗。北郭主人偏嗜痂，乃父樂坵勞校
勘。迢迢三隘與雙溪，得地何拘時久暫。福壤天留庇福人，崎峰墓檟已生
春。滕公果獲牛眠讖，居室還須待吉辰。」[25]詩中所謂「迢迢三隘與雙
溪」，三隘指的是雙溪、大崎、金山面三隘，雙溪則是客雅溪上游之名，流
經雙溪、大崎等地，可見鄭家珍為鄭如蘭後事，深入寶山鄉雙溪、大崎以及
金山面，終於選定其牛眠之所。

與此同時，鄭家珍亦於附近之出粟湖為祖父賢濕挑選了遷葬墓地，並完
成遷葬。根據《鄭家族譜》記載，賢濕葬地原為「葬於十八尖山通天蠟燭西
穴坐壬向丙兼亥巳」，後於「民國貳年改葬出粟湖小窟坐子向午兼癸丁」，
《雪蕉山館詩集》中有詩云：

> 曉日曈曈十八峰，煙荒草蔓望無蹤。自披榛莽尋殘碣，猶認當年馬鬣
> 封。未拜先塋淚已流，女蘿風冷墓門秋。故鄉桑梓猶恭敬，況見瀧岡
> 草一坵。廿年浩劫換紅羊，春黍秋蔬祭久荒。芳草一坏留祖澤，溥溥
> 零露濕衣裳。瞥眼蓬蒿沒野田，山南山北草如煙。秋風重別鄉關去，
> 待酹椒觴又幾年。

這首〈孟秋九日登十八峰展拜先塋偶成〉描述的是民國二年（1913）八月十
日（舊七月九日），鄭家珍返回新竹後至十八尖山展拜先人塋墓的情景，眼
前荒煙蔓草，無人祭掃，感傷之餘，也似乎讓他動了遷葬的念頭，而最後便
在出粟湖尋得了改葬之所，其〈東渡長歌行〉有言：「聳翠層巒峰十八，一
望蓬蓬歌彼茁。自披宿草拜先塋，沒髁榛荊愁未拔。為谷為陵幾變遷，佳城

---

25 〈東渡長歌行〉，《雪蕉山館詩集》（臺北市：龍文出版社，1992年），頁208。

無復似當年。不辭宅兆更番卜，出粟湖中別有天。」[26]詩作說明了這段遷葬
的過程，而筆者於福建南安的田調訪查中，看到一張鄭家後人收藏的手繪風
水圖，這圖是繪在大正貳年版的「端記用箋」信箋紙上，圖旁附註風水格局
云：「龍由五宝峪脫落平崗，透迤而來，從巽巳方旋轉坤申方又折壬子方，
入首成一方圈形，到入穴成倒地金鉤，外纏四面環護，穴坐子向午兼癸丁，
水出乙口，面前坤申丁未丙午巽巳一帶，水皆入懷」，此圖雖未標示屬何人
風水？唯就圖中明顯標示「出粟湖」位址，而附註文字中又有「穴坐子向午
兼癸丁」座向，對應前述《鄭家族譜》所載穴位，可知此圖當是鄭家珍民國
二年回臺時，遷葬祖父塋墓時所留下的風水圖。

此外，民國八年（1919）以後鄭家珍再次應邀來臺擔任家庭教師，寓竹
期間屢屢受聘為人格墳相地，包括新竹吳蔭培、吳景祺、曾吉甫，中部鄭子
香、楊肇嘉、王學潛，臺北陳天來、陳茂通等，均載錄於《客中日誌》；
又，新竹靈隱寺靈壽塔，以及臺北大龍峒孔廟之位址及坐向亦均由其勘定，
其中大龍峒孔廟風水勘視一事，民國十四年（1925）之《客中日誌》中有詳
細記載：

26 〈東渡長歌行〉，《雪蕉山館詩集》（臺北市：龍文出版社，1992年），頁207-208。

十四年　陽曆三月十二日　木曜　陰曆二月十八日　乙未

（人事）早飯後同辜瑤峯、陳天來等到大龍峒相視陳培根君所獻文廟
　　　　地。龍從文山中峯口出脈，卸落平地，穿舊渡水起伏頓挫，
　　　　逶迤而至。大龍峒結舊龍顧視之局，文山羅其前，大屯辰其
　　　　後，劍水、稻江左右夾拱，朝堂丙午來脈，匯聚天心，從甲
　　　　位出口與劍水會纏元武，員山、芝山為捍門戶，地脈天星上
　　　　下相應，將來廟成之後，定為人物薈萃之區云。坐子拱午兼
　　　　癸丁，分金庚子庚午。主事辜瑤峯，丙寅生，擬俟八月擇吉
　　　　定礎興工。

十四年　陽曆三月十四日　土曜　陰曆二月二十日　丁酉

（人事）早飯後再與瑤峯到文廟地址詳覷〔窺〕一切。午後赴列車到
　　　　新竹，寓伯端家。

（附記）〈閱龍峒文廟地址呈籌備處諸君子〉七律云：「星辰垂象應
　　　　山川，龍見居然筮在田。間氣攸鍾猶有地，斯文未喪總由
　　　　天。弦歌拭目揚鄒魯，圖卜關心問澗。不日宮墻成美富，大
　　　　猷秩秩仗仔肩。」

十四年　陽曆九月廿七日　日曜　陰曆八月初十日　壬寅

（人事）午前八時二十分與益順司赴台北，十一時到台北驛。午後到
　　　　大龍峒格定文廟坐向，子午兼癸丁，分金丙子丙午。晚赴陳
　　　　培根之宴。夜至天來兄處住宿。本圓師派人到錦記訂明日七
　　　　時到觀音山內岩之約。

（書類）作〈格文廟坐向〉一律云：「西湮東澗舊鍾靈，美富重瞻古
　　　　廟庭。劍水宵中浮電紫，文山天半插雲青。鳩偭慮已周先甲，
　　　　象舞儀應肅上丁。雲擁龍峒長五色，千秋佳氣護櫺星。」

十四年　陽曆十月八日　金曜　陰曆八月廿一日　乙丑

（人事）午前九時往大龍峒文廟地址再格坐向、分金，係子午癸丁，
　　　　庚子庚午分金，坐虛六度，向星六度。午後五時，再定三台
　　　　礎石，並參拜。夜，宴於陳培根之素園。十時歸大和行休息。

以上民國十四年三月至十月間的幾則日記，記載了鄭家珍從相地到分金定磉的過程。而有關分金定磉事，當時《臺灣日日新報》中亦有對應之報導：

> 臺北籌建聖廟一事，敷地擇定大龍峒保安宮附近，久誌本報，茲于去九月二十七日再邀請新竹鄭孝廉家珍先生，到實地指定分金，並託專門擇日者鄭奎璧氏，爰選動土及定磉吉時如左：一十月八日十時（舊八月二十一日巳時）破土及立金分柱。一同日五時（酉時）起基及定磉。[27]
>
> 臺北籌備聖廟，經如既報，以去八日（舊八月廿一日）午前十時，延鄭家珍孝廉，到大龍峒聖廟建築豫定地，指定分金，立石標誌。午後五時半，奠定文廟大成殿基礎，立三台石（豫填廟壁基礎自敷地平面起高六尺許），立畢，舉定磉祭。到場參拜者，來賓鄭家珍氏外，稻艋及大龍峒附近總代並常務十餘氏。[28]

以上，在在說明鄭家珍在堪輿方面的表現，而這一能力也成為他在臺灣教書之餘另外一項重要收入之來源。

（三）詩社活動的參與

前文曾述及鄭家珍於清光緒十九年參與過竹梅吟社，為該社社員，而到了日治時期返臺之後，則是受到當時竹社之邀而參加該社詩會活動，期間更多次出席全島聯吟大會，並曾接受總督府招待，相關情形於《臺灣日日新報》中披露不少。

不過，在其《客中日誌》中著墨較多者，卻非言及參與新竹最大詩社竹社的情形，反倒多集中在參加本地新興的青蓮吟社、耕心吟社、大同吟社、青年吟社等詩社的情景，不只留下不少活動細節，更包括其本人所寫之作

---

27 「聖廟卜期定磉」，《臺灣日日新報》，第4版，大正14年10月1日第9123號。
28 「臺北聖廟奠礎祭」，《臺灣日日新報》，第4版，大正14年10月10日第9132號。

品。由於部分詩社，為《臺灣日日新報》所不曾記載者，故對於新竹區域文學和當地詩社研究自有其意義。

1　青蓮吟社

《客中日誌》中載錄有十處記錄鄭家珍參與青蓮吟社活動的狀況，茲羅列於下：

> 癸亥年（1923）　八月十三日　己亥　陽曆九月廿三日　日曜
> 晴。午前在塾無事。午後三時，竹城青蓮吟社成立，請余為來賓，兼作詞宗。會友二十餘人。題為〈待月〉，限支韻，七言絕。得詩六十餘首，左元為林篁堂所得，次即曾吉甫先生以下十八人，各獎給贈品有差。余忝登右元，得贈品三件：一《柳柳州集》、一《林和靖集》、一《三家詩話》。是晚飲酒盡歡而散，歸時已十勾鐘矣。
>
> 癸亥年　九月初四日　己未　陽曆十月十三日　土曜
> 香圃來坐談，並訂明日下午青蓮吟社詩會之約。
>
> 癸亥年　九月初五日　庚申　陽曆十月十四日　日曜
> 下午赴青蓮吟社詩會，題為〈菊枕〉，限陽韻。余掄元之作云：「落英收拾付羅囊，著席能生襪被香。入夜我還來就汝，夢中無日不重陽。」
>
> 癸亥年　十月廿五日　己酉　陽曆十二月二日　日曜
> 晚，赴青蓮吟社詩會，首唱為〈畫竹〉，尤韻。余得句云：「風景淇園一筆收，如聞簌簌數聲秋。無多著墨能醫俗，與可心傳紙上留。」「渭川千畝胸常在，淇澳三章句久留。寫入湘屏秋意滿，渾疑清影罩窗幽。」次唱詩鐘〈曉鐘〉，鶴頂格，余得句云：「鐘室不消韓氏恨，曉風爭唱柳家詞。」「曉色熹微迷遠道，鐘聲搖曳出寒山。」「曉汲清湘燃楚竹，鐘聞淮水怨周幽。」
>
> 甲子年（1924）　八月十六日　丙申　九月十四日　日曜
> 晴。……。余將往竹蓮寺打燈謎，至香圃門口，為青蓮吟會強拉去評定〈秋夜‧第二字〉詩鐘甲乙。取畢，始往竹蓮寺，時已近十一時矣。打中數條而歸。

民國十三年　陽曆十二月廿七日　土曜　陰曆十二月初二日　庚辰

（事人）午後四時，赴青蓮吟社餞別之宴。四時三十分開擊鉢吟，題
　　　　為〈火硯〉，支韻。余作六首，列一、二、三、五、七、十
　　　　名。宴畢，回時已九時三十分矣。

民國十四年　陽曆四月十八日　土曜　陰曆三月廿六日　壬申

（事人）閱青蓮吟社所徵詩計一百六十首，題係〈關夫子〉，限陽韻
　　　　七律。合作者殊少，勉強為取四十首。

民國十四年　陽曆四月廿三日　木曜　陰曆四月初一日　丁丑

（事人）前日青蓮社作徵〈關夫子〉七律，經余為取四十名。其詩稿
　　　　經於今夜約該社長持去發表。

十四年　九月十五日月曜　陰曆　七月廿七日　己丑

（著述）昨夜青蓮吟社例會，詩題為〈大風揚沙〉，詩鐘為〈羊角〉，
　　　　鳳頂格。

十四年　陽曆九月三十日　木曜　陰曆八月十三日　乙巳

（人事）午前有青蓮吟社友來訂明日在盧一齋中開大同吟會事。

透過以上記錄，可以得知青蓮吟社創辦的時間，是在日本大正十二年（1923）
九月二十三日下午三時成立，創立當天會友有二十餘人，而鄭家珍首次與會
就擔任詞宗，該次詩題為「待月」，眾人成詩六十餘首，並有頒發獎品。而
後來的幾次詩會中，鄭氏日記也分別存錄了詩社活動之題目，如菊枕、畫
竹、火焰、關夫子、大風揚沙等，且他不僅自己撰寫詩作，同時亦常被邀請
評閱徵詩。至於詩社在課題徵詩、擊鉢吟之外，也同時進行詩鐘創作，藉此
可以得知當時青蓮吟社的運作概況。再者，鄭氏在日記中所留下的相關作
品，更可以和《雪蕉山館詩集》對校，進以確認文字、內容有無差異，或是
作為補遺之用。

2　青年吟社

　　除了青蓮吟社之外，鄭家珍還參與了青年吟社詩會，日記中共有兩次文

字紀錄，主要敘述自己作品得到名次情形、詩作內容，相關記載如下：

> 民國癸亥年 陰曆十一月廿六日　庚辰　陽曆一月二日　水曜
> 下午赴青年吟社詩會，首唱為〈虎頭柑〉，元韻，左右元眼均被張純甫所得。次唱〈湯婆〉，江韻，余忝右元，左元為玉田所得。余詠〈虎頭柑〉云：「雙攜曾佐聽鸝樽，露爪難同佛手論。偏我老饕能伏汝，醉餘攘臂向東園。」「金玉爛然中敗絮，桓桓氣象漫稱尊。浮誇文士皮蒙虎，記否餘杭賣者言。」「負隅一樹實紛繁，曾向霜中露爪痕。說與市人休變色，諷時曾託賣柑言。」〈湯婆〉云：「晚風料峭透紗窗，被底春生興未降。送暖頻勞張窈窕，不須春酒倒金缸。」「寒戀重衾夢不雙，得卿熨貼我心降。煖溫更愛雞頭肉，探手于懷小鹿撞。」「合歡被裡促蓮，鄉戀溫柔氣未降。我亦同卿春夢熱，探時小鹿已心撞。」「五更燈影碧幢幢，春夢婆嗔夢不雙。頭腦冬烘卿亦爾，轉嗤澆背太愚憃。」晚間，周春暉訂後日看山之約。
> 民國十四年　七月二十日　月曜　陰曆五月三十日　乙巳
> （人事）五點半後到青年吟社詩會，題為〈白扇〉，先韻；詩鐘〈沉唱〉二字，燕頷格。

3　耕心吟社

此詩社是鄭家珍在新竹時投注心力最多的詩社，立社背景乃緣於鄭氏在吳景祺家中設立書房教授漢文，題署為「耕心齋」，因而指導書房學生成立詩社，名為「耕心吟社」。日誌中有不少片段提到耕心吟社活動概況：

> 民國十三年 陰曆五月初七日　戊午　陽曆六月八日　日曜
> 乍雨乍晴。本日耕心吟社開會，第一唱詩題係〈種竹〉，東韻，吳芝村得元；二唱〈花影〉，冬韻，鄭邦熙得元。是日獎品為食木，吳祉堂、黃植三等所寄付。午間，酒席亦祉堂作東。曾吉甫先生亦來臨會，下午三時始星散。晚，赴吳汝權之宴。

民國十三年 陰曆五月十六日 丁卯 六月十七日 火曜

晴。本日為始政紀念日，照例停課一天。耕心吟社諸君，本日在課齋中擊鉢吟，首唱為〈望綠〉，歌韻，七、五言絕。晚，赴鏗若之宴。

民國十三年 陰曆六月十二日 癸巳 七月十三日 日曜

晴。上午耕心吟社在館中開擊鉢吟。下午竹社詩會，余以身體困倦，不赴。

民國十三年 陰曆六月十九日 庚子 七月二十日 日曜

晴。上下午耕心吟社開詩會，題為〈聞雷失箸〉、〈嫦娥奔月〉。晚往新竹座聽戲。晚間雨。

民國十四年 陽曆四月十三日 月曜 陰曆三月廿一日 丁卯

（著述）作蓮舫壽文第一段，餘待另日再續。改耕心吟社〈採茶女〉詩。

民國十四年 陽曆五月二日 土曜 陰曆四月初十日 丙戌

（著述）作〈銀婚書慶〉一篇，及改〈耕心吟社序文〉一篇。

民國十四年 陽曆七月十二日 日曜 陰曆五月廿二日 丁酉

（著述）耕心吟社諸同人開擊鉢吟會，請余命題，余以〈葛巾〉二字為題，限先韻。得詩十首，為評其次第，並略有點綴。

透過前述，可知此社活動似乎頗為頻繁，因為例會間隔時間並不長。至於鄭家珍在詩社中的角色，或是擔任命題，或是協助改詩。至於，日記中所記詩社作品名稱、韻部情形，則可補充現存魏經龍所抄錄《耕心吟集》內容。

4 大同吟社

關於大同吟社，大正十四年（1925）十月十七日《台灣日日新報》中曾有所報導，指出該社是在農曆十四日，假北門外鄭虛一氏的成趣園為會場，舉行發會式。而鄭家珍日誌中則簡述了當日參加詩會之事，以及有關擊鉢吟、詩鐘命題情形：

十四年 陽曆十月一日　金曜　陰曆八月十四日　丙午

（人事）午前五時國勢調查。午後六時赴盧一書齋為大同聯合會來
　　　　賓，題為〈中秋前一日賞月〉，先韻；詩鐘為〈觀月〉二字，
　　　　燕頷格。

至於後來有關該社團的活動情形，鄭氏日誌中也有多則紀錄，包括與會地
點、詩題情形、所獲名次狀況，以及提供獎品之人：

十四年 陽曆十二月四日　　金曜　陰曆十月十九日　壬戌

（人事）又大同吟社通知於星期日開例會。又麟書因去年余所代擬李
　　　　濟臣之稿遺失，囑為再擬一篇古風。

十四年 陽曆十二月六日　　日曜　陰曆十月廿一日　甲子

（人事）晚間，赴大同吟社詩會，題為〈勾踐式蛙〉，左、右元均余
　　　　所得。歸寓時已十二時矣。……

十五年 陽曆一月三日　　日曜　陰曆十一月十九日　壬辰

（人事）午後一時赴大同吟社詩會，題為鏡中人，東韻，阿慰得右
　　　　元。晚赴陳信齋之宴。

十五年 陽曆一月十七日　　日曜　陰曆十二月初四日　丙午

（人事）晚赴大同吟社詩會，題為〈煩潮〉，左元文樞，右元省三。

民國十五年　二月十一日　陰曆乙丑年十二月廿九日

（書類）接大同吟社詩訂此舊曆正月二日在林篁堂靜觀樓上開擊鉢吟
會之通知書。

民國十五年　二月十四日　日曜　陰曆丙寅年正月二日

（人事）晚間赴大同吟社詩會，在林篁堂君靜觀樓上開擊鉢吟，題為
　　　　〈靜觀樓雅集〉，左元為篁堂，右元為小女阿慰，各分得獎
　　　　品而還。是夜獎品為紀念詩箋，皆篁堂君所寄付也。張息六
　　　　君訂初九日在伊家擊鉢吟之約。張息六君訂初九日在伊家擊
　　　　鉢吟之約。

民國十五年　二月廿八日　日曜　陰曆丙寅年正月十六日　戊子

（人事）晚，赴大同吟社詩會，題為〈狄將軍奪崑崙〉。

民國十五年　四月三日　陰曆丙寅年二月廿一日

（人事）本上午七時三十八分，與小女赴列車到台中，同行者有大同
　　　　吟社詩友計九人，十一時餘到台中驛，箴盤來接待，招余與
　　　　養齋君同到吳東漢家午餐。後二時，詣子瑜家詩會，到場者
　　　　二百餘人，題為〈春晴〉，五律，麻韻；〈歌唇〉，陽韻。夜
　　　　雨，宿子瑜西軒。

民國十五年　四月十八日　陰曆丙寅年三月初七日

（著述）夜赴大同詩會，題為〈背面美人〉，余作六首。得一、二、
　　　　三、四、七名，一落第。

而在上述活動記錄中，鄭家珍還特別寫到自己的女兒鄭榮慰也曾參與詩社活
動，並且能夠撰寫詩作，且曾和他一同前往台中參加吳子瑜家中舉辦的全島
聯吟詩會。

5　士林吟社

　　最後一個曾在《客中日誌》出現過的詩社名稱為「士林詩社」，但此一
詩社在《臺灣日日新報》或過去所知的新竹詩社名錄中未曾獲見，雖然以下
鄭家珍所記文字簡略，但從其搭乘輕便車赴會來看，判斷可能是鄰近新竹的
詩社。

十四年　陽曆十月十一日　日曜　陰曆八月廿四日　戊辰

（人事）今日士林開吟會，午後四時坐輕便赴會。

（著述）士林吟社詩題為〈葉聲〉，限侵韻，余作四絕；詩鐘為〈曉
　　　　鐘〉第三字，余作六聯。

以上，除竹社之外，在鄭氏日誌中另紀錄有五個新竹在地詩社，他或多或少
描寫其涉入程度，至於其所留下的詩題名稱、作品內容、開會地點、獎品名

次等,都有助於讓人想像當年詩社活動情境與運作情況,特別是這些詩社頗多從事詩鐘活動,藉之可知課題、擊缽之外,新竹詩人對於詩鐘創作似乎興緻甚高。當然,前述與詩社有關的日記篇幅不少,自然更顯示了鄭家珍對於詩社活動與詩會創作的熱衷,以及他寓竹客居期間,在新竹詩社所扮演的角色。

(四)臺閩教育的影響

鄭家珍出身農家,透過科舉考試取得功名,原本就期待藉此晉身仕紳階層。然而,由於乙未變革的滄桑,以及後來中國內地時局的動盪,致使內渡後的鄭家珍亦僅能以課徒為生。對於鄭家珍在新竹與南安兩地教育的影響,過去大抵依據〈清敕授文林郎雪汀鄭先生墓誌銘〉之記載,有謂「任豐州學堂正教習,兼勸學所所長」,以及於郡城開館設學之情事。此外,張德南於《新竹市志》〈人物志〉中,更言鄭家珍於光緒十三年(1887)設塾於竹塹城外東勢。

我們根據新史料重新考察,乙未年以前,前引《臺灣日日新報》「新學啟後」之報導有言:「新竹鄭家珍孝廉,少以詩文馳名。入泮後講學東里,教授法為閤竹之冠,故士之從遊者甚眾,若黃世元、王石鵬輩,俱出其門。」則鄭家珍之設學東勢,應當是在光緒十四年(1888)考取新竹縣學後之事,而其學生黃世元(日本公學校漢文教師)、王石鵬(臺灣新聞記者)等均有所成。

至於,乙未內渡後,在南安的教學情形,根據李輝良〈臺灣舉人南安辦學〉的說法,初期是在鄉裡的鄭氏家祠內開館辦學,教授鄉里子弟。至於,有關鄭家珍於郡城設學的實際情形如何呢?前引《臺灣日日新報》兩則報導,「精工算學」中言及「鄭伯璵現寓泉城海濱鄒魯王慕蓼先生祠教讀,生徒日眾」[29],此乃明治三十三年(1900)之事;而「新學啟後」一則中亦言「近來支那風氣大開,處處講求新學,先生乃設帳於泉,授泮宮內,專授新

---

29 〈精工算學〉,《臺灣日日新報》,第5版,明治33年9月30日。

智識於生徒」[30]，所記則屬明治三十六年（1903）之訊息。可知鄭家珍設館
於泉州府城的時間，至少可以確定的是在光緒二十六年（1900）至光緒二十
九年（1903）間，地點則在泉州府文廟周邊。

　　光緒二十九年後，鄭家珍開始有了正式教職，根據《鄭氏家譜》〈彥奇
官階錄〉的記載：「三十一歲會試薦卷銓選州學正。卅七歲任南安豐州學堂
正教習。四十歲保送會考第二等籤掬鹽大使。四十一歲任豐州學堂堂長。四
十二歲蒙提學使姚札委任南安縣視學員兼學務總董。五十歲任南安縣勸學所
長。」依上述年齡推算，鄭家珍於光緒二十四年（1898）參加會試，獲銓選
為州學正；光緒三十年（1904），擔任南安豐州學堂正教習；光緒三十四年
（1908），擔任南安豐州學堂堂長；宣統一年（1909），蒙提學使姚札委任南
安縣視學員兼學務總董；民國六年（1917），派任南安縣勸學所長。唯有關
南安勸學所長的任期時間，《客中日誌》中有鄭氏的親筆記錄：

> 甲子　五月二十日　辛未　土曜　六月廿一日
>
> 雨。照常上課。晚赴邦焯之宴。郡署欲查民國二年後履歷，錄一紙與
> 之：「二年，任南安勸學所長。三、四年續任。五、六、七年在本鄉
> 任高小校長。八年二月渡台，在鄭拱辰家任家庭教師。九、十兩年續
> 任。十一年在本鄉裏辦校務。十二年二月渡台，初寓鄭拱辰家，五月
> 後移寓吳景祺家，任家庭教師。十三年續任。」

由於新竹郡署調查之需要，他記下了從民國二年至十三年間歷任教職的情
形，其中勸學所長一職是從民國二年（1913）到民國四年（1915），民國六
年（1917）時他已擔任崎峰鄉高小校長。以上，從鄭家珍在返回南安後的相
關教職來看，可見他對當地的教育影響，尤其是在新學方面的傳授。

　　至於，他回到新竹後的教學情形，前述《客中日誌》引文中，他已清楚
列舉自民國八年至十三年間的教職轉換，民國八年至十年的三年間均在鄭拱

30　〈新學啟後〉，《臺灣日日新報》，第3版，明治36年8月28日第1599號。

辰（擎甫）家中教學，民國十一年留在南安襄辦校務，民國十二年（1923）
舊曆二月再度返回新竹，仍任教於鄭拱辰家，舊曆五月因鄭拱辰過世，遂移
寓至吳景祺家任家庭教師，直到民國十三年（1924）。民國十四年，根據
《客中日誌》紀錄則改至進士第鄭邦焯處開課[31]，而同年五月，則移寓紫霞
堂，後更在此開館授徒，直到病逝止。綜觀，鄭家珍從民國八年二月至民國
十六年十二月底，扣除民國十一年，前後共計八年，設館於新竹北門及水田
各大家族間，其對於新竹漢文教育之貢獻，不言可喻，尤其是透過漢文教
學，再輔以前述之詩社活動指導，就新竹而言其於地方文教之影響甚鉅。

四　結論

　　透過以上生平事蹟的考述，吾人觀察到鄭家珍的一生大體可以分為三個
階段，第一是乙未年以前的新竹階段（1868-1895），此階段對他而言是人生
的奠基時期，在這二十八年中，生於斯長於斯，同時也獲得舉人的功名，新
竹對他而言可以說是滋養他的最重要母土，兒時玩伴，親朋故舊，均在斯
土。其二，則是乙未年後至民國二年間的南安階段（1895-1913），此際他離
開新竹，舉族遷回南安祖籍地，儘管他拋卻了生長的鄉土，但卻回到了祖輩
們口中的原鄉，由於身分受到敬重，以及宗親們的協助，似乎也重新著了
根，原鄉再次成為家鄉，他與新竹的關聯大抵只剩下《臺灣日日新報》中的
幾則報導。第三階段則是，從民國二年到其過世的十五年期間（1913-
1928），他因返臺為北門鄭家勘看風水，重新勾連起他與新竹的關係，這個
既熟悉但又似乎陌生的新竹，讓他人生最後有八年時間，來往於新竹與南安
兩地之間。

　　對於鄭家珍來說，如此一生中的離散經驗，新竹與南安兩地，究竟他的
感知為何？新竹是他鄉，還是故鄉？南安是故鄉，抑或才是他鄉？我們從他

---

31 《客中日誌》：「十四年，陽曆三月廿五日水曜，陰曆三月初二日戊申。……（事人）
　午前到邦焯宅開課，入學者計有七人，夜間入學者二人。」

民國二年（1913）第一次返臺時的〈秋夜登樓即事〉：「今夕知何夕，他鄉即故鄉。璧圓初度月，輪轉九迴腸。望眼愁雲白，歸心驚葉黃。倚欄清不寐，露襲客衣涼」詩中便可以發覺，儘管說是「他鄉即故鄉」，但卻仍是以一種「客居」的心境，看著故鄉景物。這種徘徊於二者之間的心情，尤見於他寓台時期每年的歸省留別之作，更可謂是一種情感上的煎熬。他最後一次離開新竹所留下的〈丁卯歲暮歸省感賦〉，化用江淹〈別賦〉作為起筆，宛如訣別一般，而就此他再也無法回到新竹。

> 人生何處不消魂，最黯然者別而已。矧余本是竹州人，歌哭聚族咸於此。無端臺海起羶風，倉皇挈眷辭桑梓。避地桐陰十九年，省墳有日帆東指。東來省識舊山河，人未全非城郭毀。相逢舊雨又重違，如醉如癡如夢裡。南北紛紛起陣雲，在沼魚寧安沸水。歸不多時復遠遊，設帳馬生聊爾爾。往來白社舊詩人，一詠一觴消塊壘。秋月春風度等閒，臘鼓聲喧旋到耳。哀時詞客感頹波，望國行人歌陟屺。歲歲言歸臘月中，今歲束裝臘月始。豈因利重輕別離，祇為病多憶田里。壯不如人老何為，緣木終窮鼯鼠技。六十韶華過隙駒，險阻艱難備嘗矣。自搔白首羨青雲，欲行不行心悲止。諸公為我速吟朋，燭吐青煙筵欹綺。

多年前筆者進行田野訪談過程中，訪問鄭家珍表姪女也是他的學生鄭却女史，幾次結束訪談告別時，她總是在口中吟哦著這首鄭家珍最後離開新竹時的留別詩。

　　以上，從新竹到南安，從鄭家珍生命中的前後重要吟詠作品來看，有關鄭家珍徘徊於故鄉與他鄉的心境，實在耐人尋味，唯因受限於篇幅及精力，本文僅僅先行關注鄭家珍生平事蹟，且側重相關文獻考證與研究，至於其人一生詩作的思想內涵、心靈結構和美學表現，亦即有關畢生詩作的闡述與剖析，將會是後續所要努力之處。

鄭用錫詩歌特色重探

余育婷[*]

摘要

　　鄭用錫（1788-1858），清代臺灣重量級詩人，其人其詩影響北臺文學發展甚深。過去評價鄭用錫的詩歌特色，大抵不脫「體近擊壤」與「宋詩風格」，然而就現存的稿本來看，鄭用錫沒有提及自己師法何人，包括宋儒邵雍與《擊壤集》，也沒有主動表明自己宗法宋詩。本文從兩面向重探鄭用錫詩歌特色：一是重新梳理「體近擊壤」與「宋詩特色」的評價歷程，說明何以未曾師法邵雍的鄭用錫，卻與邵雍《擊壤集》緊緊相連。二是從鄭用錫眼中的典範詩人陶淵明出發，重新瞭解鄭用錫作詩與賞詩的標準何在，以凸顯其詩歌中透顯的自然與真趣。過去論及鄭用錫詩歌，多集中在第一個面向，而忽略第二個面向，故本文重探鄭用錫詩歌特色，期能豁顯鄭用錫詩歌在「體近擊壤」與「宋詩風格」的既定評價外，還有自然、平淡、真趣的特質，而這或許是更貼近詩人本身的審美追求。

關鍵詞：臺灣古典詩、鄭用錫、擊壤、自然、真趣

---

[*]　輔仁大學中國文學系助理教授。

一　前言

　　鄭用錫（1788-1858），清代淡水廳竹塹人，道光三年（1823）考中進士，成為臺灣第一位本土進士，人稱「開臺進士」。鄭用錫在道光十四年（1834）西渡入京任官，道光十七年（1837）辭官回臺，時年五十歲。返臺後的鄭用錫，熱心地方公益，且勤於作詩，現存詩作，多是五十歲以後所作，充分體現詩人的老年生活與內心世界。[1]

　　由於鄭用錫是道咸同時期的重要臺灣文人，且因擔任新竹明志書院主講，加上身為北郭園主人，屢在園內舉行文人雅集進行詩酒酬唱，帶動新興文學社群的出現。影響所及，使得鄭用錫成為引領臺灣詩壇風騷的重要人物，北郭園也以「北郭煙雨」、「北郭納涼」獲選新竹八景之一，而園林文學更成為臺灣古典文學的重要派別與北臺區域文學的顯著特色，象徵文學創新與臺灣文人主體意識的覺醒。[2]對於如此重要且影響臺灣古典文學甚鉅的詩人鄭用錫，究竟應該如何評價其詩歌特色？

　　關於這個問題，前行研究成果甚豐且早已深入探討過，並有一個普遍性的共同結論——鄭用錫是宋儒擊壤一派，其詩具有宋詩風格。[3]然而，如將

1　關於鄭用錫如何觀看老年生活與老去的身體，以及呈顯真實的自我面貌，參閱施懿琳：〈開臺進士鄭用錫的自我觀看與身體書寫：以《北郭園詩鈔》手抄稿為分析對象〉，《臺灣古典文學研究集刊》第3號（2010年6月），頁275-312。

2　參閱余育婷：《想像的系譜：清代臺灣古典詩歌知識論的建構》（新北市：稻鄉出版社，2012年），頁221-245。

3　目前關於鄭用錫詩歌研究的碩博士論文有：黃美娥：《清代臺灣竹塹地區傳統文學研究》（臺北市：輔仁大學中文系博士論文，1999年）、謝志賜：《道咸同時期淡水廳文人及其詩文研究：以鄭用錫、陳維英、林占梅為對象》（臺北市：臺灣師範大學國文所碩士論文，1995年）、薛建蓉：《清代臺灣本土士紳角色扮演及在地意識研究——以竹塹文人鄭用錫與林占梅為探討對象》（臺南市：成功大學臺文所碩士論文，2004年）、范文鳳：《鄭用錫暨其《北郭園全集》研究》（桃園市：中央大學中文所碩士論文，2007年）、吳麗雲：《鄭用錫及其詩之研究》（新北市：淡江大學中文所碩士論文，2012年）、許惠玟：《道咸同時期（1821-1874）臺灣本土文人詩作研究》（高雄市：中山大學中文所博士論文，2007年）等。上述研究成果，不論是區域文學研究、作家比較研

視角放到鄭用錫本人身上，在目前現存的詩文稿本中，鄭用錫幾乎沒有明白提到自己的詩學典範是何人，也沒有主動提及過宋儒邵雍。但是，隨著第一位全面閱讀並編修鄭詩的福建詩人楊浚以邵雍《擊壤集》美譽鄭詩後，「宋儒擊壤一派」或「體近擊壤」等語，儼然成為鄭用錫詩歌特色的定評。正因楊浚的選擇，使得沒有表示師法邵雍的鄭用錫，卻與邵雍《擊壤集》緊緊相連，且成為「宋儒擊壤一派」，此中因果關係，實應仔細梳理以釐清這一根源問題。而伴隨著「體近擊壤」一評，後人讀鄭詩往往留意到文字平淺與議論說理，因而產生「宋詩風格」的評價。鄭用錫確實有好議論、好說理的面向，但其個人論詩並沒有明顯的唐宋之分，究竟應如何理解其詩歌創作態度，並進一步詮釋「宋詩風格」一評，亦是豁顯鄭用錫詩歌特色的重點之一。

接續上述問題而來的，便是鄭用錫詩歌特色到底是什麼？如果說，「體近擊壤」與「宋詩風格」的評價，是讀者對鄭用錫詩歌的一個既定印象的普遍評價，那麼就鄭用錫個人而言，到底欣賞怎樣的詩歌？其詩歌審美觀又是什麼？事實上，每一位詩人心中都有典範詩人的存在，就鄭用錫而言，雖未明言自己最欣賞哪一位前輩詩人，但從現存詩作來看，其愛賞陶淵明最多，這個選擇行為的本身，也是一種說明。鄭用錫欣賞陶淵明的背後，既有人格上的推崇，應當也有詩風的相近、或是詩歌觀的雷同。也就是說，陶詩的特色，應該是鄭用錫賞詩的一個標準。更細節的討論是，陶詩的「自然」，既是園田世界的具體實踐[4]，也是生活與性情的真我展現，這份「自然」與「任真」，並非在離群索居的隱逸上呈現，而是在人世中、在群體社會裡具

究、作家作品研究、階段文學史研究，對於鄭用錫詩作的評價，大抵均以「體近擊壤」與「宋詩風格」為主，追溯其源，應是受到楊浚評語影響，因在楊浚之前，包括鄭用錫本人，幾乎沒有提到邵雍與《擊壤集》。

4　關於「園田」說，蔡瑜曾指出我們所理解的「田園」一詞，與魏晉南北朝時期通俗意解的「田園」實有落差。在魏晉南北朝所謂的「田園」，幾乎皆指貴族的莊園，可以說「田園」近乎是「莊園」的代稱。而陶淵明的詩文集中提及其生活世界大多使用「園田」，意指生活空間的田舍，表示自己乃一「田家」，是需要親身耕稼的老農，而非像貴族擁有廣大田園與佃農。參見蔡瑜：《陶淵明的人境詩學》（臺北市：聯經出版社，2012年），頁63-70。

現。鄭用錫既喜愛陶淵明，除了景仰陶淵明人格上的隱逸之外，陶詩的「自然」與「任真」應該也對鄭用錫有所影響。鄭用錫詩歌除了說理議論的特色外，質樸自然、不假雕琢、反映自我本真也是明顯特質，尤其鄭用錫是歸田後大量作詩，詩歌內容多是老年寫真與歸隱生活；而所謂歸隱北郭園，也並非離群索居，而是在群體社會中歸隱，依舊關心社會，且不忘讀書講學。鄭用錫深研宋明理學，晚年又主講新竹明志書院，詩中時時流露鮮明的儒士性格，不過，其儒士性格展現，依舊是本其自然與真我，讓後人可以看到真實的鄭用錫。

本文的目的並非要推翻過去對鄭用錫詩歌「體近擊壤」與「宋詩風格」的評價，而是想更細緻的梳理鄭用錫詩歌特色的形塑歷程，並補充說明在為人熟知的「體近擊壤」與「宋詩風格」之外，鄭用錫的詩歌還有「自然」與「真趣」的面向，而這份「自然」與「真趣」的特質，或許就是鄭用錫個人作詩與賞詩的原則。透過這兩個面向的觀察，恰恰也反映出後世讀者閱讀鄭詩後的直覺感受，和鄭用錫本人的創作觀與審美觀，存有不小的落差。要言之，本文從「鄭用錫的詩歌特色為何？」出發，先梳理歷來鄭用錫詩歌評價——「體近擊壤」與「宋詩風格」——的生成歷程，並追問形成此評價的緣由。其次，觀察鄭用錫欣賞的詩作風格，以及個人的創作風格，期望藉由鄭用錫詩歌的重要特色——「自然」與「真趣」，以及歷來的詩歌評價，重新瞭解鄭用錫其人其詩。

二 「體近擊壤」與「宋詩風格」：鄭用錫詩歌評價的形塑歷程

一般而言，凡是論及鄭用錫的詩作，幾乎都會以「體近擊壤」與「宋詩風格」來稱美鄭用錫詩歌的特色，更甚者，還會將鄭用錫歸為宗宋派詩人。為何論者多以北宋理學家邵雍與《擊壤集》來媲美鄭詩，讚譽其有宋詩風格？究其原因有二：

其一，在於福建詩人楊浚的評價。第一位將鄭用錫詩歌與宋詩作連結

者，是受鄭如梁委託來修改鄭用錫詩歌的楊浚。鄭用錫在〈自題拙稿〉自
評：「一卷村謳集，都從置散贋。雕蟲嫌尚小，畫虎恐難成。只可紓衰景，
奚堪起後生。他年投廁牏，枉自受譏評。」[5]自謙詩稿乃村夫謳吟、不重要
的酬贈之作。而楊浚編修此詩時，特將首聯改為「一卷堯夫集，同為擊壤
聲。」[6]美譽鄭用錫之詩有北宋理學家邵雍《擊壤集》的詩風。當然，楊浚
在《北郭園詩鈔》〈序〉稱美鄭用錫的人品與詩品「在宋為邵堯夫」[7]一語，
與「一卷堯夫集，同為擊壤聲。」相互呼應，更加深「體近擊壤」的評價。
而後，日治時期王松《臺陽詩話》下卷評鄭用錫：「著有《北郭園全集》，詩
五卷。〈偶成〉七絕云：『十年難學到詩翁，少不如人老豈工。只為村居無一
事，聊將晚景付吟筒』。蓋宋儒擊壤一派也。」[8]近人王國璠《臺灣先賢著作
提要》也說：「實則用錫之詩，古體出於宋儒擊壤一派……。」[9]此外，前文
所述目前可見的研究成果，也多視鄭用錫詩歌為邵雍擊壤一派，追溯源流，
實與楊浚的評價息息相關。

其二，鄭用錫的詩歌有明顯的說理特質。宋詩向來以說理見長，不若唐
詩富有情韻，且有好議論、好說理、散文化詩句等特色。而鄭用錫之詩也有
說理、白描、散文化詩句等特質，與宋詩確實有相同之處。此外，鄭用錫家
族好讀宋儒學說，如《朱子遺書》、《近思錄》等，受宋代理學影響甚深，其
中尤以朱子學為最，故鄭用錫詩歌的說理特色，可謂其來有自。從上述楊浚

---

5 施懿琳等編：《全臺詩》（臺南市：國立臺灣文學館，2008年），冊6，頁35。本文所引
  鄭用錫詩作內容皆為《北郭園詩文鈔稿本》，只是稿本未刊，所幸《全臺詩》第六冊將
  稿本內容收錄在註腳中，方便讀者對照刊本與稿本的內容。為利查詢，本文所引稿本
  出處皆標示《全臺詩》第六冊頁碼，以下皆同，不另說明。

6 施懿琳等編：《全臺詩》（臺南市：國立臺灣文學館，2008年），冊6，頁35。

7 〔清〕鄭用錫著、楊浚編修：《北郭園詩文集》（臺北市：龍文出版社，1992年），頁
  51。

8 王松所引鄭用錫詩作，稿本原為〈十年〉：「十年難學一詩翁，少不如人老豈工。只為
  村居無一事，聊將晚景付吟筒。」參閱施懿琳等編：《全臺詩》（臺南市：國立臺灣文
  學館，2008年），冊6，頁115；王松：《臺陽詩話》（南投市：臺灣省文獻委員會，1994
  年），頁43。

9 王國璠：《臺灣先賢著作提要》（新竹市：臺灣省立新竹社教館，1974年），頁63。

的評語，到鄭用錫本身的說理特色與鑽研宋代理學的背景，兩相結合，則定論鄭用錫之詩有宋詩風格，是宋儒擊壤一派，甚至成為宗宋者，便能理解。循此脈絡來看，評價鄭用錫詩歌的第一人──楊浚，是奠定鄭詩風格特色的關鍵人物，究竟楊浚有何影響力，可以影響後世讀者如此深遠？這個問題的答案，實際還牽涉到鄭用錫詩歌的版本問題。

鄭用錫的詩歌現存有兩種版本：一是由鄭用錫次子鄭如梁委託福建詩人楊浚編修的《北郭園全集》。此集早在同治九年（1870）刊刻出版（以下簡稱「刊本」），也是坊間普遍流傳的通行本。目前臺灣文獻叢刊本之《北郭園詩鈔》、龍文出版社之《北郭園全集》，都是依據楊浚修改後的刊本。二是由黃美娥教授於一九九七年在吳三連臺灣史料基金會發現的《北郭園詩文鈔稿本》（以下簡稱稿本，現仍藏於吳三連臺灣史料基金會）。稿本以毛筆書寫，黃美娥在〈一種新史料的發現──談鄭用錫《北郭園詩文鈔》稿本的意義與價值〉一文中[10]，考證稿本雖非全為鄭用錫的真跡，還有他人抄錄痕跡，但確定是鄭用錫原本詩作面貌。唯一可惜的是稿本並不全，乃是殘本。在二〇〇八年《全臺詩》第六冊未收錄稿本內容之前，多數研究鄭用錫作品者，或因稿本不易得見，故多以楊浚編修的刊本為研究文本。然而，楊浚儘管推崇鄭用錫的為人，對其詩作卻大幅度修改，連帶也變動了鄭用錫原有的詩風。換言之，楊浚編修的刊本，早非鄭用錫詩作的原貌；而一九九七年出現的稿本，則為殘本。就數量而言，稿本有三百八十五首詩，刊本有三百五十五首詩。根據黃美娥教授的統計以及筆者的核對，刊本有八十六首詩不在稿本中，而稿本亦有六十七首詩未被收入刊本。

楊浚的評價之所以影響後人甚深，主要原因不僅楊浚是第一位也是唯一的編修者，還因為其編修的《北郭園全集》，後來成為坊間通行本，流傳甚廣，在黃美娥教授於一九九七年發現稿本《北郭園詩文鈔》之前，這是世人能見的唯一版本。更進一步說，即便黃美娥教授已在一九九七年發現稿本，

---

10 黃美娥：〈一種新史料的發現──談鄭用錫《北郭園詩文鈔》稿本的意義與價值〉，《竹塹文獻》第4卷（1997年7月），頁31-56。

但因稿本並未刊行出版，故坊間仍以楊浚編修的刊本為主，直至二〇〇八年
《全臺詩》第六冊出版，一般讀者才有機會看到稿本的內容。正因如此，從
日治時期到二〇〇八年之間，許多讀者常將楊浚修改過的刊本視為鄭用錫的
原作進行閱讀、評論，或是明知道刊本非鄭詩原貌，可是稿本實在不易取
得，故仍以刊本為研究文本。如此一來，楊浚的評語自然影響後世至深。只
是，在此要追問的是，為何楊浚特以邵雍與《擊壤集》美譽鄭用錫其人其
詩？事實上，這個答案在稿本中便能找到線索。

　　鄭用錫曾幾次提及自己的詩歌聊供擊壤，如〈作詩〉：「只合彙成下里
曲，聊同擊壤廁村民。[11]」〈壽日得雨〉：「長生報束慚何敢，聊伴堯天擊壤
民。[12]」〈追述賦懷〉四首之四：「冀廁堯民歌擊壤，那堪聞警尚軍興。[13]」
鄭用錫不斷表示自己的晚年生活只是擊壤而已。所謂「擊壤」，原指帝堯之
世，天下太平，老人們拍土或拍擊土製陶器以製造音樂節奏，最後演變成類
似投壺的民間遊戲；而因為是帝堯之世，故又引申有太平盛世之意。[14]由此
意觀看，再對照鄭用錫晚年歸隱北郭園的恬靜安好，可以理解鄭用錫為何總
是自言「擊壤」的原因。而稿本〈自題拙稿〉鄭用錫自評：「一卷村謳集，
都從置散賡。」讓楊浚改為「一卷堯夫集，同為擊壤聲。」以為鄭用錫詩歌
特色與邵雍《擊壤集》雷同。換言之，從現存的稿本內容來看，鄭用錫沒有
明白在詩中表述欣賞邵雍，而是自謙自己晚年作詩不過「擊壤」而已，是身
為「讀者」的楊浚由此聯想到《擊壤集》，以為鄭用錫有近似邵雍之處。就
楊浚評語而言，其評論是個人閱讀後的直覺感受，誠如劉若愚《中國文學理
論》所言，中國文學批評往往流於「直覺的感性」[15]，缺乏系統性論述，容

11　施懿琳等編：《全臺詩》（臺南市：國立臺灣文學館，2008年），冊6，頁103。

12　施懿琳等編：《全臺詩》（臺南市：國立臺灣文學館，2008年），冊6，頁106。

13　施懿琳等編：《全臺詩》（臺南市：國立臺灣文學館，2008年），冊6，頁105。按：此詩
　　刊本題為〈七十自壽〉八首之五。

14　參閱鄭定國：〈邵雍《擊壤集》之命名探討〉，《鵝湖月刊》第25卷第1期，總號第289期
　　（1999年7月1日），頁31-33。

15　〔美〕劉若愚 James J.Y.Liu 著、杜國清譯：《中國文學理論》（南京市：江蘇教育出版
　　社，2006年），頁7。

易使人迷惑。有趣的是，楊浚從未說明為何將鄭用錫與邵雍相提並論，要想瞭解其中緣故，還需進一步參看楊浚《北郭園詩鈔》〈序〉：「昔高達夫五十始學詩，祉亭先生亦歸田後所作為多也。蓋發於性情，深得三百篇之遺旨。其品格在晉為陶靖節、在唐為白樂天、在宋為邵堯夫，間有逼肖元遺山者。……」[16]楊浚從「品格」來看鄭用錫的「人品」與「詩品」，並以陶淵明、白居易、邵雍、元好問四位詩人稱美之，推測原因應在於陶淵明、白居易、邵雍、元好問等人有一共同生命歷程——隱逸。鄭用錫老年歸隱北郭園，此或許是楊浚以四位典範詩人稱美鄭用錫的原因。不過，這四位典範詩人若扣除「間有逼肖」的元好問外，以宋代理學家邵雍與陶淵明、白居易並置稱美鄭用錫，除了「人品」上的「隱逸」與鄭用錫的「歸隱」北郭園相近外，三人在心境上的自得與閒適，可能亦是楊浚以為相似之因。

就詩歌特色而言，陶、白、邵三人有一共同特質，那就是「自然」。陶詩一向以自然著稱，而白居易則有大量閒適詩，詩中透顯「知足保和，吟玩情性」[17]的人生觀。白居易的閒適姿態與中隱觀，與鄭用錫晚年的園林之樂有異曲同工之妙。至於邵雍的詩歌，嚴羽曾別立「邵康節體」，所謂「邵康節體」，郭紹虞引用《擊壤集》〈自序〉說明：「《擊壤集》，伊川翁自樂之詩也。非唯自樂，又能樂時與萬物之自得也。……所作不限聲律、不沿愛惡、不立固必、不希名譽……蓋曰吟詠情性，曾何累於情哉。」[18]正因邵雍作詩講求「自樂」與「自然」，故《擊壤集》中有許多抒發日常感悟的詩篇，文字平淺，不避口語，充滿真趣，加之邵雍晚年自言隱居在「安樂窩」，自號「安樂先生」，十分坦然地書寫老去的自己，凡此，都與鄭用錫有相近之處，這應是為何楊浚特別標舉邵雍之意。值得注意的是，鄭用錫在北郭園落

---

16 〔清〕鄭用錫著、楊浚編修：《北郭園詩文集》（臺北市：龍文出版社，1992年），頁51。

17 〔唐〕白居易：〈與元九書〉，白居易著、顧學頡校點：《白居易集》（北京市：中華書局，1999年），卷45，頁964。

18 〔宋〕嚴羽著、郭紹虞校釋：《滄浪詩話校釋》（臺北市：里仁書局，1987年），頁58-59、頁67。

成後,曾以「安樂窩」形容自己隱居北郭園之樂,如稿本〈北郭園新擬小八景,蒙諸公唱和題詩,不勝榮幸,爰作長歌以答之〉:「此是老夫安樂窩,何妨分晰標勝致。」[19]「安樂窩」一詞與邵雍晚年的「安樂窩」相同,這份雷同想來可能亦加深楊浚的閱讀理解,故稿本〈嘆衰〉:「到處皆凶警,安身乏樂窩。」[20]楊浚改為:「值此艱難日,空尋安樂窩。」[21]又,稿本〈齋居遣興〉:「小小精廬亦樂窩,蒲團坐破老頭陀。」[22]楊浚也改為:「小築三間安樂窩,蒲團坐破老頭陀。」[23]將鄭用錫與邵雍拉得更近。

　　楊浚的美譽,既有個人的主觀閱讀感受,或許也存有恭維的成分,畢竟楊浚是受鄭用錫之子鄭如梁所託來編修鄭用錫作品,加之鄭用錫又是名重一時的進士與山長,對其平淺自然又充滿口語化的詩歌特色,儘管與自己的詩歌審美意趣相異,但也不可能以「平淡」論之。[24]因此以邵雍《擊壤集》稱美,既合乎鄭用錫詩歌特色,也符合其理學背景的人格特質,可謂相得益彰。而這樣的評論,看在後世讀者眼中,當也合情合理,因邵雍「自樂」與「自然」的創作觀,與鄭用錫的詩歌特色十分相近,故從楊浚舉出邵雍《擊壤集》後,日治時期的王松,乃至近人王國璠,甚至是目前可見的研究成果,皆以「宋儒擊壤一派」的評語讚譽之。

---

19 施懿琳等編:《全臺詩》(臺南市:國立臺灣文學館,2008年),冊6,頁28。
20 施懿琳等編:《全臺詩》(臺南市:國立臺灣文學館,2008年),冊6,頁47。
21 施懿琳等編:《全臺詩》(臺南市:國立臺灣文學館,2008年),冊6,頁47。
22 施懿琳等編:《全臺詩》(臺南市:國立臺灣文學館,2008年),冊6,頁96。
23 施懿琳等編:《全臺詩》(臺南市:國立臺灣文學館,2008年),冊6,頁96。
24 連橫在《臺灣通史》評價鄭用錫云:「著北郭園集,多制藝,詩亦平淡。」《臺灣詩乘》也說:「淡水鄭祉亭儀部著《北郭園集》,中多試帖制藝,而詩未佳。」透過這些評語可見連橫對鄭用錫平淺自然、不假雕琢的詩歌風格並不欣賞。不過,值得注意的是,連橫所看到的《北郭園集》,已是經楊浚修飾過、較為雅致的文字,鄭用錫的原作更加平淡自然。參閱連橫:《臺灣通史·鄉賢列傳》(南投市:臺灣省文獻委員會,1992年),頁968;連橫:《臺灣詩乘》(南投市:臺灣省文獻委員會,1992年),頁151。關於楊浚與鄭用錫對詩歌審美意趣的差異,參閱黃美娥:〈一種新史料的發現——談鄭用錫《北郭園詩文鈔》稿本的意義與價值〉,《竹塹文獻》第4卷(1997年7月),頁31-56。

在此還要釐清的是，評論鄭用錫詩歌具有宋詩風格，一方面是受到楊浚評價「體近擊壤」的影響，一方面則來自鄭詩本身說理議論、文字平淺的特質。因說理、議論、散文化詩句等特質，的確是宋詩風格，也確實是鄭用錫詩歌的特色，故在「體近擊壤」的脈絡下，看待鄭詩的說理議論，自然會有「宋詩風格」的評語。然而，值得補述的是，「宋詩風格」一評的產生，也是「讀者」閱讀鄭詩的直覺感受，主要原因來自於鄭詩本身的說理議論與平淺、口語的文字，此外，鄭用錫家族深研宋明理學的背景，以及「體近擊壤」的美譽，都一併加深了「宋詩風格」的評價。此處的出發點並非要說「宋詩風格」一評有待商榷，因為詩歌詮釋沒有正確方法，讀者的閱讀感受實至為重要，只是，要強調的是，「宋詩風格」是多數讀者對鄭詩的閱讀感受與評價，若回到鄭用錫本人身上，在目前能見的稿本與刊本中，幾乎未見鄭用錫表示自己學宋或宗宋。換言之，鄭詩的說理議論與平淺化文字，並非是主動、刻意學宋而來。

那麼，應該如何看待鄭用錫詩歌中的「宋詩風格」？對此，錢鍾書論及「詩分唐宋」的看法或許能提供解答：「夫人秉性，各有偏至。發為聲詩，高明者近唐，沈潛者近宋，有不期而然者。故自宋以來，歷元、明、清，才人輩出，而所作不能出唐宋之範圍，皆可分唐宋之畛域。」以此來看，錢鍾書認為唐宋之分的主因在於「年事氣秉」。[25]鄭用錫開始大量作詩的時間是五十歲之後，此時的詩人不復「少年才氣發揚」，反而是處在「思慮深沈」的晚節，故詩中的議論、說理，乃是自然而然。鄭用錫在詩中敢於批判，又屢見人生哲理，全來自對社會的關懷、對人生的體悟，並非刻意學習宋詩的議論說理。正因如此，鄭用錫詩歌中的「宋詩風格」雖十分鮮明，也無庸置疑，然而，若因此要歸為「宗宋派詩人」則有商榷空間。因為「宗宋派」一語表達的是詩人主動學宋或宗宋，可是，鄭用錫論詩不分唐宋，也沒有特意學宋或宗宋、或視某一位宋代詩人為詩學典範，就其本人而言，作詩是「擊

---

25 錢鍾書在詩分唐宋中，舉例說明「一集之內，一生之中，少年才氣發揚，遂為唐體，晚節思慮深沈，乃染宋調。」足見詩分唐宋與年事氣秉有關。參閱錢鍾書：《談藝錄》（北京市：三聯書店，2001年），上卷，頁2-8。

壤」自娛，詩中的說理議論與平淺化文字，是出於自然而然，而非刻意學習。因此，後人品評鄭詩以為「體近擊壤」，具有「宋詩風格」，並無疑慮，不過，若循著「體近擊壤」與「宋詩風格」的評價，而將之歸入宗宋派詩人，看似順理成章，實則並不合理，應需留意。

三　「自然」與「真趣」：鄭用錫詩歌特色探析

透過前述，可以看到鄭用錫詩歌的文學意義的導出，「讀者」楊浚是關鍵角色。在此，所要探討的另一個面向，則是就鄭用錫本人而言，作詩與賞詩的標準何在？有無典範詩人作為學習的對象？創作態度又是如何？上述問題，如仔細閱讀鄭用錫的稿本詩作，將會發現鄭用錫沒有自道師法何人。可是，如從鄭用錫實際的創作行為來看，最欣賞的詩人應是陶淵明，因其在詩中或明或顯地提及陶淵明十二次之多。[26]陶淵明安貧樂道、任真率性，是歷代許多文人心中的理想典範，一般論及陶詩的特色，常可看到「自然」、「任

---

26 如稿本明白述及陶淵明有十處：〈擬陶淵明責子詩〉、〈次許蔭明經吟贈北郭園仍疊前韻之作〉：「桑畝鋤來開蔣徑，蕭齋築就倣陶廬。」〈（偶咏五古一則即書於草堂粉壁上可也）又七律一則〉：「掃葉時開元亮徑，灌園早息漢陰機。」〈玉兔耳〉：「莫誤梁園尋舊種，陶家故是主人翁。」〈虎爪黃〉：「好向南山同把臂，悠然何必問柴桑。」〈借菊〉：「新築柴桑欲倣陶，見說東籬九月斜。」〈賞菊〉：「柴桑處士家，幽隱乃其族。」〈對菊感懷〉：「問渠何處尋知己，五柳門前隱士鄉。」〈元月三日春光明媚喜以詠之〉：「無地可遊邛竹杖，好天仍守古柴桑。」〈小齋柳樹數株未及三四年遂爾日新月盛暢茂已極喜而生感末章藉以自諷〉：「也應五柳號先生。」而不明白道出，但實指陶淵明者有二：一是〈蒔苣〉：「得安廬里原為福，尚守田園敢說貧。」所謂「尚守田園敢說貧」即指陶淵明歸隱田園。二是〈詠三月菊花〉：「處士家非富貴家，偏教冷豔並芳華。」「處士家」暗指陶淵明以及自己。以上，共十二處言及陶淵明，這十二處中有藉陶淵明的隱逸自比，也有以陶淵明為知己之意。此外，稿本尚有〈述翁公祖大人於郡城內置有公寓一所園亭花木甚得佳勝間分八景邀客賦詩余不及隨景分題惟彙作長古一則以見剛方磊落中偏自具雅人深致也錄此寄呈〉：「掃徑時亦愛陶廬，權養精神託遊憩。」此處是以陶廬稱美丁曰健的園亭八景，非指北郭園。另，〈紅梅〉：「已過東籬菊傲霜，何來冷豔視紅妝。」此詩雖有「東籬菊」，看似指涉陶淵明，但全詩實際是在讚美紅梅，故不列入；而試帖詩因是為科考而作，有固定規範，故用典涉及陶淵明者亦不列入。

真」、「平淡」、「質樸」等評語相互詮釋,尤其是「自然」一評,不僅呈現陶淵明的人格特色,也代表了陶詩風格。[27]鄭用錫自言歸隱北郭園乃效陶之舉,亦有擬陶詩之作,鄭詩的自然、真趣亦是鮮明特色。基本上,鄭詩的「趣」來自於性情之真,更來自於「自然」。只是,「自然」是什麼?「自然」原指「自然而然」、「自身如此」,在中國古典字義中,「自然」一詞最早由老莊提出,先秦的自然論大抵以「道即自然」為中心開展,論述「道—自然—萬物」的關係。到了六朝,關於「自然」的議題,既有儒道交涉,又有道佛交涉;而也是在六朝時期,「自然」一詞的美學意義正式形成。[28]

從詩歌本質認識的角度來看,鄭用錫對「自然」的理解有兩種層面,一是傳統的自然論,亦即「道即自然」,天地萬物本於自然本於道,故天地萬物都是詩;二是在體會自然之道後,心境轉為逍遙自在,而與自然結合,主客合一。[29]亦因如此,從詩歌美學的角度來看,「自然」既有詩人生命體現的哲理,也是質樸無華的詩歌風格,更是任真自得、閒適自在的精神狀態。然而,陶淵明的「自然」與「隱逸」,之所以相較於同時代的隱士更受到後世文人的推崇,還在於其融合了儒道,修正了道家「自然」概念中傾向於超凡脫俗的自我逍遙,一如蔡瑜所指出的:其在「人境」中,生活於園田世界,與家人鄰里相親,「陶淵明在以道家經典為主的『自然』義界中,深植了人文秩序與倫理綱常,在『自然』中開展『倫理』的結構,在『倫理』中

---

27 上述這些關於陶詩的評語,大多奠立於宋代,且是兼指人與詩。至於在唐代,陶淵明的影響「是以一種生活化的方式滲透到許多詩人的創作之中,舉凡田園、飲酒的閒適之趣,屢見於唐詩。……只是在唐代極度開放自由的閱讀風氣下,陶淵明無論在人品與詩品面向,都還沒有獲得集中的評價與定論。」參閱蔡瑜:《陶淵明的人境詩學》(臺北市:聯經出版社,2012年),頁3-6。

28 六朝時,自然、山川、美的概念開始相互詮釋,此際的「自然」大體仍是狀詞用法,而非名詞。但能常見以「自然」狀寫山川,並以「有若自然」一語,判斷園林佳趣到不到位的標準,此時「自然」成為美學的標準之一。參閱楊儒賓:〈導論──追尋一個不怎麼自然發生的概念之足跡〉,收入楊儒賓編:《自然概念史論》(臺北市:臺大出版中心,2014年),頁3-9。

29 余育婷:《想像的系譜:清代臺灣古典詩歌知識論的建構》(新北市:稻鄉出版社,2012年),頁100-106。

深植『自然』的本質。……彌縫了自然與名教的鴻溝，並使『自然』的生命
態度真正得以在『人境』安居。」[30]故後人推崇陶淵明的隱逸，還在於其隱
於人境，而非隱逸山林不問世事以求避世保身。那麼，鄭用錫是否也是出於
此因而特別推崇陶淵明的隱逸與自然？答案自然也是肯定的。就隱逸而言，
鄭用錫晚年歸隱北郭園，亦非離群索居，且同時關心家事與國事，呈顯精神
狀態的自得。就自然而言，陶淵明的率性任真，當是鄭用錫最為欣賞之處。
由於鄭用錫是五十歲歸田後大量作詩，因此詩中的「自然」與「真趣」，多
是以質樸淺顯的文字，反映對「老」的處之泰然。這樣毫不保留地展現自我
本真，甚至坦然面對自己老去的身體，實與陶淵明的任真率性有共通之處，
而這應也是鄭用錫效陶之處。更有趣的是，鄭用錫詩歌中固然凸顯了「自
然」和「真趣」，但追求自然與真趣的同時，其鮮明的儒士形象又躍然紙
上，卻絲毫沒有衝突感。追根究柢，肇因於鄭用錫之詩一如其人，總是做真
實的自己，故自然而不造作。以下，便從隱逸詩人和儒士詩人的角度切入，
重新探討鄭用錫的詩歌特色。

（一）任真自得的隱逸詩人

鄭用錫開始大量作詩，是在道光十七年（1837）五十歲辭官回臺之後。
如在更確切一點地說，則咸豐元年（1851）八月北郭園首度落成後，詩量明
顯增加，而這要歸功於隨著北郭園而出現的新題材——園林詩。也是在這一

---

30 陳寅恪先生曾以「新自然說」總括陶淵明的自然，實與阮籍、嵇康刻意逾越禮法以追
求自然大不相同。而蔡瑜以「人境的自然」來作為陶淵明在儒道之際的「新自然說」。
「人境」一語取自〈飲酒其五〉：「結廬在人境」，意指「人所居息的境域」，取「居
止」之意，強調人居息其間之場域的特色。「人境的自然」首重人所體驗的是「人的自
然」，而實現的場域必然是「人所在的境域」。蔡瑜表示現今讀者會將「田園詩」視為
「自然詩」，是因為後世讀者已經接受了陶淵明在「田園」中體現「自然」的形象。參
閱陳寅恪：〈陶淵明之思想與清談之關係〉，《陳寅恪先生全集》（臺北市：九思出版
社，1977年），頁1011-1035；蔡瑜：《陶淵明的人境詩學》（臺北市：聯經出版社，
2012年），頁9、頁54-58。

年，鄭用錫寫下〈北郭園記〉，表達辭官後一直有歸隱之思，如今得償夙願，不勝快哉，故稿本文末特別署名「北郭園主人自撰」，以園林主人自居。歸隱北郭園一事，鄭用錫屢屢表示此乃是效法陶淵明，如〈次許蔭明經吟贈北郭園仍疊前韻之作〉：「桑畝鋤來開蔣徑，蕭齋築就傚陶廬。[31]」〈借菊〉：「新築柴桑欲傚陶，見說東籬九月斜。[32]」北郭園既是鄭用錫老年的歸隱所在，因北郭園而作的園林詩，也是最能體現鄭用錫自然與真趣之處。試看〈新擬北郭園八景藉以命題率成七絕八則〉：

> 老子南樓興自遙，如何過雨又瀟瀟。天公為我難消遣，故送丁東破寂寥。(〈小樓聽雨〉) [33]
>
> 水繞亭邊四面浮，蓮塘人泛小漁舟。要知得竅中流處，鼓楫任教自在遊（池中隔有短橋，舟要從橋洞穿過，故云）。(〈蓮池泛舟〉) [34]

北郭園在咸豐元年（1851）首度完工後，次年又進行擴建，在咸豐四年（1854）落成，鄭用錫選定北郭園八景，並題寫這組組詩，此後「北郭園八景」正式確定[35]，而歸隱生活、園林之樂更加快意爽然。第一首〈小樓聽雨〉，雖無明指為何樓，但根據〈續廣北郭園記〉：「東廊後更設一廳事，上為八角樓，與聽春樓巍然對峙。[36]」再對比〈聽春樓〉一詩，可知這座小樓

---

31 施懿琳等編：《全臺詩》（臺南市：國立臺灣文學館，2008年），冊6，頁65。

32 施懿琳等編：《全臺詩》（臺南市：國立臺灣文學館，2008年），冊6，頁118。

33 施懿琳等編：《全臺詩》（臺南市：國立臺灣文學館，2008年），冊6，頁110。

34 施懿琳等編：《全臺詩》（臺南市：國立臺灣文學館，2008年），冊6，頁111。

35 因稿本中的〈北郭園記〉有標明時間「咸豐辛亥秋仲之月」，故北郭園首度完工於咸豐元年（1851）沒有疑慮。但擴建後的北郭園正式落成於何時，在〈續廣北郭園記〉並無明確標出，只能依照〈北郭園記〉、〈續廣北郭園記〉二文進行推測，應是在咸豐四年（1854）落成。詳見余育婷選注：《鄭用錫集》（臺南市：國立臺灣文學館，2012年），頁229-234。

36 鄭鵬雲編輯：《浯江鄭氏家乘》，大正二年（1913）石印本，收於《影本浯江鄭氏家乘》（台中市：臺灣省文獻委員會，1978年），頁35。

應為聽春樓。林占梅有〈題聽春樓〉七律一首，盛讚聽春樓的清幽怡人，由此能知聽春樓必是北郭園裡頗具特色的一景，故鄭用錫選為八景之一。此詩開頭先用「老子南樓」一典，借庾亮與僚屬登樓賞玩的興致，凸顯自己登樓之樂。然而，登樓偏遇驟雨干擾了興致，不過，詩人轉念一想，以為上天體恤詩人年老恐無處消遣，故送丁東雨聲，排遣寂寥心情。第二首詩寫蓮池泛舟之樂，前兩句白描泛舟之趣，後兩句指出泛舟訣竅，在於任憑小舟漂浮過橋洞，而非刻意控制小舟方向，如此自然適意逍遙。此二詩文字質樸，用典亦不艱澀，詩末的轉折思考與自述得窈處，均豁顯鄭用錫性格上的通達任真。也就是因為這份真，使得二詩讀來既自然，又有真趣。大抵而言，鄭用錫的園林詩幾乎都存有「自然」與「真趣」，也是最像陶詩之處，一方面是因為歸隱北郭園本就是效陶而來，另一方面便是園林詩所呈顯的自適快樂，與陶淵明隱居園田的自得悠然相似。再看〈再吟北郭園七律一則〉：

> 愧無廣廈庇歡顏，剩有書齋隱老屏。滿壁詩箋皆錦繡（此園落成，諸君以詩酬賀），數株松竹是家山。天開境界鄰城郭，地絕喧闐隔市寰。我本村庸非避世，呼童何事掩柴關。[37]

此詩先化用杜甫〈茅屋為秋風所破歌〉：「安得廣廈千萬間，大庇天下寒士俱歡顏。」自愧沒有能力可以庇蔭眾多親族，只有北郭園得以隱居養老。此語固然是謙讓之詞，但卻可以看到鄭用錫雖歸隱，仍保有儒家的兼濟精神。次聯以「滿壁詩箋」說明北郭園落成時，眾人題詩祝賀的熱鬧情景；更以「松竹」描繪北郭園的園景，並暗喻自己亦是具有松竹節操的隱士。最後，鄭用錫自道自己並非避世村夫，要門童無須特意掩上柴門。尾聯之意特別耐人尋味，因為鄭用錫早已向世人宣告自己歸隱北郭園，此處卻又說「我本村庸非避世」，實則「隱士」歷來為世人所重，因而屢見以「隱逸」沽名釣譽者，是以鄭用錫自道本為村庸，並不刻意以歸隱示人，故不必特意掩柴關來展示

---

37 施懿琳等編：《全臺詩》（臺南市：國立臺灣文學館，2008年），冊6，頁66。

自己的避世離俗。由此來看,鄭用錫歸隱北郭園一事,是出於自然之舉,一如陶淵明之隱逸也不是離群索居以示清高。此詩平淡自然,既見鄭用錫的欣喜,又見謙遜,反映鄭用錫的真實面貌。不過,除了園林詩之外,愛菊,也是鄭用錫愛陶之處。試看〈對菊感懷〉:

> 物候推移任彼蒼,繁英代謝感秋霜。人誇名苑春容麗,我愛疏籬傲骨香。晚節幾誰韓相國,孤標此即魯靈光。問渠何處尋知己,五柳門前隱士鄉。[38]

此詩從秋天的到來,提示菊花的季節來臨,並以「我愛疏籬傲骨香」明白宣告自己愛菊的傲骨。這份傲骨,一如北宋名相韓琦的「寒花晚節」十分難得,更像「魯殿靈光」般碩果僅存。詩末特意問菊知己為誰?順此帶出自己心之所嚮者正是陶淵明。菊花因為得到陶淵明的愛賞,進一步成為君子的象徵,此詩借菊的孤高傲骨,表達詩人內心情志。表面上問菊誰是知己,但實際上則是告訴讀者陶淵明也是自己的知己。鄭用錫喜歡菊花,也喜歡以菊自喻。詩中特以「春容麗」對比「傲骨香」,不難理解鄭用錫的言外之意——菊花不輸春花。而在〈詠三月菊花〉七絕二首,亦能看見此意:

> 歷盡風霜節本堅,天留碩果鬥繁妍。秋花不比春花弱,此是延齡第一仙。[39]
> 處士家非富貴家,偏教冷豔並芳華。近來年少輕先輩,莫向東君獨自誇。[40]

---

38 施懿琳等編:《全臺詩》(臺南市:國立臺灣文學館,2008年),冊6,頁68。按:此詩第六句「孤標此即魯靈光」,稿本作「孤標此即魯靈公」,但依韻腳推測,應作「光」才符合此詩的下平七陽一韻到底,故在此據刊本改之。
39 施懿琳等編:《全臺詩》(臺南市:國立臺灣文學館,2008年),冊6,頁117。
40 施懿琳等編:《全臺詩》(臺南市:國立臺灣文學館,2008年),冊6,頁117。

第一首詩開頭便道出菊花本在秋天綻放，但眼前的菊花挺過寒冬在三月開放，彷彿是天留碩果要與春花鬥豔。儘管在多數人眼中春花之美遠勝秋菊，但鄭用錫卻從「延齡」的角度看待菊花，以為菊花的延齡之功遠勝春花。至此，不難看出此碩果僅存、助益長壽的菊花，正是鄭用錫的自喻。而第二首以「處士家」借指陶淵明以及所有愛賞菊花的隱士，這之中自然包括鄭用錫本人，懂得欣賞菊花的冷豔，而不是一味追逐春花的風采。只是年老的鄭用錫不免感慨，現今年輕人輕視老輩，故在此特以晚開的菊花自比，雖不再年輕，但志節堅定，要「春花」別向春神獨自誇耀。由此，可以看到已經步入老年的鄭用錫，仍有不服老的精神。上述關於菊花的詩，或明或顯地都提到了陶淵明，可見鄭用錫之愛菊，與陶淵明的關係密切，在這其中，也能見到鄭用錫率真的一面，再次印證鄭用錫作詩往往直抒胸臆，坦然流露真性情。

就「自然」議題的自我實踐中，總歸離不開「真」，陶淵明的「自然」，來自於「返璞歸真」，而鄭用錫的真率亦是時時可見，可以說是「自然」的展現。如〈豔飾非老輩所宜，有人以朱履相贈，且喜且媿，賦此自解〉一詩，更是呈現自我本真的最佳寫照：

> 朱履白頭杜甫賡（杜詩：「未為朱履客，已作白頭翁。」），何當贈送壯遊行。身為田父霑泥客，家愧尚書曳草聲。猶幸衰顏能健步，還欣賁趾侈餘榮。老婆聊復當新婦，時踏紅鞋趨晚晴。[41]

首句以「朱履白頭」起筆，藉朱履與白頭的強烈對比，勾勒出少年與老年的對照。鄭用錫感謝贈鞋者的心意，自己穿上新鞋健步行走，彷彿重新感受那份青春年少的快樂。紅鞋帶給鄭用錫活潑的生命力，詩末「時踏紅鞋趨晚晴」，可見儘管已是遲暮之年，但仍充滿積極動力。透過此詩，再看詩題「豔飾非老輩所宜，有人以朱履相贈，且喜且媿」，能知年老的鄭用錫穿上

---

41 施懿琳等編：《全臺詩》（臺南市：國立臺灣文學館，2008年），冊6，頁60。

色澤鮮豔的紅鞋,一方面喜不自勝,一方面也有幾分難為情。然而,這樣坦然地寫出矛盾的心情,更加凸顯鄭用錫的率真與可愛;而也就是這份「真」,使得此詩增添了「趣」,令人會心一笑。再看〈染鬚〉二首之一,同樣也是展現真我性情:

> 女流傅粉我塗鬚,一樣妝張黑白殊。縱使須臾面目變,也應略費小工夫。[42]

女子擦粉求白,男子塗鬚求黑,黑白雖各異其趣,但同樣是為了裝扮自己。鄭用錫藉此表明自己雖年紀老大,但仍不服老。縱使染鬚能維持的時間不久,可依然願意費些工夫讓自己保持年輕。此詩非常生活化,也非常真實,或許沒有保持住進士與山長的崇高形象,卻十分貼近日常生活。許是如此,此詩曾遭楊浚刪除,但透過這首詩,實能看到真正有血有肉的鄭用錫。

鄭用錫常常自述作詩不過聊歌擊壤,所謂「十年難學一詩翁,少不如人老豈工。只為村居無一事,聊將晚景付吟筒。[43]」可知鄭用錫明白作詩之難,並謙讓即便自己晚年寫詩,也未必就能躋身詩人行列。透過前文所舉詩例,乍看之下,極為自然平淡,彷彿真是村夫謳吟,聊作擊壤,但,鄭用錫的作詩態度果真如此嗎?恐怕不是。其〈自遣〉詩:「痀人痂癖書頻檢,索我枯腸句細哦。[44]」顯然作詩是搜索枯腸,苦吟成詩,並非僅是聊作擊壤,消遣時間。以此來看,前文所舉詩例的平淡、自然,且時時帶著真與趣,乃是鄭用錫本身欣賞的風格,並非偶然為之。有意思的是,自然平淡、任真率性亦是陶淵明其人其詩給後世讀者最深印象,且這樣的評價非僅僅只在於田園詩,其餘如詠懷、飲酒、讀書等詩亦是如此。陶淵明曾作〈乞食〉詩,詩中道盡晚年貧困的窘境,但儘管困頓至此,仍坦然寫下因飢求食的情景,尤

---

42 施懿琳等編:《全臺詩》(臺南市:國立臺灣文學館,2008年),冊6,頁216。

43 鄭用錫〈十年〉,施懿琳等編:《全臺詩》(臺南市:國立臺灣文學館,2008年),冊6,頁115。

44 施懿琳等編:《全臺詩》(臺南市:國立臺灣文學館,2008年),冊6,頁68。

見性情之真。事實上,陶詩固然以恬淡、自然的田園詩被後世讀者所喜愛,然而陶詩也有許多生活化的詩篇,描述生活的辛苦窘困,這些說窮道苦的詩句其實並不優美,卻讓讀者看到真實陶淵明。[45]因此,鄭用錫之喜歡陶淵明,除歸隱、愛菊是明顯學陶、愛陶外,詩歌的自然、平淡、真趣,乃自晚年的自我寫真、坦率面對老去的自我,也無一不是自然與真我的表現,與陶詩實有共通之處。

(二)讀書報國的儒士詩人

　　鄭用錫雖然晚年歸隱北郭園,但咸豐二年(1852)至咸豐七年(1857)重新主講新竹明志書院。[46]咸豐三年(1853)分類械鬥頻繁,鄭用錫更作〈勸和論〉開導感化臺灣人民,可見鄭用錫雖然歸隱,但沒有避世,仍然心存國家社會,喜歡讀書作詩,是一典型的儒士詩人。其儒士性格的展現,尤其表現在對國家社會的關懷、對子孫學生的諄諄教誨,以及讀書積累學問一事。不過,縱使是儒士詩人,卻依舊不離自然,不離本真。可以說,鄭用錫的自然與本真,除在園林詩、詠懷詩中體現外,也在倫理中具現。先看〈讀書〉:

---

45 林文月觀察到許多人欣賞陶淵明寫田園閒靜自適的生活情調,便以為其退隱生活是稱心愜意,實則這樣的悠閒情調確實存在,但陶淵明是親身躬耕,農家生活既辛苦又不富足,即便是到了「頗為老農」這樣有經驗的時候,若遇天災,仍不免挨餓,如〈飲酒之十六〉、〈戊申歲六月遇火一首〉、〈詠貧士〉……等詩,便如實反映陶淵明窮苦的生活面向。但儘管如此,陶淵明仍坦然無所顧忌地寫下這些詩,因而呈顯一位真實存在、有血肉之軀的陶淵明。參閱林文月:〈陶謝詩中孤獨感的探析〉,收入林文月:《山水與古典》(臺北市:三民書局,2012年),頁76-79。

46 關於鄭用錫在明志書院講學的時間,在此依據詹雅能的考據:第一次應在道光九年(1829)四月至道光十四年(1834)赴京任官。第二次則是辭官回臺後的咸豐二年(1852)春至咸豐七年(1857)間。參閱詹雅能:《明志書院沿革志》(新竹市:新竹市政府,2002年),頁76-77。

不是前身老蠹魚，白頭仍向酉山儲。千秋於我終烏有，萬卷如今付子虛。祇此嗜痂留痼癖，忍將食蹠棄殘餘。儒生托業無衰老，豈為功名始讀書。[47]

此詩一開頭先以「蠹魚」自比，表達自己愛讀書，而嗜讀的程度，在次句「白頭仍向酉山儲」，更是一覽無遺。鄭用錫的讀書癖好，一如劉邕的嗜痂癖，早已根深柢固無法捨棄，然而，對鄭用錫而言，讀書是為了什麼呢？儒生本業就是讀書，既不為了功名，更不會因老廢讀。由此來看，鄭用錫對讀書一事十分認真，以為上能報國報君，下能積累學問、厚實自己，而這樣強調讀書的重要，實則透顯出鮮明的儒士性格。鄭用錫另在〈荏苒〉一詩中，也明白表述自己嗜讀的癖好：

荏苒光陰已七旬，料應牖下可終身。得安盧里原為福，尚守田園敢說貧。緘口不談塵俗事，撫懷自愧古賢人。只餘結習癡堪笑，猶是燈窗未了因。[48]

七十歲的鄭用錫，只願能窗下讀書終老此生，詩中「尚守田園敢說貧」、「撫懷自愧古賢人」，在在表明對陶淵明固窮守節的景仰。事實上，晚年的鄭用錫雖然不是貧士，但鄭家早年並不富裕，因此鄭用錫對於「君子固窮」深有體會。其感慨時光匆匆流逝，終其一生，陪伴自己的唯有讀書一事。句末「未了因」一語，倍顯鄭用錫白髮蒼蒼卻依舊勤讀的景象，嗜讀之深可見一斑。如此勤學的鄭用錫，在〈解嘲〉一詩中自嘲：「似我苦面壁，積學十年俱。[49]」表面是自嘲，實則以勤讀、苦讀自譽。此外，北郭園八景中，鄭用錫曾特選「深院讀書」這一無形的風景作為八景之一，足見對讀書的重視。

---

47 施懿琳等編：《全臺詩》（臺南市：國立臺灣文學館，2008年），冊6，頁88。
48 施懿琳等編：《全臺詩》（臺南市：國立臺灣文學館，2008年），冊6，頁56。
49 施懿琳等編：《全臺詩》（臺南市：國立臺灣文學館，2008年），冊6，頁21。

　　深受儒家精神影響的鄭用錫，心中永存報國之思，常自謙自讓，且時時勉勵子孫、學生要勤學，如〈明志書院誌勉書生〉、〈勗斯盛社諸君〉。而對以異途方式取得功名者也不忘嚴厲批判，〈面壁〉一詩：「莫誇面壁已多年，科目能堪值幾錢。說到誑身易一醉，祇應心思付雲煙。[50]」既批判當時捐納風氣，也兼具人生哲理，因為不論是捐納者，還是面壁苦讀者，最終功名富貴都如浮雲消失無蹤。這份批判與自省的精神，即便是對自己的子孫，仍是同樣嚴格，如〈擬陶淵明責子詩〉：

　　　雖有諸兒曹，總不好紙筆。間有年長大，懶惰故無匹。時讀三五聲，旋入亦旋出。居然作秀才，慕名未核實。餘年十二三，不識六與七。何況八九齡，但覓棗與栗。[51]

　　陶淵明曾作〈責子〉詩：「白雪被兩鬢，飢膚不復實。雖有五男兒，總不好紙筆。阿舒已二八，懶惰故無匹。阿宣行志學，而不愛文術。雍端年十三，不識六與七。通子垂九齡，但覓梨與栗。天運苟如此，且進杯中物。[52]」陶淵明責備兒子偷懶不勤學，但到了最後，以「天運苟如此，且進杯中物。」自我寬慰，有順應自然的人生觀。不過，鄭用錫雖在詩題中自言「擬陶淵明責子詩」，也襲用陶詩的部分詩句，但所擬之處，並非是陶淵明順應自然的人生哲學，而是真真切切地責備兒孫不愛好文學，更不夠刻苦讀書。這樣的指責對照鄭家子孫的行為，的確也有幾分事實。鄭用錫共有三子，除長子鄭如松能夠克紹箕裘外，次子鄭如梁、三子鄭如材都不愛讀書。鄭用錫向來輕視捐納買官者，〈刺時〉、〈嘆所見〉等詩都能見其嚴厲批判，但次子鄭如梁偏偏以捐納求得功名，詩中「居然作秀才，慕名未核實。」顯然意有所指。此詩責備之語幾乎都是鄭用錫的真實心情，其批評別人買官，也不忘反省自家子孫。但也或許是因為過於真實，故遭到編修者楊浚刪除，推測原

---

50 施懿琳等編：《全臺詩》（臺南市：國立臺灣文學館，2008年），冊6，頁234。
51 施懿琳等編：《全臺詩》（臺南市：國立臺灣文學館，2008年），冊6，頁220。
52 〔晉〕陶淵明著、龔斌校箋，《陶淵明集校箋》（臺北市：里仁書局，2007年），頁303。

因應與保全鄭家顏面有關，由此，反而更能夠看出鄭用錫模擬陶詩的「責子」，是出於性情「真率」，而非道家哲學上的「道即自然」。

　　鄭用錫批判社會現象的詩作不少，乍看之下，似乎和陶淵明的自然、隱逸情調相去甚遠，但一如前文所述，陶淵明歸隱不在避世，鄭用錫也不是，實則陶淵明是一位富有儒家精神的詩人，亦有批判世俗之作，如〈飲酒〉之六：「行止千萬端，誰知非與是。……咄咄俗中愚，且當從黃綺。」[53]〈飲酒〉之二十：「羲農去我久，舉世少復真。」[54]陶淵明反對當時的虛偽，因而發出「舉世少復真」的慨嘆。在自然與任真的追求下，陶詩有儒道融合的一面，展現其身心自由的狀態，而非「久在牢籠裡」，[55]受名教所累；也沒有沈湎任誕，刻意越名教而任自然。至於鄭用錫在詩中寫下的種種批判，多出於自然而然，故下筆成詩，真實反映內心想法，毫不避諱、坦率自然，亦因如此，贏得「宋詩風格」的評語，而此益發凸顯老年鄭用錫的「真性情」。

　　透過前述，能看到鄭用錫身上有濃厚的儒家精神，其儒士特質十分鮮明，這實與其深研宋明理學的家族風氣有關；但在儒家之外，道家的自然之道，也是鄭用錫對生命的理解。[56]可以說，儒道融合才是鄭用錫對自我、對人生的體悟。加之鄭用錫晚年回想自己一生的經歷：鄭家早年並不富裕，是鄭用錫刻苦讀書取得進士後鄭家方才逐漸富庶，不久西渡入京為官，期能建立功業、報國報君，奈何仕途不順，故在五十歲（道光十七年，1837年）時辭官回臺，歸隱北郭園。然而，人生的契機卻在此時開展，其熱心公益，在

53　〔晉〕陶淵明著、龔斌校箋，《陶淵明集校箋》（臺北市：里仁書局，2007年），頁257。

54　〔晉〕陶淵明著、龔斌校箋，《陶淵明集校箋》（臺北市：里仁書局，2007年），頁288。

55　〈歸園田居五首〉之一，〔晉〕陶淵明著、龔斌校箋：《陶淵明集校箋》（臺北市：里仁書局，2007年），頁82。

56　例如鄭用錫〈園居遣興〉：「此間真趣誰能識，悟到南華意自悠。」與〈讀易示諸兒〉這首長詩，能看到鄭用錫會通儒道的思考路徑。參閱施懿琳等編：《全臺詩》（臺南市：國立臺灣文學館，2008年），冊6，頁87、頁15。

臺有許多功績義舉，六十七歲時（咸豐4年，1854年）恩給二品封。早年貧困與晚年顯達，讓鄭用錫對人生多有感觸，〈即事感懷〉四首之一中抒發體悟：「身世由來似轉蓬，黃粱一夢總成空。何如早返中流楫，幾個波濤遇順風。」[57]世事難料，只有順其自然，方能安身立命。是以老年的鄭用錫，總是坦率地做自己，坦率地面對老去的自我，其欣賞陶淵明的隱逸、自然、高潔，再三表示歸隱正是效法陶淵明；詠柳、愛菊也深受陶淵明影響。然而，回顧鄭用錫詩作，其作詩與賞詩的原則在於「自然」與「真」，隨著「真」也帶來了「趣」，透過「自然」與「真趣」，能理解其為何欣賞陶淵明。鄭用錫的真率，不只是人格特質，還表現在詩歌特色上，以此來看，自然與真趣，既是鄭用錫的人格特質，也是詩歌特色。

四　結論

　　鄭用錫是清代臺灣重要詩人，正因其在台灣詩壇的重要地位早獲肯定，故其詩歌評價——「體近擊壤」與「宋詩風格」，幾乎是後世讀者的共識。然而，仔細閱讀鄭用錫現存的的稿本詩作，將會發現鄭用錫沒有主動提及師法任何人，包括邵雍與《擊壤集》，僅僅謙稱自己作詩不過「擊壤自娛」，是第一位編修鄭用錫詩作的福建詩人楊浚，公開稱美鄭用錫詩歌一如邵雍《擊壤集》，才產生「體近擊壤」的定評。作為第一位全面閱讀鄭用錫詩文作品的讀者，楊浚的評語確實有獨到之處，儘管鄭用錫從未表明學宋，更沒有師法邵雍，但其詩作中的自然平淡與充滿生活化的詩作，確實與邵雍《擊壤集》的自樂、自然特質十分近似，充分豁顯鄭用錫詩歌的文學意義。不過，若就鄭用錫個人來看，最欣賞的詩人當推陶淵明。

　　陶淵明以意境悠遠、情調閒靜的田園詩受到後人愛賞，鄭用錫屢屢自言效法陶淵明歸隱，故在退隱之地北郭園裡寫下的許多園林詩，詩中的自然與真趣，與陶淵明隱居田園的自得悠然有相近之處。綜覽整部詩集，固然鄭用

---

57 施懿琳等編：《全臺詩》（臺南市：國立臺灣文學館，2008年），冊6，頁123。

錫常自言作詩不過晚年閒居無聊,故聊作擊壤以消遣時間,但透過〈自遣〉能知鄭用錫作詩是搜索枯腸,態度十分嚴肅認真,甚至是苦吟成詩,並非村夫謳吟、打發時間而已。以此來看,鄭詩的平淡、自然、率真,是詩人有意的呈顯,也是其賞詩與作詩的標準。連橫曾批評鄭詩平淡、未佳,實則「平淡」才是鄭用錫追求的詩歌美學,因平淡方能自然、方能見真趣。鄭用錫晚年作詩,不論內容是抒懷、說理、議論、寫實、讀書、訓勉,總是坦率地將內心所思所想毫不保留展現出來,並坦然面對老去的自我,從不企圖維持其進士與山長的形象,這份「真我」正是鄭用錫可愛之處,也是與陶淵明相同的地方。

由此來看,說理、議論,固然是讀者乍看鄭詩印象最深的部分,因而產生「宋詩風格」的評價。但一如錢鍾書所言,「年事氣秉」才是唐宋之分的主因,鄭用錫五十歲之後大量作詩,其說理議論是出於自然而然,並非刻意學宋。而除了說理議論外,其他多數詩作自然平淡而不造作,呈顯出真實的鄭用錫,並帶來了真趣。可以說,「自然」與「真趣」應是鄭用錫個人欣賞的創作風格,或許也是在「體近擊壤」、「宋詩風格」之外,另一個比較貼近鄭詩的詩歌特色。

參考書目

一　專書

〔晉〕陶淵明著　龔斌校箋　《陶淵明集校箋》　臺北市　里仁書局　2007
　　　　年

〔唐〕白居易著　顧學頡校點　《白居易集》　北京市　中華書局　1999年

〔宋〕嚴羽著　郭紹虞校釋　《滄浪詩話校釋》　臺北市　里仁書局　1987
　　　　年

〔清〕鄭用錫　《北郭園詩文鈔稿本》　未刊　藏於吳三連臺灣史料基金會

〔清〕鄭用錫著　楊浚編修　《北郭園詩文集》　臺北市　龍文出版社
　　　　1992年

王　松　《臺陽詩話》　南投市　臺灣省文獻委員會　1994年

王國璠　《臺灣先賢著作提要》　新竹市　臺灣省立新竹社教館　1974年

余育婷　《想像的系譜：清代臺灣古典詩歌知識論的建構》　新北市　稻鄉
　　　　出版社　2012年

余育婷選注　《鄭用錫集》　臺南市　國立臺灣文學館　2012年

林文月　《山水與古典》　臺北市　三民書局　2012年

施懿琳等編　《全臺詩》第6冊　臺南市　國立臺灣文學館　2008年

連　橫　《臺灣通史》　南投市　臺灣省文獻委員會　1992年

連　橫　《臺灣詩乘》　南投市　臺灣省文獻委員會　1992年

陳寅恪　《陳寅恪先生全集》　臺北市　九思出版社　1977年

楊儒賓編　《自然概念史論》　臺北市　臺大出版中心　2014年

蔡　瑜　《陶淵明的人境詩學》　臺北市　聯經出版社　2012年

詹雅能　《明志書院沿革志》　新竹市　新竹市政府　2002年

〔美〕劉若愚著　杜國清譯　《中國文學理論》　南京市　江蘇教育出版社
　　　　2006年

錢鍾書　《談藝錄》　北京市　三聯書店　2001年

鄭鵬雲編輯　《浯江鄭氏家乘》　大正二年（1913）石印本　收於《影本浯
　　　江鄭氏家乘》　台中市　臺灣省文獻委員會　1978年

二　論文

（一）期刊論文

施懿琳　〈開臺進士鄭用錫的自我觀看與身體書寫：以《北郭園詩鈔》手抄
　　　稿為分析對象〉　《臺灣古典文學研究集刊》第3號　2010年6月
　　　頁275-312
黃美娥　〈一種新史料的發現——談鄭用錫《北郭園詩文鈔》稿本的意義與
　　　價值〉　《竹塹文獻》第4卷　1997年7月　頁31-56
鄭定國　〈邵雍《擊壤集》之命名探討〉　《鵝湖月刊》第25卷第1期　總
　　　號第289期　1999年7月　頁31-33

（二）學位論文

黃美娥　〈清代臺灣竹塹地區傳統文學研究〉　臺北市　輔仁大學中文系博
　　　士論文　1999年

葉際唐及其詩話研究
——以編纂背景及取材來源、評詩內容為討論核心

許俊雅[*]

摘要

　　本文首先梳理各報刊所載葉文樞詩文及報導，以建構其生平經歷，掌握其詩話編纂之背景，進而對其詩作取材來源加以討論，最後論述其選詩內容之特色，並略評其得失。所獲結論有以下數項：一、葉文樞編纂詩話之動機，宜是作為授學的參考材料，俾學子得解詩之精奧，以悟作詩之門徑，進而傳播詩學。二、《百衲詩話》、《續百衲詩話》選材組稿對象非常獨特，其文獻來源多為閩粵相關詩話所載詩作，資料多來自於清詩話、民國詩話、報刊、圖書、同伴諸人的唱和，或主動蒐集他人作品、事略或請託寄贈之詩作，因此《百衲詩話》收錄了較多閩粵及臺地詩人之作，而臺人詩作又以地緣關係的新竹人氏為多。三、所選詩作內容包含懷舊、宴聚、遊覽、重逢、贈別、詠物、詠史、羈旅、思鄉、歷史事變、題畫、愛戀、感傷國事、諷喻時局等等，其中對西北關山的雄偉壯麗和塞外風光的蒼茫遼闊，特為著意，對閨秀、高僧、諧詩、論詩絕句、反映鴉片流毒等詩作，亦多所關注，同時他也留意到當時大陸新詩人喜作舊詩的現象。四、以己詩證其詩論，或略加按語，述而不作之成分居多。透過選詩、論詩，呈顯了他對詩作的審美觀感及詠物、用典等種種看法，同時有輯佚、保存文獻史料之功。由於選材來源

---

*　臺灣師範大學國文學系教授。

未完整交代，透過出處的追索，得以更詳細掌握臺閩兩地詩學的流動情況，以及中國圖書報刊在日治臺灣傳播的特殊現象，雖然，其詩話仍存在若干疏略之處，但為報刊詩話的創作和傳播奠定了基礎及直接推動的作用，誠然瑕不掩瑜，值得展開研究。

關鍵詞：詩話、葉文樞、報刊、臺灣古典文學、日治時期

一　前言：臺灣詩話的興起與研究概述

　　臺灣在日本殖民統治時期，正是近代社會的風雲變幻和西潮新潮的山風海雨交織成的巨大時空。報刊的興起，特別是文藝期刊和報刊文藝欄的出現，使得傳統文人重新找到可發揮的舞臺。他們具有較深的文化積累，又任職於近代商業社會的文化再生產和傳播的報刊工作，然而由於殖民的統治及新舊思想文化駁雜的文學較勁時期，臺灣文學的發展較諸過去有著翻天覆地的變化。臺灣近代知識階層首先是來自傳統科舉出身的舊文人，但若干文人很快接受新式教育，進入國語（日語）學校，後來成為當時報刊的主要生力軍，由於漢文漢詩的存在，有著殖民統治的國策考量，他們對舊文化也表現出相當的精神留戀，在這樣的背景下，報刊除了持續刊登漢詩外，「詩話」在《漢文臺灣日日新報》更是自創刊號起即存在，且數量龐大，〈拾碎囊錦〉、〈大冶一爐〉連載刊數且超過兩百號。從以資閒談、辨句法、備古今、錄異事、正訛誤及維繫斯文等功能上，「詩話」在臺灣詩學確實佔有難以忽略的位置。

　　從最早出版的王松《臺陽詩話》（1905）專著來看，不僅該書部有分刊載報刊，不少品評的詩作其實也出自報刊，足見詩話與報刊的密切關係。而《漢文臺灣日日新報》從一九〇六年起至一九一三年，陸續載有〈讀酒樓詩話〉、〈掬月樓詩話〉、〈咳珠樓詩話〉、〈豢龍樓詩話〉、〈旅次詩話〉、〈蘸綠村詩話〉、〈意園詩話〉、〈大冶一爐〉、〈瑞軒詩話〉、〈神州詩話〉、〈神州詩史〉、〈滇南詩話〉、〈瞻廬詩話〉、〈全閩詩話〉等，隨著時間遞擅，臺灣報刊也轉刊中華文人的詩話（如後五種）。除了前述《臺陽詩話》，專著出版者尚有洪棄生《寄鶴齋詩話》、吳德功《瑞桃齋詩話》、許天奎《鐵峰詩話》，此外，一九二〇、一九三〇年代又再度興起的詩話，便多轉刊、摘錄中華詩話，《臺灣文藝叢誌》有〈詩學見聞錄〉、〈栩園詩話〉、〈閩秀詩話〉、〈葉覲廷之詩〉、〈古今詩話菁華〉、〈歷代詩話概略〉、〈醒園詩鐘談〉、〈耕雲別墅詩話〉，《臺南新報》除〈東坡詩話〉、〈陸放翁詩話〉、〈滄浪詩話〉、〈六一居士詩話〉、〈司馬溫公詩話〉、〈寄園詩話〉、〈誠齋詩話〉、〈常明詩話〉、〈二老堂

詩話〉，明顯交代出處外，其餘如〈詩話〉所載內容亦出自褚人獲《堅瓠集》；《詩報》有周召南《二南詩話》、李少庵〈梅香雪影閣詩話〉及本文擬討論的《百衲詩話》、《續百衲詩話》；《臺灣詩報》載趙執信《談龍錄》一則；《風月報》有〈滑稽詩話〉，《三六九小報》有〈古今逸詩話〉，然則還有更多中華詩話不以「詩話」面目出現，而是隱藏在「叢錄」、「叢談」、「趣語」或無題的欄目中，此外有不少被改之篇名看不出原是詩話，比如〈尹文端說詩曰〉[1]出自清代袁枚《隨園詩話》〈卷十二〉，但《臺灣日日新報》刊「叢錄」欄目，另標此題。尹文端認為賢人君子與其詩作可相互印證，自古之大家、名家，皆為有心胸、性情之君子，即使如曹操，其詩亦佳而有情，蓋為治世之能臣也。又如〈齊田駢不屑仕宦〉亦出自《隨園詩話》〈卷十一〉，諷刺某些好談清高，實奔走權門者。餘如明代俞弁撰《逸老堂詩話》，《臺灣日日新報》節錄其一則並加題為〈劉少保之議孝〉。〈楊誠齋善玩風月〉出自宋代羅大經《鶴林玉露》，言楊萬里年未七十而退，堅不應詔復出，並作詩明志。「趣語」中的王琪、張亢、賣油翁出自歐陽修《歸園田錄》，優語出自周必大《齊東野語》，「璇閨雜詠」、「調冰雪藕」則多出自《閩川閨秀詩話》，其例甚夥，足見中華詩話在日治臺灣報刊以各種方式被閱讀傳播。

凡此種種，正見「詩話」自始至終貫串在臺灣報刊，即使在皇民化運動、戰事日亟時期，詩話連同漢詩創作，較諸新文學，反而是相對穩定的持續刊登。本文討論的葉際唐《百衲詩話》、《續百衲詩話》刊登於《詩報》一九三一至一九三三、一九三八至一九四○年，編纂者葉文樞（名際唐），其選材來源、詩學見解、詩論觀點，與當時滲入日本詩人、詩作之風不同，其個人立場亦未見傾日附和之現象，當《詩報》以「悼東鄉平八郎元帥薨去」為題[2]，或鄭金柱藉「島內官民共舉皇道精神昂揚，民族文化甦生益盛之

1　此文刊《臺灣日日新報》第6版，大正十年（1921）11月2日。

2　《詩報》85號，昭和9年（1934）7月15日，頁1。另參見《詩報》93號，昭和9年（1934）11月15日，頁3。

秋,亦躍起鼓吹東洋文學漢詩復興普及動向」,以「文風」為題[3],又提倡「宣揚國威,振興皇道,兼甦生民族文化,同維國風藝術,使一般起忠君愛國之觀念」,發起全島徵詩[4],甚或《風月報》亦刊登〈日本吟詩〉、〈國語讀詩法〉、〈詩吟法〉及〈千人針〉、〈日軍守城圖〉、〈日軍入城寫真〉插圖並題詩之際,或者像謝雪漁的《奎府樓詩話》、《蓬萊角樓詩話》選入極多日人詩作品評時,《百衲詩話》、《續百衲詩話》不見「大陸進出」、「雄飛中國」或歌頌日軍之作[5],《百衲詩話》反而首錄王夫之,且以王夫之為終。其中選錄顧炎武、林則徐及反映鴉片流毒等詩作,看似偶然札記,不甚經意之作,但透過詩話的編纂可見其思想品格、氣質性情、襟懷學識、道德情操及審美趣尚,同時從其所選錄詩話、詩作,可理解臺灣在一九三〇年代詩學教育的推廣,詩學知識涵養的門徑。不過《百衲詩話》、《續百衲詩話》卻從未引發重視,展開研究。

臺灣詩話的研究從較早的張良澤〈讀《臺陽詩話》箚記〉,還有黃美玲〈王松《臺陽詩話》初探〉、徐慶齡〈讀《寄鶴齋詩話》中論《詩經》〉、曾進豐〈許天奎《鐵峰詩話》述論〉、謝崇耀〈瑞桃齋詩話初探〉、〈瑞軒詩話初探〉、〈洪棄生寄鶴齋詩話初探〉,龔顯宗〈邱滄川的詩觀與風格——由《綠波山房詩話》說起〉、林美秀《傳統詩文的殖民地變奏:王松詩話與詩的現代詮釋》、李知灝〈日治初期社會變貌對臺灣詩話的影響——以《臺陽詩話》、《寄鶴齋詩話》、《瑞桃齋詩話》中記載日人詩事為研究中心〉,林美秀、紀偉文〈吳德功《瑞桃齋詩話·佳話》的聖王建構〉、廖振富〈連橫「瑞軒詩話」及其相關議題〉、吳彩娥〈風雅譜系:論吳德功《瑞桃齋詩話》對日人漢詩的評述及其意義〉、魏琪〈王松「臺陽詩話」中的女性論述〉、〈王松「臺陽詩話續編」初探〉、江寶釵〈日治時期臺灣詩話編輯、校

3　《詩報》137號,昭和11年(1936)9月17日,頁1。

4　《風月報》第62期4月號下卷,昭和13年(1938)4月15日,頁18。續見《詩報》184號,昭和14年(1939)9月1日,頁24。

5　《詩報》到了戰爭期亦難脫逃國策,刊登不少大東亞、日華親善、志願兵、賀聖戰、捷報等詩作及相關言論。

注與研究價值述略〉、劉振維〈略論乙未遺民洪棄生的民族精神——以「寄
鶴齋詩話」為例〉等篇，學位論文則有謝崇耀〈日治時期臺灣詩話比較研
究〉、李知灝〈吳德功《瑞桃齋詩話》研究〉、許雯琪〈洪棄生《寄鶴齋詩
話》研究〉、吳東晟〈洪棄生《寄鶴齋詩話》研究〉、〈《漢文臺灣日日新報》
所載詩話研究〉、謝崇耀〈日治時期臺灣詩話比較研究〉、陳怡如〈回歸風
雅傳統——洪棄生《寄鶴齋詩話》研究〉，研究對象較集中在《臺陽詩話》、
《寄鶴齋詩話》、《瑞桃齋詩話》、《鐵峰詩話》及被忽略的《綠波山房詩
話》，尚有若干詩話（見前述）仍被漠視，尚未展開整理及研究，必要的考
辨也還闕如。本文擬討論的《百衲詩話》、《續百衲詩話》亦是臺灣詩話研究
論著中的遺珠[6]，甚至葉文樞的生平經歷在不多的描述文字中，亦時存疑
慮，包括他往返臺灣大陸的時間及行蹤，寓居新竹、頭圍凡幾載，何時返
閩？返閩之後是否又曾返臺？尚有諸多疑義。因此，本文討論重點將先梳理
各報刊所載葉文樞詩文及報導，以建構其生平經歷，掌握其詩話編纂之背
景，進而對其詩作取材來源加以討論。

二 葉文樞生平建構及其《百衲詩話》、《續百衲詩話》編纂背景

葉文樞（1876-1944），泉州同安人。先祖渡臺營商竹塹北門街，遂居塹
城（今新竹）。年十九，逢乙未（1895）變起，其父挈眷移籍內渡歸同安。
宣統年間，參加泉州府試，取中秀才。民國成立初年進高等師範，學成後受

---

6 目前詩話校注有江寶釵《瑞桃齋詩話註》、《雅堂詩話校注》。《百衲詩話》、《續百衲詩
話》的研究則尚未受關注，在〈日治時期臺灣詩話編輯、校注與研究價值述略〉一
文，將《百衲詩話》刊行時間定為「1933.7.1-1935.9.7共48號」，實則時間是：昭和六
年（1931）七月一日至昭和八年（1933）九月一日。《續百衲詩話》則改作《百衲詩話
續編》，刊行時間亦誤作「1942.122-6.27共九號」，正確時間是昭和十三年（1938）二
月一日至昭和十五年（1940）六月二十七日止，共五十四回。可見《百衲詩話》、《續
百衲詩話》亟待展開研究。江寶釵：〈日治時期臺灣詩話編輯、校注與研究價值述
略〉，《臺灣文學研究學報》14（2012年4月），頁146。

聘為集美中學國文教師,未幾,辭退,轉入鼓浪嶼,受聘為南洋僑眷教庭教師,旋因僑眷赴南洋而止,迄一九二三年始再以華僑身分來臺教讀。一九二五年,從弟葉文游以中原多故,閩南戰禍日盛,邀其館於其家,教讀於寓所,復移居新竹。一九二六年起即見葉文樞參與各詩社徵詩,詩榜訊息刊登於《台南新報》[7],其時已年五十。

由於葉文樞回閩之後,居閩二十八年,從十九歲至四十七歲,長居閩地,這正是人生學習成長,進而承擔社會責任的階段,閩地的傳統文風、詩風對其浸潤作用、影響,從《百衲詩話》的編纂,可以看到痕跡。閩地「閩學」之風,乃南宋理學家朱熹開辦書院、宣講理學形成,對福建科舉教育與學術文化有奠基之功。閩地詩人多接受嚴格的書院或深厚的家學教育,及陳石遺所論「學人之詩」與「詩人之詩」之結合的詩學理念,對葉文樞詩學背景、知識的養成自有相當影響。而閩臺當時亦多以詩社活動為媒介,交遊唱和、聲氣相接,在日本統治下的臺灣,更是多了一份延斯文於一脈,維繫漢文的用意。

葉文樞居臺期間,持華僑身分教讀臺人漢學,從學者甚眾,並參與詩壇活動,時人爭相請益[8],詩會活動常延聘為左右詞宗。居臺期間或居新竹,

---

7　如怡園詩榜:「臺中怡園第二期課題屈原得詩二百餘首。經左右詞宗謝雪漁陳沁園二氏各取二十首。」新竹葉文樞詩作獲左詞宗取為首選,《台南新報》第8802期第6版,1926年8月10日。鶯社詩榜:「鶯社第二期徵詩夏扇。……劉篁村氏選畢矣。……十二名新竹葉文樞。」《台南新報》第8838期第6版,1926年9月15日。「麻豆書香院第六期徵詩岳武穆,……詞宗林維朝氏評選已畢……五新竹葉文樞。」《台南新報》第8859期第6版,1926年10月6日。鼓山徵詩揭曉:「高雄鼓山吟社第三期徵詩已由詞宗張純甫氏選定二十名如左……三新竹葉文樞。」《台南新報》第8887期第6版,1926年11月3日。

8　據新竹市文化局網頁載:「文樞工詩能文,人品學問為青年學子所推重,學詩學文者爭相求教,教學時,凡遇門生有所不能解者,莫不多方設譬,務使領悟而後止,竹塹青年沾其風化者,達二百餘人之眾。因未取得日本國籍,恐遭疑忌,平居鮮談政治,凡觀感所及,皆寓寄於詩,台地能詩者莫不推重。竹社每有雅會,常推其評定甲乙。」網址:http://www.hcccb.gov.tw/chinese/05tour/tour_f02.asp?titleId=224(2016年1月15日上網)

或延聘至宜蘭。[9]課教新竹期間，於一九二九年組「讀我書社」，其詩社之名，據相關詩作可知乃取陶潛「時還讀我書」詩句[10]，意在日人統治下，仍讀我漢人之書，而藉讀書習詩是讀我書社學習內涵之一。由於《詩報》一九三一年四月方創刊，這段時間葉文樞及讀我書社同門之詩作尚未見諸《詩報》。[11]到了一九三一年盧瓚祥禮聘葉文樞[12]，前往宜蘭頭圍盧家教讀，並指導登瀛吟社擴展詩文活動，當年即見頭城登瀛吟社在《詩報》舉辦第一次徵詩，以〈吳沙〉為題[13]，葉文樞受聘擔任詞宗，並試擬作二首。此後詩作多刊於《詩報》、《風月報》。一九三二年曾回新竹，葉文樞在九月刊出的《百衲詩話》自云：「壬申（1932）夏五。余回新竹。蘊石先生約同往訪（鄭十洲先生學瀛）。不果。迨再到頭圍。未兩月。而先生之噩耗來矣。惜哉。」[14]鄭十洲卒於一九三二年六月，可能葉文樞五月初回新竹拜訪鄭氏未果，返頭圍一月餘即聞十洲噩耗。由這段自述，可知一九三二年五月回新竹乃是短暫

9　施性湍有〈呈葉文樞茂才即希誨正〉詩：「頻年身作三貂客，數卷詩傳百衲衣」，即是寫其於宜蘭頭圍任教課詩文情況，下句指其有詩作、詩話之作。施性湍寫此詩時，葉文樞正任教於頭圍盧瓚祥宅。詩刊《詩報》33號，1932年4月15日，頁14。

10　蔡希顏〈和文樞夫子病中雜感韻〉：「不管非時文字賤。我書還讀學淵明。」《詩報》193期，1939年1月21日，頁6。

11　葉文樞詩文刊《詩報》時間，首見〈蔭亭李夫子家傳〉，1931年2月17日，頁13。及啟蒙吟會課題〈楚詞（辭）題後〉，3月16日第8號。

12　〈大溪崁津吟社與登瀛吟社〉報導：「社長呂傳琪。偕李芝山、邱□□、呂阿朋三氏。於十六日來頭圍訪盧瓚祥。是夜邀十數名吟友。在盧宅開擊缽會。題擬觀海。七絕灰廻。推呂傳琪、葉文樞、兩氏為左右詞宗。」《詩報》12號，1931年5月15日，頁16。由此可知葉文樞任教頭圍盧瓚祥府第，時間不晚於一九三一年四月十六日。從上注啟蒙吟會課題刊登時間揣測，葉文樞可能於年後即轉往頭圍任教。

13　詩云：「大俠居然起布衣。憑將赤手拓番畿。流民合力羅三籍。賢姪收功抵四圍。壯志擬追班定遠。雛形略具克雷飛。如今烏石遺城圮。還有游人弔落暉。」「三貂託足暫須時。開闢蘭陽兆始基。秘計每同天送定。高才早受夢麟知。斧刊山木供門客。藥療天花感裔夷。我向頭圍尋舊跡。盧家牆畔剔殘碑。」刊《詩報》14期，1931年6月15日，頁14。

14　見《詩報》第42號，昭和7年（1932）9月1日，頁5。另葉文樞同年所寫的「歸新竹感賦」：「久客歸來日，依依戀故鄉，虎頭籠薄靄，鳳鼻帶斜陽，城屹東門壯，園留北郭香，遙憐峰五指，飽閱幾滄桑。」《詩報》第36號，昭和7年（1932）6月1日，頁3。

停留，之後又回到宜蘭頭圍繼續擔任盧瓚祥府上家庭教師，這從頭圍登瀛吟
社第五期徵詩及宜蘭天后廟徵聯展期、岡山詩學研究會第一期徵詩揭曉、篁
聲吟社詩榜聯榜揭曉、陶社第二期徵詩揭曉、高雄旗山吟社徵詩揭曉等榜訊
皆署「頭圍葉文樞」或「宜蘭葉文樞」可知，葉文樞在一九三二、一九三三
年七月十五日前，一直待在宜蘭頭圍，並非如坊間所云一九三二年五月回新
竹後不再回頭圍。葉文樞再次回新竹的時間，從頭圍登瀛吟社徵詩揭曉可
知，「曩所徵『蘇澳蜃市』計得詩二百餘首經詞宗邱筱園先生選取五十首其
二十名內如左：一名新竹葉文樞」，此則訊息刊登《詩報》一九三三年八月
一日，距七月十五日岡山詩學研究會第二期徵詩揭曉署「頭圍葉文樞」僅半
個月，此後所署均冠名「新竹」，不再是「頭圍」。

　　由於盧瓚祥是《詩報》重要人士，《詩報》初期發行、編輯、印刷都在
桃園，編輯員有周石輝、林雲帆、王篆、吳周元等，檢閱人鄭永南，皆為
「桃園吟社」社員。後因周石輝「忽患神經衰弱重症」，乃移基隆張曹朝
瑞。周石輝〈詩報發刊十週年回顧談〉回憶《詩報》之創刊，乃因「擊缽課
題徵詩之吟稿極多，新聞雜誌篇幅有限」，多數詩作珠遺滄海，「乃商於盧瓚
祥君。更請教於魏潤庵、邱筱園二先生。得其贊同」，又得各地詞長贊襄，
如林雲帆、周士衡、葉文樞、陳瑾堂、楊爾材、沈梅岩、黃福林、王則修、
黃溥造、施性湍及石儡玉諸氏。而其中「費盧瓚祥君之精神物質不少」[15]，
從葉文樞自《詩報》第十五號，昭和六年（1931）七月一日開始刊登《百衲
詩話》的時間點觀察，正是葉文樞任教盧瓚祥府上時期。而揆諸《詩報》發
刊緣由，乃「一以通文人聲氣，一以合刊吟稿互相研究，引起後起學詩讀漢
文之興為主旨，為海國風騷之共同機關」[16]，編輯詩話引發年輕子弟讀漢
學詩之興趣，可能即是葉文樞編纂動機之一：塾師教學之需。此與其特取閩
地詩社擊缽佳集《閩中擊缽吟集偶集》上、下卷詳加註解之思慮雷同，以之
作為授學之重要參考材料，俾學子得解詩之精奧，以悟作詩之門徑觀之，進
而傳播詩學。

15　周石輝，〈詩報發刊十週年回顧談〉，《詩報》241號，昭和16年（1941）2月4日，頁13。
16　周石輝，〈詩報發刊十週年回顧談〉，《詩報》241號，昭和16年（1941）2月4日，頁13。

　　《百衲詩話》刊登至《詩報》第六十六號，昭和八年（1933）九月一日止，此時葉文樞已離開頭圍，是否曾回閩地再返新竹，不得而知，《詩報》前後號數並未見說明。[17]但一九三五至一九三七年居新竹時，葉氏仍參與臺北市太陽齋堂、玉社徵詩等等。直到《詩報》第一百七十號，昭和十三年（1938）二月一日，復以《續百衲詩話》面貌出現，這距離《百衲詩話》一九三三年九月停刊，已經五年，令人好奇的是《續百衲詩話》的出刊，距離一九三七年七月報刊禁漢文欄時間僅七個月，且《續百衲詩話》持續刊登兩年餘，至《詩報》第兩百二十六號，昭和十五年（1940）六月二十七日，才無預警結束，轉以周召南的《二南詩話》為主。這其中又牽涉到葉文樞在一九三九年五月二十五日離臺返鄉之後，是否又曾回到臺灣？早在一九三八年一、二月間的〈元旦書懷〉、〈客感〉、〈舊除夕感懷〉諸詩，即可見「鄉關僑寓艱謀食」、「歸遲前路尚茫茫」的悲緒，但仍滯留臺地。蔡希顏在〈和文樞夫子病中雜感韻〉說：

> 兩年天遣滯萍蹤。路隔鯤洋水一重。他日乘桴浮海去。身非子路愧難從。茶鑪暫作藥鑪烹。燈火無聊坐五更。……一事頗為師母累。望夫山上數歸期。[18]

　　此詩一九三九年一月刊登，詩中滯留兩年，往前推知是指中日蘆溝橋事變爆發，不容華僑在臺並從事書房漢文教學，局勢不穩，其人又生病，歸國返鄉之心愈烈，卻無法返回泉州，與妻子團聚。據一九三九年《詩報》「騷壇消息」載：

> 葉際唐，字文樞，先生五月二十五日買棹回家，新竹讀我書社諸門人，將其平生所著百衲詩抄及詳註閩中擊缽吟 拔尤偶存上下二卷，

---

17 《詩報》發行至四十四號，因周石輝患神經衰弱症，編務乃交由蔡清揚，並於基隆市發行，稍後並由張朝瑞、張雨村兄弟經營。詩報易手，並不影響《百衲詩話》繼續刊行。
18 《詩報》第193號，昭和14年（1939）1月21日，頁6。

擬付詩報發行人張曹朝瑞所經營仁華活版所印刷云云。[19]

　　知葉文樞一九三九年五月二十五日方得搭船回家。一般介紹葉文樞生平
大抵認為葉氏「被迫羈臺兩年，後得盧瓚祥協助獲准返回泉州，一九四四年
卒於故里，享年六十九。」如對「讀我書社」之介紹，云：「每月集會兩次；
二次世界大戰起，葉文樞茂才，於昭和十四年（1939）返回中國，社友分散
南北各地，詩社遂解散。郭茂松獲社友徐錫玄、黃嘯秋等人的協助，師承衣
鉢，在有斐樓設帳授徒，因得重興旗鼓。待戰後社友漸次星散，原讀我書社
社友，留在新竹者，合併加入新竹聯吟會，此後不久，新竹聯吟會也改稱竹
社。」[20]其餘諸說也都指出葉文樞受盧瓚祥協助獲准返回泉州，之後讀我書
社解散，葉氏也在一九四四年病逝故里。然此中仍有疑義。譬如讀我書社擊
鉢吟〈洪水〉，由葉文樞擔任右詞宗、林毓川左詞宗，葉文樞入選左七、
九。〈臺灣雜詠〉、〈春潮〉、〈自題百衲詩抄〉、〈苦瓜〉亦都刊一九三九年
七、八月的《詩報》，葉文樞試擬之作〈采蘭〉是九月十七日刊登，時間已
是五月二十五日之後。〈浮海〉、〈到家〉刊一九四〇年一月二十三日，且云
「艱險途中總備嘗。如今始得卸行裝。寄聲故友休懸念。已與兒孫共一堂。
三年小別苦思鄉。贏得歸來兩鬢霜。」而《續百衲詩話》也一直刊登到一九
四〇年六月二十七日，易言之，如同意葉文樞一九三九年五月二十五日買棹
返泉州之後不再返臺，則此一年多的時間，刊在詩報的詩話、詩作不是預先
編妥，即是郵寄回臺，但擊鉢詩作任右詞宗，其徵詩、擬作等等，則不可能
郵寄，除非是詩社過往累積下來的舊作，或返鄉前數月之作，後來才刊登。

　　《續百衲詩話》在其返鄉前五日，即一九三九年五月二十日開始登載相
關洪楊太平軍詩作，由於此篇文章含攝較長的詩作及自注，從《詩報》第二
〇一號至二〇六號，似乎是為離臺作準備，以防脫期。至第二〇七號刊登兩
般秋雨盫隨筆所錄之詩，二〇八號（1939年9月1日）提到莊生禮耕贈陶村詩

19　《詩報》第207號，昭和14年（1939）8月16日，頁1。

20　「臺灣詩社資料網」http://cls.hs.yzu.edu.tw/pclub/srch_list_result.aspx?PID=000070（2016
　　年1月15日上網）

稿一冊，莊禮耕當時宜在新竹，因此在他離臺後三個多月，葉文樞在新竹參
與活動的資訊仍見諸《詩報》。綜合以上所述，筆者大膽推論，葉文樞於一
九三九年五月二十五日歸家泉州後，暫未返臺，刊登《詩報》之作宜皆是舊
稿、存稿或寄稿，而在一九四一年完全未見其作，直到一九四二年五月二十
日有〈寄壽內人王女士潔秋六十初度〉，云「寄」，又云「悅辰誰為敵瓊筵。
骨肉流離各一天」[21]，同日又刊有〈三男國炘於六月一日在泯里拉與張麗璧
結婚賦此寄示〉[22]，亦云「寄」，足見其人當時不在家鄉泉州，亦未隨子留
居泯里拉（馬里拉）似乎此時又已回臺灣新竹或者在他地，大約一九四四年
身體有恙，才又回泉州，未幾，即病逝。

　　葉文樞雖然於頭圍教讀數年[23]，但停留新竹教育人才時間亦長，且門生
多有所成，對新竹文教推展尤有功，因此《新竹縣志》〈人物志〉云：「日人
意圖禁絕我國舊文化傳播臺灣，而我國之詩文竟能始終粲然照耀於新竹者，
文樞之存在予之大有力焉。」今日探討《百衲詩話》、《續百衲詩話》，對於
詩話取材來源，所選詩人詩作，及全書呈現的特點，不能不特別著意其身分
背景，與臺閩兩地的流動情況，以知人論世，貼切理解其詩學觀。

21　〈寄壽內人王女士潔秋六十初度〉又云：「恰與長男成百歲（長男國煌年四十歲與余等
　　同寓）。偶從少女住三年（時與三女國雄同寓），蒲園未進長生果（次媳秀美與長孫平
　　東等均寓於蒲園社）。菲島難呈不老泉（次男國姚寓武蘭、三男國炘寓蘇洛、舍姪國銓
　　寓仙答洛、俱屬菲律濱轄），擬待金婚齡假六。闔家同醉慶團圓。」《詩報》第272號，
　　1942年5月20日，頁2。

22　葉氏詩自注：「國炘以山竹之筆名、曾應新民報之徵、著小說兩中篇〈突出水平線的戀
　　愛〉並〈越過希望之丘〉投稿。均獲首選」，此則資訊提供了葉國炘其人其作及與葉文
　　樞的父子關係，〈突出水平線的戀愛〉作者身分因之可以確認。《詩報》第272號，昭和
　　17年（1942）5月20日，頁2。

23　施性湍有〈呈葉文樞茂才即希誨正〉詩：「頻年身作三貂客，數卷詩傳百衲衣」，即是
　　寫其於宜蘭頭圍任教課詩文情況，下句指其有詩作、詩話之作。施性湍寫此詩時，葉
　　文樞正任教於頭圍盧纘祥宅。詩刊《詩報》第33號，1932年4月15日，頁14。

三　《百衲詩話》、《續百衲詩話》詩作取材來源及內容

葉文樞《百衲詩話》、《續百衲詩話》所呈顯的詩話內容，與書名「百衲」契合。刊登《詩報》時間是昭和六年（1931）七月一日至昭和八年（1933）九月一日，期間停續五年之久，方於昭和十三年（1938）二月一日刊登《續百衲詩話》，至昭和十五年（1940）六月二十七日止，前者《百衲詩話》四十八回，後者《續百衲詩話》五十四回，未見出版，僅《詩報》刊登一百〇二回，體制頗大，內容龐雜，字數八萬五千字左右，作者編纂時，已是五、六十歲之齡，為探究葉文樞老年階段的思想狀態、藝術旨趣提供了豐富的資訊。

《百衲詩話》，何以取名百衲？前人詩作言其百衲者，如唐李端〈秋日憶暕上人〉詩：「雨前縫百衲，葉下閉重關。」唐白居易〈戲贈蕭處士清禪師〉詩：「三杯嵬峩忘機客，百納頭陀任運僧。」宋蘇軾〈石塔戒衣銘〉：「云何此法衣，補緝成百衲。」清蒲松齡《聊齋志異》〈丐僧〉：「濟南一僧，不知何許人。赤足衣百衲。」[24]殆多指僧衣，後指用多項零星材料集成集成一套完整的東西。書籍出版術語的百衲本，即是指同一種書的不同版本拼配而成。如商務印書館影印的《百衲本二十四史》、《百衲本資治通鑒》[25]，以各種殘缺善本彙印而成，百衲自然是指輯補宋本殘卷有如僧服之狀。而蔡絛《鐵圍山叢談》說「唐李沂公者號善琴，乃自聚靈材為之，曰百衲琴。」[26]則是取精良材質，補修為一琴。至於蔡君謨《畫錦堂記》說「每字作一紙，

---

24 出處依序見王啟興主編：《校編全唐詩・上》（武漢市：湖北人民出版社，2001年），頁1424。謝思煒校注：《白居易詩集校注》第3冊（北京市：中華書局，2006年），頁1473。蘇軾著、朱懷春編：《蘇軾全集》第2卷（上海市：上海古籍出版社，2000年），頁1036。蒲松齡著：《聊齋志異》（南京市：鳳凰出版社，2005年），頁102。

25 百衲本書始出於清初的宋犖（1634-1713），他用兩種宋本、三種元本，配置成一部《史記》八十卷，稱為《百衲本史記》。傅增湘用幾種宋本拼配了一部《資治通鑒》，稱為《百衲本資治通鑒》。

26 蔡絛自號百衲居士，其作收入之「不足齋叢書」《鐵圍山叢談下卷》卷六，頁4。

裁截布列,連成碑形,當時謂百衲碑」[27],如以蔡襄為當朝重臣韓琦所書《晝錦堂記》觀察,王世貞《弇州山人四部稿》記載蔡襄此碑在書寫時的特殊做法:「韓魏公晝錦堂,歐陽公為之記,蔡忠惠書之,每一字必寫數十赫蹏,號俟合作而後用之,世所謂百衲碑也。」[28]即把每個字單獨寫上幾十遍,擇其最佳者選而拼合之。時人以之讚賞蔡襄那認真而不肯苟且的創作態度。然而就書法而言,一幅完整之作拆開書寫,再合併之,其章法呼應或氣韻連貫不免受影響,清代王昶《金石萃編》載錄此碑時,曾有一評:「惟字經百衲,則有雜湊之跡而失顧盼之神,未為佳耳。」[29]說「雜湊」未免過火,說是「失顧盼之神」,倒也中的。足見百衲既具有雜拼之義,又有取精用良之思。然用之於創造性的詩書,恐怕是利弊參見。

(一)取材來源

《百衲詩話》所採擷的資料有多方,有來自於清詩話、民國詩話、報刊、圖書,以及同伴諸人的唱和,並兼附己詩。所選詩人閩粵為多,而臺灣又以新竹人氏居多。內容觸及閨秀詩人、僧人之詩、太平天國、新疆西域詩、論詩絕句等等。先述出自詩話者,所錄詩話之詩作有袁枚《隨園詩話》、《梅村詩話》、顧嗣立《寒廳詩話》、楊慎《升菴詩話》、曾裒甫《艇齋詩話》、顧元慶《夷白齋詩話》、查為仁《蓮坡詩話》、吳雷發《說詩菅蒯》、薛白雪《一瓢詩話》、顧元慶《夷白齋詩話》、《履園譚詩》、張公束《寒松閣談藝瑣錄》、王漁洋《池北偶談》、王松《臺陽詩話》、蔡德輝《龍江詩話》、陳衍《石遺室詩話》、薩玉衡《全閩詩話》、周芑苓《遼詩話》、蔡顯《閑漁閑閑錄》、林昌彝《射鷹樓詩話》、劉存仁《屺雲樓詩話》、潘彥輔《養一齋

---

27 葉德輝等撰,湖南圖書館編:《湖湘文庫:湖南近現代藏書家題跋選》第2冊(長沙市:嶽麓書社,2011年),頁592。

28 劉正成、曹寶麟主編:《中國書法全集·32·宋遼金編·蔡襄卷》(北京市:榮寶齋出版社,1995年),頁29。

29 王昶:《金石萃編》第4冊(北京市:中國書店,1985年),卷136〈晝錦堂記〉後。

詩話》、朱彝尊 《靜志居詩話》、魏紹壬《兩般秋雨盦隨筆》、梁任公《飲冰室詩話補編》、朱承爵《存餘堂詩話》等。

《百衲詩話》選詩、錄詩,透過詩話保存傳播詩作,也透過詩作的品鑑,習得作詩之道。從《百衲詩話》名稱推敲,葉文樞編輯用意,應考量到塾師授課之需,當時中國詩話並不普見於臺島,雖然在黃旺成先生日記或報刊零星刊載,時見《隨園詩話》、《詩品》、《詩式》、《王漁洋詩話》、《詩法入門》,但典藏不多見,因此抄寫各詩話所載詩作,成為《百衲詩話》詩作來源之一。本來在詩話創作過程中,即有相互抄詩的現象,喜好抄錄他書之精語,加以編排,在中日韓等東亞國家都是習見的。收錄在《韓國詩話叢編》第三冊中的《詩文清話》,即是抄錄中國明末學者王圻的《稗史彙編》。李鈺《百家詩話抄》抄錄《隨園詩話》,所謂百家詩話實則僅《隨園詩話》一部,書名並不符實。《百衲詩話》存在許多清詩話的摘抄,有的有說明出處,但泰半沒有交代出處,當然其中還抄錄了友朋、弟子贈寄的臺人詩作,在抄錄的過程中,並不清楚是編纂者葉文樞原本即抄錯,或是編印時手民誤植,雖然常見下期勘誤訂正,但其中錯字及頗多的按語以及標點不夠完備的緣故,使得閱讀時仍有相當大的阻礙,如果未能得知其原出處,很容易將按語或文中的「余按」誤視為葉文樞本人的按語。本來按語更可見葉文樞的詩學見解,但如未辨析出處,恐誤解難免。不過讀者在研讀過程中,其實也可以透過他對各詩話詩作的摘抄,理解他的詩學見解及他對於各詩話作者的詩學主張。

相關問題簡述之,如「海寧周春萇芬所輯遼詩話。載有趙士喆伯〈遼宮詞〉……前詩由竹垞先生的詩綜錄出。後詩由漁洋山人感舊集錄出。」此則實是從丁福保《清詩話》所收的〈遼詩話〉錄出,並非葉文樞直接自竹垞先生的《詩綜錄》錄出。後詩由漁洋山人《感舊集》錄出。由於載於報刊,如果未讀《詩報》第一百八十六號(1938年10月1日)的《續百衲詩話》,到了第一百八十七號(1938年10月17日)的詩作,可能不清楚所載是潘彥輔詩作,並且以其著錄方式,也可能誤解為出自其《養一齋詩話》,實則為劉存仁《屺雲樓詩話》所載。又如《詩報》第五十九號《百衲詩話》「案:述菴

名崧祁。乙酉舉於鄉。早卒。」以下又載〈送許蓮蓀之臺灣省親句〉、〈豔體絕句〉、〈橫豆坑〉、〈登瓊台未過桃源洞〉諸詩,從其排序可知詩作自陳衍《石遺室詩話》錄得。又如朱承爵《存餘堂詩話》、劉邠《中山詩話》、梁任公《飲冰室詩話補編》均隱而不見出處,情況極夥,不能不辨。

葉之詩話刊諸《詩報》,而《詩報》本身就常轉錄他人之作,也有隱而不宣甚冒名情況,像〈訓詁者治經治詩之本也〉此文沿自前文〈袁枚之真本領何在〉所據之周作人〈談桐城派與隨園・蔣子瀟游藝錄〉[30]一文,續錄〈談桐城派與隨園・蔣子瀟游藝錄〉一文後半。出處皆有意隱瞞,除另添加題目,作者及出處亦更易。亦即題目從〈談桐城派與隨園・蔣子瀟游藝錄〉分為二題:〈袁枚之真本領何在〉、〈訓詁者治經治詩之本也〉,原刊一九三五年《宇宙風》,更動為無中生有之《笠菴雜誌》,作者亦改為「疲子」。葉氏對中華詩話的摘錄,基本上是詩話性質及臺灣報刊當時常見的現象,只是美中較不足的是葉氏意不在以詩話建構自己的詩學理論,以致述而不作成分居多。

另從親友子弟借書、贈送所得,如《閑漁閑閑錄》一卷係「從子瑜世叔借得」,觀他則可知子瑜即李子瑜,非櫟社吳子瑜。煒萲自號嘯虹生,葉文樞詩話載「蔡生希顏攜來嘯虹生詩鈔[31]一冊。係邱煒萲菽園所著。中多贈妓之作。末有昭君詠十四首。頗多前人所未道及。自注甚詳。間加以議論。茲錄數首。并節取其注」。[32]二〇九號的劉大白詠〈爆竹〉、〈後爆竹〉、〈眼

---

30 周作人:〈談桐城派與隨園〉,1935年11月8日作,刊《宇宙風》第6期,1935年12月1日,頁271-274,署「知堂」。收入張均編輯,《周作人代表作選》(上海市:全球書店,1938年),頁248-255。《周作人代表作 現代作家選集》第3集(上海市:三通書局,1941年),頁141-148。在一九三〇年代發表的有關袁枚的幾篇隨筆中,周作人此文極具價值,發現了二則極有意義、甚至是彌足珍貴的袁枚研究資料,即龔自珍的摯友蔣子瀟《游藝錄》三卷中的「袁詩」和「近人古文」兩條目。章學誠批評袁枚的文字,歷來袁枚研究者始終無法繞過去,不見與章氏觀點持異的論述,然而晚於袁枚一代的蔣氏之評論,正有別人章氏,卻無人徵引,因此特別值得注目。

31 丘煒萲:《嘯虹生詩鈔》有四卷,續鈔三卷,一九一七年出版。此書收錄其豔體詩,康有為序云:「皆遊戲之作,然多有寄託。」

32 昭君詠十四首有序:「古來詠此題者,幾於意皆說盡,無從下筆。菽園閒披紀傳,偶觸吟懷,事用徵實,語主翻空,庶免落彈詞家之白科,竊自比歷史家之論贊云。」《百衲

波〉、〈丙辰夏夜西園小飲〉、〈贈玄廬〉諸詩及杏佛遺詩〈春閨六首用甫草無
題韻〉、〈贈孟碩時主中華民報〉、〈過武昌作〉、〈黃塵六月長安道。某君寄吳
漢槎賀新邑中句也。自來京師。每跋涉途中。輒憶及此語。因續成一絕以誌
客〉、〈題春航集韡贈亞子〉、〈答澤湘〉及接續的載仲鳴〈廬山雜感〉、王天
瑞〈紹興東湖獨步〉、〈西湖園林〉、〈恨石即景〉，其詩作取材來源宜是《人
間世》。部分劉大白詩作另出自氏著《舊詩新話》。[33] 復有徐彬彬〈凌霄漢閣
談文〉，今臺灣文壇對其人其作多不詳，曹聚仁〈徐彬彬（凌霄漢閣）〉[34]介
紹其人：「彬彬，號凌霄漢閣，江蘇宜興人。久居北京，熟知清末民初的掌
故，《大公報》的姊妹刊《國聞週報》，凌霄一士隨筆，闢有專欄，最為讀者
所愛好。精通戲曲音律，商討斟酌，亦為劇人所欽佩。他的通信有時插用劇
語，不獨增加風趣，也增加了親切感。他筆下的散文風格，並不是《新民叢
報》式的梁體散文，也不是章行嚴式的邏輯文體，而是劇體散文。」復根據
方漢奇《中國新聞傳播史》：

> 徐彬彬（1888-1961），民初著名的新聞記者，江蘇宜興人，原名凌
> 霄，筆名彬彬、凌霄漢閣主，是民國初年的著名記者和劇評專欄作
> 家。於一九一六年繼黃遠生任上海《申報》、《時報》的駐京特派記
> 者，長期為兩報撰寫北京通訊和隨筆。長期擔任天津《大公報》副刊
> 主編，在《凌霄隨筆》、《凌霄漢閣筆記》等欄目連載文史短文三〇年
> 代以後徐凌霄又任《大公報》副刊、《戲劇週刊》、《北京》副刊和
> 《小公園》的主編，設立了「凌霄隨筆」、「凌霄漢閣談薈」、「凌霄漢

詩話》未錄。其自注語極夥，確實無法悉加引用，只能擷取部分重點。詳細情況，請
見本書附影圖檔。

33 開明書店一九二八年五月出版。他如〈紅豆語·詩丐〉亦出自此書，云「紅豆、一名
相思子。諷之詠之。不知幾次矣。然而實未詳其正體也。茲讀劉大白先生。從各書中
摘錄之參考材料。茅塞頓開。」《詩報》第77號，昭和9年（1934）3月15日，頁9。

34 曹聚仁：〈徐彬彬（凌霄漢閣）〉，收入《聽濤室人物譚》（北京市：生活·讀書·新知
三聯書店，2007年），頁434-435。

閣筆記」、「凌霄漢閣隨筆」等專欄。[35]

事實上，當年負極盛名的徐彬彬，目前學界對其人其作亦未有所關注，〈凌霄漢閣談文〉亦難見，只能透過天津《大公報》搜查。葉文樞選錄〈凌霄漢閣談文〉呈顯的意義，正印證了當時臺灣知識文化人對《大公報》的閱讀[36]，一九三〇年代的臺灣，即使在日本殖民統治下，中國報刊的輸入，透露出相當特殊的一道景觀。

（二）多錄閩縣臺地詩人詩作

葉文樞與閩臺淵源既如上述，其編輯《百衲詩話》、《續百衲詩話》之際，所參詩話既多閩地人士之作（尤其林昌彝《射鷹樓詩話》、陳衍《石遺室詩話》、魏紹壬《兩般秋雨盦隨筆》、劉存仁《屺雲樓詩話》），所錄之詩亦多與閩地臺人有關。如張紅橋，閩縣良家女，錄其與林鴻和詩「橋外千花照碧空。美人遙隔水雲東。一聲寶馬嘶明月。驚起沙汀幾點鴻。」又錄同安茂才童宗瑩端午詩「孟嘗此日生。靈均此日死。借問生田文。何如死屈子。」陳鐵香槃仁〈閩中懷古〉、閩縣陳梅修（陳壽祺恭甫）青山靈安王廟七古一首，何喬遠《閩書》亦載五代時閩人張梱嘗禦賊青山，歿而鄉人祀之。蔡澍廥穀仁有「宋季吾閩兩奇士，同時還有所南翁。」

或與閩地相關人事，錢牧齋〈送林枋歸閩葬親〉、周錩園〈喜蔣用殁至閩南〉，又引侯官林昌彝《射鷹樓詩話》言閩人柳安期與陳季常、蘇東坡遊。柳亞子〈論詩絕句〉「快心一序見琴南，閩海詩豪林述菴」，可見閩地文

---

35 聖才考研網主編：《國內外經典教材輔導係列・新聞類・方漢奇《中國新聞傳播史》》（北京市：中國石化出版社，2013年），頁99-100。復參徐彬彬著，蔡登山主編：《晚清民國史事與人物─凌霄漢閣筆記》（臺北市：獨立作家出版，2016年）。

36 同為新竹人士的黃旺成，在接受口述歷史訪談時說：「我在民報當記者、編輯，撰社論、短評『冷言』，並經常購買天津大公報及上海各種報紙數十種，改寫中國記事，介紹大陸時事。」見王世慶：〈黃旺成先生訪問記錄〉《近現代臺灣口述歷史》（臺北市：林本源中華文化教育基金會，1991年），頁89。

風之盛。除二林都為福建閩縣（福州）人外，薩玉衡、謝震、劉存仁俱屬之。亦介紹閩縣小西湖有宛在堂水中央小孤山開化寺之旁，祀第一位詩人福清人林羽鴻，描述宛在堂「閩南絕勝仙人島，海上來登大將壇」、葉文忠楹聯「桑柘幾家湖上社，芙蓉十里水邊城。」林少穆版聯「新漲拍橋搖櫓過，雜花生樹倚窗看」。張公束《寒松閣談藝瑣錄》詠鮮荔支「妾生原在閩粵間。六月南州始荐盤。肉嫩色嬌丹鳳髓。皮枯梗澀紫舊冠。咽殘風味清心渴。嚼破天漿沁齒寒。枉憶當年倗子笑。紅塵一騎過長安。」除荔枝外，尚有番薯蕷「相傳吳川人林懷蘭得其種以歸，種於粵閩等處。」

　　至於臺人詩作如新竹張純甫先生近作古史詠二十首，基隆張一泓〈冬日大陸野行〉及其誦友人黃梅生先生苦雨詩，鄭盧一《山色夕陽樓吟草》，王松〈冬夜書感〉、〈題洪逸雅茂才以南墨蘭〉、〈閑遊晚歸口占〉、〈書感〉、〈遣愁〉、〈村居即事〉、〈排悶〉、〈五十初度（五首錄三）〉、〈除夕書懷〉、〈冷泉別墅感作〉、〈冬日書感〉、〈秋夜不寐〉詩作及葉文樞兄長文煥〈菊枕〉之詩，新竹胡克昭〈書齋漫興〉、鄭十洲贈葉文樞詩三章、林小眉〈馮小青墓〉等等。所錄女詩人閩臺均有[37]，黃漁仙〈彈琴〉詩、黃葆萱〈秋閨雜詠〉（惜〈寄漁仙琴師七古一首〉過長不錄）、黃金川〈村居〉、〈病起〉、〈津橋秋望〉、〈春日雜詠〉、〈夏日雜詠〉。黃漁仙（1887-1982），二十四歲時丈夫黎桐曾病故，收丈夫堂兄弟之子黎烈文為嗣子，從名古琴家周振音學琴，十三歲又向畫家丁應夢等人學畫。一九一八年到上海後教琴賣畫，與上海湘籍聞人和《申報》總經理史量才伉儷親如家人，黎烈文從法國留學返滬地之後，擔任了《申報》「自由談」主編。關於閨秀詩人之詩，尤其黃漁仙之詩作，今日已不可得，葉氏詩話無意中保留了居閩地時多位女詩人之詩作，可能也是他始料未及的。

---

37 臺灣詩話、詩評向來重視女詩人，王松《台陽詩話》提到林次湘、陳玉程以及杜淑雅；連橫《臺灣詩薈》則論及王香禪、李如月、李師韞、黃金川與洪浣翠；許天奎《鐵峰詩話》則有留仙女史。彭國棟《廣臺灣詩乘》說到林次湘與蔡碧吟，李漁叔於《中華詩苑》「三台詩話」專欄、《三臺詩傳》、《魚千里齋隨筆》則提到了蔡宮眠、杜淑雅、王香禪、張馥英以及高雪芬。

（三）關於洪楊之役的詩作

　　葉文樞《百衲詩話》、《續百衲詩話》有極多篇幅載錄太平軍（洪楊之役）史事及詩作，尤其是《續百衲詩話》刊登了太平天國戰役之史詩三十一首，除了金和〈六月初五日紀事〉一詩[38]，尚有周貽徽〈獨秀峰題壁〉七律三十首，刊登時間從《詩報》第二〇一號，昭和十四年（1939）五月二十日至第二〇六號，昭和十四年（1939）八月一日，佔六回約六千字，歷時兩個多月。如再加上《百衲詩話》十五、十六、四十二所涉及人事，似乎葉文樞對太平軍事件獨有情鍾。[39]先是《百衲詩話》十五回言吳鸞旂（吳子瑜父）尊人吳景春率鄉勇隨其內侄林文察往平汀州武平等處，屢著戰功，授參戎銜，未幾，移軍處州，竟於是役殉難。次於十六回言林文察、謝琯樵亦同時陣沒，士論壯之，錄林篔雲先生鶴年詩，詩注「謝君殉節前夕，猶手榻林文穆萬松關碑」，其人刻畫栩栩如生，傳神而動人。第四十二回敘說太平天國之失敗，固由於內訌，而文化之低下，亦其原因之一，錄其天情道理書中俚歌一首以見一斑。由此則敘述可見葉文樞對俗文學之態度。歌云「打鼓求得雨。高山好開田。燒香保得佑。燒窰過大煙。食齋食得道。牛牯上西天。食煙食得飽。放屁好肥田。」詩以諷刺戲謔口吻說明打鼓求雨、燒香拜佛、食齋事佛等迷信之舉帶來危害，無法改變自己的命運，以及吃煙不良嗜好，宜戒煙自救。用俚詞土語的歌謠形式發佈政令，或進行宣傳、勸誡，對於下層士兵及一般群眾，通俗易懂。俚歌語句或不雅，但形象生動，明白曉暢，充分體現了太平軍（頗多將士是客家人）的價值觀和道德觀。葉文樞當時對於

---

38 舉金和〈六月初五日紀事〉說明「洪楊之役，清兵每多畏縮不前。竟有毫無紀律者，所以事變日益擴大。然官書諱莫如深，無從知其真相，賴有一二目擊其事之詩人，形諸吟詠。」對清軍較有批評，但如與今日中共對太平天國的研究、評價來看，揄揚太平軍比例仍是較多，且幾乎一面倒。

39 他如《百衲詩話》三六回載隨園先生孫「殉洪楊之難。敕建專祠於上海。福州陳念庭題聯云。明德自有達人後。忠臣必求孝子門。」《詩報》第51號第5版，昭和8年（1933）1月15日。《續百衲詩話》四回：「太平興國中建掘地得銅牌。讖云：「開我基者立惠安。葬我身者祀青山。」《詩報》第174號，昭和13年（1938）4月2日。

民間文學俚歌的欣賞，還是站在雅文學的位置看待，因此以天情道理書的俚歌，說明太平天國失敗原因之一，乃是文化之低下。

太平天國運動是中國近代最大規模的一次農民起義，震撼了滿清政府的腐朽統治。為了消除太平天國的影響，清政府在鎮壓太平天國運動的同時，對太平軍曾刊刻的圖書和頒佈的文書肆意銷毀，使得太平天國文獻幾乎消失殆盡。二十世紀初以來，才由一些中國留學生陸續從國外抄回一部分有關太平天國的資料，並整編成冊，除了程演生的《太平天國史料》第一集，蕭一山的《太平天國叢書》第一集、《太平天國詔諭》、《太平天國書翰》、王重民的《太平天國官書新編》、羅爾綱的《太平天國金石錄》、謝興堯的《太平天國叢書十三種》、盧前的《天京錄》、故宮博物院編《太平天國史書》，還有劉復的《太平天國有趣文件十六種》、劉所編納入劉大白之作。葉文樞當時側重太平天國文獻，確實是相當特殊的現象。

此外，最為大宗的桂林獨秀峰題壁三十首，刊於一九三九年五月二十日，可能是葉文樞於五月二十五日買棹回家，為防脫期，提供了這六千字詩稿續刊，這三十首七律加上詳細的自注，果真挺了兩個多月時間。此一組詩是了解太平天國歷史的珍貴資料，其二有注云：「清軍之罪浮於太平軍多矣，是不可不辯」，作者立場殆對兩方的焚殺擄掠，造成哀鴻遍野慘象皆有所批評，但清軍之罪更甚於太平軍。詩字裏行間反映了當時的歷史，如欽差大臣賽尚阿，被譏為「絕無豹略誅蠻寇」、「擁得精兵甘遠避」的「伴食宰相」，周天爵是「一戰歸來膽已驚」、「膚功未奏飄然去」的膽小鬼，李星沅「好勇無謀花亂陣」，鄒鳴鶴「困坐危城莫（沒）主張」，達洪阿是「達人知命身先退」，巴德清「巴客登場曲便終」，姚瑩「望似姚崇同寂寂」，嚴正基「才如嚴武亦空空」，龍啟瑞「臨渴方知掘井難」，王拯「登樓王粲空悲賦」，丁心齋「化鶴丁仙早退飛」等等，對當時在廣西鎮壓太平軍的清方大員的庸碌無能幾乎都淋漓盡致的加以揭露和辛辣的譏諷。

從葉文樞選錄相關洪楊之役的史事、詩作來看，反映了當時對太平軍的觀感，可見批評的位置所在，與中共農民革命的立場自然是不同的。小說、詩文反映洪楊之役，或以洪楊之役為背景的筆記小說極多，臺灣報刊也轉載

了為數不少的作品，除了《續百衲詩話》轉載簡又文〈太平天國戰役之史詩〉外，在昭（蔡子昭）〈古今詩話菁華（四）〉也轉錄相關詩作：

> 洪楊亂後，哀鴻遍野，山陰余古香曾撰樂府四章，以紀其實。其末章云：「龍游城頭梟鳥哭，飛入尋常小家屋。攫食不得將攫人，黃面婦人抱兒哭。兒勿驚，娘打鳥。兒飢欲食娘煮草，當食不食兒奈何，江皖居民食草多。兒不見門前昨日方離離，今朝無復東風吹，兒思食稻與食肉，胡不生長太平時。」[40]

此詩讀之令人酸鼻，以此可相參看太平天國戰役之慘狀。然而吾人比較不解的是：《百衲詩話》四十回，錄有陳鐵香棨仁《藤花吟館詩錄》〈閩中懷古〉詩作，然則陳鐵香〈聞警〉、〈感事〉、〈哀漳城〉、〈觀楚兵過〉、〈愁霖行〉等詩亦記錄此一事件，詩中生動、如實地描繪了太平軍風掃殘葉的英雄氣概和清軍的腐敗無能，葉文樞捨陳鐵香書寫太平軍之詩作，而取〈閩中懷古〉[41]，未悉是否詩話僅是其讀書札記，隨興偶發之作，亦或是臨歸之際，隨意取長篇幅的〈獨秀峰題壁〉以對？今日已難揣測其真正心思。但葉氏選擇轉錄〈獨秀峰題壁〉卻也不經意間透露《人間世》在日本統治下的臺灣被閱讀，甚至一再轉載的盛況。葉文僅言「由上海簡氏詳加考證」、「以上附記五則及

---

40 陳其元《庸閑齋筆記》抄錄時人歌吟浙人生活之情狀，此處所錄詩作題作〈娘煮草〉，另有〈豬換婦〉、〈屋劈柴〉，詩中所詠悲慘之情狀，不能卒讀，此不過百中之一例耳「朝作牧豬奴，暮作牧豬奴，冀得牧豬婦，販豬過桐廬，睦州婦人賤於肉，一婦價廉一斗粟。牧豬奴牽豬入市塵，一豬賣錢十數千，將豬賣錢錢買婦，中婦少婦載滿船，蓬路垢面清淚漣。我聞此語生長籲，就中亦有千金軀，嗟哉婦人豬不如。」「屋劈柴，一斧一酸辛，昔為棟與梁，今為樵與薪。市兒詆價若不就，行行繞遍江之濱，江風射人天作雪，饑腹雷鳴皮肉裂。江頭遍卒欺老人，奪柴炙火趨城閩，老人結舌不能語，逢人但道心中苦。明朝老人無處尋，茫茫一片江如雪。」見中華野史編委會編：《中華野史・卷11・清朝卷・中》（西安市：三秦出版社，2000年），頁9316-9317。
41 亦不取因《馬關條約》而寫的〈哀臺陽〉十首，百衲詩話一〇二回皆未見此類詩作，或許與其華僑身分，其政治敏感度有關。

詩末按語。俱為簡氏之考據結果也。」筆者透過此簡單線索，經查證後得知
是簡又文〈太平天國戰役之史詩〉，刊《人間世》一九三五年第十五、十七
期，後又收入其《太平天國雜記第一輯》，商務印書館，一九三五年九月出
版。雖然葉文樞《續百衲詩話》轉錄此一〈太平天國戰役之史詩〉時間已是
一九三九年，但從宗岱（按：即「梁宗岱」）〈談詩〉、丁諦〈書昭君怨曠思
維歌後〉、蟄存〈繡園尺牘偶評〉以及《續百衲詩話》緊接著刊楊杏佛遺詩
諸作，《詩報》所載諸文，乃出自《人間世》無疑。這說明了葉文樞詩話的
取材來源，除了清、民國詩話外，民國期刊亦是來源之一。甚至《詩報》所
載《人間世》諸文，也不能不讓人懷疑可能是出自葉氏之手。

（四）多錄邊疆塞外之作

　　《百衲詩話》、《續百衲詩話》對西北關山的雄偉壯麗和塞外風光的蒼茫
遼闊，特為著意。邊疆塞外之詩作以到戍先後及詩話所載為序，可見紀文達
遺集的〈烏魯木齊雜詩〉百六十首，林則徐〈遣戍伊犁後諸詩〉，及褚筠心
廷璋〈西域詩〉八首。文樞選錄這類題材詩作，分別說明了緣由，錄紀詩乃
「以廣異聞」，林詩則清英鴉片戰事，林則徐「公勳在社稷，澤在生民」，竟
譎戎伊犁，其詩「氣體高壯，風調清華。……塞外之作如寒月霜鴻，聞聲淚
下。」「尤妙在怨而不怨。得詩人溫柔敦厚之旨」[42]，此自是詩教之旨。錄
褚詩或因「補史乘所未備，且藉以詠歌盛烈」及「八詩風格高搴，音調圓
響，洵可傳之作也。」[43]此外，人品、地緣關係，恐怕也是葉文樞眼光投注

---

42 林則徐詩及詩評出自林昌彝《射鷹樓詩話》、劉存仁《屺雲樓詩話》。三人關係密切，
　　劉存仁與林昌彝為姻親，曾為林則徐記室。

43 褚廷璋〈西域詩〉八首及序文，實錄自梁應來（紹壬）《兩般秋雨盦隨筆》，葉文交代
　　較不清楚，僅於引詩後，加上「梁應來云」，極易誤為只引梁應來此十六字詩評，實則
　　此千五字俱直接引自梁氏《兩般秋雨盦隨筆》，葉文樞未有片言隻字對褚廷璋〈西域
　　詩〉八首有所評議，然引詩末點出梁應來詩評，也算是間接暗示了出處及深許同意梁
　　評，不再評述亦可。〈西域詩〉出處可見《清代筆記小說大觀6》（上海市：上海古籍
　　出版社，2007年），頁5640-5642。

於此的緣由。自古名人負文章經濟，所歷之境，鮮少以窮通得失為累，唐之韓愈、宗元，宋之東坡、山谷，經歷愈奇，詩文愈佳，塞風邊雨，彌增奇氣。葉文樞抄錄相關邊疆塞外之作，附錄於詩話，可體會百年下想見其為人之心思。

紀文達遺集的〈烏魯木齊雜詩〉百六十首，皆歸途追憶之作，此組詩全為七絕，每題一敘，詩末有自注，對於烏魯木齊的山川河流、花鳥蟲魚、街道廛肆、風土人情，以及描寫各族人民屯田墾荒生活，紀詩詠歎釋懷，舒志讚美，竟達一百六十首，對烏魯木齊所傾注情感可謂多矣，也開啟清代邊塞詩寫作風潮，至於多數邊遠詩作，考慮讀者對地理、風土的陌生，而加上的自注，在清詩中也蔚成風氣。

林則徐詩〈戲為塞外絕句〉，道光二十二年（1842）秋冬間林則徐赴戍出關後所作，詩中反映寒月霜鴻，戍途艱辛，亦表現作者樂觀心情與豪邁氣概，其中且隱含寓意，如第五首詠道路不平行路難，確有對小人（砂礫）當道深感不平。宦海中的互相傾軋，自己好像箕中粟那樣任人擺佈。但即使如此，仍憂慮那使社會不安定的亂石聲。〈出嘉峪關〉，其詩題原作〈出嘉峪關感賦〉，林則徐將出嘉峪關赴戍伊犁，立馬關前，放眼河山，縱臨千載，禁不住發出無限感慨。詩中寫出了嘉峪關的威嚴雄壯，讚頌了漢武帝的統一事業，表達了對立功西域的張騫、班超的景仰之情，也抒發了盼望早日獲赦入關的願望。此首即是林昌彝《射鷹樓詩話》卷一評此詩說：「風格高壯，音調淒清，讀之令人唾壺擊碎；然怨而不怒，得詩人溫柔敦厚之旨。」〈途中大雪〉東南沿海出身的林則徐，見漫天大雪，滿地銀白，天寒地凍，自是步履蹣跚，生出「縞帶銀盃滿眼看」，然詩旨實際上是希望有唐李塑那樣為國除外患，漢洛陽令訪袁安那樣為國家薦舉人才之深意。〈伊江除夕書懷〉則因連年飄泊天涯，只有借助詩酒以寄託對親人的深切思念，排遣心中悲憤鬱悶之情，期盼早日獲釋召還入關，敘說國難當頭，決不能高枕無憂，忘情聲酒之憂懷。餘如〈室人賦述懷紀事七古二章以手稿寄余喜成四律〉、〈乙巳冬月伊江旅次被命莘京紀恩述懷四首〉，兒女情長，英雄情摯，不礙其心腸鐵石矣。這一系列詩作自然有作者對投降派有賞，衝鋒陷陣者遭謫戍的不平之

冤，在不忘君恩之餘，流露悲鬱憂憤之情，期待再起之意。

褚廷璋〈西域詩〉八首，開篇即題為〈烏魯木齊〉一詩，詩從過往時空概括歷史變遷，讚頌唐王朝在新疆實行都護制的功績。隨即轉入對現實的描繪，深夜月色皎潔，從營帳不時地傳來清晰的號角之聲；一望無邊的草原與天毗連，草色與青天融為一體。前者摹聲，後者攝色。聲色並作，動靜兼備。尾聯寫詩人登上新建的輯懷城樓，極目遠眺，往昔的牧坰，已被耕疇取而代之。其餘七首詩題〈伊犁〉、〈雅爾〉、〈額爾齊斯〉、〈今存吹〉、〈哈剌沙爾〉、〈阿爾蘇〉、〈和闐〉，此八首〈西域詩〉作者有不短的自注語，詩歌內容多前人所未有，符堡森《寄心盒詩話》云「可補地志之缺」。[44]以上詩作的詩人身分為貶謫待罪之身，難免存有以徵我聖朝威德廣被，拓土開疆之詩意，因此寄寓「將欲俾寰海內外咸知聖天子威德邪隆」、「謫居正是君恩厚，養拙剛於戍卒宜」的避禍心思，也表現出傳統「怨而不怒」「溫柔敦厚」的詩教觀。

（五）其他

除了以上詩話的取材、內容外，葉文樞亦喜錄僧人之詩，詩話中有八指頭陀、蘇曼殊相關詩作，當時《詩報》、《風月報》也刊登了其他詩人類似的想法，如李少菴〈梅香雪影閣詩話〉：

> 余好讀近代詩話，故十餘年來，凡有見聞，輒筆之於書，積久而成卷帙。近以友人介紹中華詩稿，佳者不尠，如上海朱太忙、福州陳瘦愚皆竭力為余搜羅材料，今得八指頭陀之遺稿，讀之覺其措詞立意，俱臻其妙，尤以白梅詩冠絕今古，令人嘆觀止焉。[45]

---

44 見錢仲聯主編：《清詩紀事9‧乾隆朝卷》（南京市：江蘇古籍出版社，1989年），頁6050。

45 《詩報》55號，1933年3月17日，頁5。

緣此，李少菴遂錄八指頭陀詩作若干。又如林述三〈尣參詩話〉：

> 詩出性靈，閨閣幽思，易為情動，興懷舉筆，有退閒終日事消磨之
> 慨。如奎府治靜嬋離故七絕云：幽愁一別臥棲中，飄遠亦似鴻。恨此
> 花場猶不棄，無如落葉任隨風。可謂哀音有清瑟，泠泠掩淚聽。予嘗
> 欲集臺灣僧人詩話，而不可得。今欲集諸現代詩妓之作，亦寡有。今
> 見此詩，先貢之藝苑，以俟採風云。[46]

除了閨秀、高僧之詩，關於諧詩、論詩絕句、反映鴉片流毒詩作，亦為葉文
樞所關注所錄者如讀之頗足令人發噱的樊樊山增祥和後村十老詩〈老將〉、
〈老儒〉、〈老醫〉、〈老僕老妾〉、〈老妓〉、〈老僧〉、〈老吏〉、〈老兵〉、〈老
馬〉，及廣後村十老詩〈老臣〉、〈老友〉、〈老令〉、〈老幕〉、〈老役〉、〈老
農〉、〈老漁〉、〈老估〉、〈老嫗〉、〈老伶〉。[47]李慈銘〈論詩絕句〉、柳亞子
〈論詩絕句〉及《讀論語詩》六十首。他留意到近來大陸新詩人多喜作舊
詩，因此選出了蔡元培、劉大白等人著作。

　　同時他也喜歡以己詩證其詩論，如淮陰侯一飯千金，葉詩：「枏怪千金
酬漂母。未聞一芥報滕公。」詠息夫人詩：「殉節原知愧綠珠。多情應諒一
言無。試看典午羊皇后。忽詆前夫媚後夫。」詠西施詩「沼吳深費廿年功。
贏得雙飛一舸中。借問浣紗人半老。顰眉仍否少時工。」題臺中吳節母林太
淑人傳後賦四絕選一，又賦地瓜四律等等，皆是討論相關議題之後，附以己
作，陳述自己看法。有時引用他人詩話詩作之後，亦另陳自己看法，如引王
夫之律絕之說，論其「謂絕非截律之半固是。謂不可作平實語則不盡然。」
錄缾水齋詩集〈讀論語詩六十首〉若干[48]，評曰：「尤西堂集中亦有論語詩一
卷，然彼僅如題敷衍，無所考訂，視此遜色多矣。」引昌黎云：「日照潼關

---

46 《風月報》14期，1935年6月29日，頁3。

47 易順鼎著：《琴志樓詩集‧下》（上海市：上海古籍出版社，2004年），頁791-794。

48 見《舒鐵雲詩》（北京市：中華書局，1941年，第3版），頁5-8。

四扇開。」不取陳衍之說,而解釋「虬關門本係兩扇,因為被日所照,多出兩扇之影,故曰四扇,有何不可。惟漁洋改日照為曉日,似未妥貼。因曉日不一定照在關門也。不此之議,而俱議其不應該沿用四扇,殊不可解。」[49] 援引蘇雪林〈李義山戀愛事跡攷〉[50],謂「雪林女士之說,較汪氏為詳瞻而近理,然非起義山於九原而問之,亦難遽下斷語。讀者似宜援朱晦菴『此詩不知所謂不敢妄解』之例,不必枉費腦力也。」且作詩抒發讀後感「事多拂意成仍懼,詩每含情解轉差。」偶亦對平仄聲韻問題提出訂正:「玄菟之菟音徒。此詩作去聲用,似誤。」湘鄉李聖希〈望帝〉:「玄菟城頭紫氣橫。長安月照國西營」,對時人饑、飢微支韻通用情況亦有說明:「饑係饑饉之饑,微韻。飢係飢渴之飢,支韻。近人多通用。」對原注之誤,亦有所修正,如「頗聞安史自相仇」句,原注「先是賊首洪秀全為其下楊秀清所殺,近聞秀清亦死。」葉氏按語:「楊秀清為韋昌輝所殺,洪秀全至南京將陷時始自殺。原注係當時傳聞之誤。」

不僅是訂正訛誤,葉氏詩話經常藉古為訓,錄王夫之詩備之說,乃言「此可為風雅痛哭者也,此則可為近日騷壇針砭,但編者自己亦未能免此,為之一嘆。」錄福州宛在堂奉祀當地文人詩事,即言「吾臺詩社林立,似宜略仿其意,擇全島適中之地,建立專祠,祀沈文開以下諸賢,春秋致祭」。舉樊樊山所云,且謂「雖不盡然,然應用於近日流行之擊鉢体,可稱為玉律金科。」

詩話呈顯了他對詩作的審美觀感及詠物、用典等種種看法。《百衲詩話》第一則以王夫之《薑齋詩話》為例,標舉「勢」乃詩歌作品形象所展示的意態,是詩歌審美的重要內容,也是詩歌藝術的標誌。謂取勢不是按著客觀事物的原貌一絲不差地描述出來,不是像《廣輿記》中的地圖一樣,「縮萬里於咫尺」,只是面積縮小而已,而要選擇其中最富於包孕性的那一頃

---

49 《詩報》第29號,昭和7年(1932)2月6日,頁13。

50 雪林女士著:《李義山戀愛事跡考》(上海市:北新書局,1928年),此殊為蘇雪林第一本書。

刻，使作品有動態之美，具有藝術生命力。絕句體制短小，自須高華明秀，具「言有盡而意無窮」的審美效果。第二則則舉詩備為戒，強調詩作不宜肉麻吹捧、歌功頌德、虛偽應酬、代人悲歡，這些奴才詩既喪失社會作用，也缺乏思想藝術性。他認為詠物對書寫「荒涼寂寞之境者」，若如實鋪序則平直乏味，易致陰森有鬼氣，倘能以一二有聲有色之物反襯之，便能生動異常。並勸初學者宜常將前人名作彙聚而研究之，對於運思之道不無少補。

當然葉著有時也會缺乏考訂，如〈將行陪貳車觀燈〉曾為王士禎所讚賞[51]，不過此詩輯自《宋詩紀事》卷二十二，《合璧事類後集》引用，但《文淵閣四庫全書》本《古今合璧事類備要》並無此詩。此詩實為晁補之所作，《四部叢刊》初編本《雞肋集》卷二十二即錄有此詩，詩題、正文全同。從他對詩作的取材來源，可以見得其人之操守及對弟子習作詩的人品、詩品期許，最終在讀詩、習詩路徑上，獲致詩作興觀群怨的力量，朝向詩作藝術感染人心的審美觀。

葉著在引錄詩作之餘，不經意間也輯佚、保存了不少文獻史料。像胡克昭是新竹人，素攻舉業而隱於醫，其作多不傳。《台陽詩話》說他「耽吟詠矽並且善撰燈謎，出經入史，雅俗兼工，每逢燈節，諸大家爭相延致以去」，葉文樞錄下了〈書齋漫興〉一聯：「盤紙龍蛇詩脫草，繞闌蜂蝶曲穿花。」葉文樞又錄有黃鴻翔〈江行雜詠〉三首、〈西湖紀遊〉二首。黃詩今日已難覓得，且從詩話介紹可知其字幼垣、景度，臺灣嘉義人。乙未年到廈門定居，舉孝廉，後赴日本留學，畢業於日本東京法政大學，後應聘為廈門大學教授兼廈門大學董事會董事。著有《臺遊詩草》、《東遊詩草》、《汴遊詩草》、《菲遊詩草》、《粵遊詩草》、《杜詩研究》、《李白詩研究》等。保存了漳州人葉國慶〈詠菊〉七古一篇。而所選錄的《龍江詩話》，迄今只見書影及他書零星，原書則未見，葉書從其中錄了筠生數聯，此皆可補史料文獻之不足。總的來說，《百衲詩話》援引自己所見所聞之詩較多，且個人論點也較

---

51 郭紹虞主編、王士禎著：《帶經堂詩話・上》（北京市：人民文學出版社，1963年），頁 358-359。

多,《續百衲詩話》則援引他人所編述之作較多,可能與當時局勢不穩,個人生活動盪不安有關,顯得較粗疏。

四 結語

日人據臺以後,臺灣詩人(包括寓居臺灣的內地詩人)施士洁、丘逢甲、許南英、汪春源、陳浚芝、黃彥鴻、鄭鵬雲、林鶴年、林爾嘉、林景仁和林景商等先後離台內渡,寓於閩、粵各地。作為曾經活躍於臺灣文壇的知名或不甚知名的詩人,他們在大陸的部分文學活動仍然同臺灣密切相關。臺灣內渡詩人在大陸仍同臺灣詩界保持各種方式的聯繫,施士洁、丘逢甲、許南英、汪春源、鄭鵬雲、林景仁等在內渡以後還分別為臺灣文學作品集或有關臺灣的文學作品集《師友風義錄》、《科山生壙詩集》、《菽園贅談》、《揮麈拾遺》、《臺陽詩話》、《窺園留草》、《重刻北郭園全集》等書寫序、跋或題詞。這些序跋題詞之作充分體現出對臺灣文學的關心和支持。葉文樞面臨乙未割台的選擇及表現亦類此,透過詩話之纂述,表達其文化意識。

尤其詩話是中國古代文學批評中重要的著述形式之一,這一形式成立於宋人歐陽脩之手,遂流行於世。就時間而言,詩話歷宋元明清,作者甚眾,種類繁多,下逮民國,亦未成絕響;就空間而言,若置於東南亞漢語文學範圍內來看,則在日本、韓國和越南,皆有同類著述,且數量驚人。詩話體既創始於中國,則域外詩話必乃受其影響而成,《百衲詩話》、《續百衲詩話》的形成是非常特殊的,葉文樞在戰爭期《詩報》所刊之作,究竟是回到泉州之後郵寄之作,或是回泉州時留下的書稿?葉文樞本人在中臺之間移動、生活時間差不多,因此《百衲詩話》、《續百衲詩話》採錄中臺詩人之詩作,唯一不同的是選錄中國詩話為多,臺灣詩話如《臺陽詩話》、《瑞桃齋詩話》、《寄鶴齋詩話》等等反而不被採錄,或許是臺人詩話比較易見的緣故,又或者他藉閩地詩話得以多載錄鄉人詩作予臺人及其學生閱讀學習之用。因此通讀全書,我們有一個鮮明而又強烈的印象,幾乎俯拾皆是涉及了中國歷史、文化、詩人及其作品以及詩歌主張,還有若干處對臺灣詩人作了專門論述,

倘不論書中所述的有關中國詩人及其作品之內容,則全書似與中國詩話著作幾無二致,全書浸透了中國詩話氣息,是一部典型的仿中國式的臺灣詩話著作。

從編輯實踐看,在《詩報》所有文藝類欄目中,各類「詩話」曾連載六次,從時間跨度上看,「詩話」自第十五號一九三一年七月一日開始,首載葉文樞《百衲詩話》,至一九三三年九月七日止,此後即間斷五年,僅以《鐵峰詩話》一回填補篇幅,幾乎不見任何詩話的刊載,直到一九三八年二月一日《續百衲詩話》再次接續,其後雖有周召南《二南詩話》、鄭坤五《淮詩話》接手,但從出現頻次看,《百衲詩話》是《詩報》中刊登頻次極高且非常穩定的欄目,就此點而言,可見《百衲詩話》在《詩報》的重要位置及葉文樞對此的重視。

與傳統詩話相比,《百衲詩話》選材組稿對象非常獨特,其文獻源多為閩粵相關詩話所載詩人及詩作及《人間世》期刊,所採擷的資料多來自於清詩話、民國詩話 、報刊、圖書、同伴諸人的唱和,或主動搜集他人作品、事略、觀點或請託寄贈(包括當面轉交和郵寄方式),因此《百衲詩話》收錄了較多閩粵詩人及臺人詩作,臺人詩作又以地緣關係的新竹人氏較多。所收詩話如《石遺室詩話》、《兩般秋雨盦隨筆》、《射鷹樓詩話》等等,都佔了《百衲詩話》、《續百衲詩話》較長篇幅,經常數回,或者隱藏分散在各號數,因而其中相關閩粵風物、詩人為多,幾乎涉及了中國歷史、文化、詩人及其作品以及詩歌主張,還有若干則對臺灣詩人作了專門論述,不過葉氏之批評整體呈現較感性、隨意、零碎的詩學感受,雖然所選詩作內容包含懷舊、宴聚、遊覽、重逢、贈別、詠物、詠史、覊旅、思鄉、歷史事變、題畫、愛戀、感傷國事、諷喻時局等等,但興會流於筆端,按語極為精簡,可謂述而不作之成分居多,對詩人的作品、事蹟,有的條目進行了品評,有的條目則沒有。所引詩話詩作,大多為點到即止,不作展開式議論批評,又由於篇幅限制,錄詩做法也存在著一些問題,如省略年代或原作自注或有結構性的組詩僅引若干首,從對詩作背景的掌握理解及保存文獻的角度言,此舉不免有欠穩妥。

　　此外，編纂者不憚其煩的鈔錄各詩話詩作，再經刊物排印，其中錯字、誤字不少，雖經多次勘誤訂正，不及訂正者仍多。再者，其時標點符號使用有限，葉氏又多參引其他詩話詩作，而原詩話本來即常有作者按語及「余」如何如何的文字，逢葉氏未交代者，而讀者又不悉原出處，則很容易誤讀誤識。當然，這些現象或葉氏編輯時之匆促疏略，或報刊本身的限制，或手民的誤植，考量習詩教本之推廣，以人而存詩，以詩而存人，不能抹煞其中文獻保存之功，葉氏此舉可謂為報刊詩話的創作和傳播奠定了大眾基礎，對報刊詩話的產生有著直接的推動作用，其疏略種種誠不足為著者病。

附錄

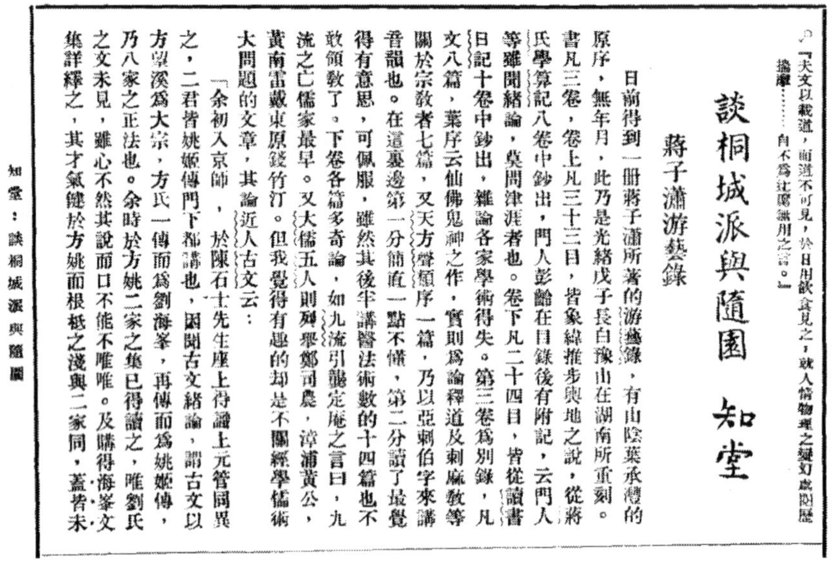

「夫文以載道，而道不可見，於日用飲食見之，就人情物理之變幻處閱歷揣摩……自不爲迂腐無用之言。」

談桐城派與隨園　知堂

蔣子瀟游藝錄

日前得到一冊蔣子瀟所著的游藝錄，有山陰葉承灃的原序，無年月，此乃是光緒戊子長白豫山在湖南所重刻。書凡三卷，卷上凡三十三目，皆象緯推步輿地之說，從蔣氏學算記八卷中鈔出，門人彭齡在目錄後有附記，云門人等雖聞緒論，莫問津涯者也。卷下凡二十四目，皆從讀書日記十卷中鈔出，雜論各家學術得失。第三卷爲別錄，凡文八篇，葉序云仙佛鬼神之作，實則爲論釋道及剌麻教等關於宗教者七篇，又天方聲類序一篇，乃以亞剌伯字來講音韻也。在這裏邊第一分簡直一點不懂，第二分讀了最覺得有意思，可佩服，雖然其後半講醫法術數的十四篇也不敢領教了。下卷各篇多奇論，如九流引龔定庵之言曰，九流之亡儒家最早。又大儒五人則列舉鄭司農，漳浦黃公，黃南雷戴東原錢竹汀。但我覺得有趣的卻是不關經學儒術大問題的文章，其論近人古文云：

「余初入京師，於陳石士先生座上得識上元管同異之，二君皆姚姬傳門下都講也，因聞古文緒論，謂古文以方望溪爲大宗，方氏一傳而爲劉海峯，再傳而爲姚姬傳，乃八家之正法也。余時於方姚二家之集已得讀之，唯劉氏之文未見，雖心不然其說而口不能不唯唯。及購得海峯文集詳繹之，其才氣健於方姚而根柢之淺與二家同，蓋皆未

知堂：談桐城派與隨園

圖一　知堂〈談桐城派與隨園〉，《宇宙風》第6期，1935年12月1日。《詩報》割裂為二文，並易題作：〈袁枚之真本領何在〉、〈訓詁者治經治詩之本也〉。

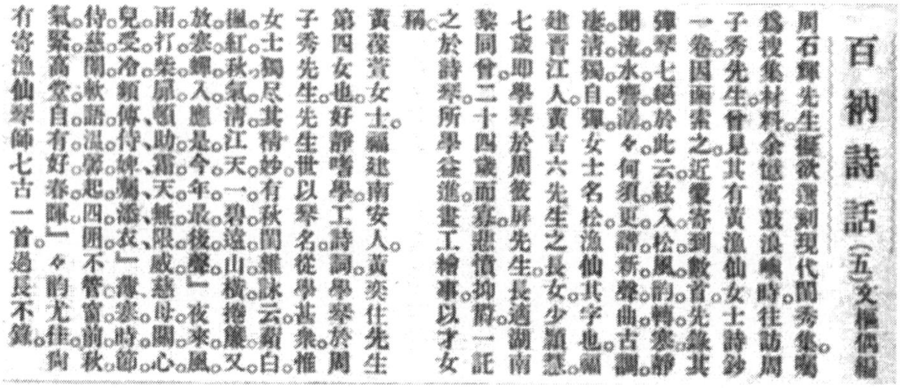

百衲詩話（五）文楓偶編

周石輝先生擬欲選刻現代閨秀集。囑爲搜集材料。余憶寓鼓浪嶼時。往訪周子秀先生。曾見其有黃漁仙女士詩鈔一卷。因函索之。近蒙寄到數首。先錄其彈琴七絕於此云。絃入松風韻轉寒。靜聞流水響潺潺。何須更譜新聲曲。古調淒清獨自彈。女士名松漁。仙其字也。福建晉江人。黃吉六先生之長女。少穎慧。七歲即學琴於周教屏先生。長適湖南黎同曾。二十四歲而寡。悲憤抑鬱。一託之於詩琴。所學益進。畫工繪事。以才女稱。

黃葆萱女士。福建南安人。黃奕住先生第四女也。好靜嗜學。工詩詞。學琴於周子秀先生。先生世以琴名。從學甚衆。惟女士獨盡其精妙。有秋閨雜詠云。[illegible]白楓紅秋氣清。江天一碧遠山橫。捲簾又放寒蟬入。[illegible]是今年最後聲」。夜來風雨打柴扉。頓助霜天無限威。慈母關心兒受冷。頻傳侍婢[illegible]添衣」。[illegible]寒時節侍慈闈。軟語溫[illegible]起四圍。不管窗前秋氣緊。高堂自有好春暉」。々韻尤佳。[illegible]有寄漁仙琴師七古一首。過長不錄。

圖二　《百衲詩話（五）》刊載閨秀詩人之作，《詩報》第19號，昭和6年9月1日，頁14。

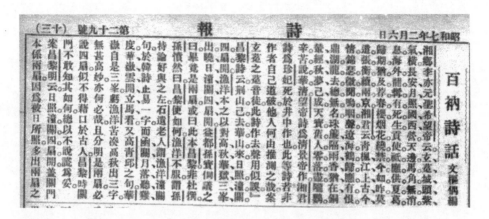

圖三　「四扇」之說，見《百衲詩話》，《詩報》第29號，昭和7年2月6日，
　　　頁13。

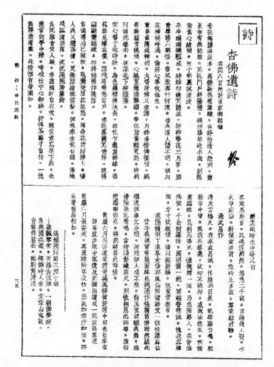

圖四　《人間世》1934年第7期所載〈杏佛遺詩〉數首，為《續百衲詩話》
　　　依據之本，刊《詩報》第二〇九號，昭和14年9月17日，頁23。

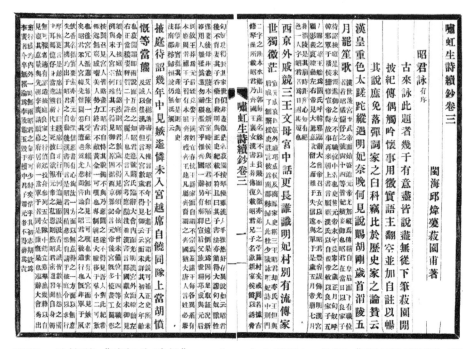

圖五　丘煒萲《嘯虹生詩鈔》，一九一七年出版，此即《續百衲詩話》所
　　　據，從書影可見注文篇幅遠多於詩作，因此《詩報》第一八二號刊登
　　　時，葉文樞云「節取其注」。

參考文獻

《臺灣日日新報》、《詩報》、《風月報》、《台南新報》

王夫之等撰　丁福保輯錄　《清詩話》　北京市　中華書局　1963年

丁福保　《歷代詩話續編》　北京市　中華書局　1983年

中華野史編委會編　《中華野史・卷11・清朝卷・中》　西安市　三秦出版
　　　社　2000年

王世慶　〈黃旺成先生訪問記錄〉　《近現代臺灣口述歷史》　台北市　林
　　　本源中華文化教育基金會　1991年

王　松　《台灣文獻史料叢刊・第8輯・155・臺陽詩話》　台北市　台灣大
　　　通書局　1987年

王　昶　《金石萃編 第4冊》　卷136〈晝錦堂記〉後　北京市　中國書店
　　　1985年

王啟興主編　《校編全唐詩・上》　武漢市　湖北人民出版社　2001年

王蘧常　《近代中國史料叢刊三編・第9輯・顧亭林詩集彙注》　第1冊　新
　　　北市　文海出版社　1986年

丘煒菱　《嘯虹生詩鈔》　1917年

宋耐苦、何國民編校　《陳沆集》　湖北市　湖北教育出版社　2002年

李慈銘著　劉再華校　《越縵堂詩文集・上下》　上海市　上海書籍出版社
　　　2008年

沈立東編撰　《歷代后妃詩詞集注》　北京市　中國婦女出版社　1990年

來新夏編著　《林則徐年譜長編・下卷》　上海　上海交通大學出版社
　　　2011年

易順鼎　《琴志樓詩集・下》　上海市　上海古籍出版社　2004年

林昌彝、杜松柏主編　《清詩話訪佚初編・7・射鷹樓詩話十二卷》　台北
　　　市　新文豐出版公司　1987年

林昌彝著　王鎮遠、林虞生標點　《射鷹樓詩話》　上海市　上海古籍出版社　1988年

施閏章撰、何慶善、楊應芹點校　《施愚山集‧4》　合肥市　黃山書社　1993年

柳亞子編　《曼殊全集‧4》　上海市　北新書局　1928年

張一平　《中國古詩話創作論》　合肥市　黃山書社　2010年

曹聚仁　〈徐彬彬（凌霄漢閣）〉　收入《聽濤室人物譚》　北京市　生活‧讀書‧新知三聯書店　2007年

梁紹壬　《兩般秋雨盦隨筆 1-6》　上海市　上海文明書局　出版年月不詳

梁紹壬　《歷代筆記小說大觀‧兩般秋雨盦隨筆》　上海市　上海古籍出版社　2012年

郭紹虞主編　王士禎著　《帶經堂詩話‧上》　北京市　人民文學出版社　1963年

陳　衍　《石遺室詩話‧1-4》　上海市　商務印書館　1935年

陳衍著　鄭朝宗、石文英校點　《石遺室詩話》　北京市　人民文學出版社　200年4

蘇雪林　《李義山戀愛事跡考》　上海市　北新書局　1928年

舒　位　《缾水齋詩集》　「叢書集成續編 72 文學類、詩別集──清」　台北市　新文豐出版公司

舒　位　《瓶水齋詩集二》　北京市　中華書局　1985年

楊　慎　《升庵詩話新箋證‧上》　北京市　中華書局　2008年

聖才考研網主編　《國內外經典教材輔導係列‧新聞類‧方漢奇「中國新聞傳播史」》　北京市　中國石化出版社　2013年

葉國慶　《筆耕集》　廈門市　廈門大學出版社　1997年

葉德輝等撰　湖南圖書館編　《湖湘文庫‧湖南近現代藏書家題跋選》第2冊　長沙市　嶽麓書社　2011年

蒲松齡著　《聊齋志異》　南京市　鳳凰出版社　2005年

劉正成、曹寶麟主編　《中國書法全集·32·宋遼金編·蔡襄卷》　北京市
　　　　榮寶齋出版社　1995年

劉寧顏總纂、黃淵泉編纂　《重修臺灣省通志·卷10·藝文志·著述篇》
　　　　南投市　臺灣省文獻委員會　1993年

劉榮平校注　《賭棋山莊詞話校注》　廈門市　廈門大學出版社　2013年

樊增祥　《近代中國史料叢刊編輯·605-610·樊山集》　臺北市　文海出
　　　　版社　1978年

編纂委員會編　《清代詩文集彙·484·補梅書屋詩草·拜經堂文集·玉笥
　　　　山房要集·江先生詩古文詞遺集·有竹居集·白華樓詩鈔·味清堂
　　　　詩鈔·味清堂詩補鈔》　上海市　上海古籍出版社　2010年

蔡　絛　《鐵圍山叢談下卷》卷六　「不足齋叢書」

盧　前　《酒邊集》　上海市　會文堂新記書局　1934年

盧　前　《盧前文史論稿》　北京市　中華書局　2005年

錢仲聯主編　《清詩紀事·9·乾隆朝卷》　南京市　江蘇古籍出版社
　　　　1989年

謝思煒校注　《白居易詩集校注》第3冊　北京市　中華書局　2006年

蘇軾著、朱懷春編　《蘇軾全集》第2卷　上海市　上海古籍出版社　2000年

謝崇耀　《台灣歷史與文化研究輯刊·二編·日治時期台灣詩話比較研究·
　　　　上》第7冊　台北市　花木蘭文化出版社　2013年

顧炎武　《亭林詩文集·下》　上海市　商務印書館　1937年

龔顯宗　《臺灣文學家列傳》　台北市　五南圖書出版有限公司　2000年

知　堂　〈談桐城派與隨園〉　《宇宙風》第6期　1935年12月1日

江寶釵　〈日治時期臺灣詩話編輯、校注與研究價值述略〉　《臺灣文學研
　　　　究學報》第14期　2012年4月

周石輝　〈詩報發刊十周年回顧談〉　《詩報》　第241號　昭和16年
　　　　（1941）　2月4日

臺灣詩社資料網 http://cls.hs.yzu.edu.tw/pclub/srch_list_result.aspx?PID=000070
　　　　（2016年1月15日上網）

新竹市文化局網頁 http://www.hcccb.gov.tw/chinese/05tour/tour_f02.asp?titleId=
224（2016年1月15日上網）

眾聲喧嘩

——《竹塹文獻》雜誌與口述歷史

江天健*

摘要

　　台灣地區口述歷史近年來蓬勃發展，其中與社會重視地方文史有著密切關係。《竹塹文獻》雜誌是以竹塹地區為範圍的刊物，刊登許多與口述歷史有關的文章。本文從史料觀點和前述文章來探討口述歷史基本性質，並藉由這些文章中童年生動回憶、刻骨銘心記憶和在地行業等內容，敘述分析竹塹地區口述歷史的豐富遺產。最後，也提及口述歷史目前一些瓶頸和未來努力之處。

關鍵詞：口述歷史、竹塹文獻雜誌、童年學校生活、白色恐怖、竹塹地方
　　　　行業

---

* 新竹教育大學環境與文化資源學系教授。

世上的聲音，或者甚多，卻沒有一樣是無意思的。(《聖經》〈哥林多
前書〉14章10節）

一　前言

　　《竹塹文獻》雜誌創刊迄今二十年，出版六十一期，是一本以竹塹地方
文史和民間文化為刊登範圍的刊物。就庶民階層與地方歷史研究而言，昔日
雖有《方志》等傳統史料，但是這些文字記載呈現嚴重不足及官方仕紳的單
一觀點，必須藉由口述歷史等方法採集部分的庶民記憶與地方鄉土記載，彌
補前述史料捉襟見肘的困境。

　　《竹塹文獻》雜誌遂有刊登口述歷史作品的悠久傳統，早在一九九五年
十一月試刊號中，刊有張德南〈電影全能周宜得訪談紀錄〉口述歷史之作
品；隔年（1996）十月創刊號又出現潘國正〈新竹人，日本兵，戰爭經
驗——天皇陛下赤子心〉與張德南〈繪畫全才李秋山訪問記〉兩篇口述歷史
之文章。根據作者自行統計，迄至六十一期為止，口述歷史相關文章在《竹
塹文獻》雜誌刊登了六十一篇，佔了相當比例及份量（詳見附錄一）。其
次，新竹市文化局也整理不少口述歷史資料，出版專書，根據《臺灣口述歷
史書目彙編（1953-2009）》[1]和相關資料統計，至少有三十七冊專書（詳見
附錄二）。

　　事實上，口述歷史是「回憶」的產物，夾雜著真實虛擬、自我詮釋、社
會記憶、自我認同等成分。不過，本文僅從史料角度來探討，擬以《竹塹文
獻》雜誌中的口述歷史文章為範圍，討論其定義、發展、價值以及如何運用
等本質性問題。其次，描繪口述訪談記錄中比較可信的童年生動回憶和刻骨
銘心記憶，揭露口述歷史的豐富內容。再者，分析新竹在地行業口述訪談成
果和未來可以努力的方向。最後，以反省和檢討作為結語。

1　臺灣口述歷史書目彙編編輯組：《臺灣口述歷史書目彙編（1953-2009）》（台北市：中
　　央研究院臺灣史研究所，2009年），頁1-482。

二　口述歷史的形式和價值

（一）口述歷史的形式和發展

　　人類使用語言比文字來得先，口述歷史淵源久遠，比文字記載出現還早。根據唐諾・里齊（Donald A. Ritchie）《大家來做口述歷史》（*Doing Oral History*）一書中所下的定義，口述歷史是以錄音訪談（interview）的方式蒐集口傳記憶以及具有歷史意義的個人觀點。口述歷史訪談指的是一位準備完善的訪談者（interviewer），向受訪者（interviewee）提出問題，以錄音（影）記錄下彼此的問與答。訪談的錄音（影）帶經過製作抄本（transcribed）、摘要、列出索引這些程序後，儲存在圖書館或檔案館。這些訪談記錄可用於研究、摘節出版、廣播或錄影紀錄片、博物館展覽、戲劇表演以及其他公開展示。[2]簡言之，口述歷史是受訪者與訪談者雙方合作的產物，利用人類語言和錄音（影）科技，將受訪者過去豐富經歷和歷史保留下來。由此可以歸納出狹義「口述歷史」的兩項特點：一是必須採用訪談的方式，並且是要有意義的訪談。二是必須要經過錄音、抄本等程序，將記錄保留下來，兩者缺一不可。

　　嚴格來說，坊間自傳（autobiography）、傳記（biography）、回憶錄雖為傳主或作者自述生平的作品（陳玉玲，1998）[3]，與口述歷史體裁相近，但從狹義口述歷史的兩項特點來檢視，這些文類非屬於口述歷史作品。例如：《竹塹文獻》第六期白色恐怖主題，共計收錄七篇文章，前面六篇為對當事人或其家人訪談記錄，以第一人稱來行文，不添加整理紀錄者的詮釋；最後一篇係當事人回憶錄的摘要，則是用第三人稱（他）形式鋪陳，可以明顯看

2　唐諾・里齊（Donald A. Ritchie）著，王芝芝譯：《大家來做口述歷史》（*Doing Oral History*）（臺北市：遠流出版事業股份有限公司，1997年），頁34。

3　陳玉玲：《尋找歷史中缺席的女人——女性自傳的主體性研究》（嘉義縣：南華管理學院，1998年），頁1-5。

出兩者之間的差別。[4]

　　質性研究方法中的「生命史研究法」（life history research method）、生命故事也與口述歷史十分相近，但是後者偏重於史料蒐集及保存，與前者研究方法取向略有不同。這與上個世紀六〇年代，受到「新」新史學強調研究社會下層階級（婦女、勞工、少數民族等等）歷史風氣和女性意識抬頭之影響，口述歷史蓬勃發展有關。因為這些社會下層階級過去鮮為人們注意，留下文字記載不多，屬於歷史史料的弱勢團體，若要搜集他們的資料，必須實際走入他們當中去訪問採集；再加上錄音技術發展，使得口述歷史朝向蒐集及保存史料方向發展。

　　二十世紀八〇年代台灣政治解嚴，社會開放，言論自由，許多人願意表達自己的意見看法，口述歷史如雨後春筍般展開，訪談人物遍及各行各業及各階層。加上近年來，台灣推動社區總體營造，一九九八年執行「大家來寫村史」計畫，尋找地方歷史，建立社區意識及認同，在操作村史寫作過程之中，口述歷史扮演重要的工具[5]。這項計畫收到一定成果，例如：彰化縣文化局村史叢書從二〇〇五至二〇〇九年出版了三十六冊，每年至少出版四冊，最多出刊十冊，平均每一年出版七冊，居全國各縣市之冠[6]。

　　降至今日，二〇一三年十月文化部「國民記憶庫：臺灣故事島」建置一

4　六篇口述歷史作品分別為潘國正：〈經歷二個時代的白色恐怖——鄭萬成〉，《竹塹文獻》第6期（1998年1月），頁104-107。潘國正：〈經歷二個時代的白色恐怖——楊進發〉，《竹塹文獻》第6期（1998年1月），頁108-112。潘國正：〈白色恐怖和癌細胞——陳水泉〉，《竹塹文獻》第6期（1998年1月），頁113-115。潘國正：〈「竹風俱樂部」瓦解於白色恐怖〉，《竹塹文獻》第6期（1998年1月），頁116-117。潘國正：〈新竹工校學生接收新竹機場——白孟德〉，《竹塹文獻》第6期（1998年1月），頁118-121。潘國正：〈張貼反動標語被追捕——葉榮富〉，《竹塹文獻》第6期（1998年1月），頁122-124。一篇《回憶錄》的摘要為陳秀琴著，潘國正整理：〈走過白色恐怖——陳廷裕〉，《竹塹文獻》第6期（1998年1月），頁125-126。

5　尤力・阿冒等撰：《大家來寫村史——民眾參與式社區史操作手冊》（台北市：唐山出版社，2001年），吳密察，〈口述歷史〉，頁32-33。

6　顧敏耀：〈呈現在地觀點與挖掘草根歷史——彰化縣「大家來寫村史」叢書初探〉，《大葉大學通識教育學報》第7期（2011年5月），頁242。

個交換個人生命故事的平台，鼓勵庶民打開記憶的抽屜，願意說出自己的故事，與別人分享。儘管如計畫所言，「故事非等同於口述歷史，無須嚴格考證或佐以證據，主觀性之情緒、記憶之不確定性、語詞之不精準性、習慣性之表達方法等均可被合理接受。[7]」（台灣故事島網站，2015）根據二〇一六年八月三十日台灣故事島網頁首頁〈我要聽故事〉中的〈最新上傳〉有一一五四〇篇故事。

面對口述歷史蓬勃發展，一九九一年召開「全國口述歷史工作會議」，二〇〇九年八月第十二屆工作會議之中正式成立「中華民國口述歷史學會」（Oral History Society of The Republic of China），二〇一三年八月更名為「臺灣口述歷史學會」（Taiwan Oral History Society），結合國內外相關學者、地方文史工作者及學術團體機構，促進有關口述歷史之製作、應用與研究，使得台灣地區口述歷史研究及發展更上一層樓[8]。

綜論口述歷史復甦於上個世紀六〇年代「新」新史學，一九八七年臺灣解嚴之後，蓬勃發展，迄今始終維持不墜，盛況空前。論其原因，一是就歷史學科發展方面而言，除了弱勢群體和地方歷史（Local history）必須運用口述訪談的方法，取得史料之外，另隨著八〇年代歷史敘述的復興及微觀歷史學（Micro history）出現，也讓口述歷史可以發揮重要的作用。[9]

二是就臺灣社會氛圍而言，除了社區總體營造和文化資產保護持續推動口述歷史的工作之外，主要因著政治民主開放，現今為眾聲喧嘩時代，人們勇於發聲；加上人們喜歡聽故事，口述歷史往往呈現出一個個的故事，自然頗受人歡迎（許雪姬，2014）。龍應台女士《大江大海一九四九》係以口述

7　文化部：〈台灣故事島計畫說明〉（來源：https://storytaiwan.tw/cp.aspx?n=F3157812E8 20C28D，2016.8.30）。

8　臺灣口述歷史學會：〈簡介——成立過程〉（來源：http://www.oh.org.tw/creation.html，2016.8.30）；許雪姬：〈解嚴後臺灣口述歷史的發展及其檢討，1987-2014〉，《臺灣口述歷史學會會刊》第5期（2014年8月），頁11、頁12、頁30。

9　格奧爾格‧伊格斯（Georg G. Iggers）、楊豫譯：《二十世紀的史學》（臺北市：昭明出版社，2003年），頁157-179。

訪談材料為主，利用細膩文學手法來處理的一本文學作品，該書出版發行之後，十分暢銷，二個月左右三次印行，即可為證。[10]

（二）口述歷史的價值及運用

口述歷史所呈現的過去並不是「全部的過去」，而是「部分的過去」，並且是「經過選擇的過去」。[11]一方面，口述歷史係經過訪談者的問題呈現出來，歷經訪談者的事前選擇；另一方面，受訪者知道或揣測受訪的目的，同時顧慮自己的身分地位、道德隱私和社會角色，可能會虛構、誇大及選擇性重建，使得某種現實情況合理化，滿足訪問者的需要。故其內容常會與其他相關史料有些出入，專家學者在運用之際，要詳加考證。

基於前述情形，韋煙灶提出田野資料以實在論（Realism）的角度視之，單一受訪者的陳述（口述歷史）在可信度與可利用度屬於最低的第五等資料，往往是無法取得其他資料之後，才不得已使用這類資料；並且在分析這類資料時，也需格外講究所陳述的用語[12]。

儘管如此，許多「歷史」所保留下來的文字記載十分有限，可以藉著對於當事人的訪談，來加以釐清與補充。此外，現代電信通訊技術日益發達，人類使用資訊媒體聯絡，取代過去文字書信的來往，文字紀錄逐漸減少，將來越發需要口述歷史來補充文字資料不足之處。

最後，口述歷史大都是一家或一人的庶民歷史，在史料運用技巧方面，和民間文書契約性質相似，單張民間文書契約本身史料價值有限，必須配合其他相關民間文書契約，才能發揮史料的功能。同樣單一主角口述歷史本身價值有限，必須與其他口述歷史或史料相互參照使用，放入歷史脈絡之中，

---

10 龍應台：《大江大海一九四九》（台北市：天下雜誌股份有限公司，2009年），頁13-16。

11 王明珂：〈誰的歷史：自傳、傳記與口述歷史的社會記憶本質〉，《思與言》第34卷第3期（1996年9月），頁148。

12 韋煙灶：《鄉土教學及教學資源調查》（台北市：國立台灣師範大學地理學系，2002年），頁216。

始具有意義。例如：周宜得（1918-1997）在日治時代擔任飛行員、電影放映師，戰後繼續從事電影辨士、排片宣傳、演員等工作，電影人生歷練豐富。[13] 若是將其個人辨士生涯放入新竹市電影歷史發展脈絡之中，與鄭衍宗、游天賜等相關人物一起敘述討論，更富有歷史意義。另外，將周宜得一九三八至一九四四年飛行士的生涯編入在台灣籍日本兵口述歷史之中，對照其他類似經歷，這段記載就會顯得生動活潑[14]。

三　口述歷史的內容──童年生動的回憶

　　儘管口述歷史的事實有許多缺陷，還是有一些比較可取的內容。一般而言，受訪者童年時代回憶通常生動可信[15]，係因一個人年少時期涉世未深，人際關係單純，與長大成家立業相對照之下，比較沒有什麼顧忌。

　　童年時期回憶主要圍繞著家庭及學校兩大部分，大都充滿著溫馨的回憶。就學校生活而言，《竹塹文獻雜誌》四十三期中有何湘妃、陳瑞玲，〈我的小學生活──李水圳先生的回憶〉，五十三期另有兩篇日治時期新竹市小學生活的口述歷史文章，皆是以受訪者日治時期小學生活為採訪主題。二十七期和五十二期何湘妃、陳瑞玲分別整理撰寫〈彭炳耀先生訪談記錄〉和〈誠實篤實──李榮輝醫師的故事〉兩篇文章對於受訪者童年學校生活也有一些著墨。至於林建昌四十五期〈二次大戰前後的童年生活〉和五十六期〈小學回憶〉，則為作者自己的回憶，透過這些訪談記錄和回憶錄，讓我們更加瞭解當時小學學生的情形。

　　這些受訪者及作者就讀的學校，計有新興國民學校（原為第一公學校，現今新竹國民小學）、牛埔公學校（現今香山國民小學）、花園國民學校（現

13　張德南：〈電影全能周宜得訪談紀錄〉，《竹塹文獻》試刊號（1995年11月），頁14-19。

14　潘國正：《新竹人‧日本兵‧戰爭經驗》（新竹市：新竹市立文化中心，1997年），頁176-181。

15　張瑞德：〈自傳與歷史〉，收入《中國現代自傳叢書──編選代序》（新北市：龍文出版社，1989年），頁30-31。

今東園國民小學)、北門國民學校(原為第二公學校,現今北門國民小學)、住吉公學校(後改為新竹師範學校附屬公學校,現今國立清華大學附屬小學)、新富國民學校(原為第四公學校,現今民富國民小學)等六所學校,分佈在新竹不同地區。

當時學生一到六歲入學年齡,政府就會通知應該向分配學校報到,學校老師還會事先拜訪家庭,提醒家長要讓小孩到學校唸書。[16]官方資料及報紙大都呈現入學人數統計和達成率[17],若將這些數字與口述歷史回憶記錄合併來看,會讓人更加深入了解學童就學情形。

學校每天早晨有朝會,老師從奉安箱拿出天皇教育敕語,兩手高舉過頭部,頭要低低地表示尊敬,交給校長,校長恭敬唸教育敕語,學生安靜聆聽[18]。四、五年級以後,每個月定期參拜神社,一大早就起床預備,出發到集合地點,倍感勞碌;另遇到天皇生日或開國紀念日也會從學校出發進行參拜。在李棟樑和吳水生先生的印象中,自己平日很少參加神社活動,幾乎都是老師帶著去的,沒有跟父母去參拜過[19],可以作為日本皇民教育成效有限的佐證。

小學高年級有一些實作課程,是現今課程所沒有的,例如:算盤操作學習、農作物栽培,老師會帶領學生到學校栽種場進行實作,透過實際操作,

---

16 王彥婷、宋珊霈:〈日治時期小學生的生活體驗──以吳水生阿公為例〉,《竹塹文獻》第53期(2013年2月),頁91。李宥辰、蔡堯婷:〈日治後期新竹市的教育生活──李棟樑阿公的故事〉,《竹塹文獻》第53期(2013年2月),頁110。

17 許佩賢:〈日本統治末期新竹市市內的教育狀況〉,《竹塹文獻》第43期(2009年7月),頁40-51。

18 王彥婷、宋珊霈:〈日治時期小學生的生活體驗──以吳水生阿公為例〉,《竹塹文獻》第53期(2013年2月),頁96-97;李宥辰、蔡堯婷:〈日治後期新竹市的教育生活──李棟樑阿公的故事〉,《竹塹文獻》第53期(2013年2月),頁110。

19 王彥婷、宋珊霈:〈日治時期小學生的生活體驗──以吳水生阿公為例〉,《竹塹文獻》第53期(2013年2月),頁89;李宥辰、蔡堯婷:〈日治後期新竹市的教育生活──李棟樑阿公的故事〉,《竹塹文獻》第53期(2013年2月),頁119;何湘妃、陳瑞玲:〈我的小學生活──李水圳先生的回憶〉,《竹塹文獻》第43期(2009年7月),頁146-147。

瞭解各種農作物的特性。[20]李棟樑先生回憶每一個禮拜有一次屬於自己班級的農業時間，隨著季節不同種植不同的蔬菜，例如：蕃茄、高麗菜、花生等等；每個人必須要挑肥回來種菜，糞便臭氣沖天，有些活潑學生到處跑，到處玩，沒有專心在做，玩得滿頭大汗，老師一時不察，還稱讚他們的努力，令埋頭苦幹的人為之氣結。[21]等到農作物收穫時候，不准學生自己採收販售，必須要交給老師處理，上交給政府。[22]

前面敘述係屬於學生們單方的回憶，並不夠完整；作家吳濁流曾經提到自己在苗栗五湖分校服務期間，校長迎合上級，只求個人升官，一味加強農業教育，把全校教職員趕往農場去工作，自己每次作業時間的心情與囚犯相同。[23]再一次證明口述歷史必須配合其他記載敘述，歷史面貌始得齊全。

前述這七篇文章都有提及當時學校的老師，這些教師有本地人和日本籍的，在當時學童眼中，老師呈現多元印象，一些顯得有愛心和溫柔，有的則是嚴厲和凶悍，並未因教師民族身分和差別教育政策而有所差異，例如：李水圳先生回憶一年級台籍黃瀛灶老師要求十分嚴格，二、三年級日籍福山進老師相對較少用體罰，多採用耐心勸導方式。[24]吳水生先生提到「像教過我的老師之中，反而是台灣籍的女老師最嚴格，我一年級碰過的那位日本老師對學生就是富有愛心。」[25]

值得注意的，口述歷史受訪者活在當下，在回憶敘述過程之中，往往會將現今狀況與過去情形互相比較，許多受訪者無意隱約地認為過去老師管教

---

20 何湘妃、陳瑞玲：〈我的小學生活——李水圳先生的回憶〉，頁145。

21 李宥辰、蔡堯婷：〈日治後期新竹市的教育生活——李棟樑阿公的故事〉，《竹塹文獻》第53期（2013年2月），頁114。

22 王彥婷、宋珊霈：〈日治時期小學生的生活體驗——以吳水生阿公為例〉，《竹塹文獻》第53期（2013年2月），頁93。

23 吳濁流：《台灣連翹》（台北市：草根出版事業有限公司，1999），頁85-86。

24 何湘妃、陳瑞玲：〈我的小學生活——李水圳先生的回憶〉，《竹塹文獻》第43期（2009年7月），頁138-139。

25 王彥婷、宋珊霈：〈日治時期小學生的生活體驗——以吳水生阿公為例〉，《竹塹文獻》第53期（2013年2月），頁100。

比較採取嚴厲威權方式。[26]但是如今心存感恩,「現在想起來老師嚴厲管教實際對我們是很好的教訓,他們其實是疼愛我們的,老師現在已往生,有時候懷念他,感謝老師對我一生很多的幫助。」有時還會與他們聯絡。[27]

這種比較心態有時也會出現今日不如往昔的感嘆,特別是日治時期與現今情形的對照,「日本政府的管理是不錯的,比起現在,我感覺社會秩序比較安定,也比較有條有理。」[28]「那個時代雖然因為日本人統治而感到很辛苦,但是日本人所作得很多事也都是為臺灣好。苦,但是也很快樂。……大家去躲空襲了,門也不用關,這種治安,是現在政府做不到的。」[29]「今天台灣這麼發達是日本人造成的,……有人說我們現在台灣比日本時代還要好,其實不見得比日本時代還要好,你們可以去問你們的父母,他們會說給日本人管的話一定會比現在更好。」[30]

從前述現在與過去比較的情形來看,口述歷史是從「現在」出發,企圖回溯「過去」,無法脫離「現在」的影響。不過,法國年鑑學派史家布洛克(Marc Bloch, 1886-1944)曾經說道:「『過去』依其定義,是任何未來事物改變不了的資料。但是,關於『過去』的知識則是可以進步的,可以不斷地改變以臻於完美的。」[31]故口述歷史在累積「過去」知識上居間扮演臻於完美的觸媒角色。

---

26 王彥婷、宋珊霈:〈日治時期小學生的生活體驗──以吳水生阿公為例〉,《竹塹文獻》第53期(2013年2月),頁94、頁96;李宥辰、蔡堯婷:〈日治後期新竹市的教育生活──李棟樑阿公的故事〉,《竹塹文獻》第53期(2013年2月),頁117;何湘妃、陳瑞玲:〈彭炳耀先生訪談紀錄〉,《竹塹文獻》第27期(2003年8月),頁129;何湘妃、陳瑞玲:〈誠實篤實──李榮輝醫師的故事〉,《竹塹文獻》第52期(2012年7月),頁38。

27 何湘妃、陳瑞玲:〈彭炳耀先生訪談紀錄〉,《竹塹文獻》第27期(2003年8月),頁131。

28 王彥婷、宋珊霈:〈日治時期小學生的生活體驗──以吳水生阿公為例〉,《竹塹文獻》第53期(2013年2月),頁100、頁101。

29 李宥辰、蔡堯婷:〈日治後期新竹市的教育生活──李棟樑阿公的故事〉,《竹塹文獻》第53期(2013年2月),頁130。

30 何湘妃、陳瑞玲:〈彭炳耀先生訪談紀錄〉,《竹塹文獻》第27期(2003年8月),頁137。

31 布洛克(Marc Bloch)著,周婉窈譯:《史家的技藝》(臺北市:遠流出版事業股份有限公司,1989年),頁59。

四 口述歷史的內容──刻骨銘心的記憶

個人或群體刻骨銘心經歷往往是不可抹滅的記憶，常為口述歷史內容的重點。就個人與社會國家關係層面而言，政權轉移、時代劇變和政治事（案）件等等皆屬於此類回憶主要的內容。尤其走過日本和國民政府兩個政權轉移的長輩日漸凋零，如今所剩無幾，搶救他們這方面的記憶成為迫不及待的任務。[32]

經過兩個時代的人都會提到日本殖民統治後期艱困生活的情形，物資短缺，食物配給，徵召當兵，拉軍伕，作公工，挖防空洞等等。戰爭末期盟軍轟炸之際，大家驚慌失措躲避空襲，有的人則疏散到鄉間，印象深刻，令人無法忘懷。[33]在鐵路局服務的鄭金旺先生提到最難忘的是美軍空襲，有一次開火車，竟然一個下午只從高雄開到台南。[34]甚至為了謀生或逃避徵調當兵，選擇遠赴日本擔任少年工，也難逃被空襲的命運。[35]至於葉錦爐〈戰時生活的回憶〉一文中「最難忘的體驗」即是敘述自己當時躲避空襲恐怖的經驗。[36]林建昌〈二次大戰前後的童年生活〉也有一段「戰火中的童年」描述自己在戰爭之下相同經歷。[37]總之，走過這段歷史的人是無法忘記戰爭躲避空襲的刻骨銘心回憶。

等到政權轉移時刻，大家都遭遇轉換使用語言的困難，許多人因著對於

---

32 許雪姬：〈解嚴後臺灣口述歷史的發展及其檢討，1987-2014〉，《臺灣口述歷史學會會刊》第5期（2014年8月），頁6。

33 王彥婷、宋珊霈：〈日治時期小學生的生活體驗──以吳水生阿公為例〉，《竹塹文獻》第53期（2013年2月），頁97-99；李宥辰、蔡堯婷，〈日治後期新竹市的教育生活──李棟樑阿公的故事〉，《竹塹文獻》第53期（2013年2月），頁121-124。

34 陳月嬌：〈鐵路局耆老座談會紀錄〉，《竹塹文獻》第19期（2001年4月），頁24。

35 何湘妃、陳瑞玲：〈彭炳耀先生訪談紀錄〉，《竹塹文獻》第27期（2003年8月），頁131；何湘妃、陳瑞玲：〈高座少年工李水圳先生的故事〉，《竹塹文獻》第45期（2010年5月），頁104。

36 葉錦爐：〈戰時生活的回憶〉，《竹塹文獻》第27期（2003年8月），頁170-176。

37 林建昌：〈二次大戰前後的童年生活〉，《竹塹文獻》第45期（2010年5月），頁84-88。

當時局勢不滿或灰心，更不願意主動積極學習[38]，但年紀小的孩子對於這種轉變適應得較快，甚至比老師學得快。[39]日本人要離開台灣時候，很多臺灣人十分難過，依依不捨，因為有的是自己的老師或朋友。[40]同時許多台灣民眾目睹前來接收國軍，無法跟原先日本軍隊相比，大失所望，再加上當時民生凋蔽，百廢待舉，整個社會動盪不安。[41]

戰後每個人際遇不同，吳水生先生提到後來國民政府來臺灣，自己雖有再去學校讀書，但開始學習ㄅㄆㄇ，讀不下去，就回家幫忙父親種田，後來到鐵工廠作學徒，最後進入現今自來水工廠服務。[42]李榮輝醫師則繼續學校學習生涯，循序而升，最後行醫維生。[43]其中最為曲折為臺籍國軍蔡金諒先生，從歡迎「國軍」，成為國軍，到大陸參加徐州會戰，先後長達五年多的

---

38 何湘妃、陳瑞玲：〈彭炳耀先生訪談紀錄〉，《竹塹文獻》第27期（2003年8月），頁134-135；何湘妃、陳瑞玲：〈台灣農業義勇團海外戰地經歷——沈揚霖先生的故事〉，《竹塹文獻》第39期（2007年10月），頁127-128；王彥婷、宋珊霈：〈日治時期小學生的生活體驗——以吳水生阿公為例〉，《竹塹文獻》第53期（2013年2月），頁99。

39 何湘妃、陳瑞玲：〈誠實篤實——李榮輝醫師的故事〉，《竹塹文獻》第52期（2012年7月），頁39；林建昌：〈二次大戰前後的童年生活〉，《竹塹文獻》第45期（2010年5月），頁97。

40 王彥婷、宋珊霈：〈日治時期小學生的生活體驗——以吳水生阿公為例〉，《竹塹文獻》第53期（2013年2月），頁102。

41 潘國正：〈經歷二個時代的白色恐怖——鄭萬成〉，《竹塹文獻》第6期（1998年1月），頁106；潘國正：〈經歷二個時代的白色恐怖——楊進發〉，《竹塹文獻》第6期（1998年1月），頁109；潘國正：〈新竹工校學生接收新竹機場——白孟德〉，《竹塹文獻》第6期（1998年1月），頁118；何湘妃、陳瑞玲：〈台籍國軍的從軍紀實——蔡金諒先生的故事〉，《竹塹文獻》第37期（2006年12月），頁34；何湘妃、陳瑞玲：〈台灣農業義勇團海外戰地經歷——沈揚霖先生的故事〉，《竹塹文獻》第39期（2007年10月），頁127；何湘妃、陳瑞玲：〈高座少年工李水圳先生的故事〉，《竹塹文獻》第45期（2010年5月），頁117-119；林建昌：〈二次大戰前後的童年生活〉，《竹塹文獻》第45期（2010年5月），頁94-96。

42 王彥婷、宋珊霈：〈日治時期小學生的生活體驗——以吳水生阿公為例〉，《竹塹文獻》第53期（2013年2月），頁99。

43 何湘妃、陳瑞玲：〈誠實篤實——李榮輝醫師的故事〉，《竹塹文獻》第52期（2012年7月），頁39-42。

時間，後來逃難，在上海臺灣同鄉會協助之下，搭乘走私船舶回到臺灣，返家落腳在新竹火柴工廠工作。[44]

也有不少人隨著戰爭結束復員，由國外返回臺灣，高座少年工李水圳先生從日本回來，為了家庭生計，放棄求學，當時社會失業情形嚴重，省籍差別待遇，加上自己沒有學歷，只得選擇做粗重勞力黑手工作，到處打零工。[45]另一位高座少年工彭炳耀先生返國，希望一展所學，但日據時期學歷和經歷不被承認，起初選擇參加各種考試，無奈語言隔閡和科目限制，屢遭失利，前途似乎越來越困難，不滿當時社會現狀，後來以候補資格最後遞補為臺灣火柴公司新竹廠正式人員。[46]參加南洋農業義勇團的沈揚霖先生從今巴布亞紐新幾內亞（Papuan New Guinea）的拉巴爾（Rabaul）回到新竹家鄉，因為對中國人及中國兵的不佳印象，放棄回去農業改良場擔任公務員的機會，頻繁轉換工作。[47]

綜觀這些市井小民記憶是在官方記載中很難捕捉到的，但從他們口中娓娓道來，豐富了我們對於政權轉移鉅變時代及當時社會的瞭解。

最後，政治事（案）件口述訪談佔了刻骨銘心的記憶之中相當地比重，這種現象產生係在台灣口述歷史發展過程之中，有其特殊的時空背景。一九四六年台灣已經展開類似口述歷史的工作，受到政治環境影響，迄至一九八七年解嚴前出版口述歷史作品只有十五本，等到解嚴之後，民間要求平反政治案件，追求轉型正義，當時「研究二二八事件小組」大量進行口述訪談，蒐集民間觀點，翻轉原先官方判決之說法，成為官方出版《二二八事件研究

---

44 何湘妃、陳瑞玲：〈台籍國軍的從軍紀實——蔡金諒先生的故事〉，《竹塹文獻》第37期（2006年12月），頁34-48。

45 何湘妃、陳瑞玲：〈高座少年工李水圳先生的故事〉，《竹塹文獻》第45期（2010年5月），頁112-114。

46 何湘妃、陳瑞玲：〈彭炳耀先生訪談紀錄〉，《竹塹文獻》第27期（2003年8月），頁134-135。

47 何湘妃、陳瑞玲：〈台灣農業義勇團海外戰地經歷——沈揚霖先生的故事〉，《竹塹文獻》第39期（2007年10月），頁127-128。

報告》重要材料來源，也逐漸奠定口述歷史的地位。[48]至此相關政治事（案）件口述歷史作品紛紛出籠，蔚為大宗，竹塹地區也不例外。

　　從本文附錄一來看，一九九八年一月出版第六期《竹塹文獻》的主題之一為「光復初期的白色恐怖」，以一九三〇年代日治後期到一九五〇年代牽涉政治案件人物為範圍，計有鄭萬成、楊進發、陳水泉、溫來傳、白孟德、葉榮富、陳廷裕等七人。一九九九年新竹市政府委託學者專家調查二二八事件和五〇年代政治案件，歷時三年完成。二〇〇一年七月出版第二十期《竹塹文獻》的主題則為「風中的哭泣──五〇年代白色恐怖政治案件」，包括社會主義青年大同盟案、竹東水泥廠案、工委會新竹鐵路支部案、工礦公司新竹紡織廠案、黃樹滋讀書會、新農會案等六個五〇年代白色恐怖政治案件。次年（2002）十月，新竹市文化局出版《新竹風城二二八》一書，書中有十七位受難者本人或家人親友和十一位見證者的訪談記錄[49]；另出版《風中的哭泣：五〇年代新竹政治案件》，全書分成上、下兩冊，共計三十八位受難者本人或家人親友的訪談記錄。[50]

　　這些政治事件口述歷史有的直接訪談到當事人，有的當事人已經不在人世，則透過其妻子兒女們的回憶來描繪當時情景。從訪談過程中，可以聽見被訪談者深藏在心裡面痛苦之吶喊，這些血淚痕跡和見證是在其他相關資料無法看見的。

　　鄭萬成先生經歷日本和國民政府統治兩個時期，因不滿日本人侵略中國，被日本警察以違反治安維持法，由日本大阪押回新竹審判，被判二年徒刑。臺灣光復後，因對國民黨政府失望，加入臺灣共產黨組織，遭通緝，後來自首。其自云：「在日本時代被日本人關，在國民政府時代，也被國民政

---

48 許雪姬：〈解嚴後臺灣口述歷史的發展及其檢討，1987-2014〉，《臺灣口述歷史學會會刊》第5期（2014年8月），頁1。

49 張炎憲、許明薰、陳鳳華、楊雅慧：《新竹風城二二八》（新竹市：新竹市政府文化局，2002年），頁1-284。

50 張炎憲、許明薰、陳鳳華、楊雅慧：《風中的哭泣：五〇年代新竹政治案件》上、下冊（新竹市：新竹市政府文化局，2002年），上冊，頁1-330、下冊，頁332-635。

府通緝，實在感慨萬分。」半世紀過後，隨身仍攜帶當年好友青年時代的照片，往事猶歷歷在目。[51]

楊進發先生在日治時期與鄭萬成一同參與反日活動，也被判二年徒刑。臺灣光復後，未參與二二八事件；民國四十年（1951）因藏匿叛徒被判十二年徒刑。其妻子回憶他出獄前手抄一份判決書，保存到現在；回家之後，將服刑期間與家人朋友通訊信件整理成三大本，平日偶爾提起過去的事。[52]

白孟德先生提及在二二八事件中，自己與朋友起哄「接收」新竹機場崗哨衛兵武器，關進拘留所。在訪談過程中，敘述他目睹中壢的高中學生被槍斃情景，不禁悲痛萬分，紅著眼眶哼唱著日本歌曲及臺灣軍軍歌。[53]

曾美容女士因著社會主義青年大同盟案入獄，被釋放回家，跪在地上發誓：「國民黨毀掉我的青春，但我不可能讓你毀掉，我一定要跨出這一步，在社會上盡全力去做得有聲有色，我一定有這個生命的毅力跟你國民黨鬥！」[54]

社會主義青年大同盟案受難者傅煒亮的女兒傅麗燕女士說：「在成長過程中，爸爸的事帶給我最大的影響，是對政府、對警察的討厭和緊張。到現在還是一樣，只要看到警察就想罵。這無形中會養成我一種憤世嫉俗的個性。」[55]

新農會案受難者鍾阿千先生無奈地說：「我三十歲被關進去，出來後已經四十五歲了。就在我人生剛要發展時，被抓了，幾十年的青春讓他們給毀

---

51 潘國正：〈經歷二個時代的白色恐怖──鄭萬成〉，《竹塹文獻》第6期（1998年1月），頁107。

52 潘國正：〈經歷二個時代的白色恐怖──楊進發〉，《竹塹文獻》第6期（1998年1月），頁111。

53 潘國正：〈新竹工校學生接收新竹機場──白孟德〉，《竹塹文獻》第6期（1998年1月），頁120-121。

54 楊雅慧：〈社會主義青年大同盟案──曾美容訪問記錄〉，《竹塹文獻》第20期（2001年7月），頁32。

55 陳鳳華：〈社會主義青年大同盟案──傅麗燕訪問記錄〉，《竹塹文獻》第20期（2001年7月），頁38。

掉了，我心裡非常不甘心，真的很遺憾。」[56]

　　儘管悲劇已經無法彌補，但透過口述訪談，可以發現這些受難者的說法與官方檔案記載截然不同，打破統治者寡佔歷史解釋權力，讓歷史多元面貌浮現出來，有助於回復歷史「事實」。鍾阿千先生心願是「我想將我們在牢裡讓法官糟蹋的處境公布出來，讓後代的人知道。」[57]朱煒煌先生也是期待「白色恐怖在臺灣歷史上是一段空白史，過去沒人敢提，沒人知道，我希望歷史可以復原，將這段空白填充起來，使後世的人能夠明白。」[58]

　　同時希望藉此記取歷史教訓，避免重蹈覆轍，朱煒煌先生語重心長地說道：「過去已經過去了，討也討不回來，我們可以原諒他們亂做、做壞，但是我們不能忘記它，我若是忘記了，以後我們的後代會不會再碰到這樣的代誌？……但是我總是會希望，希望我們的社會不要再發生這種悲劇。」[59]

　　最後，隨著解嚴開放，平反這些政治案件，當事人塵封已久的痛苦回憶，透過口述訪談過程，也許多少獲得一些緩解或療癒的效果。竹東水泥廠案受難者彭明雄兒子彭昇平先生說道：

> 我媽媽以前的日子真的很可憐，一天到晚總是想起過去，然後往事一再重提。我聽了很辛酸，也很不忍聽，現在終於雲開見日了。從前施行戒嚴令，一般人都認為「匪諜」是很可恥的，我們心裡感到很自卑，在別人面前抬不起頭，自己不願意說，別人問也不敢問。解嚴之後，這幾年慢慢進步開放，真相公開之後，現在心情總算較輕鬆，以前不敢對我的孩子們說的，現在都能坦白講了。[60]

---

56 陳鳳華：〈新農會案——鍾阿千訪問記錄〉，《竹塹文獻》第20期（2001年7月），頁122。

57 陳鳳華：〈新農會案——鍾阿千訪問記錄〉，《竹塹文獻》第20期（2001年7月），頁122。

58 陳鳳華：〈工礦公司新竹紡織廠案——朱煒煌訪問記錄〉，《竹塹文獻》第20期（2001年7月），頁100。

59 陳鳳華：〈工礦公司新竹紡織廠案——朱煒煌訪問記錄〉，《竹塹文獻》第20期（2001年7月），頁100。

60 陳鳳華：〈竹東水泥廠案——劉香蘭、彭昇平訪問記錄〉，《竹塹文獻》第20期（2001年7月），頁49。

五 竹塹地方行業口述歷史

　　根據文末附錄書籍和期刊文章統計來看，新竹市文化局昔日進行過多次耆老口述歷史採訪，就行業類別方面而言，計有郵電、新聞、電影、金融、鐵公路交通、西醫、中醫、傳統食品、體育、傳統技藝、公賣局、玻璃、木工、教育等各行各業。就歷史事件方面而言，包括二二八事件、白色恐怖、新竹市升格、舊港大橋、黑蝙蝠中隊、台籍日本兵、少年工、台籍國軍等等。就歷史空間而言，涵蓋眷村、大湖社區、科學園區、北門大街等特定場域。就個人生命史方面而言，有草根人物，也有專業人士。可謂兼顧到各個層面，成果相當豐碩。

　　其中行業口述歷史佔了相當比重，因為隨著社會變遷，許多行業消逝或蛻變，成為人們重要的記憶。康熙五十七年（1718）王世傑率眾開墾竹塹地區，雍正元年（1723）設立淡水廳，歷史悠久，有許多傳統行業。一九九五年新竹市立文化中心（新竹市文化局的前身）出版《竹塹末代行業》，作者張建家先生採訪竹塹地區五十種末代行業。[61]一九九六年六月，新竹市立文化中心整理出版《竹塹百年發展口述歷史——耆老座談紀錄輯》一書，內有郵電、新聞、金融、電影、公路交通、傳統詩社、傳統食品、中醫、西醫、體育十大主題[62]，首開竹塹在地行業口述歷史之風氣。一九九九年委託潘國正先生進行新竹老店田野調查，以超過五十年（含）以上有店面的商家為範圍，後經過再度調查修正補充，於二〇〇四年出版了《新竹老店‧城市容顏——新竹老店田野調查報告》。[63]二〇〇一年四月《竹塹文獻》第十九期刊登〈公賣局耆老座談會記錄〉[64]和〈鐵路局耆老座談會紀錄〉。[65]二〇一四年

---

61 張建家：《竹塹末代行業》（新竹市：新竹市立文化中心，1995年），頁1-90。

62 洪惠冠主編：《竹塹百年發展口述歷史——耆老座談紀錄輯》（新竹市：新竹市立文化中心，1996年），頁1-254。

63 潘國正：《新竹老店‧城市容顏——新竹老店田野調查報告》（新竹市：新竹市政府，2004年），頁1-395。

64 邱秋容：〈公賣局耆老座談會記錄〉，《竹塹文獻》第19期（2001年4月），頁1-15。

65 陳月嬌：〈鐵路局耆老座談會紀錄〉，《竹塹文獻》第19期（2001年4月），頁16-30。

又出版《發現竹塹在地產業聲音：竹塹產業耆老訪談口述歷史》，採訪二十六位耆老，十五種行業。[66]

新竹米粉和摃丸是著名的地方小吃，最具有代表性之傳統食品行業，迄今屹立不搖，儘管《竹塹文獻》裡面沒有米粉產業口述歷史文章，但早在一九九八年新竹市立文化中心舉辦「臺灣文化節、竹塹米粉情」，即出版《新竹米粉產業史》一書[67]（種子文化工作室，1998年），作者進行田野調查，大量運用訪談口述資料，記錄傳統米粉產業發展的滄桑。至於摃丸方面，《竹塹文獻》四十九期主題：「新竹摃丸100年」，訪問十家摃丸經營業者之甘苦談。

新竹市文化局也蒐集及整理隨著時代變遷已經淘汰的行業，例如：蓪草、香粉（白粉）、製糖等等，相關研究成果結集在《竹塹文獻》十一期「竹塹產業面面觀」和十二期「竹塹產業經濟」。另尚曾經進行過一些外移的消失行業之調查和耆老訪談，《竹塹文獻》十七期「木工／木想」和五十四期「新竹傳統工藝」即敘述木器和螺鈿行業之盛衰。不過，隨著歲月流逝，如今這些外移產業之耆老日漸凋零，還有一些曾在新竹地區待過的外移行業，譬如：紡織業，若現在不加緊採訪紀錄的話，這些記憶很可能會消失無影。

醫療行業在台灣地區口述歷史成果中佔有一席重要地位[68]，可能與臺灣光復初期本土社會菁英多半習醫有關。新竹地區也不遑多讓，有潘國正，《新竹市醫療業者耆老口述歷史》，本書以西醫為主，採訪三位助產士，三位護士，四位醫事行政人員，九位醫師，合計十九位，當時年齡最高者九十三歲，最年輕者也有五十八歲。[69]二〇一二年七月《竹塹文獻》五十二期，

---

66 江天健、陳鶯鳳、張瑋琦：《發現竹塹在地產業聲音：竹塹產業耆老訪談口述歷史》（新竹市：新竹市文化局，2014年），頁1-223。

67 種子文化工作室：《新竹米粉產業史》（新竹市：新竹市立文化中心，1998年），頁1-199。

68 許雪姬：〈解嚴後臺灣口述歷史的發展及其檢討，1987-2014〉，《臺灣口述歷史學會會刊》第5期（2014年8月），頁25-26；沈懷玉：《口述歷史實務、運用與省思》，收入編輯委員會：《史學與史識：王爾敏教授八秩嵩壽榮慶學術論文集》（新北市：廣文書局，2009年），頁157-158。

69 潘國正、鍾淑姬、曾子軒、洪雅音、張靜宜：《新竹市醫療業者耆老口述歷史》（新竹市：新竹市文化局，2008年），頁1-267。

刊有〈誠實篤實——李榮輝醫師的故事〉。[70]醫療口述歷史屬於跨學科應用的
範疇，新竹市尚未看到醫療界人士獨力進行的口述歷史和患病者生病經驗訪
談記錄，這是未來可以努力之處。

新竹市電影行業歷史悠久，一九〇〇年六月二十一日，日本商人大島豬
市和松浦章三在台北首次公開放映電影，後曾巡迴至新竹舊孔廟播映。一九
〇一年十一月十七日，當時新竹廳開風氣之先，首次由官方出面主辦電影放
映會。[71]迄今仍完整保存一九三三年日治時期的「有樂館」，它是臺灣第一
座擁有冷氣設備的歐化劇場，戰後改稱為國民大戲院，二〇〇〇年五月，
蛻變為臺灣首座影像博物館。[72]

由於新竹擁有豐富電影文化資產，一九九五年十一月《竹塹文獻》試刊
號刊登葉龍彥〈新竹第一家戲院——新竹座（1908-1917）〉和張德南〈電影
全能周宜得訪談紀錄〉兩篇文章。[73]一九九六年五月四日，新竹市立文化中
心舉辦竹塹「風城情波」電影文藝季，整理出版葉龍彥先生《新竹市電影
史》和《新竹市戲院誌》[74]，以及其和張德南、潘國正、黃鏡全四位先生合
著《風城影話——新竹市電影、戲院大事圖錄》一書。[75]二〇〇一年十二
月，新竹市立影像博物館出版葉龍彥先生《臺灣戲院發展史》，二〇〇二年
四月《竹塹文獻》二十三期主題為「竹塹電影歲月」，內容豐富，有電影、
戲院、演員、大事記等等。

---

70 何湘妃、陳瑞玲：〈誠實篤實——李榮輝醫師的故事〉，《竹塹文獻》第52期（2012年7
月），頁34-57。

71 葉龍彥：《新竹市電影史》（新竹市：新竹市立文化中心，1996年），頁17-18；葉龍
彥：《日治時期台灣電影史》（台北市：玉山社，1998年），頁56-57。

72 葉龍彥：《臺灣戲院發展史》（新竹市：新竹市影像博物館，2001年），頁74-76、頁244-
246；葉龍彥：《臺灣老戲院》（新北市：遠足文化事業有限公司，2004），頁26-31。

73 葉龍彥：〈新竹第一家戲院——新竹座（1908-1917）〉，《竹塹文獻》試刊號（1995年11
月），頁1-13；張德南：〈電影全能周宜得訪談紀錄〉，《竹塹文獻》試刊號（1995年11
月），頁14-19。

74 葉龍彥：《新竹市電影史》（新竹市：新竹市立文化中心，1996年），頁1-330；葉龍
彥：《新竹市戲院誌》（新竹市：新竹市立文化中心，1996年），頁1-24。

75 潘國正、葉龍彥、張德南、黃鏡全著：《風城影話——新竹市電影、戲院大事圖錄》
（新竹市：新竹市立文化中心，1996年），頁1-226。

綜觀新竹市電影行業相關研究成果豐碩，在建構竹塹電影的歷史過程之中，耆老訪談居功厥偉，葉龍彥先生於《新竹市電影史》〈導言〉寫道：

> 如果沒有口述歷史，這本書幾乎無法完稿，而在訪問過十幾位的電影耆老後，終於找到了老一代最具本土草根性的真性情——樸實勤勞、樂天安命。所以，有些口述歷史更具時代性，亦為臺灣史之重要資料。[76]

後來葉龍彥先生一九九八年出版《日治時期台灣電影史》第六章〈結論〉中又再度強調口述歷史的重要性，對於電影史的荒蕪開拓，更是不可或缺。[77]

根據一九九六年出版《新竹市戲院誌》一書統計，從一九四五年十月國民政府時代以來，先後有二十八家戲院[78]。戰後新竹市電影院有十八家，後來逐漸沒落，九〇年代只剩國際、紅藍寶石、華揚、清華（嘉華）、新復珍、年代金像獎、中央等七家。二〇〇一年五月二十日調查，只剩下六家繼續放映[79]。二〇〇二年四月《竹塹文獻》二十三期〈新竹當代戲院訪談記錄〉記載著當時六家繼續經營的戲院狀況，除了國際戲院之外，訪問了其中新復珍、年代、紅藍寶石、華揚和嘉華五家戲院。[80]事隔十四年，如今只有國際影城（本館、中興館）、新復珍、華納威秀影城（大遠百、巨城）五家戲院，其中物換星移，後浪推前浪，令人不勝噓唏！幸虧前輩們透過口述歷史將竹塹電影的片段歷史珍貴記憶保留下來。

昔日新竹的玻璃行業佔有一席重要地位，如今雖然沒落，但已成為竹塹地區重要文化資產。一九九〇年行政院文化建設委員會為建立地方特色，鼓勵各縣市提出地方特色館設置計畫，新竹市立文化中心以玻璃工藝作為地方

---

76 葉龍彥：《新竹市電影史》，頁9。

77 葉龍彥：《日治時期台灣電影史》，頁338-339。

78 葉龍彥：《新竹市戲院誌》（新竹市：文化中心，1996年），頁8；葉龍彥，《臺灣戲院發展史》，頁193。

79 葉龍彥：《臺灣戲院發展史》，頁194。

80 葉龍彥：〈新竹當代戲院訪談記錄〉，《竹塹文獻》第23期（2002年4月），頁41-42。

特色館的主題，進行玻璃行業田野調查，於一九九三年出版《閃亮的日子——新竹地區玻璃工藝發展史》[81]，二〇〇一年出版《竹塹玻璃藝師口述歷史影像紀錄》。[82]一九九五年開辦「竹塹國際玻璃藝術節」，至今（2014）邁入第十屆，成果豐碩。

不過，上述成績多偏重於玻璃工藝部分，在玻璃製造業方面著墨不多。一九五〇至一九七〇年代是新竹玻璃行業黃金時期，新竹玻璃製造股份有限公司和台灣玻璃工業股份有限公司分別在竹東和香山設廠生產各種玻璃，帶動玻璃加工業，玻璃工廠如雨後春筍般蓬勃發展，為了降低成本，興起家庭代工，家家戶戶串聖誕燈泡，盛況空前。一九八〇年代臺灣玻璃產業開始外移，加上新竹科學園區的崛起，傳統產業年輕的勞動力，轉往園區，新竹玻璃產業受到重創沒落和轉型。在新竹玻璃行業黃金時期，工廠林立，現今銷聲匿跡，不留蹤影，亟需透過訪談來保留當時從業人員的歷史記憶，重建這段歷史空白記載，是未來新竹口述歷史有待努力的地方。

最後，新竹科學園區設立迄今已有三十七年歷史，名聞遐邇，是台灣知識經濟重要推手，也是新竹地區重要行業之一。儘管過去有一些研究園區內科技產業發展的文章，例如：《竹塹文獻》三十七期主題：「新竹科學園區發展史」。但囿於產業性質、商業競爭、智慧財產權和科技人性格等因素影響，很少有科學園區業者的口述歷史型式紀錄，誠為竹塹地方行業口述歷史美中不足的遺憾，值得日後尋求突破之處。

六 結語

一個眾聲喧嘩多元的時代，儘管吵雜萬分，惟每一個聲音都有意思。然而過去歲月有許多的聲音因著時空環境之因素，埋藏在當事人的心中，沒有

---

81 周平等：《閃亮的日子——新竹地區玻璃工藝發展史》（新竹市：新竹市立文化中心，1993年），頁1-56。

82 張素雲、溫文龍：《竹塹玻璃藝師口述歷史影像紀錄》（新竹市：新竹市立玻璃工藝博物館，2001年），頁1-156。

發「生」（聲），如今卻能藉著口述歷史方式表達出來，填補共同記憶的空白，或充實時間變遷的內容，甚至改寫歷史容顏的面貌，本文從《竹塹文獻》中的一些口述歷史文章，不難看出前述效果，故口述訪談記錄彌足珍貴。

儘管口述歷史雖可彌補文獻之不足或缺失，但不是唯一的史料，只不過是眾多資料當中的一部分；而且孤證不立，必須與其他文獻配合著運用。此外，口述歷史是受訪者和採訪者雙方合作的產物，內中夾雜著選擇、誇大、虛構、懷舊、特殊感情和個人主觀好惡等等成分，使用時要戒慎小心。

臺灣口述歷史發展至今，蔚為風潮，成績相當不錯，但也出現一些瓶頸和問題，有待解決及突破。[83]其中以口述歷史人才之培養尤為重要，從文末所列《竹塹文獻》口述歷史相關文章及書籍作者來看，似乎有集中在一些少數人士的情形，多少反映出口述歷史人才困窘的現象。

最後，持平而論，從事口述歷史的人雖多，但是接受嚴謹訓練優秀口述歷史的人卻不多見，以致口述歷史作品水準良莠不齊。現今從事口述歷史的人有受過學院專業訓練或非學術圈業餘出身，這種差別是沒有必要的，雙方可以互相競爭，互相切磋，互相關懷，視野才會寬廣。[84]事實上，口述歷史工作者不問出身，除了要有興趣之外，訪談技巧是靠後天不斷藉著實務現場磨練出來。張炎憲先生在《新竹風城二二八》〈後記〉和《風中的哭泣：五〇年代新竹政治案件》〈後記／疼惜的心情〉皆提到非學術圈業餘出身許明薰先生對於口述歷史的協助和貢獻[85]，即可佐證；同時這兩本書也是專業訓練學者和民間業餘人士合作的典範。

---

83 許雪姬：〈解嚴後臺灣口述歷史的發展及其檢討，1987-2014〉，《臺灣口述歷史學會會刊》第5期（2014年8月），頁31-34。

84 黃卓權：《進出客鄉：鄉土史田野與研究》（台北市：南天書局有限公司，2008年），頁74-75。

85 張炎憲、許明薰、陳鳳華、楊雅慧：《新竹風城二二八》（新竹市：新竹市政府文化局，2002年），頁284；張炎憲、許明薰、陳鳳華、楊雅慧：《風中的哭泣：五〇年代新竹政治案件》（新竹市：新竹市政府文化局，2002年），下冊，頁635。

參考書目

一 專書

尤力・阿冒等 《大家來寫村史——民眾參與式社區史操作手冊》 台北市 唐山出版社 2001年

布洛克（Marc Bloch）著 周婉窈譯 《史家的技藝》 台北市 遠流出版事業股份有限公司 1989年

江天健、陳鸞鳳、張瑋琦 《發現竹塹在地產業聲音：竹塹產業耆老訪談口述歷史》 新竹市 新竹市政府文化局 2014年

吳濁流 《台灣連翹》 台北市 草根出版事業有限公司 1999年

周平等 《閃亮的日子——新竹地區玻璃工藝發展史》 新竹市 新竹市立文化中心 1993年

洪惠冠主編 《竹塹百年發展口述歷史——耆老座談紀錄輯》 新竹市 新竹市立文化中心 1996年

唐諾・里齊（Donald A. Ritchie）著 王芝芝譯 《大家來做口述歷史》 台北市 遠流出版事業有限公司 1997年

格奧爾格・伊格斯（Georg G. Iggers）著 楊豫譯 《二十世紀的史學》 台北市 昭明出版社 2003年

韋煙灶 《鄉土教學及教學資源調查》 台北市 國立台灣師範大學地理學系 2002年

張炎憲、許明薰、陳鳳華、楊雅慧 《新竹風城二二八》 新竹市 新竹市政府文化局 2002年

張炎憲、許明薰、陳鳳華、楊雅慧 《風中的哭泣：五〇年代新竹政治案件》 新竹市 新竹市政府文化局 2002年

張建家 《竹塹末代行業》 新竹市 新竹市立文化中心 1995年

張素雲、溫文龍 《竹塹玻璃藝師口述歷史影像紀錄》 新竹市 新竹市立玻璃工藝博物館 2001年

黃卓權　《進出客鄉：鄉土史田野與研究》　台北市　南天書局有限公司
　　　　2008年

陳玉玲　《尋找歷史中缺席的女人——女性自傳的主體性研究》　嘉義縣
　　　　南華管理學院　1998年

葉龍彥　《新竹市電影史》　新竹市　新竹市立文化中心　1996年

葉龍彥　《新竹市戲院誌》　新竹市　新竹市立文化中心　1996年

葉龍彥　《日治時期台灣電影史》　台北市　玉山社　1998年

葉龍彥　《臺灣戲院發展史》　新竹市　新竹市影像博物館　2001年

葉龍彥　《臺灣老戲院》　新北市　遠足文化事業公司　2004年

臺灣口述歷史書目彙編編輯組　《臺灣口述歷史書目彙編（1953-2009）》
　　　　台北市　中央研究院臺灣史研究所　2009年

種子文化工作室　《新竹米粉產業史》　新竹市　新竹市立文化中心　1998
　　　　年

潘國正、葉龍彥、張德南、黃鏡全著　《風城影話——新竹市電影、戲院大
　　　　事圖錄》　新竹市　新竹市立文化中心　1996年

潘國正　《新竹人‧日本兵‧戰爭經驗》　新竹市　新竹市立文化中心
　　　　1997年

潘國正　《新竹老店‧城市容顏——新竹老店田野調查報告》　新竹市　新
　　　　竹市政府　2004年

潘國正　鍾淑姬、曾子軒、洪雅音、張靜宜　《新竹市醫療業耆老口述歷
　　　　史》　新竹市　新竹市文化局　2008年

龍應台　《大江大海一九四九》　台北市　天下雜誌股份有限公司　2009年

二　期刊論文

王明珂　〈誰的歷史：自傳、傳記與口述歷史的社會記憶本質〉　《思與
　　　　言》第34卷第3期　1996年9月　頁147-184

王彥婷、宋珊霈　〈日治時期小學生的生活體驗——以吳水生阿公為例〉
　　　　《竹塹文獻》第53期　2013年2月　頁86-103

沈懷玉　《口述歷史實務、運用與省思》　收入編輯委員會　《史學與史
　　　　識：王爾敏教授八秩嵩壽榮慶學術論文集》　新北市　廣文書局
　　　　2009年　頁129-162

李宥辰、蔡堯婷　〈日治後期新竹市的教育生活──李棟樑阿公的故事〉
　　　　《竹塹文獻》第53期　2013年2月　頁104-131

何湘妃、陳瑞玲　〈彭炳耀先生訪談紀錄〉　《竹塹文獻》第27期　2003年
　　　　8月　頁125-138

何湘妃、陳瑞玲　〈台籍國軍的從軍紀實──蔡金諒先生的故事〉　《竹塹
　　　　文獻》第37期　2006年12月　頁34-51

何湘妃、陳瑞玲　〈台灣農業義勇團海外戰地經歷──沈揚霖先生的故事〉
　　　　《竹塹文獻》第39期　2007年10月　頁113-132

何湘妃、陳瑞玲　〈我的小學生活──李水圳先生的回憶〉　《竹塹文獻》
　　　　第43期　2009年7月　頁132-149

何湘妃、陳瑞玲　〈高座少年工李水圳先生的故事〉　《竹塹文獻》第45期
　　　　2010年5月　頁100-126

何湘妃、陳瑞玲　〈誠實篤實──李榮輝醫師的故事〉　《竹塹文獻》第52
　　　　期　2012年7月　頁34-57

邱秋容　〈公賣局耆老座談會記錄〉　《竹塹文獻》第19期　2001年4月
　　　　頁1-15

林建昌　〈二次大戰前後的童年生活〉　《竹塹文獻》第45期　2010年5月
　　　　頁80-99

林建昌　〈小學回憶〉　《竹塹文獻》第56期　2014年1月　頁139-158

許佩賢　〈日本統治末期新竹市市內的教育狀況〉　《竹塹文獻》第43期
　　　　2009年7月　頁40-51

許雪姬　〈解嚴後臺灣口述歷史的發展及其檢討　1987-2014〉　《臺灣口
　　　　述歷史學會會刊》第5期　2014年8月　頁2-38

張瑞德　〈自傳與歷史〉　收入《中國現代自傳叢書──編選代序》　新北
　　　　市　龍文出版社　1989年　頁19-36

張德南　〈電影全能周宜得訪談紀錄〉　《竹塹文獻》試刊號　1995年11月　頁14-19

陳月嬌　〈鐵路局耆老座談會紀錄〉　《竹塹文獻》第19期　2001年4月　頁16-30

陳鳳華　〈社會主義青年大同盟案──傅麗燕訪問記錄〉　《竹塹文獻》第20期　2001年7月　頁35-40

陳鳳華　〈竹東水泥廠案──劉香蘭、彭昇平訪問記錄〉　《竹塹文獻》第20期　2001年7月　頁41-49

陳鳳華　〈工礦公司新竹紡織廠案──朱煒煌訪問記錄〉　《竹塹文獻》第20期　2001年7月　頁83-101

陳鳳華　〈新農會案──鍾阿千訪問記錄〉　《竹塹文獻》第20期　2001年7月　頁116-122

葉錦爐　〈戰時生活的回憶〉　《竹塹文獻》第27期　2003年8月　頁158-177

葉龍彥　〈新竹第一家戲院──新竹座（1908-1917）〉　《竹塹文獻》試刊號　1995年11月　頁1-13

葉龍彥　〈新竹當代戲院訪談記錄〉　《竹塹文獻》第23期　2002年4月　頁41-42

楊雅慧　〈社會主義青年大同盟案──曾美容訪問記錄〉　《竹塹文獻》第20期　2001年7月　頁26-34

潘國正　〈經歷二個時代的白色恐怖──鄭萬成〉　《竹塹文獻》第6期　1998年1月　頁104-107

潘國正　〈經歷二個時代的白色恐怖──楊進發〉　《竹塹文獻》第6期　1998年1月　頁108-112

潘國正　〈新竹工校學生接收新竹機場──白孟德〉　《竹塹文獻》第6期　1998年1月　頁118-121

顧敏耀　〈呈現在地觀點與挖掘草根歷史──彰化縣「大家來寫村史」叢書初探〉　《大葉大學通識教育學報》7期　2011年5月　頁239-270

三　網站

文化部　〈台灣故事島計畫說明〉　來源：
　　　　https://storytaiwan.tw/cp.aspx?n=F3157812E820C28D，2016.8.30
台灣口述歷史學會　〈簡介──成立過程〉　來源：
　　　　http://www.oh.org.tw/creation.html，2016.8.30

附錄一

《竹塹文獻》雜誌口述歷史相關文章（試刊號至六十一期為範圍，按照期數順序臚列）

1. 張德南：〈電影全能周宜得訪談紀錄〉，《竹塹文獻》試刊號（1995年11月），頁14-19。

2. 潘國正：〈新竹人，日本兵，戰爭經驗——天皇陛下赤子心〉，《竹塹文獻》創刊號（1996年10月），頁147-178。

3. 張德南：〈繪畫全才李秋山訪問記〉，《竹塹文獻》創刊號（1996年10月），頁179-192。

4. 潘國正：〈白色恐怖〉，《竹塹文獻》第6期（1998年1月），頁104-126。

5. 陳月嬌：〈新竹攝影前輩座談記錄〉，《竹塹文獻》第9期（1998年10月），頁8-30。

6. 蔡祐庭：〈當三民主義請馬克斯吃飯——洪鎌德教授訪談錄〉，《竹塹文獻》第14期（2000年1月），頁20-32。

7. 覃思齊：〈「搞怪」的新竹刺客——專訪黃文雄先生〉，《竹塹文獻》第14期（2000年1月），頁33-46。

8. 吳佳穗：〈竹工家具木工科〉，《竹塹文獻》第17期（2000年10月），頁21-52。

9. 陳麗玲、鄭麗珠：〈西門街〉，《竹塹文獻》第17期（2000年10月），頁53-63。

10. 吳佳穗：〈台灣藝術雕刻木器工廠〉，《竹塹文獻》第17期（2000年10月），頁64-72。

11. 王佩芬：〈旭正家具〉，《竹塹文獻》第17期（2000年10月），頁73-79。

12. 吳佳穗：〈舊城阿勝師——家具指物師傅〉，《竹塹文獻》第17期（2000年10月），頁80-85。

13.吳佳穗：〈北埔范義揚與范振華父子檔——大木作師傅〉，《竹塹文獻》第17期（2000年10月），頁86-92。

14.李建敏：〈樹林頭張金泰——家具門窗師傅〉，《竹塹文獻》第17期（2000年10月），頁93-100。

15.李建敏：〈榮發朱師傅——壽板師傅〉，《竹塹文獻》第17期（2000年10月），頁101-108。

16.李建敏：〈後車路阿輝師——神桌師傅〉，《竹塹文獻》第17期（2000年10月），頁109-116。

17.謝水森：〈懂得琴藝書畫的木匠師傅——鄭義寶〉，《竹塹文獻》第17期（2000年10月），頁117-118。

18.謝水森：〈傑出的雕刻師傅——黃連吉〉，《竹塹文獻》第17期（2000年10月），頁119-120。

19.邱秋容紀錄：〈公賣局耆老座談會記錄〉，《竹塹文獻》第19期（2001年4月），頁1-15。

20.陳月嬌紀錄：〈鐵路局耆老座談會記錄〉，《竹塹文獻》第19期（2001年4月），頁16-30。

21.陳麗雅：〈東海國小校史口述史料系列——人物專訪〉，《竹塹文獻》第19期（2001年4月），頁61-102。

22.張炎憲：〈風中的哭泣——五〇年代白色恐怖政治案件〉，《竹塹文獻》第20期（2001年7月），頁8-122。

23.劉紋綜：〈「詩部落的游牧者——黃騰輝訪談錄」〉，《竹塹文獻》第22期（2002年1月），頁105-116。

24.葉龍彥：〈新竹當代戲院訪談記錄〉，《竹塹文獻》第23期（2002年4月），頁41-57。

25.葉佳讓：〈雕刻歲月——佛雕藝術座談記錄〉，《竹塹文獻》第21期（2001年10月），頁68-80。

26.張德南、呂素蓮：〈新竹市升格二十周年口述史料之一——鄭萬先生訪問稿〉，《竹塹文獻》第25期（2002年10月），頁120-130。

27. 張德南、郭俊雄：〈新竹市升格二十周年口述史料之二——姚棋輝先生訪問稿〉，《竹塹文獻》第25期（2002年10月），頁131-139。

28. 張德南、郭俊雄：〈新竹市升格二十周年口述史料之三——柯文斌先生訪問稿〉，《竹塹文獻》第25期（2002年10月），頁140-146。

29. 張德南、郭俊雄：〈新竹市升格二十周年口述史料之四——吳明輝先生訪問稿〉，《竹塹文獻》第25期（2002年10月），頁147-154。

30. 何湘妃、陳瑞玲：〈彭炳耀先生訪談紀錄〉，《竹塹文獻》第27期（2003年8月），頁125-138。

31. 何湘妃、陳瑞玲：〈劫後餘生話當年——田耀勛先生的故事〉，《竹塹文獻》第32期（2005年1月），頁106-142。

32. 張德南：〈人物專欄系列——鄭卻〉，《竹塹文獻》第34期（2005年8月），頁97-98。

33. 何湘妃：陳瑞玲：〈台籍國軍的從軍紀實——蔡金諒先生的故事〉，《竹塹文獻》第37期（2006年12月），頁34-51。

34. 王俊秀：〈美軍眷村在新竹：口述歷史的觀點〉，《竹塹文獻》第37期（2006年12月），頁52-75。

35. 張德南：〈人物系列（5）——鄭煙地〉，《竹塹文獻》第38期（2007年4月），頁148-149。

36. 何湘妃、陳瑞玲：〈台灣農業義勇團海外戰地經歷——沈揚霖先生的故事〉，《竹塹文獻》第39期（2007年10月），頁113-132。

37. 何湘妃、陳瑞玲：〈我的小學生活——李水圳先生的回憶〉，《竹塹文獻》第43期（2009年7月），頁132-149。

38. 何湘妃、陳瑞玲：〈高座少年工李水圳先生的故事〉，《竹塹文獻》第45期（2010年5月），頁100-126。

39. 黃靜惠：〈進益的頭家公「貓江伯仔」〉，《竹塹文獻》第49期（2011年6月），頁78-79。

40. 黃靜惠：〈解開「新竹摃丸」的密碼：新竹老字號【海瑞摃丸】〉，《竹塹文獻》第49期（2011年6月），頁80-82。

41.黃靜惠：〈新竹摃丸的強棒——林冠勳〉，《竹塹文獻》第49期（2011年6月），頁83。

42.黃靜惠：〈看見新竹市的「丸美女人」剛強壯膽，得地為業——黃之沂〉，《竹塹文獻》第49期（2011年6月），頁84-85。

43.黃靜惠：〈摃丸女狀元「阿桂子」新竹中和摃丸〉，《竹塹文獻》第49期（2011年6月），頁86-87。

44.黃靜惠：〈莊氏食品——王敏玲與莊培堯〉，《竹塹文獻》第49期（2011年6月），頁88-91。

45.黃靜惠：〈新竹華品摃丸的美麗神話〉，《竹塹文獻》第49期（2011年6月），頁92-93。

46.黃靜惠：〈驚豔！遇見摃丸產業裡的藝術家——新竹進富摃丸李木清與沈美雲〉，《竹塹文獻》第49期（2011年6月），頁94-97。

47.黃靜惠：〈新竹摃丸達人「讓哥」：新竹士林林家摃丸〉，《竹塹文獻》第49期（2011年6月），頁98-99。

48.黃靜惠：〈仁德摃丸號〉，《竹塹文獻》第49期（2011年6月），頁100-101。

49.羅世維：〈竹塹北管藝師——彭繡靜生命史及揚藝傳薪歷程〉，《竹塹文獻》第49期（2011年6月），頁102-129。

50.張德南：〈斷人心腸的舊港大橋〉，《竹塹文獻》第50期（2011年10月），頁82-91。

51.何湘妃、陳瑞玲：〈誠實篤實——李榮輝醫師的故事〉，《竹塹文獻》第52期（2012年7月），頁34-57。

52.張德南：〈碑帖兼善書法家張國珍的故事〉，《竹塹文獻》第52期（2012年7月），頁158-161。

53.王彥婷、宋珊霈：〈日治時期小學生的生活體驗——以吳水生阿公為例〉，《竹塹文獻》第53期（2013年2月），頁86-103。

54.李宥辰、蔡堯婷：〈日治後期新竹市的教育生活——李棟樑阿公的故事〉，《竹塹文獻》第53期（2013年2月），頁104-131。

55.張德南：〈陳志升（1912-2009）——螺鈿木雕藝師〉，《竹塹文獻》第54期（2013年3月），頁157-160。

56.張德南：〈盧文枝——環境衛生製藥的翹首〉，《竹塹文獻》第56期（2014年1月），頁159-164。

57.張德南：〈合唱大師：蘇森墉〉，《竹塹文獻》第57期（2014年8月），頁101-104。

58.張德南：〈一聆難忘的辨士：鄭衍宗〉，《竹塹文獻》第57期（2014年8月），頁105-107。

59.王鳳英：〈人物訪談——彭商育老師〉，《竹塹文獻》第60期（2015年10月），頁38-44。

60.楊榮祥口述，何乃蕙整理：〈德智體三育兼備的人生導師懷念一段超過半世紀的師生情，《竹塹文獻》第60期（2015年10月），頁45-51。

61.張德南：〈形與意俱傳的膠彩畫推手——謝榮磻（1933-2014），《竹塹文獻》第61期（2015年12月），頁158-161。

附錄二

新竹市文化局出版相關口述歷史專書（以出版年代先後順序排列）

1. 周平等：《閃亮的日子——新竹地區玻璃工藝發展史》（新竹市：新竹市立文化中心，1993年），56頁。
2. 馬錦鑾：《竹塹采風》（新竹市：新竹市立文化中心，1994年），139頁。
3. 張惠真：《竹塹燈籠薪傳藝師：謝水木》（新竹市：新竹市立文化中心，1994年），59頁。
4. 陳騰芳：《竹塹思想起——老照片說故事（一）》（新竹市：新竹市立文化中心，1995年），195頁。
5. 潘國正著：《竹塹思想起——老照片說故事（二）》（新竹市：新竹市立文化中心，1995年），203頁。
6. 潘國正著：《一生懸命：竹塹耆老講古》（新竹市：新竹市立文化中心，1995年），143頁。
7. 張建家：《竹塹末代行業》（新竹市：新竹市立文化中心，1995年），90頁。
8. 洪惠冠主編：《竹塹百年發展口述歷史——耆老座談紀錄輯》（新竹市：新竹市立文化中心，1996年），254頁。
9. 張谷誠：《新竹叢誌》（新竹市：新竹市立文化中心，1996年），506頁。
10. 潘國正：《風城影話：新竹市電影、戲院大事圖錄》（新竹市：新竹市立文化中心，1996年），226頁。
11. 彭炳耀：《造飛機の日子——台灣少年工回憶錄》（新竹市：新竹市立文化中心，1996年），238頁。
12. 楊文全：《咱大湖 e 舊相簿仔》（新竹市：新竹市立文化中心，1997年），117頁。
13. 張德南：《走過從前——眷村的影像歲月》（新竹市：新竹市立文化中心，1997年），161頁。

14. 潘國正：《天皇陛下の赤子：新竹人，日本兵，戰爭經驗》（新竹市：新竹市立文化中心，1997年），203頁。

15. 潘國正：《竹籬笆的長影──眷村爸爸媽媽口述歷史》（新竹市：新竹市立文化中心，1997年），362頁。

16. 潘國正：《新竹市眷村田野調查報告書》（新竹市：新竹市立文化中心，1997年），322頁。

17. 溫文龍主編：《封塵影像：謝煌坤的映象歲月》（新竹市：新竹市立文化中心，1997年），142頁。

18. 黃滋淳：《新竹國小老照片說故事》（新竹市：新竹市立文化中心，1998年），102頁。

19. 蘇玲瑤編撰：《聲震竹塹城：新竹市北管子弟團振樂軒專輯》（新竹市：新竹市立文化中心，1998年），231頁。

20. 蘇玲瑤：《竹塹憨子弟：新竹市北管子弟的記錄》（新竹市：新竹市立文化中心，1998年），202頁。

21. 鄧淑慧編纂：《新竹米粉產業史》（新竹市：新竹市立文化中心，1998年），200頁。

22. 張德南：《北門大街》（新竹市：新竹市立文化中心，1998年），192頁。

23. 陳錦標：《陳錦標回憶錄》（新竹市：新竹市立文化中心，1999年），116頁。

24. 黃春木：《無私與大愛──辛志平校長的故事》（新竹市：新竹市立文化中心，1999年），125頁。

25. 蘇玲瑤：《塹城南音舊事──新竹市南管曲藝的紀錄》（新竹市：新竹市立文化中心，1999年），144頁。

26. 張素雲、溫文龍：《竹塹玻璃藝術師口述歷史影像紀錄》（新竹市：新竹市立玻璃工藝博物館，2001年），156頁。

27. 張炎憲、許明薰、陳鳳華、楊雅慧：《新竹風城二二八》（新竹市：新竹市政府文化局，2002年），284頁。

28. 張炎憲、許明薰、陳鳳華、楊雅慧：《風中的哭泣：五〇年代新竹政治案件》（新竹市：新竹市政府文化局，2002年），635頁。

29. 潘國正：《竹塹思想起——老照片說故事（三）》（新竹市：新竹市政府文化局，2003年），208頁。

30. 李存治：《眷戀忠貞憶空工》（新竹市：新竹市政府文化局，2006年），179頁。

31. 潘國正、鍾淑姬、曾子軒、洪雅音、張靜宜：《新竹市醫療業耆老口述歷史》（新竹市：新竹市政府文化局，2008年），267頁。

32. 林松主編：《串起記憶的珍珠：國民戲院暨新竹電影業口述歷史訪談錄》（新竹市：新竹市政府文化局，2008年），159頁。

33. 林松主編：《戀戀眷村——新竹市眷村文化特色空間運用調查研究專輯》（新竹市：新竹市政府文化局，2009年），206頁。

34. 林榮洲主編：《誠慧健毅：辛志平校長口述歷史》（新竹市：新竹市政府文化局，2011年），199頁。

35. 李崇善：《暗夜傳奇》（新竹市：新竹市政府文化局，2011年），261頁。

36. 李崇善：《黑蝙蝠中隊：赴湯蹈火》（新竹市：新竹市政府文化局，2011年），199頁。

37. 江天健、陳鸞鳳、張瑋琦：《發現竹塹在地產業聲音：竹塹產業耆老訪談口述歷史》（新竹市：新竹市政府文化局，2014年），223頁。

清領時期臺灣竹塹地區二鄭經學的通經與致用
──兼論《靜遠堂文鈔》的文獻來源

林保全[*]

摘要

本論文旨在探討清領時期臺灣竹塹地區的經學發展,並藉由鄭用錫、鄭用鑑的相關著作,分析竹塹二鄭與清朝內陸地區經學的似合情況,及其所反映的經學旨趣與特質。文中首先將針對今本鄭用鑑《靜遠堂文鈔》文獻來源的相關疑義進行梳理,嘗試考證出今本所收《靜遠堂文鈔》中的部分篇章,並非鄭用鑑的原作,而是歷來宋、元、明、清士人的相關作品。其次,藉由鄭用錫的《北郭園全集》、鄭用鑑的《靜遠堂文鈔》所收錄的相關篇章,嘗試與內陸地區經學的似合情況進行梳理。再次,藉由二鄭的文集,分析兩人的經學特質是具有重視教化的實質效用,以及通經致用的精神取向。

關鍵詞:清領、臺灣、竹塹、經學、鄭用錫、鄭用鑑

[*] 清華大學南大校區中國語文學系助理教授。

一 前言：開臺進士經學事業的再聚焦[1]

　　經學自兩漢以來即為國家政治與社會文化的重要核心價值，往後更是典章制度與進才取士的重要依據，即使是在漢民族以外所建立的政權，例如元朝、清朝等等，經學的影響力仍然存在，甚至清朝政權對於經學事業的推行，其積極程度也不會遜於其他朝代。[2]然而，在清朝的邊陲地帶卻往往由於交通的通塞或納入版圖的先後不同，各區域所接受經學教化的深淺以及經學事業的推行長短也都不盡相同，例如臺灣地區就是一個相當重要的例子。[3]臺灣與中國內陸文化產生聯繫或許可以上溯至三國時期，但是真正有實質的影響還是在明中葉以後。再者，清領時期的臺灣地區也並非沒有經學事業的發展，反而從明鄭以來的開源導流，到清朝時期陸續出現科舉上的進士、舉人、秀才等等，也都說明了清代時期臺灣的經學事業仍然有持續的發展，只

1　本論文初稿為「2015第二屆臺灣竹塹學國際學術研討會」會議論文，承蒙講評人趙中偉教授與《清華學報》審查者惠賜修改意見，於二○一六年十二月十五日接受刊登，謹致謝忱。

2　關於元朝經學的相關問題，可參考涂雲清：《蒙元統治下的士人及其經學發展》（臺北市：臺灣大學出版中心，2012年）、趙琦：《金元之際的儒士與漢文化》（北京市：北京人民出版社，2004年）、王明蓀：《元代的士人與政治》（臺北市：臺灣學生書局，1992年），以及林登昱：〈論元代經學著述的發展趨勢〉，《中國文哲研究通訊》第8卷第2期（1998年6月），頁75-95、王明蓀：〈元代的儒吏之論與儒術緣飾吏治〉，《華學月刊》第139期（1983年7月），頁9-19、李則芬：〈漢蒙思想衝突對元代政治的影響〉，《東方雜誌》第7卷第3期（1973年9月），頁33-51、何佑森：〈元代學術之地理分布〉，《新亞學報》第2期（1956年2月），頁305-366、何佑森：〈元代書院之地理分布〉，《新亞學報》第2卷第1期（1956年2月），頁361-408。至於清朝經學的研究概況，可參考梁啟超：《清代學術概論》（臺北市：五南圖書，2012年）、梁啟超：《中國近三百年學術史》（臺北市：五南圖書出版公司，2013年）、錢穆：《中國近三百年學術史》，《錢賓四先生全集》甲編第16-17冊（臺北市：聯經出版公司，1994年）、何佑森：《清代學術思潮：何佑森先生學術論文集》（臺北市：臺灣大學出版中心，2009年）。

3　有關臺灣接受大陸地區漢文化或儒學的相關議題，可參考陳昭瑛：《臺灣儒學：起源、發展與轉化》（臺北市：臺灣大學出版中心，2008年）、陳昭瑛：《臺灣與傳統文化》（臺北市：臺灣書店，1999年）、潘朝陽：《臺灣儒學的傳統與現代》（臺北市：臺灣大學出版中心，2008年）、潘朝陽：《明清臺灣儒學論》（臺北市：臺灣學生書局，2001年）。

是長期以來這個議題較不受到重視。[4]

　　然而，即使清領時期臺灣地區的經學也逐漸受到了關注，但往往也有重南輕北的情況產生，這是因為臺灣早期文化與經濟的發展原本就是以臺南為重心，而臺灣的北部也確實是處於待開發的地區，因此北部經學事業的發展，自然而然就會慢於南部。但即使如此，北部地區尤其是淡水廳的經學事業，在後來的臺灣經學發展也都佔有一席之地，而這重要的轉關，自然就是與竹塹地區的二鄭——鄭用錫（1788-1858）、鄭用鑑（1789-1867）有重要的關係。[5]

　　二鄭的經學事業既然在竹塹地區及北臺灣都佔有一席之地，但對於兩人的經學研究卻多付之闕如，而多數的研究則是集中在兩人的詩文創作領域。[6]有鑒於此，本論文嘗試以二鄭的著述為核心，考察其經學事業的建樹，並進而分析其經學特質與旨趣。惟二鄭的經學乃傳承自竹塹樹林頭王士

4　臺灣明鄭時期的經學概況及相關議題，可參考中央研究院中國文哲研究所舉辦的第一、二次「臺灣經學的萌發與轉型——從明鄭到日治時期」研討會會議論文集。另，有關臺灣清領時期儒學的相關研究，除了上述註釋二所提及之外，還可參考顧敏耀：〈臺灣清領時期經學發展考察〉，《興大中文學報》第29期（2011年6月），頁193-212、賴貴三：〈明清時期臺灣經學歷史發展的考察與分析〉，《中國經學》第3期（2008年），頁200-264。此外，有關臺灣士人科舉出身的相關資料與統計，可參考林文龍：《臺灣的書院與科舉》（臺北市：常民文化出版社，1999年）、林衡道主編：《臺灣史》（臺北市：臺灣省文獻委員會，1988年）、林淑慧：〈竹塹文人鄭用錫、鄭用鑑散文的文化意涵及其題材特色〉，《中國學術年刊》第26期（2004年9月），頁173-204、238。

5　二鄭對明志書院的經營，以及培養士人、科舉人才的貢獻，可參考林文龍：《臺灣科舉家族：新竹鄭氏人物與科名》（南投市：國史館臺灣文獻館，2015年），以及詹雅能編纂：《明志書院沿革志》（新竹市：新竹市政府文化局，2002年）。

6　目前學界有關二鄭經學的研究，專文的部分有商瑈：〈鄭用錫突出「徵實」、「重禮」的經學研究〉、陳金木：〈經義、義法與點評——鄭用錫《北郭園全集·述穀堂制藝》析論〉，《臺灣經學的萌發與轉型——從明鄭到日治時期學術研討會論文集》（臺北市：中央研究院中國文哲研究所，2013年11月28-29日）。至於部分涉及到二鄭的經學，可參閱張德南〈學界山斗鄭用鑑〉、黃美娥〈明志書院的教育家——鄭用鑑〉、顧敏耀〈臺灣清領時期經學發展考察〉等論文，至於二鄭的詩文研究則遠多於經學領域，限於篇幅不一一舉例。

俊，而其先祖王世傑（1661-1721）是渡海開墾竹塹的重要士人，若追本溯源兩人的經學也是遠從內陸逐漸傳遞而來。[7]因此，探討二鄭與當時清朝內陸經學的似合情況，也是不可或缺的一環。惟梳理之前，由於今本鄭用鑑《靜遠堂文鈔》的文獻來源，尚有諸多疑義之處，故先行梳理如下。

二　鄭用鑑《靜遠堂文鈔》文獻來源疑義

較早提及有關鄭用鑑著作的原始資料，應該是他的女婿陳鶯升為他所撰的〈鄉賢藻亭公墓誌銘〉：

> 宜乎崇祀名宦之前，廳尊懷樸、馥棠兩曹公，屢稱其「卓然儒宗」，倍如（加）敬重焉。其論文也，清奇濃淡，不拘一格，大率以理法為宗。[8]

在這段墓誌銘中，只有提到他的著作旨趣具有「清奇濃淡，不拘一格」的特質，而且大致上是以「理法為宗」作為學術指歸，但並沒有提到他有何著作，而且也沒有提到刊行或存佚的情況又如何。同樣，《淡水廳志‧先正門》之中也沒有提及鄭用鑑的著作：

> 鄭用鑑，竹塹城人。拔貢生，原籍同安。性恬淡，嘗倡修文廟，復襄舉義渡、義倉事。掌教明志書院，垂三十年。《廳志稿》佐兄用錫兼

7　有關王士傑開墾竹塹的相關研究，可參考張德南：〈王世傑與新竹地區的開墾〉，《竹塹文獻雜誌》，試刊號（1995年11月），頁97-102、王家燦：〈王世傑之背景影響及其家族發展史〉，《竹塹文獻雜誌》，試刊號（1995年11月），頁92-96，以及李正萍：《從竹塹到新竹：一個行政、軍事、商業中心的空間發展》（臺北市：國立臺灣師範大學地理研究所碩士論文，1990年）。

8　陳鶯升：〈鄉賢藻亭公墓誌銘〉，收入鄭鵬雲編著，林衡道，陳澤主編：《影本浯江鄭氏家乘》（臺中市：臺灣省文獻委員會，1978年），頁150，總頁326。

脩，以運津米勞，加內閣中書銜。同治元年，舉孝廉方正。[9]

這段文章中不僅沒有提到他的著作，同時也沒有提到刊行或存佚的情況，直到《新竹縣採訪冊》、《新竹縣志初稿》、《臺灣通史》等史料，才提及了刊行或存佚的情況。例如《新竹縣採訪冊》記載：

> 鄭用鑑……。性真摯，重然諾，惜廉隅。家塾課徒，以德行為先，文藝為次；及門陳維英輩，品學傑出一時。……《廳志稿》佐兄用錫兼修。以籌運津米勞，加內閣中書銜。同治元年，舉孝廉方正。著有《易經圖解易讀》凡三卷，及文稿、詩稿存於家，未刊行。[10]

以及《新竹縣志初稿》的記載：

> 鄭用鑑……《廳志稿》佐兄用錫兼修。以運津米勞，加內閣中書銜。同治元年，舉孝廉方正，著《易經易讀》、《靜遠堂文鈔》，俱未付梓。光緒初年，入祀鄉賢祠。[11]

另外《臺灣通史》也提到：

> 用鑑……佐用錫纂志稿。咸豐三年，以籌運津米，加內閣中書銜。同治元年，舉孝廉方正。著《易經圖解易讀》三卷及詩文，未刊。[12]

---

9 〔清〕陳培桂：《淡水廳志》（南投：臺灣省文獻委員會，1993年，據民國52年（1963）臺灣銀行《臺灣文獻叢刊》本第172種影印），頁273。

10 〔清〕陳朝龍著，林文龍點校：《合校足本新竹縣采訪冊》（南投市：臺灣省文獻委員會，1999年），卷9，先賢上，頁492。

11 鄭鵬雲著，曾逢辰纂輯：《新竹縣志初稿》（南投市：臺灣省文獻委員會，1993年，據民52年（1963）臺灣銀行《臺灣文獻叢刊》本第61種影印），卷4，列傳，鄉賢，頁10。

12 連橫：《臺灣通史》（南投市：臺灣省文獻委員會，1992年，據民52年（1963）臺灣銀行《臺灣文獻叢刊》本第128種影印），卷34，列傳，鄉賢，總頁968。

從上述這些史料來看，越到後來的資料都提到了鄭用鑑的相關著作並未付梓刊行一事，而這其中當然也包含了《靜遠堂文鈔》。然而，即使他的著作並未刊行，但是在其他的資料中也可以看到鄭用鑑的數條詩文鈔，例如鄭鵬雲（1862-1915）在他踵修的《浯江鄭氏家乘》（以下簡稱《家乘》）中，就曾在「靜遠堂文鈔」一條之下，錄有鄭用鑑〈立書院學規引〉及〈奉養堂記〉兩文，同時又錄有詩作數條，但都是鳳毛麟角而非全璧。直至近年所發現的《臺灣藝文叢誌》中，刊有鄭用鑑的曾孫鄭虛一（1880-1930）所校的《靜遠堂詩鈔》、《靜遠堂文鈔》，才引起學者的注意並進而將《靜遠堂詩文鈔》重新輯佚／復原出來，同時也帶動了一批研究鄭用鑑詩文的學術新風潮。[13]

　　然而，如果詳細考證文鈔裡面內容，事實上會發現有很多篇章並不是鄭用鑑本人的原作，茲將《靜遠堂文鈔》中所收錄的作品而作者實另有他人的相關資料製成下表：

表一　今本《靜遠堂文鈔》中所收作品出於他人原作對照表

	《靜遠堂文鈔》	出處：作者／篇名／書名
1	讀《周禮》	〔宋〕林希逸：〈周禮〉，《竹溪鬳齋十一藁續集》，卷9。
2	刑期于無刑	待查／不確定[14]
3	怡梅軒記	〔明〕鄭文康：〈怡梅記〉，《平橋藁》，卷7。
4	地理說	〔明〕張以寧：〈送地理鄭隱山序〉，《翠屏集》，卷3。

---

13 〔清〕鄭用鑑著，詹雅能編校：《靜遠堂詩文鈔》（新竹市：新竹市政府文化局，2001年），頁5-6。

14 「刑期于無刑」一詞見於《尚書・虞書・大禹謨》，原文如下：帝曰：「皋陶，惟茲臣庶，罔或干予正。汝作士，明于五刑，以弼五教。期于予治，**刑期于無刑**，民協于中，時乃功，懋哉。」上引參見〔漢〕孔安國傳，〔唐〕孔穎達等正義：《尚書正義》（臺北市：藝文印書館，1955年，據〔清〕嘉慶20年（1815）江西南昌府學刊本影印），卷4，頁7，總頁55。

	《靜遠堂文鈔》	出處：作者／篇名／書名
5	立書院學規引	〔宋〕陳襄：〈縣學疏〉，《古靈集》，卷18。
6	孫策有兼并之志議	〔宋〕李彌遜：〈孫策有兼并之志〉，《筠谿集》，卷10。
7	讀《易經》	待查／不確定
8	〈賈誼傳〉書後	〔宋〕謝薖：〈書賈誼傳後〉，《竹友集》，卷9。
9	慎齋記	待查／不確定
10	劉備取蜀議	〔宋〕李彌遜：〈劉備取蜀〉，《筠谿集》，卷10。
11	讀宋儒語錄題後	〔清〕卞永譽編：〈蘇昌齡靜學齋銘隸書袖卷紙本高七寸餘長三尺餘·靜學齋銘·周砥〉，《式古堂書畫彙考》，卷18；又〔清〕高士奇編：〈元蘇昌齡靜學齋銘紙本袖卷高七寸五分長三尺餘隸書·周砥〉，《江村銷夏錄》，卷2。
12	王導請元帝引江南之望議	〔宋〕李彌遜：〈王導請元帝引江南之望〉，《筠谿集》，卷10。
13	養說	〔宋〕趙湘：〈養說〉，《南陽集》，卷5。
14	筆說	待查／不確定
15	養浩齋記	〔明〕鄭文康：〈養浩齋記〉，《平橋藁》，卷7。
16	跋無名畫魑魅圖	〔清〕卞永譽編：〈王孤雲漬墨角抵圖_{絹本高一尺餘長六尺水墨鬼怪百戲曲盡其幻樹石簡雅有北宋人意·鄧文原敬書}〉，《式古堂書畫彙考》，卷48；又〔清〕高士奇編：〈元王孤雲墨幻角抵圖卷_{絹本高一尺餘長六尺人物用墨積成鬼怪百戲曲盡其幻樹石簡雅有北宋人意款在右方·鄧文原敬書}〉，《江村銷夏錄》，卷1。

	《靜遠堂文鈔》	出處：作者／篇名／書名
17	跋沈石田山水卷	〔清〕高士奇編：〈文待詔仿倪元鎮山水卷紙本高八寸長一丈六尺紙凡四接鈐縫有司徒之章前有康氏中丞世家圖書府印後款細楷四行‧穀祥題〉，《江村銷夏錄》，卷2。
18	游布衣畫像跋	〔宋〕張元幹：〈蘇養直詩帖跋尾六篇‧右乙卷〉，《蘆川歸來集》，卷9。
19	讀《書經》	〔宋〕陳藻：〈書〉，《樂軒集》，卷6。
20	讀《孝經》	〔宋〕熊禾：〈孝經大義序〉，《勿軒集》，卷1。
21	程朱易說異同	待查／不確定
22	兵說	〔宋〕趙湘：〈兵解〉，《南陽集》，卷5。
23	書明醫士李東垣《內外傷辨方》後	待查／不確定
24	隋高祖論	〔宋〕謝邁：〈過隋論〉，《竹友集》，卷8。
25	「功過格」序	〔清〕魏象樞：〈功過格序〉，《寒松堂全集》，卷8。
26	八卦方位考	〔宋〕陳藻：〈策問十二首‧河圖洛書〉，《樂軒集》，卷6。
27	干支配五行	〔清〕趙翼：〈干支配五行〉，《陔餘叢考》，卷34。
28	讀西漢文選	待查／不確定
29	讀《通鑑》劄說	待查／不確定
30	讀〈淮陰王傳〉書後	〔宋〕陳襄：〈議論策題‧韓信論〉，《古靈集》，卷13。
31	誠明務學解	〔宋〕陳襄：〈上神宗論誠明之學〉，收入〔宋〕趙汝愚編：《宋名臣奏議》，卷5。

	《靜遠堂文鈔》	出處：作者／篇名／書名
32	奉養堂記	〔明〕鄭文康：〈奉養堂說〉，《平橋藁》，卷18。
33	萬竹秋聲廬跋	〔明〕鄭文康：〈萬竹秋聲記〉，《平橋藁》，卷7。
34	答友人書	〔宋〕陳襄：〈與孫運使書〉，《古靈集》，卷14。
35	與友人書	待查／不確定
36	硯銘二首	〔清〕魏象樞：〈硯銘馮秋水所貽即用來書二語銘之〉，《寒松堂全集》，卷12。
37	燈屏銘	〔清〕魏象樞：〈燈屏銘〉，《寒松堂全集》，卷12。
38	師友贊	〔清〕魏象樞：〈師有贊〉，《寒松堂全集》，卷12。
39	題田氏紫荊圖贊	〔清〕魏象樞：〈題田氏紫荊圖贊〉，《寒松堂全集》，卷12。
40	松枝拂子贊	待查／不確定
41	蕨杖贊	待查／不確定
42	友箴小引 貧賤交、諍友、擇交	〔清〕魏象樞：〈六字箴有引〉，《寒松堂全集》，卷12。
43	雜說今存其二	第1條：〔清〕錢大昕：〈太極〉，《十駕齋養新錄附餘錄》，卷18。 第2條：〔清〕錢大昕：〈齊物〉，《十駕齋養新錄附餘錄》，卷19。
44	性習說	〔清〕魏象樞：〈性習說與武承之〉，《寒松堂全集》，卷12。
45	旱說	〔宋〕廖剛：〈論救旱劄子〉，《高峯文集》，卷1。
46	讀李太白詩題後	〔清〕王士禎：《分甘餘話》，卷4。
47	讀杜子美集題後	〔宋〕林希逸：《鬳齋續集》，卷30。

	《靜遠堂文鈔》	出處：作者／篇名／書名
48	讀白香山詩題後	〔清〕宋長白：〈白頭〉，《柳亭詩話》，卷28。
49	讀劉賓客詩題後	待查／不確定
50	蘇東坡詩集題後	待查／不確定
51	陸放翁集題後	〔宋〕林希逸：《鬳齋續集》，卷29。
52	讀黃山谷集題後	〔宋〕林希逸：〈黃紹谷集跋〉，《鬳齋續集》，卷13。
53	讀書雜記	待查／不確定
54	暘谷	待查／不確定
55	愬風	待查／不確定
56	釋洒掃	待查／不確定
57	繹弗祿	待查／不確定
58	釋泄泄	待查／不確定
59	釋茆	待查／不確定
60	釋甫草	待查／不確定
61	先儒言易詳於觀變玩占之說即後世謠諺所由起也因觀田家四時占候諺語有不可不知者今錄之如左	（歷來諺語彙編）

從上表觀察，《靜遠堂文鈔》所收的文章，有不少的部分是可以追溯到宋、元、明、清歷朝文士的作品，而且還是有作者、篇名、原文、出處可考。這些收入的篇章中有些幾乎是一模一樣，例如《靜遠堂文鈔》中所收的〈賈誼傳書後〉，即為北宋謝薖的〈書賈誼傳後〉一文：

賈誼說文帝，以諸侯強大，天下之勢如病瘇，失今不治，必為痼疾。文帝入絳、灌、東陽、馮敬之言，未盡施行，而誼亦不幸死矣。鼂錯得幸景帝，乃請諸侯之罪過，削其支郡。於是，七國連兵西鄉，以誅錯為名。吳王謀反已兆於高帝之言，豈為錯發哉。袁盎一說，錯遂滅其宗族。悲夫！使誼不死，景帝之時，絳、灌舊臣無在者，誼必得志，得志必盡行其策，則鼂錯之禍，誼其當之耶！誼之不幸而死，乃誼之所以為幸也。禍福倚伏無形，其不易知如此。班固稱：「誼夭年早終，雖不至公卿，未為不遇也。」固亦有見於斯耶！[15]

除了中間一段「吳王謀反已兆於高帝之言，豈為錯發哉」，《靜遠堂文鈔》刪去之外，其餘只有個別的一兩字有出入而不影響判讀。然而，也存在著一些刪除重要句子的篇章，例如《靜遠堂文鈔》中所收錄的〈答友人書〉：

嘗觀天地萬物之變，凡是其類者。舉相同也。天，氣而上者也，凡附于氣者，日月星辰莫不麗于上也；地，形而下者也，凡附于形者，山川草木莫不萃于下也。禽，羽而飛者也，凡有羽者，鳧鷖燕雀，莫不彙而飛也；獸，足而走者也，凡有足者，牛羊鹿豕，莫不疾而馳也。非夫天地萬物之情為然，人亦如之。夷狄者同夷狄，佛老者同佛老，農者同農，商者同商，巫醫百工之人，凡同類者，舉相同也。惟聖人得正其同，眾人者以其志，聖人者以其道，是故無貴也，無賤也，疏也，戚也，行也，處也，道之所同，雖上自天子，而下至匹夫，我無愧焉。古之人有堯為然，不以有天下，而見舜于畎畝，迭為賓主是也。道之所同，雖舍其子以天下禪，心無憾焉，惟舜為然，而授禹以天下是也。事莫大於舍其子，以天下與人，然而堯舜為人如是，何

15 〔宋〕謝薖：〈書賈誼傳後〉，《竹友集》，《景印文淵閣四庫全書》第1122冊（臺北市：臺灣商務印書館，1983年，據國立故宮博物院藏本影印），卷9，頁3-4，總頁605-606。

也？蓋聖人者不世出，同人之道難遇也。或死于吾前，或生於吾後；
或並世而不相知，或異地而不相接。故禹之去湯也，五百有餘歲，禹
以不得湯為憂；湯之去武王也，五百有餘歲，湯以不得武王為憂；周
公之去孔子也，五百有餘歲，周公以不得孔子為憂。孔子嘗曰：「吾
不復夢見周公」，又曰：「聖人吾不得而見之。」至于孟子又不得見孔
子矣，荀卿不得見孟子矣，揚雄不得見荀卿矣，韓愈不得見揚雄矣。
古之人不見其同，往往有誦其詩、讀其書、思其人而想望焉。天子登
用賢人郡公，彙征四方之所同者，莫不並進，在《易‧泰》之初九
曰：「拔茅茹，以其彙，征（吉）。」在〈夬〉曰：「揚于王庭，孚號
有厲。」在《同人》曰：「同人于野，亨，利涉大川。」斯道也，上
下交泰，聲應氣求，凡是其類者，舉相同也。某不敏，伏惟明公深念
而獨裁之。幸甚！[16]

這篇文章其實是北宋陳襄（1017-1080）〈與孫運使書〉一文，兩相檢核之
後，在「天子登用賢人郡公」這一段之前，〈與孫運使書〉還有下列一段：

非為天位也，非為天祿也，思不得與其所同，以濟吾道焉耳。嗚呼！
韓愈死，某不得而見之，中夜起嘆，同人之難遇。幸今天子有臣范
公、富公，若歐陽公、蔡公，四方有賢士，在下所宜同。若干人某皆
得而見之，庶幾吾大臣者招徠而安畜之，大其所同，無所鄙吝。一日
天子登用賢人羣公，⋯⋯。[17]

此外，「利涉大川」之後，〈與孫運使書〉還有下列一段：

---

16 〔清〕鄭用鑑著，詹雅能編校：《靜遠堂詩文鈔》（新竹市：新竹市政府文化局，2001
　年），頁84-85。
17 〔宋〕陳襄：〈與孫運使書〉，《古靈集》，《景印文淵閣四庫全書》第1093冊（臺北市：
　臺灣商務印書館，1983年，據國立故宮博物院藏本影印），卷14，頁30，總頁623。

> 吾之道其有不行乎？某亦同之，一也。自聞公之賢貧賤而無由自進，不圖天幸，得為屬吏，是小人得盡心事君子之時，不敢避僭越，進是說於左右也。斯道也，非某之獨願也，凡與吾同者，莫不願也。惟公念之，干冒尊嚴，無任懇切之至。[18]

上述這兩條引文中的第一條，原文有「幸今天子有臣范公、富公，若歐陽公、蔡公，四方有賢士，在下所宜同」，這裡面所提到的「今天子」，以及「范公」、「富公」、「歐陽公」、「蔡公」等，都是重要的關鍵詞彙，同時也是提供辨識年代的重要關鍵，如果這段並未刪去，就可以知道這段文章的時空背景並不在清領時期的臺灣，但也因為這段刪去，所以就失去了強而有力的辨識機會。

　　同樣的例子也出現在〈誠明務學解〉一文，事實上這篇就是宋陳襄〈上神宗論誠明之學〉一文，而原文之末還有一段：

> 伏望留神省覽。熙寧二年四月上時知明州被召除修起居注。[19]

如果這段文字沒有被刪去，同樣的也會是強而有力的辨識關鍵。

　　然而，何以會造成這樣的現象？或者說為何《靜遠堂文鈔》中會將這些不是鄭用鑑的作品收進來？

　　推測之所以會造成這樣的現象，很重要的一個環節就是發表在《臺灣藝文叢誌》中由鄭虛一所校刊的《靜遠堂文鈔》，因為他已經認定這些作品是鄭用鑑《靜遠堂文鈔》的原作。然而，這種誤認也並非起源於鄭虛一，因為在鄭鵬雲的《家乘》中，他已經在「靜遠堂文鈔」這一欄目之下，錄進了

---

18 〔宋〕陳襄：〈與孫運使書〉，《古靈集》，《景印文淵閣四庫全書》第1093冊（臺北市：臺灣商務印書館，1983年，據國立故宮博物院藏本影印），卷14，頁30-31，總頁623。

19 〔宋〕陳襄：〈上神宗論誠明之學〉，收入〔宋〕趙汝愚編：《宋名臣奏議》，《景印文淵閣四庫全書》第431冊（臺北市：臺灣商務印書館，1983年，據國立故宮博物院藏本影印），卷5，頁4，總頁63。

〈立書院學規引〉及〈奉養堂記〉兩文，他所下的標題是「靜遠堂文鈔」五字，很明顯的就是將這兩篇文章認定成鄭用鑑所作。[20]可是事實上〈立書院學規引〉一文，其實是陳襄《古靈集》中的〈縣學疏〉，而〈奉養堂記〉一文，其實就是明鄭文康（1413-1465）《平橋藁》中的〈奉養堂說〉。今本《靜遠堂文鈔》〈立書院學規引〉原文如下：

> 伏以國家嚮用儒術取士，多求禮（體）用兼備之人，惟博文深識，明於教化，可以稱朝廷之意。雖然，不養不可以勸，養之之術，舍學無由焉。書院為諸儒育才（材）之地：凡嚮學者，父之欲教其子，兄之欲教其弟，悉宜於書院。和會當明立規矩，申行約束，使來修飭而安學焉。則又擇專經者一人，朝夕講說，每旬日條問大義，間五日則一習舉業，以備程試。其他模範，當更整齊。《書》曰：「惟學遜志，務時敏，厥修乃來。」又曰：「念終始典于學」。眾君子其思之，勿以切磨為無益，是所謂善學者也。[21]

再檢北宋陳襄《古靈集》〈縣學疏〉一文：

> **伏以國家嚮用儒術，每歲取士多求體用士之應詔者，惟博文深識，明於教化，可以稱朝廷之意。雖然，不養不可以勸，養之之術，捨學無由焉。故前歲詔郡邑設庠序，意恢闡聖訓，為諸儒育材之地也。于時本邑廣學，經始未就而署版者且四百餘人，適會詔下列下鄉舉，因以罷去。今者，某歸自潘山，承乏縣政，首謁先聖，周視堂奧，惜其宏敞而絃誦之聲寂然，思與諸生共興起之。凡有志學者，與父之欲教其**

---

20 《家乘》所錄鄭用錫的作品，同樣的也都有「北郭園文鈔」、「北郭園詩鈔」的標題，與處理鄭用鑑的方式一樣。從抄錄者處理鄭用錫的詩文方式來觀察，可以反推出抄錄者確實是認定這些作品屬於鄭用鑑的原作。

21 〔清〕鄭用鑑著，詹雅能編校：《靜遠堂詩文鈔》（新竹市：新竹市政府文化局，2001年），頁58-59。

子者，兄之欲教其弟者，宜悉和會，即當明立規矩，申行約束，使來
修飭而安學焉。則又擇專經者一人，朝夕講說，每遇旬日，條問大
義，間五日則一習舉業，以備程試，其他模範，當更整齊。《書》曰：
「惟學遜志，務時敏，厥修乃來。」又曰：「念終始典于學。」眾君
子其思之，勿以切磨為無益，無忽日限而不來，是所謂善學者也。[22]

兩相參照之後可以知道鄭用鑑的〈立書院學規引〉，顯然就是節錄陳襄〈縣
學疏〉一文而來。同樣的再以《靜遠堂文鈔》中的〈奉養堂記〉為例：

所處有順逆，所為有難易。人多易為於順境，而難為於逆地。君子求
人，不求其順，而求其逆，則盡其人矣。人以百年為期，貧賤富貴恆
半居其間；富貴為順境，貧賤為逆地。處夫順，則道易為；居夫逆，
不能不少變其初心焉；惟君子獨能樂為於順，而亦勉為於逆也。
且夫人之於親，吾身所自出，雖以愚夫愚婦孰不願為盡力而奉養哉？
況田園邸第，吾親所遺者；車馬囊橐，吾親所遺者；僮僕婢奴，吾親
所遺者。以無一而非吾親所遺者，以奉養之；不過以吾親之素有，而
自為之奉養焉耳！是故身處富貴，朝甘暮旨而不薄，烹鮮割肥而不
吝，不煩教令，自能樂為焉。不幸禍患出於不虞，貧殘迫於身心；借
穮鋤而有德色，取箕帚而有誶語，又能甘旨鮮肥、朝暮烹割耶？彼一
人之身，胡為於前而不為於後哉？因所處之順逆，而為之難易也。
君子奉養於其親，今是心也，後亦是心也；富貴是心也，貧賤亦是心
也；是知聖賢之學者歟？噫！藜藿療飢而百里負米者，順境乎？逆境
乎？體無完衣而親極滋味者，易為乎？難為乎？君子易其難，可也。
是為記。[23]

---

22 〔宋〕陳襄：〈縣學疏〉，《古靈集》，《景印文淵閣四庫全書》第1093冊（臺北市：臺灣
   商務印書館，1983年，據國立故宮博物院藏本影印），卷18，頁13-14，總頁653。

23 〔清〕鄭用鑑著，詹雅能編校：《靜遠堂詩文鈔》（新竹市：新竹市政府文化局，2001
   年），頁82。

再檢鄭文康《平橋藁》中的〈奉養堂說〉一文：

> 所處有順逆，所為有難易。人多易為於順境，而難為於逆地。君子求
> 人，不求其順，而求其逆，則盡其人矣。人以百年為期，貧賤富貴恒
> 半居其間，富貴為順境，貧賤為逆地。處夫順，則道為易為；居夫
> 逆，不能不少變其初心焉。惟君子獨能樂為於順，而亦勉為於逆也。
> 且夫人之於親，吾身所自出，雖以愚夫愚婦，孰不願為盡心力而奉養
> 哉？況田園邸第，吾親所遺者；車馬囊橐，吾親所遺者；僮奴婢使，
> 又吾親所遺者。以無一而非吾親所遺者，以奉養之，不過以彼之素
> 有，而自為之奉養焉耳！是故，身處富貴，朝甘暮旨而不薄，烹鮮割
> 肥而不吝，不煩教令，自能樂為焉。不幸禍患出於不虞，貧賤迫於身
> 心，借穭鋤而有德色；取箕帚而有誶語，又能甘旨鮮肥、朝暮烹割
> 耶？彼一人之身，何為於前，而不為於後哉？因所處之順逆，而為之
> 難易也。君子奉養其親，今日是心也，明日亦是心也；富貴是心也，
> 貧賤亦是心也。是知聖賢之學者歟！噫！藜藋療饑而百里負米者，順
> 境乎？逆境乎？體無完衣而親極滋味者，易為乎？難為乎？君子易其
> 難，可也。**沛國朱君尚賢，父母具慶，作堂以奉養焉，堂成求說於**
> **余，因所處而異其所為，舉世恒半之，吾尚賢則無是心，使天下之人**
> **皆若吾言，將多純孝之士哉。**[24]

具錄全文之後並兩相參照，除末段撰寫緣起之外，其餘完全與《靜遠堂文
鈔》〈奉養堂記〉相同，可見這並非鄭用鑑的原作，而是節錄前人文章而來。

　　從上面的對照表來看，今本鄭用鑑《靜遠堂文鈔》中所收的不少篇章，
其實原作者並非他本人，可是要追問的是：為何鄭鵬雲、鄭虛一會將這些文
章誤認為是鄭用鑑的文章？通常就這種現象而言，比較難判定為兩人是有意

---

24 〔明〕鄭文康：〈奉養堂說〉，《平橋藁》，《景印文淵閣四庫全書》第1246冊（臺北市：
　　臺灣商務印書館，1983年，據國立故宮博物院藏本影印），卷18，頁2-3，總頁668-669。

的收入（例如偽作或偽託之類），也就是說他們應該不是刻意將這些前人的
作品冠在鄭用鑑的頭上，因為這樣一來如果被後人發現了，實際上會讓先祖
蒙受不白之冤，再說這些篇章的原作者，大抵都不是無名之輩，而是有來歷
可循的飽學宿儒。

再者，就《家乘》的成書緣由來看，鄭鵬雲在他自撰的〈浯江鄭氏家乘
題跋〉中就已經指出：

> 辛亥之秋，族中耆宿香谷先生捐館，其喆嗣擎甫觀察，懼數十年來所
> 存家譜，迄今未及踵修，再傳而派衍益繁，秉筆者艱於考核，爰囑雲
> 力任編輯之事。自顧學淺才綿，辭不或已，因念先君于恬波公，由淡
> 水至新竹，受鄉賢祉亭、藻亭二公之知，先後延教其宗人者數載，士
> 之遊其門者，莫不取青紫如拾芥，由是有聲庠序間，提學道丁公曰健
> 稱為啟迪有方，委署淡防廳教諭，是孔李紀群之誼，不自今始也。至
> 雲數十年來，與吾宗前後輩交尤莫逆，不得不力任其難，三閱月而蕆
> 事，其間編年紀月，悉尊藻亭公舊稿義例，兼採戶籍冊，略為補綴，
> 惟是衣冠文物，大異昔時，曆數維新，互殊記載，徵文考獻，散失無
> 存，後之君子，博覽旁搜，以匡不逮，是則雲之厚幸也。時辛丑蓂月
> 丙午科選士族人鵬雲頓首拜跋。[25]

他提到了《家乘》並不是他的原編，而是受到了鄭如蘭（1835-1911）之子
鄭擎甫所託，委其踵修鄭氏家譜，而且也提到了他對這個家譜的踵編，是
「悉尊藻亭公舊稿義例」，也就是完全依照鄭用鑑的舊稿義例，換句話說，
這本《家乘》鄭用鑑本人也曾踵修過。再者，根據《家乘》中收有鄭用鑑
〈浯江鄭氏家譜序〉、〈浯江鄭氏族譜世系錄〉二文，同樣也可以看出《家
乘》確實有經過鄭用鑑踵修過的痕跡。

---

25 鄭鵬雲：〈浯江鄭氏家乘題跋〉，收入鄭鵬雲編著，林衡道，陳澤主編：《影本浯江鄭氏
家乘》（臺中市：臺灣省文獻委員會，1978年），頁174，總頁373-374。

　　如果這本書是經過鄭用鑑的踵修，至少可以確定的是經過他踵修的《家乘》，裡面不應該出現他將別人的原作掛在自己名下的現象。再者，根據鄭鵬雲所言鄭如蘭去世之後，家譜數十年來「迄今未及踵修」的情況，以及最後接受鄭擎甫之託再次進行踵修一事來看，誤將他人作品歸於鄭用鑑之作，應該就是出現在鄭用鑑舊稿之後鄭鵬雲踵修成書之前，如果這段期間沒有再經過第二人踵修的話，那麼最重要的關鍵點就是鄭鵬雲自己了。但這種誤收，恐怕也不是他本人的直接錯誤，或許他在編纂的過程中就已經先入為主的認為，這是鄭用鑑的作品遂直接收入於《家乘》中，而由鄭虛一所校並發表於《臺灣文藝叢誌》的鄭用鑑作品，也同樣有這樣的情況出現。[26]

　　因此，較有可能的情況是：或許當時鄭用鑑抄錄這些文章時，也許是出於教學的原因，或者是基於認同其中的理論或觀點等等，但並未詳錄原作者的相關資訊，而後人又將這些抄錄的文章連同鄭用鑑本人的其他詩文作品混在一起，遂導致後來鄭鵬雲、鄭虛一等人誤將這些作品認為是鄭用鑑本人所作而收入。

　　誠然，《靜遠堂文鈔》所收的文章如果已經可以明確知道不是鄭用鑑原作的話，至少在最低限度而言，已經不能再直接說這是鄭用鑑個人原創的學術主張了。然而，這樣是否就代表這些收入在《靜遠堂文鈔》的他人作品，就沒有價值了嗎？事實上，這是一種認定角度的寬嚴問題，如果以原作品反映原作者的思想或觀點的嚴格角度而言，自然這些文章再也無法直接反映鄭用鑑個人的學術旨趣；但如果暫時將原作者與原作品的聯繫脫鉤，而是從原作者想要藉由這些非原作品，傳達何種的實質目的時，自然而然的這些收入在《靜遠堂文鈔》的他人作品，也還是有其它的價值存在。換個角度想，如果將這些不是鄭用鑑的文章，視為他生平所認同的觀點或者是他想將這些文

---

26 據鄭鵬雲〈浯江鄭氏家乘題跋〉敘述，《浯江鄭氏家乘》於一九一一年起編，而《臺灣文藝叢誌》一九一九年發刊，至少可以推知家譜編成之後，鄭虛一同樣也認定這些作品是鄭用鑑所作，因此據以發表在《臺灣文藝叢誌》之中。另外，關於《臺灣文藝叢誌》相關研究，可以參考吳宗曄：《《臺灣文藝叢誌》（1919-1924）傳統與現代的過渡》（臺北市：國立臺灣師範大學臺灣文化及語言文學研究所碩士論文，2008年）。

章的觀點傳遞出去的話，那麼這些作品還是有它的價值與意義。因此，本論文並不打算將這些文章剔除出去，而是從較為寬廣的角度來去看待這些文獻。

處理完《靜遠堂文鈔》的文獻來源問題之後，接下來就是要處理《北郭園文集》與《靜遠堂文鈔》的經學特質及其與內陸經學的似合情況。

三　《北郭園文集》及《靜遠堂文鈔》與內陸地區經學的似合情況

（一）清代經學發展的重要階段

鄭用錫生於清高宗乾隆五十三年（1788），卒於文宗咸豐八年（1858），鄭用鑑生於乾隆五十四年（1789），卒於穆宗同治六年（1867），兩人大致橫跨了乾隆、嘉慶、道光、咸豐四朝，而二鄭既然橫跨了四朝，則其經學特質與內陸的似合情況究竟為何？

根據葉國良等人所編的《經學通論》指出，清代經學的整體發展，主要有「清初的經學」、「乾嘉時期的經學」、「清中葉以後的今文學」、「清末的古文經學」四個階段。大致而言，清初的經學由於明朝遺民將亡國的理由及情緒歸因於理學，因此這個階段開始出現對理學的反動，尤其是明末的陽明心學，因而有學者開始提出由理學回歸經學的主張，再加上顧炎武等人「開學風」的影響，清初的經學遂開始從理學逐漸轉向經學的研究途徑。到了乾嘉時期，在清初重要的經學大師影響下，經學的研究與風氣，也逐漸成功的導向了樸實的漢學，形成了所謂的漢學或乾嘉考據學的學術風潮，同時也出現了與之爭勝的宋學，開始有了所謂的漢、宋之爭等學術風潮，而在漢學的範疇之中，同時也有所謂的吳派、皖派等不同的學術群體。

清中葉以後，乾嘉考據學的學術弊端逐漸出現，因此經學開始出現了另一個新的潮流，也就是常州的今文學派，同時也延續到了清代末年，形成了

與乾嘉以來即存在的古文經學相互爭勝。[27]

　　以上是清代經學發展的概況，接下來再觀察二鄭的經學與內陸經學的似合情況。

（二）二鄭的經學與型態及其與內陸地區的聯繫情況

　　有關二鄭的經學著作中，鄭用錫並未留下專門的著述，只有零星的經學篇章散見於《北郭園全集》，而鄭用鑑雖然有《易經圖解易讀》，但由於未刊行之故皆未能見及，其餘收錄在《靜遠堂文鈔》的經學論文，又有不少篇章是他人作品而非鄭用鑑原作。因此，對於二鄭的經學研究，大致上鄭用錫的部分主要還是依據《北郭園全集》為主，而《靜遠堂文鈔》則不能視為鄭用鑑的原作，只能以彙編的角度來觀察論文中具有何種彙編之後所要傳達的內涵。

　　首先，如果觀察兩者的經學型態與內陸的似合情況，最重要的核心就是落在兩者是否存在著如清初學者反對理學的情緒，或者是如同清初學者一樣有近似於「捨經學無理學」、「經學即理學」的學術觀點？

　　以經學的發展時序來看，二鄭出生的時間已經是乾隆末期，就這段時間點而言，已經是乾嘉考據學興盛的時期了，而這種清初時期理學亡國的遺民情緒自然而然也已經隔的較遠了，再加上二鄭出生時就已經是清代的盛世，就國族的認同而言，二鄭自然不容易再像清初遺民那樣，對於明末理學的亡國情緒有那樣如此的深刻。

　　再者，觀察《北郭園全集》與《靜遠堂文鈔》中的文章，其實也收了不少有關理學的相關著作，例如《北郭園全集》中收有《述穀堂制藝》，其中《論語》二十二條，《學庸》十二條，《孟子》十三條。雖然這些都是科舉程式的制藝文章，而非專門的經學論文，但是模擬科舉程式的制藝文章，在前

---

27 詳細內容請參閱葉國良等著：《經學通論》（臺北市：大安出版社，2014年），頁693-725。

提上也都是認同科舉,而此時期科舉取材的大方向仍然是以程朱理學為範疇,因此如果從鄭用錫接受科舉的態度而言,至少他不是站在與理學對立的立場。再者,在有些制藝的文章之中,也有使用到理學專有的詞彙,例如〈克明峻德皆自明也〉:

> 道統至中天而始啟,苟非運以會心,策以全力,鮮不留闕憾於宸衷,似堯之獨居於創,不若湯、文之並居於因而非創也。性,天人所同具,以仁如天、智如神之帝堯,要不過即其所共然者,以完其所自有,固無庸特別其為創,又奚庸更別其為因也。[28]

以及〈入則孝出則悌守先王之道〉:

> 當此異端蠭起之秋,逞為我者一說,逞兼愛者又一說,紛紛焉,咸思相攻以潰吾道之防。……值此富強競尚之日,謀刑名者一家,謀法術者又一家,泯泯焉,孰追所創,以維吾道之統,而若人悠然長思,懼彝倫之攸斁,尋墜緒於微茫,覺先王可作,必以我為能承燕翼之貽謀者,是心傳手澤之所存也。[29]

這兩段文章中所提到的「道統」一詞,原本就是理學的重要詞彙。如果從這些遣詞用字來看,既然用了理學專屬的重要詞彙,至少在最低限度而言,鄭用錫並沒有像清初遺民一樣有反對理學的情緒,否則就不會參與科舉或模擬制藝之文了。

另外,再從《靜遠堂文鈔》中所收錄前人相關的文獻來看,例如〈讀宋儒語錄書後〉一文(即清卞永譽(1645-1712)所編的〈蘇昌齡靜學齋銘隸

---

28 〔清〕鄭用錫:《北郭園全集》,《臺灣先賢詩文集彙刊》第2輯(臺北市:龍文出版社,1992年,據清同治9年(1870)鄭如梁校刊本影印),卷2,頁2,總頁301。
29 〔清〕鄭用錫:《北郭園全集》,《臺灣先賢詩文集彙刊》第2輯(臺北市:龍文出版社,1992年,據清同治9年(1870)鄭如梁校刊本影印),卷2,頁32,總頁361。

書袖卷紙本高七寸餘長三尺餘・靜學齋銘・周砥〉，同時也見於清代高士奇
（1642-1704）編的〈元蘇昌齡靜學齋銘紙本袖卷高七寸五分長三尺餘隸書・
周砥〉）：

> 昔者儒先君子教人為學，必以定靜端莊之工，為治心養正之方：若夫
> 施之於日用，而合其宜；見之於事人，而得其當。物至而理融，道來
> 而順受。自非定靜端莊，積之有素，行之有成，鮮能體用兼賅，始終
> 如一者也。[30]

所謂的宋人語錄，指的自然是宋代理學家，而所謂的「定靜端莊」、「治心養
正」，也正是理學家的教人方法，而整段文字尤為推許宋代理學家教人為學
之法。再以〈誠明務學解〉一文為例（即陳襄〈上神宗論誠明之學〉）：

> 聖賢之道，莫大於務學；學莫大於根誠明之性，而蹈中庸之德也。生
> 而不動之謂誠，知而有為之謂明，正而不邪之謂中；故誠者立善之本
> 也，明者致道之用也，中庸者常德之守也。三者立，天下之能事畢矣。
> 聖人者，先得乎誠者也；因誠而後明，必資乎學。盡性以居之，存神
> 以行之，酬酢萬物而無失於曲當，此之謂誠則明矣。賢人者，思誠
> 也，因明而後誠者，必擇乎善。所謂善者，可欲之謂也，性也者，正
> 而公者也；所謂惡者，有所不可為之謂也，情偽也，邪而私者也。存
> 其所謂正而公者，而去其所謂邪而私者，此之謂擇善矣。精一以守
> 之，中正以養之；持循戒懼于不聞不睹之際，此之謂慎獨而固執之
> 矣。久而不息則形，形而不息則明，明而不息則動，動而不已則化，
> 化而不已則神；高明博厚而配乎天地，此之謂明則誠矣。子思曰：
> 「溥博淵泉，而時出之；溥博如天，淵泉如淵。」言其誠之篤也。
> 誠之者篤，則其為之者至；是以其政不肅而行，其教不言而論，其事

---

30 〔清〕鄭用鑑著，詹雅能編校：《靜遠堂詩文鈔》（新竹市：新竹市政府文化局，2001
 年），頁64。

不勞而成。舉而措之天下之民，無不從服，而不知為之者，故曰：
「凡為天下國家有九經，所以行之者一。」此之謂也。是之謂誠明
者，務學之本也。[31]

通篇發揮「誠明之性」、「中庸之德」，詮釋《中庸》「誠明務學」的相關理
論，諸如此類都是針對理學範疇進行解釋的內容。由此可見《靜遠堂文鈔》
所收的前人文章，不僅對理學並不排斥，甚至對於理學的接受程度頗深。至
於《北郭園文集》、《靜遠堂文鈔》中所收錄的文章是否有如清初遺民一樣，
強烈主張理學即經學的觀點，顯然文集中較難見到。

其次，要觀察《北郭園文集》與《靜遠堂文鈔》究竟是比較偏向乾嘉時
期的漢學，還是宋學？如果單從鄭用錫的文集來看，並沒有看到有關考據的
文章，但是從其中所收的一系列制藝文章來觀察，基本上是沒有逸出朱熹
《四書章句集註》的範圍，在最低限度也算是宋學的範圍之內。至於《靜遠
堂文鈔》就有類似乾嘉學者的考據筆記，例如〈讀書雜記〉：

「若崩，厥角稽首」。「若崩」者，《尚書大傳》所謂：「紂之卒輻分，
紂之車瓦裂，紂之甲魚鱗」也。「厥角稽首」，《尚書大傳》所謂：
「（下）賀武王」者也。《偽孔傳》乃云：「若崩厥角，無所容頭。」
亦可謂郢書而燕說矣。
「眾惟魚矣」。或曰「眾蓋蝝之省，蝝即蟁之或字」也，此說得之
《太平御覽》卷九百四十三引《東觀漢紀》曰：「馬棱（稜）字伯
威，為廣陵太守。奏罷鹽官，振（賑）貧贏，薄（薄）賦稅。蝗蟲飛
入海，化為魚蝦。」此即，「蝝惟魚矣」之實事也。若云「眾人為
魚」，後世穿鑿之說，非篤論也。[32]

---

31 〔清〕鄭用鑑著，詹雅能編校：《靜遠堂詩文鈔》（新竹市：新竹市政府文化局，2001
年），頁81。
32 〔清〕鄭用鑑著，詹雅能編校：《靜遠堂詩文鈔》（新竹市：新竹市政府文化局，2001
年），頁94。

文章中辨別《尚書》「若崩」一詞，引及《尚書大傳》作為旁證，並辯證
《尚書》孔安國傳的錯誤。此外，又針對「眾惟魚矣」一詞，引及《太平御
覽》、《東觀漢紀》進行辯證。又以〈暘谷〉為例：

> 〈堯典〉：「宅嵎夷，曰暘谷。」《史記》作「居郁夷，曰暘谷。」〈索
> 隱〉曰：「《史記》舊本作「湯谷」，潘安仁〈西征賦〉：「日月麗乎
> 天，出入乎東西。旦似湯谷，夕類虞淵。」注引《淮南子》。今本
> 《淮南子》「湯谷」，「湯」字亦有作「暘」。注釋家引《淮南子》多作
> 「暘」，蓋訛以傳訛也。[33]

這段文字是辯證《尚書·堯典》「暘谷」一詞，並引及《史記》、《史記索
隱》、《淮南子》等書，辯證正字應當為「湯」。再以〈懲風〉一條為例：

> 〈桑柔〉：「如彼遡風」，唐石經本作「懲」；今磨改作「遡」者，宋人
> 為之也。李善注《文選·月賦》引《詩》：「如彼懲風」，袁宏〈北征
> 賦〉：「感不絕于予心，懲流風而獨寫。」正用此詩。[34]

文中引及《文選》李善注、袁宏〈北征賦〉辯證〈桑柔〉「遡風」一詞。另
外再以〈釋洒掃〉為例：

> 《說文》：「灑，汛也」、「汛，灑也」、「洒，滌也」，古文以為灑埽
> 字。按《毛詩》：「弗洒弗埽」、「洒埽穹垤」、「於粲洒掃」、「洒埽庭
> 內」，及《論語》：「洒掃應對」，皆作洒。若〈曲禮〉於大夫曰：「備
> 埽灑」，則作「灑」。蓋漢人用灑掃字，經典借洒滌字為灑，用洒埽

33 〔清〕鄭用鑑著，詹雅能編校：《靜遠堂詩文鈔》（新竹市：新竹市政府文化局，2001
年），頁95。
34 〔清〕鄭用鑑著，詹雅能編校：《靜遠堂詩文鈔》（新竹市：新竹市政府文化局，2001
年），頁95。

字。故《說文》於洒字，注云：「古文以為洒埽字」。考毛公《詩
傳》、韋昭《國語》皆云：「洒，灑也。」言假洒為灑也。[35]

文中引及《說文》、《毛詩》、《論語》、韋昭《國語注》，考證本字與假借的關
係。再以〈釋莁祿〉為例：

《爾雅》：「祓，福也。」鄭注引《詩》：「祓祿康矣」。《毛傳》：「莁，
小也。」依《爾雅·釋言》；甯作芾，「芾，小也。」〈甘棠傳〉曰：
「蔽芾，小貌。」《鄭箋》：「莁，福也。」依《爾雅》以莁為祓之假
借。[36]

這段敘述中引及鄭玄《毛詩箋》、《爾雅》等相關資料，考證本字與假借的
關係。

從這些筆記來看，都是牽涉到文字正確與否與本字或假借的考證文章，
而這些其實也是乾嘉學者所重視的一環。但從整體文集來看，這些辯證文章
並不多見，只有上述這幾條。至於有關宋學途徑的文章，例如上述曾提及的
〈誠明務學解〉（即宋陳襄〈上神宗論誠明之學〉），是屬於宋學領域的討論
議題。另外，〈性習說〉一文也是：

甚矣！人之所習，不可不慎也。因讀《論語》「性相近，習相遠」一
節，先儒謂此性為氣質之性而言。愚謂：天命之性本一也，安得又有
氣質之性？但氣質所以承受此性者也，性所以主宰氣質者也。性離氣
質，安頓何處？此性一落（案：此下原文有缺）然究其最初之理，原
自相近，猶孟子所云：「平旦之氣，其好惡與人相近也者幾希？」、

---

35 〔清〕鄭用鑑著，詹雅能編校：《靜遠堂詩文鈔》（新竹市：新竹市政府文化局，2001
年），頁95-96。
36 〔清〕鄭用鑑著，詹雅能編校：《靜遠堂詩文鈔》（新竹市：新竹市政府文化局，2001
年），頁96。

「今人乍見孺子將入於井，皆有怵惕惻隱之心。」、「嘑爾而與之，行道之人弗受，蹴爾而與之，乞人不屑也。」夫以今人、行道之人、乞人無不皆然，相近了了矣，只要慎其所習耳！故下節緊說「性上智與下愚不移」，上智、下愚有幾人哉？其餘皆可移也。武承之曰：「柴愚、參魯、師辟、由喭，以聖人之中正視之，則有偏耳！其相近者自在，固非上智亦非下愚也。四者各有當盡之功夫，各有合道之氣質，故曾子卒能傳道也。」其說可謂深湛，學者其詳玩之。[37]

這篇文章是出自清魏象樞（1617-1687）〈性習說與武承之〉一文：

武承之曰：「柴愚、參魯、師辟、由喭，亦相近否？」……如藥性然，參著苓朮，泡炙不到，亦有偏處。但與甘草同用，則得其平，若加芩連則寒，加烏附則熱，此又習相遠之喻也。」承之曰：「猶有辨，請即以藥性言之。人參有堅厚者，有輕薄者，其輕薄之十分，不及堅厚之五分。性之不齊，豈不如是乎？」愚曰：「不然，人參堅厚輕薄，是氣質也，如人長短強弱之不同耳，非性也。堅厚輕薄，俱能補人，此性之相近也。即有輕薄者，其性未嘗殺人也，此性善也。學者格物之功，顧可忽乎哉，」[38]

大致而言，「武承之曰」一段之前，兩文幾乎一模一樣，但以下之後原作的「愚曰」被剔除省改，而往後的對話也都刪去了。但不管如何，這一篇文章很明顯是屬於宋學討論的範疇。

　　從上述《靜遠堂文鈔》所收錄的文章來看，實際上漢學、宋學的論述範

---

37 〔清〕鄭用鑑著，詹雅能編校：《靜遠堂詩文鈔》（新竹市：新竹市政府文化局，2001年），頁89-90。

38 〔清〕魏象樞：〈性習說與武承之〉，《寒松堂全集》，《四庫全書存目叢書》第213冊（臺南市：莊嚴，1997年，據遼寧大學圖書館藏清康熙刻本影印），卷12，頁10-11，總頁557。

疇都有，並沒有一定完全集中在漢學或宋學的某一邊。

其次，再以今、古文的角度來觀察。清代今、古文學派，最重要的區別特色在於今文經重視《公羊傳》，以及發揮西漢今文學家通經致用的精神，並認為六經是孔子所作，而孔子是託古改制者，但同時也是哲學家、政治家，至於古文學派則認為六經是古代史料，孔子只是史學家。

如果從鄭用錫《北郭園文集》與鄭用鑑《靜遠堂文鈔》的經學相關著述來看，兩人很少有涉及三傳的論述，更遑論是有關《公羊傳》的著作。其次，根據兩人對於《周易》皆有研究一點來看，可以推論二鄭的經學主要還是以《周易》為主。再者，以六經與孔子的關係來看，《靜遠堂文鈔》收錄了〈讀《周禮》〉一文（即南宋林希逸〈周禮〉），這裡提到了一個重要的觀點：

> 六經作於聖人，非後世所可輕議也。吁！聖人、百世師也，使其果出於聖人之手，又孰敢議之哉？七雄之後，合而為秦，六經一厄，天地之大變也。坑焚焰息，而函關不守，沛中刀筆之人，但以圖籍為急，遂使三代之藏，竟空於楚人之一炬，是蓋萬世之遺憾者。[39]

從這段話來看，至少可以知道六經都是作於聖人，雖然沒有明言聖人為何，但從「百世師」、「作於聖人」的相關詞彙來看，應該就是指孔子居多。再者，如果從今文經的角度來看，他們對古文經的《周禮》多半認為是劉歆所偽作，而這篇文章也有類似的看法：

> 《周禮》果始於誰耶？劉歆倡之，杜子春和之，鄭眾、賈逵鼓吹之。……善乎！漢初諸儒之明經也。五經繼出，並已名家，而《周禮》獨得於獻王，獨藏於河間，豈非知其非是歟？治禮諸儒，若高堂生、二戴氏、曲臺《儀禮》皆入討論，豈有周公之書僅藏於祕府而不

---

39 〔清〕鄭用鑑著，詹雅能編校：《靜遠堂詩文鈔》（新竹市：新竹市政府文化局，2001年），頁54。

之見？抑亦知其必非是也？建元而後，雖曰「表章六經」，而博士之
立惟五，則其所缺，蓋可知矣。使是書果出於周公歟，則漢初耆舊，
必有傳聞，何以不足六經之數，獨待於劉歆而後出耶？吁！。吾知
《周禮》自歆始也。[40]

這篇文章中認定《周禮》就是劉歆所託而非孔子所作，這樣的主張跟今文家
類似，尤其是後來的康有為（1858-1927）。可是如果再從漢學的角度來看，
尤其是吳派的惠棟（1697-1758）等人，他們非常重視師法，認為只有藉由
師法才能真正求得經文的原本旨意，但是《靜遠堂文鈔》中所收的〈讀《書
經》〉一文（即林希逸〈書〉），卻不這樣認為：

漢儒明經，各守師法；師法爭鳴，而經學晦矣。《書》自伏生口傳之
後，有弟子歐陽生；厥後則有大夏侯勝，出於濟南張生。伏生，張生
之師，而勝又小夏侯之師也。建既師勝，又師歐陽生之曾孫。嗚呼！
歐陽也，大小夏侯也，是伏生而下，三授而三家矣。[41]

今文經強調師法、師承的重要，可是這篇〈讀《書經》〉一文，卻認為師法
只會導致經學隱晦，反而會造成後來孔傳一家獨傳的現象。因此，從這些收
錄的篇章來看，並沒有特地偏向今文或古文，或者是說沒有特別以今文或古
文的角度來收錄文章。

從上述各種角度的分析，鄭用錫的經學旨趣較偏向宋學或理學，而《靜
遠堂文鈔》所收的文章，則是宋學、漢學、今文、古文都有。然而，就這些
現象而言，還只是與內陸經學似合情況的考察，更重要的是《北郭園文
集》、《靜遠堂文鈔》中究竟還具有何種經學的特質與旨趣？

---

40 〔清〕鄭用鑑著，詹雅能編校：《靜遠堂詩文鈔》（新竹市：新竹市政府文化局，2001
  年），頁54-55。
41 〔清〕鄭用鑑著，詹雅能編校：《靜遠堂詩文鈔》（新竹市：新竹市政府文化局，2001
  年），頁69。

　　事實上，《北郭園文集》與《靜遠堂文鈔》還有一種更重要的經學旨趣存在，那就是兩者都具有強調經學實際效用的特質，如同楊浚（1830-1890）〈北郭園文鈔序〉中所指出的一樣：

> 祉亭先生文多散佚，此五篇乃稼田觀察從叢藁中檢以相示。〈勸和論〉一作，已刊石於後壠鄉，一時傳誦，雖密菁村氓，幾於家有拓本。十餘年來，漸移默化，其消弭之功豈淺鮮哉！夫文字有關世道；三不朽中，立言居其一也。儻於人心有所裨益，即此數章，而先正之典型具在，亦何必多云。[42]

　　祉亭指的就是鄭用錫，由於他的文章已經散佚，只能經由他的次子鄭如梁（1823-1886）從叢稿中挑出五篇給楊浚，而楊浚認為其中的〈勸和論〉一篇已經刊載在後壠鄉（今苗栗後龍）的石碑上，幾乎家傳戶誦皆有拓本，十餘年來具有潛移默化的重要貢獻，並且對於他的文章給予了「人心有所裨益」、「典型具在」的高度讚許。從楊浚的評價來看，他對鄭用錫的表彰並不是針對他的經學著述具有何種實質貢獻，而是看到了他藉由經術啟迪人心、教化鄉里的致用特質，因此給予了他「典型具在」的評語。

　　同樣的，《靜遠堂文鈔》所收的〈立書院學現引〉也提到：

> 伏以國家嚮用儒術取士，多求禮（體）用兼備之人，惟博文深識，明於教化，可以稱朝廷之意。雖然，不養不可以勸，養之之術，舍學無由焉。[43]

42　〔清〕楊浚：〈北郭園文鈔序〉，收入〔清〕鄭用錫：《北郭園全集》，《臺灣先賢詩文集彙刊》第2輯（臺北市：龍文出版社，1992年，據清同治9年（1870）鄭如梁校刊本影印），頁1，總頁310。

43　〔清〕鄭用鑑著，詹雅能編校：《靜遠堂詩文鈔》（新竹市：新竹市政府文化局，2001年），頁58。

雖然這篇文章不是鄭用鑑的原作，但從這段文章的敘述重點來看，不僅重視教育士人是為國儲養人才的觀點，同時也提到了「不養不可以勸，養之之術，舍學無由焉」，也就是說只有先培養士人，才能勸民為善，而培養士人的重要措施莫過於「學」，而所謂的「學」如果是狹義的話，就只是指學校的教育，但如果是廣義的話，也可以是指教化，或者說就是潛移默化的概念。

因此，從上述的敘述來看，相對於在經學著述上的建樹，《北郭園文集》、《靜遠堂文鈔》中所反映的經學旨趣，實際上是更重視經術的推廣，也就是將經術的實質功效推擴出去。如果換個角度而言，這種重視實質的功效，其實也是一種所謂的「通經致用」，只是這種「通經致用」的意涵，並不像是清儒皮錫瑞（1850-1908）所說的，可以如漢人那樣藉由「〈禹貢〉治河」、「〈洪範〉察變」、「《春秋》決獄」、「《三百五》篇當諫書」，將經書所載的內容緊密的與現實政治社會環境聯繫起來。[44]

如果重視經術的實質功效，或者是通經致用的旨趣，是鄭用錫《北郭園全集》與鄭用鑑《靜遠堂文鈔》所共同反映的話，那麼接下來更要觀察的是，兩者是如何透過具體的方式呈現出來？

四　二鄭的通經致用旨趣及其具體實踐

（一）四海之內皆兄弟：〈勸和論〉的通經致用

鄭用錫文集中最著名的一篇就是成於咸豐三年五月的〈勸和論〉，他之所以會作這篇文章，是因為想要弭平當時分類械鬥的風氣。上述曾引及楊浚

---

44 即「治經必宗漢學，而漢學亦有辨。前漢今文說，專明大義微言；後漢雜古文，多詳章句訓詁。章句訓詁不能盡饜學者之心，於是宋儒起而言義理。此漢、宋之經學所以分也。惟前漢今文學能兼義理訓詁之長。武、宣之間，經學大昌，家數未分，純正不雜，故其學極精而有用。以《禹貢》治河，以《洪範》察變，以《春秋》決獄，以三百五篇當諫書，治一經得一經之益也。」參見〔清〕皮錫瑞：《經學歷史》（北京市：中華書局，1989年），頁89-90。

曾稱譽此篇「十餘年來，漸移默化，其消弭之功豈淺鮮哉」，而林士傳也非
常讚賞此文：

> 雜文無多，而〈勸和論〉一作，助宣教化，特有裨風俗。[45]

從兩人的描述就可以知道，〈勸和論〉一篇確實為當時所重視。就這篇文章
而言，鄭用錫一開始就必須針對分類械鬥所造成的慘狀提出說明：

> 甚矣，人心之變也！自分類始，而其禍倡於匪徒，後遂燎原莫遏，玉
> 石俱焚，雖正人君子，亦受其牽制而或朋從之也。[46]

他指出自從分類的現象出現之後，又加上匪徒的影響，遂導致後來分類械鬥
的情況加劇，即使是正人君子也難免牽連涉入，無法獨善其身。然而，針對
這種因為分類所引起的械鬥，他就直接針對「分類」的概念重新定義：

> 夫人與禽各為一類，邪與正各為一類，此不可不分。乃同此血氣，同
> 此官骸，同為國家之良民，同為鄉閭之善人，無分土，無分民，即子
> 夏所言四海皆兄弟是也。況當共處一隅，揆諸出入相友之義，即古聖
> 賢所謂同鄉共井者也。在字義，友從兩手，朋從兩肉；是朋友如一身
> 左右手，即吾身之肉也。今試執塗人而語之曰：「爾其自戕爾手！爾
> 其自嚙爾肉」！鮮不拂然而怒。何今分類至於此極耶？[47]

---

45 〔清〕林士傳：〈北郭園全集序〉，收入〔清〕鄭用錫：《北郭園全集》，《臺灣先賢詩文
集彙刊》第2輯（臺北市：龍文出版社，1992年，據清同治9年（1870）鄭如梁校刊本
影印），頁1，總頁4。

46 〔清〕鄭用錫：〈勸和論〉，《北郭園全集》，《臺灣先賢詩文集彙刊》第2輯（臺北市：
龍文出版社，1992年，據清同治9年（1870）鄭如梁校刊本影印），頁4，總頁41。

47 〔清〕鄭用錫：〈勸和論〉，《北郭園全集》，《臺灣先賢詩文集彙刊》第2輯（臺北市：
龍文出版社，1992年，據清同治9年（1870）鄭如梁校刊本影印），頁4，總頁41。

他提到有些分類是不得不分，例如像是「人／禽」「邪／正」之類，就是不得不分類，而人有相同的血氣，有相同的官骸（形體），同樣都是國家的良民，鄉閭的善人，因此人是可以自成一類。這種分類的概念，或多或少類似於《易傳》「方以類聚，物以群分」的觀點，但更重要的是鄭用錫的分類概念，就明確停在「人」這一類，所有人都為一類，往下就不應該也不需要再分人有幾類，除了道德上的「邪正」之分外。再者，他更引用到了《論語·顏淵》：「司馬牛憂曰：『人皆有兄弟，我獨亡！』子夏曰：『商聞之矣：死生有命，富貴在天。君子敬而無失，與人恭而有禮；四海之內，皆兄弟也。君子何患乎無兄弟也？』」，藉由子夏「四海之內，皆兄弟也」的觀點，將人之一類獨立出來，也就是說他不僅將人之一類彰顯出來，更進而將人之一類等同起來，而不再進行分類。他的理由並沒賦予太多的哲學蘊含，只是說人之一類都是具有相同的血氣、形體，同樣的都是國家的子民，同樣的都是開拓臺灣的良民，然後再藉由子夏「四海之內皆兄弟」總歸所有人為一類，而所有臺灣人民，大家都是國家的子民，大家彼此都是友朋兄弟，既然都是友朋兄弟，又何必分類械鬥自相殘殺？

往下更進而強調大家的目的地都是來臺灣開墾，又何必強分畛域：

> 顧分類之害甚於臺灣，臺屬尤甚於淡之新、艋。臺為五方雜處，自林逆倡亂以來，有分為閩、粵焉，有分為漳、泉焉。閩、粵以其異省也，漳、泉以其異府也。然同自內府播遷而來，則同為臺人而已。今以異省、異府，若分畛域，王法在所必誅。矧更同為一府，而亦有秦越之異！是變本加厲，非奇而又奇者哉？夫人未有不親其所親，而能親其所疏。同居一府，猶同室之兄弟至親也，乃以同室而操戈，更安能由親及疏，而親隔府之漳人、親隔省之粵人乎？[48]

48　〔清〕鄭用錫：〈勸和論〉，《北郭園全集》，《臺灣先賢詩文集彙刊》第2輯（臺北市：龍文出版社，1992年，據清同治9年（1870）鄭如梁校刊本影印），頁4，總頁41-42。

他提到臺灣由於分類所引起的禍患，更甚於其他，然而不論來臺開墾的究竟
是閩、粵、漳、泉的差別，還是有異省、異府之分，但目的地都是來臺開
墾，其實最終都是臺灣人，又何必彼此強分畛域而同室操戈？接下來鄭用錫
更進而詳細的描述臺灣分類械鬥的現象及慘狀：

> 淡屬素敦古處，新、艋尤為菁華所聚之區。游斯土者，嘖嘖稱美。自
> 分類興而元氣剝削殆盡，未有如去年之甚也。干戈之禍愈烈，村市半
> 成邱墟。問為漳、泉而至此乎？無有也。問為閩、粵而至此乎？無有
> 也。蓋孽由自作，釁起閱牆，大抵在非漳泉、非閩粵間耳。[49]

分類械鬥之後造成了「村市半成邱墟」的慘狀，這些都是由於強分畛域所引
起的械鬥及其所產生的慘狀。最後，鄭用錫總結說：

> 自來物窮必變，慘極知悔，天地有好生之德，人心無不轉之時。予生
> 長是邦，自念士為四民之首，不能與在事諸公竭誠化導、力挽而更張
> 之，滋愧實甚。願今以後，父誡其子、兄告其弟，各革面、各洗心，
> 勿懷夙忿，勿蹈前愆，既親其所親，亦親其所疏，一體同仁，斯內患
> 不生、外禍不至，漳泉、閩粵之氣習，默消於無形。譬如人身血脈，
> 節節相通，自無他病；數年以後，仍成樂土，豈不休哉！[50]

「自來物窮必變，慘極知悔，天地有好生之德」一段，實際上都是從《易
傳》的思想援引轉化而來，而由於上述的原理，因此人心並非不可轉變改移，
由此引導人民將分類的風氣與習性轉移改變，然後視閩、粵、漳、泉皆為一
家之人，如此就可弭平分類械鬥，而臺灣未來也一定可以成為人間樂土。

---

49 〔清〕鄭用錫：〈勸和論〉，《北郭園全集》，《臺灣先賢詩文集彙刊》第2輯（臺北市：
龍文出版社，1992年，據清同治9年（1870）鄭如梁校刊本影印），頁4，總頁42-43。

50 〔清〕鄭用錫：〈勸和論〉，《北郭園全集》，《臺灣先賢詩文集彙刊》第2輯（臺北市：
龍文出版社，1992年，據清同治9年（1870）鄭如梁校刊本影印），頁5，總頁430。

　　從鄭用鑑的〈勸和論〉來看，他所採用的策略，最重要的觀點就是提出人為一類之後並援用《論語》「四海之內皆兄弟」的理論，企圖弭平分類的現象，然後又藉由《易傳》「窮變則通」、「天地之大德曰生」，傳達分類械鬥的習性與風氣其實是可以移轉的，並企求達到「一體同仁」的境界。這種「一體同仁」，同時也是宋明理學的重要概念，例如王陽明在〈大學問〉就有提到：

> 陽明子曰：大人者，以天地萬物為一體者也。其視天下猶一家，中國猶一人焉。若夫間形骸而分爾我者，小人矣。大人之能以天地萬物為一體也，非意之也，其心之仁本若是，其與天地萬物而為一也，豈惟大人，雖小人之心亦莫不然。……是其一體之仁也，雖小人之心亦必有之。是乃根於天命之性，而自然靈昭不昧者也，是故謂之「明德」。[51]

實際上王陽明所謂的「一體之仁」的「體」，指的是世間上的事事物物，並不只是侷限在人一類，而是擴充到宇宙所有的事事物物，但不管如何鄭用鑑的「一體同仁」，在原則上還是跟王陽明的「一體之仁」有共通之處，只是擴充之後的有限與無限的差別。[52]

（二）《靜遠堂文鈔》中對孝的關注及其具體實踐之道

　　《靜遠堂文鈔》中收錄了宋至清朝之間不少士人的文章，其中如果以主

---

51 〔明〕王守仁著，吳光等校：〈大學問〉，《王陽明全集》（上海市：上海古籍出版社，1992年），下冊，頁967-973。

52 鄭用錫〈勸和論〉一文中所倡導弭平族群械鬥的融合思想特質，即使在清以後的日治時代，仍然受到重視，甚至被收入當時的教科文本之中。相關研究可參閱吳鈺瑾：《島民、新民與國民：日治臺籍教師劉克明（1884-1967）的同化之道》（臺北市：秀威資訊科技公司，2015年）。

題而言，較多的是有關「孝」的文章，例如〈養說〉、〈讀孝經〉、〈奉養堂記〉即是。以〈養說〉一文為例（即宋趙湘〈養說〉）：

> 善養者，尊親而已矣；不善養者，備旨而已矣。然而人之生也，有富貴貧賤，故禮有等殺。事父母者，不可強求，如強有所求，將不義以為濫取焉。是則見毀於身。見辱於父母，見謗於鄰里鄉黨，其為不孝大矣！惡謂之能養乎？是故當循其分、竭其力以為養，非我所能致者，則不必強求之。昔者舜耕歷山則以匹夫養，嗣放勳則以天下養，子思以其家養，曾參以其身養，皆各循其分而已。所患者不能善體其志而徒取備於禮貌之間，是為養口體而不知養志。雖甘旨無缺，亦奚足多？是在人子之自勉耳！[53]

〈養說〉一文最重要的關鍵之處，就是提出「各循其分」盡己之孝，而不能強求超越自己的本分而盡孝，否則將會導致辱己辱親，同時又列舉舜未當天子前的「以匹夫養」，以及當天子之後的「以天下養」、子思的「以其家養」、曾參的「以其身養」為例，指出這些具體的實踐與作為，都是各盡其分的奉養父母，而這才是真的孝。又以〈奉養堂記〉一文為例（即明鄭文康〈奉養堂說〉）：

> 所處有順逆，所為有難易。人多易為於順境，而難為於逆地。君子求人，不求其順，而求其逆，則盡其人矣。人以百年為期，貧賤富貴恆半居其間；富貴為順境，貧賤為逆地。處夫順，則道易為；居夫逆，不能不少變其初心焉；惟君子獨能樂為於順，而亦勉為於逆也。……君子奉養於其親，今是心也，後亦是心也；富貴是心也，貧賤亦是心也；是知聖賢之學者歟？噫！藜藿療飢而百里負米者，順境乎？逆境

---

53 〔清〕鄭用鑑著，詹雅能編校：《靜遠堂詩文鈔》（新竹市：新竹市政府文化局，2001年），頁66。

> 乎？體無完衣而親極滋味者，易為乎？難為乎？君子易其難，可也。是為記。[54]

從順逆難易的角度說明，人不應該因此而改變其孝順的初心，並從而指出孝順雙親的具體實踐方法與作為。再以〈讀《孝經》〉（即南宋熊禾（1247-1312）〈孝經大義序〉）一文為例：

> 孔門之學，惟曾氏得其宗。曾氏之書有二：曰《大學》，曰《孝經》。經傳章句，大略亦相似。學以《大學》為本，行以《孝經》為先，自天子至於庶人一也。〈堯典〉一篇，《大學》、《孝經》之祖也。自克明俊德，以至親睦九族，極而百姓之昭明，萬邦之於變，大學之序也。孝之為道，盡已具於親睦九族之中矣。何也？一本故也。[55]

這篇文章最重要的觀點，就是認為曾子所作的《大學》、《孝經》兩書內容中有關孝的敘述，其內在精神是來自《尚書》的〈堯典〉。這樣的觀點非常特別，等同於將《尚書·堯典》與《大學》、《孝經》三書關聯起來，並且又將《大學》視為孝之「本」，而《孝經》為孝之「行」，至於〈堯典〉則為孝之「祖」。因此《大學》、《孝經》中所提到的孝行、孝道等原則，都已經體現在此篇之中，而往後《大學》、《孝經》所推擴出去的各種孝道、孝行，都是從〈堯典〉中的「一本」而來。諸如上述各篇，重點都不是落在如何敘述孝的內在哲學理路，而是重在具體的實踐之道，這些都是反映通經致用的具體例證。

誠然，《靜遠堂文鈔》所收錄有關孝的篇章，都不是鄭用鑑本人的原作，然而卻也並非與他毫無關係，因為就他本身而言，就是極為篤孝的人，

---

54 〔清〕鄭用鑑著，詹雅能編校：《靜遠堂詩文鈔》（新竹市：新竹市政府文化局，2001年），頁82。

55 〔清〕鄭用鑑著，詹雅能編校：《靜遠堂詩文鈔》（新竹市：新竹市政府文化局，2001年），頁70。

如同陳鸞升〈鄉賢藻亭公墓誌銘〉所言：

> 公秉性至孝，念雙親衰老，二弟蚤亡，朝夕侍膝，罔敢失離，以故不
> 赴科場，不圖仕進，若無意功名者。迨雙親先後繼歿，哀毀逾常，葬
> 祭必誠必慎，至今之人，猶嘖嘖稱之。蓋其孝行，根於天性然也。[56]

墓誌銘描摹他生前秉性至孝，甚至因為雙親衰老，而無意於功名不求於仕
進，待雙親逝世之後，更是哀毀至及。由此可見，鄭用鑑本人就是至孝之
人，而《靜遠堂文鈔》所收錄的這些文章，雖然不是他的原作，但卻能夠與
他秉性至孝的人格特質緊密的連結起來。

五 結論

　　清領時期臺灣竹塹地區的經學，由於有鄭用錫、鄭用鑑二人的研習與傳
播，促使北臺地區的經學事業得以持續發展，同時也延續了自內陸傳遞而來
的經學及其事業。

　　誠然，《靜遠堂文鈔》所收錄的文章並非鄭用鑑原作，但這種情況並非
基於偽作或刻意冒名頂替的心態，而是可能在無法清楚釐清鄭用鑑本身的原
作與抄錄前人讀書筆記的情況下混在一起。因此，就《靜遠堂文鈔》而言，
並非全然毫無價值可言。

　　然而，不論是鄭用錫的《北郭園全集》，或者是鄭用鑑的《靜遠堂文
鈔》，兩者所反映的經學特質，相較於內陸地區經學家著述的盈帙滿笥而
言，兩者所重視的還是經學事業本身的推廣以及實質的效用，尤其是表現在
通經致用的特質上。以鄭用錫而言，《述穀堂制藝》、〈勸和論〉等篇，都是
推廣經學事業以及經術的實質效用，而《靜遠堂文鈔》中所收錄的有關孝

---

56 陳鸞升：〈鄉賢藻亭公墓誌銘〉，收入鄭鵬雲編著，林衡道，陳澤主編：《影本浯江鄭氏
　家乘》（臺中市：臺灣省文獻委員會，1978年），頁150，總頁326。

道、孝行的篇章,也和鄭用鑑日常生活中重視孝道、孝行的具體行為也正好可以互為表裡相互呼應。

總之,竹塹二鄭的經學特質與事業,在今日的學界而言,其實多半只是作為學術對象來進行研究而已。然而,透過本文的開展,可以知道的是,二鄭的經學事業其實並不像是學院或文人窮經那樣,只是玩弄生活光景而已。這是因為清朝時期的臺灣,相對於內陸而言是屬於較為邊陲的島嶼,漢文化的移入與開發也較為遲緩,所以清代樸學的風光,在臺灣並沒有同樣的顯豁出來。再者,臺灣是一個純粹的朱子學播敷的地方,以朱子理學來推展儒教,是清代臺灣重要的人文發展。這是因為二鄭的生活時期,臺灣正從粗獷不文、好鬥輕生的移墾社會逐漸轉升為教化為重、返乎禮樂的文教社會,同時也是竭力建廟學興書院以求推廣儒教的重要階段。因此,臺灣儒士的學術事業並不落在文彩的顯揚與否,也不落在對傳統樸學工夫的深淺如何,而是畢生所關注儒家的常道與慧命,是否能夠傳教予青年子弟,同時,在地方上是否又能夠扮演著提撕地方文風的重要角色。

鄭用錫是開臺進士,是首部《淡水廳志》的編纂者,也是明志書院的山長主講,同時也是淡水廳排解分類械鬥促進族類和諧的儒士。鄭用鑑長期講學於明志書院,重道德義理而次文藝,更是典型的朱子門生,他一生在地方上弘揚朱子理學,對臺灣的敬謹敦篤的文化之風,貢獻甚偉。因此,二鄭的通經致用,所通的經是朱子注解下的四書五經,所致的用是促進提升臺灣的儒家文教。二鄭是清代臺灣眾多儒者的典型與象徵,臺灣有清一代,在儒士們的致力耕耘之下,終於從邊陲的島嶼進入到儒學的體系之中,更致使其儒學性格後來可與中原等量齊觀。這也就是何以乙未割臺之後,臺灣士人仍然持續著武裝抗日或文化抗日,終日本殖民統治五十年,而能夠不絕的真正原因。然而,本篇論文還只是探討二鄭經學的初步開始,對於圍繞二鄭所展開的種種經學議題,其廣度與深度仍然有開展的空間,唯限於篇幅,只能另闢專文再進行深入的探討了。

引用書目

一 傳統文獻

〔漢〕孔安國傳 〔唐〕孔穎達等正義 《尚書正義》 臺北市 藝文印書
　　　館 1955年 據清・嘉慶20年（1815）江西南昌府學刊本影印

〔宋〕陳襄 《古靈集》 《景印文淵閣四庫全書》第1093冊 臺北市 臺
　　　灣商務印書館 1983年 據國立故宮博物院藏本影印

〔宋〕趙汝愚編 《宋名臣奏議》 《景印文淵閣四庫全書》第431冊 臺
　　　北市 臺灣商務印書館 1983年 據國立故宮博物院藏本影印

〔宋〕謝邁 《竹友集》 《景印文淵閣四庫全書》第1122冊 臺北市 臺
　　　灣商務印書館 1983年 據國立故宮博物院藏本影印

〔明〕王守仁著 吳光等校 《王陽明全集》 上海市 上海古籍出版社
　　　1992年

〔明〕鄭文康 《平橋藁》 《景印文淵閣四庫全書》第1246冊 臺北市
　　　臺灣商務印書館 1983年 據國立故宮博物院藏本影印

〔清〕皮錫瑞 《經學歷史》 北京市 中華書局 1989年

〔清〕陳培桂 《淡水廳志》 南投市 臺灣省文獻委員會 1993年 據民
　　　國52年（1963）臺灣銀行《臺灣文獻叢刊》本第172種影印

〔清〕陳朝龍著 林文龍點校 《合校足本新竹縣采訪冊》 南投市 臺灣
　　　省文獻委員會 1999年

〔清〕鄭用錫 《北郭園全集》 《臺灣先賢詩文集彙刊》第2輯 臺北市
　　　龍文出版社 1992年 據清同治9年（1870）鄭如梁校刊本影印

〔清〕鄭用鑑著 詹雅能編校 《靜遠堂詩文鈔》 新竹市 新竹市政府文
　　　化局 2001年

〔清〕魏象樞 《寒松堂全集》 《四庫全書存目叢書》第213冊 臺南市
　　　莊嚴 1997年 據遼寧大學圖書館藏清康熙刻本影印

連 橫 《臺灣通史》 南投市 臺灣省文獻委員會 1992年 據民52年
　　　（1963）臺灣銀行《臺灣文獻叢刊》本第128種影印

鄭鵬雲著　曾逢辰纂輯　《新竹縣志初稿》　南投市　臺灣省文獻委員會　1993年　據民52年（1963）臺灣銀行《臺灣文獻叢刊》本第61種影印

鄭鵬雲編著　林衡道、陳澤主編　《影本浯江鄭氏家乘》　臺市中　臺灣省文獻委員會　1978年

二　近人論著

林文龍　《臺灣科舉家族：新竹鄭氏人物與科名》　南投市　國史館台灣文獻館　2015年

陳昭瑛　《臺灣與傳統文化》　臺北市　臺灣書店　1999年

陳昭瑛　《臺灣儒學：起源、發展與轉化》　臺北市　臺灣大學出版中心　2008年

陳金木　〈經義、義法與點評——鄭用錫《北郭園全集‧述穀堂制藝》析論〉　《臺灣經學的萌發與轉型——從明鄭到日治時期學術研討會論文集》　臺北市　中央研究院中國文哲所主辦　2013年11月28-29日

商　璩　〈鄭用錫突出「徵實」、「重禮」的經學研究〉　《臺灣經學的萌發與轉型——從明鄭到日治時期學術研討會論文集》　臺北市　中央研究院中國文哲所主辦　2013年11月28-29日

黃美娥　〈一種新史料的發現——談鄭用錫「北郭園詩文鈔」稿本的意義與價值〉　《竹塹文獻雜誌》第4期　1997年7月　頁31-56

葉國良等著　《經學通論》　臺北市　大安出版社　2014年

潘朝陽　《明清臺灣儒學論》　臺北市　臺灣學生書局　2001年

潘朝陽　《臺灣儒學的傳統與現代》　臺北市　臺灣大學出版中心　2008年

賴貴三　〈明清時期臺灣經學歷史發展的考察與分析〉　《中國經學》第3期　2008年　頁200-264。

顧敏耀　〈臺灣清領時期經學發展考察〉　《興大中文學報》第29期　2011年6月　頁193-212

逆寫當代愛情：李喬《情世界——回到未來》之知識與價值

蔣淑貞[*]

摘要

本文想要藉由分析《情世界——回到未來》的三個特點，說明李喬的寫作風格並不限於歷史小說家的定位。這三個特點分別是（一）客家話的使用（二）臺灣的未完成狀態（三）濃厚的自傳色彩，導引讀者從原本的「知識與權力」的詮釋角度，轉移到李喬個人堅持的「知識與價值」的態度（例如夫妻同命）。這樣的態度，使得李喬的《幽情三部曲》和《情世界——回到未來》仍得以歸類在臺灣「大河小說」系譜，不但可以鑲入黃慧鳳整理該系譜的第三階段「新世紀」，更是有別於把大河小說視為生產文化符碼的技術，它其實是承續作家一生不斷體驗與思索的臺灣人應有的價值。

關鍵辭：李喬、《情世界——回到未來》、知識與價值、大河小說

---

* 交通大學人文社會學系副教授。

一 前言

　　李喬近幾年來的作品《幽情三部曲》[1]（2010-2013）和《情世界──回到未來》（2015），乍看之下迥異於昔日歷史小說的風格，涉及的主題也很廣，如自然與道德、對自然的信仰、對宗教的認知、身體與靈魂、宇宙毀滅的本質與生命的反抗等，但似乎有一個共同的母題重複出現，那就是「知識與價值」之間的關係。不過，一般評論者依照李喬既有的文壇地位，也就是歷史小說家，多數傾向用「知識與權力」（法國思想家傅柯）的觀點，聚焦於文本裡的「歷史戰場」，看李喬如何調度生理學、解剖學、哲學、社會學、人類學，甚至還有民間祭祀儀典、草藥治療等[2]，演義臺灣歷史，如劉維瑛就說「要是能體察先前《寒夜三部曲》，李喬（在這次的《幽情三部曲》裡）隻身潛入臺灣後殖民語境的深淵，是他為廣大臺灣民眾所抒發之苦悶與哀嘆」。這樣的說法，在《幽情三部曲》的新書發表會也屢被提出，如李永熾在致詞時說，《V 與身體》以身體象徵臺灣歷史，生於二二八事件那一年的主角何碧生，就是隱喻臺灣人歷經白色恐怖後的茫然。李喬當場回應說「我愈聽愈怕」，強調《幽情三部曲》並非為臺灣政治而寫，還對著來賓說「給我大一點的空間嘛！」

　　這個大一點的空間，除了有李喬非常在意的小說形式的創新之外，也應該包括對於人性的探討，例如「邪惡」問題，這種主題對他來說比較不容易情節化，所以他就用知識類型來論述這種關於價值的議題。在二〇一五年六月出版的新作《情世界──回到未來》中，我們發現李喬在談論情色文學的問題[3]，為了說明他的立場，亦即不能苟同當前「性」「愛」分離的愛情觀，

1　包括《咒之環》（2010）、《V 與身體》（2013）、《散靈堂傳奇》（2013）。

2　李喬對於知識的狂熱吸收程度，在莊紫蓉對他的訪談中即可看出。他提到早年未受到「完整的教育」已經形成心理創傷，日後以「讀硬書」加以彌補。

3　在這本小說前言中，李喬坦承創作動機是因為曾經批評兩位「文學前輩」，便得示範什麼才是他認為的好的情色小說，與前輩一較長短。路人皆知他說的前輩就是鍾肇政和葉石濤，他倆分別在八十歲左右出版了《歌德激情書》（2003）和《蝴蝶巷春夢》

更反對同性戀者以「借精、借卵」的方式製造子女，他以腦神經科學的「激素」、天體物理學的「生命現象就是反抗」、哲學的「存有」和心理學「意識」等觀念，來重新界定「性」、「情」和「愛」，歸納出一個理念──人的演化在未來有可能是復振自然的生命現象，所以當代人這種建立在反宗教、反社會的情色觀必定將「回到未來」。讀罷此書，讀者驚覺臺灣歷史幾乎完全退位，那麼我們回顧《幽情三部曲》（尤其是後兩部）時，可能會把這幾本作品重新放在「知識與價值」的敘事觀點上。換言之，這幾部作品審視了各種價值（也包括情感）在歷史情境所塑造的知識體系裡，究竟扮演了什麼樣的角色。例如，《V與身體》探討了人的本質在科學和科學以外（如小說裡身體各部位的倫理關係）的論述與實踐，主人翁何碧生的個性和身分是如何藉由傳統（客家）文化的親屬稱謂來構成，另外還有五臟六腑的生理與心理特徵、或說是物質與非物質的內涵，以及它們之間的關係和共同命運，自然把讀者帶向腦部。李喬用了大量西方現代生理學知識，來強調腦子的重要性，在這種醫學知識中，代表精神的V彷彿變得不重要、或說是等待身體來救援的狀態了。相較之下，《散靈堂傳奇》的主人翁蕭墨，幾乎就是靈魂至上的代言人，他經營葬儀社、管理草藥園，繼而取得了道教法師的資格，最後率領各種宗教人士和宗教學專家進行招魂安靈儀式，深入民俗文化的底蘊。縱然所談的價值不同，但兩本作品的主人翁之命名，顯示出作家李喬一以貫之的人生觀：生而為人是脆弱無奈且孤單痛苦的，何碧生諧音何必生，而蕭墨以客語發音則是消滅。他們或許可以象徵歷代各族群因械鬥、戰爭而冤死的臺灣人，但是這種價值、情感背後的知識建構和文化心理結構，恐怕才是李喬窮畢生之力「讀硬書」的理由。艱深的知識或可為脆弱的生命在快速的社會變遷中提供一些解釋。不過，他對於當代流行的「進步」議題，如反核、廢死、多元成家方案等，倒不是照章全收，新作《情世界──回到未來》就是一例。

（2006），前者表彰歌德（與鍾肇政）崇拜「永恆的女性」主題，後者則描述一青年簡明哲與多位年長他二、三十歲的女人交媾，交媾動作完全沒有愛的感受。

本文想要藉由分析《情世界──回到未來》的三個特點，說明李喬的「知識與價值」風格的確是他比較「大一點的空間」，其中歷史只是襯托用的背景，若說的極端一點，歷史（亦即知識與權力的更迭）對李喬來說並不重要，他的意識形態（或云價值觀）是結構化的，而意識形態沒有歷史。這三個特點分別是客家話的使用、未完成狀態的臺灣、和濃厚的自傳色彩。

二　客家話的使用

李喬的作品一向呈現語言混雜的現象，近作尤其如此，這是他在小說形式上的設計。他曾說他講的形式，依重要性來說，語言排第一位，接著是敘事結構、敘事觀點、語言節奏和旋律、隱喻和象徵。值得一提的是，客家話在《Ｖ與身體》、《散靈堂傳奇》和《情世界──回到未來》裡逐步增加，且用字遣詞愈來愈生活化。《Ｖ與身體》中的客家話僅出現在由身體各部位組成的家族成員之間的對話，且謾罵的情形較多；《散靈堂傳奇》客家話最集中之處，就在范文芳教授和詩人利玉芳的招魂詞中，顯得典雅莊重；到了《情世界──回到未來》，古台森與第二任妻子葉秀香的談話中，客家話隨手拈來，豐富了現實生活的意義。李喬在語言形式上的這種安排，我認為是他在償還對客家文學的倫理債務。

李喬很早就參與客家運動，也提倡客家文學。但在當時鮮有人以客語創作的時空條件下，他對於客家文學的看法是採取與臺灣文學得以接軌的標準。他在二〇〇四年編纂的《客家文學精選集》〈小說卷序〉主張提倡「客家文學」，他說：「何以要提倡『客家文學』？一是客家底文學加入臺灣文學陣容，使臺灣文學殿堂更為繁富。二是藉文學提升客家族群，使客家人更為榮耀。」前者說的是客家文學與臺灣文學的美學關係，而後者則強調文學與客家人的倫理關係；不過，李喬更關注美學高度，倡言「『客家文學』是一種過程，目的是『客家人創造出高境界的文學作品』。」他期許客籍作家能寫出境界更高、更好的作品。該選集的作家，李喬選了賴和、吳濁流、龍瑛宗、呂赫若、鍾理和、林海音、鍾肇政、鄭煥、黃娟、李喬、鍾鐵民，共十

一位，其中賴和、呂赫若、林海音三位並不被鍾肇政認為是客家文學的作家。李喬顯然與鍾肇政有不同的見解，那就是這部選集挑選的幾乎都是成名的作家，基本上也迴避了關於呂赫若根本不清楚自己是客家人的事實。

我們也許可以說，此時李喬的書寫策略雖然有其政治意圖，但形式的優劣才是他認為可以達到政治意義的必要條件，因為形式代表美學的高度。我們縱然能體會李喬堅持選擇名作家的理由，但仍然對於他把客家文學看成只是「過程」的看法感到好奇。他似乎比較關注作品是否符合「美學高度」（例如如何刻畫人類的命運）與「倫理行動」（例如如何反抗臺灣的命運），卻不在乎客家文學在臺灣文學的隱形位置。客家文學在他眼裡難道只是臺灣文學裡一朵過渡的浪花嗎？然而，經過十年，李喬自己彷彿在實踐當年積欠的債務，他用了愈來愈多的客家話，寧可辛苦地為不懂客語的讀者加註解釋，也要用該語言呈現他的小說人物，《情世界——回到未來》這本情色小說即證明了客家話在形塑親密關係的重要性。

小說主人翁古台森與妻子葉秀香維繫感情的方式是山林生活的實踐，包括經營苦茶園，「耕作、製作、打理、儲存、出售，每一樣都兩人共同完成的，而人、心，就自自然然密合在一起了」（頁38）。他們以自身相處的模式展示給晚輩看，說明男女之間的親密關係並非靠著乾柴烈火、喜新厭舊、或是相信命中註定的方式去達成，而是藉由交談、讀書、辯論、自我分析之後，形成觀念共識，再加上養成性生活習慣，累積愉悅感，才能感受那「熱烈又兼深沈的愛」（頁220）。這樣的論調乍看之下頗為「古典」，彷彿倡議中庸平和的修養工夫，但若了解古台森與葉秀香曾經體驗「激進／基進」[4]的輕狂歲月[5]，便知道他們對於「性自由」、「性完整」、「性尊嚴」（頁20、21）曾經是多麼努力去了解，終於體會到「愛」雖然是以「性」為核心，但核心外圍的婚姻制度卻不可廢。小說開頭花了許多篇幅描述古台森苦心經營的台

4　李喬在小說裡直接用 Radical 這個字（頁21），學術界譯為「激進」（意指態度前衛貌）或「基進」（意指從問題的根部進行批判）。

5　李喬用「方糖歲月」（頁21）協擬「荒唐」之音，但必須用客語發音才能體會。

灣紅瓦屋以及屋前大禾埕，分別用「相思屋」（頁11）和「仙果園」（頁11）曉稱之，而這些建築的價值在於它們內含的「黏揚尾打草蜢」（頁12，意為調情）和「續命仙果」（頁11）。

我認為李喬在這裡所描述的婚姻關係（或家庭制度）作為一種意識形態，並非如女性主義所撻伐的那種壓迫的制度，而是在此制度下人們才能有自然發生的社會關係。若企圖擺脫它，總是搞得遍體鱗傷，非但沒有享受性的自由，反而飽嘗性解放的暴力和痛苦。主張性解放或顛覆家庭制度者，以為意識形態是強加在人們身上的教條規訓，每個人彷彿被迫戴著一副眼鏡看世界，唯有拿下眼鏡才能看見真理或真相。但是《情世界——回到未來》似乎主張，人們其實是喜歡生活在意識形態裡，喜歡戴著眼鏡，深信戴著眼鏡才看得見真相，尤其是愛的真相——「性」。李喬和兩位文壇前輩一樣主張兩性關係的核心在於性，但《歌德激情書》的浪漫顛覆和《蝴蝶巷春夢》的無愛交媾都把性看成是「荷爾蒙決定論」，缺乏一個意識形態結構，兩人的關係沒有結構就無法發揮社會功能，遑論滋養情份，是故欲望的投射往往失去準頭，總是徒勞無功。古台森以自身的經歷，體認到個人條件的匱乏狀態[6]——諸如童年時候的貧困受辱和第一度婚姻的失敗——並不妨礙他的生之欲，事實上到後來反而成就了他那「耆年不老」的豐富人生。如何妥善處理「感情的火山」也就成了一項技術，值得傳諸後世。

三　臺灣的未完成狀態

李喬使用客家話，倒不是認同客家族群的本質性看法（亦即以客語作為創作的唯一語言）。他自己的作品中涵蓋了臺灣歷代曾經出現的語言，如泰雅族語、福佬話、客家話、日語、英語等，以中文作為敘事主要語言。他以此呈現他所主張「臺灣主義」，李喬提倡「臺灣主義」而非「臺灣民族主義」，是因為他認為臺灣人必須在「結構」中了解自己的處境，不要用民族

6　「匱乏」一詞，當用精神分析觀念「lack」加以理解。

主義這種本質論的方法看待自己，而應該用臺灣與鄰國的關係來「證成」自己，例如臺灣不是中國、臺灣不是美國等等。他更主張每個臺灣人要以個人為單位（不是族群為單位）來參與臺灣主義，他說「臺灣人是個 subject，不是任何別的一部分，不需要尋找理論為依據，不需要徵求任何人同意」。我理解李喬這句話的意思是，弱勢者生存的法則首先必須是了解自己是個「主體」，勿奢望統治集團為自己安排秩序。他描述歷史中臺灣人被壓迫所累積的能量本來藉由本土化運動已然出清，但因為對歷史沒有反省，所以讓國民黨回來執政，當然民進黨也令人失望，所以他在《幽情三部曲》中不信任任何政黨，甚至認為任何「理性、和平、甘地式的」理念是自我設限，「只有暴力 A 或暴力 B 的選擇，沒有非暴力的選擇」。他的極端主張是基於「臺灣特殊後殖民情境」而發，他感慨說臺灣的後殖民不符合一般後殖民理論，「按理一九四五年之後應該是採用前殖民主的典章制度」，他喟嘆「蔣介石集團」統治臺灣後，「在文化上太『成功』，把漢文化負面的東西像癌細胞一樣擴大。」換言之，李喬對於漢人文化在臺灣的表現是全然負面的，這不是從二戰後國民政府來台才開始，而是審視漢人到臺灣以來對於原住民的剝削就是漢文化所致，而這種剝削經由現代化論述美化，一直沒有徹底反省。正由於李喬對於漢文化／中國文化的絕對失望，讓他主張「臺灣既然是各族群來建構，須以民主法治為依歸，照顧中下階層的福祉……生態上須以環境（不以人）為中心。」他強調這是文化運動，文化改造後才可能有政治的創造。

　　如果我們把他和李永平放在一起比較，會發現兩人皆在用文字招魂。劉淑貞對於李永平的書寫與其認同，用了「招魂」的譬喻，她說：「文化身分的處境──將離散失落的文化位置投遞到書寫的存有論之中，藉寫作──並且是使用『中文』寫作──讓語言與文字成為那原本『不得不的』、『非寫不可的』倫理性因素；在這反覆地、實踐性的書寫之中，將『中國性』召回與重鑄。換言之，離散成為宿命情境，而書寫則等同於招魂儀式，以踐履那在倫理意義上不可違逆與抗拒的、一種存有與寄託的慾望。」（劉淑貞，頁6）相較之下，李喬在《幽情三部曲》也是一種「招魂」，但其招魂的目的在於「安魂」。若說李永平的招魂目的在於「企圖重新創造大漢民族歷史、文

化、語言、種族、神話起源的史詩……文字對他而言具有本質的意義：那裡頭窩藏著他尋求的「道」（logos），需要的勞作相對而言不止是經由書（writing），而是銘刻（script）。——讓漢字字形的物質性浮露。」（黃錦樹，頁29-30），那麼李喬卻沒有這種本質性的看法，他的文字是在呈現「未完成狀態」的臺灣人，語言文字皆未定型，充滿了活潑的生機。

這在《情世界——回到未來》比較明顯，因為這部作品所闡述的價值觀，是放在「從性解放到性回歸」，回歸到夫婦生活調和以達到的「夫妻相」，期待制約當前邁向險惡的、加速崩壞的性關係。表面上看似趨向保守的兩性關係，李喬卻用大量的理論論述——從生理學、情色輪、女性主義（女強人）、精神分析（拉岡派）到天體物理學——以及個人實踐的經驗，證明他堅持的兩性經營自然美好的性狀態，是可以「反抗」慾望無窮所帶來的痛苦與不安。他以各式族群語言註記並詮釋他從知識體系截取的術語，發揮他的「饒舌」風格，彷彿是說，「未完成狀態」的臺灣人需要多樣知識，才能不盲目跟隨流行，例如青少年的同志戀跟風。

四　自傳色彩濃厚

《情世界——回到未來》在李喬的近作中，當屬自傳色彩最為濃厚的一部。主人翁古台森的刻畫，無論在年齡、性格、經歷，與作家的相似度極高。雖說《幽情三部曲》每部作品的主人翁多少都有李喬的個性，但每部作品都會刻意安排一個代表李喬的角色，以智慧老人、導師或代理父親的原型，為主人翁提供指引。他們的共同特色就是「饒舌」。

早在二○○六年的「臺灣大河小說家作品學術研討會」中，日本學者三木直大就指出，李喬的《寒夜三部曲》使用的敘事技巧是「饒舌體」，也就是李喬在己著《小說入門》所自稱的「複式的單一觀點」，是一種「作家強迫讀者閱讀作品」的說書人技巧，也因此其作品很難改成影音作品，無論是電視連續劇或是電影。三木還反駁臺灣評論者如彭瑞金、陳芳明等，說他們把李喬定位在大河小說家，描述的是沒有作家自我的「歷史人物群像」、「邊

緣人的論述」，乃是忽略了李喬念茲在茲的「作家之眼」。三木認為李喬及其
「說故事者的主體」不但無所不在，而且設下機關引導讀者跟著他的邏輯
走，滔滔不絕宛如宋代就形成的說書人，卻又採用了現代文學的意識流、內
心獨白等無意識敘事。其現代文學的敘事形式雖然類似於福克納（李喬最心
儀的西方作家），但在《寒夜三部曲》中卻缺乏意識流技巧所要達到的「自
我的解體感」效果（三木探討的是李喬在《孤燈》裡避寫飢餓士兵「食人」
的題材），致使《寒夜三部曲》的文體是「說書人以鄉土神話編排歷史素
材」。換言之，如果大河小說起源於法國在兩次世界大戰之間重新整理「國
民」的意義，那麼三木對於李喬的大河小說身分則是理解為：《寒夜三部
曲》是在呈現臺灣庶民在「父缺席」的情況下的「國民像」，而李喬則是
「代理之父」。基本上我同意三木的看法，認為李喬在三十多年後出版的
《幽情三部曲》中再度使用「饒舌體」和「作家之眼」的技巧，但放棄了
「高山鱒」等漢人為主的土地神話，改用臺灣與日常生活相關的民間信仰重
述臺灣歷史與批判當前社會，類似於拉丁美洲的魔幻現實小說、或是魯西迪
的後殖民歷史小說，已然超越經由葉石濤、陳芳明、楊照等人所定義的本土
大河小說。其作品具有「想要贏」、「不想輸」的反抗意識，已不是悲情味道
濃厚的悲劇，我們看到三部小說的每一個主角都是帶有傳奇浪漫色彩的個體
行動家，得到小說人物「李喬」（有的化名為呂鳥）的協助，開創了一個獨
特的、有政治意義的空間，成為作家心目中臺灣未來的希望。這是歷史小說
嗎？恐怕連三木所說的「歷史小說風」都沒有了，卻是李喬個人為一己的存
在進行書寫。

《情世界——回到未來》的饒舌題和作家之眼更為明顯，因為寫作動機
是要與兩位文學前輩較量情色寫作，令讀者得以一窺作家的「本色」，也注
意到他的情愛價值觀與前輩不同。《歌德激情書》裡的歌德不可壓抑的性慾
使他輾轉於不同年齡的女人之間，以及《蝴蝶巷春夢》裡的簡明哲雖頻繁交
媾卻缺乏愛的感受，他們都在古台森的人生階段中出現過，且被他所周遭的
臺灣社會視為「進步」或「演化的必然現象」，但是他則一一加以反抗／克
服／昇華。李喬質疑當代主張性、愛分離的「崇拜情慾」現象。他認為文學

的三大主題──戰爭、死亡和愛情，其中愛情的「性主題」最有發展前景，但他不滿所見到的「情色作品」，更不苟同情色文學的理論。他的敘事方式雖然依男、女、全知、和現在四個觀點，分別以不同符號加以標記，但讀起來仍令讀者感覺非常以男性為論述中心，主人翁古台森對於前後兩任妻子的看法，若與那兩位女性的敘事觀點相對照，彷彿都只是古台森自己的意見，有自我膨脹之嫌。如果用拉岡的精神分析來理解──事實上李喬也藉由古台森說出鏡像理論和主體結構，如「自我是無法知道自己的」、只能「在所愛的人身上找到自己」（頁252）──我們就發現李喬對於性別化（sexuation）集中在古台森身上，恰恰是體現了拉岡所說的「說話的存有著」（speaking beings），人人皆承受了語言和言談的閹割。無論是生理的男性或女性，都在父權宰制下思索如何走入（並參與）體制內的表演，不是只要顛覆體制。古台森在小說裡，「示範」了一個人在這種性別表演中，如何會失敗、怎樣才成功。古台森一生的成長經驗和最後獲致的「坐享安寧」（頁308），明顯有李喬自己的身影，也就是證明他的價值觀是「結構上的必然」，因此當前的歧路如「借精卵」和「人未出生就被決定無父無母」一定會被挑戰。

至於這本情色小說對於情愛的描述和看法，李喬其實在以往的各個長篇小說多少有所著墨，著墨多的作品如《幽情三部曲》，也影響到論者的評價。也就是說，大家雖然能同意這個三部曲寫的是臺灣歷史，卻無法將之納入「大河小說」。

作為文類，大河小說在臺灣的發展，首先是由葉石濤提出，他認為大河小說的標準可用俄國小說《靜靜的頓河》作為標準。那是一部描述俄國境內少數民族哥薩克民族的故事。該民族有侍奉俄國沙皇的光榮歷史，卻在歷史洪流下，夾雜在二月革命與十月革命的「紅白派系」鬥爭，遭遇裡外不是人的困境，既想保存「依賴主流民族」的民族光榮、又被迫追求「棄絕民族特色」的共產主義進步理念，飽受進退失據的痛苦。依此大河小說的標準，葉石濤認為鍾肇政的作品思想高度不足，無法媲美「世界文學」。

葉石濤的說法，似乎已經為臺灣的大河小說立下標竿。根據黃慧鳳（2014）的博士論文〈臺灣歷史大河小說研究〉，臺灣特色的大河小說指的

是「外於中國史的臺灣歷史」，無論是否稱之為後殖民書寫，其文本發展可分成解嚴前、解嚴後，以及新世紀三階段。所謂「解嚴前」的大河小說，是說由於政治時空的囿限，作品斷限於臺灣光復。而「解嚴後」是指二二八事件及其效應，作家在解嚴後才敢書寫。至於「新世紀」階段的臺灣大河小說，黃慧鳳認為除了承繼二十世紀的大河小說外，更開展出女作家、女性視角，為本土的「大河小說」開創了新的局面，與其他更多元的可能。李喬因此而屬於「解嚴前」和「解嚴後回首二二八」兩階段，分別以《寒夜三部曲》和《埋冤一九四七埋冤》作為代表。黃慧鳳沒有處理李喬的《幽情三部曲》，我認為是因為大河小說在黃慧鳳的定義下，是有「演化」特色的。她認為三階段累積的《臺灣人三部曲》、《寒夜三部曲》、《浪淘沙》、《楊梅三部曲》、《臺灣大風雲》、《臺灣三部曲》等大河巨作，肇始於「搶下一席之地」到「逐步打開文學傳播場域」，有著與時俱進的特色，直言「二十一世紀初的臺灣大河小說，除了承繼二十世紀的大河小說外，更開展出女作家、女性視角的臺灣大河小說，為臺灣『大河小說』開創了新的局面，與其他更多元的可能」。她仔細分析了施叔青的《臺灣三部曲》，提出第一部曲《行過落津》著重幽微的地方歷史和社會邊緣人（「假男」）、第二部曲《風前塵埃》呈現女性和族群的歷史位置、第三部曲《三世人》爬梳自我否定以及空想與挫敗，認為能夠涵蓋這麼多主題的作品──儘管有些缺失──才是後現代文壇的成功的傳播策略。

李喬的《幽情三部曲》為什麼和「大河小說」連不上關係呢？李喬的「複式的單一觀點」不會排斥情慾多元、認同多元等遊戲式的書寫策略，但是他的價值觀如「文化台獨」、「夫妻同命」等觀念卻無法被年輕的評論者視為「進步」。然而，若細究《幽情三部曲》和《情世界──回到未來》的「未完成狀態」的價值觀，我認為反而比較符合西方大河小說的源頭，如羅曼羅蘭的《約翰‧克里斯朵夫》。羅曼‧羅蘭刻劃的主人翁生為德國人，原生文化使他先天成為一個強者，力的代表（他的姓氏在德文中就是力的意思），秉受著古弗拉芒族的質樸精神，具有貝多芬式的英雄意志。後來他到萊茵河彼岸去領受法國文化的洗禮，接受了精巧細緻、甚至到了甜膩程度的

藝術品味。他體會到拉丁文化太衰老，而日耳曼文化又太粗獷，但是兩者匯合融和之下，似乎能產生一個理想的新文明。克利斯朵夫這個新人，就是新人類的代表。他的最後的旅程，是到義大利去領會清明恬靜的意境。綜觀他生命的幾個階段──從德國到法國、從本能到智慧、從粗獷到精煉、從血淋淋的戰鬥到平和的歡樂，從自我和社會的認識到宇宙的認識，從擾攘騷亂到光明寧靜，從多霧的北歐越過了阿爾卑斯山，來到陽光絢爛的地中海，克利斯朵夫終於達到了最高的精神境界。

　　總之，我認為如果客籍作家的作品最能夠與其他族群對話的文類是「大河小說」的話，那麼李喬的《幽情三部曲》和《情世界──回到未來》其實仍可以歸類其中，不但可以鑲入黃慧鳳的第三階段「新世紀」，更是有別於把大河小說視為生產文化符碼的技術，它其實是承續作家一生不斷體驗與思索的臺灣人應有的價值。

參考文獻

劉淑貞　〈倫理的歸返、實踐與債務：黃錦樹的中文現代主義〉　《中山人
　　　　文學報》第35期　2013年7月　頁69-99

黃錦樹　〈緒論：馬華文學與在臺灣的中國經驗〉　《馬華文學與中國性》
　　　　台北市　元尊文化　1998年　頁27-45

劉維瑛　〈更多反抗，更多愛──李喬談《幽情三部曲》〉　《自由時報》
　　　　2013年10月21日

英靈與時疫：義民信仰的中元之疑

羅烈師[*]

摘要

　　新竹枋寮義民廟是臺灣客家最重要的族群象徵，其祭典包含春秋二祭與慶讚中元；而後者更擴大為義民節，於每年農曆七月二十日辦理，成為義民廟最盛大的祭典活動。這一儀式上的特性難免使得義民爺與孤魂之間的關係，牽扯不清。本文即起於筆者此一長期研究義民信仰卻始終未解之大惑：「何以枋寮褒忠亭依憑於盂蘭而隆盛？」因此，本文乃以〈四姓規約〉〈粵東褒忠義民列公祭文〉與〈祀典簿序〉等清代廟史文獻、日治《臺灣日日新報》關於義民爺與霍亂及流行性感冒等時疫的報導，以及歷來全臺分香廟宇之史實，說明枋寮義民爺成神之過程以及其神格性質。本文認為義民之成神，表現了漢文化神、鬼及祖先之轉換法則，尤其與厲鬼之於非自然死亡事件的逐疫靈力，息息相關。此外，中元之神豬競重與義民爺之逐疫威靈，皆昌盛於日本時代，這很可能就是吾人所見現今義民信仰祭典面貌的直接源由。

關鍵詞：義民信仰、厲鬼信仰、中元、神格轉化、流行病、逐疫、民變

---

* 交通大學人文社會學系暨族群與文化碩士班副教授。

惟願我粵東同人,念死者捐軀之節,思前人捐資之誠……經理與創始
同功,恢緒與權輿濟美……修墳墓則固若苞桑,脩祠廟則安若磐石。
將忠貞代產,昭百粵之英靈,孝義聚生,作八閩之保障。庇我眾姓,
俾熾而昌。(曾騰,1841)
虎列剌曾猖獗及于全島,獨新埔支廳大茅埔一般區民為豫防虎疫,先
請禱于枋寮義民爺之神。果不見一患者而終,僉以為其神之靈佑。
(臺灣日日新報,1919)

一 前言

新竹枋寮義民廟是臺灣客家最重要的族群象徵,其祭典包含春秋二祭與
慶讚中元;而後者更擴大為義民節,於每年農曆七月二十日辦理,成為義民
廟最盛大的祭典活動。這一儀式上的特性難免使得義民爺與孤魂之間的關
係,牽扯不清。本文即起於筆者此一長期研究義民信仰卻始終未解之大惑:
「何以枋寮褒忠亭依憑於盂蘭而隆盛?」因此,本文乃以〈四姓規約〉〈粵
東褒忠義民列公祭文〉與〈祀典簿序〉等清代廟史文獻、日治《臺灣日日新
報》關於義民爺與霍亂及流行性感冒等時疫的報導,以及歷來全臺分香廟宇
之史實,說明枋寮義民爺成神之過程以及其神格性質。本文認為義民之成神,
表現了漢文化神、鬼及祖先之轉換法則,尤其與厲鬼之於非自然死亡事件的
逐疫靈力,息息相關。此外,中元之神豬競重與義民爺之逐疫威靈,皆昌盛
於日本時代,這很可能就是吾人所見現今義民信仰祭典面貌的直接源由。

二 英靈

義民廟建立之初,亦即十八、十九世紀之交,廟內祭典包含義民祭與中
元祭,並且開始規畫以聖旨及淡水同知為對象的聖祭以及四位地方頭人的祿
位祭儀。至十九世紀中期,義民祭重要性大為提昇,聖祭有可能因此被吸納
為義民祭之中,隨後歷經三種國體之統治,義民之忠義形象與地位,始終屹

立不搖，成為護國英靈；有功人員之祿位則祭祀廟中，至於中元祭則很可能始終扮演重要的角色。

（一）祭典

義民廟祭典與廟產史上，四姓首事[1]於嘉慶七年（1802）簽訂的〈嘉慶七年王廷昌、黃宗旺、林先坤、吳立貴等全立合議規條簿約字〉（以下簡稱四姓規約）影響重大，可以視為是新竹枋寮義民廟歷史發展的憲章。[2]全文約一千五百字（見附錄），前段說明建廟之緣起與歷程：

> 全立合議規條簿約字人褒忠亭首事王廷昌、黃宗旺、林先坤、吳立貴等，丙午年冬，元惡林爽文戕官陷城，程廳主遇害……我義民慕勇，幫官殺賊……捐軀殉難者不少，血戰疆場，屍骸拋露到處，夜更深常聞鬼哭，各庄人民寤寐難安。蒙制憲以粵民報效有功，上奏京都，聖主封以褒忠二字。時有王廷昌自備銀項……各處收骸，欲設塚廟……遂即設席請得義首林先坤、黃宗旺、吳立貴等，合眾商議。痛此義民死者，淒青靈於墨夜，暴白骨於黃沙，營理忠骸於青塚，以免陰靈怨哭如他鄉。

這份在林爽文事件發生八年後的規約，對義民的定位與國家的角色，已有清楚的論述。首先，林爽文被視為「元惡」，而林爽文事件完全是一場反政府武裝的叛變。其次「義民」一辭已確定出現，而且還創造了一個說法：由於皇帝以「褒忠」匾額封贈殉難者，於是地方才開始收骸營葬。其三，安葬義民的直接原因係為避免忠骸之「陰靈怨哭如他鄉」，亦即埋葬與祭祀無主的恐慌。四姓首事收骸營塚之後，下文接著規畫嘗業[3]，而義民廟嘗業之增加

1　首事意謂管理其事的負責人。
2　羅烈師：〈臺灣枋寮義民廟階序體系之形成〉，《客家研究》第1卷（2006年），頁97-145。
3　嘗業即為了支持祭祀而建立的產業，通常皆為田園。

確實攸關義民信仰之擴大。[4]然而，嘗業的本質係為了祭典而設置，因此，就立約者的角度而言，祭典才是四姓規約的重點。四姓規約透露了四項祭典，其一為義民祭祀，其二為聖旨與殉難淡水同知程峻之祭典，其三則為中元，其四為四姓首事及其祖先之祿位牌。續說如下：

> 此廟建成十餘載，各庄人等同心協力，立有義民祭祀甚多，惟廟內崇奉聖旨及程廳主，未有祭祀。四姓王廷昌、黃宗旺、林先坤、吳立貴等立酌議……承買……田業……，有租谷五十五石……作為祭聖典及程廳主使用。爐主及首事四姓輪流祭祀之日，當具告白字通知粵庄眾紳士，前來與祭。

由本規約可以窺知，義民祭祀本身已頗有餘裕，但廟內之「褒忠」聖旨及守城殉難的程峻之聖祭，卻付闕如。於是四姓首事決定出資購置土地，作為香燈祭田，並且訂立規約，使每年的聖祭不虞匱乏。然而，四姓此一付出有交換條件，亦即為其父祖乃至自身之祿位牌打算。實際上，在此之前，已有前例，捐資建廟的禪師王尚武，也要求父祖之祿位牌供奉於廟內。[5]

> 七月中元普渡，爐主將銀五元備辦桌席，敬奉四姓祖父祿位……首事王廷昌、吳立貴、黃宗旺、林先坤祿位開祭……。每年祭聖典之日，有秀士、廩保、貢生、舉人、進士以及監生、州同、粵紳士等到前禮拜者，各宜開發胙肉。眾議後日中元，外庄輪流當調，爐主向王廷昌、黃宗旺、林先坤、吳立貴等四姓首事業內出息取貼出谷三十石。

由上引文可知，此時已有中元普渡之祭典，四姓規畫備辦桌席，敬奉四姓首

4　羅烈師：〈誠實或輪庄：清代枋寮義民廟之廟產經理制度——以劉雲從為中心的探討〉，《客家研究》第5卷第2期（2012年），頁195-223。

5　羅烈師：《臺灣客家之形成：以竹塹地區為核心的觀察》（新竹市：國立清華大學人類學研究所博士論文，2006年），頁98-99。

事之祖先祿位；未來更進一步直接開祭四姓之祿位。聖祭之日，請各方知識份子與祭，並分發祭品之豬肉，以為鼓勵。至於中元祭典方面，則應該鼓勵外庄參與，而由四姓所管轄之經費予以支助。

四姓規約的重點在於建立嘗業，以確保祭祀經費無虞。因此，除了前述對於四項祭典的規畫外，全文其實大部分篇幅在於嘗業之經營管理。為了確保嘗業之管理為眾人信服，於是建議輪流料理的機制：

> 議定此嘗係各庄適寔之人輪流料理，其嘗歷年有增長加買田業，或修義塚，或整廟宇，四姓合議，不得私行濫開。

以上即四姓規約之說明與分析，就本文而言，其重點在於義民祭祀與義民之地位。如前所述，一八○二年之時，「各庄人等同心協力，立有義民祭祀甚多」，當時之祭典形式為何？義民地位又如何呢？儘管我們沒有當時第一手史料，但是仍有兩張較晚的文件，可以窺得。其一為〈旨旌粵東褒忠義民列公祝文〉：

> 皇清道光十三年歲次癸巳，月建乙卯，朔日壬寅祭日庚戌之良辰，厥有汶水坑庄嘗內首事暨捐題信士等，謹以豬一羊一庶饈牲醴果品香楮之儀，致祭於
> 旨旌粵東褒忠義民列公之墓前而囑曰：
> 觀春露之既濡，感佩忠而難忘，遙念列公，歲月孔長，勇冠三軍，義著淡疆，捐軀報國，褒忠表揚，視死如歸，效義疆場。茲修春祀，整冠肅裳，牲醴告虔，伏冀歆嘗，佑我合庄，長發其祥，讀榮耕富，億萬倉箱，人人迪吉，戶戶盈昌，狩猷休哉
> 尚
> 饗

　　依臺灣之中央研究院萬年曆[6]，「道光十三年歲次癸巳，月建乙卯，朔日壬寅祭日庚戌之良辰」即一八三三年農曆二月初一，因此其後的祝文有「觀春露之既濡」與「茲修春祀」字眼。這份祝文顯示，一八三三年時，汶水坑（新埔鎮清水里，屬十五大庄之大茅埔聯庄）有義民祭相關嘗會，會內並設有首事經辦祭典等事務。這一年的春祭備有一豬一羊為祭品，顯然相當盛大，而祭祀的對象即為「旨旌粵東褒忠義民列公」，祭祀地點即為枋寮義民廟後之墓塚。

　　其二，同治十年（1871）〈皇清褒忠義勇諸公祝文〉：

大清同治十年歲次辛未，月建丁酉，朔日己未祭日庚午之晨。今有大窩庄嘗內值年爐主首事等，謹具豬一羊一□饈牲醴，果品香楮，明燭清酌之儀。致祭于
皇清褒忠義勇諸公之墓前而
祝曰
蘭桂飄香，菊蕊芬芳。遙念列公，威□孔長，捐軀報國，褒忠表揚。視死如歸，骨肉馨香。千載俎豆，萬古流芳。茲屆秋祀，瞻掃墳塋；牲醴告虔，伏冀歆嘗；赫赫如在，來格來嘗。庇佑我諸友，彌熾彌昌。□□鹿鳴，耕穫倉□。家家永慶，戶戶吉祥。漪歟休哉！伏惟
尚
饗

　　相同地，依中央研究院萬年曆，「大清同治十年歲次辛未，月建丁酉，朔日己未祭日庚午之晨」為一八六一年的八月初一，而祝文亦見「蘭桂飄香，菊蕊芬芳」與「茲屆秋祀」等應時文字。與前述汶水坑相似，大窩庄（即大窩口庄，即今新竹縣湖口鄉湖口村等，係十五大庄之大湖口聯庄）亦

──────────

6　參見中央研究院資訊服務處設置《兩千年中西曆轉換》，網址 http://sinocal.sinica.edu.tw/，2016/9/27登入。

有義民嘗會，會內有爐主與首事之分工，以辦理祭典，祭品有豬羊，祭祀對象為「皇清褒忠義勇諸公」，地點亦為義民墓前。

這兩份文書相似性極高，應該就是四姓規約所謂「各庄人等同心協力，立有義民祭祀甚多」。聯合二者可以推知，道光年間竹塹客庄已有許多義民嘗會，以春秋二祭，備有豬羊，前往義民墓前致祭。[7]

再由祝文所言：「勇冠三軍，義著淡疆，捐軀報國，褒忠表揚，視死如歸，效義疆場」以及「捐軀報國，褒忠表揚。視死如歸，骨肉馨香。千載俎豆，萬古流芳。」可以推知，至少在一八三三年，殉難義民之地位已經因乾隆之「褒」，而以「忠」著稱。這或許看似理所當然，然而，回頭檢視乾隆五十三年（1788）的〈戴元玖捐地合議字〉，文中言及：「茲因塹屬地方陣亡義友骨骸暴露兩載乏地安葬」。[8]尚僅以「義友」稱義民，且殉難者的遺體係暴露兩載之後，才被安葬。換言之，建廟之後，埋葬於義民塚之義民，有一地位提昇的歷程。

（二）英靈

關於義民地位的提昇，完整的論述是寫成於道光二十一年（1841）的〈敕封粵東義民祀典簿序〉，全文用典豐贍，對仗工整，可謂極盡馳騁文筆之能事。作者是竹塹地區舉人曾騰，名列道光二十二年（1842）邀新埔業戶任義民廟經理人之姜秀鑾請帖的十六人之中（羅烈師，2016a），也曾於咸豐七年（1857）在義民廟掛匾。[9]全文約一千字，原文分段標點解析如下：

7　羅烈師：〈新竹枋寮義民廟初期祭典的關鍵史料〉，「2015義民爺信仰文化學術研討會」論文（新竹縣：新竹縣文化局，2015年8月28日、29日）。

8　參見〈戴元玖捐地合議字〉，轉引自賴玉玲（2001：20）。

9　曾騰〈敕封粵東義民祀典簿序〉一文引自《褒忠義民廟創建二百週年特刊》；掛匾事參見《粵東義民祀典簿》，詳見下文；至於曾騰的舉人身分目前仍查無所本，尚待進一步考據。

且夫論食毛踐士之恩，則效忠者何分資格？念率土戴天之功，則赴義者豈特賢豪。是以有功必庸，當庸者首及黔黎之節義；靡德不報，尤推者草莽之忠良。彼食馬之三百人，驅獒之一介士，盡其小節，報厥私恩者，無論矣。

全文首先申明效忠報恩不分貴賤資格，以凸顯義民的平庸黔黎身分。所謂「食馬之三百人」語出《史記》〈秦本紀〉，指秦穆公賜酒赦免三百位偷食馬肉者的故事；至於驅獒介士則指出征之勇士。這些義民雖然是平民身分，但是他們捨身取義的精神與自古名垂青史的英雄烈士，例如嚴顏、嵇紹及南霽雲等人，並無差別：

即嚴將軍之頭可捐，嵇侍中之血莫洗；霽雲之指尚在，無憂六射鬚眉；常山之舌猶存，誰畏三軍劍戟；精忠亮節，勒鼎銘鐘，類自田間□耳。然此數公者，具陸隨之文，兼絳灌之武，其死猶慷慨，義本從容。若夫忽而路雨課晴，荷戈執斧，負糇鋤以從長子，挈竿木以衛丈人，張睢陽之易子炊骸，不言天道，李都尉之途窮箭盡，但識人倫。彼軍直欲投鞭，我師只堪制梃，忠由天定，何□乎鶴唳風聲；義屬性成，遑問乎鷹颺虎視？

林爽文起事之時，全臺擾嚷，可謂哀鴻遍野，令人心酸：

骨暴砂礫，血濺泥塗。間讀李華之戰場文，因思甌北之武功記，如粵東之義民，死且不朽。義民當乾隆丙午之歲，正林逆猖狂之秋，斯時也，四邑狼奔，三年豕突，屠命吏，戰守臣，雉堞須傾未傾者，剩茲即墨，烽煙迭警，告警者僅有哀鴻。聽父老遺言，猶堪髮指，稽史乘故實，曷禁心酸？

幸虧義民之護國，臺灣府城才未淪陷；竹塹城雖被攻陷，也靠義民之力，才能重光：

> 我義民抱護國之忠肝，欲復此邦侵地，張勤王之赤膽，直攖強冠奸
> 鋒。斯時也，揮魯陽之戈，憚厥威者億萬眾，摩謝梁之盾，賈其勇者
> 千三人，而臺府一城，遂若金甌之罩矣。即如塹城破而復光，失而復
> 得，掃鯨鯢而飼黃耳，撥雲霧而見青天，靡義民一甄兩甄之鼓，援幟
> 立幟之功，何哉及此矣？已而不裹馬革之尸，祇戴防風之骨，雖不求
> 生存華屋，猶死入玉門，刀鋸如飴，那懼身填溝壑？鼎鑊靡悔，但覺
> 心懸旗裳爾。

曾騰論述至此，藉由歷史，已將籍籍無名的義民，與傳統忠臣烈士相提並論。也意謂著原本有名姓的地方官程峻與乾隆聖旨，轉移到無名的義民身上，成為被祭祀的對象。如果這只是一篇文人酬酢應對之作，我們便不必太在意他說了些什麼。然而這篇文章被放在《粵東義民祀典簿》上，是一篇代表祀典核心意義的序文，而且這本祀典簿往後使用了一百餘年，成為枋寮義民廟最重要的文本，我們自然有理由將它視為竹塹地區義民論述的核心文本。簡言之，經由這一歷史地位的提昇，更能襯托皇帝以「褒忠」二字封贈義民所具有的意義。[10]

　　猶有進者，我們千萬不能忽略曾騰序文之本質，亦即這是一篇「祀典簿」的序文，而設立祀典簿的目的係為了記錄祀典的收支，以收管理廟產之效。因此，序文的後半部便開始論及廟產相關事務：

> 然而鉦鼓雖銷，忠魂仍在，殯宮不築，義闐疇依，彼蓬蓽有門，不乏
> 飢哉之方朔；棠梨無主，能免餒矣之若敖乎？幸而伏神聖之武威，渠
> 魁械碟，經皋夔之保奏，忠骨揚灰；鳳詔錫於九重，龍章寵以二字，
> 榮以御筆，區曰褒忠。全粵紳士等體天子尊崇之義，思義民捍衛之功，
> 或捐田為烝嘗，以豐祀典；或經營料理，償賣田園，以綿奕□之春秋

---

10 乾隆所頒「褒忠」等區額原本係以坊里為封贈對象，然而後來各庄卻將本區視為對殉難義民的封贈。

俎豆。好施之摩詰，罄竹難書；喜捨之蘭陀，更僕莫數。爰於枋寮之地，共築一墳，以安遺骨，墳下築一廟，以嗣香燈。自乾隆己酉創建，至庚戌告竣，典至鉅也。時□七月，作盂蘭以為超渡慈航，念焰口經以為懺□寶筏，意至虔也。[11] 由是祭掃有資，祈報有所，法至備也。

曾騰持續以華麗的文筆說明義民如此崇高的貢獻，豈能坐視忠魂成了飢餒的東方朔或若敖氏之鬼？因此全粵紳士等經由村民「捐田為烝嘗，以豐祀典；或經營料理，價賣田園」，義民祭典由是「祭掃有資，祈報有所，法至備也」。文章至此已進人尾聲，展望未來，一方面勖勉鄉民感念義民捐軀之節義，一方面也要牢記前人捐獻廟產的真誠，從而繼續捐資，或者協助經管廟產，使墳墓與祠廟固若磐石，成為庇護眾人的力量。如此不但表彰了義民之忠義，也不致辜負天子褒獎義民的美意。

惟願我粵東同人，念死者捐軀之節，思前人捐資之誠，守成非易，或再托阿難之缽，或更指魯肅之囷，經理與創始同功，恢緒與權輿濟美。日積月累，增長繼高，修墳墓則固若苞桑，脩祠廟則安若磐石。將忠貞代產，昭百粵之英靈，孝義聚生，作八閩之保障。庇我眾姓，俾熾而昌；保我後生，好整以暇。花村□靜，瀛海瀾安，綿綿延延，忠泉感沸；繩繩繼繼，義筍檀樂。文露和武露齊濃，齊雲並卿雲一色；神絃社鼓，可以謳歌；盛世之麻，蘋藻溪毛，亦堪供養。庶可表我義民好忠且義之良心，以無負聖天子報德庸功之至意也。豈不休哉？是為序。
歲重光赤奮若之臘月朔日　　漢卿曾騰拜撰[12]

---

11 值得注意的是，以春秋二祭祭義民，就足以彰顯義民之地位，但為何卻提及七月普渡之事？下文詳之。

12 重光為辛，赤奮若為丑，故此記寫於道光辛丑二十一年；臘月，即臘月，十二月。

　　總而言之，曾騰這篇華麗的序文所包含的義民論述大致包含三項，其一，將義民身分提昇為傳統忠臣烈士之典範；其二，略敘廟產，並鼓勵捐輸或經管；其三，寄望藉由廟產而確保祀典，從而彰顯義民節操與天子聖德。

　　比較四姓規約與祀典簿序，前者關於林爽文以及義民的定位方面，完全被後者所繼承；至於〈四姓規約〉中孤魂無主的恐慌，在後者則發生了變化。在四姓規約裡，鄉民「營理忠骸於青塚」為的是「以免陰靈怨哭如他鄉」；然而，在祀典簿裡，我們仍見無主之恐慌，曾騰先是輕描淡寫地說義民「雖不求生存華屋，猶死入玉門」，句中所謂死入玉門意即死後返鄉，略有歸葬之意；後又進一步指稱「鉦鼓雖銷，忠魂仍在，殯宮不築，義閭疇依」，擔心戰後義民的忠魂無廟祠可依；於是造成「彼蓬蓽有門，不乏飢哉之方朔；棠梨無主，能免餒矣之若敖乎？」亡魂飢餒的情形。[13]不過，曾騰更轉而強調義民視死如歸，「刀鋸如飴，那懼身填溝壑？鼎鑊靡悔，但覺心懸旗裳爾」，這一視死如歸的精神，則正因為「義民抱護國之忠肝」。也正因為義民護國之忠誠，義民犧牲後，便「幸而伏神聖之武威，渠魁械磔，經泉燮之保奏，忠骨揚灰，鳳詔錫於九重；龍章寵以二字。榮以御筆，區曰褒忠。」

　　「沒有什麼比無名戰士的紀念碑和墓園更能鮮明地表徵現代民族主義文化了，這些紀念物之所以被賦予公開的、儀式性的敬意，恰好是因為他們本來就是被刻意塑造為空洞的，或者是根本沒人知道到底是哪些人長眠於其下」（Anderson, 1999：17）。從遇難的「義友」到護國的「義民」，林爽文事件的陣亡戰士，在一八四〇年代時的曾騰〈祀典簿序〉裡，義民身分得到確認，而且也與國家充分地結合。而且，更重要的是，我們不宜將這序文看成只是一篇文人創作，因為這一篇序文是被放在祀典簿上，而祀典簿所代表的是一套財產管理制度，而且這一財產管理制度的直接目的就是為了確保祭典。總之，透過祭典，義民與國家之間的神聖關係因而確定，而義民地位也同時得以肯認。

---

13 用〔漢〕東方朔詩「侏儒飽欲死，臣朔飢欲死」，飢哉之方朔意即飢民之意。棠梨無主則用清初詞人彭孫遹詩「流波千里送春歸，棠梨開盡愁無主」之意，暗指無主的人民或死者；若敖鬼餒出自《左傳宣公四年》「若敖氏之鬼，不其餒爾？」若敖：指春秋時楚國的若敖氏；餒：餓。若敖氏的鬼捱餓，比喻沒有後代，無人祭祀。

（三）匾額

前述義民地位之提昇，更表現在義民廟內的匾額之中。清代臺灣第三次重大民變前後，枋寮義民廟掛上了四塊匾額，分別為福建巡撫徐宗幹的「同心報國」、淡水同知秋曰覲的「贊襄施濟」、督辦軍務候補道區天民的「忠義流芳」與候補分府代理淡水同知署彰化縣張世英的「義繼襃忠」（參見表一），這四塊匾額都與戴潮春亂息息相關，這四塊匾額也充分地顯示了國家官員與枋寮義民廟的深刻關係。[14]

表一　清代官方頒給襃忠亭義民廟匾額一覽表

匾額	時間	姓名
同心報國	清道光三年五月（1823）	福建巡撫徐宗幹
贊襄施濟	清咸豐二年（1852）	淡水同知秋曰覲
忠義流芳	清同治癸亥年（1863）	督辦軍務候補道區天民
義繼襃忠	清同治四年春月（1865）	候補分府代理淡水同知署彰化縣張世英
集義襃忠	清光緒十二年冬（1886）	欽差督辦台灣防務巡撫劉銘傳

資料來源：枋義民廟廟內匾額；新竹縣文獻委員會編：《新竹文獻會通訊》第9卷第11期（1953年）。

這樣的義民論述格局一直持續到清末，在國際局勢日漸窘迫，異族紛紛入侵的時代裡，才會有欽差督辦台灣防務巡撫劉銘傳，於光緒十二年冬（1886）頒贈了「集義襃忠」匾額（亦參見表1）。甚至更跨越至殖民年代，在國家政權遞變的年代裡，亦即日人統治的最後二十年間，異族政府的各級官員甚至還頒贈多塊匾額，高懸在枋寮義民廟裡（參見表二）。

---

14 羅烈師：《臺灣客家之形成：以竹塹地區為核心的觀察》（新竹市：國立清華大學人類學研究所博士論文，2006年），頁231-238。

表二　日治時期官方頒給褒忠亭義民廟匾額一覽表

匾額	日本紀年	西元	姓名
德沾後昆	大正年間	1912-1925	新竹州知事古木章光
務民之義	昭和二年	1927	新竹州知事永山止米郎
忠魂不朽	昭和十六年	1941	拓務大臣秋田清
盡忠報國	昭和十六年	1941	台灣總督長谷川清
遺芳萬世	昭和十六年	1941	日本眾議院議員杉溪吉長
榮於華袞	昭和年間	1926-1945	新竹州知事田端幸三郎、新竹市長山本正一
忠肝義膽	昭和年間	1926-1945	新竹州知事田端幸三郎
得其所哉	昭和年間	1926-1945	新竹州知事野口敏治

資料來源：枋義民廟廟內匾額；新竹縣文獻委員會編：《新竹文獻會通訊》第9卷第11期（1953年）。

　　然而，更令人注意的是，除了前述州知事的匾額外，尚有三方層級甚高的官員所贈匾額，這三人分別為拓務大臣秋田清、台灣總督長谷川清、日本眾議院議員杉溪吉長。秋田清在昭和十一年（1934）間擔任眾院議長；在阿部內閣期間（1939.8.30-1940.1.16）擔任厚生大臣，近衛內閣期間（1940.7.22-1941.7.18）擔任拓務大臣。[15]拓務省是內閣部會之一，是與殖民地事務有關的單位，掌管臺灣、朝鮮、滿州及庫頁島等殖民相關事務。至於貴為臺灣最高首長的長谷川清（Hasegawa Kiyoshi, 1883-1970）總督，一如晚清的臺灣巡撫劉銘傳贈匾枋寮義民廟，則更是完全體現了義民信仰與國家之間的深厚關係。換言之，清末與日治時代國家與義民之間的關係模式，基本上仍是十九世紀模式的延伸。

---

15 十九世紀末至二十世紀前半，日本的內閣比較混亂。當時幾乎每個總理大臣都會改革，所以這時代的內閣的省跟局都不斷地新設立或廢止。關於拓務方面的行政沿革，一八九六松方內閣設「拓殖務省」，此後多次修廢擺置，至一九二九年田中內閣將拓務局什格為拓務省，而趨於穩定，直至一九四二年才被東條內閣廢止。

總之，從建廟到二十世紀，枋寮義民廟之義民地位從殉難孤魂，提昇到護國英靈；但其祭典則一方面以春秋二祭祭義民，另一方面則有保留中元普渡亡魂。至於聖祭的精神已吸納為義民祭，而先人祿位也供奉在當今廟中。

三　時疫

前述關於義民地位與祭典之爬梳，固然不避瑣碎地指出春秋二祭與中元普渡在枋寮義民廟的來龍去脈，然而，終究未能解釋何以二者並存？既然義民已由孤魂提昇到英靈，為何尚須普渡？本文認為，這牽涉到義民神格之屬性。兩篇日本時代的新聞值得注意，一為一九一九年十月十三日之〈虎列剌終熄祭〉，原日文及漢文照錄如下：

> 曾て全島に跨りて猖獗を棒めたる虎列剌流行も既に終熄期に入りたるもの、如く新埔支廳管內大茅埔區內一般民に於いては豫て虎疫豫防の為め枋蔡義民爺神を招請祈願の靈驗に依つて一名の患者を出さすして終熄を告くる事□なりしは同神の靈護なりとして去る九日同區民一同は舉つて九十餘箇の大鼓より成る音樂隊な組織し新埔街を通過して同廟に到り盛んなる例祭を執行したる□なり。
>
> 虎列剌曾猖獗及于全島，獨新埔支廳大茅埔一般區民為豫防虎疫，先請禱于枋蔡義民爺之神。果不見一患者而終，僉以為其神之靈佑。月之九日，該區民盛陳九十餘陣之鼓樂，經新埔街，以至其廟，大執行其例祭云。

所謂虎列剌，今慣譯為霍亂（Cholera），大正八年（1919）全臺霍亂大流行，其嚴重程度僅次日軍征臺之時。計有三千八百三十六名患者，兩千六百九十三名死亡，死亡率高達七成（參見表三）。日本內務省在大正八年（1919）八月九日宣布臺灣為霍亂流行地區；所以臺灣總督府研究所開始製造預防藥劑，推行預防注射；為啟迪民眾的衛生常識，還印製霍亂預防宣傳

單，公告各處，且分送預防要旨到各家各戶。此外，也委託地方官廳的警務人員、公醫和開業醫師等，舉辦衛生演講會或放映衛生宣導電影，以普及人民對衛生的知識，達到遏防霍亂的目地。[16]

表三　日治時期霍亂流行狀況統計表

年次	患者數	死亡數	死亡率（%）	流行時間	流行地
1895	5,459	3,916	71.73	1895.3-11	征臺軍中發生
1902	746	613	82.17	1902.5-12	臺灣中、北部
1912	333	256	76.88	1912.6-12	臺灣北部
1919	3,836	2,693	70.2	1919.7-12	全臺
1920	2,670	1,675	62.73	1920.4-1921.1	臺灣中、南部

資料來源：窪田一夫，〈臺灣ニ於ケル「コレラ」ノ疫學的觀察〉，《臺灣總督府中央研究所衛生部業績》第284號（1935年7月），頁197-198；轉引自國立臺灣圖書館《從瘴癘之地到清潔之島！館藏日治時期醫療衛生類書展》（http://www.ntl.edu.tw/public/Attachment/911191551885.pdf；2015/10/31登入）。

當年七月起全島霍亂大流行之際，相對於政府的醫療衛生處置，新埔大茅埔聚落之村民則藉向枋藔義民爺「請禱」。果然大茅埔未有任何患者出現，庄眾都認為是義民爺之保佑。於是十月九日居民以九十餘陣之鼓樂，由大茅埔出發，經新埔街，到達義民廟，盛大祭祀義民爺。從這則報導可知，鄉民相信義民爺神力可以對抗霍亂這類流行病。至於大茅埔鄉人是如何請禱於義民爺？報導並未詳論，倒是前一年十二月一篇〈年末及感冒祈禱〉給了我們答案。原文如下：

樹杞林支廳鹿藔坑庄民當感冒流行時，曾迎新埔支廳枋藔義民爺，以祈禱而卻病。因靈驗大著，十二日盛陳鼓樂，送其神以歸。十五十六兩日，該支廳館內，復相率迎之繞境新埔街各戶，更懸采燒金以表敬意。雖年關甚

---

16 戴寶村等編：《淡水鎮志》，未刊稿（2006年）。

迫,仍人人有爭先恐後之觀。

大正七年（1918）這場流行感冒正是震撼全球的「西班牙流感」,也就是 H1N1甲型流感,於一九一八年一月至一九二〇年十二月間爆發的全球性疫潮,造成全世界約五億人感染,五千萬到一億人死亡。這一波的大流感也傳入臺灣,在當時造成約四萬餘人的死亡。第一波流感於一九一八年六月初在基隆開始出現,然後蔓延全島,至九月下旬消失,沒有特別顯著的死亡率。十月下旬,第二波流感又開始從基隆出現,並順著縱貫鐵路往南擴散至新竹、台中、台南、打狗、阿猴等地,並藉由海運傳入花蓮港和澎湖,至十二月中旬結束,造成約七十七萬人感染,兩萬五千三百九十四人死亡。[17]關於芎林鹿寮坑這則報導,正是第二波流感消退時。鄉人迎請義民爺至庄內,以抵抗流行感冒。十二月十二日義民爺送回枋寮後,新埔街住戶又於十五及十六兩日,迎請義民爺遊街。簡言之,村人相信義民爺具有對抗這類流行感冒的疫病,請到庄內遊街,就可以祛除時疫。

四 結論

討論至此,是否足以回答本文所提問題:「何以枋寮褒忠亭依憑於盂蘭而隆盛?」答案是肯定的。

那段二十世紀初期的霍亂與流行感冒往事,其實一點也不新鮮,這是漢文化源遠流長恐怕超過千年的逐疫傳統。[18]實際上,枋寮義民廟的分香廟歷史更明確地顯示了這一逐疫的傳統。清末到日治時期,受到地方開墾、政府的經濟政策、交通建設等影響,臺灣島內的人群移動十分頻繁,桃竹苗地區再移民的拓墾活動正是此時。桃竹苗地區的再移民大多前往開墾的第一線討生活,其生存條件相對惡劣,有的要面對高山原住民的抗拒,更要面對水土

---

17 丁崑健:〈1918年全球流行性感冒下的台灣疫情〉,刊於《認識 H5N1流感》（臺北市:國家衛生研究院出版,2008年）。轉引自維基百科（來源:https://zh.wikipedia.org/wiki/1918年流感大流行,2015.10.30）。

18 康豹:《臺灣的王爺信仰》（臺北市:商鼎數位出版公司,1998年）,頁6-9。

不服與疾病，因此二十一座分香廟的所在地，幾乎多位在偏僻山區。[19]換言之，這些分香廟的分香與大茅埔及鹿寮坑之迎請義民爺逐疫，在對於義民神格屬性上的理解，或者說對於鬼神的宇宙觀是完全相同的。

這一宇宙觀涉及從鬼成神的過程，無祀孤魂應被視為「進行式」及「變動中」的神靈，此類信仰或因地方社會的變遷，或因信仰本身的條件，都有可能讓某些屬鬼信仰在種種機會中蛻變，而有較為不同的發展，祂們可能停留在屬鬼階段，也可能進一步發展成神祇[20]；某些屬鬼，甚或就成為具有逐疫神力的王爺。[21]

重回乾隆五十三年（1788），王廷昌不忍「屍骸拋露到處，夜更深常聞鬼哭，各庄人民窘寐難安」，於是僱用鄧五得拾骸安葬，那義民信仰故事之扉頁初揭，確實是令人毛骨悚然的屬鬼孤魂；然而，不同於其他地方相同遭遇的凶死受難者，在曾騰的筆下與長谷川清的匾上，祂們已然轉化成神，而且更在世紀之交，成為逐疫之神。淪為屬鬼之初，必須於中元普渡；昇為英靈之後，則當饗春秋二祭。兩百餘年來，這兩項祭典並轡而行，同時成為義民廟重要祭典。

那麼為什麼枋寮中元的重要性凌駕於春秋二祭呢？本文認為有兩項原因，其一，在物質的層次上，自一八○二年四姓擬議中元由外庄領調承辦之後，賦予了枋寮義民廟擴張的性格；而且中元特有的近乎癲狂的神豬獻祭[22]，是極高的展演奇觀，自然成為庶民文化之追逐重心。其二，在宇宙觀層次上，時疫所造成的不自然死亡，讓這世間憑添孤魂；具有的神力與靈驗能祛除時疫的義民爺，自然也就與鬼及中元，息息相關。另外值得注意的是，神豬與逐疫皆昌盛於日本時代，而這很可能才是現今義民信仰祭典面貌的直接源由。

---

19 吳學明、林柔辰：《變與不變：義民爺信仰之擴張與演變》（南投市：國史館臺灣文獻館，2013年）。

20 王志宇：〈台灣的無祀孤魂信仰新論：以竹山地區祠廟為中心的探討〉，《逢甲人文社會學報》第6期（2003年），頁200-201。

21 康豹：《臺灣的王爺信仰》（臺北市：商鼎數位出版公司，1998年），頁178-186。

22 羅烈師：〈《臺灣日日新報》義民專題輯錄與討論〉，「103年度大學校院發展客家學術機構計畫聯合成果發表會」論文（桃園縣：新生醫專，2014年12月6日、7日）。

參考書目

丁崑健　〈1918年全球流行性感冒下的台灣疫情〉　刊於《認識 H5N1流感》
　　　　臺北市　國家衛生研究院出版　2008年　轉引自維基百科　來源：
　　　　https://zh.wikipedia.org/wiki/ 1918年流感大流行，2015.10.30

王志宇　〈台灣的無祀孤魂信仰新論：以竹山地區祠廟為中心的探討〉
　　　　《逢甲人文社會學報》第6期　2003年　頁183-210

吳學明、林柔辰　《變與不變：義民爺信仰之擴張與演變》　南投市　國史
　　　　館臺灣文獻館　2013年

康　豹　《臺灣的王爺信仰》　臺北市　商鼎數位出版公司　1998年

戴寶村等編　《淡水鎮志》　未刊稿　2006年

羅烈師　《大湖口歷史人類學研究》　新竹縣　新竹縣文化中心　2001年

羅烈師　〈臺灣枋寮義民廟階序體系之形成〉　《客家研究》第1卷　頁97-
　　　　145　2006年

羅烈師　〈臺灣客家之形成：以竹塹地區為核心的觀察〉　新竹市　國立清
　　　　華大學人類學研究所博士論文　2006年

羅烈師：　〈誠實或輪庄：清代枋寮義民廟之廟產經理制度——以劉雲從為
　　　　中心的探討〉　《客家研究》第5卷第2期　2012年　頁195-223

羅烈師　〈《臺灣日日新報》義民專題輯錄與討論〉　「103年度大學校院發
　　　　展客家學術機構計畫聯合成果發表會」論文　桃園縣　新生醫專
　　　　2014年12月6日、7日

羅烈師：〈新竹枋寮義民廟初期祭典的關鍵史料〉　「2015義民爺信仰文化學
　　　　術研討會」論文　新竹縣　新竹縣文化局　2015年8月28日、29日

附錄

〈嘉慶七年王廷昌、黃宗旺、林先坤、吳立貴等仝立合議規條簿約字〉

仝立合議規條簿約字人褒忠亭首事王廷昌、黃宗旺、林先坤、吳立貴等，丙午年冬，元惡林爽文戕官陷城，城廳主遇害，壽師爺接任，立策堵禦。我義民墓勇，幫官殺賊切同仇，捐軀殉難者不少，血戰疆場，屍骸拋露到處，夜更深常聞鬼哭，各庄人民寢寐難安。蒙制憲以粵民報效有功，上奏京都，聖主封以褒忠二字。時有王廷昌自備銀項，請出鄧五得為首，各處收骸，欲設塚廟。相有地基，立買成就。遂即設席請得義首林先坤、黃宗旺、吳立貴等，合眾商議。痛此義民死者，淒青靈於墨夜，暴白骨於黃沙，營理忠骸於青塚，以免陰靈怨哭如他鄉。呈請制憲大人，蒙批准：該義首王廷昌、黃宗旺、吳立貴、林先坤偕同粵庄眾紳等立塚建廟。戊申冬平基，已酉年創造，至庚戌年冬，廟宇完峻。辛亥年二月初二日，王廷昌、黃宗旺、林先坤、吳立貴等在褒忠亭四人面算，建廟完峻後，仍長有佛銀二百大元，此銀係交林先坤親收生放，每年應貼利銀加壹五。又廟祝王尚武廟內設席，當眾交出佛銀四百大元，立有託孤字四紙，四姓各執一紙，其銀眾議亦交林先坤收存生放，每元應貼利谷一斗二升，計共利谷四十八石。面議王尚武每年領回養老谷十石，扣寔王尚武利谷每年仍長有谷三十八石，其銀母利，經四姓交帶林先坤生放，三年會算一次。其銀後日生放廣大，林先坤將銀交出立業，作為四姓首事承買褒忠亭香祀。此廟建成十餘載，各庄人等同心協力，<u>立有義民祭祀甚多</u>，惟廟內崇奉聖旨及程廳主，未有祭祀。四姓王廷昌、黃宗旺、林先坤、吳立貴等立酌議，四人每人該津銀一百十大元，承買新社、螺螓庄田業，立契四姓首事出首承買，有租谷五十五石，眾議將租谷交帶林先坤男係林國寶料理。當時林國寶向眾說及父親林先坤親收王尚武銀項四百大元，願貼利谷三十八石；又另收建廟仍長銀二百大元，願貼利息加壹五，兩條共母銀六百大元。面言至明年冬面算，將母利並銀利谷。又另收四姓首事田利谷五十五石，合共三條，一概備出，買業作為褒忠亭嘗事，不得濫開。寔心料理，後日承買租谷二百石，林先坤契券、字約以及租簿等項當眾

交出，首事四人僉舉外庄誠寔之人輪流料理。每年四姓向經理人領回租谷五十五石，作為祭聖典及程廳主使用。爐主及首事四姓輪流祭祀之日，當具告白字通知粵庄眾紳士，前來與祭。現年爐主及首事要辦祭費，仍長銀項不得私相授受，無論多少當眾交出，歸鄉紳作為盤費。扣寔仍長有谷一百五十石，交帶寔之人經理生放。仍長有銀項，抽出五元現年爐主收存。七月中元普渡，爐主將銀五元備辦桌席，敬奉四姓祖父祿位。街庄人等的寔之人料理，承買有田業租谷二百五十石，首事王廷昌、吳立貴、黃宗旺、林先坤祿位開祭，爐主首事四姓子孫輪流料理，每年向經理人領回租谷五十石，作為祭祿位應用。後日粵庄知四姓辛苦，協力建造塚廟成功，每年祿位開祭，具告白字通知，并立帖請褒忠亭經理人，并七月中元爐主以及大小調緣首等，前來登席，具開祭經理人辛勞肉一斤半。每年祭聖典之日，有秀士、廩保、貢生、舉人、進士以及監生、州同、粵紳士等到前禮拜者，各宜開發胙肉。眾議後日中元，外庄輪流當調，爐主向王廷昌、黃宗旺、林先坤、吳立貴等四姓首事業內出息取貼出谷三十石。議定此嘗係各庄適寔之人輪流料理，其嘗歷年有增長加買田業，或修義塚，或整廟宇，四姓合議，不得私行濫開。四姓立簿約四本，約四紙，各姓首事各執簿約一紙，永為執炤。

批明　　林先坤親收料理生放建廟仍長銀二百大元，利銀加壹五；又親收料理廟祝王尚武託孤字銀四百大元，利谷參拾捌石，立批是寔為炤。

再批明　林先坤男係林國寶，四姓面對新社螺螄庄收租谷五拾五石，立批再炤。

再批明　林國寶當眾面限明年母利並谷利，又另收去田租谷，至明年冬一概付出買業，如無概交，仍依照議定貼利，日後經眾會算取出，批炤。

再批明　後日聖典開祭，文武秀士准領豬肉壹斤，廩保准領豬肉一斤半，舉人准領貳斤，進士准領四斤，監生准領半斤，貢生准領壹斤，州同准領壹斤半，批炤。

再批明　首事王廷昌、黃宗旺、林先坤、吳立貴等當眾廟內簿四本、立

約四紙，各姓執簿約壹紙，後日照簿約均行，不得反悔，亦不
得己大言生端等情，批炤。

嘉慶柒年壬戌歲十月日立同議合約人（條）　　　王廷昌
　　　　　　　　　　　　　　　　　　　　　　　林先坤
　　　　　　　　　　　　　　　　　　　　　　　黃宗旺
　　　　　　　　　　　　　　　　　　　　　　　吳立貴[23]

〈道光廿一年祀典簿序〉

　　且夫論食毛踐士之恩，則效忠者何分資格？念率土戴天之功則赴義者豈
特賢豪，是以有功必庸，當庸者首及黔黎之節義；靡德不報，尤推者草莽之
忠良。彼食馬之三百人，驅騺之一介士，盡其小節，報厥私恩者，無論矣。

　　即嚴將軍之頭可捐，嵇侍中之血莫洗，霽雲之指尚在，無憂六射鬚眉；
常山之舌猶存，誰畏三軍劍戰，精忠亮節，勒鼎銘鐘，類自田間□耳。然此
數公者，具陸隨之文，兼絳灌之武，其死猶慷慨，義本從容。若夫忽而路雨
課晴，荷戈執斧，負耰鋤以從長子，挈竿木以衛丈人，張睢陽之易子炊骸，
不言天道，李都尉之途窮箭盡，但識人倫。彼軍直欲投鞭，我師只堪制梃，
忠由天定，何□乎鶴唳風聲；義屬性成，遑問乎鷹颺虎視？

　　骨暴砂礫，血濺泥塗。間讀李華之戰場文，因思甌北之武功記，如粵東
之義民，死且不朽。義民當乾隆丙午之歲，正林逆猖狂之秋，斯時也，四邑
狼奔，三年豕突，屠命吏，戰守臣，雉堞須傾未傾者，剩茲即墨，烽煙迭
警，告警者僅有哀鴻，聽父老遺言，猶堪髮指，稽史乘故實，曷禁心酸？

　　我義民抱護國之忠肝，欲復此邦侵地，張勤王之赤膽，直攖強冠奸鋒。
斯時也，揮魯陽之戈，憚厥威者億萬眾，摩謝梁之盾，賈其勇者千三人，而
臺府一城，遂若金甌之鞏矣。即如塹城破而復光，失而復得，掃鯨鯢而飼黃
耳，撥雲霧而見青天，靡義民一甄兩甄之鼓，援幟立幟之功，何哉及此矣？

已而不裹馬革之尸，祇戴防風之骨，雖不求生存華屋，猶死入玉門，刀鋸如飴，那懼身填溝壑？鼎鑊靡悔，但覺心懸旗裳爾。

然而鉦鼓雖銷，忠魂仍在，殯宮不築，義閴疇依，彼蓬華有門，不乏飢哉之方朔；棠梨無主，能免餒矣之若敖乎？幸而伏神聖之武威，渠魁械磔，經皋夔之保奏，忠骨揚灰，鳳詔錫於九重；龍章寵以二字。榮以御筆，匾曰褒忠。全粵紳士等體天子尊崇之義，思義民捍衛之功，或捐田為烝嘗，以豐祀典；或經營料理，償賣田園，以綿奕□之春秋俎豆。好施之摩詰，罄竹難書；喜捨之蘭陀，更僕莫數。爰於枋寮之地，共築一墳，以安遺骨，墳下築一廟，以嗣香燈。自乾隆己酉創建，至庚戌告竣，典至鉅也。時□七月，作盂蘭以為超渡慈航，念焰口經以為懺□寶筏，意至虔也。由是祭掃有資，祈報有所，法至備也。

惟願我粵東同人，念死者捐軀之節，思前人捐資之誠，守成非易，或再托阿難之缽，或更指魯肅之囷，經理與創始同功，恢緒與權輿濟美。日積月累，增長繼高，修墳墓則固若苞桑，脩祠廟則安若磐石。將忠貞代產，昭百粵之英靈，孝義聚生，作八閩之保障。庇我眾姓，俾熾而昌。保我後生，好整以暇，花村□靜，瀛海瀾安，綿綿延延，忠泉感沸；繩繩繼繼，義笱檀欒，文露和武露齊濃，齊雲並卿雲一色，神絃社鼓，可以謳歌。盛世之麻，蘋藻溪毛，亦堪供養，庶可表我義民好忠且義之良心，以無負聖天子報德庸功之至意也。豈不休哉？是為序。

歲重光赤奮若之臘月朔日　　漢卿曾騰拜撰

日治時期統治者、知識份子、社會大眾對新竹城隍廟的接受與文化意識[*]

翁聖峰[**]

摘要

　　既有研究已探討日本統治者對新竹城隍廟的某些互動關係,較忽略〈重修新竹城隍廟碑〉「下村總務長官曾以川村廳長引導詣參,頂禮如儀」的史實,新竹城隍廟重修時,「上山(滿之進)總督閣下金壹封,永山(止米郎)新竹州知事閣下金壹封」所代表的文化意義,亦少見闡釋。

　　臺灣、日本知識份子,新舊不同知識份子對新竹城隍廟的接受與文化意識的有什麼異同?其背後所代表的歷史意義為何?既有研究已搜集相當文獻,較為忽略《臺灣民報》系列新知識份子對傳統(新竹)城隍廟的批判,及其背後所反映的雅、俗意識爭議,時代感落差。城隍信仰戰後多歸類為民間信仰或道教系統,然而在日治時期有的宗教分類,如《臺灣私法》、片岡巖的《臺灣風俗誌》則將城隍畫歸「儒教」,此問題亦未見學者注目或探究。

　　本主題的研究,除有助於深化新竹城隍廟官民、和漢、新舊、雅俗的歷史文化脈絡,對於當今制訂宗教文化政策,或是釐清士庶關係的內涵亦有所助益。

關鍵詞:城隍廟、新竹、竹塹、道教、儒教、竹枝詞

---

[*] 論文撰寫過程特別感謝林茂賢教授、謝宗榮教授提供寶貴意見,黃運喜教授提供未刊稿〈新竹都城隍廟沿革〉。特此誌謝。

[**] 臺北教育大學台灣文化研究所教授。

一 前言：研究豐富，仍待持續開拓

　　新竹城隍廟的信仰圈不僅拘限於新竹市，一九二八年苗栗郡三駐滬一帶地方，因數年來庄民農產豐收，信為出於竹邑城隍庇佑，特別到新竹城隍廟舉行繞境活動。[1]新竹城隍廟雖在新竹市，但同為日治時期閩南人與客家人共同的信仰中心[2]，一九三五年涵蓋新竹州「一市八郡」，有詩意閣、鼓樂、龍蛇陣、宣傳隊、外米穀團、羅紗團、雜貨商團、餅店團、青果團、生魚團、肉商國、其他農村等各團體的慶祝活動[3]，因此，新竹城隍廟的研究有助於了解日治時期新竹州「一市八郡」的宗教活動，包括了當今新竹市、新竹縣、桃園市、苗栗縣各個行政區域。

　　城隍廟本屬地方的司法神，自明清以來，每個城池都會祭拜城隍，土地公，境主公均歸其節制，在民間有深遠的信仰與影響。明太祖封京師城隍為「升福明靈王」，開封府城隍為「顯聖王」，臨濠府城隍為「貞祐王」，太平府城隍為「英烈王」，和州府城隍為「靈護王」，滁州府城隍為「靈祐王」，並各加「承天鑒國司民」爵號。各地府城隍為「威靈公」官秩二品；各州城隍封為「靈祐侯」官秩三品；各縣城隍封為「顯佑伯」官秩四品，亦各加「鑒察司民」爵號。此舉雖於翌年撤去封號，但已形成府、州、縣城隍等階級之稱謂，且部分封號沿用迄今。入清後承襲明朝制度，更通令各省、府、廳、縣建造城隍廟，並列入官祀項目之一，而且地方官新上任，需先卜選吉

1　〈苗栗奉迎新竹 城隍繞境〉，《臺灣日日新報》日刊4版，1928年2月28日。「苑裡庄人。為祈禱其母病愈。後果愈。日前向新竹城隍廟還願。斷食步行至廟前。」亦可見新竹州苗栗郡苑裡庄對新竹城隍廟信仰之虔誠，〈是々非々〉，《臺灣日日新報》夕刊4版，1933年5月25日。

2　「新竹街各廟宇信徒之盛。當推城隍廟為最。閩粵種族。（底線為研究者所加）皆崇奉之。近因城隍誕辰。每日演劇致祝。或二臺或三臺。自年底至今。尚未告竣。廟外開露店賣食物者。商況亦因之而熱鬧焉。」〈新竹通信／城隍祝壽〉，《臺灣日日新報》漢文版3版，1911年1月9日。

3　〈十一月二日迎城隍 竹州一市八郡盛行籌備 以建醮久旱逢甘雨加倍踴躍〉，《臺灣日日新報》日刊12版，1935年10月31日。

日，親到城隍廟舉行奉告典禮才能赴任。[4] 增田福太郎所撰寫《臺灣漢民族的司法神——城隍信仰的體系》即以城隍信仰作為臺灣漢民族的司法神的核心[5]，可見城隍信仰的重要性。日治時期的不只在宗教信仰方面，在政治、經濟、社會、文化不同層面都有相當的影響性，彰顯了城隍廟是新竹州的重要信仰中心。

一九三四年以城隍爺為主神的寺廟，共二十九個，佔各主神總量的第二十一位，臺北州三間，新竹州三間（新竹市一間，苗栗郡二間）、臺中州六間、臺南州十間、臺雄州四間，其他三廳有三間[6]，城隍廟的數量並不算太多，但在台灣民間信仰上，素有「南媽祖、北城隍」之稱，所以張麗俊《水竹居主人日記》特別記載臺北及新竹的城隍廟最為靈聖：「午后，來豐原玩迎城隍遊街，係請臺北並新竹二位最靈聖城隍同來合迎也。」[7] 可見北台灣對於城隍信仰的重視，不論是新竹城隍廟或台北的霞海城隍廟均是非常熱絡。

日本統治初期公共空間不足，許多廟宇被佔用為辦公或駐軍場所，各地的城隍廟也多不例外，局勢穩定，在各方的奔走下台灣縣、台灣府、鳳山縣、新竹縣、苗栗縣的城隍廟恢復了舊貌，都市計畫興建新竹州廳時，還刻意為了避開新竹城隍廟東轅門，而挪移了十公尺，亦可見城隍廟的重要性而使得新竹州更動都市計畫。[8] 研究新竹城隍廟不只有助於我們對新竹的認識，

4　黃柏芸：《台灣的城隍廟》（新北市：遠足文化公司，2006年），頁14。

5　增田福太郎著，古亭書屋譯：《臺灣漢民族的司法神——城隍信仰的體系》（臺北市：古亭書屋，1999年〔1942〕）。

6　增田福太郎著，江燦騰主編，黃有興譯：《臺灣宗教信仰》（臺北市：東大圖書公司，2005年〔1939〕），頁114。

7　張麗俊：《水竹居主人日記》，1932年9月15日，http://taco.ith.sinica.edu.tw/tdk/%E6%B0%B4%E7%AB%B9%E5%B1%85%E4%B8%BB%E4%BA%BA%E6%97%A5%E8%A8%98/1932-09-15?w=%E6%96%B0%E7%AB%B9+%E5%9F%8E%E9%9A%8D&p=%E6%96%B0+%E7%AB%B9+%E5%9F%8E+%E9%9A%8D。（2015/9/30瀏覽）「晴天，往組合坐談，見去十五日豐原迎臺北、新竹兩位城隍，今日方送歸，午歸。」張麗俊：《水竹居主人日記》，1932年9月20日。

8　黃柏芸：《台灣的城隍廟》（新北市：遠足文化公司，2006年），頁19。張德南：〈新竹都城隍信仰的研究〉，張德南、李乾朗等：《新竹市都城隍廟建築藝術與歷史》（新竹市：新竹市立文化中心，1998年），頁28。

對於深化台灣研究亦裨益甚大。如圖一「一八九五年日軍在城隍廟埕安撫新竹各庄頭人」[9]，可知日本統治初期新竹城隍廟即為重要的公共空間，故作為召集各庄頭人安撫民情的場所。圖一雨天，當中台灣人戴斗笠，穿著蓑衣雨具，站在城隍廟的廟埕，日本統治者位居上位，站在廟內可避雨，呈顯上下不同的位階，而新竹城隍廟提供了統治者公共空間安撫新竹各庄的頭人。

圖一　一八九五年日軍在城隍廟埕安撫新竹各庄頭人

台灣各地城隍廟歷來都有許多相關的研究，新竹城隍廟或台北的霞海城隍廟也是如此[10]，如紀宏諭的〈寺廟與地方大眾生活──以新竹都城隍廟為

9　增田福太郎著，古亭書屋譯：《臺灣漢民族的司法神──城隍信仰的體系》（臺北市：古亭書屋，1999年〔1942〕），頁12。以新竹市城隍廟為公共空間的北埔事件紀念活動可見類似之例，〈紀追悼會〉，《臺灣日日新報》日刊2版，1908年11月17日。竹聲會是新竹本島人唯一的社會教育機構，常舉辦通俗演講會、國語研究會，如陋習改良、腸窒扶斯（傷寒）預防，一九二一年的新竹城隍廟仍提供有利的公共空間，〈竹聲會講演會〉，《臺灣日日新報》日刊4版，1921年11月23日。

10　高振宏：〈日治時期大稻埕霞海城隍祭典的組織與審查制度研究〉，《民俗曲藝》第186期（2014年12月）；宋光宇：《城隍老爺出巡──臺北市、大稻埕與霞海城隍會一百二十年的旋盪（1879-2000）》（新北市：花木蘭出版社，2013年）。宋光宇專著是據其早年的博士論文，再予增訂的。

例〉即是較全面的新竹城隍廟研究[11]，張德南的〈新竹都城隍信仰的研究〉[12]、張德南的《新竹區域社會研究》[13]、黃運喜的〈從文化行銷觀點看新竹都城隍廟「城隍祭」活動〉亦有專門的討論。[14]二〇一五年十月三十日、三十一日的第十一屆「嘉義研究」暨嘉義市城隍廟建廟三百年國際學術研討會，「城隍研究」即佔了兩場次，共六篇相關的論文：林燊祿、蔡升耀，〈嘉義城隍信仰與夯枷儀式初探〉、江志宏〈從〈諸羅縣城隍廟碑記〉析論統治階級的操弄手法〉、姚伯勳〈市定古物「嘉義城隍神轎」之研究〉、盧胡彬〈嘉義市城隍廟 C 行銷新策略——參與感行銷模式〉、賴玉玲〈清代阿里山社群發展與城隍信仰〉、池永歆〈嘉義沿山由「番租」轉為廟宇「油香」資費的古文書例證〉。[15]同樣可以見到嘉義市城隍廟研究之受關注，所研究的城隍主題亦甚多元，有傳統文化的探討，亦有現代行銷策略模式的分析。

　　雖然，新竹城隍廟或是各地的城隍廟研究已累積相當的成果，不過，近年關於日治時期的研究有許多不同面向的探討，對於統治者的視角也有不同的解讀，至於不同知識份子、社會大眾對於地方重要廟宇的接受與文化意識也出現多元複雜的樣相，〈日治時期統治者、知識份子、社會大眾對新竹城隍廟的接受與文化意識〉的探討將有助於問題的釐清，深化地方的研究。

---

11 紀宏諭：〈寺廟與地方大眾生活——以新竹都城隍廟為例〉（台中市：逢甲大學中國文學系碩士論文，2013年）。

12 張德南：〈新竹都城隍信仰的研究〉，張德南、李乾朗等：《新竹市都城隍廟建築藝術與歷史》（新竹市：新竹市立文化中心，1998年）。

13 張德南：《新竹區域社會研究》（新竹市：新竹市文化局，2010年）。

14 黃運喜：〈從文化行銷觀點看新竹都城隍廟「城隍祭」活動〉，《宗教哲學》第52期（2010年6月）。

15 第十一屆「嘉義研究」暨嘉義市城隍廟建廟三百年國際學術研討會議程，http://www.ncyu.edu.tw/files/list/tcrc/%E7%AC%AC%E5%8D%81%E4%B8%80%E5%B1%86%E5%98%89%E7%BE%A9%E7%A0%94%E7%A9%B6%E8%AD%B0%E7%A8%8B%E8%A1%A820151020.pdf（2015年10月26日瀏覽）。

二 統治者與新竹城隍廟的關係：政治與宗教的交混與多元互動

　　日治時期的殖民統治對於臺人宗教的互動關係往往注意其破壞性，特別是一九三七年之後的戰爭時期更為明顯，不過，如果放在日治中期的宗教發展則有很大的不同，一九二〇年代統治者為了籠絡臺灣人，與臺灣重要寺廟關係頗為熱絡。如一九二六年的新竹城隍廟落成祭[16]，「是日有古森知事簡朗山氏等。重要官民數百名列席。」[17]一九二七年報載「新任永山新竹州知事。去十日巡視竹街。各地順途轉入城隍廟內。進至殿前對城隍行禮拈香。」可見新任永山新竹州知事亦承襲前任州知事籠絡臺灣人重要廟宇的做法，以拉近日臺之間的關係。

　　統治者在宗教的籠絡策略，以往的研究者較少受到注目，值得留意，歷史是複雜的多元面向，除了主要概念之外，尚可能有許多面向，須一併留意，才能掌握整體面相。當然，除了州知事的蒞臨之外，如果總督能夠親自蒞臨，甚至是捐金，這在威權統治的時代必然被視為無上的光榮。一九二六年上山總督巡視新竹城隍廟新築、改建的狀況：

　　　　上山總督閣下。於共進會開會日蒞竹。巡視新竹城隍廟新築狀況。旋寄貯金幣一封。該廟重修委員長鄭肇基氏引以為榮。暫鄭重保存。聞鄭氏擬將該金充石牌工事費。記載督憲寄附。作將來永久紀念。使竹人周知云。[18]（報載原稿見圖二：上山總督贈金新竹城隍廟）

---

16 〈新竹 參詣城隍〉，《臺灣日日新報》夕刊4版，1927年5月14日。
17 〈新竹 城隍廟落成祭〉，《臺灣日日新報》夕刊4版，1926年12月12日。
18 〈督憲贈金城隍廟〉，《臺灣日日新報》夕刊4版，1926年12月21日。

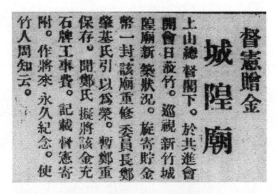

圖二　上山總督贈金新竹城隍廟

圖三　總督及州知事贈金新竹城隍廟，紀於〈重修新竹城隍廟碑〉

　　上山總督所捐的金額多少不是問題的重點，重點在這不只代表日本統治者對臺灣人宗教的認可與尊重，而且也是對該廟的肯定，所以該廟重修委員長鄭肇基氏「引以為榮」。臺灣總督及新竹州知事的捐贈金錢事蹟，目前在新竹城隍廟後殿的一九三七年〈重修新竹城隍廟碑〉尚可見到（詳見圖三）。

類似的例子,宗教與政治的互動與結合,由辜顯榮欲邀請總督到大稻埕城隍祭觀禮也可理解,不過,可能因未事先聯絡好,總督已到江頭(今之關渡)釣魚,故未能如願邀請到。[19]只是改朝換代,歷經戰後初期仇日恨日的時代氛圍,這往事常不被提及[20],反而日人對於台灣宗教的打壓或破壞常被一再書寫,於今來看,以平常心面對不同階段臺灣人與統治者的互動關係益常重要,如此才能冷靜面對歷史,論述歷史的不同面向,戰前應如此,戰後也當如此。

　　戰後宗教與政治的互動與結合更是熱絡,特別是總統開放民選之後,為了選票與各主要宗教的聯繫更是兵家必爭之地。[21]這種情形不只戰後及日治時期如此,在清領時期也可以看到,清末臺灣出現許多城隍顯靈而為朝廷賜額、封號的案例,除上述的宜蘭、澎湖、嘉義城隍廟外,嘉義城隍尚因在戴潮春之亂時護城有功,而於光緒元年(1875)獲敕封號曰「綏靖」;新竹城隍亦曾因降雨除旱,而於光緒十四年(1888)獲頒「金門保障」匾額。這種現象並非臺灣城隍所特有:

　　　　根據澤田瑞穗統計道光到光緒年間的賜額、封號件數,發現道光年間
　　　　的申請案不到三十件,咸豐年間增至六十七件,同治年間又激增至二
　　　　四一件,主要是因太平天國之亂平定後,各地都透過重建祠廟來安定

---

19 〈十七日秋雨放晴　稻市舖家迎神　音樂團投資爭勝　極空前熱鬧〉,《臺灣日日新報》日刊4版,1927年10月18日。

20 如紀宏諭的〈寺廟與地方大眾生活——以新竹都城隍廟為例〉為新竹城隍廟的專門研究,卻未討論日本總督捐金一事的本末,先行研究僅見於張德南,〈新竹都城隍信仰的研究〉,張德南、李乾朗等:《新竹市都城隍廟建築藝術與歷史》(新竹市:新竹市立文化中心,1998年),頁25。

21 例如,馬英九二〇〇七年準備總統大選:「馬英九依序參拜城隍廟、觀音亭、大天后宮等,也引起地方非議。某地方人士批評,馬造訪順序顛倒,應先訪位階較高的大天后宮,否則是汙辱神明;此外,馬營原未安排造訪武廟也被批評,地方人士說,武廟是台灣唯一『官廟』,馬竟敢不訪,馬營聞言才趕快安插行程。」由此例可以顯現選舉與宗教的密切關係,政治人物與宗廟相互拉抬的樣相,〈馬:將邀李安拍鄭成功傳〉,《聯合報》A12版,2007年8月18日。

民心，朝廷亦以賜額及封號來興復王權；直至光緒朝慈禧太后聽政十五年間（1875-1889）更達到最高峰，共有四九一件。另外，隨著清末各地亂事不斷，中央政府困於軍備、經費不足，多仰賴在地官員及士紳合力平亂，導致地方勢力興起；而城隍作為地方保護神，是人民面臨天災人禍主要禱求的神祇，當順利度過危機後，官員及士紳為爭取地方的利益，即會積極向中央奏報，以致在清末臺灣出現許多城隍廟獲賜額。[22]

從清領時期、日治時期到戰後時期，臺灣雖然歷經不同的統治者，但統治者為了拉攏民心，強化統治者的關係，宗教與政治的結合都有其相似的面貌。一九三四年新竹的謝介石以滿洲國外交大臣返鄉榮歸，致贈「弘宣新運」匾額給新竹城隍廟，而滿洲國康德皇帝溥儀致贈給新竹城隍廟「正直聰明」匾額[23]，更是台灣所唯一獲自溥儀的匾額，在當時引為佳話。不過，隨著二次大戰的結束，國民黨政府因不承認滿洲國，新竹城隍廟溥儀致贈的「正直聰明」匾額不但被拿下來，而且目前也佚失了。政治與宗教的互動，於此亦可見一端。不過，「正直聰明」目前則以「正直」、「聰明」分立在新竹城隍廟正面的壁堵之上，為一九三四年的歷史留下一個見證。

日治時期的宗教政策常將一九一五年的噍吧哖事件視為分水嶺，一九一五年之前的宗教統制較為放任，一九一五年之後則加強管控。由新竹城隍廟的事例來看則不一定是如此。一八九七年新竹警察署對新竹城隍廟的乩童傷身行為不以為然[24]，並舉孔孟之教予以糾正，一九〇三年的報導可以看到普渡活動是須申請的[25]，而非全然放任。由新竹城隍廟以上兩個事例來看，一

---

22 謝貴文：〈論清代臺灣的城隍信仰〉，《高應科大人文社會科學學報》第8卷第1期（2011年7月），頁1-28。

23 〈錦を飾て歸臺する 謝介石氏の神秘的出世物語新竹城隍廟のお籤に 大吉「弘宣新運」の四字 お告げ通り滿洲國現出して今日の幸運 皇帝御染筆の「正直聰明」の立額を賜はる〉，《臺灣日日新報》夕刊2版，1934年11月30日。

24 〈新竹の陋習警察の說諭〉，《臺灣日日新報》日刊9版，1897年6月20日。

25 〈新竹通信　總請普度許可〉，《臺灣日日新報》日刊9版，1903年9月2日。

九一五年的噍吧哖事件之前日本警方對地方的宗教行為仍有一定的約束。

一九〇八年為紀念北埔事件遇難者週年弔祭，選在新竹城隍廟舉行[26]，對地方具有相當的安定力。一九一五年始政二十年紀念日斷髮大會也是選在新竹城隍廟、關帝廟舉行[27]，三村廳長、紳士鄭神寶均列席。而每年城隍例祭，官方的交通單位也給予乘客打折優惠[28]，可見官民在民間信仰方面的良好互動關係。不過，官方對於廟宇仍有相當的監督，並非完全歸管理人完全可以擅作主張，如一九一一年《臺灣日日新報》記載：「新竹城隍廟逐年出息之款。就七月論以六百金計。該款前歸紳士鄭永承鄭恆茂李陵茂葉家管理。近由新竹廳調查所存各紳之款。著令繳出。作為神廟基本金。更擬僉舉妥人掌理。逐年所收進款。以作地方公益之費。」[29]

至於一九三七年之後的戰爭時期，以往也常認為在皇民化時期日本對台灣的傳統宗教信仰管整甚嚴，甚至認為完全的日本化，其實也不盡然如此。在戰爭時期之前的一九三六年，城隍例祭行列的首枷及顏塗的習俗已被廢止[30]，一九三七年宣稱新竹市城隍廟金銀紙燒卻已廢止，陋習打破已奏功[31]，不過，一九三七年十月吉田市尹仍參與了新竹城隍廟的秋祭。[32]一九三八年新竹城隍廟變賣信徒所捐贈的首飾金牌，以支持國家的政策[33]，然而，一九三九年八月新竹的城隍廟祭因時局因素而低調，省卻了各式藝閣的熱鬧遊行，不過，由圖四：「一九三九年新竹的城隍廟祭新聞」，可以見到在鄉間金

---

26 〈紀追悼會〉，《臺灣日日新報》日刊2版，1908年11月17日。

27 〈斷髮大會〉，《臺灣日日新報》日刊6版，1915年6月2日。

28 〈稟請汽車減成〉，《臺灣日日新報》日刊4版，1916年8月7日。〈新竹城隍繞境車票減折〉，《臺灣日日新報》日刊4版，1928年8月27日。

29 〈廟宇基本金〉，《臺灣日日新報》日刊3版，1911年4月8日。

30 〈島都城隍祭行列に首枷や顏塗は廢止〉，《まこと》第244期，1936年7月1日。

31 〈金銀紙燒卻廢止 城隍廟で奉告 新竹市の陋習打破奏功〉《臺灣日日新報》日刊5版，1937年8月10日。

32 〈新竹城隍廟の秋祭〉，《臺灣日日新報》夕刊2版，1937年10月1日。

33 〈新竹城隍廟の首飾金牌を賣卻 國策線に沿はんとし〉，《臺灣日日新報》日刊7版，1938年7月4日。

銀紙焚燒仍未禁絕，而且新竹屠獸場因城隍廟祭宰殺了三百一十頭豬，這數量約佔平日宰殺量的七倍，可見雖然進入了戰爭的皇民化時期，但傳統的新竹的城隍廟祭仍有一定的影響力，並未完全廢絕。

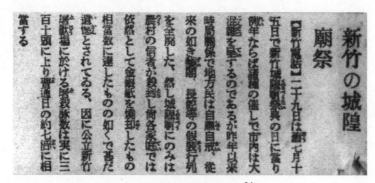

圖四　一九三九年新竹的城隍廟祭新聞[34]

戰爭時期因寺廟整理政策，新竹州議員對於寺廟處置的意見，由圖五：「新竹議員對寺廟廢合斷行的意見」可見其一端，對於今日宗教分類為道教系統的城隍廟、媽祖廟，民間宗教的土地公信仰採取廢止方式，至於儒教系統孔子廟、文昌祠、節孝祠、家廟則仍然存續，佛教的觀世音菩薩信仰亦仍然存續，但須接合日本的內地的樣式，其他則為寺廟神昇天。至於新竹城隍廟仍能持續存在的原因是與法蓮寺共構，故得以持續存在。至於臺灣各地城隍廟的命運也各有不同，彰化城隍廟被廢止，禁止祭拜，嘉義城隍廟則成為各寺廟主祀神的收容所[35]，顯現戰爭時期各地城隍廟的不同命運，仍須細部觀察戰爭時期的宗教變化，不可一概而論。

---

34 〈新竹の城隍廟祭〉，《臺灣日日新報》日刊7版，1939年8月30日。

35 黃柏芸：《台灣的城隍廟》（新北市：遠足文化公司，2006年），頁21。

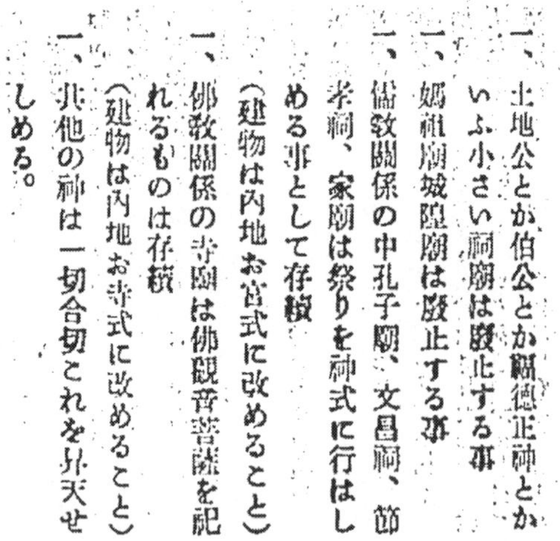

一、土地公とか伯公とか關德正神とか
いふ小さい祠廟は廢止する事

一、媽祖廟城隍廟は廢止する事

一、儒教關係の中孔子廟、文昌祠、節
孝祠、家廟は祭りを神式に行はし
める非として存續
（建物は内地お宮式に改めること）

一、佛教關係の寺廟は佛眼菩薩を祀
れるものは存續
（建物は内地お寺式に改めること）

一、其他の神は一切合切これを外天せ
しめる。

圖五　新竹議員對寺廟廢合斷行的意見[36]

　　不過，關於城隍信仰的分類，不必然被劃分為道教或是民間信仰，反而在一九二一年片岡巖的《臺灣風俗誌》稱〈臺灣儒教〉：「儒教的教義在太古發生成三皇五帝，夏禹商湯，漸次發展至周時才完備。儒教所遵奉的七經，即詩、書、易、春秋、禮記、周禮、儀禮，都是融合道德、政治、宗教做教義。」「儒教崇拜的神明」，崇拜自然現象包括了天地、日月、星晨、風雲雨雷、社稷、山川、水火、城隍、月老爺、註生娘娘、閻王等三十三種。不僅如此，人類靈魂的崇拜也都劃分為儒教，包括了神農帝、孔子、文昌、關帝、媽祖、保生大帝、水生尊王、臨水夫人、開漳聖王、郭聖王、王爺、大眾廟等三十一種。[37]片岡巖這種分類並非特例，一九一一年的《臺灣私法》引《臺灣府誌》，列舉玉皇上帝、東岳大帝、北極大帝、天后、五谷先帝、保生大帝、三山國王、水仙尊王、開漳聖王、廣澤尊王、註生娘娘及臨水夫人、五顯大帝、元帥爺、王爺、大眾爺、義民、城隍爺、福德正神、灶君、

36　〈寺廟廢合斷行に對する各議員の意見を訊く（二）〉，《新竹州時報》20，頁50-52，1939年1月4日。

37　片岡巖著，陳金田譯：《臺灣風俗誌》（臺北市：眾文圖書公司，1990年〔1921〕），頁643。

文昌帝君及魁星諸神皆歸為屬儒教。[38]可見日治時期城隍信仰的分類，有時被劃入道教或民間信仰，有時則歸類為儒教，這由《南瀛佛教會報》的宗教調查亦可見事例[39]，探討新竹城隍廟的宗教性格及統治者的態度亦須留意這些關鍵，以免過於簡化問題。

另一方面，陳道南的〈基隆竹枝詞〉所描寫的一九四一年皇民化底下的基隆，同樣體現時代下的文化氛圍：

> 時勢潮流互競爭。維新提唱廢神明。可憐廟食無遺類。紳士倖僥博美名。
> 城隍顯赫震全台。士女焚香遠近來。怪底鬼神同落寞。只今神案總塵埃。
> 皇民提唱已多年。棄舊迎新日變遷。卜卦也將金紙廢。咻咻小鬼哭無錢。[40]

不過，與新竹相似的另一首〈基隆竹枝詞〉也提到：「太陽奉祀代明宮。廟貌重修大不同。已把燒金亭打破。依然難易舊時風。」可見舊傳統仍有一定

---

38 臨時臺灣舊慣調查會編：《臺灣私法（二卷上）》（臺北市：臨時臺灣舊慣調查會，1911年），頁246。傳統社會儒教往往置於參照座標的原點，其他各教無不悉心揣度與儒教的對應與聯繫，在「宗教」（religion）的概念入主後，陳熙遠認為儒教竟謫配到「宗教」的邊緣，不僅「儒教」在「宗教」的論域裡逐漸邊緣化，（中略）而且由於避諱傳統「教」字的稱謂有誤導為「宗教」的可能，在現代語彙中，「儒教」更幾乎為「儒學」、「儒家」、「儒道」所取代。陳熙遠：〈「宗教」——一個中國近代文化史上的關鍵詞〉，《新史學》第13卷第4期（2002年12月），頁37-66。另見翁聖峰：〈日治時期臺灣孔教宗教辨——以臺灣文社及崇文社為論述中心〉，殷善培編：《文學視域》（臺北市：臺灣學生書局，2009年），頁399-424。

39 一九三五年二月《南瀛佛教會報》十三卷二號〈寺廟祭神一覽〉，永樂町的城隍廟列為儒教（http://buddhistinformatics.ddbc.edu.tw/taiwanbuddhism/tb/ny/index.php?i=ny13-02），一九三六年四月《南瀛佛教會報》十四卷四號〈寺廟祭神一覽〉，城隍廟有列為儒教者（http://buddhistinformatics.ddbc.edu.tw/taiwanbuddhism/tb/ny/index.php?i=ny14-04），亦有歸類為道教，甚至也有畫入佛教之列，城隍廟宗教性格的分類甚不統一。

40 陳道南：〈基隆竹枝詞（一）〉十首，《詩報》239號，頁45，1941年1月1日。

的存續,故陳道南特別歌詠「依然難易舊時風」,前面圖四:「一九三九年新竹的城隍廟祭新聞」,雖然官方禁絕焚燒金紙,但在鄉下此風仍難禁絕,亦可佐證陳道南〈基隆竹枝詞〉的描述。

據黃運喜〈〈新竹都城隍廟沿革〉的研究〉,一九三八年實施的「寺廟整理」,新竹市被保留的寺廟共四所,分別為:城隍廟、竹蓮寺、外媽祖廟(今長和宮)、天公廟(今天公壇)。根據宮本延人《日本統治時代台灣寺廟整理問題》所載,城隍廟的香火是這四所被保留寺廟中最盛者:「關於殘存的各寺廟今年參拜人數目比去年的人數,參拜城隍廟的人數幾乎沒什麼變動,參拜外媽祖,竹蓮寺,天公廟的人數,雖然減少了十分之一,還是來參拜的人很多。參拜人當中,老人婦女最多,但是在城隍廟有學識的青壯人士也不少,這件事表示台籍人士對寺廟的信心牢固。」[41]此例亦可見皇民化時期對於漢人民俗習慣雖有更嚴厲的管制,但細部的發展樣貌仍須留意,才不會一概而論,有失其真實樣貌。

由日治不同時期新竹城隍廟與官方交混多元的互動關係,可以看到日治時期宗教發展頗為複雜,不可全然以既有的刻板印象看待,如此才可以更深入掌握日治時期的統治策略,這在一九一五年之前警方對乩童自殘的約束,皇民化時期新竹城隍廟信仰的承襲與因變,都可以看到歷史發展的多元面貌。至於日治城隍廟的宗教分類與當今不同,亦值得注意,以免落入以今律古的窠臼。

三 士庶、雅俗與(新竹)城隍廟的不同接受與文化意義

日治時期新竹城隍廟藝閣爭奇鬥艷,各顯神通來吸引大眾,圖六「新竹城隍廟結合飛機的立體藝閣」是非常搶眼的例子[42],藝閣的立體化,飛機搭配降落傘,很有時代感,益常吸引人。

---

41 黃運喜:〈〈新竹都城隍廟沿革〉的研究〉(未刊稿)。

42 〈四日新竹に於る城隍廟祭典の藝閣〉,《臺灣日日新報》日刊3版,1933年9月6日。

圖六　新竹城隍廟結合飛機的立體藝閣

造就藝閣的盛況，民俗活動的熱烈，新竹城隍廟籌備委員的推動應有很大的關係，底下為一九二五年的三十多面金牌的獎勵，參與的團隊包括新竹各重要的團體：

> 籌備迎神新竹街威靈公賑孤繞境日，定於中元日舉行，現已出賞，即特等、一二等公賞金牌，計共三十餘面，又公賞繡旗十支。現分為米商團、藥種商團、本島人州廳團、青果團、阿片小賣團、布商團、餘食商團、獸肉商團、金銀細工團、木匠團、蔬菜商團外四十一團、各子弟班，又增造彩牌，添設西洋樂隊，如新樂軒子弟班有巧造二千餘圓之鼓架，竝裝藝閣八擱云。[43]

在這之前，早在一九○九年的新竹城隍聖誕亦可見到熱烈的慶祝：「日日參詣者殊不乏人，自前月間壽誕，演劇酬神者至今不絕，每日或三棚二棚合演，至少亦有一棚。」[44]可見新竹城隍信仰長年的興盛。

---

43 〈籌備迎神〉，《臺灣日日新報》夕刊4版，1925年9月3日。

44 〈新竹通信（十一日發）城隍聖誕〉，《臺灣日日新報》漢文版4版，1909年1月12日。

　　傳統說書也曾在新竹城隍廟的空間展演：「說書即俗所謂講古。操此業者有二人。前皆在城隍廟口。每日自午壹點鐘起。至十一點鐘止。所講乃東周列國。三國演義。水滸傳。西廂記。聊齋。今古奇觀。西遊記。封神。鏡花緣。二度梅等小說。聽者殊不乏人。」[45]不過，後來因寺廟的整頓，說書人必須退出新竹城隍廟，另覓北門街空店演出：「店內亦有排列諸食物。以便傍聽者之購買。而此傍聽者。大都中流以下之輩。日日座為之滿。頗形盛況。」演現新竹活潑而有生命力的庶民文化。

　　除了民間的說書，詩社活動亦曾參與新竹城隍廟重要的慶典[46]，顯現傳統士人與城隍廟的關係，一九三六年新竹州輪值全島聯吟大會，新竹市內的竹社、讀我書社、柏社等委員的籌備會議亦借用新竹城隍廟事務所[47]，顯現新竹城隍廟在重要活動時所佔的位置。

　　不過，一九二六年前後新竹城隍廟改建，曾因工程的報價不實，遭到檢舉，「城隍廟建築時，其中一柱之不善巴結者，若欲支取工金，則司賬者左右為難，不肯容易付與。」[48]而被檢討，由寺廟經營及糾紛的排解，可以見到統治者政治力的主導性，並作為社會的依循，可知日治時期的法治化，即使在民間有很高信仰的城隍廟也不能例外。

　　城隍信仰賣枷的利益也常引起對立因而必須告官：〈首棚利益金の収支を明かにせよ〉即是其例[49]，反應問題透過公權力才能解決的時代性。這顯示宗教所衍生的經濟利益是否均衡，或是淪為少數人所獨享，「新竹城隍廟逐年出息之款。就七月論以六百金計。該款前歸紳士鄭永承鄭恆茂李陵茂葉家管理。近由新竹廳調查所存各紳之款。著令繳出。作為神廟基本金。更擬僉舉妥人掌理。逐年所收進款。以作地方公益之費。」[50]這段報導事涉廟產

45　〈新竹通信 設說書所〉，《臺灣日日新報》日刊4版，1908年11月10日。

46　〈竹社例會〉，《臺灣日日新報》夕刊4版，1924年8月21日。

47　〈會事 全島聯吟大會〉，《臺灣日日新報》日刊4版，1936年2月7日。

48　〈新竹 建廟黑幕〉，《臺灣日日新報》夕刊4版1926年7月4日。

49　〈首棚利益金の収支を明かにせよ〉，《臺灣日日新報》日刊5版1925年8月23日。

50　〈廟宇基本金〉，《臺灣日日新報》日刊3版，1911年4月8日。

是否用之公益，或是淪為少數人所獨享。底下報導更直指賣枷收支問題而告官到新竹州政府：「新竹街賣枷收支問題，於古曆七月三日為城隍公益起見，已由郡役所轉申州知事，去二十九日宇佐美郡庶務課長，查問是出人陳簡氏云。」[51]可見新竹城隍廟香火鼎盛，總督、總務長都曾親臨致意、贈金，但如違反公共利益被檢舉，統治者仍然是最後的仲裁者，其影響性不難可以想見。

宋光宇分析日本人只是站在邊上看各地方的迎神活動，利用它來振興地方經濟，壯大官方活動的聲威。[52]另一方面「啟蒙」概念的影響，來自傳統的習俗也面臨重新的反省，首枷習俗是否為愚昧的迷信之行，也引起知識分子的關心，特別是新知識分子。當時的反對聲音來自地方上的開明之士，主要的訴求是反對帶枷贖罪和八家將的化裝方式。[53]對大稻埕城隍祭祀的批判，除了來自《臺灣民報》的批判，臺灣文化協會的會報對此也甚為關心，因此，天送的〈論城隍〉以簡易的文言文漢文予以批判：

> 例年稻江五月十三日。自數日前遠近男女。前來祭獻。連日連夜。男婦老少。擁擠不開。及至當日繞境。爭巧鬪麗。其熱鬧。莫可名狀。惜哉有靈性之人。拜一假神。濫費腦力時間金錢。願我同胞。及早棄假歸真。將貴重之腦力。用于致知格物。將貴重之時間。金錢。用為社會奉仕。則社會幸甚。人類幸甚。[54]

可見雅俗之爭，士庶之別，並非完全局限新舊不同的表現文體之別，而是源自不同的價值觀或是利益取向。

---

51 〈賣枷問題〉，《臺灣日日新報》夕刊4版，1925年8月24日。

52 宋光宇：《城隍老爺出巡——臺北市、大稻埕與霞海城隍廟會一百二十年的旋盪（1879-2000）‧下冊》（新北市：花木蘭出版社，2013年），頁500。

53 宋光宇：《城隍老爺出巡——臺北市、大稻埕與霞海城隍廟會一百二十年的旋盪（1879-2000）‧下冊》（新北市：花木蘭出版社，2013年），頁500。

54 天送：〈論城隍〉，《臺灣の文化》（臺灣文化協會會報第4號）（臺北市：財團法人蔣渭水文化基金會復刻，2011年〔1922〕）。

　　清領時期新竹文人鄭用錫的〈中元觀城隍神賑孤之二〉:「恤祭陰孤飯滿
筐,拋遺塵土雜餘糧。可憐南邑珠同貴,莫貸監河半粒償。」一九二五年謝
汝銓的〈稻江迎城隍竹枝〉,「增華踵事各傾囊,為策繁榮此地方。牲體神前
羅列滿,可知貧有典衣裳。」[55]在在都彰顯了傳統知識分子對於民間信仰過
度浪費的批判。賴和的〈鬥鬧熱〉、楊守愚的〈移溪〉或朱點人的〈島都〉
以白話文的形式反對迷信及浪費,也是基於相同的社會關懷。一九三二年謝
景雲的〈塹城竹枝〉一方面描述城隍祭的盛況:「託佛求神禮再三,烏西洋
袴認村男。須知補運城隍廟,酒醴三牲滿竹籃。」[56]另一方面則是採茶女的
失業,形成強烈的對比:「茶園處處廢荒多,失業嬌娃恨若何。日暮試聽後
車路,幾家人唱採茶歌。」而一九二六年林鍾英的〈城隍廟觀醮事有感〉[57]
對於舖張浪費亦提出強烈的批判,強調敬神當真誠,誠心不在貌,不須過度
的犧牲、浪費及迷用,顯現對於過度舖張浪費的批判是不分新舊文學的,不
過民俗根深柢固,短期間並無法完全改變:

> 客歲廟重修,十萬費經營。今年議設醮,賽會神兼迎。工事未告竣,
> 據說慶落成。疑信兩參半,詎知有隱情。一聞訂吉日,免俗我未能。
> 先期辦衣巾,隨眾早登程。士女如雲屯,處處人山橫。廟前各演劇,
> 簫鼓雜市聲。醮壇旁肉林,玩器價連城。雞豚空羅列,敬神貴真誠。
> 誠心不在貌,何必多犧牲。神佛總慈悲,佛家戒殺生。吾神素正直,
> 兼之極聰明。禍福由人造,天道寧逆行。迷信期早除,斯舉令人驚。
> 世上貧者眾,誰向施斗升。一邑費巨萬,徒事媚神爭。

　　另外,一九〇八年新竹祈雨的景況的報導:「近來處處苦旱。農民咸以
乏水為憂。數日前諸紳。特虔誠祈雨於城隍廟及竹蓮寺。結棚為壇。安置四
海龍王之神位。又排列水缸五個。內道清水插榕枝。每缸各立一紙旗。旗分

---

55 謝汝銓:〈稻江迎城隍竹枝〉,《臺灣日日新報》日刊5版,1925年8月23日。
56 《詩報》第41號,「藝苑精華」欄,1932年8月15日。
57 作者註:「適本州開共進會。」此詩收於大正十五年(1926)冬作。

五色。上書祈求甘雨。大沛甘霖等字樣。又有紙製鳥形。作商羊舞態。懸於
欄上。每日延道士誦經於其間。果不出三日。而雨師幸來稅駕。迷信者皆以
為此次祈禱之效力焉。」[58]一九二九年《臺灣民報》就曾針對這種民俗活動
提出強烈批判為「迷信的中毒者」[59]，臺灣民眾黨、臺灣文化協會、農民組
合都曾反對迎神運動，批判臺中城隍反對運動，斥為愚民政策。[60]

　　在士庶、雅俗之間，不分新舊知識分子透過新聞或是文學創作與社會對
話，因信仰歷久而衍生不同的面向，所以探討日治時期城隍信仰，必然將是
持續的議題，士庶與（新竹）城隍廟的不同接受與文化意義也是應當不斷對
話，特別在民間宗教信仰受到高度重視的當代自然也不能例外。日治時期李
獻璋曾投入桃園大溪的民俗改良運動，在地方上造成風潮，但也引起強烈了
反彈，此舉甚至讓李獻璋與其母親的關係產生鴻溝，迫使他必須離鄉到南臺
灣另謀發展[61]，可見移風易俗，每個時代在拒、迎之間如何拿捏得宜確實不
容易。

四　新竹「都」城隍廟的爭議與意義

　　關於臺灣的城隍廟位階，素來即存在爭議，《維基百科》的「城隍」詞
條可見其梗概：

> 　　臺南市有臺灣府城隍廟，臺南亦是明鄭時期的首府承天府其為鄭氏王
> 朝之官建城隍廟，年代最早，故「臺灣府城隍」號稱省城隍等級的
> 「威靈公」，但1891年清朝官方即升格新竹都城隍廟為省級的城隍，
> 新竹都城隍廟奉祀「都城隍，威靈公」，為清朝官方所認定，總轄臺

58　〈新竹通信　祈求甘雨〉，《臺灣日日新報》日刊4版，1908年10月20日。

59　〈新竹街的乞雨〉，《臺灣民報》4版，1929年4月14日。

60　山根勇藏：《臺灣民族性百談》（臺北市：南天書局，1995年〔1930〕），頁317-321。

61　翁聖峰：〈大溪《革新》與「Kenko」的重層現代性鏡像〉，許素蘭編：《洄溯與再
　　生──臺灣文學史料集刊‧第六輯》（臺南市：國立臺灣文學館，2016年），頁1-24。

灣,為省級城隍。而二次大戰後中華民國在臺灣臺北民眾以臺北市為
臺灣首都,故建廟奉祀「臺灣省城隍」,自行設立了臺灣省城隍廟,
亦為省級城隍。三廟信徒各以其歷史為榮,自認所奉之城隍爺位階最
高,頗見爭議。[62]

由此例來看,臺南市的臺灣府城隍廟、新竹都城隍廟、臺北市的臺灣省城隍
廟,分別就有利位置,建構其話語權,這與廟宇的發展,社群的向心力有密
切的關係,故以上三個城隍廟無不卯盡全力爭取其神聖位置。廟宇爭勝之例
數見不罕,廟宇位階的提升也不難可以想見,例如:「(花蓮縣吉安鄉)土地
公晉升城隍爺,還是由縣長冊封,相當罕見!有鄉親認為,土地公當了城隍
爺後,『官階更大、管得更多』,相信對地方的發展,會有更正面幫助。」[63]

　　觀之一九三七年羅秀惠為新竹城隍廟所撰寫的〈重修新竹城隍廟碑〉
稱:「臺灣城隍之有廟,實自鄭延平時代,創建時,府治稱承天府,是為府
城隍,成猶巋然存焉。」可見當時對臺南市的臺灣府城隍廟在歷史源流上的
肯定,至於當今爭議焦點新竹「都」城隍廟的緣由則未交代,僅以疑問句帶
過:「光緒十七年林汝梅氏重新梁棟,於兩檻間特牓光緒上御筆文曰『金門
保障』,雖在輓近,已難稽考。或當時沿襲都廟舊文援例頒賜未可知歟?」[64]
可見一九三七年新竹城隍廟並未以新竹「都」城隍廟自居,也未以臺灣位階
最高的城隍廟自居,甚至對於光緒十七年(1891)光緒皇帝頒贈的「金門保
障」匾額也不清楚,可能因為在清領末期的戰亂時期,故歷史文獻無法交待
清楚。

　　一九八二年新竹縣政府所立的〈新竹都城隍廟 沿革〉碑較之一九三七

---

62 《維基百科》「城隍」詞條,https://zh.wikipedia.org/wiki/%E5%9F%8E%E9%9A%8D
　　(瀏覽日期:2015年9月25日)。

63 〈土地公晉升城隍爺　縣長來冊封〉,《聯合報》Upaper 第2版,2011年5月7日。

64 〈重修新竹城隍廟碑〉原碑目前位於新竹城隍廟後殿牆上,http://memory.ncl.edu.tw/
　　tm_cgi/hypage.cgi?HYPAGE=document_ink_detail.hpg&subject_name=%E8%87%BA%E7
　　%81%A3%E7%A2%91%E7%A2%A3%E6%8B%93%E7%89%87&subject_url=&project_i
　　d=twrb&dtd_id=12&xml_id=0000000290(瀏覽日期:2015年9月25日)。

年則有很大的轉變：「光緒十七年，因為新竹城隍顯靈防禦外匪有功，光緒皇帝頒賜『金門保障』匾額，按『金門』係指國家之門戶，城隍廟供奉主神，為晉封威靈公新竹都城隍神像。」[65]「光緒帝亦以新竹城隍顯靈禦匪有功，於同年頒賜『金門保障』匾額一方。」這個說法雖然錯誤卻被許多文獻所引用，如一九九六年的《新竹市志》〈卷一〉〈土地志〉〈第六篇名勝古蹟〉即是一例。[66]一九九六年《新竹市志》對於新竹都城隍廟沿革的說明：光緒十七年（1891），全島官民於此舉辦護國佑民祈福法會，並經奏准晉為省格的「威靈公，新竹都城隍」，也在眾多文獻輾轉相互引用。[67]

然而，張德南引用《清德宗實錄選輯》、《足本合校新竹縣採訪冊》史籍已證明「金門保障」是源自「光緒十三年大旱，知縣方祖蔭向城隍神卜雨期獲頒」。[68]不可望文生義，或是牽強附會。

又據《申報》則更清楚其來龍去脈：「劉銘傳片再據署新竹縣知縣方祖蔭稟稱：該縣原係淡水廳舊治，城內城隍廟、龍神廟、觀音廟向遇水旱疫癘迭著靈應，上年六月地方久旱，各鄉田園當收熟之際，禾稼枯槁，經詣城隍、觀音、龍神各廟虔誠祈雨如響斯應，年穀有秋，地方士民稟懇奏賚匾額以答神庥，取其事實，冊結詳送台北府加結核辦，轉由布政使邵友濂具詳請奏前來。」[69]

---

65 張德南、李乾朗等：《新竹市都城隍廟建築藝術與歷史》（新竹市：新竹市立文化中心，1998年），頁142-143。

66 閻亞寧：《新竹市志》（新竹市：新竹市政府，1996年），〈卷一〉〈土地志〉〈第六篇名勝古蹟〉，頁405。

67 一八八八年林汝梅在新竹舉辦全臺的護國佑民法會，故於次年晉封為「威靈公，新竹都城隍」，而成為全臺具代表性的城隍廟。因顯靈禦匪有功，光緒皇帝頒賜「金門保障」之匾額，參見《黃旺成先生日記（六）》，1917年1月29日，http://taco.ith.sinica.edu.tw/tdk/%E9%BB%83%E6%97%BA%E6%88%90%E5%85%88%E7%94%9F%E6%97%A5%E8%A8%98/1923-02-17?w=%E9%BB%83%E6%97%BA%E6%88%90+%E6%96%B0%E7%AB%B9+%E5%9F%8E%E9%9A%8D&p=%E9%BB%83+%E6%97%BA+%E6%88%90+%E6%96%B0+%E7%AB%B9+%E5%9F%8E+%E9%9A%8D（瀏覽日期：2015年9月25）。

68 張德南：《新竹區域社會研究》（新竹市：新竹市文化局，2010年），頁77、頁255。

69 《申報》12版，1888年10月7日。

一九八二年新竹縣政府所立的〈新竹都城隍廟 沿革〉及一九九六年《新竹市志》〈卷一〉〈土地志〉〈第六篇名勝古蹟〉均以「威靈公新竹都城隍」為名,不過,這說法在一九三七年羅秀惠為新竹城隍廟所撰寫的〈重修新竹城隍廟碑〉並無法看到,新竹都城隍廟所提供的一九三五年舊曆九月二十八日三張歷史照片,均稱為「新竹城隍廟五朝大醮攝影紀念」[70],也無「威靈公新竹都城隍」之名,查之日治時期相關學術資料庫亦無「威靈公新竹都城隍」之名。不過,在一八九六年,日治初期卻可找到以「威靈公」稱新竹城隍廟:

> 臺北縣。新竹城。有城隍尊神。昔時上封威靈公。加封昭應候。右御墨賜匾。金門保障。我竹士民。共欽仰為至尊之神。能消災納福。辟瘟保安。於是本年八九月間。時疫四起。獨我新竹無恙。至十月間。閤竹紳商人等。虔誠禱于上下神祇。並請竹蓮寺觀音菩薩。祈求甘雨。並祈伏魔解厄保安。建醮叩酬天神。果應不爽。[71]

這段祈雨、消災納福、辟瘟保安的記述雖然有些傳奇,也顯示在科學尚不學達的成代,人們內心的期待。文中的「昔時上封威靈公」承續了清領末期的歷史傳說,不過這段文字並無新竹「都」城隍之稱。查之《臺灣日日新報》資料庫亦無此文獻,可以看到日治時期並幾乎沒有「新竹都城隍」的概念,所以在報章雜誌均未見到轉述。

不過,一九二八年張麗俊《水竹居主人日記》有段非常特別的手稿:「到慈濟宮,令將新油木裙棹二張俱移置宮中以陳列祭品,因是日元墩腳內往請新竹都城隍來遶境演戲也。又見街中男女欲往台中玩迎城隍者,車為之

---

70 張德南:〈新竹都城隍信仰的研究〉,張德南、李乾朗等:《新竹市都城隍廟建築藝術與歷史》(新竹市:新竹市立文化中心,1998年),頁20-21。

71 〈保安酬醮〉,《臺灣日日新報》日刊1版,1896年12月10日。

滿，到春草家被留午飯。」[72]由圖七：「張麗俊《水竹居主人日記》稱新竹
都城隍手稿」這特殊的例子，可能日治時期在民間尚少數有流傳「新竹都城
隍」的說法，所以在不經意之間被張麗俊所記錄了下來，當然因是孤證，是
否誤記也不無可能，不過，這僅是唯一的例子，張麗俊《水竹居主人日記》
其他地方的稱呼則都是使用「新竹城隍」，而未再使用「新竹都城隍」。

圖七　張麗俊《水竹居主人日記》稱新竹都城隍手稿

目前對於「威靈公新竹都城隍」最主要的根據是《淡新檔案》，張德南
在《淡新檔案》找到「威靈公」、「都城隍」的判行[73]，因《淡新檔案》是官

72 《水竹居主人日記》，1928年7月31日，http://taco.ith.sinica.edu.tw/tdk/%E6%B0%B4%
   E7%AB%B9%E5%B1%85%E4%B8%BB%E4%BA%BA%E6%97%A5%E8%A8%98/192
   8-07-31?w=%E9%83%BD%E5%9F%8E%E9%9A%8D&p=%E9%83%BD+%E5%9F%8E+
   %E9%9A%8D（瀏覽日期：2015年9月25日）。此段引文「新竹都城隍」底線為研究者
   所加。

73 張德南：〈新竹都城隍信仰的研究〉，張德南、李乾朗等：《新竹市都城隍廟建築藝術與
   歷史》（新竹市：新竹市立文化中心，1998年），頁26。

方文書，所以黃運喜認為這是官方的默認。[74]不過，《淡新檔案》共有一千一百六十三案一萬九千三百二十一件，所收集的是反應官方認可？還是中立的民俗文獻的彙整？可能尚有討論的空間。圖八〈新竹縣都城隍示〉[75]，示一保聯莊鄉民舉行醮務時應注意事項，可見其梗概，但這是否代表官方的承認、默認？或是只是民俗文獻的彙整？應當再進一步考究。

圖八　新竹縣都城隍示

王浩正有篇文章〈「都城隍」、「府城隍」誰大？應該探究〉：

> 新竹城隍「升格」為「威靈公都城隍」的經過，民間有一些說法，但大都僅止於傳說。遍查台灣史料或官方文書，都未提到此事經過。由於找不到史料佐證，最近，淡江大學歷史系研究所的學生在網路上撰文，認為新竹城隍可能是新竹人自己升為都城隍的。新竹「都城隍廟」、台南「府城隍廟」誰最大？史學界迄無定論，只好任由新竹、

---

74 黃運喜：〈新竹都城隍廟沿革〉，未刊稿。

75 〈新竹縣都城隍示〉，1889年10月16日，《淡新檔案》，檔案名稱 ntul-od-th11107_015，http://dtrap.lib.ntu.edu.tw/DTRAP/index.htm（瀏覽日期：2015年9月25日）。

台南各說各話。[76]

除了學術持續的考究，或許如劉邦師的「回響」：「城隍不在大小　在祭拜虔誠」。[77]全臺各地許多的媽祖廟都在爭奪「開臺媽祖」名號，城隍位階高低的爭奪也可如是觀，以下的新聞報導，為城隍廟爭勝之例，「神格」的位階之爭益常明顯：「二〇〇六全國城隍大會師被台北市『搶頭香』，讓新竹市議員蔡錕鈺、謝希誠等人覺得惋惜，他們認為，新竹都城隍爺是全省『神格』最高的城隍，『應該由新竹搶頭香才對』。二〇〇六全國城隍大會師於本月二十一日到二十五日在台北市霞海城隍舉行，新竹都城隍廟與境福宮都派大批陣頭與信眾參與，擔任境福宮主委的蔡錕鈺說，全省十四縣市、二十二個陣頭參加，論人數，境福宮出動三百五十人、新竹城隍廟也出動了一百七十人，分居一、三名，可惜活動不在新竹。」[78]《經濟日報》有則報導：「卡爾登還配合推出國人客房優惠專案，結合美式自助早餐、台灣小吃天霸王，單人房只需花費兩千七百元，雙人房三千兩百元，再就近造訪全台位階最高的都城隍廟的『威靈公』，享受一趟豐盛的本土嘉年華。」[79]地方特殊文化，再加「全台位階最高」光榮感的結合對於促進觀光可能也有某些作用，或許這也是位階、神格爭奪的重要原因。

五　結語

一九一五年發生臺南西來庵事件，該事件的起事與齋教有密切相關，也引起日本統治者對於臺灣宗教的積極介入。不過，由本研究來看，一九一五

---

76 王浩正，〈「都城隍」、「府城隍」誰大？應該探究〉，《人間福報》，2007/8/23。http://www.merit-times.com.tw/NewsPage.aspx?unid=58567（瀏覽日期：2015/9/25）。

77 劉邦師，〈城隍不在大小　在祭拜虔誠〉，http://blog.udn.com/dk1858camry/1189025（瀏覽日期：2015/9/25）。

78 〈城隍大會師　怎由北市搶頭香〉，《聯合報》C2版，2006年10月27日。

79 〈新竹飯店業　攬客費心思　卡爾登強打台灣小吃　煙波中餐一價吃到飽〉，《經濟日報》第38版，1998年10月2日。

年之前，警察對民間乩童的干涉，宗教遊行必須申請，一九一五年雖是臺灣宗教發展的分水嶺，但亦不宜擴大其差異性，而忽略了歷史的實然面相。

一九二〇年代日本總督、總務長、新竹州知事曾親臨新竹城隍廟致意、贈金，可見政治與宗教相互拉抬的一面，不僅清領時期、戰後如此，日本殖民統治亦有如是做法，我們除了強調歷史的差異性，對於其共通面向亦須留意，才能掌握日治時期宗教與政治互動的樣貌。至於皇民化時期許多漢人的民俗雖然受到影響，但並不全然被消滅，戰爭時期新竹城隍廟仍然持續被膜拜，燒金雖然被禁止，但並未完全消失，廟祭時的殺豬文化仍然風行，並未被禁止。

日治時期新竹城隍廟的宗教定位與發展，與儒教、道教、佛教均有所關係，我們不當以今律古，以今日的宗教觀念套到新竹城隍廟將有所不足，也無法了解為何多數城隍廟在《南瀛佛教會報》的宗教調查被歸入儒教的原因。新竹「都」城隍廟在當今雖有許多爭論，但在日治時期幾乎無此議題，足見戰後與戰前在此議題的強烈差異性，釐清日治時期新竹城隍廟的發展有助於我們更清楚掌握戰後的爭論，不論結局如何，日治時期新竹城隍廟確實是新竹州「一市八郡」重要的信仰中心是無庸置疑的。

（新竹）城隍廟與民俗、迷信的爭論，雅俗的不同觀點有助於了解信仰的多元樣貌，而許多文人不分新、舊對於過度浪費，造成經濟負擔，可見對於大拜拜如何避免舖張浪費在新舊文人並不是截然的對立，而社會對於這些抨擊如何接受與回應，也有許多樣貌，並非一蹴可幾的，可見日治時期社會的複雜性。

宋光宇曾稱道教是臺灣最大的教派，近二十年來發展最快的宗教，一九六〇年有兩千九百四十七廟，二〇〇九年有九千兩百四十九廟，增加了三倍[80]，廟宇研究對於掌握社會的面向亦甚重要，鑑往知來，新竹城隍廟的研究對於戰後的宗教研究必然有所裨益。二〇一五年竹塹中元城隍祭有一千

---

80 《城隍老爺出巡——臺北市、大稻埕與霞海城隍廟會一百二十年的旋盪（1879-2000）》（上）（新北市：花木蘭出版社，2013年），頁15。

五百人夯枷[81]，對照清領時期、日治時期此民俗的延續，我們是要站在超然的宗教贖罪角度，還是承襲臺灣文化協會的批判觀點，這將考驗我們，如何以智慧之眼展望未來，持續與宗教及民俗對話。

---

81 「新竹都城隍廟『竹塹中元城隍祭』最具特色的『夯枷解厄』儀式昨下午舉行，一千五百多人參與，頭戴紙製枷鎖，豔陽下遊街遶境，懺悔罪業，是台灣重要民俗活動。」〈竹塹中元城隍祭　1500人夯枷〉，《聯合報》B2版，2015年8月15日。

參考文獻

〈十一月二日迎城隍・竹州一市八郡盛行籌備・以建醮久旱逢甘雨加倍踴
　　躍〉　《臺灣日日新報》日刊12版　1935年10月31日

〈十七日秋雨放晴　稻市舖家迎神・音樂團投資爭勝・極空前熱鬧〉　《臺
　　灣日日新報》日刊4版　1927年10月18日

〈寺廟祭神一覽〉　《南瀛佛教會報》十三卷二號　http://buddhistinformatics.
　　ddbc.edu.tw/taiwanbuddhism/tb/ny/index.php?i=ny13-02

〈寺廟廢合斷行に對する各議員の意見を訊く（二）〉　《新竹州時報》20
　　頁50-52　1939年1月4日

〈宜蘭市城隍廟〉〈歷史沿革〉　blog.xuite.net/jses1335/twblog/122085138

〈金銀紙燒卻廢止を・城隍廟で奉告・新竹市の陋習打破奏功〉　《臺灣日
　　日新報》日刊5版　1937年8月10日

〈保安酬醮〉　《臺灣日日新報》日刊1版　1896年12月10日

〈紀追悼會〉　《臺灣日日新報》日刊2版　1908年11月17日

〈重修新竹城隍廟碑〉　原碑目前位於新竹城隍廟後殿牆上　http://memory.
　　ncl.edu.tw/tm_cgi/hypage.cgi?HYPAGE=document_ink_detail.hpg&su
　　bject_name=%E8%87%BA%E7%81%A3%E7%A2%91%E7%A2%A3
　　%E6%8B%93%E7%89%87&subject_url=&project_id=twrb&dtd_id=1
　　2&xml_id=0000000290　瀏覽日期：2015年9月25

〈首棚利益金の收支を明かにせよ〉　《臺灣日日新報》日刊5版　1925年8
　　月23日

〈島都城隍祭行列に首枷や顏塗は廢止〉　《まこと》244　1936年7月1日

〈淡新檔案〉資料庫　http://dtrap.lib.ntu.edu.tw/DTRAP/index.htm

〈新竹　城隍廟落成祭〉　《臺灣日日新報》夕刊4版　1926年12月12日

〈新竹　建廟黑幕〉　《臺灣日日新報》夕刊4版　1926年7月4日

〈新竹　參詣城隍〉　《臺灣日日新報》夕刊4版　1927年5月14日

〈新竹の城隍廟祭〉　《臺灣日日新報》日刊7版　1939年8月30日

〈新竹の陋習警察の說論〉　《臺灣日日新報》日刊9版　1897年6月20日

〈新竹城隍廟の秋祭〉　《臺灣日日新報》夕刊2版　1937年10月1日

〈新竹城隍廟の首飾金牌を賣却 國策線に沿はんとし〉　《臺灣日日新
　　　報》日刊7版　1938年7月4日

〈新竹城隍繞境車票減折〉　《臺灣日日新報》日刊4版　1928年8月27日

〈新竹通信　總請普度許可〉　《臺灣日日新報》日刊9版　1903年9月2日

〈新竹都城隍廟〉　〈城隍廟碑文名錄／重修新竹城隍廟碑〉　http://www.
　　　weiling.org.tw/xContents/MainMenuLiterature03.aspx

〈新竹縣都城隍示〉　1889年10月16日　《淡新檔案》　檔案名稱 ntul-od-
　　　th11_107_015，http://dtrap.lib.ntu.edu.tw/DTRAP/index.htm　瀏覽日
　　　期：2015年9月25日

〈督憲贈金城隍廟〉　《臺灣日日新報》夕刊4版　1926年12月21日

〈稟請汽車減成〉　《臺灣日日新報》日刊4版　1916年8月7日

〈維基・居庸關都城隍廟〉　https://zh.wikipedia.org/wiki/%E5%B1%85%E5%
　　　BA%B8%E5%85%B3%E9%83%BD%E5%9F%8E%E9%9A%8D%E5%
　　　%BA%99　瀏覽日期：2015年9月25日

〈廟宇基本金〉　《臺灣日日新報》日刊3版　1911年4月8日

〈錦を飾て歸臺する謝介石氏の神祕的出世物語新竹城隍廟のお籤に 大吉
　　　「弘宣新運」の四字お告げ通り滿洲國現出して今日の幸運 皇帝
　　　御染筆の「正直聰明」の立額を賜はる〉　《臺灣日日新報》夕刊
　　　2版　1934年11月30日

〈斷髮大會〉　《臺灣日日新報》日刊6版　1915年6月12日

〈蘭邑都城隍〉照片　http://photo.pchome.com.tw/jongchin/019/　瀏覽日期：
　　　2015年9月25日

《水竹居主人日記》　1928年7月31日　http://taco.ith.sinica.edu.tw/tdk/%E6%
　　　B0%B4%E7%AB%B9%E5%B1%85%E4%B8%BB%E4%BA%BAE6
　　　%97%A5%E8%A8%98/1928-07-31?w=%E9%83%BD%E5%9F%8E%

E9%9A%8D&p=%E9%83%BD+%E5%9F%8E+%E9%9A%8D　瀏覽
日期：2015年9月25日

《黃旺成先生日記（六）》　1917年1月29日　http://taco.ith.sinica.edu.tw/tdk/%
E9%BB%83%E6%97%BA%E6%88%90%E5%85%88%E7%94%9F%
E6%97%A5%E8%A8%98/1923-02-17?w=%E9%BB%83%E6%97%B
A%E6%88%90+%E6%96%B0%E7%AB%B9+%E5%9F%8E%E9%9
A%8D&p=%E9%BB%83+%E6%97%BA+%E6%88%90+%E6%96%
B0+%E7%AB%B9+%E5%9F%8E+%E9%9A%8D　瀏覽日期：2015
年9月25日

《維基百科》「城隍」詞條　https://zh.wikipedia.org/wiki/%E5%9F%8E%E9%
9A%8D　瀏覽日期：2015年9月2日5

山根勇藏　《臺灣民族性百談》　台北市　南天書局　1995年（1930）

片岡巖著　陳金田譯　《臺灣風俗誌》　臺北市　眾文圖書公司　1990年
（1921）

王浩正　〈「都城隍」、「府城隍」誰大？應該探究〉　《人間福報》　2007年
8月23日　http://www.merit-times.com.tw/NewsPage.aspx?unid=58567
瀏覽日期：2015年9月25日

宋光宇　《城隍老爺出巡——臺北市、大稻埕與霞海城隍廟會一百二十年的
旋盪（1879-2000）》　新北市　花木蘭出版社　2013年

紀宏諭　〈寺廟與地方大眾生活——以新竹都城隍廟為例〉　臺中市　逢甲
大學中國文學系碩士論文　2013年

翁聖峰　〈大溪《革新》與「Kenko」的重層現代性鏡像〉　許素蘭編
《洄溯與再生——臺灣文學史料集刊・第六輯》　臺南市　國立臺
灣文學館　2016年　頁1-24

翁聖峰　〈日治時期臺灣孔教宗教辨——以臺灣文社及崇文社為論述中心〉
殷善培編　《文學視域》　臺北市　臺灣學生書局　2009年

高振宏　〈日治時期大稻埕霞海城隍祭典的組織與審查制度研究〉　《民俗
曲藝》第186期　2014年12月

張德南　〈新竹都城隍信仰的研究〉　張德南、李乾朗等　《新竹市都城隍廟建築藝術與歷史》）　新竹市　新竹市立文化中心　1998年

張德南　《新竹區域社會研究》　新竹市　新竹市文化局　2010年

張麗俊　《水竹居主人日記》　1932年9月15日　http://taco.ith.sinica.edu.tw/tdk/%E6%B0%B4%E7%AB%B9%E5%B1%85%E4%B8%BB%E4%BA%BA%E6%97%A5%E8%A8%98/1932-09-15?w=%E6%96%B0%E7%AB%B9+%E5%9F%8E%E9%9A%8D&p=%E6%96%B0+%E7%AB%B9+%E5%9F%8E+%E9%9A%8D　2015年9月30日瀏覽

陳道南　〈基隆竹枝詞（一）〉十首　《詩報》239號　頁45　1941年1月1日

陳熙遠　〈「宗教」──一個中國近代文化史上的關鍵詞〉　《新史學》第13卷第4期　2002年12月

黃柏芸　《台灣的城隍廟》　新北市　遠足文化公司　2006年

黃運喜　〈從文化行銷觀點看新竹都城隍廟「城隍祭」活動〉　《宗教哲學》第52期　2010年6月

黃運喜　〈新竹都城隍廟沿革〉　未刊稿

鈴木清一郎著　馮作民譯　《增訂臺灣舊慣習俗信仰》　臺北市　眾文圖書公司　1989年（1934）

劉邦師　〈城隍不在大小　在祭拜虔誠〉　http://blog.udn.com/dk1858camry/1189025　瀏覽日期：2015年9月25日

增田福太郎著　古亭書屋譯　《臺灣漢民族的司法神──城隍信仰的體系》　臺北市　古亭書屋　1999年（1942）

增田福太郎著　江燦騰主編　黃有興譯　《臺灣宗教信仰》　臺北市　東大圖書公司　2005年（1939）

鄭耕亞　〈「台灣發展史與新竹都城隍廟」後記〉　原1998年9月4日（2005年12月6日校正）　http://www.weiling.org.tw/xArticle/FilesUpload/%E3%80%8C%E5%8F%B0%E7%81%A3%E7%99%BC%E5%B1%95%E5%8F%B2%E8%88%87%E6%96%B0%E7%AB%B9%E9%83%BD%E5%9F%8E%E9%9A%8D%E5%BB%9F%E3%80%8D%E5%BE%8C%E8%A8%98.pdf

鄭耕亞　〈新竹都城隍廟・歷史沿革5〉　1998年4月27日　http://weiling.org.
　　　　tw/xContents/MainMenuBelief01.aspx

閻亞寧　《新竹市志》　新竹市　新竹市政府　1996年　〈卷一〉　〈土地
　　　　志〉　〈第六篇名勝古蹟〉

臨時臺灣舊慣調查會編　《臺灣私法（二卷上）》　臺北市　臨時臺灣舊慣
　　　　調查會　1911年

謝貴文　〈論清代臺灣的城隍信仰〉　《高應科大人文社會科學學報》第8
　　　　卷第1期　2011年7月

日治時期蘇維熊文藝思想的歷史考察
——以〈自然文學〉為中心

嶋田聰[*]

摘要

　　本論文以新竹籍文學家蘇維熊（1908-1968）在日治時代建構出提倡「自然文學」這個文藝思想的歷史考察為主軸。

　　首先細讀蘇維熊在學東京帝國大學英國文學科時代的畢業論文〈Nature in Thomas Hardy（トーマス・ハアディに於ける自然）〉以及發表於《福爾摩莎》雜誌第二號上的〈自然文學的將來〉，分析作者表現於其中的主張。並探究蘇維熊所謂的「自然文學」所指為何，以及他著眼於此的動機，同時將探討自然文學在文學史上的意義。

　　本論文中亦敘述「自然文學」的提倡促進了臺灣近代「風景」的發現，同時試圖尋找這與蘇維熊作為理論上靈魂人物的臺灣藝術研究會，其思想與活動主題的關聯性。另外也在關注當時臺灣知識青年的民族主義思考模式之際，試圖對於蘇維熊的文藝思想如何形成，以及對當時文壇的影響作一綜合性的探討。

關鍵詞： 蘇維熊、日治時代、自然文學、民族主義

---

[*]　日本長野大學講師。

一 前言

臺灣自一九三〇年至一九三七年中日戰爭爆發為止,可說是一個新文學的興盛時期。在這個時期首先出現了一場一般稱為「鄉土文學論爭」,以文學表記文字應該使用中國白話文或是臺灣話文為主軸的爭論。在爭論之中有數個文學團體應運而生,也陸續創辦了許多文學雜誌。若以臺灣人[1]國族主義觀點來看,在此之前的一九二〇年代,作為反殖民運動一環的新文學運動,就如中國白話文普及運動一般,是試圖與同時代中國尋求聯繫,以「中華」國族主義為主體。但到了一九三〇年代則逐漸轉變為與過去有所不同,以「臺灣」這個區域作為國家意識認同範圍的新觀念。

其中在一九三三年,一群在東京的臺灣留學生成立了「臺灣藝術研究會」,並創辦文藝雜誌《福爾摩莎》。這部雜誌具劃時代意義之處,在於除了一部分詩作之外,幾乎完全為日文作品。也就是臺灣文化在日本殖民統治之下「日本化」的象徵之一。但如前所述,當時也是以「臺灣」一島為範疇的國族主義開始萌芽的時期,其產生機制必須從與當時時代背景的關係中來詳加分析。

本文著眼於「日本化」與形成「臺灣國族主義」意識的關係,並從《福爾摩莎》在其中扮演的角色來思考。尤其是曾為臺灣藝術研究會領頭羊的蘇維熊(1908-1968)的文藝思想,成為《福爾摩莎》的理論中心這一點,有詳加探究的必要。

本文首先探討蘇維熊在東京大學英文系所提出的畢業論文〈Nature in Thomas Hardy(湯瑪士・哈代心目中的自然)〉內容,從其中發現了蘇維熊的一個文學理想:自然文學。同時探討「自然文學」如何與他的臺灣想像產生關聯,同時思考《福爾摩莎》創辦的主要訴求。也將同時探討在當時臺灣處於逐漸強化的「皇民化」這種同化於日本人的壓力之下,《福爾摩莎》的

---

[1] 此處的「臺灣人」係指當時居住於臺灣的所有漢人與原住民。為與代表統治勢力的在臺日本人明確區別,故在本文以「臺灣人」稱之。

會員們在「臺灣」國族主義形成時，藉由「自然文學」所形成的臺灣想像扮演了什麼樣的角色。

二　蘇維熊的自然主義

（一）蘇維熊本人簡歷

蘇維熊於一九〇八年誕生在臺灣新竹，蘇家為當地望族，渡臺之前的原籍為中國福建省泉州府同安縣田頭紅塘鄉，維熊為來臺第六代。[2]一九二四年入臺北第一中學，一九二八年升學至臺北高等學校，然後於一九三一年考上東京帝國大學，專攻英國文學。這樣的學歷在當時的臺籍青年來說，可說已攀上了金字塔頂端。

負笈日本後的蘇維熊心中萌發了屬於臺灣人的國家認同，於是在原屬日本無產階級文化聯盟（KOPF）下游組織的臺灣文化社團改組為「臺灣藝術研究會」時，便加入該會並被任命為會長。蘇維熊在東京帝大英文系中，也在當時被稱為「日本英國文學研究之神」的齋藤勇教授指導之下，撰寫論文〈Nature in Thomas Hardy（湯瑪士・哈代心目中的自然）〉而畢業，成為東京帝大第三百三十二位畢業生。[3]東京帝大在學時期亦有數篇以「自然文學」或臺灣歌謠為題的評論或詩作發表於《福爾摩莎》或《臺灣文藝》。

大學畢業後，他雖然取得中學英文教師資格，但由於被日本當局視為民族主義者加以盯梢而無法任教。一九三七年至一九四六年間只好在張東隆商事株式會社任職。戰後才終於如願以償，成為臺北帝國大學改組而成的臺大

2　參照蘇世昌、蘇明陽：〈新竹蘆竹湳莊蘇氏家族二百年奮鬥史〉，蘇明陽、李文卿編：《蘇維熊文集》（台北市：國立臺灣大學出版中心，2010年，《臺灣文學與文化研究叢書》文獻篇3），頁269-291。以下除部分注釋外皆參照此文。

3　參照蘇維熊：〈Nature in Thomas Hardy（トーマス・ハァディに於ける自然）〉，蘇明陽、李文卿編：《蘇維熊文集》（台北市：國立臺灣大學出版中心，2010年，《臺灣文學與文化研究叢書》文獻篇3），頁317。

外文系教授。一九五二年赴美國明尼蘇達大學繼續深化他的研究。在臺大主要講授英詩與莎士比亞作品，其研究尤以詩的韻律見長。也是臺灣現代詩代表刊物《笠》的會員之一。一九六八年三月病逝，享年六十歲。

（二）湯瑪士・哈代與「自然文學」

那麼，接下來將考察蘇維熊一九三〇年代的文藝思想。

蘇維熊在發表於《福爾摩莎》第二號的評論〈自然文學的將來〉之中，對於文藝之中的「自然」提出了他的解釋。首先在序論之中提出廣義的「自然」指的是「所有宇宙萬物」，因此人類充其量只是「自然的一部分」。[4] 但一般而言「如果沒有人類的出現恐怕不會存在」的「人工事物」通常被排除於「自然」之外。其中參照美國思想家愛默生（Ralph Waldo Emerson）的說法：「『自然』一般而言，是指未經人為因素改變的本質。例如空氣、空間、河川、樹葉等。而「人工」則是指以上事物當中加入了人為操作的狀態」。而關於「文藝之中出現的自然」則分為「狹義的自然」與「廣義的自然」說明如下：

> 狹義的自然係指人類以外的一切外界事物，而以人為中心加以鑑賞或解釋時的自然樣貌。而廣義的自然則是指撤除人類與自然的界線，使人類與自然渾融成為一體。自然與人類的靈魂合而為一，呈現物心一體的心境，正是東方人欣賞自然的態度。也就是廣義的自然。與其相反的是，西方人到十九世紀為止都無法像我們這樣親近自然，以為自然與人類截然不同。西方接觸自然的精髓，是在威廉・華茲華斯（William Wordsworth）之後的事。[5]

4　蘇維熊：〈自然文学の将来〉，《フォルモサ》第2号（1933年12月），頁20。

5　蘇維熊：〈自然文学の将来〉，《フォルモサ》第2号（1933年12月），頁21。

　　從以上看來，大致可以窺知蘇維熊所提倡「自然文學」的輪廓。過去的
「自然主義文學」一般是指在一九世紀後半，由法國的左拉（Emile Zola）
所提倡的「將現實的真相以科學方式照實描寫的主義。換言之，就是基於
『現實』即『真』即『自然』的文學」。[6] 也就是以科學觀察的眼光來描寫人
類與人類社會所發生一切事物的文學。而蘇維熊的「自然文學」卻不是這種
以某種意義上奠基於極端唯物主義的「自然主義文學」，而是作者主動地
「接近自然」，以「自然與人類的靈魂合而為一」與「接觸自然的精髓」為
目的的文學。也就是以人類如何愛好自己身邊的自然，並如何與自然互相調
和為中心。因此，以朝向自然這一點而言雖然也可以稱為「自然主義」，但
內涵卻與左拉的「自然主義」大不相同。也就是說，「自然主藝文學」只是
「自然文學」當中一個極端的例子而已。至少蘇維熊所主張的「自然主
義」，所指的是作為廣義「自然主義」的「自然文學」。

　　「自然文學」這個領域當然不是由蘇維熊獨創的。在此之前不久就已經
出現於日本文藝評論界，而蘇維熊將其運用在自己的文學研究方法之中。例
如法國文學者吉江喬松（孤雁）所著的《自然文學講話》中，便將盧梭
（Jean-Jacques Rousseau）定位為「近代自然文學之父」、「近代自然詩人始
祖」，並介紹如下：

　　　　他生於山明水秀的瑞士日內瓦湖畔，並在那附近渡過年少時期，在經
　　　　過一些痛苦的經驗後決定出外流浪。何謂出外流浪呢？那就是自然強
　　　　力的誘惑，使得人類已然忘卻，且沉睡著的自然力量覺醒了。人類為
　　　　了與自然接觸，才使堅強的生命力覺醒。人類在生命的某個時刻，一
　　　　定至少會有一次感受到自然的引誘，使得身體想要出去流浪的時候。
　　　　（中略）這樣的流浪過程對於敞開盧梭的「心眼」有非常大的幫助。[7]

6　廚川白村：〈近代文學十講〉，《廚川白村全集》第1卷（東京：改造社，1929年），頁
　　226。
7　吉江孤雁：《自然文学講話》文芸及思想講習叢書（東京：松陽堂，1925年），頁39-40。

　　如此先觀察文學家出生的自然環境所給予的影響，再從他往後人生過程中與自然的交互作用中來思考他的自我發展，是確立「自然文學」研究的方法之一。因此蘇維熊在東京帝大畢業論文「Nature in Thomas Hardy（湯瑪士‧哈代心目中的自然）」的第一章「威塞克斯與哈代」（Wessex and Hardy）以下面這段作為開頭。

　　　　哈代的祖先在威塞克斯附近生活了好幾個世紀，他們長年以來與當地
　　　　自然的結合，累積了足以孕育偉大自然派詩人的基因。他充分繼承了
　　　　父親這方血統中的音樂品味與對自然的愛，因此他能夠在作品中表現
　　　　出許多的愛與美。[8]

　　蘇維熊試圖將湯瑪士‧哈代這位「自然派詩人」（nature-poet）的誕生，歸於包括「遺傳」，以及與周圍自然環境的密切關係之中。而蘇維熊接著更進一步，將哈代對自然的愛與他對鄉土的熱愛相提並論。

　　　　他（引用者注：指哈代）熱愛自然，也喜愛威塞克斯人淳樸的生活。
　　　　所以帶著同情心仔細研究，最後將他自身的觀察與暝想結果誠實地表
　　　　現出來。因此讀者可以信賴他所寫的作品。[9]

8　蘇維熊：〈Nature in Thomas Hardy（トーマス‧ハァディに於ける自然）〉，蘇明陽、李
　　文卿編：《蘇維熊文集》（台北市：國立臺灣大學出版中心，2010年，《臺灣文學與文化
　　研究叢書》文獻篇3），頁294-295。譯文皆為筆者自譯。以下同。原文如下：「Hardy's
　　forefathers had lived in or near Wessex for centuries, and their age-long associations with
　　nature and folk there had given him full hereditary preparations to be a great nature-poet. The
　　musical taste and love of nature on his paternal lineage had been inherited to Hardy
　　abundantly to be represented later in his works with much love and beauty.」

9　蘇維熊：〈Nature in Thomas Hardy（トーマス‧ハァディに於ける自然）〉，蘇明陽、李
　　文卿編：《蘇維熊文集》（台北市：國立臺灣大學出版中心，2010年，《臺灣文學與文化
　　研究叢書》文獻篇3），頁295。原文如下：「He loved the nature and the simple,
　　unsophisticated life of the habitants in Wessex; studied them with sympathetic carefulness;
　　and lastly represented his observations and meditations with sincerity. So readers can rely
　　upon his writings.」

當這樣的「愛」與「同情」，以及讀者對作者的「信賴」，與那塊土地的
「自然」結合時，就很容易從中發現近代文學中國族主義的萌芽。因為
「『自然』總是有一些我們所無法選擇的事物」。而「在那種情感周圍，都不
是被挑選出來的事物，因此才會像是無私無慾的神光照耀」。[10]也就是說，
蘇維熊試圖為哈代所形塑的形象，就能夠是一個具有熱烈鄉土愛的「國民」
詩人。

蘇維熊的畢業論文中，通篇都將當時英國的另一位自然派詩人──威
廉・華茲華斯（William Wordsworth）作為比較對象。這樣的比較並非僅有
將兩人相提並論，比較他們詩作的特徵，也與他們活躍時代的差異有關。因
為哈代（1840-1928）的時代比華茲華斯（1770-1850）要晚了半世紀以上。

例如蘇維熊在討論華茲華斯的詩時，便如此形容：「充分地融合在自然
的優美旋律中，他（引用者注：指華茲華斯）深信在這些旋律之間有一個和
聲」[11]，並指出以下特徵：

> 相對於華茲華斯是在自然的優美旋律中聽到神的指引，哈代則是在野
> 性的自然呼喊聲中獲得啟發。鳥兒們對哈代所吟唱的，與其說是喜
> 悅，不如說是傾訴著活在這個世界上的不平與不滿。[12]

---

10 ベネディクト・アンダーソン（班乃迪克・安德森）著，白石さや、白石隆譯：《增補
  想像の共同体──ナショナリズムの起源と流行》（東京：NTT 出版，1997年），頁
  236。

11 蘇維熊：〈Nature in Thomas Hardy（トーマス・ハァディに於ける自然）〉，蘇明陽、李
  文卿編：《蘇維熊文集》（台北市：國立臺灣大學出版中心，2010年，《臺灣文學與文化
  研究叢書》文獻篇3），頁296。原文為「rich in the associations of sweet sounds of nature;
  and he believed that there were harmonies between them」

12 蘇維熊：〈Nature in Thomas Hardy（トーマス・ハァディに於ける自然）〉，蘇明陽、李
  文卿編：《蘇維熊文集》（台北市：國立臺灣大學出版中心，2010年，《臺灣文學與文化
  研究叢書》文獻篇3），頁296。原文如下。「While Wordsworth heard the teaching of God
  in sweet voice of nature, Hardy was rather attracted by the shouts and roars of wild nature.
  Birds sang to Hardy more plaintive complaints of life rather than gladness.」

蘇維熊表示，哈代詩中所描寫的這種自然「帶有陰鬱或荒涼的表情」（gloomy or wild aspects），許多都起因於哈代自身的苦惱。例如蘇維熊如此形容哈代的第一本詩集《威塞克斯詩集》：

> 二十五、六歲時的哈代陷入了極度的懷疑與絕望，執著地追問著自己的人生卻無法找到答案。且在理性與感情的矛盾中痛苦掙扎著。而《威塞克斯詩集》是最忠實表現他這種心理狀態的作品。[13]

哈代心中那種「懷疑」與「絕望」，似乎在某種程度上是當時英國知識份子之間的共同心境。伊藤桂子如此形容當時的歷史背景：

> 產業革命雖帶來物質上的繁榮，但如達爾文或萊爾所提倡的自然科學新理論，都使維多利亞王朝子民開始對傳統基督教的世界觀抱持疑問，對他們造成足以大幅衝擊其價值觀的深遠影響。（中略）他們所經歷精神上的苦戰，尤其是知識分子的苦戰，是令我們難以想像的。[14]

而伊藤又將哈代的小說《歸鄉》（*The Return of the Native*）之中所寫到的「艾格頓希斯」（Egdon Heath）這個一望無際的荒野上昏暗而寂寥的風景形容為「有如那個時代知識界的風景」。[15]

---

13 蘇維熊：〈Nature in Thomas Hardy（トーマス・ハァディに於ける自然）〉，蘇明陽、李文卿編：《蘇維熊文集》（台北市：國立臺灣大學出版中心，2010年，《臺灣文學與文化研究叢書》文獻篇3），頁310。原文如下。「Hardy of twenty five or six years of age was in his extreme doubts and despairs, being unable to answer to his own obstinate questions of life; and suffered miserably between the contradiction of Reason and Emotion. "Wessex Poems" shows most faithfully that state of mind.」

14 伊藤桂子：《トマス・ハーディと風景—六大小説を読む—》（大阪：大阪教育図書，2015年），頁61。

15 伊藤桂子：《トマス・ハーディと風景—六大小説を読む—》（大阪：大阪教育図書，2015年），頁62。

在近代這個「被時代所迫」的「精神上的苦戰」，不僅發生在現代的英國，在世界上許多邁向近代化的社會中，都可以普遍化成為一種「現代人的煩惱」。[16]關於此點，蘇維熊在先前引用的〈自然文學的將來〉中論述如下：

> 現代人已經不像古人那樣認定神的存在了。對身在這種苦難之中的人類而言，一向不管人間事而冷酷無情的宇宙意志這種思想，不是更容易為人接受嗎？哈代主要是掌握了現代青年的這種思想，再做有系統的歸納。[17]

也就是說，哈代所抱持的這種自然觀才是「現代青年」所感到親切的，從此亦可看出哈代文學中的「誠實」與「寫實味」。而收錄於第二本詩集《過去與現在的詩》（*Poems of the Past and the Present*）的作品〈月蝕之時〉（*At a Lunar Eclipse*），蘇維熊對於哈代積極在自己的詩作中融入天文學知識給予高度評價。

因此，蘇維熊在「自然文學」這個領域特別提及哈代最重要的原因，想必在於哈代的文學中蘊藏著最能與活在「現在」的自己產生共鳴的思想。綜合前面所討論的，作者以熱烈的鄉土愛與「知性的風景」所構成的思想現代性，或許才是蘇維熊從哈代的「自然文學」中所發現當時現代文學中某種理想的表現方式。

三 《福爾摩莎》創刊與「臺灣」國族主義

（一）《福爾摩莎》的創刊經過與文學史上的意義

接下來將簡述蘇維熊曾擔任負責人的臺灣藝術研究會及其刊物《福爾摩

---

16 例如蘇維熊在〈自然文學的將來〉之中所提及的廚川白村在〈苦悶的象徵〉中，便認為這可以普遍化為現代人共通的煩惱。

17 蘇維熊，〈自然文学の将来〉，《フォルモサ》第2号（1933年12月），頁29。

莎》的概況。[18]

　　臺灣藝術研究會的前身是「東京臺灣文化社」，於一九三二年三月在日本無產階級文化聯盟（KOPF）指導下在東京成立，是一個以臺灣留學生為主的文化社團。最早的成員有王白淵、吳坤煌、林兌、張文環等。當時他們所發行的《新聞》創刊號中所刊登的〈將我們的文化社團擴大〉這篇報導有以下內容：

> 　　我們的文化社團由一群對各種文藝（文學、美術、電影、音樂、演劇）抱有興趣，並關注臺灣文化問題的東京臺灣青年所組成。因此對文藝有興趣的臺灣青年，都應該陸續來參加我們的社團。（中略）我們甚至希望在臺灣促進與協助正當的無產階級文化組織發展。請在東京的臺灣留學生踴躍加入本社，使我們的文化社團更加茁壯。[19]（加底線強調：引用者）

　　在此首先要注意的是加底線強調的「左翼組織認同意識」部分。由於他們是一個具有此種認同意識的非合法組織，故「東京臺灣文化社」經常受到警察監視。

　　另外值得注意的是，鼓勵加入的對象為「在東京的臺灣留學生」。關於「在東京」這部分，在未引用之處有提及來自「其他地方」的留學生亦可，尚不致造成問題。但將對象定在「青年」與「學生」，則是值得矚目的特徵之一。因為若有不同世代加入，經常容易造成思想的差異，如果一個團體的成員世代比較一致，較容易掌握這個團體的思想性格。關於此點容後再論。

　　而此後「東京臺灣文化社」才成立半年，便有數名成員遭到逮捕，恐遭

18　關於《福爾摩莎》的創刊過程，大多引自下村作次郎：〈台湾芸術研究会の結成─『フォルモサ』の創刊まで─〉，《左連研究》第5輯（1999年10月），頁31-46之研究，特此標注。

19　轉引自下村作次郎：〈台湾芸術研究会の結成─『フォルモサ』の創刊まで─〉，《左連研究》第5輯（1999年10月），頁33。

當局「摧毀」。雖然此後準備重整旗鼓，但在重建的過程中成員之間產生了嚴重的意見衝突。其衝突源自於主張應堅持左翼團體非合法路線的魏上春、柯賢湖、吳鴻秋等人，和為使其他留學生易於加入，主張採取「暫定方針」轉向合法化路線的吳坤煌、張文環等人之間的意見對立。

關於重整的會談，在一九三二年十一月便舉行四次之多，但每次的與會名單中都不見蘇維熊的名字。蘇維熊的名字首次出現在該團體中，是在次年三月臺灣藝術研究會的成立大會上。當時蘇維熊被任命為該會「會長」。而同年五月的《福爾摩莎》發行會議上選舉編輯委員時，選出了編輯部長蘇維熊，編輯部員張文環，會計為施學習與吳坤煌。從蘇維熊以外的成員便可得知，在先前的路線爭執之中，已經完全由合法化路線獲勝。在此之中，蘇維熊突然成為團體的主導者。這意味著至少在臺灣藝術研究會的成員之間，蘇維熊的思想較偏向合法。

其實蘇維熊的思想，就如先前所分析的一般，與當時的左翼思想無關，較為偏向自由主義。而如先前所略為觸及的，關於思想的「轉向」仍與世代問題有關。

從核心成員的出生年份來看，蘇維熊、翁鬧為一九〇八年，張文環、吳坤煌、吳天賞、曾石火、吳希聖為一九〇九年，施學習為一九〇六年，楊基振為一九一一年，巫永福為一九一三年。除了施學習之外都生於一九一〇年前後，與原先的中心人物如一九〇二年生的王白淵有明顯的世代差異。另外，在《福爾摩莎》創刊號特別投稿的楊行東[20]也生於一九〇九年。這個世代的特色簡而言之，就是日語流利，且擅長於人文科學，在文學或學問上具有藉由政治或社會運動，追求某種程度上獨立追求自身專門性的傾向。因此「東京臺灣文化社」轉為臺灣藝術研究會這種思想上的「轉向」，可說是包括新成員在內的一種臺灣文藝界的世代交替。因此從文學史上觀之，《福爾摩莎》的創刊深具意義。

---

20 長年以來，關於楊行東的生平一直不明。在調查之後得知為楊杏庭的筆名之一。詳細請參照柳書琴：《荊棘之道：旅日青年的文學活動與文化抗爭》（台北市：聯經出版事業公司，2009年，臺灣研究叢刊），頁269。

當然，一九一〇年前後出生的文學家，從蘇維熊和張文環的例子來看，常具有民族主義思想。但並不以政治運動或社會運動表現，而大多發揮於文學這個自身的專門領域中。本文中所討論的蘇維熊「自然主義」亦必須作此解釋。往後的臺灣文壇也繼承了這個創造「合法」而具「民族主義」性格的《福爾摩莎》的路線。

（二）蘇維熊的臺灣想像與殖民地青年心目中的「自由」

至此已經從多種觀點，思考提倡「自然文學」的意義。在此將進一步探討關於蘇維熊的「臺灣」國族主義，與當時以《福爾摩莎》為中心，臺灣青年心目中的「自由」。

如第一章第二節所觸及，「自然」具有「無法選擇」的一面，且自然本身是崇高的。因此從「自然」之中探尋民族的全貌時，這樣的連結就會變成一種崇高的國族主義，也可說較易引起群眾共鳴。

而「自然」是不變的。因此這種不變的性質將與許多事物產生關聯。例如先前從蘇維熊的博士論文「Nature in Thomas Hardy（湯瑪士・哈代心目中的自然）」之中，蘇維熊在文中針對年齡差距達半世紀以上的哈代與華茲華斯，同樣以「自然派詩人」這個特色加以比較。那麼問題只在於兩人如何面對「自然」，並如何表現自然。其中所發現的只是兩人在表現方式上呈現的「個性」與思想上的「時代性」，而不是對兩人所面對的「自然」本身的差異有所疑問。如前所述的吉江孤雁《自然文學講話》之中，也將古代雅典與羅馬、近代歐美，以及日本從《萬葉集》到國木田獨步為止，所有描寫「自然」的文學作品放在同一書中討論。當然，「自然」所呈現的表情因時、因地有所不同，但從未質疑「自然」這個概念本身，本書還是成為一本完整的文學史。

甚至如本文再三引用的蘇維熊〈自然文學的將來〉中，也同樣採納了「自然」這個不變的概念，而自由自在地穿梭在印度、中國、日本與英國之間比較、檢視古往今來的「自然文學」。而一般來說在這樣的思維模式所下

的結論，就是歸納出一位作家的「個性」，以及某個特定民族的「民族性」，
例如蘇維熊對「日本民族」的形容如下：

> 日本民族的自然觀當然是東方式的，不過，那應該是他們傳統的自然
> 觀，加上深受佛教思想和中國文學深度的影響而來的。日本文學中的
> 自然描寫，無論所描寫的是自然的光明面或陰暗面，可以說都沒什麼
> 了不起的作品。只是他們真的能巧妙感受到細微的自然之美，然後寫
> 出令人愛不釋手的珠玉之作。但一般而言，他們的鑑賞態度太多愁善
> 感。[21]

　　蘇維熊首先討論日本人自然觀的概略，然後提及日本文學中自然描寫的
特徵。就如「他們的鑑賞態度太多愁善感」這一句，形容了日本人在美感上
的特有態度。

　　而關於印度人「生的理想」則論述如下：

> 印度人之所以有靜觀冥想的思想傾向，原因之一就是拜森林所賜。他
> 們認為，讓小我的魂魄和宇宙的大魂彼此接觸，相互擁抱，藉此進入
> 物我合一的妙境，這就是「生」的理想。[22]

　　能夠作「國民性」的比較與檢討，是因為在「自然文學」的範疇之中，
來考察各民族如何以他們的「自然觀」來面對「自然」這個不變的存在為基
礎。而從「自然觀」到「國民性」，只需進一步思考即可更深入探討。

　　文學研究中這個「自然文學」的方法論，在蘇維熊心目中最為重要的臺
灣文學之中可說發揮到淋漓盡致。但內容中批判臺灣人來自「漢民族」的
「文化遺傳」所佔的篇幅比論證臺灣人的「自然觀」要多。就讓我們實際從
蘇維熊發表於《福爾摩莎》創刊號的〈試論臺灣歌謠〉來看。

21　蘇維熊：〈自然文学の将来〉，《フォルモサ》第2号（1933年12月），頁24。
22　蘇維熊：〈自然文学の将来〉，《フォルモサ》第2号（1933年12月），頁24。

蘇維熊首先如此提及他寫作這篇文章的動機。

> 藝術文學和人生本來就不能分割。因為藝術文學反映出人生，也表現
> 了人生的欲求。為了改善臺灣人的生活，當務之急就是要先知道自己
> 的缺點和錯誤，然後才能改善。因此，我想在本文中探討臺灣歌謠與
> 世態風俗之間的關係；換句話說，就是調查臺灣歌謠中所顯現的，特
> 別醜惡而需要改善的臺灣人的世態風俗等等。我將會毫不客氣地揭露
> 我們自己的缺點。[23]（加底線強調：引用者）

如加底線強調的部分所述，在蘇維熊陳述他撰寫這篇論文的動機時，也同時發表了他的「自然主義」宣言。如本文第一章第二節所述，「自然主義」文學是「自然文學」達到極端的結果。從底線強調的部分，也加入了作者的主觀看法認為「醜惡而需要改善的」，以及「揭露我們自己的缺點」表現作者的主體性。這將會損及敘述的客觀性。即便如此，蘇維熊還是主張藉由文學來改良臺灣社會，在此可見到蘇維熊屬於民族主義文學家（而不僅是學者）的一面。

該文中將臺灣民間歌謠[24]一篇一篇舉出來，以蘇維熊自身對臺灣及「漢民族」風俗習慣所具有的知識來進行解說，藉此展開論述。在其內容中指出了「拜金主義」和「不團結的個人主義」，以及對「科舉制度」和「吸食鴉片」的批判。更有「大家庭制度將嚴重妨礙男子的獨立性」的論述，以及對「漢民族」特有「天命思想」的解說。但因篇幅關係在此不針對每個例子一一詳述。但與本文中所探討的蘇維熊「自然文學」的關係，接下來想特別探討「中國與臺灣大家庭制度的產生」這一點。首先，蘇維熊的解釋是為了「他們自行保護政府、官員所無法保障的生命、財產安全」，在「另有其他原因」部分則敘述如下：

---

23 蘇維熊：〈台湾歌謠に対する一試論〉，《フォルモサ》創刊号（1933年7月），頁3。

24 關於民間歌謠的收集並非蘇維熊所親自蒐集，表示「皆委託他人蒐集而來」。參照蘇維
　　熊：〈台湾歌謠に対する一試論〉，《フォルモサ》創刊号（1933年7月），頁3。

漢民族自古以來都把農業當成民族的傳統職業，農業的性質讓從事農業的人安定下來，讓人民以家族為中心的小集團形成一個單位，散居各地。農民並沒有游牧民族那種在空間上統一世界的空想；相反的，他們追求代代相傳這種時間上的統一，想要把他們的財產與土地確實地遺留給後代，他們愛好和平，性格非常保守。[25]

也就是將思考「漢民族」的「國民性」（民族性）的出發點放在與「自然」相關的「農業」，藉由與同樣和「自然」共處的「遊牧民族」相比較，來突顯漢民族的特色。而先前所論述至今以「自然文學」來分析的手法也在此有所發揮。因此，對蘇維熊而言「自然」的定義，也許可說是他文學研究的第一個出發點。

最後再回到本節一開始所討論的，對於具民族主義色彩的「自然文學」研究者蘇維熊而言，「祖國」臺灣的「自然」，是他投入所有國族情感的崇高對象。也就是說，藉由在建設臺灣文壇時提倡「自然文學」，就有使屬於這個崇高的祖國——臺灣的「風景」應運而生的可能性。〈試論臺灣歌謠〉結尾部分一首看似蘇維熊自行創作的詩作，可以見到這種「風景」的一部分。

> 我們無法得知，
> 葡萄牙人稱我們「福爾摩莎」的真意何在。
> 但我們要將這裡建設成美麗的島嶼，
> 現在這島嶼並不美麗。[26]

大概的意思也就是說，我們無法得知葡萄牙人造訪時稱我們為「福爾摩莎」（美麗島）的真正意涵為何，因為現在並不是一個「美麗的島」。那麼我們就同心協力來建設一個美麗島嶼。另外，蘇維熊對臺灣的國族情感，在他所撰寫的《福爾摩莎》創刊號中的〈創刊詞〉中也表現得相當豐富。

---

25 蘇維熊：〈台湾歌謠に対する一試論〉，《フォルモサ》創刊号（1933年7月），頁5。
26 蘇維熊：〈台湾歌謠に対する一試論〉，《フォルモサ》創刊号（1933年7月），頁15。

> 各位臺灣青年！<u>為了使自己的生活更自由更豐富，我們青年必須親手發起臺灣的文藝運動。</u>過去無依無靠的同志，現在應該振作起來加入我們，大家互相合作，努力向前邁進。[27]（加底線強調：引用者）

　　從加底線強調的部分可見，「為了使自己的生活更豐富」，所以必須「親手發起臺灣的文藝運動」。這種主張應該是起因於《福爾摩莎》這部雜誌幾乎全書皆為日文作品，且會員幾乎都是住在「帝都」（東京）的臺灣留學生。簡而言之，這表示他們都處於日語的語言體系之下，並被日本的學術、文化體系所控制。為了暫時從這種日本的控制之中解放出來，只能以自己的文學表現來想像（並創造）臺灣。

　　再考量當時日本的社會狀況，當時青年的「自由」正漸漸被剝奪。一九三〇年代，從滿洲事變（1931年）起，到五一五事件（1932年）、二二六事件（1936年）等，軍事政變迭起。到了一九三七年中日戰爭爆發後又進入軍國主義時代，也就是以天皇為主權象徵的「國體思想」日漸強化的時代。因此在那個時代的日本，「『國體的精華』才是日本人共同的意識基礎，在這時候站在否定這個基礎，另作其他主張的立場幾乎不可能」。[28]關於此點，劉捷也表示：「東京文壇在法西斯主義的重壓之下萎靡不振，明顯具有隱遁傾向。心境小說開始流行，軍事或愛國的內容一枝獨秀」。[29]

　　在這種狀況下，在「合法」的條件下來「想像」（創造）臺灣，可能就像蘇維熊所述「使自己的生活更自由更豐富」。閱讀《福爾摩莎》雜誌時感受到的某種明朗風格，可能就是源自於這種「自由」。然後在背後支撐這種「自由」的，或許就是從蘇維熊的「自然文學」之中所開創出屬於「祖國」臺灣堅定不移的「風景」。

---

27 蘇維熊：〈創刊の辞〉，《フォルモサ》創刊号（1933年7月），頁1。

28 工藤豊：〈日本のナショナリズムの形成と特質　一九三〇年代の国体思想をめぐる動向を中心に〉，《1930年代・回帰か終焉か——現代性の根源に遡る》（東京：社会評論社，2007年），頁105。

29 劉捷：〈一九三三年の台湾文学界〉，《フォルモサ》第2号（1933年12月），頁31。

四 結語

本文主要從蘇維熊的「自然文學」出發，試圖探討臺籍青年的「國族主義」觀點。首先，為何蘇維熊對哈代評價如此之高，最主要的原因還是因為哈代終其一生深愛著他的故鄉——威塞克斯的「自然」。而蘇維熊也從中感受而轉化為對祖國臺灣那種「崇高」而「莊嚴」的國族情感。而另一個主要原因是哈代所活躍的時代，正處於十九世紀英國從傳統社會到現代社會的轉換期，因此獲得蘇維熊及其同時代文學青年的廣泛共鳴。尤其當時臺灣在日本的統治下，硬體方面日漸現代化，整個社會也面臨了亟需改變傳統價值觀的挑戰。在這樣的氣氛下，至少對蘇維熊而言，認為哈代的「自然文學」為當時的所有文學青年提供了一個值得效法的思想和表現形式典範。

接著關於《福爾摩莎》的發行宗旨，本文中以「合法而具民族主義色彩」與「殖民地青年的自由」為中心思考。從文學史上來看，臺灣的文學運動自《福爾摩莎》之後，開始脫離了政治與社會運動，而相當自律地獨自發展。雖然仍蘊含著強烈的民族主義，卻可說大致皆以合法的方式推動。這種轉換的契機就在於《福爾摩莎》，也是本文的發現之一。以及如本文最後所提到，接受日本化後反而獲得了「自由」。由蘇維熊等這批臺灣藝術研究會成員所開創的「自由」文學空間，後來也移植回臺灣本土，在一九三〇年代迅速發展，影響不僅及於臺籍作家，後來也包括在臺日本人作家。且成為這個立足於「民族性」，並考量未來「發展」空間的相對具有自由主義風采的文學運動開端，才是蘇維熊藉由「自然文學」方法論所發現「祖國」臺灣的「崇高」景色。

最後關於「自然文學」與文藝評論方面，經由此次的文獻調查，發現尤其在日本大正末期到昭和初期的比較文學領域中，以「自然文學」方法論進行探討者之多出乎預料。尤其在「國民性」的研究方面，首先藉由該民族的「自然觀」來思考其國民性，某種意義上在當時曾經成為一股風潮。這也許是受法國代表性的自然主義評論家丹納（Hippolyte Taine）的影響。關於此點希望未來能進一步探究。

參考書目

一　專書

ベネディクト・アンダーソン（班乃迪克・安德森）著　白石さや、白石隆
　　　　譯　《增補　想像の共同体——ナショナリズムの起源と流行》
　　　　東京　NTT 出版　1997年

伊藤桂子　《トマス・ハーディと風景—六大小説を読む—》　大阪　大阪
　　　　教育図書　2015年

吉江孤雁　《自然文学講話》　文芸及思想講習叢書　東京　松陽堂　1925
　　　　年

柳書琴　《荊棘之道：旅日青年的文學活動與文化抗爭》　臺灣研究叢刊
　　　　台北市　聯經　2009年

二　論文

下村作次郎　〈台湾芸術研究会の結成—『フォルモサ』の創刊まで—〉
　　　　《左連研究》第5輯　1999年10月　頁31-46

工藤豊　〈日本のナショナリズムの形成と特質　一九三〇年代の国体思想
　　　　をめぐる動向を中心に〉　《一九三〇年代・回帰か終焉か——現
　　　　代性の根源に遡る》　東京　社会評論社　2007年　頁95-121

厨川白村　〈近代文学十講〉　《厨川白村全集》第1巻　東京　改造社
　　　　1929年　頁3-459

厨川白村　〈苦悶の象徴〉　《厨川白村全集》第2巻　東京　改造社
　　　　1929年　頁135-236

劉捷　〈一九三三年の台湾文学界〉　《フォルモサ》第2号　1933年12
　　　　月　頁31-34

蘇世昌、蘇明陽　〈新竹蘆竹湳莊蘇氏家族二百年奮鬥史〉　蘇明陽、李文
　　　　卿編　《蘇維熊文集》　台北市　國立臺灣大學出版中心　2010年
　　　　臺灣文學與文化研究叢書　文獻篇3　頁269-291

蘇維熊　〈Nature in Thomas Hardy（トーマス・ハァディに於ける自然）〉
　　　　蘇明陽、李文卿編　《蘇維熊文集》　台北市　國立臺灣大學出版
　　　　中心　2010年　《臺灣文學與文化研究叢書》文獻篇3　頁292-317

蘇維熊　〈台湾歌謡に対する一試論〉　《フォルモサ》創刊号　1933年7
　　　　月　頁2-15

蘇維熊　〈自然文学の将来〉　《フォルモサ》第2号　1933年12月　頁20-
　　　　30

蘇維熊　〈創刊の辞〉　《フォルモサ》創刊号　1933年7月　頁1

失敗的潛能：關於釣運的文學反思

張重崗[*]

摘要

　　作為一個思想史事件，保釣運動的興起、衰落和延伸不斷產生精神上的能量，影響海內外華人對自我生存、社會狀況和世界局勢的理解。關於釣運的書寫，則是使得其精神價值延續不息的重要途徑。其中，保釣文學的出現引人關注，可謂這場運動的意外收穫，這些作品從不同角度呈現了釣運價值的諸多面向和內涵。張系國的《昨日之怒》以半自傳體小說的形式，抒寫釣運親歷者的感受和認知，對釣運之所以流產的原因進行了反思；平路的《玉米田之死》以現代主義式的思考，探究釣運人在日常生活中的生存困境，對其內心的夢想進行了追蹤呈現；劉大任的《浮游群落》、《遠方有風雷》和鄭鴻生的《青春之歌》在剖析六、七〇年代青年思想狀況的基礎上，對過去和現在進行了內在的聯接，在文學和精神層面展現了釣運的失敗在主體成長和歷史認知上所蘊藏的意涵，並開啟了關於第三世界左翼之路的持續思考。

關鍵詞：保釣運動、保釣文學、海外華人、台灣社會

---

* 中國社會科學院文學研究所臺港澳文學與文化研究室副主任。

一　前言

一九七〇年代初期，美國準備把琉球群島管理權（附帶釣魚島）轉交日本的消息，在海外華人留學生中激起了巨浪。短時間內，保衛釣魚島的呼聲響徹整個美國。挺身而出的華人留學生們，開始重新思考自己的處境和位置，並熱切地關注中國、東亞乃至世界的局勢和狀況。保釣運動，就像一場精神上的地震，在海外華人知識界引起的震盪遠非言辭可以形容，並且幾十年來仍不斷擴散，至今餘波未了。這一精神的浪潮，甚至當時就波及到台灣，推動了思想和社會的變革。

作為一個思想史事件，保釣運動的興起、衰落和延伸不斷產生精神上的能量，促使我們思考許多問題：保釣何以成為一場運動？這一運動在方興未艾之際又如何難以為繼？保釣精神的渙散和延續的辯證該當如何理解？在文學方面，保釣文學的出現則是這場運動的意外收穫。面對那些曾經滾燙、至今仍有餘溫的文字，我們需要考察它們的緣起、脈絡和關懷，並進一步追蹤經受了社運洗禮的釣運人士的人生軌跡，探究他們在寫作上如何延展、轉化了保釣的精神，並聚焦於其中的核心美學思想，即他們如何重新觀照自我和外在的世界。

二　《昨日之怒》：保釣運動的文學證言

一九六六年，二十三歲的張系國從台灣大學電機系本科畢業，離台赴美，攻讀電腦科學專業的學位。此前，他已經把自己培養成一個典型的文藝青年，熱衷於思想和文學，曾在《聯合報》副刊、《大學論壇》、《大學新聞》、《文星》等報刊上，發表過〈勝利者〉、〈自由之路〉、〈孔子之死〉等小說和〈理性與存在〉、〈亞當的肚臍眼〉等論評，並出版過哲學論述《沙德的哲學思想》和長篇小說《皮牧師正傳》。到美國後，他仍然不忘副業，偶爾寫作諸如〈知識份子的孤獨與孤獨的知識份子〉、〈知識份子抑高等華人〉之類的文章，發表在台灣的報刊上。並於一九七〇年出版了小說集《地》，表

達了留學生思想上的失落和精神上的迷惘。但是很明顯，張系國赴美前後的思想產生了巨大的差異。他不得不從一個充滿幻想的文藝青年，變成現實面前的沉思者和探尋者。

一九七〇年前後正是保釣運動風起雲湧的年代。內心充滿迷茫的張系國，一開始就積極投身於這場運動。他寫作於一九七一年的短篇小說《紅孩兒》，就是這場運動的親歷親證。小說採用了獨特的形式，圍繞著主角高強，以書信和文件交替出現的方式，展開敘事的進程。書信部分是家人和同學給他的十五封小說，文件部分由台灣關於 G 埠保釣運動的航訊、G 埠保釣運動內部爭鬥及美國聯邦調查局對高強下落的答覆三方面內容組成。由此勾勒了釣運的大概面貌。

小說的核心問題，是在釣運影響下的不同人生方向的選擇。主角高強的命運，由於家人的牽掛，尤其令人揪心。作者沒有直接表露自己的傾向，但通過以高強為焦點的書信往來，能夠體會到他的態度和對主人公的同情。在 G 埠的保釣運動中，高強與王建國是最初的領導者，且被台灣的新聞報導描述為「共匪文特」。但隨著運動的進展，在關於「中國統一運動」的問題上，二人之間發生了尖銳的意見衝突，並上升為領導權的爭奪。王建國假「G 埠革命造反總部」的名義，對高強進行了猛烈的抨擊，認為後者落伍了，思想上背上了包袱，跟不上群眾了，腦子裡生長了山頭主義的毒素。而高強則在「G 埠保釣行動委員會」的聲明中，根本否認這一革命造反總部的存在。小說隨後的進程，則與釣運漸行漸遠。高強對政治活動逐漸失去了興趣，在無所適從的心境的支配下，離開了人們的視野。小說只是通過其兄長和父母的書信，對他發出一聲聲的呼喚，但得到的只是死一樣的沉寂和聯邦調查局不置可否的答覆。

穿插在高強主線的間隙的，是陳紀綱、鍾貴等人的人生選擇。與高強、王建國相比，陳紀綱並沒有太多的標榜，但卻屬於真正的實幹派。在釣運蓬勃發展的時候，他未曾宣稱自己是左派，但他對釣運有著同樣的關心，先是熱切地鼓勵高強辦刊，後來又為左右派的分裂而灰心失望。或許他一開始就看出了釣運的癥結所在，所以提出自己的意見，希望釣運組織者放棄空談，

腳踏實地地回大陸或台灣參加建設和改造的工作。有此鋪墊，他在釣運衰落之後到大陸去的行動選擇就不難理解。在陳紀綱的帶動下，他的室友王復城做出了返回台灣的決定。另一個朋友鍾貴，則在女友齊芳的影響下走向了主的懷抱。他生活在一個政治意識淡薄的城市，但他一度對社會運動產生過興趣，所以在書信中對讀書會、查經班之類的活動有所鄙薄，批評查經班假上帝之名，行婚姻介紹之實。但弔詭的是，他越來越受到感情的誘惑，並最終走進了查經班的溫馨的圈套。對陳紀綱、鍾貴的人生選擇，作者僅僅作了客觀的呈現，而沒有表露過多的主觀意見。

　　雖然作者更願意讓故事自身來說話，但小說的基調仍然透露了作者的關懷所在。籠罩著小說的，是低沉、迷惘和失望的情緒。在風雲變幻的政治場域中，社會運動勢頭的消長、運動方向的抉擇、內部領導權的爭奪等問題，遠非初涉世事的海外學生所能掌控。因而，書信的傾訴反倒成了人性告白的極佳管道。書信中的坦誠訴說和人性關懷，與冷冰冰的海外報導、保釣爭權聲明和聯邦調查局答覆完全不同，構成了對比強烈的兩種文字材料，暗中傳達著文學書寫政治運動的意識和情懷。

　　真正對保釣運動作了全景式記錄的，則是延至一九七八年才出版的長篇小說《昨日之怒》。這部小說甫一問世，即引發熱議，在短短兩年之內發行八版。至今它仍是保釣運動重要的文學證言。

　　但張系國在小說〈後記〉中卻寫下了這樣的話：「我請讀者不要把《昨日之怒》當成文學作品看。年紀越長，我對文學越無野心。我不是藝術家，也無能力寫傳世不朽的作品。《昨日之怒》只能算是個人對中國青年政治運動的一個詮釋，並無藝術價值──而且恐怕也不符合任何文藝路線。唯一的意義，乃是對自己及當日共事過，現在流散到非洲、美洲、台北、武漢、北平……世界各處的朋友，有個交代，尤其是對大風社舊友。歷史會證明，我們是無辜的。我們已盡了最大的努力。」[1] 或許在張系國的心目中，《香蕉船》、《殺妻》、《傾城之戀》這樣的小說才夠得上文學的稱謂。他也確曾說

1　張系國：〈後記〉，《昨日之怒》（台北市：洪範書店，1978年），頁300。

過，《棋王》才是自己最好的作品。但有意味的是，反倒是《昨日之怒》讓
張系國的名字在文學史上刻下了深的印記。

文學史家認為，張系國那個時代的台灣知識份子，在沉重的家國憂患意
識的書寫上，接上了曾經變革歷史的五四知識份子：「這部政治性很強的小
說以銘刻個體記憶、素描集體群像的方式為保釣歷史寫真，以文學書寫形式
記錄下發生於家國以外卻與家國密切關聯的重大歷史事件。」[2] 在這個意義
上，這部小說的歷史敘事價值超出了純粹的文學意義。

值得注意的是，張系國提到：「《昨日之怒》對海外釣運的解釋，只是許
多可能的解釋裡的一種。」[3] 他自稱屬於中間派：「在釣運裡，我屬於中間
派，後來且被一些朋友視為叛徒。」[4] 在小說中，貫穿全篇的線索性人物施
平，大致代表的是這種中間派的觀點和視角。小說透過他的視角，注目於他
的表妹王亞男，並借助這個魅力女性，引出了釣運左派人物葛日新和她的前
夫洪顯祖。在這個類似於《安娜・卡列尼娜》的人物結構中，以人物之間的
感情糾葛和思想分歧作為故事發展的脈絡，展開的是海外青年參與、思考和
回憶保釣運動的活動和心理軌跡。

小說故事發生的時間，已經是在釣運浪潮退去之後。因而才使得「流產
的運動」成了一個問題。曾受釣運影響的海外華人，每個人都以自己的方式
表達對這一運動的態度，並進行新的人生選擇，同時承受自己的選擇所帶來
的後果。

在小說中，葛日新或許不是最重要的角色，但卻是保釣運動的靈魂人
物。重新回歸生活之後，釣運浪潮的退卻給他造成的影響是顯而易見的。他
背負著釣運的重擔，堅持自己的理想，但內心的痛苦卻在不斷加深：一方
面，他不肯對社會現實做更多的讓步，雖然勉強讀完了學位，卻寧可辛苦當
小販維生，也不願找事情做，以免墮入自己所唾棄的美式生活，但這種選擇

---

2 劉登翰主編：《雙重經驗的跨域書寫——20世紀美華文學史論》（上海市：上海三聯書
   店，2007年），頁176。

3 張系國：〈後記〉，《昨日之怒》（台北市：洪範書店，1978年），頁299。

4 張系國：〈後記〉，《昨日之怒》（台北市：洪範書店，1978年），頁299。

又顯然不是自己和女友王亞男的理想狀態；另一方面，他雖然已經畢業，但仍不時地回到學校，主持學生運動，因此背上了職業學生的罵名，不能得到別人的諒解，而他自己也確實夢想一場新的群眾運動來沖刷掉眼前的平庸生活。這個活在理想中的年輕人，仍然糾結於堅持還是滅亡的問題。不管讓步與否，都不能平復他內心的衝突。作為一個理念高於一切的角色，他有著卡理斯瑪人物的特質，但閃光只有一次，當生活不能給他再提供發揮才幹的舞台的時候，小說用車禍給了他一個意外的終結。

王亞男的塑造偏於理想。她集中了幾乎所有的魅力女性的因素。她保持著鶴立雞群的姿態，早年是同學的偶像、老師寵愛的對象，但偏偏魅惑於一時的衝動，在虛榮心的驅使下嫁給了一個具有壓制狂傾向的物質男人。從這一點來看，她對葛日新的熱衷是有理由的。但她對生活的欲求，是潛藏在心底的怪獸，不會永遠沉睡。喚醒這頭怪獸的誘因，有很多種可能。在小說中，離婚案件中女兒的撫養權僅僅是其中的一個。而作為女人，她的怨氣也會吞噬掉所謂的理想。與葛日新不同，王亞男是一個有生活、有欲求、有經歷的女人。他們在釣運中的情意相投並不是常態的結合。當葛日新仍然想繼續沉醉在運動夢魘中的時候，王亞男卻自覺不自覺地提醒生活還有更為真實、瑣碎的面相。

這兩個人物引出了兩個系列：一是葛日新的脈絡，其中有施平這樣沉湎於生活實相的人物，也有胡偉康這樣醉心於哲學玄理的人物；二是王亞男的系列，其表兄陳澤雄一向是她的追隨者，前夫洪顯祖則是被台灣社會追捧的所謂功成名就的美國學人。

其中，施平、陳澤雄的引入，拓展了小說在處理釣運問題時的思考面。在釣運參與者之中，施平並不是出風頭的一個，但卻展示了群眾運動中往往被人忽略的背面，即群眾的部分。作為小說故事進程的串聯者和生活諸面相的觀察者，陳澤雄雖然平庸，但卻具有更為平實寬廣的視角。這兩個人物的設計，顯示了作者的獨特視界。與作者相似，施平是釣運的實際參與者；陳澤雄則是在釣運之外，通過接觸釣運參與者，觸摸他們的經歷和心理來切入那段歷史和當下的現實。作者引入施平這個人物，旨在拓展敘述的空間，在

與釣運左、右兩派形成參照的前提下，從心理層面深化保釣的意涵；陳澤雄
則更進一步，帶入的不只是普通的生活現實，還有台灣鄉土的視角。這樣的
人物的逐漸覺醒，才是釣運真正的歷史課題。

對釣運的思考，對於張系國是一個長久的課題。釣運的問題，遠非自身
所能回答和解釋。在更廣闊的視野中，才能看清其中的一些癥結和困擾。一
九八六年，《昨日之怒》改名為《他們在美國》在大陸出版，張系國在「序
言」中寫道：「《昨日之怒》在台灣出版到現在，已有七個年頭。在這七年
間，我曾潛心研究我們的民族性和我們的文化及政治行為間的關係。老友孫
隆基，在近作《中國文化的深層結構》裡，從人格成長的觀點探討政治文化
的形態。他的理論，相當程度上和我在《昨日之怒》裡所提出的詮釋，不謀
而合。」[5] 不過，張系國也點明自己所關注的還是人們如何歡笑、如何痛
苦、如何奮鬥的活的生活。這不僅是文學與理論之間的差別，也是文學能夠
進一步反思社會運動的關鍵。

三　《玉米田之死》：釣運人的生存困境和回歸之夢

對於釣運人的生活狀態作了悲劇性描述的，還有平路的《玉米田之死》。
平路的本名是路平，出生於台灣高雄，後隨家人移居台北。大學讀的是台灣
大學心理學系，畢業後赴美攻讀愛荷華大學的數理統計碩士學位。後在攻博
期間，機緣湊巧，獲得華盛頓一家顧問公司的聘書，於是便輟學就職。平路
雖然唸的是理科，但外形高挑，氣質秀雅，富於文學的才情。自一九八二年
起，她開始業餘寫作，顯示出自己過人的文學天分。不久便連獲聯合報小說
首獎、時報文學獎首屆劇本首獎。在文學上有所開拓之後，返回台灣出任
《中時晚報》副刊主編、《中國時報》主筆，以文化和社會評論聞名於世。

《玉米田之死》是平路的一鳴驚人之作。一九八三年，她憑藉這篇短篇
小說一舉斬獲《聯合報》小說獎首獎。如果說張系國寫出的是釣運人士在現

5　張系國：〈序言〉，《他們在美國》（北京市：中國文聯出版公司，1986年）。

實中的回歸大陸、台灣之路的話,那麼,平路寫出的則是夢想中的回歸之路。這篇小說的起因似乎是偶然的:一天在回家的路上,丈夫黃世岱一時有感而發,說:「每次見到路邊這片玉米田,我就想到甘蔗。」就此勾出了平路對釣運和家鄉的翩翩浮想。[6]

小說的結構,是由敘述者追蹤的方式來呈現主人公陳溪山的命運。敘述者是台灣派駐美國的一個特派記者。他的日常狀態令自己感到不滿:迎來送往的凡俗生活早就使他厭倦,工作上的駕輕就熟則讓他開始向墮落的路上滑落。於是,在一個年輕同事的小小刺激下,他展開了對陳溪山的探尋之旅。小說由敘述者對陳溪山的妻子、同事、小女兒、高中同學的訪問構成,在幾次訪問中採用的是完全的實錄,這樣呈現了幾種大相徑庭的陳溪山的面貌。但更有深度的是敘述者自己的追尋。他經過多方查訪,獲知了陳溪山的一些外在線索,但探尋之旅在最後一刻才取得了重大突破:一天他獨自一人驅車抵達現場,冒險走進了陳溪山住所附近的玉米田,在陳的失蹤之處,感知了後者死亡的秘密。小說的結尾並不出乎意料:在陳溪山的未能完成的夢想的激勵下,敘述者毅然放棄了美國的外派生活和貌似溫馨的小家庭,回到有著大片綠油油的甘蔗田的台灣。陳溪山之死,在敘述者的追尋中不只浮出水面,而且獲得了意義。

小說的中心環節,是陳溪山的失蹤和死亡。他何以失蹤?小說的敘事始終聚焦於這一核心的問題。從他的高中同學、聯邦政府同事的介紹裡,可以大致勾勒出一個勤勉、本分、又頗具幾分幽默細胞的台灣移民形象;而在一份左派台獨的通訊中,可以獲知他在十年前的釣運會上曾經慷慨陳詞,為出力最多的一員猛將。但這樣的一個人,在從事外貿生意的妻子喬琪的眼裡卻是不諳世事的迂人。喬琪來自香港,對陳溪山的政治理念完全隔膜,嘲笑後者根本不懂政治,只是跟在別人後邊吵回歸,一會兒是大陸,一會兒是台灣,把自己的人生、家庭當兒戲。這個能幹的妻子要求丈夫,乖乖地在美國把根扎下去。陳溪山順從了妻子的心願,在聯邦政府找到了職位,但並沒有

6　黃世岱:〈走在不平路上的平路──《玉米田之死》序〉,見《玉米田之死》(台北市:聯經出版公司,1985年),頁3。

平息自己內心的衝動。小女兒小薇的話，道出了他在妻子的雌威和對鄉土的思念之間的心理衝突。玉米田，成為凝聚這種內心的衝突和夢想的場所。但小說並沒有就此停留。

作者的神來之筆，是讓敘述者親自走進玉米田，去感受玉米田裡葉子和葉子之間的空隙間所發出的細細的聲音的召喚。玉米田的綠色的莖葉中，包藏著陳溪山的秘密。但敘述者在玉米田裡傾聽到的不只是陳溪山的尋夢和訴說，如果僅止於此，那麼充其量只是一個探案的故事而已。但他對陳溪山的瞭解，還是如此之少。作者的用意恰恰相反。敘述者在嘈切的玉米葉的摩擦聲中，感覺到的是自己的血液的澎湃，是對自己的童騃的覺悟。這樣，陳溪山的夢想，以心靈感知的形式在另一個人的身上獲得了生命。

平路捕捉到了玉米田的召喚這一意象，可以說是這篇小說的成功之處。一方面，這一神秘的召喚，來自釣運埋設下的隱秘衝動和力量；另一方面，玉米田超越了政治的羈絆，契合了人的原初夢想。作者的巧思在於，她不是泛泛地描述釣運人生，而是把釣運視為一種原動力，並通過一個意象把這種原動力凝聚起來。借助這種方式，平路完成了釣運的文學化。

對於平路來說，《玉米田之死》中的釣運迷夢並未結束。如果聯繫到她的其他小說，那麼可知這不過是她所揭示的人生普遍困境的一種。這體現了平路與現代主義文學觀的契合之處。在她充滿糾結和矛盾的個人生存體驗中，人生的困惑、苦惱和無奈是不可擺脫的存在，並成為其文學寫作的原動力。她的理性的思考力，則為她的小說帶來了明澈又幽邃的風格。正如她的丈夫黃世岱所說：「在她析理的筆下，不論是《玉米田之死》的記者或陳溪山、《十二月八日槍響時》的莫阿坪、以及《大西洋城》裡的傑米蔡、甚至《妒魘》與《繭》文中的男女主角，他們都曾追尋、但也多少都有本身不可自拔的陷溺。結果，帶著一顆時而昏噩、時而清明的心，難免還是日日夜夜在這世上輪轉、漂泊、浮沉、奔波。」[7]這段分析，對於理解《玉米田之

7　黃世岱：〈走在不平路上的平路──《玉米田之死》序〉，見《玉米田之死》（台北市：聯經出版公司，1985年），頁3。

死》等小說中人物的處境有極大的幫助。只有在追尋和陷溺的矛盾中，才能深刻地感受到平路對這些人物所寄予的深切同情。在她的筆下，沒有單純的所謂高尚的事業，這種夢想的追求還需要經過凡俗人生的過濾；反過來，平淡而瑣碎的人生，又在暗中召喚來自靈魂深處的激情。經由這兩方面的合力擠壓，平路把人物打回原形，試圖回到人的本原狀況，以呈現他們所面對的人生困境。

在釣運影響下的人生正是如此。陳溪山所碰到的困惑，不是激情釣運的寫照，恰恰相反，凸顯的是釣運反襯下的瑣屑人生的可悲。陳溪山無疑是一個覺醒者，但他的覺醒並未給他帶來真正的解放，反倒帶來了無盡的煩惱和解不開的人生死結。但陳溪山的死，並不是出於卑瑣人生的引導，而是來自一個理想主義者的夢想的破滅。不過，這何嘗不是希望之所在呢？

這裡涉及到文學的意義。在日益工具化的無奈人生面前，文學不僅僅只是表層的休閒和陪伴，而應有其獨特的價值。尤其對於陷溺於生存掙扎的眾生來說，文學理應提供更深層次的內涵，即內在的領悟和精神上的解放。

這是平路所追求的文學。平路的丈夫提供的備忘錄，讓我們瞭解她的文學對於圈外人士的感召。他擔心自己的妻子，擔心所謂文學給生活帶來灰暗的色調，但他慢慢從平路在夜裡書房裡亮著的小燈，體諒到了孤寂和明亮的特別意義：「我們便也會為寫作的事爭吵。……可是，漸漸的，我瞭解到她所要表達的乃是芸芸眾生對真知的追求、對大愛的嚮往、以及種種不願意懈怠的希望。」[8]實際上，由於平路的始發點是生活本身，因而一開始就幸運地躲開了文學的幼稚病，並觸及到了一個真正的問題。這就是文學如何面對現代人生困境，進而給生活帶來希望的難題。

面對文學與人生相頡頏的難題，自我放逐的平路並未迷路。現代主義式的感受讓她始終在路上前行，同時她沒有陷入晦澀蒼白的絕境。如果說她試圖從文學中找到拯救生活的希望的話，那麼，並未成為過去的釣運就是激發

8　黃世岱：〈走在不平路上的平路——《玉米田之死》序〉，見《玉米田之死》（台北市：聯經出版公司，1985年），頁3。

生活進取的原動力，就是那煩擾塵世之中的希望的微光。

四　《浮游群落》：釣運的反思及其前史回溯

　　不知道張系國所說的比他更有資格書寫釣運的是哪幾個人，但無疑劉大任、郭松棻是其中的翹楚。釣運人士的文學實績有目共睹，顯示了釣運在他們的人生路和文學路上的深遠影響。其中突出者有劉大任的《浮游群落》和《遠方有風雷》、郭松棻的《雪盲》、李渝的《關河蕭索》、李雅明的《惑》等。在釣運波及到的台灣島內，則有鄭鴻生《青春之歌》。

　　在保釣運動之後，劉大任、郭松棻和李渝等人回到文學的本業，各自有別開生面的表現，亦可說是一大幸事。對釣運與文學之間的關聯，王德威作了一個解釋，說保釣運動無意中造就了一些文學家，可謂令人意想不到的歷史詭計。在他看來，保釣作為政治運動雖沒有取得成功，但卻在文學上結下了累累的碩果。李渝同意他的看法，稱：「王德威說我們參加學運本身就是一種現代主義的體現，是很對的，只有他看出了這點。」[9]李渝大概想說的是，自己參加學運本是出於文學者的衝動，那麼重回文學本業不過是回歸平靜的常態而已。坊間也很能理解李渝回歸文學的意圖：「七〇年代海外保釣運動風起雲湧，李渝身與其役，青春歲月的政治憧憬，在《關河蕭索》中猶依稀可見。但時移世易，激情過後，她終要淬鍊出更澄澈的生命觀照，體悟出『屬政治的請歸於政治，屬文學的請歸於文學』，讓文學志業超越時空，成為反觀自省的救贖之道。」[10]令人期待的是，在釣運平息之後，經過一番生命的洗禮和淬鍊，這些現代主義者的文學志業有可能深入到人性和歷史的堂奧。

　　劉大任稱得上其中的一個典範。一九四八年，九歲的劉大任隨父母赴台，後考入台灣大學哲學系。初以詩聞名，充滿前衛精神。一九六四到一九

9　〈鄉在未知的前方──李渝談新作《待鶴》〉，《印刻文學生活誌》2010年7月號。

10　〈評《應答的鄉岸》〉，載《中國時報》，「開卷」，1999年5月27日。

六六年,他與陳映真參與邱剛健主持的《劇場》雜誌。一九六六年又與尉天聰、陳映真合辦《文學季刊》。後赴美,入加州大學柏克萊分校攻讀政治學碩士、博士學位。一九七一年保釣運動風起,他放棄攻博,全力投入釣運。次年釣運漸漸消歇,他因被台北中華民國政府列入黑名單而無法回台。隨後謀職於聯合國秘書處,同時從事思考和寫作。

鄭鴻生曾記述台灣政府掌控下的報紙對海外釣運的報導:「在海外釣運初起之時,中央日報就已經以匪字來稱呼李我焱、劉大任、郭松棻與董敘霖等海外保釣積極分子了,報紙登出他們的名字時還是中間打個大叉的劉×任、郭×棻、董×霖,讀了雖令人啼笑皆非,但這些原來熟悉的名字被如此打了叉,對我們卻是一種強烈的暗示,暗示著一種企圖改變現狀的旗幟在遠方揭竿而起了。」[11] 這裡呈現出威權統治即將崩解的時代中政治和思想的不同面向。對思想激進的學生來說,此刻的台灣政治早已不是鐵板一塊,氣勢洶洶的官方報導中潛藏著的是台灣知識青年對歷史悸動的期待。

同樣面對台灣,與鄭鴻生的歷史紀實不同,劉大任選擇的是小說這一反思性的載體。這裡要提到釣運的兩個面孔:一是作為社會運動的釣運,二是作為主體狀態的釣運。前者是外在的、現象的、歷史的,後者是內在的、領悟的、超歷史的。前者是歷史的實相,後者才是文學的精魂。

釣運作為深入其骨髓的人生事件,對劉大任來說激發的是全方位的思考。身為保釣運動的中堅,劉大任為此放棄了學位,但隨著左右兩派的分裂,他的看法發生了變化。在一九九〇年寫作的散記《記一位老保釣》中,他提到保釣運動後期左派盲目擁共、右派拼命愛國、釣運的整個局面呈一片散沙之狀的狀況,於是乃有一九七四年的大陸之行。當時大陸正在進行文化大革命,大陸行的印象可想而知,原先抱有的極大希望轉眼間變成了失望。劉大任的筆鋒一轉,從歷史的表象轉入人性深層的思考,注目於「老保釣的氣質」的探究。在斗轉星移的時空變換之後,他強調人的本性對社會運動的

---

11 鄭鴻生:《青春之歌——追憶1970年代台灣左翼青年的一段如火年華》(台北市:聯經出版公司,2001年),頁126-127。

超越。文章中，他敘寫了自己從深圳到香港後遇到的老保釣溫健騮：「他是個性情中人，他也是一位老保釣。但歸根結柢，他是個性情中人。」[12]又提到釣運對人的內在氣質的塑造：「溫健騮是一個標準的老保釣，有一個真正的老保釣應該有的氣質。老保釣沒有甚麼神秘色彩，其實是很單純的一種人。」[13]這便不僅是為後者、也是在為所有的釣運人寫照。這裡凸顯了在政治風暴中難以自處的思想主體的價值：在政治高於一切的年代，保持這種單純本身就是一種主體位置和狀態的選擇。該文對老保釣的氣質的強調，或許可以理解為某種程度的夫子自道。

比起這種經過淬鍊之後的成熟心態，更能引人共鳴的是與歷史進程相伴的主體痛苦、掙扎和成長的描述。劉大任的好友楊牧曾為其小說集《秋陽似酒》作序，如此記述他在風雲際會的歷史之中的行走：「不久釣運起，大家心情為之一變，劉大任的參與投入不但使他束書輟學，甚至使他完全放棄了文學創作，進入另外一個理論和行動的世界。他曾經為此意興風發，也曾經為此憂傷頹唐。他終於告別了少年慘綠的時代，整個精神曝曬在猛烈的驕陽下，遂遠走非洲，脫胎換骨。」[14]脫胎換骨後的劉大任，寫出的既有《鶴頂紅》、《秋陽似酒》等展示當下人生體會的精緻練達之作，也有追述少年慘綠時代及其克服的長篇小說《浮游群落》。前者飄散著如幾十年陳釀一般的芬芳，後者則以其精神的震盪填補上了釣運精神前史的空缺。

經過內心的沉澱和思考，在大陸行四年之後的一九七八年，劉大任完成了《浮游群落》這部在精神史上亦稱得上濃筆重彩的傑作。這部台灣六十年代青年運動的省思之作，隱約透露了他與釣運之間的精神聯繫。對於此種聯繫，鄭鴻生記述道：「劉大任與郭松棻兩人在出國前就都屬於與陳映真一樣有著強烈社會意識的作家，在當年的知識青年中擁有不少讀者，也是我們敬仰的前輩。我們在流入島內的海外保釣刊物上，讀到了這些前輩開始發展出來的批判帝國主義霸權的第三世界左翼立場，他們在思想上的激進發展自然

---

12 劉大任：《記一位老保釣》，見《神話的破滅》（台北市：洪範書店，1992年），頁135。
13 劉大任：《記一位老保釣》，見《神話的破滅》（台北市：洪範書店，1992年），頁138。
14 楊牧：〈序〉，《秋陽似酒》（台北市：洪範書店，1986年），頁3。

給了我們很大的啟示與鼓舞。」[15]如果說保釣運動是在六〇年代社會思考的延長線上，那麼對劉大任來說，釣運反思的意義在於提供了反思台灣知識青年的社會運動及其精神狀況的開闊視野。至此，他才能以從容的心態來面對自己親身參加過的青年思想運動。

就此而言，《浮游群落》不僅僅是對壓抑的台灣六〇年代社會機制和氛圍的生動描述，同時也是對這種社會狀況中滋生蔓延的知識青年主體狀況的內在省察。在雷震、陳映真等人被繫入獄的六〇年代，精神上的壓抑乃是當時知識人的共通感受。對此，劉大任不僅用他的魔力一般的文筆對威權下的社會生存作了描摹和渲染，還站在資本主義批判的角度揭示了威權政治與新型市場資本主義對文化領域的操控。對於自身所屬的青年思想運動的一系，劉大任則入乎其內又出乎其外，展示了青年思想的共同關懷和多種面向，尤其著力於他們的反抗意識的生長及其內在的困惑，傳達出一個文學者的洞見。

整部小說鋪設了一個基調，即關於台灣文學和社會出路的思想交鋒。參與思想交鋒的主要是布穀社、新潮社這兩個青年社團，但他們的前衛姿態後來卻被斜刺裡殺出的以羅雲星為首的另一路人馬暗中做了手腳，最終演變成了一場悲劇。在這場悲劇中，布穀社的林盛隆、胡浩成了威權政治和密探體制的階下囚，阿青（何燕青）則淪為資本機制的犧牲品。與之相對，羅雲星、余廣立成立的現代傳播公司則巧取豪奪，拆解青年社團的資源為我所用，以文化資本的運作來迎合市場，在權勢人物的護佑下逐漸侵奪了台灣的文化空間，並試圖借助電影為民眾營造一個虛幻的人生大夢。至此，劉大任勾勒出了威權體制下從思想到市場的台灣激進文化沉淪的一幕。

在這場左右之爭中，劉大任的傾向性儘管能夠體察出來，但他所採取的敘述方式則是不動聲色的。他寧願克制自己，從歷史觀察者的角度進入這段火熱的歲月。他對激進青年林盛隆和胡浩的姿態所抱持的態度，固然有深切的同情，但他更願意呈現他們的思想的自然流變軌跡。這種對精神狀態的靜

---

15 鄭鴻生：《青春之歌——追憶1970年代台灣左翼青年的一段如火年華》（台北市：聯經出版公司，2001年），頁127。

觀、描摹和意象化，顯示了劉大任之為文壇異數的拿手本領。但更加令人叫絕的是對於思想主體的內在追索。這便不只是單純的現代寫作技法所能為，也不能依賴對青年運動投入的熱情，還需要對思想運動及其挫折的深刻領會。在青年運動所遭遇的挫折中，才能鍛造出真正的思想性和文學性。對此，作家投注心力於小陶（陶柱國）的精神困擾，可以說是整篇小說的聚焦之處。對這個角色的心路歷程的追蹤，不僅在內在的一面顯示了作家的獨到而深刻的觀察，同時也傳達著台灣青年思想運動在何種意義上具有超越時空的價值之所在。

小陶這一游離於青年運動的角色的設定，顯示了作家在敘事倫理方面的匠心。表面上看來，在這個不成熟的青年身上流動著的是很多流俗小說慣常的成長母題。但顯然劉大任的用心並不在此處。作家從反思整個青年思想運動的角度來設定這一角色，小陶的身上折射出的是青年運動的不成熟狀態。雖然貌似激進的林盛隆和胡浩在當時主導著布穀社的走向，但恰恰是不成熟的小陶，更能體現這一運動先天不足的內在真實；雖然貌似成熟的阿青在自己的人生遊戲中似乎屢屢能夠占得先機，但恰恰是被她拋棄的小陶在掙扎中完成了主體的內在解放。對於作家來說，這一從左翼青年運動中剝離出來的反思者，承擔著遠比他的不成熟狀態更為複雜的任務。簡言之，作家在這個人物身上寄託了自己對青年運動狀況的獨到的觀察。

這或許就是小說的主體意象「浮游群落」的意涵所在。對弱小者的思考，可謂小說的點睛之筆。作家在〈紅葉溫泉〉一章中，讓小陶在精神危機中進行了一番有關浮游生物的聯想。當時，小陶從大海中的浮游生物身上體會到生物鏈中弱肉強食的慘狀，進而聯繫到自己生存的社會，對自己及周圍患有精神流亡症的朋友的處境生發出難言的感慨：「在蒼白的逃亡的臉色與冷靜沉默迅速有效的黑色人影之間，他彷彿看見一大片灰色的空間，薄暝籠罩下的棋盤式的台北市街，蒼老灰黃積木似的建築，以及他大批患上了精神流亡症的朋友。」[16]正如該書扉頁所引用的《大英百科全書》「浮游生物」

---

16 劉大任：《浮游群落》（台北市：遠景出版公司，1985年），頁154。

條的說明：「這些生物隨水飄蕩，或因缺乏動作能力，或因體積太小，體力太弱，抵擋不住迎面而來的潮流，……」雖然念頭起於自然界的食物鏈，但小陶所感受到的不只是生物學意義上的生存競爭中的無力，更是在強大冷硬的權力機器面前的無奈。這種無力而無奈的弱小者的感覺，把他推向了絕望的邊緣。

這是推向絕境的精神掙扎，也是面向死的精神拯救。小陶所經歷的精神歷險，遠遠不同於林盛隆的思想抗爭、阿青的資本拼殺。他把戰場挪移到了人生的邊緣，在人生的絕望中尋找救贖的希望。這是一種面向自我危機的掙扎，儘管時刻處在不成熟的狀態，但收穫是踏踏實實的。面對戀人阿青和布穀社同道的疑慮，他沒有回避，而是敲響地獄之門，以坦率的心態克服了一道道難關，親手洗刷了自己身上的慘綠。經過種種考驗，弱小者終於從弱肉強食的鏈條中掙脫出來，找到了自立自信的本源。

如果說林盛隆身上呈現出的是一種貌似成熟的左傾思想的話，那麼小陶則顯現為一種敞開式的主體狀態。他從始至終都在疑問中成長，在尋求解答的過程中讓自己漂浮的精神落地。先是從對女友的依賴返回自我，隨之落地而發現底層，與這片土地達成了和解，繼而在精神上與父親實現了溝通，最終他為自己開啟了通向世界的大門。在這一過程中，林盛隆的引導起了關鍵性的作用。在老林的啟發下，小陶有所醒悟：「老林的秘密，他的自信，無非是將『反抗』兩個字取代了一個『我』。用憤怒代替痛苦，而培養憤怒的竅門，其實沒有什麼別的複雜、精微的程式。閉上向內張望的眼睛，鑽進屈辱的人間去。」[17]不過在小說中，小陶仍然體現了自己的獨特價值，由此展開了一種與林盛隆、胡浩的社會革命形成互補的主體的內在革命。當前者遭遇挫折之際，小陶的不完滿的主體革命卻仍在持續，顯示了越來越強的活力。

這是劉大任所勾勒的台灣左翼的精神遺產。其價值體現為反思層面的對主體革命的看重。雖然小說把主體革命的焦點匯聚到了小陶的身上，但他的同道們何嘗不是這種內在革命的親歷者呢？他們不回避時代提出的問題，並

---

17 劉大任：《浮游群落》（台北市：遠景出版公司，1985年），頁225。

通過在思想和生活之間的遊走，試圖完成對歷史困境的超越。由於眾所周知的原因，台灣的左翼並未能實現社會制度的變革，但在思想層面始終保持著它的活性，其中的秘密何嘗不是《浮游群落》中所描述的未成熟的狀態呢？若聯繫到釣運的中心議題，劉大任對這種活力的捕捉和呈現，應歸結於他在保釣運動中所經歷的挫敗感及其後的內在反省。

　　劉大任關於釣運的思考遠遠沒有結束。在《浮游群落》出版三十年之後，他以小說《遠方有風雷》重新踏上了釣運之路的追尋。《遠方有風雷》的問世，顯示了劉大任思考視點的不變和變化之處。在這部半自傳體的小說中，他再次聚焦於失敗的主題，再次面對主體的問題，但處理的方式較之以往更加老練成熟。小說的線索，是兒子雷立工對其父親雷霆失敗人生的尋根之旅。雷霆的青年生涯有三段相關的旅程：先是在南京時塗染上了左翼進步的色彩，後到台灣被繫入獄，再到美國適逢保釣而傾情投入，但最終亦因此傷害了家庭感情。隨母返回台灣的兒子雷立工，在長大後成為一個社會學家，試圖探究父親失敗人生的真相。經過一番調查和追索，他從心底理解了上一代人的奮鬥，禁不住為失敗的父母親鼓掌：「他們不是俘虜。而且終其一生，沒有退縮，沒有放棄，也包括母親在內。老兵不死，他們只是在越來越遠、越來越弱的風雷聲中，漸漸消失。請問，我能不為他們感到自豪嗎？」[18]在這一過程中，釣運一代人的精神得到了確認，並超越他們的表層生活內涵，得到了下一代的歷史性論斷。反過來，從兒子一代的視角中重認了老兵不死的價值，顯示的是主體狀態的延續性。這一點甚至比前一點更為重要。

　　就小說而言，頗具吸引力的是作者對於釣運記憶的態度，不管過去有多少爭執和挫折，在時過境遷之後，存留下來的是如美酒一般醇香、值得反覆品味的青春歲月。在歷盡人生之後，主體的成長再次成為這部小說的潛台詞，但這次個人的部分逐漸退隱淡化，身旁的風景成了歷史真正的主角。置身於歷史的洪流，才能夠感受到主體在世界之中的位置，並真正開啟歷史認

---

18 劉大任：《遠方有風雷》（台北市：聯合文學出版社，2010年），頁161。

知的大門。劉大任關於自我和世界的理解，在這部小說中得到了重新的詮釋。這裡凸顯的是小說家的睿智，而有所區別於當年社會運動參與者的認知。其間，二者的分界頗有韻味，含藏著幾十年的人生歷練。以上種種，再次證明了釣運的失敗在文學上的深遠意義。

五　《青春之歌》：在歷史斷裂點上的淺吟高唱

與劉大任的人生沉澱類似，鄭鴻生對台灣釣運一代的梳理和反思也經歷了漫長的過程。在將近三十年之後的二〇〇一年，他追憶七〇年代左翼青年生活的《青春之歌》終於殺青問世。雖然該書所採用的精神史敘事與《浮游群落》的小說文體不同，但在歷史的脈絡中大致接續的是後者對六〇年代青年精神生活的記述。該書的問世之日正值陳水扁當政的巔峰時期，引人思索的是，為什麼在這個時候寫作？台灣的癥結在哪裡？七〇年代與當下有什麼關係？種種疑問，在時代的語境中生長，期求得到來自歷史的回音。

七〇年代的內涵，之所以引起思想界的極大關注，與東亞的革命問題、民主化問題及其背後的思想動因有密切的關係。日本思想家松永正義在〈現在閱讀竹內好的意義〉一文中，談到七〇年代的歷史轉折及其在思想史上的意義：「七〇年與四五年之間保持著連續性，而七〇年與九五年之間則存在著斷裂。」[19]松永的思考有兩方面的價值：首先，他發現一九七〇年是歷史的分水嶺，此後的歷史在此重新起步而有嶄新的開展，但同時亦因與過去形成斷裂而帶來了新的困擾；其次，他站在東亞思想的視野中來看待這一變化，認為上述前後兩個二十五年的差別，在於作為東亞變革動力的中國革命和台灣、韓國民主化的差別：「如果說推動十九世紀後半期的東亞的是明治維新，推動二十世紀前半期的東亞的是中國革命的話，那麼推動二十世紀後半期的東亞的則是台灣與韓國的民主化。到二十世紀前半為止，東亞基本上是以日中關係為中心而變動的，而當今正朝著向包括台灣、韓國在內的多元

19　松永正義：〈現在閱讀竹內好的意義〉，載《開放時代》第3期（2007年）。

關係變化。」[20]在這一視野中，台灣和韓國的民主化不僅是一個地域社會的政治文化問題，同時是東亞區域性的思想連帶問題。松永正義的東亞視野，有著很深的竹內好印記，面對新的歷史處境，他試圖在竹內好的中國革命觀之後，對台灣和韓國的民主化問題作進一步的思考。

與松永正義相呼應，鄭鴻生所處理的是與此相關的問題。在台灣的民主化遭遇挫折之際，對七〇年代的回溯，意味著重新啟動對民主化起源的追問。在起源和進程之間不斷地思考，意在開啟閉鎖的歷史之門，喚醒民主化的思想動力和內在活力，並在東亞的連帶性思考中發現富於建構意義的出路。

從松永正義和鄭鴻生的追憶中可知，那是一個東亞思想共生的時代。松永正義於一九四九年出生於東京，七〇年代在東京大學文學部讀書時萌生了他的最初思想。他這樣記述自己在七〇年代的閱讀和思考：「我覺得我們在七〇年代讀東西時，儘管對於中國只能以北島等，對於台灣只能以陳映真等，對於韓國只能以金芝河為僅有的線索，但是在閱讀時同時把那些可能存在於他們背後的沉默也考慮進去了。」[21]這種閱讀和思考，對於松永正義來說，基於一種切身的感受和問題意識，即如何從周邊世界的發展來面對和超越日本的民族主義。對北島、陳映真和金芝河等的閱讀，使之能夠站在日本本土立場之外的視野來發現思想生長的可能。

鄭鴻生比松永正義小兩歲，同樣屬於戰後嬰兒潮的一代。與張系國、平路和劉大任不同，他是出生於台南的土生土長的台灣人。一九六九年考入台灣大學哲學系後，期間適逢保釣運動的烽火在台大點燃，他懷抱熱情投入台大的民主抗爭和民族主義論戰。這一情結影響了他的一生。在台大哲學系事件之後的蕭索歲月中，他先是不得已留美改讀電腦專業碩士學位，並在電腦網路公司工作，回台後亦負責電腦網路與諮詢系統的規劃設計。但終於禁不住內心的召喚，遂決意辭職，以自由寫作為業，繼續青年時期夢想的追尋。

鄭鴻生在七〇年代的閱讀經驗，與松永正義有相近的部分（比如陳映

---

20 松永正義：〈現在閱讀竹內好的意義〉，載《開放時代》第3期（2007年）。
21 松永正義：《現在閱讀竹內好的意義》，載《開放時代》第3期（2007年）。

真），成系列的資源則是自由主義思想、海外保釣書刊等，之後又因閱讀楊逵接續上了日據時期的左翼思想。這樣，經由反威權的自由主義思想的感召，樹立了最初的反抗立場，又因保釣等問題的誘因，拓展出第三世界左翼思考的視野。這一連貫性的思路，從最初對台灣島內的威權主義的抵制，發展為對於更深層面的美、日新殖民主義的抗爭。當台灣走上民主化道路之際，旋即碰上了民族主義的難題。台灣知識人在民族主義問題上的探求，與松永正義等日本思想者關於日本民族主義的思考有連帶性關係，並非歷史的巧合。

　　對於台灣社會所面臨的困擾，錢永祥在為《青春之歌》所作的跋文〈青春歌聲裡的低調〉中作了深入的剖析。作為反對運動的歷史當事人，他針對解嚴後的歷史論述進行辯駁，認為現在流行的解釋架構存在著根本性的問題：「在今天，提到解嚴之前的台灣，流行說詞好用『威權壓制』與『爭取民主』之類的二元字眼撐起一套架構，敘述其間的種種。這套故事有一種更為簡化的版本，甚至認為台灣的反對意識、反對運動的歷史，可以歸結為國民黨與黨外（民進黨）、或者外來政權與本土意識的衝突史。」[22]這種對歷史記憶的簡單化，外在地表現為一種「搶」歷史的景觀，在思想層面則是反對概念的庸俗化，其結果則導致社會意識最後防線的失守。對於這種可悲的現象，錢永祥從反對理念入手進行了反省：首先，他提出「價值衝突式」的反對，以與政治上「取而代之式」的反對進行區隔，這樣便從「誰來統治」的問題追問到了社會公道、價值取向、生活方式和人性內涵的層面；其次，他對台灣社會在公共價值論述上的缺失作了分析，認為其根源在於戰後統治者的更迭和鎮壓、國際冷戰大環境和黨國引導下的社會結構性蛻變，種種原因使得現有的有可能經營出社會理想基本價值的三種社會意識形態（中產階級的意識形態、知識份子的意識形態、社會運動者的意識形態）均失去了發展、深化的內在動力；再次，他梳理了一九七〇年前後所感受、親歷的諸種

---

22 錢永祥：〈青春歌聲裡的低調〉，見《青春之歌——追憶1970年代台灣左翼青年的一段如火年華》（台北市：聯經出版公司，2001年），頁310。

思想脈動，認為其之所以未能在台灣社會扎根生長，是由於在文化貧瘠的環境中缺乏豐厚的人性理念和社會價值的認定、及更深層的立足於社會史的反對傳統的滋潤和維繫；最後，對台灣境況和知識份子的介入策略作了分析，宣告在理想主義跌落塵埃、種種欺罔襲取了善的內涵的當下，能做的只有對善的每一次現身保持警惕，因此他寧願放棄唐吉訶德的行動和信仰，而選擇哈姆雷特式的懷疑、思索和內省，以保持一種僅存的反對態度。這樣，經過邏輯嚴密的論證，錢永祥最終還是回到了自由主義者的思想位置，任由種種失落、陰鬱、慍怒在面對現實的無聊和無力中蔓延。

自由主義者的困惑，來自信仰的缺失及由此帶來的猶疑不決。正如錢永祥所說，「當年的我們，豈不正是渴望擁有唐吉訶德般的果決鬥志，去向邪惡的風車挑戰，卻偏偏如哈姆雷特一般，由於缺乏信仰所帶來的力量，連風車代表什麼都還要再三、再四琢磨？」[23]這種狀況在三十年後仍然沒有改變：「今天我會強調，信仰不是來得容易的事，也通常不會『推動人們前進』。」[24]但青年時代追隨錢永祥、對其推崇備至的鄭鴻生，在三十年後的思想狀況則逐漸有了大的改觀。

對鄭鴻生來說，左翼之路的選擇是一個猶疑與信仰互噬的艱難歷程。確實，左翼另類出路的追尋並非一開始就已認定，而是經歷了思想交鋒、言論介入和反對運動的磨練，同時受到當時台灣內部和外部環境的激發萌生出來，並經受了種種挫折，最後在三十年後的追憶和反思中得到重新確認的一項事業。在《青春之歌》〈後記〉中，他記述了一個曾經反抗並落敗的青年，在多年後的往事回顧中是如何一步步走出創傷、重新放歌的心理歷程。最初的二十五年，他與其他同道一樣，把當年的闖禍視之為不堪回首的噩夢。之後經由文字的回憶，重新活過這段經歷，完成了自我療傷和思想整理。隨著認識的進一步深化，他發現這裡承載著台灣在歷史交錯點上的諸種

23　錢永祥：〈青春歌聲裡的低調〉，見《青春之歌——追憶1970年代台灣左翼青年的一段如火年華》（台北市：聯經出版公司，2001年），頁320。

24　錢永祥：〈青春歌聲裡的低調〉，見《青春之歌——追憶1970年代台灣左翼青年的一段如火年華》（台北市：聯經出版公司，2001年），頁321。

意識原型和時代精神,至今仍然主導著目前的歷史進程。至此,他有理由為自己的青春放歌:「最後定稿之日雖然已近嘔心瀝血,但回首一望卻發現過去已經不再是噩夢,而我所完成的也不只在集體療傷,不只在清算幾筆陳年老賬,我能感覺到昨日之怒已經化成了一首首充滿希望的青春之歌,在這個歷史的斷裂點上重又發聲高唱,尋找重新接合的可能。」[25]他不是在理性的層面來思考歷史和現在,而是通過敘事進入歷史,從鮮活的歷史本身發現了自己曾經付出青春的思想實踐的意義。當他明確地說出追尋左翼另類出路之際,不只內在地傳達為之獻身的信仰內涵,同時也是走出精神陰霾、重新確認自己的開始。

在這一過程中,保釣運動所帶來的激勵和拓展,居於重要位置:「保釣運動卻激發了我們原本就已深受感染的一九六〇年代全球性叛逆激情。從此我們發現了一條另類出路,一條不只追求個人自由,並且也要求集體解放之路。」[26]經由保釣運動的洗禮,鄭鴻生等人跳出了從中學時代起顯露雛形的樸素的個體反抗之路,開始憧憬一個集體的、全人類的解放前景。

作為歷史的實錄,鄭鴻生的《青春之歌》對台灣島內和海外保釣運動的聯動狀況作了細緻的梳理。最初是一九七〇年十月,正讀台灣大學哲學研究所的王曉波在《中華雜誌》發表〈保衛釣魚台〉的戰鬥性檄文,引發了海外留學生的保釣運動。該年年底開始到次年春,台港澳學生在美國各大城市之間串聯示威,並於一九七一年四月十日達到高潮,在華盛頓舉行了兩千五百人的保釣大遊行。這一運動後來雖然退潮,但民族主義的熱力和能量已經滲透在了一代留美學子的血液之中。保釣運動對台灣島內政治和文化生態的影響更加深遠,並最終導致了國民黨的政治失控,這就是鄭鴻生所說的「後續威力」。但這是歷史層面的後話。在現實層面,在學運與威權政治之間的較量則伴隨著欺瞞和整肅。一九七三年秋開始到次年夏季達到高潮的台大哲學

---

25 鄭鴻生:〈後記〉,《青春之歌──追憶1970年代台灣左翼青年的一段如火年華》(台北市:聯經出版公司,2001年),頁307。

26 鄭鴻生:《青春之歌──追憶1970年代台灣左翼青年的一段如火年華》(台北市:聯經出版公司,2001年),頁4。

系事件，成為台大保釣、民主運動的休止符。

雖然在現實中碰壁，但思想的火種卻保留了下來。鄭鴻生在《青春之歌》中，描述了保釣作為導火索所引燃的青春之火的蔓延。在得到來自美國保釣的書刊資訊之後，青年學子把來自海外的動力化為自己的思想和行動，在台灣自覺地樹立自己的左翼立場，尋找台灣左翼的傳承，也產生了重新認識中國的渴望，在此機緣下打開了第三世界的視野。他們通過劉大任、郭松棻等保釣人士與海外學生運動作了連線，通過陳映真等左傾人士與晚近的台灣思想運動進行了銜接，通過楊逵與台灣的左翼歷史建立了聯繫，通過閱讀禁書瞭解了中國革命和世界左派運動的狀況。正是在全球性的視野中，他把當時發生的這一切稱為「台灣遲來而短命的六〇年代」。

由保釣所點燃的烽火，在今天仍在燃燒。正如鄭鴻生所言，不管在當時還是之後，保釣運動都是一個內涵豐富的概念，不能僅僅限於政治的或愛國的概念。這條抱持終極反抗態度的左翼之路，一開始就是與宣講身分認同、族群意識、英美式民主的右傾勢力區分開來的。解嚴之後台灣在社會改造和民主化問題上所產生的分歧，可以從這裡找到線索。

在鄭鴻生的重要文章〈解嚴之前的海外台灣左派初探〉中，記述了海外留學生在保釣運動和台獨運動兩種取向上的分歧：「一九八七年解嚴之前，海外台灣留學生具有群眾性質的政治運動主要發生在北美洲，一個是台灣獨立運動，另一個即是保衛釣魚台運動。台灣獨立運動基本上是以右傾的親美反共思想為其意識形態，雖然有左派台獨存在，但只是整個台獨運動裡的邊緣分子。相反的，保釣運動一開始就有受到社會主義啟蒙的左派學生參與其中，成為最大的主導力量，並且還將運動轉化為中國統一運動。」[27]在做了以上區分的前提下，他闡釋保釣運動的內涵，認為保釣運動不只是一場愛國保土運動，更是一場海外台灣留學生的左翼啟蒙運動。受到保釣影響的留學生，逐漸走上了對美國霸權及其價值的反思與反抗之路；與之相對，台獨運

---

27 鄭鴻生：〈解嚴之前的海外台灣左派初探〉，載《人間思想》第1輯（北京市：金城出版社，2014年）。

動則是美國政府培植的第三世界親美道路的產物,並成為美國左右兩岸關係的棋子。隨著台灣的解嚴,海外的這兩種力量在台灣社會中再次碰面,但情勢已非。在後一種勢力當道並蛻變的政治環境中,左翼的思想解放有著特別的意義。對左翼自身來說,需要省察的則是在新的國際形勢下的因應之道。

面對日益封閉的台灣社會,鄭鴻生提出的一個問題是如何開啟心靈的枷鎖,激發對理想社會可能性的追尋。他回顧六、七〇年代的思想衝撞和文藝豐收,視之為白色恐怖之後台灣戰後新生代的文藝復興。[28]當時的黨國威權和傳統教條行將崩潰,外在的禁制難以約束內在的渴求和解放。令他感到費解的是,解嚴之後雖然享受著形式上的言論自由,各種政治正確的意識形態卻給心靈套上了無形的枷鎖。如何衝破這一頗具諷刺意味的歷史圈套,是台灣社會有待解決的難題。解開這一難題的鑰匙,則隱藏在歷史的深處。

六　結論

從一九七〇年底保釣運動的爆發算起,至今已經將近半個世紀。關於釣運的書寫,在此期間始終不曾停息,其精神價值亦隨之得以彰顯、延續和轉化。其中,保釣文學的出現引人關注,可謂這場運動的意外收穫,這些作品從不同角度呈現了釣運價值的諸多面向和內涵。張系國的《昨日之怒》以半自傳體小說的形式,抒寫釣運親歷者的感受和認知,對釣運之所以流產的原因進行了反思;平路的《玉米田之死》以現代主義式的思考,探究釣運人在日常生活中的生存困境,對其內心的夢想進行了追蹤呈現;劉大任的《浮游群落》、《遠方有風雷》和鄭鴻生的《青春之歌》在剖析六、七〇年代青年思想狀況的基礎上,對過去和現在進行了內在的聯接,在文學和精神層面展現了釣運的失敗在主體成長和歷史認知上所蘊藏的意涵,並開啟了關於第三世界左翼之路的持續思考。

---

28 鄭鴻生:〈台灣的文藝復興年代:七十年代初期的思想狀況〉,載《思想》第4期(台北市:聯經出版公司,2007年)。

參考文獻

〔日〕井上清著　賈俊琪、于偉譯　《釣魚島的歷史與主權》　北京市　新星出版社　2013年

〔日〕矢吹晉著　馬俊威等譯　《釣魚島問題的核心》　北京市　社科文獻出版社　2015年

中國邊疆文獻研究中心編　《文獻為證：釣魚島圖籍錄》　北京市　國家圖書館出版社　2015年

平　路　《玉米田之死》　台北市　聯經出版公司　1985年

平　路　《椿哥》　台北市　聯經出版公司　1986年

林國炯等編　《春雷聲聲：保釣運動三十周年文獻選輯》　台北市　人間出版社　2001年

松永正義　《現在閱讀竹內好的意義》　《開放時代》第3期　2007年

郭松棻　《奔跑的母親》　台北市　麥田出版公司　2002年

郭松棻　《郭松棻文集》　新北市　印刻出版社　2015年

郭松棻　《郭松棻集》　台北市　前衛出版社　1993年

張系國　《他們在美國》　北京市　中國文聯出版公司　1986年

張系國　《昨日之怒》　台北市　洪範書店　1978年

張系國　《香蕉船》　台北市　洪範書店　1979年

張系國　《張系國自選集》　台北市　黎明文化公司　1982年

鄭鴻生　〈台灣的文藝復興年代：七十年代初期的思想狀況〉　《思想》第4期　台北市　聯經出版公司　2007年

鄭鴻生　〈解嚴之前的海外台灣左派初探〉　《人間思想》第1輯　北京市　金城出版社　2014年

鄭鴻生　《青春之歌──追憶一九七〇年代台灣左翼青年的一段如火年華》　台北市　聯經出版公司　2001年

劉大任　《秋陽似酒》　台北市　洪範書店　1986年

劉大任　《神話的破滅》　台北市　洪範書店　1992年

劉大任　《浮游群落》　台北市　遠景出版公司　1985年

劉大任　《晚晴》　新北市　印刻出版社　2007年

劉大任　《遠方有風雷》　台北市　聯合文學出版社　2010年

劉登翰主編　《雙重經驗的跨域書寫——20世紀美華文學史論》　上海市
　　　三聯書店　2007年

龔忠武等編　《春雷之後：保釣運動三十五周年文獻選輯》　台北市　人間
　　　出版社　2006年

〈鄉在未知的前方——李渝談新作《待鶴》〉　《印刻文學生活志》　2010
　　　年7月號

〈評《應答的鄉岸》〉　載《中國時報》　「開卷」　1999年5月27日

從徽學到竹塹學

——論地域人文與時代學風的關係[*]

徐道彬[**]

摘要

臺灣新竹的竹塹文化與大陸皖南的徽文化有著極其相似的諸多因素,如自然風物、方言民俗、祠堂建築、學子讀書、家族衝突等方面,存在著很大的相似性和比較空間,可以因此而建構出一系列特色鮮明的探索領域。鑒於筆者對竹塹學瞭解未深,暫以徽學為主要議題,兼及竹塹學的一些比較和思考,藉以探討近代社會的地域人文與時代學風之間的關係。

關鍵詞:徽學、竹塹學、地域人文、時代學風

[*] 本文為安徽大學徽文化傳承與創新中心二〇一五年招標課題成果。
[**] 教育部人文社科重點研究基地——安徽大學徽學研究中心研究員、博士生導師。

一　前言

　　隨著地域文化研究日趨繁盛，無論在中國大陸或是在臺灣地區，地方學的研究內容和形式也日益多元化。譬如內地的徽學、藏學、閩學、湖湘學、蒙古學，以及齊魯文化、荊楚文化、巴蜀文化等等，如雨後春筍般發展起來，豐富多彩，各具特色，共同匯聚成中華民族數千年文明絢爛的圖景。而在臺灣地區，近代以來逐漸形成的花蓮學、彰化學、竹塹學、南瀛學、苗栗學等地域文化，也逐漸成為學術界研究的主流議題。尤其是「文學尤為北地之冠」的竹塹，更是歷史悠久，人傑地靈，才子學士，燦若星辰，匯聚了本地才俊與流寓文士的多元文化交融，呈現出燦爛的地域色彩，湧現出許多傑出人物和著作。竹塹地區的這種人文風貌，也與皖南山區的徽州（兩晉時稱新安，隋唐為歙州，宋以後稱徽州）一府六縣（歙縣、黟縣、績溪、婺源、祁門、休寧）有著許多共通之處。其一，兩者皆為山區，有著極為相似的自然依託和生存環境；其二，都存在土著民俗與外來文明的衝突與融合；其三，經過長期的文化碰撞，形成特定的地域文化風貌，並逐漸向外延伸拓展。諸如此類的相似點不勝枚舉。譬如兩地居民皆尚氣節，習儉樸，耐勞苦，善積聚，兩地自然風光、民俗特色、民眾械鬥等許多問題，也存在著許多值得研究的議題，由此可以在學術層面上對「竹塹學」與「徽學」的形成及其內涵與外延的異同加以對比，有待日後深入資料的研讀和比較，進一步將兩種地域性的學問加以融合與碰撞，逐步形成和建構較為全面和系統的有關竹塹學與徽學的特色研究，以他山之石攻錯和增進地域文化的比較與思考。茲就較為熟悉的徽學研究中的這一方面，談談徽州人文與地域學風的關係，拋磚引玉，以此見彼，期望今後更為深入的合作交流，亦希望借此機會能對竹塹學和徽學之間的切磋和啟發有所助益。

二　徽州歷史背景與區域人文

　　徽州文化給予人的最深印象，和引起人們關注的最大衝擊點，在於其山

峭水險的生存環境，與儒風昌盛的地域民俗。兩者極不諧調的內容卻自然地統一在同一研究物件中，使得人們不得不追究其內在的生成原因與思想根源。地域文化是指特定區域中源遠流長、獨具特色的文化風俗傳統，它具有相對的獨特性和穩定性，也與外界彼此傳播，相互影響，存在一定的互動與融合。要之，「徽學」是特定時期和一定區域內儒學的特別呈現，它的形成乃是漢晉以後中原儒家冠婚喪祭的禮儀和修齊治平的思想在徽州山區貯存已久，宋明以後隨著社會經濟的發展和流動的人群而向四面八方的傳播與展示。

先秦時期的徽州地區，屬於吳越土著文化階段。山越民族依山而生，火耕水耨，勇悍尚武。自孫吳征服蠻越，為中原士族的徙入提供了先決條件。西晉永嘉之亂、唐末黃巢起義和北宋靖康之亂，促使中原衣冠（主要是河南及黃河下游地區的居民）為躲避戰亂，三次大規模地遷入徽州山區，這為本來空曠的山地充實了人口，帶來了發達的生產技術和中原儒家文化，於是在群山錯落的鄉間村落形成了典型的儒家宗法制度的小環境，並使當地土著居民逐漸泯滅了山越的不良習俗。在入居的人群中，避亂的大族、來徽任職的官員以及文人學者佔有主流地位。可以說，徽州文化系統與臺灣地區的花蓮和竹塹文化系統一樣，都是山地土著文化與中原傳統儒家文化長期整合和融化而產生的新質地域文化。

南宋以後，徽州的主體居民已經不是土著，而是外界士族連續不斷的遷入，所匯集成的一都一圖、一族一脈的同姓村落，並且他們的人文素質和文化水準都相對較高。其中入居徽州的北方士族，尤其是門閥貴族以及來徽任職的官員，或聚居一處，自成天地；或迷戀此地的大好山水而留居不歸。這些相對高素質的群體進山以後，仍然保持著儒家的道德準則與生活方式，學而優則仕和光宗耀祖是其理想的人生觀與價值觀，故徽州「十家之村，不廢誦讀」，人文之盛，勝於他邑。「新安自南遷後，人物之多、文學之盛，稱於天下。當其時，自井邑田野，以至於深山遠谷，居民之處莫不有學有師，有書史之藏。其學所本則一以郡先師子朱子為歸，凡六經傳注諸子百氏之書，非經朱子論定者，父兄不以為教，子弟不以為學也，是以朱子之學雖行天下，而講之熟，說之詳，守之固，則惟新安之士為然。故四方謂東南鄒魯，

其成德達材之出為當世用者,代有人焉」。[1]

自元明以至於清前期,徽州人雖然遠離禍亂,居於清靜隱居的理想處所,但逐漸失去了原先富足的物質優勢,為移居之地貧乏的經濟資源所圍困。因承平日久,人口繁衍日見過剩;又因山地經濟有限,衣食住行,也日見艱難,於是這裡的多數民眾不得不被迫從事於四民之末的商業活動。他們在勤勞致富以後,又回鄉建祠修學,為子弟們的讀書入仕之路打下基業。胡適曾經說過:「徽州人正如英倫三島上的蘇格蘭人一樣,四出經商,足跡遍於全國。最初都以小本經營起家,而逐漸發財致富,以至於在全國各地落戶定居。因此你如在各地旅行,你總可發現許多人的原籍都是徽州的。例如姓汪的和姓程的,幾乎是清一色的徽州人。其他如葉、潘、胡、俞、余、姚諸姓,也大半是源出徽州。」[2]事實上,從明代開始,天下繁華都會以及山陬海隅和孤村僻壤,處處都留下了徽商的足跡,頗受世人關注,故有「天下徽商」之目。這些外出經商的徽州人也有不少落地生根,從徽州遷入新的社會生活領域,但仍然以僑寓地如揚州、杭州、漢口、京師為中心,開始區分來源,重修族譜,再建宗祠,處處體現出儒家風範和格局,這便是徽商土著化的標誌。即使流寓他鄉,徽商的經營方式仍帶有厚重的儒家特色,艱苦卓絕是其立身之本,誠信仁義是其行業規範,故世有徽州儒商或「徽駱駝」之稱。

從中原移植到徽州的宗家巨族,有嚴密的宗法組織,他們講究門第,尊祖敬宗,講信修禮,崇尚孝道,每一村落聚族而居,不雜他姓。其間社則有屋,宗則有祠,支派有譜,源流清晰。清初學者趙吉士自述:「新安各姓聚族而居,絕無一雜姓擇入者,其風最為近古。出入齒讓,姓各有宗祠統之。歲時伏臘,一姓村中,千丁皆集,祭用朱文公《家禮》,彬彬合度。」[3]從南宋朱熹到明代程敏政和清初江慎修,徽州思想文化清晰地顯示著儒家傳統文化的發展主線,程朱理學在徽州的影響尤其深遠。

1 何應松纂修:道光《休寧縣志》(徽州府:道光三年刊本),卷一〈風俗〉。

2 唐德剛譯注:《胡適口述自傳》(桂林市:廣西大學出版社,2002年),頁15。

3 趙吉士著:《寄園寄所寄》(合肥市:安徽大學徽學研究中心特藏室影印本),卷十二。

三 「亦儒亦賈」的「徽駱駝」

地域文化是在獨特的地理和人文環境中生成的。徽州人既有中原儒家的歷史傳統，又有艱苦環境的長期磨礪，故其地域人文與時代學風也與其他地方顯然有別。劉師培曾言：「皖南多山，溪澗縈回，水流漂急，溝澮之間，盈涸不時。農民終歲勤劬而限於地利，不克自給，其身家由是捨農而商，逐什一之利，散居東南各省，故至於今日。」[4] 地理環境對地域文化的磨礪和影響是多方面的，徽州山川的氣質，也磨練了此處民眾的人格特徵。徽州人為了生存，千方百計尋求出路，堅忍不拔，向外開拓，故有「前世不修，生在徽州，十三四歲，往外一丟」的辛酸歷程，如此艱難的環境，也鑄就了徽州人刻苦耐勞的堅毅性格和奮發進取的精神。南宋羅願《新安志》曰：「其山挺拔廉厲，水悍潔，其人多為御史諫官者。」[5] 清儒戴震曰：「生民得山之氣質，重矜氣節。」[6]《休寧縣志》記載：「休寧之為邑，其封域實鄣山之左麓，而漸江出焉，山峭厲而水清激，故稟其氣，食其土，以有生者，其情性習尚不能不過剛而喜鬥。然而，君子則務以其剛為高行奇節，而尤以不義為羞，故其俗難以力服，而易以理勝。」[7]徽州山民受山水激厲，食其土，稟其氣，既體現了傳統文化的儒家風範，又滲透著山越文化的剛健氣質。經過崇文重教、格物致知環境的長期歷練，然後攜帶財物與知識走出大山，置身逆境。經商者「賈而好儒」，「官商互濟」；為學者刻苦自勵，奮發進取。這種變易不居，內外流動的生活環境，正有利於物質財富的互通有無，思想文化的交流互動；如此互相吸納取捨，更有利於人才的開闊眼界，取長補短，保持蓬勃的生機和活力，避免因循守舊和蛻化變質。胡適指出：「我鄉人這種離家外出，歷盡艱苦，冒險經商的傳統，也有其文化上的意義。由於

---

4 劉師培著：〈安徽鄉土地理教科書敘〉，《劉申叔遺書》（南京市：江蘇古籍出版社影印本，1997年），頁1766。

5 羅願著：《新安志》（文淵閣《四庫全書》本，卷一〈風俗〉）。

6 戴震著：《戴節婦家傳》，《戴震全書》第六冊（合肥市：黃山書社，1995年），頁440。

7 何應松纂修：道光《休寧縣志》（徽州府：道光三年刊本），卷一〈風俗〉。

長住大城市，我們徽州人在文化上和教育上，每能得一個時代的風氣之先。徽州人的子弟由於能在大城市內受教育，而城市裡的學校總比山地的學校要好得多，在教育文化上說，他們的眼界就廣闊得多了。因此在中古以後，有些徽州學者——如十二世紀的朱熹和他以後的，尤其是十八、九世紀的學者像江永、戴震、俞正燮、淩廷堪等等——他們之所以能在中國學術界佔據較高的位置，都不是偶然的。」[8] 因此之故，當代學術界便有「小徽州」與「大徽州」的議題存在。

徽商是明清時代的商界中堅，對於十六至二十世紀中國的社會經濟和文化有著廣泛而深刻的影響，現在人們耳熟能詳的一句俗諺「無徽不成鎮」，就說明那個時期「徽州商幫」的精神力量。胡適曾形象地稱之為：一個地方如果沒有徽州人，那這個地方就只是個村落。徽州人住進來了，他們就開始成立店鋪，然後逐漸擴張，就把這個小村落變成個小市鎮了。[9]這樣的情況也從側面展露了徽州人以智慧道德為立身之本，以吃苦耐勞為繁衍生存的「徽駱駝」精神。

讀書與經商是徽州人的兩條主要生存和發展的出路。「十家之村，不廢誦讀」意味著徽州人沒有文盲，少小讀書，長而應試；中則入仕，否則營商。商而富可以捐生，仕而窮可以經商。徽州人這種「亦儒亦賈」的堅忍不拔精神與開放靈活的心態，開創出外面的經營世界，溝通了內外共同發展的道路。從人文地理的角度來看，徽州輻射式的水路，出而可以經商遊學，無遠弗屆，把茶、木山貨水運出去，同時也把樸實致用的徽學捎帶出去；入則可以將外界的資本和先進的文化帶進來。明清數百年無數次的接受與回饋，碰撞與融合，形成了山之靜，水之動，開放與凝重的獨特商業活動和學術風氣，形成了「鑽天洞地遍地商」的營業景象，同時也產生了深遠影響的「皖派」樸學。奔走於四方的徽商在贏利之後，不僅在經濟、文化方面回報故土，而且在經商之地或占籍，或寄籍，隨處建立起徽州會館學堂，在「賈為

8　唐德剛譯注：《胡適口述自傳》（桂林市：廣西大學出版社，2002年），頁16。

9　唐德剛譯注：《胡適口述自傳》（桂林市：廣西大學出版社，2002年），頁14。

厚利，儒為名高」的社會價值觀的引導下，在家在外的徽州人不分賈與儒的區別。明人汪道昆論其鄉土風氣曰：「古者右儒而左賈，吾郡或右賈而左儒。蓋詘者力不足於賈，去而為儒。贏者才不足於儒，則反而歸儒。」[10]翻檢徽州府、縣方志，可以看到徽商大多少時「業儒」，未能順利地通過科舉而進身，於是歷經磨難，「亦賈亦儒」（如果把設館授徒也當作是商業活動），幸在能夠利用所學知識，誠信經營，生財有道，這在徽商中占絕大多數。如鮑光甸「弱冠通經史，以食指浩繁，不克競舉子業，遂務鹽策於淮揚，生平仁厚，誠愨古道自期，周急拯危，不鳴其德」。[11]又如吳自亮，歙縣長林人，「業鹺兩淮，幼時器識過人，未及成童即身任勞苦，謀甘旨之供。然勤學好問，夜必篝燈誦讀，經書通鑒，能曉大義」。[12]不得中舉進士者，腹有詩書，更易於在商場上審時度勢，判斷取捨進退。以儒術飾賈事，講求信譽，明於人情，即為生財有道。所以，徽商一旦富有，必將學問知識放在第一位，延師聘士，教訓子孫；家族降起者更是獨建學堂，甚或構建書院，如鮑志道與歙縣紫陽書院；馬玉秋與揚州梅花書院；汪應庚與揚州府學等等。

　　徽商是在獨具特色的徽州經濟文化背景下發展起來的，經濟與文化的互動，使得徽商財富能夠成為徽州文化昌盛的物質基礎。同時，徽商在經濟上的成功，又反過來在各個方面影響著徽州的風俗文化的進展，內外流轉，互通有無，從而造就了明清時代徽州文化的昌盛。徽商對教育科舉、文化藝術、建築園林、公益事業等投入了大量的精力和財富，以其雄厚的經濟實力為徽州培養造就了大批出類拔萃的學術文化人才，由此鑄就了徽州文化另一方面的燦爛輝煌。如新安理學、「皖派」學術、徽州教育、新安畫派、徽派篆刻、徽州版畫、徽州刻書、徽派建築、徽州園林、新安醫學，以及自然科

---

10 汪道昆著：《太函集》（合肥市：黃山書社，2006年），卷54〈明處士溪陽吳長公墓誌銘〉。

11 康熙《徽州府志》（合肥市：安徽大學研究中心特藏室影印本），卷十二〈人物志〉〈義行〉。

12 嘉慶《兩淮鹽法志》（揚州市：同治九年揚州書局刊本），卷二十三〈尚義〉。

學、數學、徽劇、徽菜等，幾乎在各個文化領域都取得了卓越成就。其水準之高，貢獻之大，世所公認。它們既有地方文化之特色，同時也是當時主流文化的典型代表，在中華經濟和文化史上佔有重要的一席之地。

四　從「新安理學」到「皖派」學術

　　皖南的徽州，不僅以商賈興盛而享譽九州，而且因書院眾多而聞名全國。徽州自朱子以來，名儒輩出，著作富有，「邑自文簡公程大昌、格齋先生程永奇而下，師友淵源，賢哲林立，其鴻篇巨制，見於宋明史志、陳氏《解題》、晁氏《讀書志》、馬氏《經籍》考者，蓋彬彬矣」。[13]明代休寧程瞳所撰《新安學系錄》搜集了自宋至明中葉時，徽州學者一百一十二人的傳記遺事碑銘資料，實為此一段時期的徽州學術史。近人蔣元卿所撰《皖人書錄》，上起春秋戰國，下至五四運動，搜集皖人著作一萬七千餘種，作者六千六百餘人，其中大半都是徽州人。

　　戴震曰：「吾郡少平原曠野，依山為居，商賈東西行營於外，以就口食，然生民得山之氣質，重矜氣節，雖為賈者，咸近士風。」[14]徽州人居於山嶺之中，得山川靈氣，育拔萃人才，商賈學之互為依重，而學者更為堅卓深沉。劉師培曰：「徽、歙之地與蘇、常、杭、紹同居於江南，何以先儒學術有尚虛尚實之殊，則以蘇、常為澤國，而徽、歙則為山國也。如近人江、戴之學，均以徵實為主，與吳越之學不同。略舉二端，餘可類示。嗟夫，皖省之民，其特質有三：一曰尚樸；二曰好義；三曰貴勤。此皆所處之地使然，今則風稍衰矣。」[15]梁啟超在談到皖南文化的深厚積澱時，稱「皖南，故朱子產地也，自昔多學者。清初有歙縣黃扶孟治文字學，專從發音上研究訓詁，是為皖南學第一派；有當塗徐位山治史學及地理學，雖稍病蕪雜，然

13　何應松纂修，道光《休寧縣志》（徽州府：道光三年刊本），卷十五〈藝文志序〉。
14　張岱年主編：《戴震全書》第六冊（合肥市：黃山書社，1995年），頁440。
15　劉師培著：〈安徽鄉土地理教科書敘〉，《劉申叔遺書》，頁1766。

頗有新見，是為第二派；雍正間則休寧程綿莊、歙縣黃宗夏皆學於李恕谷，而宗夏兼師王昆繩、劉繼莊，顏李學派之入皖自此始，綿莊又斯派圖南之第一驍將也，是為第三派；同時有休寧汪雙池以極苦寒出身，少年乞丐傭工自活而遍治諸經，以程朱學為制行之鵠，又通音樂醫方諸學，是為第四派；宣城梅勿庵崛起康熙中葉，為曆算學第一大師，其弟和仲、爾素，其孫循齋並能世其學，是為第五派。五派各自次第發展，而集其成者為江慎修，蛻變而光大之者則戴東原。」[16]黃生的文字訓詁、徐文靖的歷史地理、梅文鼎的天文曆算、程廷祚的躬行實用，這些人大多終生布衣，而所學直核通貫，出乎流俗。如此大量的傑出學人和實學文獻的出現，既說明徽州因為深厚的文化積澱，而享有「東南鄒魯」之名，同時也可看到徽州人在誠信求是風俗的薰染下，在學術上也相應地具有求真、求實、求是的特點。其學所本，則一以朱子「道問學」為旨歸。錢穆曰：「蓋徽、歙乃朱子故里，流風未歇，學者固多守朱子圭臬也。」[17]徽州歷代學人「守朱子圭臬」，不僅「尊德性」的大有人在，而且「道問學」者著述更為豐碩。如程大昌《考古編》、羅願《爾雅翼》；陳櫟《小學字訓注》、方回《曆象考》、程大位元的《算法統宗》、金瑤《周禮述注》；姚際恒《古今偽書考》、黃生《字詁》《義府》、程廷祚《春秋地名辨異》、江永《周禮疑義舉要》等等皆不勝枚舉。[18]

　　學者的卓越成就，固然與時代文化背景、自身的天賦和勤奮有關，但地域文化的薰陶與激發，對其治學思想和方法的形成必定有著相當的影響。張舜徽於清人學術探研最深，也曾注意到徽州學風的傳播及其在清代學術中的重要地位，認為：清自康熙時樸學之風漸起，而徽州諸儒為之最先。婺源江永，其大師也。以出生於朱子之鄉，又值其時清廷尊崇朱學，故江氏治學，步趨朱子。鑒於朱子晚年治禮，為《儀禮經傳通解》未成，因廣搜博討，大綱細目，一從《周禮》大宗伯吉、凶、軍、賓、嘉五禮舊次，撰為《禮書綱

---

16 梁啟超著：《飲冰室合集》第五冊（北京市：中華書局，1989年），頁69。

17 錢穆著：《中國近三百年學術史》（北京市：商務印書館，1997年），頁340。

18 參見徐道彬著：《「皖派」學術與傳承》的相關章節（合肥市：黃山書社，2012年）。

目》八十八卷，後又成《近思錄集注》十四卷，皆所以表章朱學也。朱子之
學，主於格物窮理，而不遺一名一物之微，實開後世樸學之先。江氏亦沉研
於實事實物之考證，其所著書如《周禮疑義舉要》、《禮記訓義擇言》、《深衣
考誤》、《春秋地名考實》、《鄉黨圖考》、《四書典林》、《群經補義》，悉闡明
禮數名物者。於天官星曆，有《曆學補論》、《七政衍》、《金水二星發微》、
《冬至權度》、《恒氣注曆辨》、《歲實消長辨》；於樂有《律呂闡微》；於聲韻
有《音學辨微》、《古韻標準》、《四聲切韻表》；於步算有《推步法解》、《中
西合法擬草》。其學所涉至博，要不出考證名物之範圍。鄉里後進從之問學
者，自戴震外，以金榜、程瑤田為最著。金傳其三禮之學，程衍其名物之
學，戴則具體而微也。與江永同時同縣而同膺高名者有汪紱，其學亦以朱子
為歸。朱筠督學安徽，為撰墓表以張其學行。稱其博極兩漢六代諸儒疏義，
元元本本，六經皆有成書，下逮樂律、天文、地輿、陣法、術數，無所不究
暢。所著書有《易》、《書》、《詩》、《四書詮義》、《春秋集傳》、《禮記章
句》、《或問》、《樂經律呂通解》、《理學逢源》、《醫林輯略探源》諸書共數十
種。其治學途徑，與江氏相似，同遵朱子格物窮理之遺教，從事物上實下工
夫。惟汪尚義解，江尚考證，兩家學詣仍有不同耳。其後汪學絕少傳人，江
學乃益光大，則以康乾以來尚實之風，群流所趨，莫能獨外也。余以為江永
之與汪紱，甚似漢人鄭玄之與邴原。鄭、邴亦同時同郡人，邴又崛起寒微，
與汪氏無殊也。邴之治學，與鄭異趣，嘗言人各有志，故有登山而採玉者，
有入海而采珠者。可知學不同方，無嫌並美。其後邴學大成，與鄭同為儒林
所重，亦汪之與江耳。[19] 張氏之言既高屋建瓴，又深入堂奧，所論江永與汪
紱的學術背景，注重依託時代風氣和地域學風的色彩。可以說移民活動促成
文化融合，獨特山區環境孕育特色文化，徽州崇文重教的儒家傳統、剛健有
為的進取意識、向外拓展的開放風氣、吃苦耐勞的堅韌精神等等，構成了徽
州文化與人物活動的主體內容，這些因素對於徽州及其周邊地域發展的影響
可謂巨大而深遠，徽州學人也在一個高起點上異軍突起，影響全國。

---

19 張舜徽著：《愛晚廬隨筆》（武漢市：華中師大出版社，2005年），頁304。

　　梁啟超論清代學術最為推崇戴東原，以為考證之學以皖南學術為正統，其功歸於江永和戴震，並進一步指出了乾嘉時期徽州學風所的波及與影響。曰：「婺源江慎修，乾隆間以經學教授於鄉者數十年。其治經之法從典章制度、名物、地理、聲音、訓詁分途爬梳，而歸本於義理；其於音韻、律呂、曆算皆有精悟；其修養則以程朱為鵠；其弟子最顯者則歙縣程易疇、歙縣金榮齋、歙縣汪叔辰，而休寧戴東原為之魁。叔辰長於詩，榮齋長於禮，易疇則名物度數剖析極微而核，而亦有志於探求道求本原；東原以贍博之學、綜核之識、清湛之思，每治一學必其於深造自得。蓋自東原出，然後清代考證學之壁壘始確立焉。其所著《孟子字義疏證》尤為八百年來思想界之一大革命。當時學界惠、戴齊名，實則惠非戴匹也。東原不以師自居，故弟子甚稀，最著者段茂堂、王石臞皆非皖人。其同郡後學能得其一體者，則歙縣洪初堂、歙縣淩次仲。初堂壽最短，未見其止，次仲治禮學，精絕冠時。」[20]凡是在這一文化轉型中熠熠閃光的人物，無人能夠離開這片滋養深厚的文化沃土的孕育和培養。應當說徽州歷史文化的發展進程，時時處處都交織著人與自然的磨合、不同文化的融合，以及經濟與文化的互動，這在臺灣的許多地區，也存在著極為相似之處。

　　在清代徽州學術史上，不能不提到不疏園。這是歙縣西溪商人汪氏家族的一所集別墅、學館為一體的私家園林。至汪泰安、汪梧鳳父子時家道興盛，賈而好儒的汪氏不斷購買、刊刻書籍，而且還邀請學人至此講論學問，一時間齊聚了江永、戴震、程瑤田、金榜、鄭用牧、汪肇龍、方希原、汪梧鳳、吳紹澤等一干崇尚實學的宿儒與學子。在乾隆壬申年前後，不疏園實際上就是徽州樸學的發祥地和大本營，江永和戴震的許多著述就是在此寫成的。《歙縣誌》記載：「不疏園在西溪，汪梧鳳故宅。梧鳳藏書甚富；江慎修於此著《鄉黨圖考》並講學；戴東原輩時來講學；鄭虎文、劉大櫆、汪容甫、黃仲則均嘗集此。咸豐時園毀。」[21]關於不疏園中的人和事，史料記載

20　梁啟超著：《飲冰室合集》第五冊（北京市：中華書局，1989年），頁69。

21　許承堯纂修：民國《歙縣誌》（民國二十六年鉛印本），卷一〈古跡〉。

不多,難言其詳,但它在清代漢學史上的貢獻則是不可磨滅的,當時之人已有評論,如城南居士曰:「吾郡僻陋,士之欲通經學道者,無從得師,即書亦難得。江慎修崛起於婺源,休寧戴東原繼之,天下推為儒宗,然成之者,實為歙汪梧鳳氏,先後禮致二人,斥千金購書,招士之好學者相與講貫其中,業成散去」。[22]對此,清儒汪中亦稱:「國初以來,學士陋有明之習,潛心大業,通於六藝者數家,故於儒學為盛。迨乾隆初紀,老師略盡,而處士江慎修崛起於婺源,休寧戴東原繼之,經籍之道復明,始此兩人。自奮於末流,常為鄉俗所怪。又孤介少所合,而地僻陋,無從得書。是時歙西溪汪君,獨禮而致諸其家,飲食供具惟所欲,又斥千金置書,益招好學之士日夜誦習,講貫其中,久者十數年,近者七八年、四五年,業成散去。其後江君沒,大興朱學士來視學,遂盡取其書上於朝,又使配食於朱子。戴君遊京師,當世推為儒宗。後數歲,天子修四庫之書,徵領局事。是時天下之士益彬彬然向於學矣,蓋自二人始也。抑左右而成之者,君信有力焉。」[23]由此可見,徽州的這所私家學園招徠學子,禮致大師,聚眾講研,弘揚樸實考證之學,並通過朱筠、戴震之手把這種帶有較強地域色彩的徽州學術推向全國,令世人刮目相看。徽州為僻陋之地,學人於此問學艱難,是其弊;然而蟄居鄉里,清靜無擾,矢志於學,心無旁騖,又是其利。汪梧鳳次子汪灼對此有言:「士有志於學,皆樂村居僻壤,入山欲其深,入林欲其密,恐氛埃之汙人也。雖然,人之生有地,而志不可期,不為地拘,則習俗何從易,既為士,當不為吏役之氣侵,為士而善,當自有綱維主宰之不同乎俗,有若曰:出乎其類,拔乎其萃。」[24]不疏園中的天時、地利與人和,促使一群「有志於學」,「不同乎俗」者,「通經學道」,端厚沉靜,特立獨行,終於「出類拔萃」。此種以經學古義、典章名物等實處入手的治學路徑,在徽州一帶傳播出去,學者影從。今人有言不疏園就是「皖派漢學」的大本營,也是很有道理的。

---

22 戴震著:《戴震全集》二(北京市:清華大學出版社,1992年),頁1104。

23 汪中著:《大清故貢生汪君墓誌銘》,《新編汪中集》(揚州市:廣陵書社,2005年)。

24 張岱年主編:《戴震全書》第七冊(合肥市:黃山書社,1997年),頁45。

　　汪氏盡到的最大努力，不僅是提供了治學所需的最直接、最豐厚的物質條件，而且是把蘊藏在徽州，代表著中國真正學術的精華和精神，以及即將代表時代學術風氣的人物貢獻給了國家。汪氏等一大批儒商高尚的思想文化素養決定了不疏園傳播文化、研討學術的用途，而其雄厚的經濟基礎則保障了不疏園中學術研討的順利進行。其後，歙縣汪萊治江、戴數學，與揚州焦循、李銳相通問，人稱談天三友；績溪胡培翬與遷至涇縣的同宗胡承珙友善，皆治禮學；涇縣包世臣接緒實學而重經世之務；歙縣程恩澤為官振學，傳承江戴，播揚樸學於西南諸地，實阮元後又一功臣也。可以說，徽州保存了古代中原的傳統文化，並借助徽商的活動適時地將其傳播出去，為保存和發揚中國傳統學術做出了重要貢獻。

五　小結

　　徽州與新竹的地域形態很相似，雖然地處萬山之中，其地險狹而不夷，其土騂剛而不化，俗稱「七山一水一分田，一分道路和莊園」。然而，徽州人並沒有向惡劣的自然條件屈服，在與峭山激水的反覆拚搏中，愈發堅忍不拔，培養氣質，振奮精神，而山水的靈性也化為徽州人的普遍品格。徽州容納了來自中原文化的深厚內涵，並加以消化與融合，形成了特殊的人文地理環境，也造成一種特有的區域性社會生活的風尚，也孕育出許多的傑出人物及其著作，婺源朱熹、休寧戴震與績溪胡適就是其中的典型代表。尤其是以江永、戴震為代表的「皖派」學術，長期以來被學界推崇為乾嘉學術理念和治學風氣的引領者。而「新文化中舊道德的楷模，舊倫理中新思想的師表」的胡適，更是開啟了現代學術的新篇章，其「大膽的假設、小心的求證」的治學方法即直接由江戴學術承續而來。他們的卓越成就與深遠影響是與徽州這片地域的人文和時代學風密切相關的。在他們身上既體現了中原文化的儒雅風範，又滲透著山越文化的剛強氣質。可以說，徽州是中國封建社會後期儒家代表人物的發祥之地，也是我們今天作為研究和傳播地方歷史文化使命的標本。

　　特殊的歷史環境和豐厚的文化積澱，往往是影響和成就一片儒風獨盛地域的重要因素。前人在閉鎖與開放、迷信與理性、實在與體面等種種矛盾困惑中掙紮著走來，留下了與自然奮鬥的深深足跡，後人當以此為珍貴遺產，將其盡力完美地傳承下去。無論是臺灣的竹塹學研究，還是大陸的徽學研究，也都濃縮了千年社會發展演變的歷程，表現了兩地民眾的勤勞勇敢與聰明才智，堪稱社會歷史發展的博物館和活化石，蘊含著深厚的學術積澱與文化氛圍，喚起我們探索趣味歷史因素的積極熱情，立足現實，面向未來，對古代的學術和現行的民俗去粗取精，去偽存真，把人們最親切、常觸及、更實用的部分引上快速發展的軌道，「因民采風，追俗為制」，在回顧歷史和展望未來之時，加強傳統與現代、學界與民間的相互交流對話，藉以重新認識新時期下徽學與竹塹學的深入交流和多元發展。我們通過對徽州和竹塹地區的地域環境和人文風格的對比研究，可以更好地弘揚和傳承中華文化，可以為當下社會的人文關懷與和諧發展，尋找到歷史的借鑒和理論依據。

參考文獻

何應松纂修　道光《休寧縣志》　徽州府：道光三年刊本　卷一〈風俗〉

汪中著　《大清故貢生汪君墓誌銘》　《新編汪中集》　揚州市　廣陵書社　2005年

汪道昆著　《太函集》　合肥市　黃山書社　2006年　卷54〈明處士溪陽吳長公墓誌銘〉

徐道彬著　《「皖派」學術與傳承》的相關章節　合肥市　黃山書社　2012年

唐德剛譯注　《胡適口述自傳》　桂林市　廣西大學出版社　2002年

許承堯纂修　民國《歙縣誌》　民國二十六年鉛印本　卷一〈古跡〉

康熙《徽州府志》　合肥市　安徽大學研究中心特藏室影印本　卷十二〈人物志〉〈義行〉

梁啟超著　《飲冰室合集》第五冊　北京市　中華書局　1989年

張岱年主編　《戴震全書》第六冊　合肥市　黃山書社　1995年

張岱年主編　《戴震全書》第七冊　合肥市　黃山書社　1997年

張舜徽著　《愛晚廬隨筆》　武漢市　華中師大出版社　2005年

趙吉士著　《寄園寄所寄》　合肥市　安徽大學徽學研究中心特藏室影印本　卷十二

嘉慶《兩淮鹽法志》　揚州市　同治九年揚州書局刊本　卷二十三〈尚義〉

劉師培著　〈安徽鄉土地理教科書敘〉　《劉申叔遺書》　南京市　江蘇古籍出版社影印本　1997年

錢穆著　《中國近三百年學術史》　北京市　商務印書館　1997年

戴震著　〈戴節婦家傳〉　《戴震全書》第六冊　合肥市　黃山書社　1995年

戴震著　《戴震全集》二　北京市　清華大學出版社　1992年

羅願著　《新安志》　文淵閣《四庫全書》本　卷一〈風俗〉

文情與畫意

——席慕蓉散文與插畫之互詮性

林淑貞[*]

摘　要

　　席慕蓉為當今少見的畫家、詩人兼散文家。大家熟悉她的詩集有《七里香》、《無怨的青春》、《時光九篇》、《水與石的對話》等等，也知道她的散文有《畫出心中的彩虹》、《信物》、《寫生者》、《江山有待》、《我的家在高原上》等，然而，論者多著墨在她的詩歌或散文，卻鮮少關注她的文與畫之間的關涉，本文另闢谿徑，採用對話理論進行散文與繪畫之探討，冀能掘發其間的互詮關係。取材範圍以《畫出心中的彩虹》、《信物》、《寫生者》三書為主，先論文畫呈現方式，分從編排方式、版式、畫風、繪畫主題進行梳理，再論文畫互詮性，分從類型及層次進行探討，類型有互補共生、陪襯關係、主輔關係，層次有作者、文本、讀者三層；三論文畫互詮意義之掘發，有四個階段，分別為訴諸理解與體驗、深層意涵之掘發、視域融合、文畫互文性，進而說明席慕蓉的創作意圖。

關鍵詞：席慕蓉、詩與畫的界限、拉奧孔、互文性、對話理論

---

* 　中興大學中國文學系教授。

一 前言

　　席慕蓉（1943- ）是當代著名的詩人、散文家，然而她的專業卻是繪畫，一九五六年就讀台北師範藝術科正式習畫，一九五九年就讀台師大藝術系學習素描、水彩、油畫、國畫等，一九六四年再赴比利時布魯塞爾家學院學習油畫，一九六七年從學克勞德・李，學習蝕刻銅版畫，著作豐富，有美術類也有文學類的作品[1]。

　　從席慕蓉的學習過程可知中西畫兼融並蓄，在學習國畫之外，尚學習西畫，包括素描、水彩、油畫、蝕刻銅版畫等，這些繪畫技巧，置入文學之中，別有風貌。

　　目前學界探討最多的是席慕蓉的詩歌及散文作品，鮮少涉及文學與繪畫之關涉，以畫家自許的席慕蓉[2]，自云：「唯獨對於畫畫這一件事，我一直沒

1　著作繁富，大抵可以分作美術類與文學類，其中美術類有：1.美術論著有《心靈的探索》（1975年）、《雷射藝術導論》（台北市：雷射推廣協會，1982年）等；2.美術教育，有《畫出心中的彩虹：寫給年輕母親的信》（台北市：爾雅，1982年）；3.畫集，有《山水》（台北市：敦煌，1987年）、《花季》（臺北市：清韵國際事業公司，1991年）、《涉江采芙蓉》（臺北市：清韵國際事業公司，1992年）等書。文學類有：1.現代詩著作，有膾炙人口的《七里香》（臺北市：大地，1981年）、《無怨的青春》（臺北市：大地，1983年）等；2.散文著作有《三弦》（臺北市：爾雅，1983年）、《有一首歌》（台北市：洪範，1983年）《同心集》（臺北市：九歌，1985年）等。其中，最特別者是文學與美術互涉的跨類表現，有詩畫合集的《畫詩》（臺北市：皇冠，1979年）、《河流之歌》（台北市：台灣東華，1992年）等，有文畫合集的《信物》（台北市：圓神，1989年）、《寫生者》（臺北市：大雁出版，1989年）等，有詩與攝影合集的《水與石的對話》（花蓮縣：內政部太魯閣國家公園管理處，1990年），有散文與攝影合集的《我的家在高原上》（台北市：圓神，1990年），詩文攝影三者合集的《在那遙遠的地方》（台北市：圓神，1988年）等等。

2　亮軒曾云：「以席慕蓉自己與自己比較，又寫詩又寫散文又畫畫的席慕蓉，創作生涯大致是這樣的：如果某種心緒畫得出來，她就畫，畫不出來，她就寫詩，詩難以表達，她才出諸於散文。基本上，她是以畫家自許的，從少年的時代到現在，如此的自我定位應無改變。」見亮軒：〈為《寫生者》畫像：看席慕的畫〉，輯入《邊緣光影》（台北市：爾雅，1999年），頁198-199。

有放棄過，有的時侯許會離開一段時間，但是必然會再回來。」[3]繪畫是她永遠的堅持，雖然會離開一段時間，終必歸來。對繪畫如此看重的席慕蓉，如何能不討論她文與畫的關涉呢？她又如何透過畫與文字作結合或互相詮釋呢？職是之故，本文擬從跨媒材視角探討席慕蓉散文與繪畫互涉互詮的情形。藉以了解美術出身的席慕蓉如何將自己的專業與散文作一結合，表現出什麼樣的意象及圖文互涉的關係。攸關文與畫結合的作品以《畫出心中的彩虹》、《信物》、《寫生者》三書作為研究與取材範圍。

選擇《畫出心中的彩虹》、《信物》、《寫生者》三書，主要因為各代表不同的典型：

一、《畫出心中的彩虹》是一文一畫互相搭配。

二、《信物》，是以蓮荷為主軸，文與畫互相交融。

三、《寫生者》，分卷開展，圖像是置於扉頁，以引導下文之用，其作用是配圖效果。

三本書，各有不同的圖文效果，透過三書可以體察席氏散文集中圖文互襯、互詮的作用性。此中，採用對話理論，主要是因為「對話」不限於言語交談，而是滲透於一切行為和一切生產和消費方式的哲學，以語言進行的對話意識僅是一種特殊的隱喻形式。對話意識是打破哲學對立的關係，追求開放和自由的境界。[4]文與畫、作者與讀者、作者與文畫、讀者與文畫皆是透過對話形式互相詮釋與理解。

德國·萊辛（Lessing. G. E）《拉奧孔（Laokoon）：詩與畫的界限》探討詩與畫（泛指文學與造型藝術）因塑造形象方式迥異，各有表現規律與局限性，故而詩與畫是不能互現的，亦即詩中無法示現畫，畫中亦無以展現詩。此一論述是西方凝視文學與造型藝術之異同，然而，在中國卻有所謂的「詩中有畫，畫中有詩」，究竟詩畫可以一體或不同？中西面對繪畫藝術有此不同的主體認知，那麼曾經留學西方，熟悉西方繪畫、油畫、版畫、素描的席

3　《信物》（台北市：圓神，1989年），頁29。

4　見滕守堯：《對話理論·導言：對話的基本含義》（台北市：揚智，1995年），頁21-25。

慕蓉又將如何安頓自己散文與繪畫的關係呢？本文擬藉由席慕蓉的散文與插畫關係來探討其間的關聯性：

一、繪畫在散文集中，所代表的意義或其詮釋效能與作用為何。

二、散文集中如何說明文與畫之關涉，二者之作用性與互攝性如何？

三、從作者而言，將文與畫交融在一書，所能達到的創作效能如何？

四、從文本觀之，散文與繪畫合冊所能提供的閱讀效能為何？

五、從閱讀者而言，文畫合冊所代表的意義或蘊含的意涵能否被讀者解讀？

二　文與畫的呈現方式

本部分簡介三書與繪畫之間的關涉，以圖文之表述形式為主。席氏自忖非插畫家，鉗筆畫大多收在詩集與散文集中。體察三書採用的繪畫素材、題材亦有所不同，以下分述之。

（一）《畫出心中的彩虹》

原本為《女性》寫專欄，目的是寫給「年輕母親的信」，主要以幼兒學前美術教育為軸線，共有十八篇，後來出版時又補兩篇成為二十篇文章。

1 文與畫的編排方式

二十篇文章，配上二十幅畫，採一文一畫搭配形式。以繪畫作為文字的前導，一圖一文的方式呈現繪畫與散文之交涉。繪畫所呈現的張力，似乎是作為文章與文章之間的屏障與間隔，以柔性的畫風，減緩文字的沈重感，增進閱讀的愉悅感與趣味性。

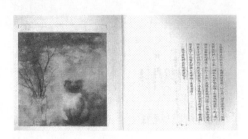

2 版式

以水彩畫全頁或蝴蝶頁方式呈現，使得繪畫既在文章之外，又在文與文之間，表現不既不離的況味。

蝴蝶頁

3 畫風

不作繁複的針筆線條鉤勒，而以水彩渲染水法，對光影深淺、墨色濃淡進行構圖。視角平視，或近或遠，或密或疏，給人寧靜恬淡的感受。筆法喜

歡下重上輕的畫法，形成由近而遠的平視疏朗感。圖像多以靜態的樹木、草色、雲影、遠山、日暉、月暈、光柱構圖。

例如：山形枯枝與淡漠的樹影

例如：雲彤遠漠

例如：山月光影與嶙峋樹影

4 繪畫主題

其一，喜畫貓的凝視，銅鈴似的炯炯雙眼諦視前方，似乎在與讀者對望，貼合席慕蓉喜歡觀察的特質。

其二，喜畫樹影、草叢，或在山旁的樹幹。樹幹多呈示枯瘦嶙峋的清癯。

其三，山形、水影、月影、日影，光明透亮，或層層雲霧，日破或月破雲來，高遠平視。

例如：繁葉下炯炯有神的貓，與你對視

例如：遠山雲影倒映水中

整體而言，《畫出心中的彩虹》採靜態寫生，內容簡約，線條不繁雜，輕重濃淡的色調勻稱地彰顯在畫面上，讓讀者感受空靈簡約的畫風。

（二）《信物》

　　是一本與蓮荷相關的書籍，文前「短箋／代序」自云：「雖然／在蓮荷的深處／我曾經試過／我確實曾經試過／要對你／千倍償還。」揭示與蓮荷密邇不分的深情。又云：「讓我回來（案：繪畫）的原因，常常是因為夏天時那一季的蓮荷。彷彿在千朵盛開的蓮荷之間，有一種熟悉的聲音在呼喚我」[5]由此可見蓮荷對席慕容的意義非凡。文字表述既以蓮荷邂逅、遇合為主，則圖像表現自是離不開蓮荷的風姿綽約，是以，全書圖、文以蓮荷展演為主，呈現千姿百態。

1 文與畫的編排方式

　　以一文一畫方式展現圖文關係，圖像既像插畫，又像文章的主體、前導，引領我們進入文字疏疏密密的各種蓮荷因緣之中。
　　例如：左文右圖，以一文一圖方式呈示。

5　《信物》（台北市：圓神，1989年），頁29。

2 版式

　　圖像或大或小，皆以一頁為度，不作蝴蝶頁呈現。畫框各有不同，或方或圓或長。

　例如：方框之蓮荷

　　例如：圓框之蓮荷

　　例如：長框之蓮荷

3 畫風

以黑白二色呈現蓮荷各種風姿為主，或直莖靜立水中，或含苞待放，或荷葉田田，或清芳自現，或秋後凋傷，或蓮蓬孤兀，或對影臨水，或明月相照，或葉叢綻放清香，將蓮荷各種姿態一一表現出來。

例如：叢草岸旁的蓮荷

不同的畫框，展現不同的視覺效果。

4 繪畫主題

以蓮荷為主的圖像，畫面呈現靜謐自在的恬淡，無喧無擾，悠哉遊哉地演繹孤芳清影的姿態，彷彿與世隔絕，又似臨水自照的佳人，兀自清芳自賞。

例如：盈盈綻放的蓮荷

例如：含苞中的蓮荷

（三）《寫生者》

　　《寫生者》七卷，內容以隨筆方式書寫生活的各種感思，目前有二種版本，其一是大雁書店有限公司，於一九八九年出版，後來書店關閉，改由洪範書店於一九九四年出版，文末有〈界石：洪範版後記〉一文，說明該書是生命中的界石，當年出版三個月之後，登上從未見過的原鄉：蒙古高原，後來改由洪範出版時，重閱舊作，彷彿流浪者去面對時光明鏡一般，有驚喜與詫異之後的隱隱疼痛。並且自云：「在我已經永遠不能再走回去的長路上，這一本小小的書，這一塊小小的界石是我獻給時光的信物與謝禮」[6]故而這本書對席氏有特別的意義。

6　見《寫生者》（臺北市：洪範，1994年），頁219。

1 文與畫的編排方式

　　《寫生者》共分七卷，每一卷扉頁之首，先列一幅圖像，是為啟卷之用，以引導視覺意象。

　例如：扉頁之前，以圖像開展內容

2 版式

　　以全頁方式呈現，不作跨頁，不作框限，只以線條鉤勒人體形狀鋪陳畫面。

　例如：左文右圖，全頁開展，不作蝴蝶頁呈現

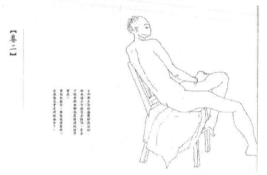

3 畫風

　　圖像是人體素描，或男或女，肢體動作或坐或立或蜷曲；觀看方向或正或側或背視。

例如：女體，背視

例如：女體，正視

例如：女體，蜷曲側背視

4 繪畫主題

　　以極簡的素描方式顯示人體肢體動作。

　例如：以簡單線條鉤勒，不作繁複設計

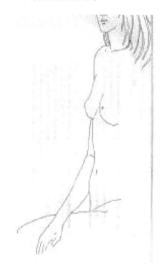

合攝前述，三書採用圖像方式迥異：

項目／書名	畫出心中的彩虹	信物	寫生者
出版項目	爾雅出版 1989	圓神出版 1989	大雁書店1989 洪範再版
文與畫的編排方式	一文一圖 20文、20圖	一文一圖 28文、28圖	卷首扉頁 7卷 7圖
版式	單頁或蝴蝶頁	框畫	肢體線條鉤勒，一頁
繪畫主題	自然景像	以蓮荷為主	肢體素描
畫風	水彩風景圖像	針線黑白版式	簡極風格
閱讀對象	學前兒童父母	普眾	普眾

三 文與畫的互詮性

西方文本學以微觀研究為主，對文本作近距離細讀，有所謂的「文本中心論」，形成自足說與本體論[7]，而中國文本學則有「意在言內」、「意在言外」之說，可多層次掘發文本「言與意」之間的關涉。若從文本學觀之，則每一本刊印出來的書籍皆可視為文本，則圖文合刊的書籍是圖與文互為文本結構中的一部分，不可分離，然而，圖與文仍然是藉由不同媒材進行表述而形成的結構，此中仍須分辨其間的異同性，並且釐析在整體文本中的互詮作用。

文與畫之互詮，可從類型及層次進行分述。互詮類型探討文畫之關係，互詮層次則討論文畫之內容。

（一）互詮類型

依據文畫之關涉，類型可分作互補共生、陪襯關係、主輔關係等項。

1 互補共生

《信物》一書專為蓮荷而作，以文圖相襯，圖像刻意展現蓮荷枝影綽約，以呼應文中所示現的內蘊，此時，圖文是互補共生的關係。

席氏自云：「每次重新站在荷前，心裡總會有一種半喜半悲的悵惘。原來，原來時間就這樣過去了。所有的日子越走越遠越黯淡，只有在蓮荷盛開的時候，那記憶，那些飄浮在它們周遭的記憶才會再匆匆趕回來，帶著在當時就知道已經記住了、或者多年以來一直以為已經忘記了的種種細節。」（《信物》，頁31）蓮荷是她生命中最珍貴的遇合，畫荷，是一種記憶的盛開，曾經為了畫荷，遠赴峇里島，在島上有了個人生命的體悟與轉折：「來

7　傅延修：《文本學：文本主義文論系統研究》（北京市：北京大學出版社，2005年，二刷），第一章〈文本學的富曠〉，頁7-74。

峇里島，整整一夏，只為了畫一枝荷，是一件別人眼中荒謬又奢侈的事。」
（《信物》，頁25）

然而，如何才算不浪費？不奢侈呢？「我們的生命，我們每一個人的生命，不都是一件奢侈品嗎？要怎樣用它，才能算是不浪費呢？」（《信物》，頁27）

轉折之間，體悟出生命的長度與宇宙綿長的長度相比：「原來，與我們的一生相比，整個宇宙才是那荒謬與奢侈的極致啊！」（《信物》，頁60）

《信物》一書體現文與畫的相互融攝與互補，有文有圖，既以散文見證與蓮荷遇合之心境流轉，亦以蓮荷圖畫示現與散文之關涉，圖文並陳，將心情的轉折一一表述出來。

例如：圖與文互補共生

2 陪襯關係

圖文關係，並非對等關係，而是居於陪襯作用，亦即繪畫的主題未必與文章相合或相應。

通常插畫用來補足文字之不足，或是以圖畫複製文字的內容，或簡或約，讓人很容易了解圖文之間的關涉，然而在《畫出心中的彩虹》、《寫生者》二書中，繪畫內容未能符合文字的內容。例如〈畫出心中的彩虹〉一文，雖然，文章前後包抄的是繪畫，但是，圖與文的關係並不相符應的，前幅是單頁的草叢與樹影，後幅也是跨頁的草叢與樹影，比起前幅多增些雲彩，筆觸流暢，似有光影流動，全然與彩虹一文所要詮釋的美術教育無

涉，可知，該文插畫與文字之間關聯性不強，僅用來作用減緩文字與文字之間隔。

例如：〈畫出心中的彩虹〉的配圖，僅是插圖作用，與內容無涉。

再如：《畫出心中的彩虹》·〈美麗的錯誤〉之配圖，亦是圖文無關

例如：圖文內容無涉的插畫關係

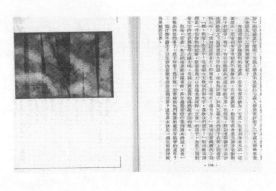

3 主輔關係

　　若從主輔關係觀察,《寫生者》一書所示現的圖文關係,採文主／圖輔,文字為主述,圖像與內容無涉,僅用來作為插圖輔助之用,對內容不起任何作用。

　　《寫生者》共有七卷,卷首扉頁有題字,佐以素描一幅,七卷共有七幅裸體素描,或男或女,或跪,或坐,或蜷曲,或側視,或低眉,或背坐,展示各種姿勢含納生命的各種存在的樣式。

例如:《寫生者》之圖像作為扉頁之始,亦與內容不相涉。

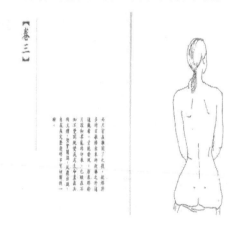

整體而言,依圖文關涉之比率觀之,《信物》是圖文互襯,互補共生,主要是因為《信物》全書圖文皆以蓮荷為主,關係密切,互現意義;《畫出心中的彩虹》是以圖作為陪襯之用,雖是一文配一圖,然而圖畫僅是輔襯作用。而《寫生者》則是文主／圖輔,不僅與全文無涉,且圖像僅置於卷首,作為卷與卷之分隔作用而已。

(二)互詮層次

　　圖文互詮之層次,大抵可以分作四個層次進行分述。

1 文字創作者與讀者之關係

　　文字創作者以文字表述，意在筆先，雖然文字可以表述的內容未必全然符合心意之傳釋，然而比起圖像而言，更具有優位性，圖像屬空間藝術未能摹寫音聲及書寫心情之轉折，而文字書寫屬時間藝術，可描形、繪影、書寫聲光，故而從文字創作者而言，文字之流轉書寫，可達到表情達意的目的。此時文字創作者與讀者之關係是透過文字作中介，進行意義的傳達。我們閱讀《畫出心中的彩虹》即可了解席慕蓉強力將個人的美術之教育理念灌注在字裏行間；《信物》則將個人與蓮荷的遇合寫進書中，讓讀者透過文字脈絡，去尋訪她與蓮荷的各種因緣；《寫生者》則藉由文字明白表露席慕蓉心情的流轉。文字書寫，是讀者感知作者的方式。

2 圖像創作者與讀者之關係

　　畫家以圖像示現為主，與讀者的關係是透過構圖來體契，畫家可充分運用色彩、光影、長短、遠近、深淺來表現圖像之意義，讀者也透過圖像來體契畫家所要傳遞的意涵，此時，畫面所彰顯的內容，即是讀者所能觀照的內容，而圖像未能表述的言外之意，則端賴讀者自行體會。我們透過《畫出心中的彩虹》、《寫生者》二書的插圖來觀照作者之意，似乎不能得魚忘筌，因為圖像僅是作為障隔文與文之插圖，未能充分表述作者之情意，文與圖的結合度不高，讀者不易從圖像來了解作者之意，仍要透過文字表述才能體會；《信物》一書之文／圖結合度或密合度較高，透過蓮荷的遇合書寫，以圖像來彰顯，宛轉之間，讓整個過程朗現無遺，讀者在文字與圖像之間，流連體契作者之意，互相印證。

3 圖文創作者與讀者之關係

　　席慕蓉既是文字創作者，亦是圖像的創作者，二者合構的三書，究竟要表述作者什麼樣的創作意圖？又達到什麼樣的效能呢？基本上，席氏以插畫形式來為文字增飾，則圖為文之輔佐，從書籍整體內容來觀察，文字的表述

能力強於繪畫，能寫情達意，而圖像僅能表述片面的畫面，更何況圖像若僅是插畫，不符合所指稱文意的內容時，則其意義也僅止於插畫，而無實質增益讀者的效能，此時，圖像僅能達到靈動書籍翻閱的喜悅而已，例如《畫出心中的彩虹》及《寫生者》二書，而《信物》則能達到同體感受圖文之美感效能。

4 席氏畫圖、觀畫與寫畫事的體悟

再深一層來觀看，席慕蓉不僅是繪畫者，也是觀畫者，更是書寫美術教育的作者，如此三個身分可深化席慕蓉書寫的深度，故而不論是《畫出心中的彩虹》、《信物》，或是《寫生者》皆能娓娓道出對繪畫一事的體會，提煉精純，讓讀者在文字與圖像之外，深刻體契席氏對美感教育之執著與認真，此一態度，提高讀者閱讀圖文時的興趣與愉悅感。

四　文畫互詮意義之掘發

據滕守堯所云，詮釋學的對話理論有四個階段，其一是狄爾泰詮釋學，訴諸理解和體驗；其二是佛洛伊德的發掘式詮釋學；其三是伽德瑪的對話詮釋學，是作者和讀者視野融合後對話形成的新體驗；其四是文本與文本的互相對話。[8] 本文亦認同文／畫、作者／讀者、文畫／讀者、作者／文畫之間亦是有層次地、循序進階地形成詮釋過程。

一、訴諸理解與體驗：《畫出心中的彩虹》、《信物》、《寫生者》三書，皆是席氏從經驗體會出來的想法、思維以文字表述的作品。《畫出心中的彩虹》二十篇是為年輕的母親寫幼兒美術教育的書簡，《信物》是敘寫與蓮荷因緣的感思，《寫生者》是生活隨筆散記，這些內容，是從經驗中淬鍊的感性與知性之美。我們試以《信物》為例來說明。

8　見滕守堯：《對話理論》（台北市：揚智，1995年），第一章〈走向對話的當代文化〉，第三節，頁36-43。

《信物》共收二十八幅蓮荷繪畫，並以小品散文書寫與蓮荷之因緣。從峇里島畫荷，引發他人的好奇，導出生命的意義與追求，遠從台灣到峇里島一夏守候只為看荷畫荷。最後回歸對生命的意義，在他人眼裡荒謬與奢侈中尋找生命的定義，宇宙才是創發荒謬與奢侈的極致，最後仍堅持拿起畫筆，一生守候生命的蓮荷出現。敘寫手法，採用：

今—昔—今

從當下的峇里島單色素描寫起，轉憶出國留學在布魯塞爾第一次畫展的經過，再憶十七歲在台北植物園寫生透顯對荷花的激動與感傷，再憶台南白河鎮的蓮、喀什米爾湖上的蓮，再憶生命中第一次與蓮邂逅的情境，五歲，父親抱著她，給她一枝蓮蓬，迄今難忘，這些串接與蓮的遇合，是生命中不可抹去的記憶。

這種訴諸經驗的敘寫與理解是《信物》一書的軸線，也是《畫出心中的彩虹》、《寫生者》的軸線，只是書寫對象迥異，《畫出心中的彩虹》寫給幼兒母親；《寫生者》有書簡寫給阿諾，有對生活的感想，有從經驗提煉的智慧等等。

二、深層意涵的掘發：三書除了表層經驗的體認之外，也能掘發深層的意涵，例如到花蓮中山畫花，隔週又再前往，在山中遇見帶小孩上山的父母，終於體會山芙蓉再沒有第一次見到那麼誘人，因為花間彷彿有自己孩子寂寞的面容。歸來，也才體會擁抱孩子是最幸福的。[9]

因育幼兒，陪在床邊體會出：針筆畫能畫到複雜精細，是只有在孩子床邊的母親才擁有那份耐心。[10]進而體會出，在創作生命中，精細針筆是油畫的敵人，「線條在紙上重複出現得太多的時候，由畫裡筆觸的力量就會慢慢消失。」[11]

9　〈山芙蓉〉，《寫生者》（臺北市：大雁出版，1989年），頁46-47。

10　〈等待中的歲月〉，《寫生者》（臺北市：大雁出版，1989年），頁56。

11　〈等待中的歲月〉，《寫生者》（臺北市：大雁出版，1989年），頁56。

　　甚至，席氏在油畫課，告訴學生，要相信自己，創作要有一種不顧一切的自由，要有做自己主人的勇氣。必須要對抗世界現實的勇氣才能保有創作的自由。[12]這些皆是從生活淬鍊、豁顯出來的深層體悟。

　　三、視域融合：繪畫多年的席氏，知道大部分觀眾觀畫，皆能看到浮面的色彩、線條，卻未能領受創作者自我期許的內容及其與內容的關聯。[13]觀賞林玉山老師八十回顧畫展中，體會要成為真正的藝術家，除了過人資質之外，還要有無數艱難困苦在後面撐著，要有耐心、決心、努力以及熱情，其云：「山火，原來是從不熄滅的。那麼，在藝術家心裡的那一把火，應該也是一樣的吧？」[14]職是之故，站在林玉山老師畫前，席氏體認生命有不同的面貌，有兇猛熾烈的火焰，也有緩慢不為人察覺的綿延，焚燒為了傳延，毀滅為了再生。[15]

　　復次，席氏到峇里島的布霧體會出：繪畫時太看重每一筆畫，沈重心情使得筆觸無法活潑；平日，太看重自己言行，以至於戰戰兢兢，無法豐富起來。[16]

　　以上透過作畫、觀畫而能產生視域融合表述之體現。

　　四、文本互文：互文性，主要的意義是指一切的文本皆處在互相影響、吸納、重疊、轉換的過程。[17]在席氏的散文與繪畫的關係中，大抵有下列數

12　〈說創作之一〉，《寫生者》（臺北市：大雁出版，1989年），頁118-9。

13　〈詩人啊！詩人〉，《寫生者》（臺北市：大雁出版，1989年），頁163。

14　〈山火〉，《寫生者》（臺北市：大雁出版，1989年），頁59-62。

15　〈山火〉，《寫生者》（臺北市：大雁出版，1989年），頁61。

16　〈霧布之五〉，《寫生者》（臺北市：大雁出版，1989年），頁210。

17　中國最早的「互文」出現在賈公彥疏解《儀禮》，其云：「凡言互文者，是二物各舉一邊而省文，故云互文。」此乃賈公彥對互文觀念與意義的提出，此一互文是指「互文見義」，也就是上下文互相補足意義。見《十三經注疏·儀禮·既夕禮·棄糗粟脯》（台北市：藝文印書館），頁464。復次，「互文」被運用在修辭學之中，即有「互辭」、「互言」名詞之異，皆指「互文見義」。西方的互文性，主要有巴赫金（Mikhail Bakhtin, 1895-1975）對話理論（dialogism）、布魯姆（Harold Bloom, 1930-）「誤讀圖示」、羅蘭巴特（Roland Barthes 1915-1980）的「文本互涉性」、克麗絲蒂娃（Julia Kristeva, 1941- ）等之觀念的演繹，據李應志言，巴赫金從對話理論、主體間性（inter-subjectivity）、複

種。席氏從繪畫中體會美育的道理，藉由文字表述，讓文與畫作作一互文性展現。

（一）《畫出心中的彩虹》

寫出幼兒學前美術教育的個人觀點，對象是「給年輕母親的信」。文與畫的互文中，讓我們體會席氏重視幼兒美育，統整其對幼兒母親、對繪畫的期許如下：

1 大自然對孩童的啟迪作用

·教育兒童，做兒童「美的導師」最直接是帶他們接觸大自然，因為越年幼的孩子對自然嚮往越大。[18]

·幼兒富有藝術原創性，應多供給他們觀察世界的機會，觀察四季變換是培養觀察力和感受力的途徑。

·培養孩子從自然界找尋玩具與樂趣，自然能發揮想像力，培養智慧，而不會到電動玩具店逗留。[19]

2 美育教育之必要

·孩子未必皆能成為偉大的畫家，卻可以培養他具有良好的藝術修養及欣賞的樂趣。[20]

調等概念擴展到整個歷史文化背景之中。見江民安主編：《文化研究關鍵詞》（南京市：鳳凰出版傳媒集團，江蘇人民出版社，2007年），頁117。而布魯姆在《比較文學影響論：誤讀圖示》（*A Map of Misreading*，台北市：駱駝，1995年）揭示不存在文本性而只存在「互文性」。見該書譯者前言，頁4。

18 〈美的導師〉，《畫出心中的彩虹：寫給年輕母親的信》（台北市：爾雅，1982年），頁7-10

19 〈要怎麼收穫先怎麼栽〉，《畫出心中的彩虹：寫給年輕母親的信》（台北市：爾雅，1982年），頁89-92。

20 〈大世界與小世界〉，《畫出心中的彩虹：寫給年輕母親的信》（台北市：爾雅，1982年），頁13。

・在教孩子知道美之前，先知道什麼是愛，這是不可安排，不能控制，不能解釋的上天福祉。[21]

・由美術教育談到音樂，音樂是無形的繪畫，這種無我境界是美感教育追求的境界。[22]

3 父母的教育態度

・父母切忌滲入個人因素，影響幼兒對色感的培養。讓他們養成對色彩生活的興趣，提高觀察大自然色彩變化，能以豐富色彩表達自己內心情感。[23]

・不要把願望加在兒女身上，不要讓他們來實現自己的願望，讓他們走出一條自己繁花似錦的前途。

・席氏指出畫圖是遊戲的一種，不必在乎畫得好不好，就會自在與快樂，父母不必給孩子太多壓力。不要用世俗的規範去衡量，讓他成為枝葉繁茂的快樂樹，而非修剪綑住的盆景。

4 拋開傳統的包袱

・天才兒童幼小出國，長大成功的例子是犧牲幸福童年，故而不喜歡看得獎的兒童畫展，沒有童心的童畫是不值得鼓勵的。[24]

・對於傳統師長要求學生穿著樸素，甚不以為然，中國人對色彩感受非常強烈且優美，講求色彩不是奢侈行為，是上天賜與的盛宴。[25]

---

21 〈愛是一切的泉源〉，《畫出心中的彩虹：寫給年輕母親的信》（台北市：爾雅，1982年），頁49。

22 〈美麗的聲音〉，《畫出心中的彩虹：寫給年輕母親的信》（台北市：爾雅，1982年），頁35。

23 〈畫出心中的彩虹〉，《畫出心中的彩虹：寫給年輕母親的信》（台北市：爾雅，1982年），頁27-30。

24 〈大世界小世界〉，《畫出心中的彩虹：寫給年輕母親的信》（台北市：爾雅，1982年），頁13-17

25 〈講究色彩不是奢侈行為〉，《畫出心中的彩虹：寫給年輕母親的信》（台北市：爾雅，1982年），頁21-24。

．保住兒童的童趣，讓他們過一個無憂無慮無競爭的童年，從容去迎接世界，不要搶先入學，給他們空明澄淨的美麗世界。[26]

席慕蓉揭示生活是複雜的學問，希望透過《畫出心中的彩虹》一書提供天下年輕母親們給幼兒接觸世界時，多給一點寬容和了解。[27]這種將繪畫、大自然、人生的體驗——融合成為一個整體性的感受，並且希望透過書信對話，產生美育教育的影響。

（二）《信物》

面對潔淨畫蓮荷所體悟出來的理哲，揭示在混亂失義的時代裡，站在溫暖土地上，面對水塘亭亭新荷，努力盡心繪畫，找到了堅實的力量可以繼續前進，是繪畫讓她不會茫然失據。[28]復次，指出「繪畫上最豐富的記憶都來自蓮荷。」[29]透過文章與蓮荷對話，讓讀者體會蓮荷是席氏繪畫的記憶，也是生命深處呼喚她繪畫的動力與原因。

（三）《寫生者》

透過對生活的體證，揭出同行相輕自古而然，有人說席氏的詩多了一份故作的匠氣。所謂匠氣，原是用來批評沒有才情而努力用功的人只能是個工匠而已，席氏卻另有體悟：工匠是對本身工作有真正認識與把握，能製作出精美物品，而有才情又用功的工匠，製作出來的東西就是絕美的藝術品。[30]再次，〈山中日課〉寫自己帶著畫具到山中寫生，一天過去了，才剛鉤勒一

---

26 〈應該「搶先」嗎？〉，《畫出心中的彩虹：寫給年輕母親的信》（台北市：爾雅，1982年），頁103-106。

27 〈是與不是之間〉，《畫出心中的彩虹：寫給年輕母親的信》（台北市：爾雅，1982年），頁143-145。

28 〈我們這一代〉，《寫生者》（臺北市：大雁出版，1989年），頁118-9。

29 〈花之音〉，《寫生者》（臺北市：大雁出版，1989年），頁122。

30 〈匠氣〉，《寫生者》（臺北市：大雁出版，1989年），頁144-146。

朵山茶輪廓，體會時間不夠用，也想起畫冊中，一生畫了幾千張素描的畫家，他們的時間怎樣過去？一生如何走過去？[31]如此，更堅定自己作繪的決心與毅力。又揭示美術教育的失敗緣於生活教育的失敗。[32]故而倡導生活藝術教育之重要。

復次，席氏體會，只要在下筆之前，一切充滿希望，只要不開始，希望永遠存在，只要不提筆，可以是個充滿信心的創作者；一旦開始，就會發現事實真相距離夢想越來越遠；繪畫不可能完全描摹所見，筆端更不可能表達所盼望的。[33]這種體會是對自己繪畫過程的整體反饋，深切知道「未始」才是一切的希望之源，「已始」則是落實在筆下，未能補足那個永遠空白的留白，唯有空白，才能有任何機會開始。

這些從繪畫與生活中體悟出來的智慧，透過文字表述，形成文與繪畫互涉互詮的過程，也示現圖文互融互攝的存在意義。

五　結語：創作初心與意圖

亮軒曾說：「席慕蓉從來就不是一個刻意求變的藝術者，無論是她的詩文還是她的畫，她求的是真，情感的以及觀察的。這也就造成了她的作品長年都能達到雅俗共賞的原因，其實雅俗共賞是美學世中最難達到的境界，……」[34]其說洵然。揭示席氏之詩文圖像能夠引發讀者迴響，就在其表現出雅俗共賞的趣味性。又說：「儘管可以如有人所說，席慕蓉的荷花是古典主義，夜色是印象派，花與女人是野獸派……畫家顯然並不在意她是什麼派別，也無意於表現她師承的源流。早期的師範教育打下了扎實的技術性基礎，赴歐習藝開了她的心胸與眼界，長年任教則讓她在專業世界中從不鬆

---

31 〈山中日課〉，《寫生者》（臺北市：大雁出版，1989年），頁174。

32 〈失敗的美術教育〉，《寫生者》（臺北市：大雁出版，1989年），頁188。

33 〈開端〉，《寫生者》（臺北市：大雁出版，1989年），頁212-214。

34 見亮軒：〈為《寫生者》畫像：看席慕蓉的畫〉，輯入《邊緣光影》（台北市：爾雅，1999年），頁197。

懈，而一以貫之的便是淨潔無邪的真誠。」[35] 淨潔無邪的真誠，揭示席氏文與畫的創作初心。

統攝前文：其一，繪畫在散文集中的作用性有互補共生的《信物》，有陪襯關係的《畫出心中的彩虹》，有文主圖輔的《寫生者》。其二，從文與畫的表述過程觀之，文字達到對繪畫的詮釋效果，而圖像在《信物》是互相融攝的，在《畫出心中的彩虹》、《寫生者》是插圖效果，卻以文字深化個人對繪畫的詮解。職是之故，文字的透顯性、導引性強於圖像的表述。再者，從創作者、文本、讀者的關係來考察，則：

1. 從創作者而言，《信物》圖文互詮，達到專業繪畫與真誠心靈的表述，而《畫出心中的彩虹》、《寫生者》之圖像僅是文字之插畫，未能補足閱讀之視覺效果。

2. 從文本而言，無論是文圖相襯，或是主輔關係，所要達到的視覺效果各有不同。以文為主者，文字引導讀者進入語脈，體契作者心意流轉，例如《畫出心中的彩虹》、《寫生者》；以文圖相襯者，互補相生，補足想像空間，例如《寫生者》。

3. 從讀者而言，有了圖像導引，減緩文字凝重的感受，增進閱讀的趣味性與渲染力的感受。

對於創作意圖，席慕蓉曾自云：「我一直相信，一個創作者所能做到和所要做到的，應該就只是盡力去呈現他自己而已。」[36] 她對創作不朽的肯定，也對自己繪畫的堅持：「既然我只能把握住我手中的幾枝畫筆，那麼，就繼續畫下去吧。不管別人怎麼說，我其實可以堅持自己所有的權利——用我整整一生的時間，來期待一張美麗的蓮荷出現」。[37] 這就是席慕蓉堅持自己、真誠創作所以能達到雅俗共賞的原因。

---

35 見亮軒：〈為《寫生者》畫像：看席慕蓉的畫〉，輯入《邊緣光影》（台北市：爾雅，1999年），頁198。

36 〈睡蓮〉，《寫生者》（臺北市：大雁出版，1989年），頁50。

37 《信物》（台北市：圓神，1989年），頁63。

參考暨引用書目

席慕蓉　《雷射藝術導論》　台北市　雷射推廣協會　1982年

席慕蓉　《畫出心中的彩虹：寫給年輕母親的信》　臺北市　爾雅　1982年

席慕蓉　《山水》　台北市　敦煌　1987年

席慕蓉　《花季》　臺北市　清韵國際事業公司　1991年

席慕蓉　《涉江采芙蓉》　台北市　清韻　1992年

席慕蓉　《七里香》　臺北市　大地　1981年

席慕蓉　《無怨的青春》　臺北市　大地　1983年

張曉風、席慕蓉、愛亞撰　《三弦》　臺北市　爾雅　1983年

席慕蓉　《有一首歌》　台北市　洪範　1983年

劉海北、席慕蓉　《同心集》　台北市　九歌　1985年

席慕蓉　《畫詩》　臺北市　皇冠　1979年

席慕蓉　《河流之歌》　台北市　台灣東華　1992年

席慕蓉　《信物》　臺北市　圓神　1989年

席慕蓉　《寫生者》　臺北市　大雁出版　1989年

席慕蓉　《水與石的對話》　花蓮縣　內政部太魯閣國家公園管理處　1990年

席慕蓉　《我的家在高原上》　臺北市　圓神　1990年

滕守堯　《對話理論》　台北市　揚智　1995年

傅延修　《文本學：文本主義文論系統研究》　北京市　北京大學出版社　2005年　二刷

《十三經注疏·儀禮》　台北市　藝文印書館　2001年

江民安主編　《文化研究關鍵詞》　南京市　江蘇人民　2007年

布魯姆　《比較文學影響論：誤讀圖示》（*A Map of Misreading*）　台北市　駱駝　1995年

從臺灣到南洋的萬里尋妻
—— 以默片演員鄭連捷和周清華為媒介
的通俗劇探析[*]

許維賢[**]

摘要

　　本文探析一九二七年首部新馬電影《新客》的男主角鄭連捷和女演員周清華在南洋橫跨半個世紀的愛情悲劇，如何被新馬黑膠華語歌劇唱片《萬里尋妻》和臺灣華語電影《瘋女情》改編成「挫敗式通俗劇」。出生和成長於新竹的鄭連捷也是台灣首位默片男演員，曾於一九二五年同友人在臺北創設台灣最早的電影製作研究機構「台灣映畫研究會」，並參與製作和演出早期台灣電影，揚名於一九二〇至一九三〇年代中國影壇，曾與阮玲玉拍檔演繹《婦人心》的男女主角。目前記載有關鄭連捷和周清華的史料存有不少訛誤和謎團，根據兩人生平改編的兩部文本在不少論者筆下也是語焉不詳或莫衷一是。本文結合早期中日報刊、族譜與地方志史料和各家說法，對有關闕漏和失誤進行補正，並以鄭連捷和周清華作為媒介從而探討華語大眾文化如何在不同年代重複以通俗劇式的想像再現「海外尋親」的母題。這段愛情悲劇

---

* 拙文能受邀在新竹教育大學提呈，特別感謝李爽學的推薦和陳惠齡的邀請，亦感謝當天講評人林芳玫的點評，以及詹雅能、黃美娥和蔣淑貞的指教，也謝謝新竹市文化局影像博物館提供相關信息。本文是筆者在新加坡南大進行的研究計劃（計劃編號RGT26/13）《重寫早期新馬華語語系電影史（1926-1965）》的部分研究成果。謝謝杜漢彬從旁協助查閱相關書報，以及許永順提供黑膠歌劇唱片《萬里尋妻》。
** 新加坡南洋理工大學中文系專任助理教授。

都突出周清華作為瘋女的絕望,透過通俗劇的平臺表達被壓抑的南洋底層女性聲音,挪用惡勝善敗的形式,激起人們對二戰傷痛的集體挫敗感。

關鍵詞:鄭連捷、周清華、通俗劇、《萬里尋妻》、《瘋女情》

鄭連捷：「雖然，這一次相信是我最後一次重來星馬，也許也是最後
一次真正的跟清華重逢，但是，我與清華的這齣戲，尚未結束，還是
會繼續⋯⋯」[1]

一　鄭連捷其人其事的謎團

出身新竹望族鄭用錫家族的鄭連捷（1906年-1984年），藝名鄭超人，為
新竹詩人鄭燦南（1874-1919）次子。[2]一九二九年上海《新羅賓漢》周報形
容他「美豐資、溫柔如處子，故有『色男』（譯音）之譽，幼肄業扶桑，一
洗其世家習氣，十八歲曾於臺灣現身銀幕。」[3]可見這位成為各地影迷偶像
的新竹「美男子」稱號，並非虛傳。[4]鄭連捷是臺灣第一位默片男演員，一
九二三年參與《老天無情》的拍片工作，一九二五年和李松峰等友人在臺北
創設臺灣最早的電影製作和研究機構「臺灣映畫研究會」，並參與演出首部
臺灣電影《誰之過》。[5]此片賣座不佳，「臺灣映畫研究會」解體，當時在臺
北工藝學校（今改制為國立臺北科技大學）畢業不久的鄭連捷為了找工作，
只好赴廈門投靠外祖父，在廈門半年後，在親友鼓勵下前往新加坡，報考

1　符傳曙：〈鄭連捷周清華好夢難重圓〉，《星洲日報》11版，1971年6月20日；亦參見佚
　　名：〈千里尋妻好夢難圓〉，香港《快報》4版，1971年6月30日。

2　鄭鵬雲編：《浯江鄭氏族譜》（出版地和出版社不詳，1913年），頁142。鄭燦南又名鄭
　　安印，字幼佩，活躍於日治時期的竹社詩文活動。他是鄭氏族人鄭用錫的第七代，鄭
　　連捷則為第八代。日本統治台灣期間，全島出現總計超過三百七十個以上的詩社。參
　　見黃美娥：《重層現代性鏡像：日治時代台灣傳統文人的文化視域與文學想像》（台北
　　市：麥田，2004年），頁146。有關竹社詩文活動，參閱詹雅能：《竹梅吟社與〈竹梅吟
　　社詩鈔〉》（新竹市：新竹市文化局，2011年），頁37-42。感謝詹雅能和黃美娥提示有
　　關信息。

3　義務兵：〈鄭超人將耀光三島〉（上），《新羅賓漢》2版，1929年9月23日。感謝上海圖
　　書館顧梅提供有關剪報。

4　黃仁、王唯主編：《臺灣電影百年史話（下）》（臺北市：中華影評人協會，2004年），
　　頁355。

5　葉龍彥：《日治時期臺灣電影史》（臺北市：玉山社，1998年），頁164。

「南洋劉貝錦自製影片公司」演員班。[6]後來成功被錄取擔任新馬首部電影《新客》男主角,藝名為鄭超人。星洲《新國民日報》刊登鄭超人的玉照,但沒有像《新羅賓漢報》聚焦其姣容,反而著眼他的長處和實力,稱讚他「長於文學酷嗜藝術⋯⋯表演存績,恰到好處云。」[7]

籌備默片《新客》期間,鄭連捷結識片中女演員兼新加坡南洋女中校花周清華,墜入愛河,一年後結為夫妻,產下一子。《新客》在新加坡和香港公映前後,廣受媒體矚目,可惜此片在新加坡上映被英殖民政府刪減了三分之一內容[8],「南洋劉貝錦自製影片公司」倒閉,新婚不久的鄭連捷失業,暫住岳父位於馬來亞柔佛州哥打丁宜的住家。岳母對鄭連捷印象不好,鄭連捷結婚兩個月後攜妻搬離哥打丁宜。[9]面臨長年失業困境,鄭連捷決定暫別妻兒,孤身遠赴上海影壇謀生,在上海明星公司鄭超凡的引薦下,輾轉被引薦到「大中華百合影業公司」擔任韓籍導演鄭基鐸的日文翻譯,旋即受到賞識參與拍片工作。[10]很快在影界奠立聲譽,揚名於一九二〇至一九三〇年代的上海影壇,鄭連捷自認最滿意的演出是和阮玲玉合演的《婦人心》和《女海盜》。[11]由他主演的《青春路上》當年引進臺灣,也曾轟動一

6　葉龍彥:《日治時期臺灣電影史》(臺北市:玉山社,1998年),頁140-141。

7　佚名:〈劉貝錦自製影片公司職演員之一部分:鄭君超人〉,《新國民日報》14版,1926年11月26日。

8　此片也曾改名成《唐山來客》,於一九二七年四月二十九日至五月二日在香港九如坊戲院公映,宣傳文案打出「乃中國第一次以南洋生活轉編之艷情傑作。布景富麗光線明晰。祇映四天。」此片在香港放映完整版九大本,一九二七年三月四日在星加坡首次公開試映時,卻因為無法通過英殖民政府審查,無法完整公映九大本,僅放映六大本,直接影響了影片素質。有關《唐山來客》在香港公映的記錄,參閱 Tse Yin (Nangaen Chearavanont), Movie Stories (Hong Kong: H. M. Ou, 2014), p. 47;有關《新客》是新馬首部電影的論證和從籌備到放映前後的分析,參見 Hee Wai Siam. "New Immigrant: On the first locally produced film in Singapore and Malaya," *Journal of Chinese Cinemas* 8.3 (2014): 244-258;許維賢:〈《新客》:從「華語語系」論新馬生產的首部電影〉,《清華中文學報》第9期(2013年6月),頁5-45。

9　葉龍彥:《日治時期臺灣電影史》(臺北市:玉山社,1998年),頁141。

10　葉龍彥:《日治時期臺灣電影史》(臺北市:玉山社,1998年),頁141。

11　黃仁:〈在中國影壇發展有傲人成就的新竹人:重寫鄭超人不為臺灣人知的事蹟〉,《竹塹文獻》第44期(2009年12月),頁141。

時。[12]除了主演多部武俠片，鄭連捷也曾在上海創設文英影片公司，僱傭當時人在上海的日本攝影師川谷莊平當導演。[13]本來一九二九年鄭連捷還計劃到日本參與大導演牛原虛彥的拍片工作。[14]後來薪金問題未談攏未簽約，因此回返廈門故里，為臺灣解放運動犧牲者求援義演會導演兩齣舞臺劇。[15]根據鄭連捷晚年書信自述當年自己「回臺省親」，被「日本統治者囚禁前後凡四年之久」。[16]《新竹市志》記錄一九三〇年五月他回到新竹，被日兵以「治安維特法」逮捕，指稱它在上海涉嫌從事抗日活動。[17]筆者翻閱日治時期的《臺灣日日新報》日文版，發現他被逮補的時段應是一九三一年十二月，當年該報還圖文並茂鄭連捷被抓的照片，而且報導指稱他一九三〇年十二月就已返回臺灣從事抗日活動。[18]這跟鄭連捷晚年自述當年自己「回臺省親」被逮捕的說法有矛盾，換言之，他不是返臺就即刻被逮捕，從一九三〇年十二月至一九三一年十二月期間，鄭連捷在臺做了什麼？這是本文嘗試想要釐清的謎團。

後來太平洋戰爭爆發，連捷非但再也回不了上海，亦從此跟南洋愛妻斷了音訊。臺灣光復後，他承蒙第一屆新竹市長鄭雅軒延攬，進入市公所當秘書。[19]他也曾擔任過新竹市公所的建設課長。[20]鄭連捷晚年自稱為了表示對

---

12 葉龍彥：《日治時期臺灣電影史》（臺北市：玉山社，1998年），頁141-142。

13 （日）三澤真美惠，李文卿、許時嘉譯：《在「帝國」與「祖國」的夾縫間——日治時期臺灣電影人的交涉與跨境》（臺北市：國立臺灣大學出版中心，2012年），頁136。

14 義務兵：〈鄭超人將耀光三島〉，《新羅賓漢》2版，1929年9月25日。

15 小倩：〈鄭超人不赴日本之原因〉，《新羅賓漢》2版，1930年4月22日。

16 引自鄭超人親筆致函《星洲日報》。佚名：〈戰火漫天鴛鴦散，夫在臺灣妻何處〉，《星洲日報》6版，1971年2月11日。

16 張永堂編撰：《新竹市志：卷七人物志》（新竹市：新竹市政府，1997年），頁179。

18 佚名：〈臺北工業出身の新竹の鄭連捷：映畫俳優ともなる〉，《臺灣日日新報》夕刊2版，1932年12月25日。感謝詹雅能提供有關剪報，以及吳珮琪和及川茜從旁協助查閱有關信息。

19 黃仁：〈在中國影壇發展有傲人成就的新竹人：重寫鄭超人不為臺灣人知的事蹟〉，《竹塹文獻》第44期（2009年12月），頁142。

20 陳嘉錩：《臺灣老翁鄭連捷訪談》，《星洲日報》10版，1971年6月19日。

愛妻深切思念，未續弦二十多年期間，收養一位養子鄭秀明[21]；一九五〇年在父老們催勸下，鄭連捷才跟林雲鶴女士結婚，兩人沒有生育，育有一位養女。[22]

鄭連捷到底餘生有否回返南洋重見愛妻？黃仁在《臺灣百年史話》有以下記載：

> 一九七四年，鄭超人在報上得悉新加坡那位女星，對他刻骨銘心的感情，和他分別卅一年，仍一直思念他，以致精神失常。這段情感轟動華僑社會，鄭超人想去相會，遭家人反對。
>
> 最後得到妻子同意，友人協助，終於到新加坡。不料那位女星已病故。
>
> 這段淒美戀情，資深導演張英拍成臺語電影《舊情綿綿瘋女淚》。[23]

黃仁在近年發表的文章也繼續把上述記載抄錄於文末，繼續持見認為鄭連捷最後並沒有見到南洋愛妻。其實，本文首先要指出鄭連捷最後有在馬來西亞跟愛妻重聚，有圖為證，連同媒體訪問和追蹤報導，圖文並茂刊登於《星洲日報》，這是鄭連捷晚年唯一也是最後一次跟愛妻短暫重聚，發生於一九七一年，也不是黃仁上述所謂的一九七四年。目前有關鄭連捷和周清華的愛情悲劇記載存有不少訛誤和謎團，根據兩人生平改編的黑膠華語歌劇唱片《萬里尋妻》和臺灣華語電影《瘋女情》在不少論者筆下也是語焉不詳或莫衷一是。本文結合早期中日報刊、族譜與地方志史料和各家說法，對有關闕漏和失誤進行補正，並嘗試重讀這些根據兩人戀情改編的華語通俗劇

---

21 此養子在1971年（37歲）經營水果店，收入不錯，育有五位兒女，分別是鄭猶仁、鄭秀珍、鄭毓華、鄭立德和鄭至誠。陳嘉鎰：《臺灣老翁鄭連捷訪談》，《星洲日報》10版，1971年6月19日。

22 此養女後來嫁給臺北房屋經紀人尤啟清，育有一男一女，女孩名叫尤欣興，男孩名叫尤向榮。陳嘉鎰：《臺灣老翁鄭連捷訪談》，《星洲日報》10版，1971年6月19日。

23 黃仁、王唯主編：《臺灣電影百年史話（上）》（臺北市：中華影評人協會，2004年），頁54。

（Melodrama），以鄭連捷和周清華作為媒介從而探討華語大眾文化如何在不同年代重複以通俗劇式（melodramatic）的想像再現「海外尋親」的母題。

二 亞洲通俗劇和其重要性

通俗劇原義是指綜合音樂的戲劇。[24]後來此術語沿用到電影分析裡成為某種電影類型特徵，它被界定為「一種流行的敘事形式，其特徵是情感誇張和通常勾勒善惡的極大對立。」[25]通俗劇的特色就是把其本身的極端衝突推向極端結局，被聚焦的主人公在反抗那座與他敵對的世界，無論是在現實生活中抑或在舞臺上，它的結局僅有三種可能性：僵局、勝利或挫敗。[26]它喚起人們的基本情感是抗議、歡呼和絕望。[27]從而依序形成通俗劇的三種形式，其一、抗議式通俗劇（melodrama of protest），提高政治醒覺和支持改革的戲劇形式；其二、歡呼式通俗劇（melodrama of triumph），善勝惡敗的戲劇形式；其三、挫敗式通俗劇（melodrama of defeat），惡勝善敗的戲劇形式。[28]簡而言之，通俗劇這種戲劇化的形式，表達了我們大家在大多數時候所能體驗到的那種對人類處境的真實性，這種人生觀在美學上的表達不一定就是無足輕重和二流的，即使通俗劇對大量流行的劣作負有責任，但這不意味著所有通俗劇都是劣作，正如任何的類型那樣，通俗劇也能廣泛產生優秀作品。[29]

通俗劇不再被視為僅是一個貶義詞，當代很多電影學者和評論家開始探討通俗劇中的形式類別、結構和重要性以及它引導觀眾進入敘事軌道的複雜路徑，通俗劇已經「被認可為具有顛覆性的潛能，足於暴露中產階級意識形

24 Peter Brooks, *The Melodramatic Imagination: Balzac, Henry James, Melodrama, and the Mode of Excess* (New York: Columbia University Press, 1985), p. 14.

25 Bruce F. Kawin, *How Movies Work* (Berkeley: University of California Press, 1992), p. 548.

26 James L. Smith, *Melodrama* (London: Methuen & Co. Ltd., 1973), p. 8.

27 James L. Smith, *Melodrama* (London: Methuen & Co. Ltd., 1973), p. 9.

28 James L. Smith, *Melodrama* (London: Methuen & Co. Ltd., 1973), pp. 15-77.

29 James L. Smith, *Melodrama* (London: Methuen & Co. Ltd., 1973), p. 11.

態和重構意識形態和慾望之間的辯證關係。」[30]在亞洲電影文化的脈絡裡，通俗劇尤其具有三大層面的重要性：其一、它突出女性的體驗、情緒和活動，提供一個平臺表達被壓抑的女性聲音，讓被遮蔽在其他電影類型的女性經驗凸顯出來；其二、通俗劇的誇張和極端成為角色們陌生化的能指，並有用以揭示意識形態的操作；其三、通俗劇勾勒了多樣文化的深層結構，構成亞洲文化表達創意的重要層面。[31]本文有意探析《萬里尋妻》和《瘋女情》如何借助瘋女誇張和極端的絕望體驗，表達底層女性被壓抑的聲音和慾望，而這在多大程度上能揭示日本帝國主義意識形態的操作？

　　通俗劇一般都丟給觀眾一個主要有待解決的問題：「品性高尚的個人（通常是女性）或一對伴侶（通常是戀人）在壓抑與不公正的社會環境中被犧牲，尤其是在與婚姻、職業及核心家庭相關的環境中。」[32]通俗劇一般會在片中提供幾種解決上述問題的方案，這也構成了通俗劇的主要特色：其一、善惡分明；其二、家庭作為敘事中心。[33]根據鄭連捷和周清華「真人真事」改編的《萬里尋妻》和《瘋女情》，基本上都傾向於不斷加強通俗劇的以上特色和解決方案。兩部文本再現這對恩愛夫婦組成的小家庭，如何受害於日本軍國主義的侵略，面臨家破人亡的悲劇。這對品德高尚的夫婦代表善的一面，日本軍國主義居之於惡的一面，夫婦倆半個世紀以來都在抵抗與從俗之間掙扎和求存。敘事情節以惡勝善敗層層推進，以瘋女極端的絕望形象作為焦點，召喚觀眾憐憫的情感，這也讓兩部文本屬於挫敗式通俗劇的形式範疇，都在演繹「海外尋親」母題，重複表達二戰期間南洋華人的集體挫敗感。

30　Wimal Dissanayake, "Introduction," in Dissanayake ed., *Melodrama and Asian Cinema* (Cambridge: Cambridge University Press, 1993), p. 1.

31　Wimal Dissanayake, "Introduction," in Dissanayake ed., *Melodrama and Asian Cinema* (Cambridge: Cambridge University Press, 1993), p. 2.

32　Thomas Schatz, *Hollywood Genres: Formulas, Filmmaking, and The Studio System* (Boston: McGraw-Hill, 1981), p. 222.

33　Thomas Schatz, *Hollywood Genres: Formulas, Filmmaking, and The Studio System* (Boston: McGraw-Hill, 1981), pp. 226-228.

　　二十世紀的日本軍國主義侵略東亞諸國和東南亞，使到無數華人家庭家破人亡，更導致大規模的中國移民離散到東南亞以及全世界，這是「海外尋親」母題在歷史現場的敘事源頭。中國一九三〇、四〇年代的國防電影確立大眾文化反日立場的規範。此規範跟「海外尋親」母題互相契合的典範，乃是二戰後中國歌舞劇團巡迴南洋各地長達兩年演出的話劇《海外尋夫》。這是有史以來轟動南洋華僑社會最持久的話劇，演出次數至少二三百次。[34] 話劇《海外尋夫》在一九五〇年的香港被改編為同名華語電影，繼續獲得南洋華人的熱烈支持。本文有意探討《萬里尋妻》和《瘋女情》如何挪用通俗劇的形式再現「海外尋親」母題，並且如何透過瘋女絕望的體驗讓南洋底層女性發聲。

三　萬里尋妻的真相

　　一九七一年鄭連捷為了尋覓南洋愛妻周清華，拜託新加坡朋友郭金治把親筆信函和照片轉交給《星洲日報》刊登，並詳細附上周清華在哥打丁宜的原址故居。這則新聞登出後，來自哥打丁宜的王鴻升投函告知報紙在原址故居找到周清華，但她多年苦守丈夫歸來，悲憤成疾，神智不清。[35] 後來記者偕同郭金治等人探訪周清華，在二層樓的舊板屋尋獲這位被當地人戲稱為「傻婆」的周清華，一身襤褸的她有時會到樓下屋旁玩泥沙石塊，自言自語，有時罵人，但不會打人。

　　當年鄭連捷在兒子三歲離開母子後，周清華一度在新加坡小坡新世界對面的樂樂園茶室當掌櫃兼收銀服務，一九三一年的《南洋商報》曾刊登一則新聞，周清華化名周雨琴到警局控告有一青年調戲她，當時的她在記者筆下是「商業能手，招徠顧客，交際圓融……上午親到警庭，身穿時式衣服，裝

34　佚名：《海外尋夫電影小說》（香港：電影畫報社印刊，1950年），頁2-3。

35　佚名：〈臺灣六三老翁鄭連捷：萬里尋妻有下落，周清華刻居哥打〉，《星洲日報》15版，1971年2月19日。

飾趨時……下午之時，周女士，又裝束一新矣」。[36]這則新聞除了證明當時衣著時髦舉止優雅的她還未神智不清之外，更重要證明她就是《新客》女演員，記者指稱她就是昔日現身《新客》銀幕之女演員，著名顯赫於當時。[37]後來被告青年聘請印籍律師出庭辯護，法官最後判決周清華證據不足，被告無罪釋放，《叻報》和《南洋商報》均對此事件前後作了詳細報導，兩篇報導皆稱周清華為《新客》女主角。[38]

兩年後兒子患病夭折於新加坡醫院，對周清華打擊甚大。根據鄭連捷一九七一年親臨馬來西亞接受記者訪問，當年赴上海工作的他起初幾年還有和周清華保持書信往來，他在上海揚名後想過帶妻兒到上海共度快樂日子，並也有打算攜妻帶子「回臺灣見爺娘」，但就在此時五歲的兒子病重去世，周清華大受打擊，不能到上海，在信函裡跟鄭連捷痛訴「一切苦心盡付東流！」後來連捷「獨個兒返臺探望父母」，被日兵逮捕。[39]

首先所謂「返臺探望父母」說法可能是記者誤寫或連捷的籠統之說，因為連捷的父親鄭幼珮早於一九一九年病世，當年《臺灣日日新報》報導鄭幼珮四十六歲染病去世。[40]再來連捷也不是返臺就即刻被逮捕。一九三一年《臺灣日日新報》日文版圖文並茂他被抓的報導，指稱他一九三〇年十二月就返回臺灣參與《每朝新報》活動，一九三一年十二月被逮捕的身分已是《每朝新報》新竹支局長，因執筆報導評論，被日方以名譽損壞罪調查，被

---

36 佚名：〈昔為女明星，今當女掌櫃：周清華女士昨到警庭控告瓊少年向其調笑〉，《南洋商報》8版，1931年8月22日。

37 佚名：〈昔為女明星，今當女掌櫃：周清華女士昨到警庭控告瓊少年向其調笑〉，《南洋商報》8版，1931年8月22日。

38 佚名：〈《新客》影片：女主角周海琴，控人調戲〉，《叻報》6版，1931年8月22日；佚名：〈男謂是好友，女稱不相識。電影女明星咖啡店內遭調戲。黃振明是位翩翩美少年。周雨琴樂樂園當女掌櫃〉，《南洋商報》6版，1931年9月5日。

39 符傳曙：〈半世紀離愁，老翁終償願：重會愛妻是喜是悲〉，《星洲日報》10版，1971年6月18日。

40 佚名：〈無標題新聞〉，《臺灣日日新報》6版，1919年7月29日。

發現他與上海的反帝同盟有所關係。[41]反帝同盟是當年臺灣學生在中國共產黨的指導下組織的「臺灣青年團」，後來一九三一年四月下旬改組成「上海臺灣反帝同盟」，在始政紀念日和第二次霧社事件發生之際組織遊行和發放傳單，影響中國南方、日本、臺灣等地方的人民情緒，因而惹怒日方，被日方指控為「激發反帝意識，斷然進行示威遊行，並謀劃恐怖襲擊。」[42]

鄭連捷被日治政府逮捕後，失去音訊的周清華至此的餘生開始顛沛流離。根據哥打丁宜村民的說法，周清華的弟弟和義父都在日本南侵時遇害，戰前戰後周清華在新加坡書局工作，家境一貧如洗，後來為了生活她只好當舞孃，美艷動人，還會說英語，紅極一時，有村民傳言有一次周清華的所有金飾被一名舞客騙去後，她才神經失常。[43]

六十五歲鄭連捷在臺灣動手術的一個月後，半籌半資終於於一九七一年六月十六日千里迢迢從臺灣飛到南洋探訪闊別已四十多年的周清華，《星洲日報》做了現場圖文並茂的追蹤報導。鄭連捷僅能申請到六天的馬來西亞准證，寄宿在哥打丁宜新華旅店，其距離周清華（又名周沁芳）之木屋僅百碼之遠，每天探訪周清華兩次，想盡辦法希望神智不清的對方能認得他。[44]當時媒體報導人人都以「心病可以用心藥醫」期盼六十二歲的周清華看到歸來的鄭連捷後，可以擺脫餘生的顛瘋命運。然而，當鄭連捷接近周清華之際，她卻「不好意思」地走開，一會以似懂非懂的眼光望著他，有時卻轉過頭去不理會他。[45]她多半不看他，只低頭或把眼轉向他處看；別人接近她，她卻會微笑注視和自言自語。清華昔日友伴走近跟她閒聊往日同遊，多半都是答非所問，還會反問道「舊事提作甚麼？」記者現場描述清華並非完全神經失

41 佚名：〈臺北工業出身の新竹の鄭連捷：映畫俳優ともなる〉，《臺灣日日新報》夕刊2版，1932年12月25日。

42 佚名：〈反帝意識を激發しデモを敢行、テロ計劃〉，《臺灣日日新報》1版，1931年12月25日。

43 符傳曙：〈臺灣老翁萬里尋妻，多少相思多少淚？〉，《星洲日報》10版，1971年2月23日。

44 陳嘉鎰：〈臺灣老翁鄭連捷訪談〉，《星洲日報》10版，1971年6月19日。

45 符傳曙：〈鄭連捷周清華好夢難重圓〉，《星洲日報》11版，1971年6月20日。

常，當看到連捷從臺灣給她送來的金飾，她拿在手上臉露笑容，對金飾看了一遍又一遍說道「這是作工時用的」，然後放回盒中。有人送她面霜，她還會嗅一嗅笑道「搽面的」。她甚至還會認字和寫字，當提起要買中藥，昔日友伴故作不懂得如何寫「北齊」兩字，她當場順手寫了這兩個有關中藥的方塊字。鄭連捷向記者透露他的心情：「如果清華是在我離開後數十年中另外嫁人有個好歸宿，我將會感到心慰，然而，她卻沒有。」[46]他感到眼前的清華心中好像有說不出的苦衷和溢露不出的憂傷，他表示自己做夢也沒想到還會跟清華重逢：

> ……我希望這一次我的到來能夠留給清華一些印象，翼望她漸漸恢復清醒，到時，只要她同意，我在星加坡的朋友是可以把她帶去臺灣的，這些我會安排的……我看希望很微，因為時間太久了，很難復原的，除非奇蹟出現，可是，奇蹟是不能以常理來衡量的……我花了錢千里而來，並不是僅僅為了看她一面，而是，要想使她有個安樂的晚年。[47]

可惜事與願違，清華沒有清醒過來，最終連捷也無法將她接回臺灣。連捷離去之前還非常誠懇告知大馬記者他晚年在臺灣住址：新竹市郊外的高峰街二百號，即古奇峰公園的側旁，老家門口的大對聯是「青山翠谷穀堪養性，麗日和風足聞懷」，鄭家治家的座右銘是「勤勞報世，清白傳家」。[48]筆者曾於二〇一五年十一月十四日按圖索驥尋訪到該住址，鄭連捷的媳婦、孫子和曾孫依舊住在那裡。根據臺灣電影史家黃仁的描述，連捷回到臺灣後看破紅塵，謝絕應酬和採訪，拒談過去影事，平日養花、植樹和看書，同時在古奇峰口建一座小廟，日夜膜拜；一九八三年四月一日晨，連捷無疾而終，

---

46 符傳曙：〈半世紀離愁，老翁終償願：重會愛妻是喜是悲〉，《星洲日報》10版，1971年6月18日。

47 符傳曙：〈鄭連捷周清華好夢難重圓〉，《星洲日報》11版，1971年6月20日。

48 陳嘉鎰：〈臺灣老翁鄭連捷訪談〉，《星洲日報》10版，1971年6月19日。

安詳去世，享年七十八歲。[49]

四 華語黑膠歌劇唱片《萬里尋妻》與鄭連捷的「海外尋親」

鄭連捷萬里尋妻的真人實事，很快地被林放編導成黑膠歌劇唱片《萬里尋妻》，聘請有聲樂底子的臺灣著名女歌手楊燕和馬來西亞男歌手李金聯手灌錄此歌劇唱片，除了在唱片中主唱七首華語流行歌曲，他倆也各自在歌劇裡扮演周清華和鄭連捷並互相對話，由楊燕親自進行劇情敘述，打出「馬臺兩位皇牌巨星」的宣傳廣告，在一九七三年九月隆重上市。[50]甫出一週，告銷出兩萬張。[51]

唱片封套聳動人心地標明「廿世紀真人實事偉大愛情悲劇」，顯然有意把周清華和鄭連捷的好夢難圓提升到偉大愛情的高度，以吸引馬臺兩地歌迷掏錢消費。唱片收錄幾首後來被不同歌手演唱過的流行歌曲，依照順序分別是《氣魄》（李金唱，後來被陳憶文翻唱為《變色的戀情》）、《愛的誓言》（李金、楊燕合唱，其他演唱者是鳳飛飛）、《蘋果花》（楊燕唱，其他演唱者是張露和鳳飛飛）、《我需要安慰》（李金唱，其他演唱者是張帝、余天和徐小鳳等人）、《給我回音吧》（楊燕唱，其他演唱者是余天）、《往事難追憶》（楊燕唱，其他演唱者是張小英和鳳飛飛）和《萬里尋妻》（李金唱）。楊燕當初憑《蘋果花》紅遍臺灣及東南亞歌壇，被歌迷稱為「蘋果花歌后」，她特地為《蘋果花》添加一段道白，嘗試為此歌增添個人創作特色。[52]

---

49 黃仁、王唯主編，《臺灣電影百年史話（上）》（臺北市：中華影評人協會，2004年），頁54。《新竹市志》則記錄鄭連捷於一九八四年去世，參閱張永堂編撰：《新竹市志：卷七人物志》（新竹市：新竹市政府，1997年），頁179。

50 佚名：〈《萬里尋妻》上市廣告〉，《南洋商報》19版，1973年9月17日。

51 佚名：〈大聯機構新貢獻《萬里尋妻》上市〉，《星洲日報》17版，1973年9月18日。

52 張燕娟：〈專訪臺灣歌壇常青樹楊燕：鄧麗君也是她的歌迷〉，《海峽導報》，2012年9月3日，《中國台灣網》網站，http://www.taiwan.cn/twrwk/ywysh/201209/t20120903_3034779.htm（2015年10月26日上網）。

　　《萬里尋妻》直接以原名鄭連捷和周清華命名歌劇裡的男女主角。一開頭是楊燕以全知視角的旁白敘述：

> 雖然，太平洋戰爭在鄭連捷內心充滿著悲傷和痛恨，但是一天啊，在烽火瀰漫，亂世中的妻離子別，已使他蒼老的心靈有數十年的創痛。她與妻子就像兩瓣相思豆隨著砲灰決裂在馬來西亞和臺灣的海洋中。——雖然，鄭連捷又繼賢（作者按：原文如此，應為「續弦」），然而他這位通情達理的妻子也同樣的懷念鄭連捷的髮妻反而鼓勵他去尋找戰亂中離散的妻子。——他千方百計，四處探訊，鄭連捷數十年盼望終於露出曙光，他終於滿懷激動的心情，由臺北到馬來西亞會晤妻子周清華。——在馬來西亞柔佛州的一個偏僻的小鎮上，哥達丁宜有一座破舊的鐘樓，在這間簡陋的小屋中。這一對白髮斑斑的老夫老妻，已經是「往事只能回味了，」他們四目交投，猛然，鄭連捷對著妻子，突然有一種不能壓制內心的激動……[53]

　　旁白劈頭就以女聲帶出日本帝國主義發動太平洋戰爭的禍害，營造通俗劇那種對新世界的恐懼感，作為傳統形態的倫理秩序形成的社會凝聚力已經失效。[54]在那些真理和倫理傳統崩塌的歷史時期裡，通俗劇宣揚對真理和倫理傳統重建之必要。[55]通俗劇因而容易受到群眾歡迎。群眾正是通過不斷支持和想像《萬里尋妻》的夫婦團圓，企圖重建被太平洋戰爭破壞的真理和倫理傳統。[56]如果根據黃仁的敘述，鄭連捷赴南洋跟周清華重聚，當初遭家人

---

53 李金、楊燕：《萬里尋妻》黑膠歌劇唱片全劇劇本（吉隆坡：大聯機構暨大漢出版中心，1973年）。

54 Peter Brooks, *The Melodramatic Imagination: Balzac, Henry James, Melodrama, and the Mode of Excess* (New York: Columbia University Press, 1985), p. 20.

55 Peter Brooks, *The Melodramatic Imagination: Balzac, Henry James, Melodrama, and the Mode of Excess* (New York: Columbia University Press, 1985), p. 15.

56 本文採納家永三郎對「太平洋戰爭」的界定，即指「從柳條湖事件到日本投降時，日本與諸外國連續不可分的——我認為應是那麼來理解的——戰爭，嚴格地說，應該稱

反對，最後是徵得臺灣妻子同意，友人協助下才重返南洋。[57]這些遭家人反對的阻難，並沒有出現在歌劇唱片裡，反而續弦妻子被敘述成是一位主動鼓勵連捷萬里尋妻的賢慧女人。跟著唱片是鄭連捷嘗試跟周清華說話，然而引來的均是周清華一陣又一陣淒厲的傻笑，編導以「一陣莫名其妙的怪笑，令人毛髮聳然。」來誇大周清華的瘋癲程度，以煽情方式高度渲染這則愛情悲劇。[58]這呼應通俗劇一貫的特徵：修辭誇張、過度的再現和對倫理的認據。[59]其實倘若根據當年記者現場的上文紀實描述，周清華僅是微笑不看連捷，並非完全神經失常。痛苦是亞洲通俗劇中一個極關鍵的話語，大多數的亞洲文化把痛苦視為一種無處不在的生活事實。[60]這部歌劇通過一個瘋女痛苦的笑聲，為現實中失聲的周清華發聲。即使這些通俗劇也許無法在總體上成功解開父權制度對女性的鐐銬，但卻是構成女性意識發展的重要元素。[61]

歌劇唱片跟著敘述連捷閃回（flash back）昔日一九二〇年代他和周清華婚後寄宿在周父家，遭受周父白眼奚落的場景：

之為『十五年戰爭』。」此界定跟一般把「太平洋戰爭」僅僅理解為幾年戰爭的界定不同，一般界定把「太平洋戰爭」理解為從第二次世界大戰中以日本為首的軸心國和以美國為首的同盟國於一九四一年十二月七日至一九四五年九月二日期間的戰爭。家永三郎有對他的界定進行周詳的解釋和分析，參閱（日）家永三郎著，何欣泰譯：《太平洋戰爭》（臺北市：臺灣商務印書館，2006年），頁6。

57 黃仁：〈在中國影壇發展有傲人成就的新竹人：重寫鄭超人不為臺灣人知的事蹟〉，《竹塹文獻》第44期（2009年12月），頁142。

58 李金、楊燕：《萬里尋妻》黑膠歌劇唱片全劇劇本（吉隆坡：大聯機構暨大漢出版中心，1973年）。

59 Paul Pickowicz, "Melodramatic Representation and the 'May Fourth' Tradition of Chinese Cinema, " in Widmer and Wang, eds., *From May Fourth to June Fourth: Fiction and Film in Twentieth-Century China* (Cambridge, Mass: Harvard University Press, 1993), p. 301.

60 Wimal Dissanayake, "Introduction," in Dissanayake ed., *Melodrama and Asian Cinema* (Cambridge: Cambridge University Press, 1993), p. 4.

61 Wimal Dissanayake, "Introduction," in Dissanayake ed., *Melodrama and Asian Cinema* (Cambridge: Cambridge University Press, 1993), p. 2.

周父：哼！這小子還是電影明星，一斤值多少錢？如今電影公司倒閉
了，他吃的，穿的，用的，連住的都是我的，我這做岳父的還要供養
女婿，我嫁女兒幹什麼？……他除了演戲之外，他高不成，低不就，
男子漢志在四方，整天躲在家裡無所事事，把米也吃貴了。唉。真氣
死我這條老命！……你叫鄭連捷自己好好的打算。[62]

　　此謾罵再現一九二〇年代連捷在南洋失業後寄人籬下的困境，養活不了
妻子成為他男性氣概遭受岳父奚落的憑據。臺灣電影史家對連捷岳母對他印
象不佳的敘述，沒有出現在唱片中，反而這角色由其岳父取代。這顯然為了
更加強當年連捷被迫遠走上海的合理性。跟著就是李金為連捷代言雄起起地
唱起勵志歌《氣魄》：「……有話我就要大聲說，有事我就要大膽做，沒有人
能夠阻擋我，重重困難算什麼，靠雙手創造那理想的生活，拋一團滿腔氣
魄。」[63]跟著就是連捷跟清華表明自己決定赴上海尋職，清華在當刻跟他說
自己有了身孕。其實這不符合現實裡晚年連捷在大馬登報尋妻的信函敘述
「兒子三歲時余獨赴申江，從此即不復聚首。」[64]歌劇中清華同意他的決
定，不過表示鋒火四起，危機處處，心裡好像有不祥預兆。跟著連捷安慰
她，一起合唱《愛的誓言》。

　　接下來的敘事就是清華痴痴等候連捷遠在上海的消息，輕吟輕唱《蘋果
花》。這首改編自一九五二年日本電影主題曲《蘋果的思念》，乃唱片唯一一
首聽起來較為抒情輕悠的華語歌曲「蘋果花迎風搖曳，月光照在花蔭裡，想
起了你，想起了你，嘿……只恨你無情無義一心把我欺，害得我朝朝暮暮夢
魂無所依……」[65]此歌也較其他歌曲來得更具文采。跟著另一邊廂是連捷高

---

62 李金、楊燕：《萬里尋妻》黑膠歌劇唱片全劇劇本（吉隆坡：大聯機構暨大漢出版中
　心，1973年）。

63 李金、楊燕：《萬里尋妻》黑膠歌劇唱片全劇劇本（吉隆坡：大聯機構暨大漢出版中
　心，1973年）。

64 佚名：〈戰火漫天鴛鴦散　夫在臺灣妻何處〉，《星洲日報》6版，1971年2月11日。

65 李金、楊燕：《萬里尋妻》黑膠歌劇唱片全劇劇本（吉隆坡：大聯機構暨大漢出版中
　心，1973年）。

唱《我需要安慰》互訴思念：「……用什麼能治我痛苦，用什麼能醫創傷，滿懷的辛酸我又能夠向誰講，啊……你就是我的希望姑娘，美麗的姑娘。」[66] 楊燕的旁白敘述以「時間像一隻蝸牛慢慢蠕動」來形象化描述兩方煎熬的思念。[67] 清華以激動的心情讀著丈夫的來信：

> 清華，每一分每一秒，我對你深深的懷念，你的倩影不斷的圍繞在我的腦海中。到了這裡不久，便給日本鬼子以抗日特務的罪名抓進牢裡去……無論如何，希望你為我們的愛情忍耐一點，三個月之後，我會把你接來臺灣來團敘……清華，讓那痛苦過去吧，三個月後，臺北再見。[68]

這段自敘也跟史實不符，連捷當年是在臺灣被日兵逮捕，他本來要把清華從南洋接到臺灣，這是他在被日兵逮捕之前在上海做的決定，歌劇唱片把這兩件事情的先後秩序顛倒了。通俗劇通常預設觀眾沒必要知道太多，也不會對事件的來龍去脈提供太多細節，通俗劇的目的僅是要煽動觀眾強烈的情感。[69] 正如清華在唱片中輕讀她給連捷的回覆信函：

> 連捷，再沒有一件事能比在臺北和你團圓更令我覺得幸福，雖然日子流轉苦長，但是我希望能如詩人所說，讓一切憂傷和痛苦，轉瞬間變成美麗的回憶。連捷你不記得嗎？我們的小寶寶不久就要出世了，但

---

66 李金、楊燕：《萬里尋妻》黑膠歌劇唱片全劇劇本（吉隆坡：大聯機構暨大漢出版中心，1973年）。

67 李金、楊燕：《萬里尋妻》黑膠歌劇唱片全劇劇本（吉隆坡：大聯機構暨大漢出版中心，1973年）。

68 李金、楊燕：《萬里尋妻》黑膠歌劇唱片全劇劇本（吉隆坡：大聯機構暨大漢出版中心，1973年）。

69 Paul Pickowicz, "Melodramatic Representation and the 'May Fourth' Tradition of Chinese Cinema," in Widmer and Wang, eds., *From May Fourth to June Fourth: Fiction and Film in Twentieth-Century China* (Cambridge, Mass: Harvard University Press, 1993), pp. 312-313.

願他在臺北出生，加上我們的難得相逢，這就要變成雙喜臨門了嗎？——連捷，一切希望，我把它托付在臺北，你等著……[70]

上述也跟史實有出入，當年連捷在上海去函建議清華過來上海團聚，然後回臺灣新竹探望家父家母，可是清華那時無法來上海，因為兒子患病最終五歲夭折。歌劇唱片旁白接著敘述因為戰爭，清華和連捷要相聚的美夢破滅了，兒子出世四個月後因為營養不足夭折，清華為了生計淪落為舞女，在夜總會獻唱《往事難追憶》，借酒消愁，酒醉後把客人卓強錯認為連捷，然後被卓強拐帶進酒店姦污了。旁白宣稱清華原本在兒子夭折後備受打擊，已患有精神分裂症，自從被卓強姦污後，更陷入瘋瘋癲癲的狀態。

最後連捷在唱片中從回憶中回到現實，依舊無法得到瘋妻相認，於是自白：「……我一生演過的戲，就只有自己的一齣愛情悲劇最令我刻骨銘心，天啊，演完了嗎？演完了嗎？……」[71]跟著高唱唱片的最後一首歌曲《萬里尋妻》：「戰爭最殘酷無情，破壞了美滿的家，妻瘋兒喪，我心已碎……我是個痴情的人，千辛萬苦回老家，不忍看到清華失常，難道命運還要追殺，我能我能說什麼話，白雲萬里，重巍山峽……」[72]

連捷最後的天問凸顯人生如戲的感傷，也把自己的故事稱為「愛情悲劇」。通俗劇經常會和悲劇折中性地混合起來，尤其是那種被學者稱之為的「挫敗式通俗劇」，主人公往往無法成為自己命運的主人，他永遠不會陷害他人，卻經常反而遭人陷害，使觀眾感到主人公實在不應該承受這些外部動因所強施予他的痛苦。[73]《萬里尋妻》正是一部「挫敗式通俗劇」，連捷和清華始終不能成為命運的主人，自始至終一連串外部動因的惡勢力強施各種

---

70 李金、楊燕：《萬里尋妻》黑膠歌劇唱片全劇劇本（吉隆坡：大聯機構暨大漢出版中心，1973年）。

71 李金、楊燕：《萬里尋妻》黑膠歌劇唱片全劇劇本（吉隆坡：大聯機構暨大漢出版中心，1973年）。

72 李金、楊燕：《萬里尋妻》黑膠歌劇唱片全劇劇本（吉隆坡：大聯機構暨大漢出版中心，1973年）。

73 James L. Smith, *Melodrama* (London: Methuen & Co. Ltd., 1973), p. 64.

痛苦予他倆，最終是惡勝善敗，他倆失敗營造的婚姻家庭催人落淚，這也正是通俗劇的目的。

在《萬里尋妻》中導致這對夫婦家破人亡的惡勢力，無疑就是日本帝國主義。一九四二年二月十五日至一九四五年八月十五日，日本佔領新馬的三年〇八個月中，估計全馬遭殺害者十萬人以上，日軍也到處姦殺婦女，不計老少，遭害者不計其數。[74]由於周清華的弟弟和義父都在日本南侵時遇害，她也因為家道中落被迫從娼；鄭連捷也因為抗日，一九三二年十二月在臺灣被日方拘捕。[75]

歌劇唱片突出連捷「萬里尋妻」的痴情以及反日本帝國主義立場，這延續二十世紀南洋華語大眾文化「海外尋親」的重要母題。二戰後中國導演吳村在新加坡拍攝的華語電影《第二故鄉》亦承接「海外尋親」母題，另外一部電影《度日如年》也出現一位瘋婦和鮮明的反日立場。[76]「海外尋親」在一九五〇年代南洋大眾文化中是最流行的母題之一，諸多香港導演拉隊到南洋拍攝的電影，例如一九五五年《馬來亞之戀》、一九五六年《風雨牛車水》、一九五七年《唐山阿嫂》和《南洋阿伯》等等都重複了「海外尋親」的敘事母題。這些電影多半刻畫從唐山來的女性移民如何千辛萬苦來到新馬輾轉尋覓丈夫或父親的過程，而往往劇情的高潮都是丈夫或父親在南洋已有其他家室，不然就是改名換姓，導致男方不肯或無法相認親人的悲劇。

雖然《萬里尋妻》承接南洋大眾文化的「海外尋親」母題，然而卻顛倒了男女主體互相「被尋覓／尋覓」的性別階序。一九七〇年代之前的「海外尋親」母題，例如《馬來亞之戀》和《唐山阿嫂》，多半均是女方千里迢迢尋覓男方卻不獲男方相認的悲劇，《萬里尋妻》卻是男方萬里尋妻，最終不獲女方相認的悲劇。鄭連捷有關「海外尋親」的敘事母題並沒有在一九七〇

---

74 陳劍：《馬來亞華人的抗日運動》（吉隆坡：策略資訊研究中心，2004年），頁24。

75 佚名：〈臺北工業出身の新竹の鄭連捷：映畫俳優ともなる〉，《臺灣日日新報》夕刊2版，1932年12月25日。

76 許維賢：〈人民記憶、華人性和女性移民：以吳村的馬華電影為中心〉，《文化研究》第20期（2015年春季號），頁122-140。

年代的《萬里尋妻》就此完結，還有於一九八〇年代在臺灣被改編成華語電影《瘋女情》作為後續。

五　臺灣華語電影《瘋女情》與周清華身分之謎

　　臺灣電影史家黃仁曾指出「這段淒美戀情，資深導演張英拍成臺語電影《舊情綿綿瘋女淚》又名《相思夢斷點點愁》。」[77]他在另外一本書提到臺灣類似同名的國語電影《相思夢斷點點情》，一九七七年出品，張美瑤主演。[78]其實《相思夢斷點點情》的導演不是張英，而是張曾澤，女主角是張美瑤，男主角是柯俊雄，中華電影事業公司出品。[79]張英的確導演一部改編自鄭連捷萬里尋妻的電影《瘋女情》，由他擔任老闆的香港南海影業公司出品，跟《相思夢斷點點情》相隔四年，男女主角分別是艾偉和張雅茹。[80]許多文章把《舊情綿綿瘋女淚》或《瘋女情》誤傳為《相思夢斷點點情》，其實這是兩部不同的電影。[81]《瘋女情》於一九八一年八月在新加坡公映，由

---

77 黃仁：〈在中國影壇發展有傲人成就的新竹人：重寫鄭超人不為臺灣人知的事蹟〉，《竹塹文獻》第44期（2009年12月），頁142。在另一本書（黃仁、王唯主編：《臺灣電影百年史話（上）》〔臺北市：中華影評人協會，2004年〕，頁54及頁62），黃仁也有類似說法，其註釋資料來源是出自張英的《打鑼三響包得行》，然而筆者翻閱張英的《打鑼三響包得行》，並沒有看到有關說法，該書刊有電影《瘋女情》的本事，書末附錄的〈張英電影作品年表〉並沒有顯示張英拍過一部名為《相思夢斷點點愁》或《相思夢斷點點情》的電影，年表倒是把《瘋女情》誤植成《瘋女淚》，這比較接近黃仁提及的電影《舊情綿綿瘋女淚》。參見黃中宇編著，《打鑼三響包得行（張英劇作集）：張英對臺灣電影的貢獻》（臺北市：九寶建設公司，1999年），頁414-415及425。感謝蔡孟哲從旁協助提供和查閱張英的《打鑼三響包得行》。

78 黃仁：《中外電影永遠的巨星（二）》（臺北市：秀威資訊科技股份有限公司，2014年），頁167。

79 臺灣電影網：http://www.taiwancinema.com/lp_38（2015年11月2日上網）

80 香港電影資料館網上目錄：http://ipac.hkfa.lcsd.gov.hk/ipac/cclib/ipac.jsp?cs=big5（2015年11月2日上網）

81 很多介紹鄭連捷的網站文章（2015年11月2日上網）都有類似誤傳，例如臺灣網站：http://hccart.pixnet.net/blog/post/70030383-【新竹影人票選名單】鄭連捷和維基百科全書：https://zh.wikipedia.org/wiki/鄭連捷

國泰機構發行。[82]宣傳廣告打出「根據轟動星馬社會家喻戶曉的萬里尋妻真
人真事搬上銀幕」[83]《南洋商報》報導認為《瘋女情》是一部正宗感人的大
悲劇，足以媲美賣座電影《瘋女十八年》，勸告觀眾臨場看電影最好多帶幾條
手帕，片中男女主角直接採用鄭連捷和周清華的原名。[84]此片也重複曾於一
九八四年、一九九二年、一九九三年在新加坡第八電視播映。[85]此片於一九
八二年在臺灣首映，影片本事一開頭就以「這是一個轟動國內外的真實故
事，用血和淚交織成的時代大悲劇。」[86]來突出悲劇的真實性，本來也許僅
是「轟動星馬社會」事件，來到臺灣就被宣傳成「轟動國內外的真實故事」，
以吸引臺灣觀眾買票入場。《瘋女情》跟《萬里尋妻》一樣挪用華語流行歌
曲結合敘事的通俗劇結構，邀請江玉琴主唱電影主題曲，作詞者是張子深和
鄧鎮湘，作曲者是汪石泉。[87]《瘋女情》原聲帶由風格唱片公司出品。[88]

　　《瘋女情》劇情敘述純樸青年鄭連捷遠離臺灣到新加坡尋找舅舅林金
火，在困境中謀到一份演員工作。成名後，便與南洋女校校花周清華相戀，
然而卻受到周清華表兄陳明浪阻擾。周清華的同學吳淑貞卻鍾情於連捷，構
成片中複雜的多角關係。清華是周家養女，周母一心要把清華嫁給財大勢大
的明浪，清華不從，受到凌辱，自尋短見後獲救，被周母逐出家門，草草與
連捷結婚，生下一男一女。連捷失業，赴上海力求發展。陳明浪心猶未甘。
除了把清華騙至家中，又捏造連捷與淑貞結婚，清華肝腸痛斷。一場大火燒

82　佚名：〈瘋女情〉，《星洲日報》19版，1981年8月7日。

83　佚名：〈《瘋女情》電影廣告〉，《星洲日報》31版，1981年8月13日。

84　佚名：〈瘋女情〉，《南洋商報》13版，1981年8月20日。

85　佚名：〈華語影片《瘋女情》〉，《聯合早報》20版，1984年3月3日；佚名：〈電視一
　　周〉，《聯合早報》45版，1992年12月6日；佚名：〈電視一周〉，《聯合早報》61版，1993
　　年1月22日。

86　張英：〈《瘋女情》本事〉，黃中宇編著：《打鑼三響包得行（張英劇作集）：張英對臺灣
　　電影的貢獻》（臺北市：九寶建設公司，1999年），頁414。

87　香港電影資料館網上目錄：http://ipac.hkfa.lcsd.gov.hk/ipac/cclib/ipac.jsp?cs=big5（2015
　　年11月2日上網）

88　佚名：〈《瘋女情》電影廣告〉，《星洲日報》39版，1981年8月15日。

毀周家,連捷尋遍無著,從此跟清華失去聯繫。連捷又獲知母親病危來電。連捷星夜返臺。族人力勸與同行的淑貞成婚沖喜,連捷事母至孝,不得已與淑貞結為夫婦。周家未葬身火窟,乃遷往他處,周母強迫清華當舞女。[89]途中遇到明浪糾纏,明浪意外死於車禍,罪有應得。[90]一日,清華兒子因病身亡,清華頓感一切希望破滅,變成瘋婦。[91]若干年後,清華在不覺中製造了許多事端,受到奚落和干預,親生女盡力替母哭訴事辯,表露出偉大親情。周母愧對清華,悔之已晚。連捷得知清華尚存人世,善良的淑貞促其成行,連捷隻身到新加坡,數度與親生女相遇,卻互不知情。周母羞愧揭開真相。骨肉團圓,恍如隔世,百感交集。可憐清華不能相認,前塵如煙,子無愛恨,不知情為何物。[92]

　　跟《萬里尋妻》一樣,《瘋女情》的連捷最後也無法得到清華的相認,重複召喚觀眾的絕望情感,整個敘事形式也偏向挫敗式通俗劇的感傷調子。不過,兩部文本對「海外尋親」母題的演繹有所不同。影片對所謂「真人真事」進行不少虛構和曲解,把歷史上鄭連捷在廈門的舅舅移植到新加坡,把周清華在現實裡的生母改換成養母,以合理化劇中周母強迫清華當舞女的子虛烏有,清華孩子也從本來的一位添加到兩位。影片虛構了兩個重要人物以渲染這部大悲劇高潮迭起的戲劇性,分別是連捷的情敵陳明浪和清華的情敵吳淑貞,四人之間的互相競爭和勾心鬥角。這大大強化了電影中的家庭通俗劇(family melodrama)元素,不但一切情節都以家庭為敘事中心,把構成家庭的社會機制作為衝突的基礎,也凸顯家庭通俗劇的主題敘事核心──尋找理想丈夫／愛侶／父親的隱喻過程。[93]片中通過兩女爭一男和兩男爭一女

89 佚名:〈華語影片《瘋女情》〉,《聯合早報》20版,1984年3月3日。

90 張英:〈《瘋女情》本事〉,黃中宇編著:《打鑼三響包得行(張英劇作集):張英對臺灣電影的貢獻》(臺北市:九寶建設公司,1999年),頁414。

91 佚名:〈華語影片《瘋女情》〉,《聯合早報》20版,1984年3月3日。

92 張英:〈《瘋女情》本事〉,黃中宇編著:《打鑼三響包得行(張英劇作集):張英對臺灣電影的貢獻》(臺北市:九寶建設公司,1999年),頁415。

93 Thomas Schatz, *Hollywood Genres: Formulas, Filmmaking, and The Studio System* (Boston: McGraw-Hill, 1981), pp. 226-235.

的敘事，展開男女角色們相互競爭各自爭取理想愛侶的過程。

片中虛構火災一事，用以解釋連捷跟清華失去聯繫的現實憑據，這隱去了太平洋戰爭在歷史現場中拆散夫妻倆的脈絡。跟《萬里尋妻》相當鮮明的抗日立場相比，電影則淡化了日本帝國主義因素在推動情節所發揮的主導作用。連捷當年在臺被日方逮捕跟愛妻斷了聯繫的情節，在片中被置換成他返臺探望病重的母親，被迫與另外一個女子成親的故事。連捷叛逆的抗日形象被改裝成家庭通俗劇中那種總是被社會慣例控制的角色，最終遵從社會和傳統家庭的規範。[94]

此片雖然延續華語大眾文化的「海外尋親」母題，卻沒有持續《萬里尋妻》的抗日意識形態。也許這跟兩個文本的生產地在處理日本殖民歷史有別相關。《萬里尋妻》主要是在大馬製作，大馬華裔群眾在日本殖民時期深受日軍身心的迫害，獨立前後的掌權領袖長期以來也比較親日反中，官方教科書傾向於淡化日本帝國主義在馬來亞的暴行。這些在大馬華裔民間長久被壓抑的殖民集體創傷時不時就挪用類似《萬里尋妻》的通俗劇發洩出來。相對於對馬來亞華人實行鐵腕統治，日本殖民者在二戰前後對臺灣人則採取比較懷柔的殖民治理，雖然當局施行皇民化運動並頒布禁止使用中文的命令，但對臺灣的工業化政策則刺激了臺灣現代化的發展。二戰期間臺灣更成為日軍南進的基地之一。當時臺灣也是日本最重要的糧食來源之一。[95]因此臺灣日治政府在那段期間很謹慎處理與殖民地臺灣人的互動。一九八〇年代的《瘋女情》生產時代脈絡也正遇上臺灣和日本作為亞洲小龍的蜜月時代，日本資金在臺灣的頻密流動，片中淡化反日本帝國主義色彩不令人感到意外。

片中比較難得出現一位名叫黃夢梅的關鍵真實人物，由惠弟飾演。[96]黃夢梅是當年新加坡南洋某學校的老教員，在當年《新客》扮演一位名叫潔玉

---

94 Thomas Schatz, *Hollywood Genres: Formulas, Filmmaking, and The Studio System* (Boston: McGraw-Hill, 1981), p. 222.

95 （日）家永三郎著，何欣泰譯：《太平洋戰爭》（臺北市：臺灣商務印書館，2006年），頁194。

96 香港電影資料館網上目錄：http://ipac.hkfa.lcsd.gov.hk/ipac/cclib/ipac.jsp?cs=big5（2015年11月2日上網）

的重要角色。[97]根據新馬文學史家方修的推論,黃夢梅很可能就是當年周清華的乾媽。[98]晚年連捷來馬,所有記者報導都沒提及周清華是《新客》的女演員,報導敘述連捷結識清華的經過,乃是有一天連捷在《新客》片場看到一位如花似玉的姑娘來片場探訪她的乾媽——即一位女演員,本來素不相識的連捷和清華後來漸漸日久生情,墜入愛河。[99]這位在倆人之間扮演情感一線牽的女演員就是黃夢梅。根據一九二六年《新國民日報》報導,黃夢梅乃「南洋之老教員也。擅文學,善交遊」[100]方修除了根據《新客》幾位女演員的歲數推論黃夢梅是周清華乾媽,也指出清華當時是南洋女中的校花,得本校或友校教師的喜愛認作乾女兒是完全可能的。[101]

　　一九七〇年代從上述新馬報章到方修的論述,都沒提及周清華是《新客》女演員,導致兩部先後再現上述故事的大眾文化文本《萬里尋妻》和《瘋女情》也沒交代周清華在《新客》有沒有扮演什麼角色?如果根據一九二六年《新國民日報》的〈《新客》重要演員表〉,裡邊並沒有出現周清華的名字,最接近她名字的是「張清華」,飾演配角「賀客」,《新客》公映前後都沒有任何關於「張清華」的介紹,倒是扮演女主角的陸肖予和扮演女學生／交際明星的陳夢如得到媒體圖文並茂的關注和介紹。

　　陸肖予「產於粵,長於星。能文善繡,家以賢聞。」[102]對照此簡介跟晚年鄭連捷去函報館對周清華的家世描述有幾分相似「父籍瓊州,母為粵人」[103],因此也許不能排除當年周清華化名陸肖予主演《新客》,其演技被影評贊為「首屈一指」[104],廣受媒體注意。最早把周清華指認為《新客》女

97　佚名:〈瞎三話四〉和〈《新客》重要演員表〉,《新國民日報》15版,1926年11月26日。

98　方修:《沉淪集》(新加坡:洪爐文化企業,1975年),頁23。

99　符傳曙:〈半世紀離愁,老翁終償願:重會愛妻是喜是悲〉,《星洲日報》10版,1971年6月18日。

100　佚名:〈瞎三話四〉,《新國民日報》15版,1926年11月26日。

101　方修:《沉淪集》(新加坡:洪爐文化企業,1975年),頁23。

102　佚名:〈劉貝錦自製影片公司職演員之一部分:陸女士肖予〉,《新國民日報》14版,1926年11月26日。

103　佚名:〈戰火漫天鴛鴦散,夫在臺灣妻何處〉,《星洲日報》6版,1971年2月11日。

104　賀嘉:〈觀新客試映記〉,《新國民日報》6版,1927年3月9日。

主角的是一九三一年的《叻報》報導：「查周海琴，又名周清華……民十五年曾充劉貝錦影片公司。郭超文所導演之《新客》一片，為女主角云。」[105]當年周清華向警局報案控告瓊籍青年非禮她，法庭上法官問周清華是中國何處人，她回答是廣府人，法官又問是否父親是瓊人，母屬廣東人？周清華卻回答父母皆是廣府人。[106]周清華似乎比較認同自身的廣東籍身分，也許為了跟那位騷擾她的瓊籍青年撇清身分，也順帶否認父親是瓊籍人，無論如何這引出了周清華對廣東的認同，也許她很可能在廣東出生，這就符合《新客》女主角陸肖予「產於粵，長於星。」的身分了。

不過，筆者仔細對照周清華和陸肖予同時拍攝於一九二〇年代末的黑白照片，周清華的臉龐呈圓形（圖一），而陸肖予卻呈瓜子臉（圖二），樣貌有點不太相似。倒是《新客》扮演女學生的陳夢如（圖三），其圓形之臉比較跟周清華的照片吻合。

圖一　周清華與兒子[107]

105　佚名：〈《新客》影片：女主角周海琴，控人調戲〉，《叻報》6版，1931年8月22日。

106　佚名：〈樂樂園中周兩琴控人握手摸胸調戲〉，《叻報》6版，1931年9月5日。

107　感激鄭連捷曾孫鄭群融授權提供照片，以及當天蔣淑貞載我在新竹尋覓鄭連捷的故居。

圖二　陸肖予[108]

圖三　陳夢如[109]

108　照片取自佚名：〈新客影片插圖〉，《新國民日報》15版，1927年2月5日。
109　佚名：〈新客影片插圖〉，《新國民日報》15版，1927年2月5日。

　　陳夢如當時的年齡也符合周清華拍戲時接近未成年的身分,《新國民日報》形容陳夢如「年只十七,身材嬌小,性又活潑」,公司職員都稱她為「小妹妹」。[110]陳夢如在片中扮演在宴會中表演跳舞的女學生／交際明星華愛儂,一舞成名,影評大讚其舞技「步伐平穩,身段嬝嬝,手揮目送,一絲不亂,深得舞蹈之三昧。」[111]為何當時女演員都要化名現身於銀幕?這當然跟當時社會保守風氣,不鼓勵女性演戲有關,有勇氣的女性現身於銀幕都得隱姓埋名。黃夢梅在《新國民日報》撰文感嘆《新客》當時找不到女演員的困境「……女演員,幾付闕如,星洲為文明之區,竟有才難之欺。」[112]因此她以身作則鼓勵其乾女兒周清華一起演戲,這是有一定邏輯的,然而她卻不可能會預期到從此讓自己的乾女兒跟鄭連捷結下這段愛恨糾纏的冤情。

六　結語

　　從默片《新客》到有聲有色的《萬里尋妻》和《瘋女情》,華語大眾文化明星鄭連捷和周清華從默片演員到被別人扮演,其明星生命在穿梭有聲年代的大眾文化文本裡顯得獨樹一格。這些大眾文化文本重複以鄭連捷和周清華作為媒介,演繹著「海外尋親」的通俗劇。這兩部華語通俗劇再現的愛情悲劇,有別於西方那些往往以幸福結合作為結局的通俗劇。一般上通俗劇在《牛津英文詞典》或早期西方學術著述中都被定義為是跟「結局圓滿」的相關文本。[113]這兩部亞洲通俗劇的結局都不圓滿,周清華抵抗現實的結果是發瘋,鄭連捷後來再婚從俗於現實,晚年千里迢迢從臺灣到南洋尋妻,最終還是不獲已經瘋狂的周清華相認。這兩部文本皆是「挫敗式通俗劇」,都突出周清華作為瘋女的絕望體驗,透過通俗劇的平臺表達被壓抑的南洋底層女性聲音,挪用惡勝善敗的形式,激起人們對二戰傷痛的集體挫敗感。即使不

110　佚名:〈瞎三話四〉,《新國民日報》15版,1926年11月26日。

111　東海六郎:〈觀《新客》片段試映〉,《新國民日報》15版,1927年2月5日。

112　夢梅女士:〈幾個感想〉,《新國民日報》15版,1926年11月26日。

113　James L. Smith, *Melodrama* (London: Methuen & Co. Ltd., 1973), pp. 4-5.

太可能準確高估這類通俗劇的正能量，至少這種集體挫敗的感傷和絕望，讓人們的慾望和意識形態的對立暫時得到和解，讓觀眾們「足以適當放鬆神經病式的焦慮」，回頭繼續要面對現實生活中的緊張和不安。[114]

---

114 James L. Smith, *Melodrama* (London: Methuen & Co. Ltd., 1973), p. 60.

徵引書目

（日）三澤真美惠著　李文卿、許時嘉譯　《在「帝國」與「祖國」的夾縫間──日治時期臺灣電影人的交涉與跨境》　臺北市　國立臺灣大學出版中心　2012年

（日）家永三郎著　何欣泰譯　《太平洋戰爭》　臺北市　臺灣商務印書館　2006年

小　倩　〈鄭超人不赴日本之原因〉　《新羅賓漢》3版　1930年4月1日

方　修　《沉淪集》　新加坡　洪爐文化企業　1975年

佚　名　〈《新客》重要演員表〉　《新國民日報》15版　1926年11月26日

佚　名　〈《新客》影片：女主角周海琴，控人調戲〉　《叻報》6版　1931年8月22日

佚　名　〈《萬里尋妻》上市廣告〉　《南洋商報》19版　1973年9月17日

佚　名　〈《瘋女情》電影廣告〉　《星洲日報》31版　1981年8月13日

佚　名　〈《瘋女情》電影廣告〉　《星洲日報》39版　1981年8月15日

佚　名　〈千里尋妻好夢難圓〉　香港《快報》4版　1971年6月30日

佚　名　〈大聯機構新貢獻《萬里尋妻》上市〉　《星洲日報》17版　1973年9月18日

佚　名　〈反帝意識を激發しデモを敢行、テロ計劃〉　《臺灣日日新報》1版　1931年12月25日

佚　名　〈男謂是好友，女稱不相識。電影女明星咖啡店內遭調戲。黃振明是位翩翩美少年。周雨琴樂樂園當女掌櫃〉　《南洋商報》6版　1931年9月5日

佚　名　〈昔為女明星，今當女掌櫃：周清華女士昨到警庭控告瓊少年向其調笑〉　《南洋商報》8版　1931年8月22日

佚　名　〈無標題新聞〉　《臺灣日日新報》6版　1919年7月29日

佚　名　〈華語影片《瘋女情》〉　《聯合早報》20版　1984年3月3日

佚　名　〈新客影片插圖〉　《新國民日報》15版　1927年2月5日

佚　名　〈電視一周〉　《聯合早報》45版　1992年12月6日

佚　名　〈電視一周〉　《聯合早報》61版　1993年1月22日

佚　名　〈瘋女情〉　《南洋商報》13版　1981年8月20日

佚　名　〈瘋女情〉　《星洲日報》19版　1981年8月7日

佚　名　〈臺北工業出身の新竹の鄭連捷：映畫俳優ともなる〉　《臺灣日日新報》夕刊2版　1932年12月25日

佚　名　〈臺灣六三老翁鄭連捷：萬里尋妻有下落，周清華刻居哥打〉《星洲日報》15版　1971年2月19日

佚　名　劉貝錦自製影片公司職演員之一部分〉　《新國民日報》14版　1926年11月26日

佚　名　〈樂樂園中周雨琴控人握手摸胸調戲〉　《叻報》6版　1931年9月5日

佚　名　〈瞎三話四〉　《新國民日報》15版　1926年11月26日

佚　名　〈戰火漫天鴛鴦散，夫在臺灣妻何處〉　《星洲日報》6版　1971年2月11日

佚　名　《海外尋夫電影小說》　香港　電影畫報社印刊　1950年

李　金、楊燕　《萬里尋妻》黑膠歌劇唱片全劇劇本　吉隆坡　大聯機構暨大漢出版中心　1973年

東海六郎　〈觀《新客》片段試映〉　《新國民日報》15版　1927年2月5日

張永堂　《新竹市志：卷七人物志》　新竹市　新竹市政府　1997年）

張燕娟　〈專訪臺灣歌壇常青樹楊燕：鄧麗君也是她的歌迷〉　《海峽導報》2012年9月3日　《中國台灣網》網站　http://www.taiwan.cn/twrwk/ywysh/201209/t20120903_3034779.htm（2015年10月26日上網）

符傳曙　〈半世紀離愁，老翁終償願：重會愛妻是喜是悲〉　《星洲日報》10版　1971年6月18日

符傳曙　〈臺灣老翁萬里尋妻，多少相思多少淚？〉　《星洲日報》10版　1971年2月23日

符傳曙　〈鄭連捷周清華好夢難重圓〉　《星洲日報》11版　1971年6月20日

許維賢　〈《新客》：從「華語語系」論新馬生產的首部電影〉　《清華中文學報》第9期　2013年6月　頁5-45

許維賢　〈人民記憶、華人性和女性移民：以吳村的馬華電影為中心〉　《文化研究》第20期　2015年春季號　頁122-140

陳嘉鎰　《臺灣老翁鄭連捷訪談》　《星洲日報》10版　1971年6月19日

陳　劍　《馬來亞華人的抗日運動》　吉隆坡　策略資訊研究中心　2004年

賀　嘉　〈觀新客試映記〉　《新國民日報》6版　1927年3月9日

黃中宇　《打鑼三響包得行（張英劇作集）：張英對臺臺灣電影的貢獻》　臺北市　九寶建設公司　1999年

黃　仁　〈在中國影壇發展有傲人成就的新竹人：重寫鄭超人不為臺灣人知的事蹟〉　《竹塹文獻》第44期　2009年12月　頁140-142

黃　仁　《中外電影永遠的巨星（二）》　臺北市　秀威資訊科技股份有限公司　2014年

黃　仁、王唯　《臺灣電影百年史話（上）》　臺北市　中華影評人協會　2004年

黃　仁、王唯　《臺灣電影百年史話（下）》　臺北市　中華影評人協會　2004年

黃美娥　《重層現代性鏡像：日治時代台灣傳統文人的文化視域與文學想像》　台北市　麥田　2004年

義務兵　〈鄭超人將耀光三島〉　《新羅賓漢》1版　1929年9月25日

義務兵　〈鄭超人將耀光三島〉　《新羅賓漢》2版　1929年9月25日

葉龍彥　《日治時期臺灣電影史》　臺北市　玉山社　1998年

詹雅能　《竹梅吟社與〈竹梅吟社詩鈔〉》　新竹市　新竹市文化局　2011年

夢梅女士　〈幾個感想〉　《新國民日報》15版　1926年11月26日

鄭鵬雲　《浯江鄭氏族譜》　1913年　出版地和出版社不詳

Brooks, Peter., *The Melodramatic Imagination: Balzac, Henry James, Melodrama, and the Mode of Excess* (New York: Columbia University Press, 1985).

Dissanayake, Wimal., "Introduction." In Wimal Dissanayake, ed., *Melodrama and Asian Cinema* (Cambridge: Cambridge University Press, 1993), pp. 1-8.

Hee, Wai Siam., "*New Immigrant*: On the first locally produced film in Singapore and Malaya," *Journal of Chinese Cinemas* 8.3 (2014): 244-258.

Kawin, Bruce F., *How Movies Work* (Berkeley: University of California Press, 1992).

Pickowicz, Paul., "Melodramatic Representation and the 'May Fourth' Tradition of Chinese Cinema," in Ellen Widmer and David Wang, eds., *From May Fourth to June Fourth: Fiction and Film in Twentieth-Century China* (Cambridge, Mass: Harvard University Press, 1993), pp. 295-326.

Smith, James L., *Melodrama* (London: Methuen & Co. Ltd, 1973).

Schatz, Thomas., *Hollywood Genres: Formulas, Filmmaking, and The Studio System* (Boston: McGraw-Hill, 1981).

Tse, Yin (Nangaen Chearavanont)., *Movie Stories* (Hong Kong: H.M. Ou, 2014).

凝視、再現與自我書寫：邵僩小說中的城市文本

陳惠齡[*]

摘要

　　葉石濤《台灣文學史綱》和陳芳明《台灣新文學史》中將邵僩歸為台灣六〇年代作家，並譽之為「一個多產作家」、「是早期少數受到肯定的作家」。年輕時寫詩，寫散文和小說，復又創作兒童文學，一生創作不輟，總計專著五十三冊的全方位老作家邵僩，相較於台灣文學史中被關注的諸多名家，毋寧是異常地寂寥。就邵僩小說散文質量總體而觀，當以根植現實社會，傳達市井人物悲歡人生最為憬然可觀。審諸小說諸作，這紙本城市固非是一個具體實存的都城，卻也非虛擬幻象，但邵僩諸多作品中人物群像的生活、隨想、隱喻、夢境，乃至於命運，卻都環繞於此一核心圖景──城市的流動光暈而展開，以此形成邵僩特有的城市社會學，且其中確然有一個可以辨識的創作者靈魂。本文因擬以邵僩小說中的城市文本作為切入點，並佐以散文之互文性閱讀，將「城市風景」作為論述主軸，藉此探論邵僩以城市搭臺，展演人我觀照的書寫意識。

關鍵詞：邵僩、城市、山林、櫥窗、自我書寫、現代小說

* 清華大學南大校區中國語文學系教授。本文初稿宣讀，承蒙張堂錡教授惠賜意見，謹致謝意。本研究為國科會計畫「在『時間─空間』結構中的『竹塹意識』：竹塹文學的景書寫及其地方詮釋」（Ⅱ）的部分研究成果，計畫編號為104-2410-H-134-018-MY2。

一　前言：作為「人的收藏家」的邵僩

　　邵僩（1934-2016）祖籍江蘇南通，自十四歲遷台，成長、求學、就業與婚戀，乃至晚年，生活圈始終在新竹。葉石濤《台灣文學史綱》和陳芳明《台灣新文學史》皆將邵僩歸為台灣六〇年代作家，並譽之為「一個多產作家」、「寫出的現代小說非常出色，……是早期少數受到肯定的作家」。[1]邵僩年輕時寫詩，寫散文和小說，電影劇本之外，復又創作兒童文學，一生創作不輟，總計專著五十三冊[2]，堪稱是全方位作家。邵僩主要活躍於六〇至九〇年代台灣文壇，自二〇〇五年以降，相關論評則日漸寡少，[3]隱地曾稱其為「一個在文壇上的獨行俠」，並為之抱屈：「邵僩有他獨創的文字風格，但似乎至今仍未為評論家注意。」[4]相較於同時名列為「中國當代十大小說家」，如朱西甯、司馬中原、彭歌、白先勇、七等生等人[5]，以及台灣文學史被關注的諸名家，晚年的邵僩毋寧是異常寂寥。

　　邵僩自謙拿不出鑽石般精品，只能端出「人間土地上自己種植和別人的種植」[6]，實則他不僅創作量大，題材更是多元而繁富，除了以映現廣袤社會人生為大宗的現代小說作品外，也曾因應彼時文藝潮流而創作反共之

1　分見葉石濤：《台灣文學史綱》（高雄市：文學界雜誌，1987年），頁121。陳芳明：《台灣新文學史》（台北市：聯經，2011年），頁413。

2　參見附錄：邵僩作品一覽表。

3　目前集錄論評邵僩諸作，共計五十六篇，專書論文計三十一篇，期刊二十篇，報紙五篇，論評大致集中於六〇至八〇年代，九〇年代以後的論評，主要為選註論評（如鄭明俐等，〈粉筆手指〉，鄭明娳、林燿德選註：《人生五題——成長》〔台北市：正中書局，1990年〕等），或出版書評序（如吳正吉：〈汗水的啟示〉，收於《汗水處處》）、訪問稿（如林麗如：〈讀書真好——氣定神閒的邵僩〉，《走訪文學僧——資深作家訪問錄》〔台北市：文訊，2004年〕），或作家作品目錄（如封德屏主編：《2007臺灣作家作品目錄》〔台南市：國立臺灣文學館，2008年〕等）。

4　隱地：《作家與書的故事（第一集）》（台北市：爾雅，1985年），頁86。

5　參邵僩等：《中國當代十大小說家選集》（台北市：源成文化圖書供應社，1977年）。十大小說家除邵僩和正文所列五位，尚有段彩華、舒暢、子于和楊青矗。

6　邵僩：〈自序〉，《人間種植》（台北市：爾雅，1986年）。

作──以文革紅衛兵為題材的《泡沫·泡沫》[7]，以及輯結童年鄉居舊事老日子，為十三篇「拋石子的歲月」之懷鄉名著《到青龍橋就解散》。[8]前者以「反共」述作姿態，而意在探究栖惶肅殺歷史年月中不安定的人性構圖，並藉此提升了創作意境；後者則以「老屋」、「葡萄棚」、「外婆」、「年」等篇目為繫年，展演童年鄉土的時間進程。類此反共懷鄉諸作，雖乏人關注，卻也間接證成邵僩多元創作的敘事才情。昔日李永平單就邵僩幾篇作品，而遽下「題材的貧乏和淺薄」的尖刻論評[9]，顯然非客觀平允之言。

就邵僩小說散文質量總體而觀，當以根植現實社會，傳達市井人物悲歡生活最為憬然可觀。喜愛觀看電影的邵僩，他的小說敘事營造，類乎戲院觀影的映象視框，這個植基於幻構與現實交叉疊合的世界，也即是以作者內心世界作為參照與觀看的生命即景[10]：

> 由於生命的不竭，舞台上永遠戲正上演。
> 我們都是喜歡看戲的人，看得悠然神往，看得如痴如醉。
> 其實我們也是戲裡不自覺的角色。
> 我們看人，也被人看。[11]

這個以觀看芸芸眾生為主的視覺場，在邵僩諸作中，可按階層派生為上流社會男女、商場上班族、社會邊緣人等等社會群像。如《邵僩極短篇》中在「車禍」現場的醫生、路邊攤上飲酒的男人、被幫派收編的蹺家男孩、霓虹

7　邵僩：《泡沫·泡沫》（台北市：黎明，1977年）。

8　邵僩：《到青龍橋就解散》（台北市：大西洋圖書，1970年），頁107-165。

9　李永平：〈邵僩的困境〉一文，發表於《臺大僑生》第19期（1970年6月），文中並將邵僩作品概分為「傳統性作品」和「求新的作品」，而予以嚴屬批評。引自隱地編：《五十九年短篇小說選》（台北市：爾雅，1970年），頁195。

10　邵僩曾言當不耐看到一部粗俗影片，而半場脫逃而出時，他會找幾條熱鬧街道，以好奇探索的眼光欣賞一番，藉以代替未及觀賞完整的影片情節。邵僩：〈窩在電影院〉，《都要有愛》（台北市：晨星，1985年），頁87。

11　邵僩：〈序〉，《鑼聲永遠》（台北市：晨星，1986年），頁1。

街景中尋妻的丈夫[12]；或《今夜伊在那裡》中投擲生命於舞蹈而犧牲愛情的
舞者、觀察城市暗夜的漫遊者、喪偶後性情丕變的儒雅長者等[13]；又或者是
《櫻夢》中的上班族、計程車司機、礦工[14]；或《坐在碼頭上等雨》裡的貨
運司機、吧女、應召女郎[15]；《鑼聲永遠》中的老闆師爺、戲班演員、理髮
廳師傅等[16]；《不要怕明天》裡邂逅於自助餐館的城市男女、都會摩登女
郎、工廠女工等[17]；《花的使者》中等待倒垃圾的市井小民、辛勤而苦鬱的
芭蕾舞者、頤指氣使的電影導演、等待拍片的臨時演員[18]；又如《到青龍橋
就解散》裡的喪葬行伍、櫥窗模特兒等等。[19]上述作品浮現各類人物，千百
姿妍，固然有其不同生活領域的接壤，而各有高高低低的人生境況，但小說
中的角色皆未逸出社會正常網絡之外，適可看出邵僩作品的社會性與寫實
性，而這些可視為社會迴轉全景的人群角色，主要源於以「城市」作為觀察
起點。邵僩曾如此形容他的視覺情境：

> 我對這個世界永遠感到新奇；一旦走到大城市和小鎮都喜歡看人。懶
> 散的看人不僅是一種閱讀，也是一種享受，在陽光普照的日子更為芬
> 醇。[20]

審諸邵僩小說諸作，這紙本城市固非是一個具體實存的都城，卻也非虛擬幻
象。邵僩諸多作品中人物群像的生活、隨想、隱喻、夢境，乃至於命運，大
都環繞於此一核心圖景——城市的流動光暈，由是而引渡出城市風景線，並

---

12 邵僩：《邵僩極短篇》（台北市：爾雅，1989年）。
13 邵僩：《今夜伊在那裡》（台北市：爾雅，1985年）。
14 邵僩：《櫻夢》（台北市：台灣商務印書館，1967年）。
15 邵僩：《坐在碼頭上等雨》（台北市：立志，1970年）。
16 邵僩：《鑼聲永遠》（台北市：晨星，1986年）。
17 邵僩：《不要怕明天》（台北市：爾雅，1979年）。
18 邵僩：《花的使者》（台北市：中華文藝月刊，1976年）。
19 邵僩：《到青龍橋就解散》（台北市：大西洋圖書，1970年）。
20 邵僩：〈閒話代序〉，《不要怕明天》（台北市：爾雅，1979年），頁1。

以此形成邵僩特有的城市社會學，且其中確然有一個可以辨識的創作者靈魂，一如作者所言：「在生命中，每個人常有不同的空間、層次，湊巧的是我有機會穿梭其間，也像一個鼠輩到處啃咬，因此發現了各異其趣的人性。我用擠牙膏的方式，一一把那些坦真、曖昧的、變化的、複雜的人性，擠出來供人欣賞。」[21]在「創作主體」（作者）啃咬、擠壓下所形成的「觀看客體」（人群），遂組構了作者筆下的城市文本──關乎書寫、定義、批判與思考城市。爰是，本文擬以邵僩小說中的城市文本作為切入點，並以「城市風景」作為論述主軸，藉此探論邵僩以城市搭臺，展演人我觀照的書寫意識。

二　城市風景的發現：自白與被自白的我

人類觀景的經驗一向複雜，論者有謂空間不僅是人類在其中漫遊的空地，危險或滿足食欲之物也會一起出現，因此「空間變成了一個全面包容的和封閉的場景，其中有次序地分布著人類從事多種多樣的行為和經歷。」[22]如是而論，上述邵僩諸作中包裹著城市裡的廣大人群，所謂「城市的風景」也即是藉由城市住民多種多樣的生活經歷，而得到展現與揭示。小說中的城市景觀，儼然是一個整全世界的縮圖。

（一）城市的複合性顯影

受到都市物質與商業文明的影響，都市已然是一個集合性意象，包括看得見與看不見的都市內外景觀。且援借班雅明筆下宛如一紙商品清單的巴黎漫遊資料目錄，或可管窺一座城市的豐富景象：拱廊街・時新服飾商店・店員；鋼鐵建築；各種展示・廣告・格蘭維爾；居家・痕跡；夢幻住宅・展覽館・室內噴泉；遊手好閒者；賣淫・賭博；巴黎的街道；各種照明；繪畫・

---

21 邵僩自序：〈品味當下〉，《拿粉筆的日子》（台北市：印刻，2001年），頁7。
22 〔美〕史蒂文・C・布拉薩著、彭鋒譯：《景觀美學》（北京市：北京大學，2008年），頁54。

青春藝術風格‧創新；玩偶‧機器人；社會運動；馬克斯；文學史‧雨果；股票交易所‧商業史；塞納河‧老巴黎；閒散遊惰；綜合工科學校……。[23]上述班雅明詩意而豐碩呈現的目次，不僅勾勒出城市風貌與城市靈魂的多樣性，也提示了對於城市進行複合性理解的必然。以下即依據邵僴作品內容，規模出城市的憂鬱、城市的欲望、城市的日常等作家所認知並建構的城市場景，藉以探述邵僴最綿密傳達與用力表現的「城市圖景」。

1 城市的憂鬱：失去靈魂的城市人

發展高速而失速的城市生活顯然是動盪而危險的。〈我有了個習慣〉一文的敘述者[24]，時常茫然凝視街上高懸的廣告看板，從最初被迫茫然承受都市景觀，以至漸漸喜愛觀覽，最後則是迷戀櫥窗模特兒，只因櫥窗模特兒放送淺笑給觀賞者，而滿足了敘事者「只是想買個夢」的卑微心願，可悲的是，痴戀櫥窗虛幻人體而不可自拔的敘事者，再也無法接受現實生活的女人。這是城市孤獨者的傳神寫照。另一文〈友伴〉也呼應了這種城市的孤獨情境：「而我這裡呢？只有馬路上呼嘯車輛；矮小房子都被拆了，到處都在興建大廈，唯一的音樂，是此起彼落的汽車喇叭。沒有舞蹈，沒有音樂，沒有友人。」[25]身在人境，只聞車馬喧，卻不見可慰藉的友朋的城市即景，同時反證了城市空間裡的脆弱心靈。〈三點五十分後〉一文[26]，則敘述城市上班族的一天，喧囂熱絡的辦公場景中益見人際的疏離與隔膜，「小姐，你不孤獨？孤獨；陌生人，我喜歡。我能分享？哦！你很溫暖……。」略顯矯情與鑿痕的文末旁白，大力傳揚出都會人的忙茫盲，而作為總攬視角的主人翁只能寄予鋼管水泥厚牆，從中凝視出明天的模樣。小城裡熙熙攘攘的男男女女，卻獨不見人間深情，這正是邵僴筆下的都市容顏與風景線。

---

23 資料轉引自唐諾〈唯物者班雅明〉，見班雅明著、張旭東等譯《發達資本主義時代的抒情詩人：論波特萊爾》（台北市：臉譜，城邦文化出版，2010年），頁14-16。

24 邵僴：《到青龍橋就解散》（台北市：大西洋圖書，1970年），頁86-88。

25 邵僴：《不要怕明天》（台北市：爾雅，1979年），頁70。

26 邵僴：《櫻夢》（台北市：台灣商務印書館，1967年），頁91-98。

〈覓巢〉一文[27]，更直指城市的藏污納垢。城市覓居大不易的故事，透過一對夫妻歷經都市戰慄情境，而勾勒出車如流水馬如龍的街道奇景、人滿為患的公車、奔波浮沈的現代人等等城市景象。但這些城市生活磨折，尚不及華廈居所的諸般干擾——夜闌時分來自隔鄰的爭吵謾罵聲、被夜歸醉漢騷擾等驚險體驗。恰如小麻雀身陷水泥叢林，吃力舉翅，既無法高飛，也無能飛進高樓大廈。小說以覓巢夫婦與都市迷鳥的置換與互喻，表現出人鳥的同體共感：「也許牠迷路了，……牠是不該來城市的」，幽幽述說城市煙塵中無所歸屬。

同樣以城市遊牧遷移現象為題材，與〈覓巢〉有異曲同工之效的〈遷徙〉，描述飽受住屋嘈雜之患的主人翁，想幻化為一縷輕煙，飄盪到空罐玻璃瓶中，逃離只適合蟑螂居住的大城市的逼仄角落：

> 這是一個隔離而孤立的世界，在大城市裡每個人都為自己的生存而努力、而掙扎；所以很多人的手都懸吊在井欄邊緣。[28]

置身城市，迥非是被摧毀到絕望無告的情境，然而在其中存活的人們，卻大都經歷過「饑餓遊戲」般殘酷規則，並體驗到生命的巨大喪失感。至於尚未進入豐美而瘴癘的都市叢林者，也一樣惻惻然，如〈鴨影〉中的主人翁當目睹殺鴨景象後[29]，竟然由悲鴉而生傷己之情：原有一身飽滿羽毛，歷經屠宰後，變成「白淨淨略帶溫柔的赤裸」的「鴨影」，反照出耗盡精力的城市勞動者，最犬儒的自嘲。小說演述的正是孤寂幽黯畸零，失去靈魂的都市人總體精神風貌。

2 城市的欲望：女性的浮華與蒼涼

上述都市世界眾多「不得其所」的心靈，適足以說明城市理論的「四

---

27 邵僩：《鑼聲永遠》（台北市：晨星，1986年），頁17-27。

28 邵僩：《邵僩極短篇》（台北市：爾雅，1989年），頁192。

29 邵僩：《邵僩極短篇》（台北市：爾雅，1989年），頁133-135。

C」經驗:「文化」、「消費」、「衝突」和「社區」。這些經驗牽扯社會階級、不同利益和地位團體,或資源鬥爭,或與時俱變等都市多面向特質。[30]城市文化生態不僅日漸脫離大眾熟悉而親切的傳統禮俗社會形式,而轉趨為陌生化與商品化空間,甚至更形成了充滿官能刺激與蠱惑力的「異形世界」或「心靈陷阱」,連帶也重新界定了愛欲與艷情的男女情感範疇。從邵僩男性凝視觀點所呈現文明及愛欲想像時,都會裡的女性往往被再現為沈淪夏娃或煙花女子等負面形象,即使這些女性不無因遭受城市裡的危機,而轉為仰賴或迎合權勢位階,或是無法戰勝誘惑與苦難,以致而繳械降服。若集結邵僩作品中浮出城市地表的群芳譜,幾近是一部陷落於金錢、享樂與放縱生活的拜金女列傳。

〈空地〉一文敘寫處在大樓與大樓棟距間的一塊「空地」[31],白日的空地,雖顯得蕪雜和髒亂,夜晚卻是主角凝視與想像,藉以逃遁都市生活的一塊淨土聖域。然而寄寓主人翁深情觀照與詩意情懷的「空地」,卻曝亮了主角和戀人的歧出價值觀:

> 他似乎欣慰地說:「在大都市裡,它實在是一塊有意義的空地。」
> 「我看不出它的意義,它很醜陋;苗栗空地都比它空闊。」

來自家鄉的女友一心只想逛街購物,走入霓虹燈世界,並不理解男友鍾愛空地所蘊藏懷鄉情思。當入夜漫步至空地,男友想一親芳澤,只見她駭異斥責:「在這塊又髒又有人的地方,你怎麼可以有這樣的舉動!」戀慕虛榮的女友,強烈拒斥「空地」,只想選擇有冷氣、音樂、平地、沒有蚊子叮咬的「都市咖啡館」。由是,在主角眼中遂逐漸照徹出「怯怯樸素的鄉下姑娘,被城市的猛烈陽光照得褪色了」的陌生形影。這是在都市物質環境誘發下,所折射出人對於自身來處的遺忘,而導致對於世界的失常認識。

---

30 見 Simon Parker 著,王志弘等譯:《遇見都市:理論與經驗》(台北市:群學,2007年),頁6。

31 邵僩:《螞蟻上床》(台北市:仙人掌,1969年),頁122-123。

　　《騎在教堂窗子上》和《今夜伊在那裡》兩書，採集並審視了許多謎樣女人的類型，其中尤多追求物質與摩登女性肖像畫。〈找她去〉一文以原住民女孩入城為題材[32]，小說敘說洛娜的姑姑和姐姐從城市衣錦還鄉，她們穠麗的身姿，撩撥起山地女人的渴羨，然而此後姑姑和姐姐再也沒有返回山地。小說最末以驚悚斷語收梢：「洛娜是她們的同一家族，當然也會如此。」無所不在的城市誘惑，已然預告淳樸山地即將陷溺於花花世界的崩解危機。被妖魔化的都會物質文明不盡然是可怖的噬人怪獸，真正可懼的是潛藏於心靈蠢動的闇黑魔物——陰鷙的人性冒險。〈今夜伊在那裡〉一文，[33]藉由編織歐美留學與旅遊夢，而習於櫥窗欣賞流行服飾，卻嫌棄男友太窮的女孩心事，進一步質詰物欲氾濫與齧噬人性的現象。另一篇小說〈生長〉則描述風韻女神迷倒全村男人的笑謔人情：

> 村子裡沒人能抵擋月桂的笑，所有的男人都著了迷，……月桂穿的窄褲，月桂在城裡梳的怪模怪樣的頭髮，每一樣東西，都給大家談得津津有味。她使這一村子揉揉眼醒過來。……月桂從車座跳出來，穿著一件緊緊的毛衣，好像表示是一個貨真價實女生似的。[34]

月桂的美麗騷動，引來了德高望重的師母在示範村村民大會時提案控訴：「來了一個妖怪，把村子弄髒了。」然而當視察官前往檢調妖女魅力時，卻面露微笑，回頭走人。泰仔不解官長為什麼沒有中蠱似地喜歡月桂，未料視察官的答案是：「這種女人城裡多的是。」

　　詼諧的小說情節，透過口吃的油漆學徒泰仔的視角，曲曲勾繪出全村女人公敵的美魔女風采，然而月桂魅惑的形象，說穿了，只是城市摩登女郎的原型罷。引領風騷的都城時尚，總是一步步誘導城市女郎如何舉止穿著，展

---

32 邵僴：《騎在教堂窗子上》（台北市：水牛，1968年），頁1-24。

33 邵僴：《今夜伊在那裡》（台北市：爾雅，1985年），頁24-25。

34 邵僴：《今夜伊在那裡》（台北市：爾雅，1985年），頁217。

現迷人風姿而後妖嬈現身,引人側目。因此,相較於矜持被動的傳統村鎮女人,自是更加放肆穠艷想像而順勢成為男人的凝視與欲望對象。

伴隨繁華,而以不斷滲透、挪移、變形方式展現的浮華生活,終將預告淪覆於紙醉金迷的毀滅性。〈客自家鄉來〉文中的姐姐篤信「美麗是女人的武器」法則[35],自鄉下入城後即善用天賦本錢,最後終如願成為富豪金屋裡的禁臠。小說以甫自鄉村來的純真妹妹,對比生活奢華、外表光鮮,卻精神乖違,無法擁有真愛的姐姐,刻畫出城市雖散發符咒般的魅力,卻是與都市繁華生活中的雜質與糟粕,相生相剋。此即文中敘事者宕開一筆,而以極負面方式來論斷鄉鎮浸染城市氣息的變貌,如年輕人吸食強力膠、騎贓車奔馳鄉道、爭相湧進大城市開創前途……。都會文明,雖然表徵「現代」與「進步」的美好,卻也同時引渡出更多城市女性涕淚交零的涼薄人生。一如小說中姐姐同居人竟然心存不軌,誘引妹妹,而姐姐也近乎麻木而無痛無感,因為早已認清都會情愛的易逝性與交易性。文末姐姐其言也善的叮囑:「這就是大城市,每個人無須付出真實的情感」,充分點題都會女性無可遁逃的浮華與蒼涼的心靈創傷。

3 城市的日常:文明節拍的視覺場

邵僩城市文本中除了大量描寫物欲生活與精神荒蕪外,也繪製了都會人物日常的平庸瑣碎故事。日常生活固然單調無奇,卻蘊藏有市井之聲和生活斷片的瞬間即逝,代表城市日常的時間節奏。

《螞蟻上床》中的〈螞蟻上床〉、〈一員聽眾〉和〈駛向西大路〉,都涉及了在短暫時間範疇中的生活細節與瑣事,最終結局也都關鎖「死亡」的沈重命題。〈螞蟻上床〉[36]以一隻離群而牽掛巢洞蟻卵孵化的工蟻視角,觀看兩個年輕裸裎男女的歡愛與談話。小說並置兩條敘述軸線,展開蟻蟲和人類的愛欲與死亡敘事辯證,其中論述與載道,則攸關「時間」線性進程的不可

---

35 邵僩:《今夜伊在那裡》(台北市:爾雅,1985年),頁145-153。

36 邵僩:〈螞蟻上床〉,《螞蟻上床》(台北市:仙人掌,1969年),頁171-182。

抗拒。值得注意的是沒有生殖能力，專司獵搜食物，照顧蟻卵，此刻正爬行人體的雌性工蟻，也即是「永恆時間」的另一隱喻：

> 時間鋒利無比，你不感到它匕尖（工蟻）抵在我們的皮膚上？
> 它打算殺死我們。
> 是的，殺死我們是它的責任。

在小說敘事策略中，在床上交媾的男女畫面，先是幻化為餵養嬰兒的恩愛夫妻，接著陡然一變而為發皺黃皮，看似光禿枯竹，無法分辨是男是女的屍身。小說中持續爬行不懈的工蟻，則見證了從光潔青春男女胴體到朽壞骷髏的滄桑變化。實存生命的時間序列雖長，然而在裸身男女的對話中，或是工蟻複眼中，卻呈顯令人錯愕的快速時間流程：

> 我們的結婚近得很；像幾天前的事。……我有那樣的感覺，就像昨天！是昨天！（頁177）
> 牠（工蟻）記得他有駿馬矯捷的腿，佈貫著力量，而如今兩條腿筆直的似枝葉光禿禿枯枝。……工蟻不明白是什麼腐朽？牆上的石灰，一片一片剝落；角落裡的青苔長高得可以牙牙學語了。（頁182）

時間的急促性和逼迫感，洩露出現代人對於當下意識的一種焦慮。作品中的男女另有一段涉及時間界限的對話：

> 「我願意飛飛（嬰孩名字）永遠不要長大。」女人披著睡衣坐起。
> 「但那是不可能的，絲絲，夢才能。」
> 女人搖著她的腳背：「我要夢。」（頁178）

體製精巧而詭譎幻化的〈螞蟻上床〉，不無有激情歡愛後的頹靡幽麗氣味，卻是意在探討飲食男女愛欲、死亡與時間的命題，這是作家對於生命實境的

思索,而盡行投諸另一世界的時間座標。論者對於此作,嘗有「既不寫實,又晦澀做作的章句在通篇發展上造成極突兀的效果,表達出來的概念因而瘦骨嶙峋,缺乏生命活力」,繼而又承認這是一篇「探索概念的作品」、「對人生現象觀察的輻度擴大」等等。[37] 審視〈螞蟻上床〉全文,雖然想像高渺而錯綜奇詭,卻是植基於關懷生命瞬息消長的現實根椿,推估彼階段的邵僴應有意為創作尋找新的嘗試,而此作也呈現了大醇小疵的成績。

〈駛向西大路〉描述大貨車自南方來[38],小汽車自北方來,南轅北轍的兩輛車交會,碰撞出車禍事故。小說在同一敘述時間平行展開三條敘事軸線,共有三組角色及其生命故事——大貨車裡深層焦慮的兒子和嚴厲父親的親情互動;小汽車裡的乘客,是戀情未獲認可的一對男女,此刻正憧憬在鄉村共築愛巢的美夢;小汽車司機,則是從後視鏡中窺探男女乘客繾綣深情而遐思聯翩。小說中碎裂支離的背景、驚悚戲劇性的事件和看熱鬧的群眾,拼貼出城市日常的單調性與在場性的瞬間:

> 賣甘蔗的小販不要賣甘蔗攤了。理髮店的客人掛著白圍布出來,……
> 小孩子長了翅膀向前飛,騎摩托車和騎自行車的開始築牆。……有些
> 膽大的人跑近兩輛車子。

引文中紛呈共時的景象,對比小說形容「車內男人的手攬住梳餅頭女人的腰,好像要把時間關在車窗內,不讓外流」的永恆停格畫面,益加襯顯出日常生活中「現時性」的瞬間即逝。[39]〈駛向西大路〉一文藉從四通八達的道路,和汽車所象徵的現代化交通工具,雕繪出「汽車城市」的時代來臨,以及伴隨而至的重重夢魘。

---

37 鄭至慧:〈論邵僴的短篇小說〈柳灣有個人〉〉,收錄於《台大青年》第1期(1971年3月),頁60。

38 邵僴:〈駛向西大路〉,《螞蟻上床》(台北市:仙人掌,1969年),頁149-158。

39 有關日常生活中的「現時性」概念,源自李歐梵:《蒼涼與世故:張愛玲的啟示》(香港:牛津大學出版社,2006年),頁18。

〈一員聽眾〉是一篇以日常生活總其大成的作品。小說以刻印章謀生的獨居鰥夫許錦福，日復一日登山晨跑的生活節奏，展開敘事。[40]許錦福並不喜歡社交，因為並不樂意老是當一個聽眾，之所以成為「一員聽眾」，主因在於晨跑三年的山路上，常常遇到熟人，也常耳聞一些和自己相關或無關的小道消息。小說就在這些尋常生活食衣住行話題中，展開許錦福的綿長回憶，諸如死去老伴的言行謦欬，以及童年學裁縫的經驗等等。小說以代敘獨白方式，娓娓道來許錦福的人生經歷，以及他在登山小徑時偶遇友人的萬感交集。值得探究的是，小說魚貫而出的登山者，晚年生活背景皆是在城市：「在他（許錦福）腳下城市，一池水的城市，像被一隻青蛙後腿踢到沼泥屑末，有一些沈澱的聲音上升了起來。」藉由日常生活中的固定場景和出場人物，小說每個段落都牽引出一則則生命敘事，其中核心母題依舊是「時間」，並以此收攬城市老人日常生活的命題。

日常生活是最單調的主題，因為它無法擺脫「日常」行為或習慣的重複性與機械化，一如許錦福自陳「同樣的路走了三年，和吃飯習慣相仿。」然而〈一員聽眾〉值得解讀之處，即在於日復一日不變的生活節奏中，卻有著奇異的瞬間——回憶。就在這種生活節奏中，小說的敘事瓦解了線性時間，而讓新的舊的記憶，不斷穿插或疊合。小說傳達許錦福沒兒沒女的孤寂，以及鄰人寧可捨棄赴美含飴弄孫之樂，而定意在台獨居，以垂釣為樂的寫照，也即代表都市生活的一種「文明而悲哀的節拍」。

（二）自白的內面：城市裡的他我書寫

城市，作為現代社會最重要的生活場域，不僅轉異了昔時農村社會的生活形態，在現代城市社會無窮無盡的變化中，以城市為中心而輻射的書寫，也即代表書寫者的一種生活體驗與城市觀察。邵僩的城市書寫並非側重於城市空間或建築印象，他的城市關懷主要在於城市和人事的關鎖性，對邵僩而

---

40 邵僩：〈一員聽眾〉，《螞蟻上床》（台北市：仙人掌，1969年），頁159-169。

言，城市的作用是「大眾表演的舞台」，然而演出者除了是作為城市觀察者（外在者〔outsider〕）「向外觀看」的敘述者或市井人物外，也包括作為城市漫遊者（內在者〔insider〕）「向內觀看」的作者自白。[41]

1 風景中的常人之傳

「櫥窗」，是邵僩喜愛而常用的城市意象——「熱鬧的大街上，繽紛、多彩多姿的櫥窗都在爭勝」。[42]「櫥窗」不僅是附麗城市的景象，也代表一種「內面空間」的觀看媒介：

> 如果街道是一本書，那麼街上的櫥窗便是書頁。而每一面書頁也有它不同的地方；有的櫥窗像一首短短的小詩，有的櫥窗像一則甘醇的散文，也有的櫥窗像一篇曲折的小說。於是每一個行過街道的「讀者」，都會感到目不暇接。[43]

〈教室櫥窗〉全文概分六個編號的教室[44]，各教室出場人物分別為：「一群被父母由窄屋中叱責出來的孩子」、「一個正在做夢的襤褸流浪漢」、「沒到戀愛年齡，而亂七八糟想戀愛的男生和女生」、「一隻大了肚子蹣跚的貓」、「想結婚而沒有足夠錢的情侶」、「三個寂寞的老年人和一局殘棋」。小說以「教室」為題名，實則統攝校園內外的人生大教室，並藉此場域指涉人生各階段生活斷片。其中映照卑微悲憐人物的現實生活場景，即是作為鄉村田園對立面的城市空間：

---

41 此處援借「外在者」（outsider）和「內在者」（insider），主要取義於「分離」與「參與」的概念。參見〔美〕史蒂文・C・布拉薩著、彭鋒譯：《景觀美學》（北京市：北京大學，2008年），頁40。

42 邵僩：〈為自己開一扇窗子〉，《人間種植》（台北市：爾雅，1986年），頁47。

43 邵僩：〈櫥窗〉，《都要有愛》（台北市：晨星，1985年），頁85。

44 邵僩：《騎在教堂窗子上》（台北市：水牛，1968年），頁107-116。

> 小姐，再來一杯，我們去跳舞、曼波舞、扭扭舞、滾東滾西的
> 舞……。雞腿掉到地上了，不要太可惜，用手擦擦。小姐，你偷過西
> 瓜嗎？在西瓜田裡有吃不完的西瓜，好甜，好香！你在作什麼？……
> 你是警察嗎？是的。我沒有犯罪，我只是在揀一個掉在地上的雞
> 腿。[45]

鑲嵌歌舞聲色和城市遊民的都會場景，浮雕出無家可歸，以及階級經濟截然區隔的城市症候。文中挪借「西瓜田」影射平靜安詳的鄉村田園空間——「在西瓜田裡有吃不完的西瓜」，藉以對比「撿拾物資糜費而暴殄的天物，竟被視為犯罪」的現代城市場景。城市的「非家園性」與「不得其所」，由是而突顯。〈教室櫥窗〉中另一組編號教室，刻繪男女婚戀遭受阻力，已然暗藏城市悒悒的威脅：

> 阿母又從鄉下來找我。……她說台北的工錢多，要我去台北工作。她
> 的心真壞。……你談錢談得我心煩。我們來講鄉下好不好？……我們
> 還討厭到大城市。……你也害怕我變成壞女人。[46]

魔獸化的城市，被賦予的關聯性，顯然是奢華迷亂人心的罪惡淵藪；而鄉村則是被稱頌為近似「純淨空間」。在都市和鄉村空間的對位移置中，作者觀看「社會櫥窗」中的人群世態，論斷焦距顯然是時代與社會的今昔意識。

〈不免要等〉一文[47]，雖非直接以「櫥窗」為取徑，卻也是另類「櫥窗」式的城市觀察。全文以「等」為輻湊，開展出「等車」、「等伊」、「等薪水」、「等吃」等等現代都會生活的進行曲。小說開筆敘及初到大城市的人，加入等車行列，等車顯然是不寂寞的，因為「可以悠然的看看這個更為鮮明

---

45 邵僩：〈教室櫥窗〉，《騎在教堂窗子上》（台北市：水牛，1968年），頁109。

46 邵僩：〈教室櫥窗〉，《騎在教堂窗子上》（台北市：水牛，1968年），頁113-115。

47 邵僩：《今夜伊在那裡》（台北市：爾雅，1985年），頁117。

的人間」。小說文末則聚焦於醫院所採集各類型「等候」生命起點與終點的生老病死百態，收梢全文，總體形塑了都市經驗裡「有所等待」的生活常規。

邵僩嘗以「魔瓶吸去街道上所有櫥窗」為喻，而賦予重生的城市新風貌──「那時在眼簾中將只剩餘灰灰冷冷的牆，使人感到阻隔和窒息，無助和孤獨」。[48]這少了櫥窗後的荒涼城市面容，表徵「櫥窗」作為城市可資解讀的符號。「櫥窗」，顯然是邵僩城市書寫中，窺視都市的重要中介與連結意象。

2 清醒而警覺的漫遊者

邵僩嘗言：「以短篇小說和散文放在餐盤中；我是寧願用筷子去挾散文的，主要是我喜歡散文那種自由心靈的怦動，不像小說中常含有一些人工色素。」[49]就邵僩小說與散文的互文性而觀，經由凝視而再現的城市書寫，不無是一種找尋自我或他者的姿態。而「創作主體」和「觀看對象」之間的流動現象，主要即表現在邵僩小說散文化創作風格中。

在邵僩書寫城市篇什中，頻密揭現都市失落者與失望者的幽黯心靈，如〈一線之隔〉文中因叔父邃逝，遠赴台北承繼遺產，卻看盡人間冷暖的主角；〈被染的人〉則描寫純真少女進入聲色犬馬的城市後，漸漸染上墮墜色彩；〈溫暖〉一文同樣敘及女性到台北謀生後淪覆風塵的悲歡故事，上述《櫻夢》三篇文本皆勾繪出車馬喧然、欲望繁殖與人際疏離的台北映像：

> 坐在車子中，<u>我仍舊感到窒息</u>。……高樓大廈又多了，它閃參差的<u>矗立著</u>，像灰色的擁擠的森林。我計畫等辦完叔父的喪事，再去找找<u>我那些在森林中迷失的朋友們</u>。[50]
> <u>在鄉村，她能力爭上游，到城市，她反而不能了</u>。……陽光上，五光十色的城市更顯得耀目，街上的行人，彷彿都染著鮮艷顏色了……。[51]

---

48 邵僩：〈櫥窗〉，《都要有愛》（台北市：晨星，1985年），頁85。

49 邵僩：〈序〉，《汗水處處》（台北市：文經社，1992），頁6。

50 邵僩：〈被染的人〉，《櫻夢》（台北市：台灣商務印書館，1967年），頁71-72。

51 邵僩：〈一線之隔〉，《櫻夢》（台北市：台灣商務印書館，1967年），頁113。

在這裡，除了周圍別人家枯燥的窗子，乏味的屋脊，<u>你看不到樹，看不到河，也看不到山，像生活在籠子裡。</u>[52]

若將台北城也視為一種「風景」，且暫擱置以「看不見與看得見的台北」為命題，所深究「台北如何從前現代進入現代」的歷史性或政治賽局的討論[53]，單就歷代累世書寫者個別主體位置所凝視而再現的台北城景觀，也顯得紛呈而殊異。揆諸歷來作家筆下的台北城市地圖，如舒國治勾繪重點是如蛛網密佈般的永和巷道生態與無色無事的城市氣氛；蔣勳彩畫的則為青春少艾與叛逆如儀的西門町「隱晦的性的憂鬱」城市性格；唐諾所著眼的則是從「白天的家屋」──咖啡館所捕擾的台北城⋯⋯。[54]總理而觀，台北城顯然不是「我們的城」，而是裂散為「我城」、「你城」，或「他城」。

眼目可視，存在於外部的「風景」摹寫，嘗被認為是寫實主義的一大特點。論者有謂：「寫實主義所描寫的雖然是風景以及作為風景的平凡的人，但這樣的風景並不是一開始就存在於外部的，而須通過對『作為與人類疏遠化了的風景之風景』的發現才得以存在。」[55]準此而論，前述作家群筆下的台北城市，也必須通過與一般常識認知有異而疏遠化了的風景，才能被發現而得以存在。

邵僩筆下的台北城市顯然也是一種心境的再現。作為邵僩城市書寫總體表徵的台北城市，無非是一座作家凝視和反芻後的「心的城市」或「心的王國」。〈台北之旅〉[56]一文，作者即以車站為軸心，並藉由慣用的各節小標目：「車站、調色盤」、「走廊、牛肉大道」、「平交道、衝刺」，一一攝錄眼眸張望的異鄉／異質／災異的台北城。直至最末一節「公園、綠」，作者前所

---

52 邵僩：〈溫暖〉，《櫻夢》（台北市：台灣商務印書館，1967年），頁241。

53 蘇碩斌：〈自序：聽吹過台北的風聲〉，《看不見與看得見的台北》（台北市：群學，2010年）。

54 參見鯨向海等著：《作家的城市地圖》（台北市：木馬文化，2004年）。

55 柄谷行人著，趙京華譯：《日本現代文學的起源》（北京市：三聯書店，2003年），頁19。

56 邵僩：《騎在教堂窗子上》（台北市：水牛，1968年），頁127-132。

感受「發散著匆匆」，有如「車站在燃燒」的都市風景，才陡然轉為「平和的感覺」，幾乎令作者忘卻身處台北。「不識城市真面目，只緣身在此城中」的悖逆之論，揭示出作者拒絕都市喧囂的意志，因此象徵「母親懷抱」的台北公園，才會以「非台北之城」的印象，迷亂作者邵僩的認知。

〈金錢柵欄〉一文則是以銀行裡提款群像[57]，作為敘事取景。全文以身陷鈔票櫃檯柵欄，以及老人失養的淒楚城市生活景觀，並置「不見波瀾，只能看樹、看石、看鳥、看蟲；也不會想到用很多錢做什麼」的山居生活。上述〈台北之旅〉和〈金錢柵欄〉兩篇散文所呈顯作者眼目所見和心中所識，已然與小說互為證成，並交織構建為作家城市輿圖的核心精神。

班雅明嘗言：「走路，走得遠一點就成為旅行者，走得漫無目的就成為閒逛者。」[58]有趣的是，班雅明所認定漫遊者典範的波特萊爾，也和邵僩有志一同，都喜愛櫥窗：

> 沒有櫥窗！散步是富於想像的民族所喜愛東西，這在布魯賽爾是不可能的。這裡街道空空蕩蕩，毫無用處。[59]

喜愛觀看市街人群，並以商店櫥窗來展示城市風貌的邵僩，或也可稱為像波特萊爾般的街市漫遊者。但他的遊蕩態度並非止於旁觀者之姿，他的書寫固然有現實取捨，然而在城市稠人廣眾中，他並未塗抹他個人的痕跡，而是有其作為個體獨自存在的日常性、經驗性的內面世界。

（三）與城市連結的山林烏托邦

人文地理學者 Yi-Fu Tuan 嘗從人類對鄉土的附著性情懷，論及地方有

---

57 邵僩：《邵僩散文精選》（新竹市：新竹市政府文化局，2007年），頁76-77。

58 引自石計生：《閱讀魅影：尋找後班雅明精神》（台北市：群學，2007年），頁20。

59 班雅明著，張旭東等譯：《發達資本主義時代的抒情詩人：論波特萊爾》（台北市：臉譜，城邦文化出版，2010年），頁115。

不同尺度的存在意義[60]：

> 附著於鄉土是通常的人類情緒。它的力量在不同文化和不同歷史時期
> 皆有差異。附著愈多而情緒的結合愈強。在古代，城市和鄉間都是神
> 聖的，城市為聖地，乃地方神和英雄的住宅，鄉間則有自然精靈。但
> 生活在城市中的人們的情緒都結著另類地景，例如他們所不在那裡
> 生活的聖山，泉水和小樹林。

引文闡釋潛伏於人類心靈深處的鄉土認同，主要植基於自然大地。「鄉土」
情懷，原是涉及不同意義的空間意識，反映人與空間，人與流動性的關係，
鄉土意識並非拘牽於生、長、老於斯的具體地點。所謂鄉土認同，也與自我
主體建構，人我網絡的形塑，關係密切。在邵僴小說或散文作品中，所具現
認同與賦歸的地方空間是「山林」或「鄉村」，且這富有濃稠「家園」意味的
溫暖人間，並且常常伴隨著「城市」論述而浮現。

〈返巢〉一文敘述從鄉下前往台北尋親的青年，[61]因無法適應原生家庭
的市儈庸俗，而決定重返鄉下養父母的田園。小說情節雖通俗，卻暗伏邵僴
一貫想像／定義城市的極端情境：

> 面前是一完全陌生的城市，他覺得像在山林裡迷途。要不是父親（養
> 父）一次次的催他到台北，他真不願跑到這個喧鬧，厭惡的城市
> 來。……夜晚很宵謐；沒有犬吠，沒有蛙鳴，也沒有潮濕的泥土味。
> 床是柔輭的，枕頭是柔輭的，比春天茸茸的草地還要舒適。但是他的
> 腦中卻起伏思潮，如被春風撫摸的禾浪。他很同情寂寞的母親（生
> 母）；然而又覺得這裡並不十分需要他。

---

60 Yi-Fu Tuan 著，潘桂成譯：《經驗透視中的空間和地方》（台北市：國立編譯館，1997
年），頁152。

61 邵僴：〈返巢〉，《櫻夢》（台北市：台灣商務印書館，1967年），頁194-200。

在文本細節中浮現的「城市」，是紀錄崩壞與沈淪的屏幕，而遠離城市的「回鄉」之舉，卻標記了一種重要精神品質和核心價值的追索。

《小齒輪》中〈小齒輪〉和〈插秧時節〉兩文[62]，皆是以面對城鄉文明對峙後的轉折和醒悟，作為敘事主軸。〈小齒輪〉中服役期滿的青年，當返鄉時，才發現母親亡故、女友別嫁等諸般人事滄桑，於是「離開村子」或「守著田地」，便形成了青年心靈深處的爭戰。小說透過每天照顧那些綠油油稻苗，什麼煩惱都沒有的小阿舅嘴中，說出了「城市」探測人性的陷阱：「很多人都離開了村子，男人，女人，像野狗一樣往大城市裡去擠，好像在搶骨頭。」相較於小說文本所傳達城市繁華中的荒涼況味，綠色的田園鄉居，觸目可及的高山、林木、河溪、蝶舞蟲躍……，在在是令人寐寤神往的新世界。由城市出發而挺進鄉村的敘述姿態，也即是邵僩作品中一再復現的主弦律。

「城市」和「鄉村」看似兩個極端，卻是以有意義的形式相聯結著。〈插秧時節〉同樣是身陷城鄉拉鉅中的試煉故事。在城市負笈求學的主角先是抵拒返鄉百無聊賴的生活，返鄉後乍聞豬圈臭味，即作嘔嫌惡，然而就在清新鄉間田野與淳美人情人味中，漸漸召喚出原初的土地之情：

> 他跪著雙膝，把一束束青綠的稻放入土裡。他鼻孔裡有著泥土芬芳，不該忘掉這種芬芳的，他心裡想：我在大城市呆久了，忘了春天，忘了生長，我真是個健忘的人啊![63]

所有的作家或許都有想像「鄉村田園」的情境與情懷，卻鮮少像邵僩持續創作這麼多關乎城鄉辯證的篇什。邵僩小說個人化敘事本身固然有其生活美學的表現，但顯然有更多針對彼時現代化都市文明的自覺、反思和質疑。從作品中拼貼邵僩個人的精神圖案，同時也觸及他所經歷台灣由農業社會邁向工

---

62 邵僩：《小齒輪》（台北市：文星，1966年），頁22-31、137-147。

63 邵僩：《小齒輪》（台北市：文星，1966年），頁146。

商業時代的樣貌。城鄉之間鮮明的差異感，映現在邵僴散文諸作中也歷歷可見：

> ……雨天過去不久，要特別小心落石。說著，說著，他的話好像變成一種叮嚀。……生活在城市，這種叮嚀已不復存在了，也許是現代的關係吧！學校的老師不得不教育孩子們說：「要是有一個陌生人向你問路，您就必須要戒備。」[64]

城市與鄉土社會的區辨性之一，即是住民的流動性與不流動性。就地方形態學而言，鄉村地方全然不提供遊民或陌生人可能聚集而現形的那種空間[31]，然而他們對待異鄉客卻親切而溫良，不像城市因具有「當陌生人遇上陌生人」的地方特質，人際關係顯得冷峻淡漠或齟齬疏離。

　　邵僴《汗水處處》一書中〈雲山深處〉單元所輯[65]，皆是鄉村山林抒懷，然而歌頌山村田居生活的體驗，主要還是與粗礪挫傷的城市生活息息相關。例〈飲幾盅鄉情〉一文，雖然描繪作家和妻子渴望在山村建造一幢屋子的桃源夢境，但文中卻更多驗證城市鮮活的墮墜人性空間——作家提及山村老實少年仔，入城之後竟然殺人而亡命天涯，最後窩藏在老家。作者藉村人茶仔伯悲憐之語，將憧憬城市的少年仔，比喻為「變成一隻受傷的兔子」，並斷言「是城市欺負他」。[66]小說末尾敘及山村年輕人出走的現象，再度揭現隱蔽於城市表象之下的幽暗魅影：

> 「城市到底有什麼好呢？」
> 「吃得多，玩得多，賺錢又容易。」

64　邵僴：〈不是假日〉，《無涯》（台北市：號角，1987年），頁56。

31　參克瑞斯威爾（Tim Cresswell）著，徐苔玲、王志弘譯：《地方：記憶、想像與認同》（臺北市：群學出版社，2006年），頁182。

65　邵僴：《汗水處處》（台北市：文經社，1992年）。

66　邵僴：《汗水處處》（台北市：文經社，1992年），頁125。

> 「不見得吧！」茶仔伯心有餘痛的說：「很多少年仔沒錢而犯罪，會
> 被抓去坐牢。」
> 「我也想去，就是不能去。」說話的阿坤悵悵的眺望山下。[67]

作者借事敷衍城市的畸零現象，然而即使城市有再多的微塵暗影，也還是帶
給鄉下年輕人魅惑與騷動。「無家可歸狀態似乎有其地方，那個地方就是城
市。鄉間（鄉村）常被視為遠離都市特有問題的地方。」[68]除了被描繪成沒
有問題的平靜安詳領域，鄉村的另一種觀點，就是與「家園」結合的特性：
「『鄉村田園詩』有部分是家庭生活與家庭的特殊觀念。」[69]準此，具有家
屋性質的鄉村田園，因而可視為生命存有的療癒之地，〈山林親族〉即是一
篇融匯飛鳥、綠樹、繁星等等山林景觀與內在心境的散文書寫。[70]作者以山
林為親族，是因為自己「有一張樹的臉」——那張臉是很草木的，那張臉使
人想起腳下站的是泥土，而不是柏油。然而〈山林親族〉以「山林敘事」作
為外在架構，內裡的精神卻仍在於區隔「城」與「鄉」一亂一緩，一吵雜一
悠然生活步調的參差對照[71]：

> 那些繁星在城市絕對沒法看到，城市的高樓、燈火、廢氣已組成一馬
> 戲團的移頂了；圍住了歡樂，也失去了天空。……僻靜的山林突然改
> 變了原有的風貌，山下的繁華和吵雜也隨同車輪來了。雪說：飛鳥是
> 被嚇走的。

---

67 邵僩：〈飲幾盅鄉情〉，《汗水處處》（台北市：文經社，1992年），頁126。
68 克瑞斯威爾（Tim Cresswell）著，徐苔玲、王志弘譯：《地方：記憶、想像與認同》（臺
　　北市：群學出版社，2006年），頁182。
69 克瑞斯威爾（Tim Cresswell）著，徐苔玲、王志弘譯：《地方：記憶、想像與認同》（臺
　　北市：群學出版社，2006年），頁183。
70 邵僩：《邵僩散文精選》（新竹市：新竹市政府文化局，2007年），頁72-75。
71 邵僩：《邵僩散文精選》（新竹市：新竹市政府文化局，2007年），頁72-73。

親切的地方，意指最能表現其有護育意義的地方[72]，具有「認同」與「棲居」意義的山林鄉野是自成一格的世界，與繁華城市並沒有關聯性，然而在邵僩小說或散文作品中，山林作為心靈烏托邦的終極意義，卻在於「山林」作為與城市連結中的反差形象，並藉此規模出城市的「失樂園」景觀。

三 結語：解讀人間種植的邵僩

上述邵僩諸多城市書寫文本中，並未針對城市作全景式的展現，取而代之的是對城市人際社會交往和庶民日常生活的具體描繪，作品強調的是都市煙塵的諸般氣息。邵僩宛如一個清醒而警覺的漫遊者，從城市到城鎮，從商店到街道，從戶外到室內，無盡循迴的社會浮生繪，不僅包括分類秩序中的各種階層，也涵蓋那些無法被社會整合的一群人生失敗者，其中小鎮風情畫顯然是參差對照於城市的美好家居之地。一如邵僩受訪時所論及[73]：

> 在巍巍的高樓，在密封的冷氣房，在聲光綑綁的 KTV，⋯⋯心靈卻是受到禁錮的，人與人之間只會更隔離，更防範；疲累而焦慮。但是一到大自然，卻可以感覺掙脫了層牢的束縛，心靈忽然更自由了，而且對人世產生一種新的體悟。

整體而言，邵僩對城市觀察和體驗，幾近真實的記錄，然而就中卻隱含了一種「顛倒」——在邵僩所勾繪的城市風景中，真正的風景是「人與自然的關係」，這是他站在自我主體位置的觀看意向。

這個城市風景的發現，揭露了作者的內面——「自我意識」，而且是透過城市景觀的顛倒裝置出現的——「鄉村園林」。論者嘗就舞台素顏和臉譜

---

72 Yi-Fu Tuan 著，潘桂成譯：《經驗透視中的空間和地方》（台北市：國立編譯館，1997年），頁130。

73 邵僩：〈作者專訪〉，《汗水處處》（台北市：文經社，1992年），頁176。

關係，探述「風景的發現」[74]：

> 正如風景從前存在一樣，素顏本來就存在的。但是，這個素顏作為自
> 然的存在而成為可視的並不在於視覺。為此，需要把作為概念（所
> 指）的風景和臉面處於優越位置的「場」顛倒過來。只有這個時候，
> 素顏和作為素顏的風景才能成為「能指」。以前被視為無意義的東西
> 才能見出深遠的意義。

循此而論，邵僩筆下的城市風景，雖是浮雕諸多日常生活中的庶民寫真，但那些都只是化了妝的臉譜，真正的素顏是作為自白與被自白的作者自己。

　　前言中曾提及一九七七年由張默、辛鬱、張漢良等人編選《中國當代十大小說家選集》，邵僩是入選作家之一。該書研擬入選作家名單的過程嚴謹，編選者並列有幾項原則，諸如入選作家個人創作的藝術價值、個人文學聲譽及對當代社會之影響、選取作家表現文類中最有成就的一項等等。[75]循此，即可想見邵僩在昔日台灣文壇的崇高地位。

　　「對關心台灣現代文藝讀者而言，邵僩不該是一個陌生的名字，並且邵僩也不是一個在『象牙塔』裡夢囈的作家。……其心靈是在關懷著這個活生生的社會。」[76]自十八歲發表第一篇作品在中央日報，一生持續創作不歇的多產作家邵僩，或因創作量豐沛，且力圖在傳統和求新間尋求表現，以致偶有誇張或斧鑿的痕跡，[77]以至未蒙彼時現代派或學院派青睞[78]，然則就力求開拓題材與多元化文學創作的整體成績而觀，邵僩，確然是不應該被遺忘或

---

74 柄谷行人著，趙京華譯：《日本現代文學的起源》（北京市：三聯書店，2003年），頁19。

75 張默：〈編後散記〉，《中國當代十大小說家選集》（台北市：源成文化圖書供應社，1977年），頁602。

76 邵僩：〈簡介〉，《到青龍橋就解散》（台北市：大西洋圖書，1970年）。

77 邵僩自身也有此反省，他在受訪時即提及「寫小說免不了要有情節，營造的氣氛很濃，作者可以為自己處理的技巧而欣喜，但寫久了，會覺得自己是一個工匠。」見《汗水處處》（台北市：文經社，1992年），〈附錄〉〈作者專訪〉，頁176。

78 如前文所引李永平、鄭至慧等人之論。

輕忽的名字。「說起邵僩，就會想起新竹，提起新竹，也會讓人想起邵僩，在文藝圈裡，邵僩就像新竹的城隍廟，邵僩在新竹成長，而成長中的新竹孩子，誰又不識那個熱愛寫作文又喜歡運動的『邵老師』？」[79]邵僩作品總數量高達五十三本，梳理頗為費力，但有幸發掘並閱讀這位新竹在地作家作品，頗有採礦挖寶的豐收喜樂。經由初步閱讀，本文以邵僩作品中頻密浮露的「城市」景觀作為論述議題。在邵僩作品中的「城市」，無疑是一個巨大的文本，本文圍限於閱讀面向，暫以城市歷史意義之外的自我凝視，作為挖掘邵僩作品的方式，且待來日再擴及作者的城市文本與歷史記憶。

---

79 隱地：《作家與書的故事（第一集）》（台北市：爾雅，1985年），頁85。

附記：

　　籌辦第一屆竹塹學研討會之際，曾蒙李喬老師提點，應多關注落籍新竹的文壇老前輩邵僩先生。因此，二〇一五年第二屆會議前夕即費神聯絡，並敲定了訪談。採訪那日，八十二歲的老作家笑語宴宴，身著藍格紋襯衫和同色牛仔褲，帥氣瀟灑而步履輕快，同齡的邵師母清麗嬌小，宛若綺年美少婦，夫婦倆不老的容顏，驚詫眾人。訪談結束，邵老師並熱誠招待我們師徒仨至鄰近餃子館點滿一桌佳餚。當日訪談後兼也書函往復請益邵先生，並蒙惠贈許多新近發表作品影本及資料。當老作家接到拙作（第二屆竹塹學會議宣讀論文），即刻來函：「接奉論文，讀了又讀，十分感佩。我好像由故紙堆裡被翻掘出來，拂拭了厚塵得又見天日。很驚艷研討會主題『自然、人文與科技共構交響』，涵蓋面廣，有其相關，有其共鳴，頗具歸納、組合的巧思。……當我的作品已成木乃伊，卻因為您的深度解說，卻又栩栩如生的呈現。當『愛的教育』『安徒生』童話，已進入沈沈墓穴，哈利波特魔棒揮舞的今天，我得以展出，何其有幸！再謝。」

　　時移事易，別來滄海，邵僩先生竟於二〇一六年十一月二十三日辭世，而今睹信思人，不勝唏噓，謹以此文表達無盡哀輓！

附錄一：訪談相片

邵僩先生於訪談中侃侃而談，笑語宴宴。

訪談結束後合照，前排左為邵僩，右為本文作者陳惠齡；後排左為學生謝秉憲，右為學生戴嘉馨。

附錄二：邵僩作品一覽表

	作者	書名	出版社	出版年	文體
1	邵僩	鄉戀	自費出版	1956	散文
2	邵僩	小齒輪	文星書局	1966	短篇小說集
3	邵僩	櫻夢	臺灣商務印書館	1967	短篇小說集
4	邵僩	在陽光下	臺灣書店	1967	兒童文學
5	邵僩	騎在教堂窗子上	水牛出版社	1968	短篇小說集
6	邵僩	汲泉	幼獅書店	1969	長篇小說
7	邵僩	螞蟻上床	仙人掌出版社	1969	短篇小說集
8	邵僩	燈	臺灣書店	1970	兒童文學
9	邵僩	不停腳的人	明山書局	1970	短篇小說集
10	邵僩	到青龍橋就解散	大西洋圖書公司	1970	短篇小說集
11	邵僩	坐在碼頭上等雨	立志出版社	1970	短篇小說集
12	邵僩	兄弟們	正中書局	1970	短篇小說集
13	邵僩	白痴的天才	晚蟬書店	1970	評論
14	邵僩	泡沫、泡沫	黎明出版社	1973	長篇小說
15	邵僩	白泉	水芙蓉出版社	1975	散文
16	邵僩	讓風箏上天	水芙蓉出版社	1976	短篇小說集
17	邵僩	花的使者	中華文藝月刊	1976	短篇小說集
18	邵僩	大海輪	臺灣書店	1976	兒童文學
19	邵僩	邵僩自選集	黎明出版社	1978	短篇小說集
20	邵僩	不要怕明天	爾雅出版社	1978	短篇小說集
21	邵僩	風姐姐來了	信誼基金會	1979	兒童文學

	作者	書名	出版社	出版年	文體
22	邵僩	跨出的脚步	水芙蓉出版社	1980	短篇小說集
23	邵僩	泥土好可愛	信誼文教基金會	1983	兒童文學
24	邵僩	孩子的心	爾雅出版社	1984	兒童文學
25	邵僩	侵略者的腳步	國立編譯館	1985	散文
26	邵僩	中國永遠屹立	國立編譯館	1985	散文
27	邵僩	綠意與新芽	大地出版社	1985	散文
28	邵僩	都要有愛	晨星出版社	1985	散文
29	邵僩	鑼聲永遠	晨星出版社	1985	短篇小說集
30	邵僩	今夜伊在那裡	爾雅出版社	1986	短篇小說集
31	邵僩	人間種植	爾雅出版社	1986	散文
32	邵僩等	開一扇窗子	幼獅文化	1986	散文
33	邵僩	無涯	號角出版社	1987	散文
34	邵僩	一方心靈	號角出版社	1988	散文
35	邵僩	好朋友的話	臺灣書店	1988	兒童文學
36	邵僩（編）	陽光的迴響	旭正家具藝品	1988	╱
37	邵僩	汗水的啟示	林白出版社	1989	散文
38	邵僩	邵僩極短篇	爾雅出版社	1989	短篇小說集
39	邵僩	現代兒童作文（三）	中華兒童出版社	1990	兒童作文
40	邵僩	現代兒童作文（四）	中華兒童出版社	1990	兒童作文
41	邵僩	現代兒童作文（五）	中華兒童出版社	1990	兒童作文
42	邵僩	現代兒童作文（六）	中華兒童出版社	1990	兒童作文
43	邵僩	小白鷺歷險記	國立編譯館	1990	兒童文學
44	邵僩	現代兒童作文	中華兒童出版社	1991	兒童文學
45	邵僩	汗水處處	文經出版社	1992	散文
46	邵僩	小猴子還鄉記	國立編譯館	1993	兒童文學

	作者	書名	出版社	出版年	文體
47	邵僩	音符碎了	新竹市文化中心	1993	小說
48	邵僩	小魚兒尋親記	國立編譯館	1998	兒童文學
49	邵僩	為心著色	新竹縣文化中心	1998	散文
50	邵僩（編）	八十七年短篇小說選	爾雅出版社	1999	評論
51	邵僩	邵僩兒童文學精選	新竹市文化局	2005	兒童文學
52	邵僩	邵僩散文精選	新竹市文化局	2007	散文
53	邵僩	拿粉筆的日子	印刻出版公司	2011	散文

參考書目

一 邵僩作品集（依出版年代排序）

《小齒輪》　台北市　文星　1966年

《櫻夢》　台北市　台灣商務印書館　1967年

《騎在教堂窗子上》　台北市　水牛　1968年

《螞蟻上床》　台北市　仙人掌　1969年

《到青龍橋就解散》　台北市　大西洋圖書　1970年

《坐在碼頭上等雨》　台北市　立志　1970年

《花的使者》　台北市　中華文藝月刊　1976年

《泡沫·泡沫》　台北市　黎明　1977年

《不要怕明天》　台北市　爾雅　1979年

《都要有愛》　台北市　晨星　1985年

《今夜伊在那裡》　台北市　爾雅　1985年

《人間種植》　台北市　爾雅　1986年

《鑼聲永遠》　台北市　晨星　1986年

《無涯》　台北市　號角　1987年

《邵僩極短篇》　台北市　爾雅　1989年

《汗水處處》　台北市　文經社　1992年

《拿粉筆的日子》　台北市　印刻　2001年

《邵僩散文精選》　新竹市　新竹市文化局　2007年

二 期刊論文

李永平　〈邵僩的困境〉　刊登於《臺大僑生》第19期　1970年6月

鄭至慧　〈論邵僩的短篇小說〈柳灣有個人〉〉　《台大青年》第1期　1971
　　　　年3月

三　專書（依作者姓氏筆畫排序）

石計生　《閱讀魅影：尋找後班雅明精神》　台北市　群學　2007年

朱西甯等著　《中國當代十大小說家選集》　台北市　源成文化圖書供應社　1977年

葉石濤　《台灣文學史綱》　高雄市　文學界雜誌　1987年

李歐梵　《蒼涼與世故：張愛玲的啟示》　香港　牛津大學出版社　2006年

林麗如：《走訪文學僧──資深作家訪問錄》　台北市　文訊　2004年

封德屏主編　《2007臺灣作家作品目錄》　台南市　國立臺灣文學館　2008年

陳芳明　《台灣新文學史》　台北市　聯經　2011年

鄭明娳、林燿德選註　《人生五題──成長》　台北市　正中書局　1990年

隱地編　《五十九年短篇小說選》　台北市　爾雅　1970年

隱　地　《作家與書的故事（第一集）》　台北市　爾雅　1985年

鯨向海等著　《作家的城市地圖》　台北市　木馬文化　2004年

蘇碩斌　《看不見與看得見的台北》　台北市　群學　2010年

克瑞斯威爾（Tim Cresswell）著　徐苔玲、王志弘譯　《地方：記憶、想像與認同》　臺北市　群學出版社　2006年

柄谷行人著，趙京華譯　《日本現代文學的起源》　北京市　三聯書店　2003年

班雅明著　張旭東等譯　《發達資本主義時代的抒情詩人：論波特萊爾》　台北市　臉譜，城邦文化出版　2010年

〔美〕史蒂文‧C‧布拉薩著　彭鋒譯　《景觀美學》　北京市　北京大學　2008年

sSimon Parker 著　王志弘等譯　《遇見都市：理論與經驗》　台北市　群學　2007年

Yi-Fu Tuan 著　潘桂成譯　《經驗透視中的空間和地方》　台北市　國立編譯館　1997年

四　網路資料

應鳳凰　〈【作家第一本書】31邵僩／鄉戀〉　《人間福報》〈副刊〉　2012
　　　年7月2日　資料來源：http://www.merit-times.com.tw/NewsPage.aspx？
　　　unid=266384。2015/10/20檢索

民間故事與文化記憶

——論張漱菡於《當代文藝》之「小樓春雨」
系列作品的發表策略與創作意涵*

王鈺婷**

摘要

　　五〇年代張漱菡於台灣文壇嶄露頭角，張漱菡一九五二年以《意難忘》風靡文藝青年，一九五三年策畫戰後第一部女作家小說選集《海燕集》，並囊括一九五五年中國青年寫作協會策劃「十萬青年最喜閱讀文藝作品測驗」小說類票選活動之頭籌。一九五三年張漱菡出版以新竹風城為名的《風城畫》，《風城畫》涵攝張漱菡對於風城的觀察，是目前可見五〇年代遷台女作家見證新竹鄉土的第一手資料，並牽引出張漱菡與風城鄉土之間的聯繫，也是今日從新竹學與區域文學史的書寫角度重估張漱菡文學價值之緣由。張漱菡文學的研究向度仍待開展，特別是張漱菡作品發表場域不僅僅侷限於台灣，她也將發表觸角轉向香港，張漱菡一九五五年於《祖國周刊》發表〈還鄉〉一文後，其於香港發表作品大部分刊載於《當代文藝》，少數發表於《華僑文藝》、《文藝世界》以及《生活雜誌》，由於張漱菡與徐速之淵源，

---

* 本文發表於二〇一五年十一月十三—十四日「第二屆竹塹學國際學術研討會」，感謝會議主辦人陳惠齡教授之邀請，並感謝論文評論人台北師範大學台灣語文學系林芳玫教授的講評，受益良多，特此致謝。
本文為科技部人文司專題研究計畫「香港文學場域中的「臺灣」—以五〇至七〇年代台灣女作家與香港文壇的關係研究與區域連結為思考架構（I）（MOST 104-2410-H-007-059-）之研究成果。
** 清華大學台灣文學研究所副教授。

張漱菡以《當代文藝》為香港主要發表之場域。本文審視張漱菡於《當代文藝》上發表之「小樓春雨」系列作品,「小樓春雨」系列作品透過中國民間故事的傳誦,闡釋傳統倫理道德,滿足戰後海外華人讀者的文化想像,契合《當代文藝》建立東南亞市場的考量。由於台港學界對於《當代文藝》缺乏相關研究,本文先為徐速所主編的《當代文藝》之雜誌風格進行定位,繼而呈現張漱菡與《當代文藝》的互動,並以此探討張漱菡於香港發表「小樓春雨」系列作品的具體特色及其文化意義,藉此管窺台灣女作家張漱菡在香港發表的策略。

關鍵詞:《當代文藝》、張漱菡、民間故事、徐速

一 前言

　　張漱菡（1929-2000）本名張欣禾，另有筆名寒柯。張漱菡出身於安徽桐城名門世家，父母皆為早期日本留學生，由於自幼生長在書香世家，張漱菡古典詩詞的造詣頗佳。一九四九年張漱菡隨母親避難來台，遂無法完成上海震旦女子文理學院的學位，來台後張漱菡因水土不服而賦閒養病，嘗試創作，初試身手，逐漸嶄露創作的才華。[1]張漱菡一九五二年創作第一部小說《意難忘》，由於受到吳愷玄的青睞，先在台鐵所辦的大眾文藝刊物半月刊《暢流》上連載，而後於暢流出版社出版，《意難忘》是五〇年代頗受到矚目的暢銷書，也可以想見當時張漱菡受到歡迎的程度。

　　《意難忘》這部以革命愛情故事為主題的小說，有張漱菡大學生活的縮影，小說建構在汪偽政權的大社會背景，意在表現知識青年面對事業與婚姻的抉擇，帶著鮮明的時代氛圍。《意難忘》一書在一九五五年中國青年寫作協會策劃「十萬青年最喜閱讀文藝作品測驗」的票選活動中，奪得小說類之頭籌，其他得獎作品包括南郭《無情海》、趙滋蕃《半下流社會》、張愛玲《秧歌》、孟瑤《心園》、謝冰瑩《聖潔的靈魂》等作品。這份書單也顯示出票選活動所具有的文化政治意涵，《意難忘》之所以雀屏中選，除了必須分析籌畫票選活動的中國青年寫作協會之推動，也需關注五〇年代「革命加愛情」此一類型小說如何建構在大時代的背景，提供愛情小說的浪漫幻想，也符合官方意識型態，並且在主導文化與大眾品味之間協商。

　　張漱菡於一九五三年策畫戰後第一部女作家小說選集《海燕集》，《海燕集》收錄蘇雪林、謝冰瑩、張雪茵、張秀亞、郭良蕙、艾雯、繁露（王韻梅）、琰如、鍾梅音、潘人木、侯榕生、王文漪、劉枋等人作品，《海燕集》以女作家集體亮相的姿態，展現出五〇年代女性文學整體的風貌，也帶領出一股女作家席捲海內外的浪潮。張漱菡出版這部女作家專集，也融入商業行

1　應鳳凰：〈張漱菡——令讀者難忘的海燕〉，《文學風華——戰後初期13著名女作家》（台北市：秀威資訊科技公司，2007年）。

銷策略,她在《海燕集》每篇作品前附上女作家的肖像,以精緻短小的編者介紹和新穎肖像照並列的方式,讓這群美麗現代女作家和讀者群進行互動,除了滿足讀者對於女作家的想像之外,也展現出女作家在公共場域的「文化表演」(cultural performance),並且在其所選編的侯榕生、童鍾晉、孟瑤、郭良蕙等女作家的文本中,印證、闡釋新女性。[2]此外,張漱菡如何透過主持女作家小說專集,在當時文化生態變動的機會中,提供給具有創作才華的女作家發表舞臺,並扮演穿針引線的角色,以打造出文壇氣象,也頗值得關注。

張漱菡一九五三年出版以新竹風城為名的《風城畫》,〈風城畫〉描述第一人稱的敘述者移居風城後所萌發的情感。張漱菡以宛如抒情詩的細緻筆觸,捕捉了風城市容的樸素,與近郊觀光風景區的幽深,張漱菡形容風城既無大都市的庸俗煩囂,也沒有鄉野間那份冷極,形構出風城所代表的寧靜、和平、清潔與幽美,並傳達出風城市郊所具有大自然的超塵力量。[3]在《風城畫》中張漱菡將台灣置入一特定美學框架,從純淨「世外桃源」的視角「再現」台灣,其中透露出女作家主觀意識與文化位置,也寄託某種烏托邦的視景,提供我們思索遷台女作家書寫「家台灣」此一議題之複雜性。[4]《風城畫》涵攝張漱菡對於風城的觀察,是目前可見五〇年代女作家見證新竹鄉土的第一手資料,並牽引出張漱菡與風城鄉土之間的聯繫,也是今日從新竹學與區域文學史的書寫角度重估張漱菡文學價值之緣由。此外,張漱菡的長篇小說《翡翠田園》,小說建構在日據時代末期到戰後初期的社會背景,史料性質濃厚,並將台灣重要的政經事件交織入小說之中,也側寫出台灣農村的發展與變遷,是五〇年代女作家書寫台灣土地經驗的代表作,然而

2　參見拙論:〈「摩登女郎」的展演空間:談《海燕集》(1953)中女作家現身與新女性塑造〉,《台灣文學研究學報》第12期(2011年4月),頁163-186。

3　張漱菡:《風情畫》(高雄市:大業,1953年)。

4　台灣新故鄉之相關議題探討,最具代表性之論述,請參見范銘如:〈台灣新故鄉——五〇年代女性小說〉,《眾裡尋她——台灣女性小說縱論》(台北市:麥田,2008年),頁13-48。亦可參見拙論:〈多元敘述、意識型態與異質台灣:以五〇年代女性散文集《漁港書簡》、《我在台北及其他》、《風城畫》、《冷泉心影》為觀察對象〉,《台灣文學研究學報》第4期(2007年),頁41-74。

此一文本卻少有研究者關注。

從上述分析可以得知張漱菡在五〇年代受到文壇矚目的程度，一方面張漱菡從投稿晉身文壇，成為舉足輕重的女性選集主編，也介入文壇性別失衡的狀態；擁有出版與編輯權力的張漱菡，囊括文學票選活動的重要獎項，張漱菡在創作上表現突出，其文學的研究向度可待開展。然而，張漱菡作品發表之場域不僅僅侷限於台灣，五〇年代張漱菡也將發表觸角轉向香港，張漱菡從一九五五年於《祖國周刊》發表〈還鄉〉一文後，其於香港發表作品大部分刊載於《當代文藝》，少數刊載於《華僑文藝》、《文藝世界》以及《生活雜誌》，由於張漱菡與徐速交往之淵源，張漱菡以《當代文藝》為主要發表之場域。不同於台灣女作家多數在香港美援刊物上發表創作，張漱菡於右翼非美援刊物《當代文藝》上相當頻繁發表創作，本文審視張漱菡於《當代文藝》上發表之「小樓春雨」系列作品，「小樓春雨」系列作品透過中國民間故事的傳誦，闡釋傳統倫理道德，滿足戰後海外華人讀者的文化想像，契合《當代文藝》建立東南亞市場的考量。由於台港學界對於《當代文藝》缺乏相關研究，本文先為徐速所主編的《當代文藝》之雜誌風格進行定位，繼而呈現張漱菡與《當代文藝》的互動，並以此探討張漱菡於香港發表作品的具體特色及其文化意義，藉此管窺台灣女作家張漱菡在香港發表的策略。

二 《當代文藝》的編輯風格及其定位

《當代文藝》創刊於一九六五年，由徐速主編，其妻張慧貞為督印人，由高原出版社所發行。高原出版社是一九五一年由余英時、徐速、柳惠（劉威）共同籌組的出版社，根據慕容羽軍的回憶，余英時赴美進修後，柳惠也離開，高原出版社的社務多為徐速負責。[5] 由徐速主編之《當代文藝》月刊，收入小說、散文、雜文、評論、詩歌等文類。《當代文藝》創刊號以掀

5　慕容羽軍：〈五十年代的香港文學概述〉，《文學研究》第8期（2007年12月），頁173-174。

起香港「文藝復興」運動為訴求[6]，提及近年來香港純文藝日漸沒落，報章雜誌都由流行文學或是政治文章所佔據，但徐速等人認為在文藝荒蕪與聲色犬馬的氛圍中，更應動員那些對純文藝愛好的青年們一起投入運動，《當代文藝》創刊宗旨為培養新一代青年寫作者，編輯曾表示：「培養新人是我們創辦這個刊物的目的之一。」[7]《當代文藝》以純文藝為定位，在創刊的前兩年，多向名作家邀稿，如創刊號即網羅台灣作家王潔心、謝冰瑩；香港作家司馬長風、盛紫娟、李輝英、黃崖、黃思騁、徐訏等名家，但長久觀察《當代文藝》香港青年作家比例的確逐年攀升，如徐速就曾自陳雜誌是辦給讀者看的，並非沽名謀利的工具，也不需名家來錦上添花，他摒除文藝圈之明星制度，改採青年寫作者，培養新人也是《當代文藝》經營的策略之一。[8]《當代文藝》第十五期中，編者提到刊物將舉辦函授班的課程，希望提供給有志創作青年朋友學習創作的機會，並提高青年的寫作水準[9]，青年讀者對於函授班課程的回應也相當熱烈，發行三天後香港區已經額滿。[10]

《當代文藝》在香港發行初期，並不被各界看好，主要是文壇環境惡劣，《當代文藝》又非靠政治補助，一般輿論認為《當代文藝》僅以私人的力量是難以與整體大環境抗衡，徐速提到左派文化人曹聚仁等曾批評過刊物，而右派報刊對《當代文藝》卻也沒有過多讚譽，並非文藝路上的盟友，可以得知《當代文藝》的立場。《當代文藝》的編輯群，尤其是徐速，特別重視文藝的「純淨」，在一九六八年至一九七〇年《當代文藝》接連與《文壇》雜誌，以及文藝圈內提倡生產媚世產品的作者發生筆戰。

《當代文藝》論爭主要針對對手——盧森主編的《文壇》。[11]徐速是《當

6　徐速提到並非與台灣當局提倡之「文化復興運動」有關。見社論：〈三載雖無成，百年尚可期〉，《當代文藝》第37期（1968年12月），頁4-5。

7　編者：〈編後〉，《當代文藝》第7期（1966年6月），頁166。

8　可見徐速：〈奮戰十三年，得失兩茫茫〉，《當代文藝》第157期（1978年12月），頁162-166。

9　編者：〈編後〉，《當代文藝》第15期（1967年2月），頁165。

10　編者：〈編後〉，《當代文藝》第16期（1967年3月），頁165。

11　《文壇》由李金髮於一九四一年在廣東曲江創辦的一份文藝刊物，第二期開始即交由

代文藝》第一至一六一期主要的編者，徐速主張掃除黃色文藝，同時不出版
媚俗、市儈的流行文學，與《文壇》數度因為此議題而交鋒；徐速強調文藝
的純度，駁斥黃色與商品化文藝，徐速堅持《當代文藝》刊登反映時代精神
的作品，但不被新潮迷惑；承繼五四文學，但尊重民族傳統的古典文學；愛
護鄉土文學，也接受西方文學此一兼容並蓄的文藝立場。[12]徐速在《當代文
藝》創刊初期的社論〈拔除三面黃旗〉，提到香港出版商將黃色的毒素隱藏
在文藝形式下，欲還給文藝清潔的空間，必定要拔除這「三面黃旗」：第一
面是藏在藝術招牌的暗面，以人體藝術為號召，其中卻是不堪入眼的女性裸
畫；第二面是藏在消遣性的作品中，例如偵探、武俠小說；第三面是藏在歷
史小說裡，利用現代文藝技巧，重新描寫歷史名女人的性心理。[13]徐速追求
純文學的理念始終貫串《當代文藝》中，在《當代文藝》第三十四期社論
〈文藝工作者面臨的考驗〉中，提到在目前艱困環境中，文藝工作者或是紛
紛投筆轉業，或是轉為生產生產媚世、取悅讀者的作品[14]，比如說書寫聳動
題材的流行小說，大力鼓吹文藝商品化，徐速在此並未指名道姓，但暗指
《文壇》陣營中的提倡者編造一些名詞，如「輕文藝」、「中間文學」來進行
包裝，甚至說出「許多洋鬼子都做了，我們這個『落後地區』還不快以人家
馬首是瞻。」[15]在此可見徐速對於《當代文藝》雜誌一開始提倡的「文藝復
興運動」在香港當地的落實性是有些失望，認為文學商品化的現象使得香港
整體文藝運動走向墮落。[16]

雜誌編輯委員之一的盧森接辦主編。抗戰期間，《文壇》曾一度停刊，一九四五年抗戰
勝利後在廣州復刊，一九五○年轉往香港出版。盧森提到這份刊物的創辦目的初期為
抗戰建國，而後期則為發揚中華文化。故此，盧森徵稿時都要求作品能「喚起民族意
識，宣揚民主思想」，選編作品亦「必須與文藝有密切關係」，《文壇》開放園地，喜用
新人之作，藉以發掘和培育新進作家。《文壇》後期經營不善，編輯也趨近保守，直至
一九七四年一月第三四六期結束。

12 徐速：〈江湖夜雨十年燈〉，《當代文藝》第121期（1975年12月），頁163-167。

13 社論：〈拔除三面黃旗〉，《當代文藝》第4期（1966年3月），頁2。

14 社論：〈文藝工作者面臨的考驗〉，《當代文藝》第34期（1968年9月），頁2。

15 社論：〈文藝工作者面臨的考驗〉，《當代文藝》第34期（1968年9月），頁2。

16 社論：〈三載雖無成，百年尚可期〉，《當代文藝》第37期（1968年12月），頁4。

　　徐速在《當代文藝》三周年的紀念特輯上，挑明以上這些文藝歪風，與《文壇》有直接的關係，〈文藝王國、文藝商品、文藝尊嚴 與文壇月刊主編談談文藝經〉標題採用「文藝經」三字，主因是《文壇》主張文藝商品化，使徐速「想起買賣文藝的生意經來了。」[17]而三十四期的社論〈文藝工作者面臨的考驗〉正是回應《文壇》八月號刊出的蕙村君一篇〈論當前文藝出版界的幾個現實問題〉，蕙村君在其中所提出文藝商品化之主張，公開推崇流行小說。[18]徐速更進一步指出《文壇有一套計畫性的戰略，比如說《文壇》的寫手高山駒加入鼓吹作家立志師法武俠小說，將文藝的神聖任務變成「提供青年人解決性苦悶」。[19]此外〈文藝王國、文藝商品、文藝尊嚴 與文壇月刊主編談談文藝經〉也提到《文壇》曾批評徐速培養年輕作家，為欲創立「文藝王國」之野心，然而徐速反駁培養文藝接班人是雜誌的職志之一，豈來追求名利之說。這個文藝思想鬥爭，一直持續到《當代文藝》第一次停刊期間，例如社論〈文藝概念，豈容混淆〉[20]、社論〈論文藝救亡運動〉[21]、四周年社論〈四年風雨不尋常〉一再向不健康的毒物宣戰，要讀者辨清文學與冒牌貨色。[22]

　　《當代文藝》創刊號刊載徵稿的簡章，明言除特定的邀稿文章或中篇題材以外，為照顧海外的讀者，短篇創作以五千字上下為佳，語言也要求以普通語文寫成，勿使用僅供少數人欣賞之地方方言及土語，但小人物對白例外。[23]在《當代文藝》對於徵稿字數與語言有意要求之下，可以具體看出《當

---

17 社論：〈文藝王國、文藝商品、文藝尊嚴 與文壇月刊主編談談文藝經〉，《當代文藝》第37期（1968年12月），頁92-103。

18 社論：〈文藝王國、文藝商品、文藝尊嚴 與文壇月刊主編談談文藝經〉，《當代文藝》第37期（1968年12月），頁93。

19 社論：〈文藝王國、文藝商品、文藝尊嚴 與文壇月刊主編談談文藝經〉，《當代文藝》第37期（1968年12月），頁94。

20 社論：〈文藝概念，豈容混淆〉，《當代文藝》第40期（1969年3月），頁4-5。

21 社論：〈論文藝救亡運動〉，《當代文藝》第41期（1969年4月），頁4-5。

22 社論：〈四年風雨不尋常〉，《當代文藝》第49期（1969年12月），頁4-5。

23 編者：〈徵稿簡章〉，《當代文藝》創刊號（1965年12月），頁168。

代文藝》對於東南亞讀者實際的影響，刊物在星馬南洋的銷售頗具規模[24]，也培養許多星馬的作家，但台灣市場因為資金關係，只發售幾期就不再銷往台灣。第六期的編後提到：「自從上個月起，我們的刊物已銷到台灣市場，這是值得向讀者報告的喜訊，聽說那邊的反應很好，這期正好發表了兩篇台灣作家的作品，一是女作家繁露的『熊秘書』；一是朱夜的『喜事』。朱夜就是在台剛剛得獎的青年作家。」[25]可見《當代文藝》網羅台灣青年作家以向台灣跨足的用心，但在一周年紀念專刊上，鄧國輝提到刊物準備不銷往台灣，主要是因運費高，但鄧國輝也表示在台灣時，發現《當代文藝》深受讀者喜愛，書攤常常有搶購一空的情形。[26]徐速在一周年特輯的〈編後〉中提到，「由於要賠錢，我們甚至放棄台灣的發行地區。」[27]之後台灣地區讀者可以委託當地書店訂閱，但《當代文藝》已不在台發行了。

由上述可得知《當代文藝》所標榜純文學之走向，以及在當時香港文壇右翼非美援的定位，在《當代文藝》創刊號上也可看到香港文藝刊物向東南亞與台灣文壇發展的企圖，並從中瞥見五、六〇年代冷戰視野中《當代文藝》的特殊位置。五〇年代台灣女作家多數通過香港美援刊物所舉辦過徵文比賽進入香港文壇，並在《大學生活》、《祖國周刊》、《亞洲畫報》、《中國學生周報》等美援刊物上發表作品，與香港文壇產生聯繫，而後臺灣女作家作品透過邀稿或是轉載，相當頻繁出現在香港的報章雜誌上，台港文壇在六〇年代交流更顯融洽，六〇年代香港文藝雜誌也刊登不少台灣女作家之作品，臺灣女作家在香港文學雜誌的發表現象，是另一個值得考察的方向，此外台灣女作家也在右翼非美援刊物與左翼文化人所主持的刊物上發表作品。香港文壇接收、引進張漱菡作品的過程，並非單純孤立的事件，可從台港兩地文學場域的交集來進行詮釋，以下將從梳理張漱菡與徐速之淵源，勾勒出張漱菡與《當代文藝》之互動關係。

24 編者提到星馬是本刊最大的發行地區。編者：〈編後〉，《當代文藝》第12期（1966年11月），頁165。

25 編者：〈編後〉，《當代文藝》第6期（1966年5月），頁167。

26 鄧國輝：〈風雨名山〉，《當代文藝》第13期（1966年12月），頁132-133。

27 編者：〈編後〉，《當代文藝》第13期（1966年12月），頁178-179。

三　張漱菡與《當代文藝》之互動

　　自五〇年代開始，台港兩地在文學發展上，逐漸出現具體往來的事實，譬如須文蔚的研究具體展現台、港兩地現代主義文學運動之間微妙的傳播、互動與競爭關係。[28]香港文學場域之所以能夠接納台灣作家，背後有著台港文學歷來交纏的關係，包括四九年後大陸文人南下，活絡香港文化圈的發展，五〇年代中期美國因韓戰爆發與全球冷戰氛圍影響之下，於香港及台灣設立政府機構——美新處（USIS），在冷戰局勢影響之下，當時美援刊物除了承載港台兩地消息互通的任務之外，也成為港臺文藝共通媒介。以五〇年代頗具代表性的女作家童真為例，一九五五年童真以〈最後的慰藉〉獲香港《祖國周刊》短篇小說徵文李白金像獎，美援刊物的徵文比賽是童真踏入香港文壇的契機，一九五七年至一九六五年童真在《中國學生周報》發表的二十餘篇小說，其香港發表生涯幾乎與《中國學生周報》同步發展，她作品中所具有懷鄉意識，和香港當時文學氛圍十分吻合，值得注意的是童真作品進入香港，也受到香港文學場域的影響，一九六二年她推出的小說《鄉思溪畔》和《懸崖邊的女人》，反映香港地域特色，也具有通俗色彩。[29]號稱「台灣最美麗的女作家」郭良蕙，五〇年代在美新處資助的文藝刊物上發表作品，郭良蕙具有台港兩地南來文人共通的「文化中國美學鄉愁」，為其得以突破界線進入香港文壇之關鍵。相較於童真在香港發表作品具有大眾文學的特色，郭良蕙作品中所具有的現代性與都市化特質，也頗值得關注，郭良蕙以冷靜理性的敘述視角，突破浪漫幻想的寫作模式，透露其性別政治的態

28　須文蔚：〈余光中在一九七〇年代台港文學跨區域傳播影響論〉，《台灣文學學報》第19
　　期（2011年12月），頁163-190；〈1960～70年代臺港重返古典的詩畫互文文藝場域研
　　究——以余光中與劉國松推動之現代主義理論為例〉，《東華漢學》第21期（2013年10
　　月），頁145-173。

29　見拙論：〈五〇年代台港跨文化語境：以郭良蕙及其香港發表現象為例〉，《台灣文學學
　　報》第26期（2015年6月），頁113-152。

度，與回應香港的都會文化生產空間。[30]

　　六〇年代張漱菡的作品相當頻繁刊載於《當代文藝》上，《當代文藝》由高原出版社發行，張漱菡與《當代文藝》關係密切，高原出版社也出版張漱菡不少文集，除張漱菡之外，《當代文藝》也刊載謝冰瑩、侯榕生、蕭傳文、王韻梅（繁露）等人作品。《當代文藝》刊載台灣女作家張漱菡、謝冰瑩、侯榕生、蕭傳文等人的作品，但其中以張漱菡的作品數量最多，與《當代文藝》關係最為密切，當年《當代文藝》在台發行也透過張漱菡的指點，以尋找相關管道，張漱菡提供了《當代文藝》敲響台灣之門的敲門磚。透過張慧貞的追憶，可知一九六五年冬天徐速與張慧貞為《當代文藝》在台發行的事宜，特地到台北拜訪張漱菡，張慧貞回憶在偶然情況下得知自己是余英時的遠房親戚，因與徐速相戀，後來知曉余英時曾介紹張漱菡與徐速認識，希望搓合兩人，而恰巧張漱菡也是余英時的表親，為安徽桐城張家的後裔，與張慧貞為同一位高祖，兩人是遠房親戚，由於張漱菡和張慧貞同為親戚之緣，張漱菡與《當代文藝》主編徐速、督印人張慧貞往來密切，也開啟了張漱菡與《當代文藝》的緣分。

　　張漱菡從一九五五年於《祖國周刊》發表〈還鄉〉一文後，其於香港發表作品大部分刊載於《當代文藝》，少數刊載於《華僑文藝》[31]、《文藝世界》以及《生活雜誌》。[32]《當代文藝》周年紀念特輯，張漱菡發表〈幾句外行話〉，她提到聽聞香港有新的文藝刊物即將出版，原抱持香港讀者並未重視純文藝而未正視此一消息，直到《當代文藝》出版後才確定此為純正文藝性刊物，在此張漱菡誠懇坦率地說出她的兩點希望：一是希望選稿方面能夠精益求精；二是希望刊物校對工作儘快改進。[33]在《當代文藝》出版三周年，張漱菡發表三周年的賀詞〈我的祝福〉，張漱菡認為《當代文藝》可以

30　見拙論：〈美援文化下文學流通與文化生產──以五、六〇年代童真於香港創作發表為　　討論核心〉，《台灣文學研究學報》第21期（2015年10月），頁107-129。

31　張漱菡：〈長夜〉，《華僑文藝》第1卷第6期（1962年11月），頁223-225。

32　張漱菡：〈獨身人〉，《生活雜誌》第1期（1966年8月），頁71-88。

33　張漱菡：〈幾句外行話〉，《當代文藝》第13期（1966年12月），頁133。

突破重圍且按期出版，內容也精益求精，銷售日漸成長，足以證明該刊同人三年來的辛苦耕耘，並祝賀《當代文藝》日新月異，永垂不朽。[34]

《當代文藝》所屬之高原出版社也出版張漱菡相關小說集，分別為《小樓春雨》（1969）、《相思山下》（1976）以及《碧雲秋夢》（1978），其中《小樓春雨》與《相思山下》為單行本，《碧雲秋夢》為長篇小說，《小樓春雨》為張漱菡於《當代文藝》中發表六篇作品之集結，而《當代文藝》廣告上介紹張漱菡《碧雲秋夢》一書，曾以：「張漱菡女士為當代中國負有盛名的作家之一，其作品的特色是行文流暢，故事性濃厚，頗受港台及東南亞廣大讀者之廣泛愛戴。」[35]為張漱菡進行宣傳，其中也特別標示出張漱菡在東南亞受到歡迎的程度，香港印刷出版的《當代文藝》也將其市場設定在南洋，以行銷東南亞為考量。張漱菡與《當代文藝》關係淵源流長，直至徐速身故，《當代文藝》改版，張漱菡與《當代文藝》也維持良好的關係，一九九九年張慧貞向張漱菡提起香港藝術發展局贊助《當代文藝》復刊，張漱菡隨即寄了兩篇稿件給編輯部，編輯黃南翔採用後，一九九九年張漱菡有兩篇作品〈夢中情人〉、〈贗品〉刊載於雜誌，此為張漱菡最後發表的幾篇作品，也維繫了張漱菡與《當代文藝》長達三十年之久的緣分。

以下，將分析張漱菡在《當代文藝》中「小樓春雨」系列作品所呈現的歷史敘事與家族傳奇，在分析「小樓春雨」系列作品前，先分析張漱菡於《當代文藝》所發表的幾部作品都流露出個人離散經驗的感懷，帶出主角身歷故國淪陷與跨越邊界後家國想像。一九四九年離開中國大陸的張漱菡其懷鄉情結和離異感都化為創作的源泉，在〈情書〉中，張漱菡敘述一位中國出身的小提琴家方耀倫年少時一段無疾而終的愛情故事。小說描述名震國際的音樂家方耀倫，由歐來港，舉行盛大的公益演奏會，透過與初戀情人姪子的會晤，追憶出由於當年一封未寄的信所造成誤解，因而拆散相隔兩地的戀人，小提琴家選擇遠走他鄉，切斷與故鄉的所有關聯，女方則以激烈方式表

---

34 張漱菡：〈我的祝福〉，《當代文藝》第37期（1968年12月），頁164。

35 廣告頁於《當代文藝》第37期（1968年12月），頁103。

達內心的憤怒，導致終身殘廢，獨身至老。[36]小說中流徙的經驗形構出當時華人離散的集體記憶，張漱菡將小提琴家遷徙與跨越邊界的生涯展現於筆端，小提琴家二十四歲出國度過三十多年，先以勞工身分至英國謀生，儲蓄後到德國進修，二十八歲應邀在維也納舉行生平第一次演奏會，而今蒞港舉行近年來港九最轟動的演奏會。[37]然而，張漱菡刻畫的重點並非著墨於小提琴家在空間變動中持續拓展出事業版圖，提升身分地位的歷程，而是漂泊孤寂的生涯如何成為小提琴家的境遇寫照，以至於他清癯面容上所流露出憂鬱氣質與憂傷目光；而對於小提琴家始終沒有現身的初戀情人而言，文本表現出由上海戰亂顛沛遷徙來港，歷經情傷與身殘之苦痛，所以張漱菡於《當代文藝》所發表的作品，再現的是中國人士個人流亡生涯背後所參雜集體文化政治意識。

另一篇〈淺灘與安全島〉表面上觀之，作者以險灘和安全島作為女主角黎菲生命中兩個男人的意象，刻劃女主角由於意外目睹一場外遇暴力戲碼，而割捨下對於少女時期初戀情人的眷戀，以此象徵終於脫離險灘，踏上一座堅固的安全島，情訂忠厚老實的留英博士，是篇女性對愛情幻滅的成長小說。[38]如果，更進一步分析，可以看到此一文本在廣大空間中移轉的過程，透過倒敘法，從一九四八年黎菲於高中荳蔻年華與初戀情人余良駒之相遇啟始，隨著當年中國局勢的動盪，連天戰火已侵襲到歌舞昇平的上海，為時勢所迫，黎菲隨著家人倉促離開上海，遂與初戀情人中斷了消息，而後逃到廣州，又輾轉到澳門完成大學學位，再到香港謀得寫字樓職員一職，原本黎菲在香港郵局租下一信箱，以等待初戀情人回覆其刊登的啟事，而後青春夢碎，在香港成婚歸於恬適平淡。這篇作品時空跨度從四〇年代末到七〇年代初，從上海到廣州至澳門而後香港，帶有時代軌跡，女主角遷移經驗成為文本中重要的肌理，張漱菡涵納許多離散的經驗，並附著於其對於中國文化身分和情感的表述之中。

---

36 張漱菡：〈情書〉，《當代文藝》第62期（1971年1月），頁24-34。

37 張漱菡：〈情書〉，《當代文藝》第62期（1971年1月），頁24。

38 張漱菡：〈淺灘與安全島〉，《當代文藝》第74期（1972年1月），頁24-40。

張漱菡在《當代文藝》中有一篇幅較長系列作品為〈小樓春雨〉，相較
於其他女作家如童真、郭良蕙、鍾梅音等人在香港發表的作品，以個人懷鄉
為主軸，瀰漫濃厚的懷鄉色彩，張漱菡於「小樓春雨」系列作品，都是以中
國為主要時空背景，其中透過說書人所開啟的家族傳奇，來呈現出小說中對
於傳統文化的追尋，以下將分析張漱菡「小樓春雨」系列作品如何回應到當
時歷史情境，與展現出女作家的文化政治立場。

四　家族傳奇與民間故事 —— 論張漱菡「小樓春雨」系列作品

〈小樓春雨〉發表於一九六六年四月至十月，與一九六九年二月的《當
代文藝》上，〈小樓春雨〉由潮濕雨夜，大夥聚在一起聊天的場景開啟小說
敘事，正當眾人聊著世界局勢、月球登陸、現代繪畫與熱門音樂時，有人提
議每個人講一段本身經歷消磨時光，於是第三人稱的敘事者記錄宛如「說書
人」一般吐露家族敘事，交織成一段段外省離散族裔的家族傳奇。其中，
「說書人」所扮演的角色及其所代表意義，毋寧是值得探究。說書，是豐富
的口述傳統，也是在社群中建立歷史意識最古老的方式，闡述的是族群的故
事，以一同記憶、了解並創造我們全體曾經聽過的故事，如同鄭明河
（Trinh T. Minh-ha）闡述說書的功能：「說故事者的任務，是要『教導孩子
其父輩先祖所知道的故事』，塑造他們的理想，並『闡明事實』。為了使孩子
獲得『正確的感受』並『誠實地思考』，故事這個教學媒介必須提供知
識……」[39]在此鄭明河提出故事要講得好而且具有知識性，除了需採取像古
老神話和寓言一樣攝人心神的形式外，亦應融入「從前」、「很久很久以前」
等傳統套語，其中也隱含闡明真理所需規定之意味。[40]張漱菡〈小樓春雨〉

---

39 鄭明河（Trinh T. Minh-ha）著，鄭千芬、鄭淑玲譯，黃嘉音校譯：〈祖母的故事〉，《中
　外文學》第33卷第2期（2004年7月），頁140。

40 鄭明河（Trinh T. Minh-ha）著，鄭千芬、鄭淑玲譯，黃嘉音校譯：〈祖母的故事〉，《中
　外文學》第33卷第2期（2004年7月），頁140。

系列作品如何藉由說書來建立聯繫，並達成建構歷史意識的目的呢？而張漱菡藉由此一系列作品想挖掘出什麼樣族群的口述傳統，傳承何種族群的集體記憶呢？

〈小樓春雨〉首篇即是林太太的中學故事，透過回憶場景，帶出林太太中學時依照母親的安排，住進長沙富裕的外婆家，可惜外婆家人丁稀少，只有舅舅和小表弟三人相依為命，屋中沉悶與孤寂，而後外婆收養一位父母雙亡、貧苦的孤女小鎖子來照顧小表弟，伶俐的小鎖子照顧小表弟後，兩人的笑聲盈滿屋中。而後家中突然多了位死去舅媽的鄰居趙姑娘，因丈夫死去，而來投靠外婆，猶有風韻的趙姑娘覬覦喪偶的舅舅，經常與之嬉戲，外婆表態不接受兒子與趙姑娘的婚姻，積極幫舅舅尋找門當戶對的太太，而後趙姑娘心懷不軌，下毒毒害外婆與小表弟，並將過錯推給一同採葷的小鎖子；第二次趙姑娘在外婆的藥罐中下毒，小鎖子機警發現，以身試毒，才免除這場劫難，卻也中毒病發，小鎖子因為大智大勇的行為，被認為義女，而趙姑娘趁一片混亂，偷走了外婆家錢財，逃逸無蹤。[41]〈小樓春雨〉首篇（1966）藉由林太太所講述的家族傳奇，使得過去與現在產生連結，其中林太太口述傳統所挖掘的過去，更是象徵傳統價值的延續，故事的價值在於忠僕正直形象獲得澄清所釋放的藝術潛力，故事的內容所闡揚的是忠僕救主之美德，此一古老社會中人情信義的準則與真理，深具教化性。

在〈心幕——小樓春雨故事之四〉，張漱菡在小說開始前以一段話引出故事：「這是發生在舊社會裡的一個婢女的故事，但她不像『家』裡的鳴鳳那樣的癡情，也不是『雷雨』裡的四鳳那樣浪漫。而她所遭遇的卻比她們更淒慘，誰也不知道她為什麼心甘情願地寂寞地渡過了一生……」[42]張漱菡透過一些隱微的言語姿態，浮雕出故事中女性角色玉珮的苦悶形象。而〈小樓春雨〉系列作品也深具中國白話小說的藝術特徵，融合了中國白話小說說書人的藝術性，〈小樓春雨〉為於白色小樓中聚會的女主人鄒太太講述五十年

41　張漱菡：〈小樓春雨〉，《當代文藝》四月號（1966年4月），頁17-40。

42　張漱菡：〈心幕——小樓春雨故事之四〉，《當代文藝》第35期（1968年10月），頁61。

前發生在其姨婆家的故事,鄒太太作為說書人,以抒情敘事生動靈活地描述鄒太太二表舅與丫頭的故事,〈心幕──小樓春雨故事之四〉,在人物塑造、藝術處理也與〈小樓春雨〉首篇相似,集中在忠僕形象的塑造上。

　　〈心幕──小樓春雨故事之四〉故事描述民國初年大戶人家葉太太出於同情,買下一位孤苦無依、童養媳出身的女孩,取名為玉珮,葉太太安排玉珮照顧與她年紀相仿的次子志賢與女兒志冰,玉珮也同時見證大家庭興衰。故事中玉珮擁有高潔品格,對主人十分忠誠,即使志賢娶妻生子,玉珮始終在其身旁守候,無怨無尤;小說的終曲,在於志賢因為經歷一連串親人過世而性情大變,對玉珮亦十分暴躁,而後玉珮為拯救志賢的病體,不惜割肉煮湯以救治志賢,志賢被玉珮勇於自我犧牲的精神所感動,決定認玉珮為妹,並好好振作,以重振家風[43],文中玉珮不僅捨身救主,亦成為支持志賢重振家聲的關鍵人物。〈心幕──小樓春雨故事之四〉小說透過說書的敘述形式,提醒讀者注意故事的有控制敘述,並指導讀者理解故事的深層涵義[44],〈心幕──小樓春雨故事之四〉文末作者藉由講述者鄒太太的評語向讀者發出呼籲,以進行對於故事選擇、解釋和道德評價的權力,並引導讀者對故事情節進行全面的理解。說書人兼敘述者鄒太太對於故事的事件和情節進行道德評價,道出玉珮除了忠心耿耿,也始終以純真的愛支持著志賢:「既然各位都有同樣的猜想,那麼這個判斷就不會錯了,我相信玉珮確實一生都在祕密地、絕望地、但也固執地深愛著葉志賢。她愛得那麼痴誠,那麼堅貞,那麼高潔而神聖!在她那忘我的默戀之中,幾乎毫無所獲,所有的只是奉獻,只是犧牲,以及無盡的寂寞和空虛!」[45]文中彰顯出玉珮莊嚴而高貴的愛情,她不斷付出而不求回報,此一平凡小人物不平凡的事蹟也贏得敘述現場

43　張漱菡:〈心幕──小樓春雨故事之四〉,《當代文藝》第35期(1968年10月),頁61-81。

44　裴碧蘭(Deborah Porter)著,楊建華譯:〈中國白話小說說書人的藝術〉,《九州學刊》第7卷1期,總號25(1966年1月),頁110。

45　張漱菡:〈心幕──小樓春雨故事之四〉,《當代文藝》第35期(1968年10月),頁80-81。

所有人舉杯致敬，玉珮也成為中華文化品德中仁愛／忠義的傳承者。

〈小樓春雨〉六篇故事，除了塑造出恪盡職守、任勞任怨的忠僕形象外，大多隱含善有善報，惡有惡報的道德觀，和中國古典小說以道德教化和因果報應思想為主題的精神是一貫。仔細閱讀張漱菡〈小樓春雨〉系列作品不難發現，小說中主角都有符合中國傳統道德觀的品德：孝順、貞烈、純潔、忠誠等，如〈小樓春雨故事之五——月娥與虎妹〉[46]其中所闡述的主題，也與中國通俗文化傳統一脈相承。〈小樓春雨故事之五——月娥與虎妹〉描述蘇州鐵獅子巷「活閻王」胡大老爺作惡多端，垂涎江湖賣藝少婦月娥的美色，嫁禍殺害月娥的先生長義，而後褻瀆並逼死月娥，此一血仇十二年後由其女虎妹追討，虎妹練就一身功夫，千里迢迢回到蘇州報仇，以裝神弄鬼的方式嚇唬胡大老爺，胡大老爺因為驚嚇過度發狂，自己用繩索套住脖子索去一命，小說闡釋出善惡因果報應道德觀。〈「小樓春雨」故事之二——敗家子〉[47]，也離不開民間故事的主題，著眼於中國通俗文化傳統。故事由何太太講述其娘家——蕭家之故事，蕭家的祖父母為求傳宗接代，尋找不滿媒妁之婚而離家的兒子之子嗣，因兒子身故，孫子與僕人邵媽母子相依，邵媽將自己的兒子與主人的兒子對調，希望其子能過著榮華富貴的生活，但邵媽的兒子素行不良，更為覬覦財富而故意陷害蕭家祖父，最終被識破，一切真相大白。此則故事劇情懸疑，一路映射出貧富與階級差距下的利益爭奪，也暗喻了善惡到頭終有報的人性輾轉，此一因果報應作品思想，也為中國傳統儒釋道文化中極為重要的一部分。

我們應如何進一步詮釋張漱菡發表〈小樓春雨〉系列作品所宣揚的傳統文化呢？而其所表露的文化認同又是如何回應六〇年代中後期香港文化認同的氛圍呢？誠如香港學者的研究指出六〇年代香港文化認同具有多重向度，香港文化混雜性，更增加討論香港文化身分歸屬的張力。六〇年代是香港地

---

46 張漱菡：〈小樓春雨故事之五——月娥與虎妹〉，《當代文藝》第38期（1969年1月），頁45-66。

47 張漱菡：〈「小樓春雨」故事之二——敗家子〉，《當代文藝》七月號（1966年7月），頁10-22。

方社群意識萌發的重要轉折期，尤其一九六七年暴動後逐漸出現正視香港現實處境的聲音，如陳智德所言：「六十年代青年作者對身分認同危機和殖民文化的無根，部分以虛無、疏離和否定回應，部分嘗試在語言上另覓出路，除了本身的時代意義，也可視為七十年代香港文學本土化的前奏。」[48]在陳智德的論述中，當時香港文化認同的氛圍，也是處於一個「生產」的過程，包括田邁修（Matthew Turner）所指官方有意為香港人設計一個有別於中國的西化身分，以及民間從左右派二元對立外引向香港本土的身分認同[49]，可視為香港在文化中國與香港殖民文化之間尋求文化定位的過程，六〇年代香港文化的定位即是通過不斷協商而形成。

我們仔細觀察《當代文藝》，也可看到《當代文藝》對於中國傳統文化的看重，這也與《當代文藝》主編徐速個人主導刊物的風格走向有關。徐速是五〇年代初期來港的文化人之一，飽含當時多數來港文化人的漂泊境遇，徐速來港面對香港商業社會頗感人文精神與民族意識的失落，其創作與推動文藝，以維繫心中的家國想像。徐速的代表作《星星·月亮·太陽》、《櫻子姑娘》和《浪淘沙三部曲》，都圍繞在他熟悉的抗戰題材，取材中日戰爭時期青年的愛國活動，風格上延續三〇年代文學傳統的寫實手法，筆調抒情，頗受到港台與東南亞文壇的喜愛。徐速於訪談中坦言他創作《星星·月亮·太陽》，主要是想通過小說主角的生活遭遇與內在世界去抗衡香港商業至上的社會及其文學商品化的現象，徐速對於香港當時所流行的流行小說始終抱持著鄙夷的態度，認為這些作品不外乎利用愛情的形式，用以販賣色情，所以他在幾部代表作中都展現出對於當時香港文藝環境的抗衡意識[50]，而饒富趣味的是徐速唯一一部以香港現實社會為背景的長篇小說《疑團》，由於側

---

48 陳智德：〈導論：本土及其背面〉，《解體我城香港文學1950-2005》（香港：花千樹，2009年），頁20。

49 陳智德：〈導論：本土及其背面〉，《解體我城香港文學1950-2005》（香港：花千樹，2009年），頁22。

50 〈徐速的文學生涯（代序）〉，黃南翔編：《徐速卷》（香港：三聯，1998年），頁2。

重於心理描寫和偵探情節，並沒有獲得肯定的評價。[51]綜觀徐速小說的評論，也往往揭示出徐速個人的文化立場，特別是徐速對於傳統中國文化傳承的部分，如王劍叢所論徐速具有中國知識分子的憂患意識，將目光投放在傳統文化[52]；而陳賢茂也強調徐速於儒家思想中找到匡救時弊的良方，並從儒家文化理想主義的傾向，以分析徐速小說的價值。[53]

《當代文藝》中，不少徐速所寫的社論，都一再強調民族文學與民族文化的重要，一方面指稱中國文化的深厚與中國文學遺產的豐富，是足以容納外來文藝思潮的衝擊[54]；另一方面也提到民族文化是前人智慧的積累，偶像人物代表一種令人欽敬的精神，具有教育群眾的意義，不可亂毀[55]，徐速論及：「在中國民間，一些偶像的影響力量，可以說比法律還有效力。孔孟教化不必說，即如蜀漢的一個武夫關羽，不但在中國大陸血食千秋，甚至在韓、越、日本、星馬地區，也是家傳戶曉，奉若神明。」在香港殖民化與商業化的背景之下，徐速傳達了對於中國文化傳統價值觀的重視，特別是對於傳統倫理道德觀的保護。《當代文藝》四期編後語提到，《當代文藝》不囿於某些文藝宗派，希望各方都可投稿，尤其是訴諸情感作品最受青睞，編輯提到無論西方學術思想如何在香港傳播，但是中國固有的道德倫理觀念才是根深柢固，不易動搖，並舉吳痴作品〈大表舅〉、金舟〈追債記〉，以及林國蘭的〈補鞋匠〉都是在孔孟的孝恕之道下所闡發的主題思想，很容易引起讀者的共鳴。[56]

張漱菡在香港發表「小樓春雨」六篇作品所傳達民間故事此一傳統文

51 杜漸：〈徐速先生暢談創作與文學批評〉，黃南翔編：《徐速卷》（香港：三聯，1998年），頁295。

52 王劍叢：〈徐速的創作〉，黃南翔編：《徐速卷》（香港：三聯，1998年），頁329。

53 陳賢茂：〈徐速小說與儒家思想〉，黃南翔編：《徐速卷》（香港：三聯，1998年），頁305-317。

54 徐速著：〈珍視民族文學遺產 重視世界文藝思潮〉，《徐速小論》（香港：高原，1979年），頁104-106。

55 徐速著：〈偶像不可亂毀〉，《徐速小論》（香港：高原，1979年），頁70-72。

56 本社：〈編後〉，《當代文藝》第4期（1966年3月），頁166-167。

化，某種程度符合香港五〇年代以來由內地來港的南來知識份子所形構的集體氛圍，此一一九四九年後中國政權轉變，南遷文化人對於文化的無力感與邊緣性，正是張漱菡與香港南來文人所處相通的文化脈絡，五、六〇年代香港殖民地的特色以及政治背景，都讓張漱菡作品和香港文壇南來文人主導的文化場域結合得更為密切。五〇年代香港南來文化人深懷流徙經驗與去國懷鄉情感，在香港建構跨越邊境的家國想像，在文化上延續斷裂傳統與籲求民族認同，在文學上構築理想而浪漫的北國想像，以此作為國族集體認同的寄託，也成為與香港商業化與現代性抗衡的某種隱喻。[57]張漱菡〈小樓春雨〉系列作品，藉由通俗的民間故事與家族傳奇，傳達出流離海外華人眼中的中國傳統道德文化，傳統道德文化體現了華人的民族共同性，提取以及保存海外華人集體的文化記憶，回應中國動亂歷史影響下流寓人士的情感結構。從此一角度推論，張漱菡作品對於傳統道德文化的描述，構築一個文化意識共享的情感結構，某種程度上滿足《當代文藝》讀者需求和願望，尤其是《當代文藝》讀者們多為戰後分佈至各地的海外華人，他們大多數人因為政治動亂而流放四海，其通過張漱菡筆下這些耳熟能詳的中國民間故事，於逃難生涯或變遷歷史中再現心中故鄉於紙上，從另一方面來說，《當代文藝》對於傳統倫理觀的重視，也有其爭取中國文化認同的海外讀者之考量，並建立東南亞市場的文化經營策略。「小樓春雨」系列作品展現了張漱菡於香港文化場域的發表策略，呈現了張漱菡自身的文化立場，並回應《當代文藝》對於傳統文化內涵重視，與建立東南亞市場策略的需求。

五　結語

　　本文審視台灣女作家張漱菡於《當代文藝》上「小樓春雨」系列作品之特色，不同於台灣女作家多數在香港美援刊物上發表創作，張漱菡由於與

---

57 張美君:〈流徙與家國想像:五、六十年代香港文學中的國族認同〉,收錄於張美君、朱耀偉編:《香港文學@文化研究》(香港:牛津大學出版社,2002年),頁33-38。

《當代文藝》主編徐速、督印人張慧貞往來密切之關係,而在右翼非美援刊物的《當代文藝》上相當頻繁發表創作。本文先為徐速所主編的《當代文藝》之雜誌風格進行定位,《當代文藝》以純文藝為定位,標榜承繼五四文學,尊重民族傳統的古典文學,並愛護鄉土文學,也接受西方文學此一兼容並蓄的文藝立場,也有向東南亞與台灣文壇發展的企圖。本文透過探討張漱菡於《當代文藝》「小樓春雨」系列作品,可以瞥見張漱菡在香港文化場域的發表策略,張漱菡採取中國古典小說說書人的視角,傳達出善有善報,惡有惡報的道德觀,也符合徐速與《當代文藝》對於中國通俗傳統文化的宣揚,並回應《當代文藝》於紙本中建構的文化中國,勾起了東南亞中國讀者的懷鄉情節和民族情懷,其中也瞥見張漱菡於香港文化場域特殊的發表策略。

參考書目

一　張漱菡相關書目

張漱菡　〈小樓春雨〉　《當代文藝》四月號　1966年4月　頁17-40

張漱菡　〈「小樓春雨」故事之二──敗家子〉　《當代文藝》七月號　1966年7月　頁10-22

張漱菡　〈幾句外行話〉　《當代文藝》第13期　1966年12月　頁133

張漱菡　〈心幕──小樓春雨故事之四〉　《當代文藝》第35期　1968年10月　頁61-81

張漱菡　〈我的祝福〉　《當代文藝》第37期　1968年12月　頁164

張漱菡　〈小樓春雨故事之五──月娥與虎妹〉　《當代文藝》第38期　1969年1月　頁45-66

張漱菡　〈情書〉　《當代文藝》第62期　1971年1月　頁24-34

張漱菡　〈淺灘與安全島〉　《當代文藝》第74期　1972年1月　頁24-40

二　專書

王宏志、李小良、陳清僑　《否想香港──歷史、文化、未來》　台北市　麥田　1997年

范銘如　〈台灣新故鄉──五〇年代女性小說〉　《眾裡尋她──台灣女性小說縱論》　台北市　麥田　2008年

張美君、朱耀偉編　《香港文學@文化研究》　香港　牛津　2002年

徐速著　《徐速小論》　香港　高原　1979年

陳智德　《解體我城香港文學1950-2005》　香港　花千樹　2009年

黃南翔編　《徐速卷》　香港　三聯　1998年

周愛靈著　羅美嫻譯　《花果飄零──冷戰時期殖民地的新亞書院》　香港　商務印書館　2010年

羅鋼、劉象愚主編　《文化研究讀本》　北京市　中國社會出版社　2000年

應鳳凰　《文學風華——戰後初期13著名女作家》　台北市　秀威資訊
　　　　2007年

三　期刊論文

王鈺婷　〈「摩登女郎」的展演空間：談《海燕集》（1953）中女作家現身與
　　　　新女性塑造〉　《台灣文學研究學報》第12期　2011年4月　頁
　　　　163-186

王鈺婷　〈多元敘述、意識型態與異質台灣：以五〇年代女性散文集《漁港
　　　　書簡》、《我在台北及其他》、《風城畫》、《冷泉心影》為觀察對象〉
　　　　《台灣文學研究學報》第4期　2007年　頁41-74

王鈺婷　〈五〇年代台港跨文化語境：以郭良蕙及其香港發表現象為例〉
　　　　《台灣文學學報》第26期　2015年6月　頁113-152

王鈺婷　〈美援文化下文學流通與文化生產——以五、六〇年代童真於香港
　　　　創作發表為討論核心〉　《台灣文學研究學報》第21期　2015年10
　　　　月　頁107-129

須文蔚　〈余光中在一九七〇年代台港文學跨區域傳播影響論〉　《台灣文
　　　　學學報》第19期　2011年12月　頁163-190

須文蔚　〈1960～70年代臺港重返古典的詩畫互文文藝場域研究——以余光
　　　　中與劉國松推動之現代主義理論為例〉　《東華漢學》21期　2013
　　　　年10月　頁145-173

鄭樹森　〈遺忘的歷史，歷史的遺忘——五、六〇年代的香港文學〉　《幼
　　　　獅文藝》第511期　1996年7月　頁58-63

裴碧蘭（Deborah Porter）著　楊建華譯　〈中國白話小說說書人的藝術〉
　　　　《九州學刊》第7卷第1期　總號25　1966年1月　頁109-124

鄭明河（Trinh T. Minh-ha）著　鄭千芬、鄭淑玲譯　黃嘉音校譯　〈祖母的
　　　　故事〉　《中外文學》第33卷第2期　2004年7月　頁131-164

四　周刊論文

社　論　〈拔除三面黃旗〉　《當代文藝》第4期　966年3月　頁2

社　論　〈文藝工作者面臨的考驗〉　《當代文藝》第34期　1968年9月　頁2

社　論　〈三載雖無成，百年尚可期〉　《當代文藝》第37期　1968年12月
　　　　頁4-5

社　論　〈文藝王國、文藝商品、文藝尊嚴　與文壇月刊主編談談文藝經〉
　　　　《當代文藝》第37期　1968年12月　頁92-103

社　論　〈文藝概念，豈容混淆〉　《當代文藝》第40期　1969年3月　頁
　　　　4-5

社　論　〈論文藝救亡運動〉　《當代文藝》第41期　1969年4月　頁4-5

社　論　〈四年風雨不尋常〉　《當代文藝》第49期　1969年12月　頁4-5

編　者　〈徵稿簡章〉　《當代文藝》創刊號　1965年12月　頁168

編　者　〈編後〉　《當代文藝》第4期　1966年3月　頁166-167

編　者　〈編後〉　《當代文藝》第6期　1966年5月　頁167

編　者　〈編後〉　《當代文藝》第7期　1966年6月　頁166

編　者　〈編後〉　《當代文藝》第12期　1966年11月　頁165

編　者　〈編後〉　《當代文藝》第13期　1966年12月　頁178-179

編　者　〈編後〉　《當代文藝》第15期　1967年2月　頁165

編　者　〈編後〉　《當代文藝》第16期　1967年3月　頁165

徐　速　〈奮戰十三年，得失兩茫茫〉　《當代文藝》第157期　1978年12
　　　　月　頁162-166

徐　速　〈江湖夜雨十年燈〉　《當代文藝》第121期　1975年12月　頁163-
　　　　167

鄧國輝　〈風雨名山〉　《當代文藝》第13期　1966年12月　頁132-133

慕容羽軍：〈五十年代的香港文學概述〉　《文學研究》第8期　2007年12月
　　　　頁173-174

東方矽谷

——新竹科技產業發展探源

吳淑敏[*]

摘要

　　新竹科學工業園區自1980年設立，四十餘年來成為台灣高科技產業的最重要發展基地，是西方媒體眼中的「東方矽谷」、「亞洲矽谷」。歷史的發展自有其脈絡，本論文以文獻整理與口述資料，闡述東方矽谷產業發展歷程。

關鍵辭：東方矽谷、亞洲矽谷、新竹科學園區、高科技產業、科技史

---

[*] 清華大學中語系畢業後，近三十年來，服務於科技界，其中工研院更長達二十六年，專業領域在此養成，從深耕科技傳播職能，到推動工研院網路的發展應用，到創意中心主持科技與人文跨界計畫，推動科技藝術場域外，吳女士對歷史的興趣，除曾任工研院二十五年紀念特刊的總主筆、三十年院史大事紀總編輯，為工研院科技發展留下重要歷史記錄外，她也和姐姐合力透過採訪與文獻工作，出版「消失的1945——台灣拓南少年史」，補足這段台、日政府付之闕如的歷史。

一 前言

提到高科技產業聚落，人們往往聯想到美國加州的矽谷（Silicon Valley），許多國家競相以模仿與複製矽谷，作為提振產業競爭力之學習標竿。

如同矽谷是美國高科技產業發展的重鎮，新竹科學園區則是孕育台灣高科技產業的搖籃。台灣高科技產業具全球影響力，舉凡矽谷擁有的明星產業，如：半導體、電腦、通訊、網路、生物科技等，竹科樣樣不缺；二〇〇四年美國媒體紐約時報評價為「亞洲最成功的科學園區」、華爾街日報則稱「台灣矽谷」。

竹塹古城人文歷史隨手可拾，近三十年來，台灣科技產業蓬勃發展，新竹成為世人眼中的科技城。然而，一個產業的形成，絕非一蹴可幾，本研究將回溯新竹科技產業發展之脈絡，自一九二〇年代至今，包括：天然資源、工業發展、研究機構、大學等多面向之重要進程，相輔相成的發展歷程。本論文將以新竹科技聚落之形成歷史，追溯它的起源，闡釋工業技術研究院之沿革；清華大學、交通大學的在新竹復校，因而匯集了台灣科技之菁英。以及台灣又如何以一個經濟落後國家挑戰資本技術密集的積體電路產業，甚至誕生了全球第一及全球第二的晶圓製造服務公司。

二 正文

（一）日治時期

日本統治台灣初期，以「工業日本‧農業台灣」的政策為主；一九三六年後，日本軍國主義抬頭，台灣總督府也結束長達十八年的文官總督時代，改由海軍大將小林躋造接任。為確保石油等戰略物資來源，小林躋造推動台灣工業化，除了加強開發電力外，也進行全台灣大規模地下礦物資源開發。雖然沒有發現豐富的石油，卻在新竹州發掘出豐富的天然氣油田，分由兩家日本企業經營；當時，新竹州共開挖了八個油田；新竹州天然氣產量佔全台

灣百分之九十五，且單單新竹州錦水一地的儲存量（829億立方尺）即足以
同時提供日本東京、大阪、京都等三個都市三年需求而有餘！

1 天然瓦斯研究所

　　台灣總督府殖產局鑛業課進一步於一九三五年成立天然瓦斯研究所。天
然氣開發即由直屬台灣總督府的天然瓦斯研究所負責。同年，由日本兩家株
式會社各捐出五萬日圓興建天然瓦斯研究所，就設立在新竹市赤土埼，一九
三六年一月二十三日開工，同年七月十九日竣工。瓦斯研究所的設立，主要
任務就是應用新的科學來進行天然瓦斯相關的基礎及應用研究，解決燃料與
工業原料不足的問題，這是台灣第一個以化學工業研究為主的機構，設立地
點就在現今工業技術研究院光復院區位址。

　　由於新竹有豐沛的天然瓦斯及天然瓦斯研究所人力與物力資源，吸引了
不少日資的投資，包括：合成石油、硫安肥料、碳煙、高級玻璃……等等，
新竹因而由農業轉型為以化學工業為主的工業城。

　　日本當時將石油列為軍事管制物品，要求大眾運輸改以瓦斯為汽車燃
料，新竹客運即在此背景下改用瓦斯作為汽車燃料。（直到民國五十七年七
月，新竹客運共使用瓦斯作為汽車燃料達三十二年之久。）

圖一　天然瓦斯研究所外觀

圖二　瓦斯研究所所長座車，為當時新竹僅有的三部車之一

圖三　天然瓦斯研究所落成紀念，前排左起第六位為首任所長小川亨博士

圖四　天然瓦斯研究所第一任所長小川亨博士之兒女及家族於西元二〇〇一
　　　年五月三十日回到新竹來尋找兒時「故鄉」的記憶
　　　時任工研院院長史欽泰親自接待

圖五　天然瓦斯研究所第一任所長小川亨博士之兒女及家族曾於西元
　　　二〇〇一年回到新竹，並參觀工研院

2 玻璃工業

天然瓦斯研究所成立時，亦設置了一間硝子（玻璃）工作室，就近利用新竹地區盛產的天然瓦斯與矽砂，自行製作化學實驗中所需的高品質玻璃儀器或產品，可說是新竹玻璃工業的發展濫觴。

製作高級玻璃的技術則與日本北海道大學密切相關。

日本對玻璃的研究始於北海道大學化學系，當時一位遠藤氏教授曾於一九三五年應聘到台北帝國大學任教；而原來在北海道大學擔任研究助理的大內一三，則來台擔任天然瓦斯研究所第一部分析實驗科主任，大內一三任內強調，不分日本人或台灣人，都要將技術落實、傳承。隨後，北海道大學兩位研究人員、德籍教授及遠藤氏教授的弟子們陸續來到台灣，投入玻璃技術產業化的工作。大內一三在二次大戰結束後，接受台灣玻璃工業產業界的邀請，可說是對玻璃工業的技術升級有相當重要的貢獻。

日治時期，台灣玻璃製品以低技術層次製品為主；直到一九三九年，一位來自日本京都的創業家，選在天然瓦斯研究所成立台灣硝子株式會社，生產醫療器具、理化器具與計量器等高階玻璃產品，並運用天然瓦斯研究所設備與技術，繼續改良產品，表現遠較同行突出。根據一九四二年統計資料，台灣有十四家玻璃工廠，產值為兩百五十餘萬日圓，一九四四年有十五家，卻只有這家位於新竹市的台灣高級硝子株式會社生產高級玻璃產品，且年產值達五十三萬日圓，佔台灣玻璃工業產值的百分之二十，理化儀器更達百分之六十三點八市佔率。

一九四五年中華民國政府組成台灣玻璃工業接管委員會，負責監理與接管日資的玻璃事業，並將全台灣十個日系玻璃工廠合併改組為「台灣玻璃工業公司」。新竹台灣玻璃工廠稱為第二製造廠。後來，大內一三也協助撰寫台灣平板玻璃製造計劃書。至今新竹地區仍有不少從事特殊規格玻璃儀器開發的小型工廠，默默支援科學研究。他們仍在國防科技、學術研究……等方面，提供特殊的高階玻璃需求，扮演重要角色。

表一　新竹玻璃工業發展紀要整理

1920年	新竹發現矽砂、煤炭、天然氣
1925年	廖啟明成立「合成硝子工廠」
1936年	日本總督府在赤土崎，成立「天然瓦斯研究所」，並設置了一間硝子（玻璃）工作室
1937年	日本總督府在赤土崎，成立「台灣高級硝子株式會社」附設技能養成所，培訓玻璃製作業者
1938年	日籍創業家成立「台灣硝子株式會社」生產高階玻璃產品

（二）政府遷台時期

1　從日本接收的研究機構

　　一九四五年國民政府接收天然瓦斯研究所，改名為中油公司新竹研究所，一九五四年又改為經濟部聯合工業研究所（簡稱聯工所）。聯工所正是工業技術研究院的前身。

圖六　經濟部聯合工業研究所成立紀念之大合照（改組後的經濟部聯合工業研究所，著重科學與工程之基本及應用研究）

2 國立清華大學復校[1]

　　新竹是台灣科技的起源地，吸引了清華大學在新竹復校。二戰結束後，梅貽琦校長原本已移居美國，蔣介石總統邀請他來台灣復校、選址。

　　一九五五年，中美簽訂「原子能和平用途協定」，同年，由梅貽琦校長籌畫復校，發展原子科學研究。當時校地總面積約八十六甲，包括中油撥讓赤土崎土地四十二甲，新竹縣政府贈送三十四甲，收購民地十甲。梅貽琦校長親自視察校址預定地。

　　一九五六年一月，梅校長在台北成立清華大學籌備處，積極進行復校工作[2]；六月，新竹縣政府撥贈清華土地清冊，由新竹縣長（朱盛淇）秘書韓逋仙先生親自送交清華大學。九月招收二十一位原子科學研究所學生，假台灣大學上課。

　　一九五七年，首批校舍完工，正式在新竹上課。

　　一九五八年開始安裝原子爐，一九六一年完成。由張昌華建築師設計，清華大學自行設計施工，並獲得中國石油公司、台灣電力公司、台灣鋁業公司與聯工所的協助，是工業界與學術界首次合作的成果，清華大學當時要蓋鈷六十的實驗室，全台灣唯一有能力蓋的人就是聯工所。[3]

　　一九六四年，恢復大學部，設立核子工程及數學系。陸續成立理學、工程、人文社會、生命科學、電機資訊等學院。現有七個學院、十七個學系、二十三個研究所。

1　本文此節多參考國立清華大學校史網頁。

2　梅校長日記自一九五六年一月三日起，即一再提到與不同的人試編概算清華大學所需經費。

3　史欽泰二○一五年八月二十四日口述補充。

圖七　一九五七年八月清華大學最早的校園建築落成照片

圖八　一九九一年清華大學原子爐建立三十周年之紀念照片

3　國立交通大學復校[4]

　　一九五七年教育部准予恢復交通大學，設立電子研究所，由凌鴻勛出任主任委員。

4　本文此節多參考國立交通大學校史網頁。

一九五八年首屆電子研究所新生假台灣大學工學院上課，次年，新竹博愛校區正式啟用。

一九六四年恢復大學部，設立電子工程與電子物理兩系。歷年來在電子、半導體、通訊、電腦、雷射……成績斐然，許多重要科技界人士出身交通大學，可見一斑。

一九七八年交通大學擴充校地，遷至原屬陸軍威武營區的光復校區。現有九個學院、二十個學系、二十八個研究所，以及多項專業研究中心。交通大學在新竹復校，誠然厚實了新竹成為科技城的重要條件：人才。

圖九　交通大學新竹復校初期之校門照片

4　工業技術研究院設立

一九七三年，政府推動十大建設的同時，由政府捐助一百萬元為創設基金，並以經濟部所屬聯合工業研究所、聯合礦業研究所及金屬工業研究所三個單位合併成立工業技術研究院。

一九七〇年代的台灣，好不容易創造出百分之十二點九的經濟成長率，沒想到面臨被迫退出聯合國，接著與日本斷交，隨即又遇上了石油危機，油價在三個月內上升四倍。在此外交挫折與經濟風暴的雙重夾擊下，工研院誕生了。而它的催生者就是當年的經濟部長孫運璿先生。

　　為讓工業發展提高勞動力價值，更快速走向高級工業與精密工業方向，孫運璿部長在兩年內，一再派員到國外參觀有關科學技術之研究及推動情況，並參考美國及澳洲專家的意見。當時孫部長認為韓國的科技研究單位以不受政府法規限制的方式，高薪延聘海外學人回國服務，產生的效益十分可觀，深深覺得台灣「再不做，就趕不上了！」。

　　當時，全球第一家管理顧問公司 Auther D.Little 針對經濟部所屬研究機構提出改善建議，於是，孫部長決定將分散在各地的聯合工業研究所、聯合礦業研究所及金屬工業研究所等三個單位合併成立一個研究院，並以財團法人的方式運作，使其擺脫公家單位用人、待遇及設備採購上的限制，在用人、薪資與管理上較具彈性，不再是以一個「政府單位」運作。一九七二年八月十日，我國退出聯合國後三個月，「工業技術研究院設置條例草案」送進立法院，頓時引起軒然大波。

　　當時許多立委強烈反對，他們支持提倡研究，但反對改制財團法人的原則，立委們認為以政府的資金設置，卻不受政府管轄，有化公為私的嫌疑。經過一年多努力，孫運璿和部屬多次拜會立委，說服：「台灣唯有擺脫勞力密集，轉向技術密集的工業，才能徹底讓台灣經濟轉型、起飛。」並保證會訂出一套嚴密監督的規章，使其合理合法地營運。

　　一九七三年一月二十五日，立法院第五十會期第三十六次會議中，終於以極少的票數之差，三讀通過成立工研院的「工業技術研究院設置條例」法案。六天後，發佈了「總統令」（圖10）；同年七月五日工業技術研究院正式成立（圖十一），總統任命王兆振博士擔任工業技術研究院第一任的董事長與院長。

　　一九七四年九月一日，工研院成立「電子工業研究中心」，成立初期時，將聯工所的電子研究室、電子檢驗及工業儀器室併入。

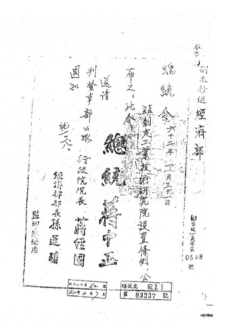

圖十　工研院成立的總統令（承奉總統以（62）台統（一）義自第0548號命令頒布「工業技術研究院設置條例」，六十二年七月五日工研院正式成立）

圖十一　七〇年代的工研院照片（竹東鎮的中興院區）

電子中心的成立可追溯至時任行政院長蔣經國先生有感於國家科技發展有必要作重大突破，指示秘書長費驊，於台北小欣欣餐館召集的一次的早餐會報中，決定以「電子」為國家工業發展之重點，與會者包括：費驊、經濟部長孫運璿、電信研究所所長康寶煌、電信總局局長方賢齊、工研院院長王兆振，及美國無線電公司（RCA）研究室主任潘文淵等七人。潘文淵受邀訪問及評估台灣工業當時情況，並指出「台灣電子工業成長相當緩慢，已到了應由勞力密集轉型到技術密集的時候。」提出「積體電路是值得發展的一項工業」，建議直接從美國引進技術，用電子錶做技術載具等。當時經濟部長孫運璿問及計畫應由誰執行，潘文淵博士認為剛成立的工研院人才濟濟，建議由工研院來執行最為適合；電子中心的成立主要以加速推動國內電子工業發展，並協助產業進行積體電路技術引進為宗旨。

多年來，工業技術研究院已然發展為國際級的應用科技研發機構，擁有豐富的國際研發合作網絡與夥伴。近六千位科技研發尖兵，以科技研發，帶動產業發展，創造經濟價值，增進社會福祉為任務。目前包括：生醫與醫材、綠能與環境、材料與化工、機械與系統、資訊與通訊、電子與光電等六大研究所，四個科技中心、兩個研究中心及三個產業服務中心與產業學院，並在南投縣、台南縣設立分院，並各地的技術服務。

工研院成立四十餘年來，累積超過兩萬件專利，並新創及育成兩百六十家公司，包括台積電、聯電、台灣光罩、晶元光電、盟立自動化等上市櫃公司。

5　設立新竹科學工業園區

一九七五年，當時擔任國科會主任委員的徐賢修赴日考察後，提出科學工業園區設置構想，獲時任行政院院長蔣經國認同，指示加速進行籌劃。

當時設置地點有兩個方案，一為桃園，因為考慮交通的便利性，以及中山科學院提供軍事科技之研發機會；一為新竹，可以結合工研院、清華大學、交通大學等，在積體電路、電子資訊及科學研究上所形成的網絡。

一九七七年，行政院政務委員李國鼎率團赴美考察，參考美國矽谷與史

丹佛大學、加州大學柏克萊分校所形成的黃金研究體系的成功案例，台灣第一個科學園區確定誕生於新竹。一九七八年一月二十四日，國科會主導籌劃，次年成立籌備處，根據史欽泰口述補充，強調徐賢修在科學園區設置選址的重要性。他表示，當時在科學園區的選址工作上，有兩個提議，一個是在桃園的龍潭，希望在中山科學院旁邊，可以和國防的研究機構接軌。另外，則是新竹。做決定的人是徐賢修，他一九七五年擔任國科會主委，考察美國西岸的矽谷後，徐賢修認為科學園區到新竹和大學一起發展比較有成功的機會，因而決定設在到新竹。第一任科學園區管理局局長是何宜慈。當時新竹縣、市長都盡了一份心力，竹縣縣長林寶生也協助捐了一筆土地進來。[5]

一九七八年十二月中美斷交，新竹科學工業園區正是在此艱難時刻破土動工。這是我國工業發展上，極為重要的政策。

史欽泰回憶，一九七九年，他參與園區探勘，決定聯華電子（台灣第一家積體電路公司）的廠址所在，當時是摸著長長的野草進去。科學園區的誕生，正是迎接高科技產業的必要且重要的預備。

一九八〇年十二月十五日，科學工業園區正式開幕，由時任總統之蔣經國先生親臨主持，政府重視程度可見一斑。

這是我國設立第一個科學園區——新竹工業園區，成立的主要目的在於引進國外技術人才，帶動國內產業轉型與工業技術升級，以創造高科技產業發展契機。這個重要的基礎建設，開創了台灣在世界科技產業競逐的發展基地。

發展至今，新竹科學工業園區廠商以積體電路、電腦及週邊、通訊、光電、精密機械、生物科技等六大產業為主，從業人員已逾十五萬人，自二〇〇四年起，每年營業額逾一兆元新台幣。

5　史欽泰二〇一五年八月二十四日口述補充。

表二　新竹科學工業園區設立重要時間點整理

1976年	5月中央政府財經首長會報決議設置「科學工業園區」
1978年	12月雀屏中選的新竹科學工業園區破土開工
1980年	9月管理局成立，12月15日園區正式開幕，蔣經國總統親臨主持

表三　新竹科技工業發展里程碑

1936年	台灣總督府成立天然瓦斯研究所
1947年	國民政府改組天然瓦斯研究所為中國石油公司新竹研究所
1954年	經濟部成立聯合工業研究所
1956年	國立清華大學在新竹復校
1957年	國立交通大學在新竹復校
1973年	工業技術研究院成立
1980年	科學工業園區正式開幕

（三）東方矽谷的形成

　　歷史不是偶然，一脈相承的科技研發基礎，至九十年代，積體電路工業取而代之。

　　新竹成為科技重鎮，政府的遠見與主導的產業政策為其中最重要的力量，包括：

1 由勞力密集產業轉型至技術密集。

2 成立工研院，作為產業升級和發展新興科技產業的推手。

3 建設科學園區，以優良的投資、研究環境和有效的獎勵途徑，有計畫地引進高科技工業及人才，促進新高科技產業的生根。

4 發展積體電路技術，奠定我國進入高科技產業的行列。

　　史欽泰認為，這項關鍵——點矽成金的 IC 計畫，在當年經濟部孫運璿部長全力支持，工研院方賢齊院長溝通協調，以及潘文淵等海外專家學者（Technical Advisory Committee，簡稱 TAC）不計名利來工研院參與、協助。

圖十二　出國受訓成員、TAC 顧問與工研院電子所胡定華所長美國合影

圖十三　一九七六年電子中心派員赴美國 RCA 訓練時期，與 RCA 公關主任合影，左起：曹興誠、倪其良、曾繁城、戴寶通、劉英達、陳碧灣、史欽泰，均是今日台灣半導體界的重要領導人

　　史欽泰認為：一九七六年引進 IC，工研院最重要的是主軸的建立。他說，電晶體一九四七年十二月發明出來時，全世界只有三個人懂。到一九六〇年代，INTEL 才真正把半導體工業化，一九七六年，台灣才開始認為是重要的技術，要引進、建立。成功，有時代的因素，也有科技政策的重要做法。史欽泰分析工研院在積體電路發展的各階段挑戰。

　　一九八〇年聯華電子成立時，當時大家不知道怎麼找投資，企業也不肯投資，就由政府邀大企業來大家分配。可以說是土法煉鋼的作法。包括當時電子所示範工廠，雖然引進時是三吋晶圓的技術，卻一心要做到四吋再移轉業界，因為知道必要做到四吋才有競爭力。

　　到了一九八七年成立台灣積體電路公司，則又是新的挑戰。他的投資規模很大，新的商業模式，甚至有國外的股份、資金，合資，只專注做製造，在工研院即做到六吋廠，這個六吋的工廠即是台積電（tsmc）的第一廠。

　　一九九四年衍生世界先進公司，是做記憶體技術，與先前兩次都不同。這個八吋廠一開始，工研院就決定蓋在園區，因為從成立那一天，就決定一定要產業化。業界也很想要，成立的時候是用公開標售的方式，也為國庫帶來很大的收益。

　　史欽泰時任工研院副院長，負責督導電子所，他回憶：「記得當時我天天打電話給當時的局長薛香川，請他給我們一塊地。由於園區的條例排除工研院在園區內有辦公室，因為不是廠商。」

　　史欽泰認為，世界市場的演變，年代，台灣個人電腦產業起來，記憶體需求旺季，CPU（中央處理器）短缺。在在促成了半導體產業往前成長。台灣半導體產業，每七年有一個大的成長、轉變，因為每一次衍生新公司，人才、資源移轉業界，工研院電子所內部就是元氣大傷！

　　台灣經濟得以成長，以及國民所得的增加，與台灣半導體產業發展息息相關。一九八〇年聯華電子成立之際，我國國民年所得僅兩千一百五十五美元，一九八四年我國國民所得小幅成長，為兩千八百九十美元；隨著半導體產業蓬勃發展，至一九九四年我國國民所得突破一萬美元（為一萬〇五百六十六美元），二〇〇〇年我國國民所得即達一萬兩千九百一十六美元。接

續而來的電腦計畫、光電技術、顯示器研究……，成就今日台灣電子工業的
榮景，成為全球第四大積體電路產業及第三大資訊工業大國。

表三　半導體產業發展重要里程碑，創造完整的半導體產業體系

大事記
1980年　工研院電子所衍生台灣第一家半導體公司：聯華電子公司 1981年　工研院電子所衍生台灣光罩公司 1982年　年工研院電子所衍生成立電子檢驗中心 1987年　工研院電子所衍生成立台灣積體電路公司（tsmc） 1989年　年工研院電子所衍生成立台灣光罩公司 1994年　工研院電子所次微米實驗室衍生世界先進積體電路公司（VIS）

新竹科學工業園區廠家成長情形見下表（1980-2004），在一九八九年突破百
家，達一百〇五家，一九九三年達一百五十家，一九九六年達兩百〇三家，
二〇〇一年三百一十二家，二〇〇四年三百八十四家。

表四　新竹科學工業園區廠家成長情形（1980-2004）

西元年	廠商數
1980	0
1981	17
1982	26
1983	37
1984	44
1985	50
1986	59
1987	77
1988	94

西元年	廠商數
1989	105
1990	121
1991	137
1992	140
1993	150
1994	165
1995	180
1996	203
1997	245
1998	272
1999	292
2000	289
2001	312
2002	335
2003	370
2004	384

　　隨著新竹科學工業園區廠家不斷成長，一九八二年實收資本額為十二億台幣，至一九八七年破百億，達一百〇六億，一九九五即達一千四百七十七億，持續快速成長，二〇〇〇年達六千九百四十五億，至二〇〇四年，實收資本額已逾兆元。相關從業人員也隨之成長，從一九八四年達四千五百〇二人，快速成長，至一九九一年達兩萬五千人，一九九五年逾四萬人，二〇〇〇年逾十萬人，今日新竹科學工業園區提供十五萬人以上的就業機會。

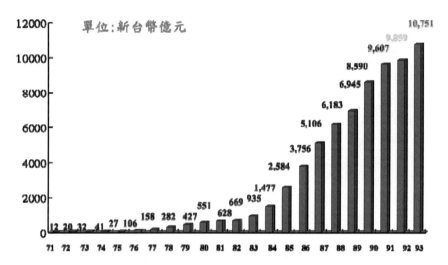

圖十四　新竹科學工業園區廠商實收資本額圖（1982-2004）

資料來源：新竹科學園區網站

新竹科學工業園區營業額，也同時快速增長，從一九八三年三十億台幣，五年後達兩百七十五億，二〇〇〇年達九千兩百九十三億，二〇〇四年首度逾兆元（10,859），後維持平穩，至今，每年營業額在一兆一千億元上下。

表五　二〇〇四年新竹科學工業園區營業額（單位：新台幣億元）

產業別	家數	就業人數	實收資本額	金額	成長率（與2003比）
積體電路	164	66,467	7,999	7,441	32.1
電腦及週邊	58	14,268	756	1,382	3.3
通訊	52	7,258	309	605	9.7
光電	61	24,932	1,571	1,313	39.2
精密機械	21	1,529	62	93	59.7
生物科技	28	1,023	54	25	38.7
合計	384	115,477	10,751	10,859	27.1

近十年雖成長趨緩，仍持續成長。

　　依據科學園區管理局二〇一四年年報資料，近十年來竹科產值均在新台幣一兆元上下，二〇一四年新增三十九家投資、兩百一十四億資本額投入；進駐廠商家數目前已逾五百二十家以上，就業人數超過十五萬人。

表六　新竹科學工業園區歷年營業額（單位：新台幣億元）

年份	金額
2005	9,879
2006	11,209
2007	11,462
2008	10,080
2009	8,835
2010	11,869
2011	10,346
2012	10,588
2013	11,125
2014	11,633

二〇一五年底，新竹科學園區廠商數為四百七十八家。總從業人員為十五點二萬人。

表七　二〇一〇至二〇一四新竹科學工業園區營運概況

區分	2010	2011	2012	2013	2014
營業額（新台幣億元）	11,869	10,346	10,588	11,125	11,633
公司家數	449	477	485	481	489
就業人數	136,548	145,537	148,102	148,608	149,116

註1：參考資料：科學園區網站
註2：就業人數不含工商服務業

表八　二〇一四年新竹科學工業園區新投資廠商數

產業別	2014年	2013年	成長率
積體電路	11	4	175.00%
光電	6	7	－14.29%
電腦週邊	7	5	40.00%
精密機械	2	2	0.00%
生物科技	12	14	－14.29%
其他	1	1	0.00%
合計	39	33	18.18%

註1：參考資料：科學園區網站

表九　二〇一四年科學園區新投資廠商投資額（單位：新台幣億元）

產業別	2014年	2013年	成長率
積體電路	80.38	8.00	904.78%
光電	28.41	19.77	43.70%
電腦週邊	35.01	7.33	377.39%
精密機械	5.20	1.30	300.00%
生物科技	65.45	18.09	261.81%
其他	0.11	2.50	-95.66%
合計	214.56	56.99	276.47%

註1：參考資料：科學園區網站

表十　台灣的科技產業在世界上的地位

‧產值世界第一：晶圓代工
‧產值世界第二：IC 設計業、液晶顯示器（TFT LCD）：矽晶太陽能電池
‧產值世界第三：發光二極體（LED）、有機發光二極體（OLED）等
‧目前新投資方向：物聯網（IoT）、數位匯流、雲端、巨量資料和 B4G 無線寬頻
世界經濟論壇（WEF）「全球競爭力報告」指出，台灣分別連續在2011-2014「產業聚落發展指標」的項目上排名全球第一，2014-2015全球第二，並名列 GEDI2015亞洲第一之創業環境

資料來源：科學工業園區官方網站

參考文獻

一　口述資料

二〇一五年八月二十四日、八月三十一日、九月七日等三次訪談史欽泰之口
　　述補充

二　書籍期刊

《承先啟後——新竹科學工業園區發展回顧》　新竹市　科學工業園區管理
　　局編印　2013年

《探索竹科之美——30週年慶紀念專輯》　新竹市　科學工業園區管理局編
　　印　2010年

中央研究院物理所、行政院國科會策劃　《台灣科技產業驚嘆號》　台北市
　　遠流出版事業公司出版　2010年

王仕琦採訪撰稿　《父子雙傑，清華傳承——徐賢修與徐遐生兩位校長的故
　　事》　新竹市　國立清華大學出版社　2012年　頁64-97、166-179

吳淑敏總編輯　《工研院30年大事紀》　新竹縣　工業技術研究院出版
　　2005年

洪懿妍　《創新引擎：工研院：臺灣產業成功的推手》　台北市　天下雜誌
　　出版社　2003年

黃鈞銘、何連生、河口充勇撰文　〈新竹科學城的歷史巡禮〉　《園區生
　　活》年度期數不詳　頁16-37

楊儒賓、陳華編　《梅貽琦文集1——【日記】一九五六～一九五七》　新竹
　　市　國立清華大學出版社　2006年

潘國正　《老竹塹思想起——照片說故事》第2輯　新竹市　立文化中心
　　1995年　頁34-35、84-85、120-121

三　網站

科學工業園區官方網站（2015.9.）年報　http://www.sipa.gov.tw/

國立清華大學官方網站（2015.9.）校史資料　http://www.nthu.edu.tw/

國立交通大學網站（2015.9.）　http://www.nctu.edu.tw/

工業技術研究院網站（2015.9.）　http://www.itri.org.tw

新竹市公共地區的語言轉移：1978 年及 2015 年的比較分析[*]

陳淑娟[**]、鄭宜仲[***]

摘要

　　本文調查新竹市傳統市場、百貨公司及銀行等公共地區的語言使用，並與 van den Berg 一九七八年對於新竹市傳統市場的調查作一對比分析。研究問題為（1）新竹市傳統市場一九七八年至二〇一五年間的語言轉移：van den Berg 曾於一九七八年到臺灣各地區進行語言調查，包括新竹市的傳統市場，本文將比較 van den Berg 在一九七八年的調查及本研究二〇一五年的調查，探究三十多年來新竹市傳統市場語言使用的變遷；（2）新竹市傳統市場、百貨公司及銀行等公共地區語言使用之差異：除了傳統市場，本文也調查新竹市的百貨公司、銀行等地區，比較分析不同公共地區語言使用差異。本文沿用 van den Berg 採用的非侵擾式觀察法，到新竹市的傳統市場及百貨公司、銀行等地區觀察一萬〇一百七十七人次。調查發現新竹市的傳統市場發生明顯的語言轉移，原本以使用在地語言為主的傳統市場，華語的使用大幅增加，閩南語的使用明顯萎縮。除了語言轉移的比較描述，我們也運用語族活力理論探究新竹市公共地區閩南語、客語的語言轉移。

關鍵詞：語言使用、語言轉移、閩南語、客語、臺灣華語、新竹市

---

[*] 感謝國立清華大學中國語文學系所碩士班華語教學組林采薇同學及郭庭妤同學協助新竹市公共地區的語言調查。本研究為國科會計畫「新竹閩南語的語音變異與語言轉移」的部分研究成果，計畫編號為103-2410-H-134-005-MY2。

[**] 國立清華大學中國語文學系教授兼系主任。

[***] 長庚科技大學通識教育中心助理教授。

一 前言

　　臺灣是多族群、多語言的社會，各種語言長期接觸後，可能多語並存，也可能發生語言轉移（language shift），即原本使用 A 語言的場域轉而使用 B 語言。探究語言轉移，最理想的狀況是運用「真實時間」（real time）的研究，亦即在經歷過一段時間之後，運用同樣的研究方法，再次調查過去曾經研究過的語言社群，比對之後即可看出在這兩個時間點語言使用的變化。真實時間的研究可以精確的反映出兩個時間點語言的變化，然而這種研究並不常見，因為必須在不同時間點、用同樣的方法、在同一地點調查，本研究是臺灣少見的真實時間的研究，我們採用 van den Berg（1986）於一九七八年在新竹市公共地區的語言調查方法──非侵擾式的觀察法（non-obtrusive observation）[1]，在事隔三十多年之後，到新竹市的傳統市場調查人們的語言使用，比較一九七八年及二〇一五年新竹市傳統市場語言使用的變遷。

　　van den Berg（1986）調查了臺北市、新竹縣市、臺中、臺南、嘉義及高雄等地公共地區的語言使用，本文之所以選擇新竹市來跟 van den Berg 的調查比較分析，是因為新竹市提供了臺灣閩南語及客語語言變遷的實例。新竹市是閩南人居多，一九七八年新竹市的傳統市場主要使用臺灣閩南語。歷經三十幾年之後，這兩種語言是否產生語言轉移？語言轉移的程度是否不同？

　　本文的研究問題為：（1）相較於 van den Berg 在一九七八年的調查研究，新竹市傳統市場的語言使用，三十多年來產生怎樣的語言變遷；（2）新竹市的傳統市場、百貨公司、銀行三類公共地區，各種語言的使用現況，以及各類公共地區使用語言的差異。為了回答上述問題，我們採用非侵擾式的觀察法，在二〇一五年到新竹市的公共地區觀察記錄，觀察傳統市場兩千七百四十九人次，百貨公司三千兩百三十人次，銀行觀察兩百九十七人次，總

---

[1] van den Berg 關於台灣公共地區的語言調查，時間是在一九七八年，不過研究成果正式出版是在一九八六年。我們在比對 van den Berg 跟本文的調查時間時，依據他實際進行調查的年份一九七八年，不過在引用該著作的討論分析或統計時，則是依據 van den Berg 一九八六年正式出版的著作。

計觀察六千兩百七十六人次。以便與 van den Berg（1986）的調查進行比較分析。為了分析解釋新竹公共地區三十多年的語言轉移，我們將運用語族活力理論（ethnolinguistic vitality theory）來分析影響語言轉移的原因。

　　本文的組織架構如下：首先說明相關文獻及本文運用的理論，其次介紹本文的研究方法，再者說明我們在新竹市傳統市場、百貨公司及銀行三類公共地區的調查結果，並比較分析一九七八年到二〇一五年這三十多年間新竹市傳統市場語言使用的變遷，最後再針對調查結果進行討論分析。

二　文獻與理論

（一）語言轉移

　　Fishman（1972）認為語言轉移是慣用語言使用模式的改變（Fishman 1972：88）。語言轉移是持續改變的過程，可能是部分或完全轉移到另一個語言，當語言轉移完成之後，該語言即被另一種語言取代；語言轉移也可能中途停止，轉移中的語言因為某種因素，又可以繼續維持該語言。從一九六〇年代開始，Fishman 等人即開始進行語言轉移的相關研究（Fasold 1993：213-215），臺灣也有若干語言轉移的研究，以臺灣閩南語、客語的相關研究為例，Young（1989）研究臺灣閩南語、客語的語言轉移，並探討年齡、性別、社經地位、教育程度等因素對語言轉移的影響；黃宣範（1993）從法律、人口、社會升遷、中產階級的崛起及經濟力等方面，探討影響語言轉移的社會因素。Chan（1994）則是以臺灣的閩南人為對象，研究此族群由臺灣閩南語轉移到華語的情況，並由年齡、性別、教育程度、地理位置、族群認同、語言態度及動機……等，探討影響臺灣閩南人語言轉移的因素。陳淑娟（2004：365-370）發現桃園客家區的閩南方言島——大牛欄方言，其閩南語轉移到客語，但這個過程並未真正完成，現在當地正在進行另一次的語言轉移，即華語取代臺灣閩南語、客家話，成為新一代的家庭語言。蕭素英（2007）調查新竹縣的新豐鄉，發現過去閩、客家庭各自維持自己的母語，

但不論閩、客語，隨著年齡層降低，使用母語的比例都隨之降低。[2] 陳淑娟（2009）也調查南投中生代居民的第一語言及最流利語言，發現許多第一語言為閩、客語者，最流利語言已經變成華語。

過去臺灣雖然有許多關於語言使用及語言轉移的研究，然而用真實時間的方法探討臺灣語言轉移的研究非常少，陳淑娟（2009）的調查是少見的真實時間的研究。陳淑娟（2009）探究臺北市公共地區一九七八年至二〇〇八年三十多年間傳統市場、百貨公司、銀行的語言使用的變遷，觀察一千六百九十八人次。其以 van den Berg（1986）的調查為基礎，運用與 van den Berg（1986）同樣的調查方式，事隔三十年調查臺北市公共地區的語言使用，發現臺北市的傳統市場，一九七八年主要使用閩南語，現在已大量使用華語，這些使用低階語言的公共地區，[3]華語、閩南語語碼轉換的比例增加。

為了與 van den Berg（1986）的調查做比對，精確的反映三十年來臺北市公共地區語言使用的變遷，陳淑娟（2009）的研究是採用 van den Berg（1986）運用的非侵擾式的觀察法，本文也沿用同樣的研究方式，調查新竹市傳統市場的語言使用，以便跟 van den Berg（1986）的調查做比較。本文在經歷了三十多年後，再用同樣的研究方法做新竹市公共地區的語言調查，可以同時提供閩南語、客語使用及變遷的珍貴資料。

（二）語族活力理論（ethnolinguistic vitality theory）

本文將運用語族活力理論來解釋分析新竹市公共地區的語言轉移，Giles, Bourhis and Taylor（1977）提出語族活力理論，他們認為不同族群接

2 還有一些碩士論文也探討語言轉移的現象，在此不列入討論（例如蔡宏杰〔2009〕、林素卉〔2013〕等）。

3 同一個語言社群的不同語言在社會上各有分工，因使用的場域不同、所扮演的功能角色不同，而分成高階語言與低階語言，這種現象稱為雙言（diglossia）（Fergenson 1959）。一般而言，高階語言使用於正式、公開的場所，低階語言則用於私人、關係親密的場域。

觸時，越有活力的語族越能展現其語族的獨特性，反之，越沒有活力的語族越容易失去語族的獨特性。他們歸納影響語族活力的三大因素是地位、人口及制度的支持，「地位」包含了語族的社經地位、社會歷史地位，以及該族群語言在族群之間及族群內的地位；「人口」指的是該語族人口數量的多寡、出生率及死亡率、人口移入及移出、通婚狀況等，此外，人口分佈的狀況也會影響一個語族的活力，例如人口集中的程度以及比例，人口越集中語族活力越強，反之則越弱；「制度的支持」則是指該族群和語言在大眾傳播媒體、政府機關、教育體系、工業界、宗教界和文化活動中擁有的勢力（Giles, Bourhis and Taylor 1977：308-318）。一個語族在地位、人口和制度這三個因素獲得的支持越多，就越有活力，反之，則越沒有活力。

語族活力又可區分為主觀的語族活力及客觀的語族活力，主觀的語族活力是個人主觀的印象及看法，客觀的語族活力則是各語族在地位、人口和制度這三個因素客觀存在的事實，主觀的語族活力對個人的影響可能大於客觀的語族活力（Giles and Johnson 1987）。本文在討論新竹市三十多年來的語言變遷時，將運用此理論來分析新竹市三十多年來各語族及其語言的活力消長。

三　研究方法

研究方法主要採用非侵擾式的觀察法，這是依循 van den Berg（1986）的調查研究，觀察員到新竹市各個公共地區觀察該地區的語言使用，並記錄所觀察到的語言及說話者的身分等資料，調查結束後將之輸入 Excel 檔案，最後再進行統計分析。調查地點的選擇盡量依據 van den Berg（1986）所做的地區，因為時空改變，少數幾個觀察地點再稍做調整。調查時間為二〇一五年一月到六月，六個月間研究助理到新竹市各公共地區觀察記錄，新竹市調查三類公共地區：百貨公司觀察三千兩百三十人次，銀行觀察兩百九十七人次，傳統市場觀察兩千七百四十九人次，總計觀察六千兩百七十六人次。以下就調查方式、觀察單內容、調查地點逐一說明。

（一）調查方式

本研究採用非侵擾式的參與觀察法，到新竹市的傳統市場、百貨公司及銀行觀察記錄民眾在公共地區的語言使用。觀察員到觀察的地區，慢慢走並觀察周遭民眾的語言使用，記在手機上，每個點停留幾分鐘之後，再到下一個點繼續觀察。[4]

（二）觀察記錄單的內容

記錄的觀察單是依據 van den Berg（1986）的設計稍做修改，觀察的項目主要包括說話者的角色身分、互動模式、年齡、性別以及使用的語言……等，說明如下：

1 說話者的角色、身分：說話者是顧客或者市場賣主、百貨公司店員、銀行行員。
2 互動模式：說話雙方交談是在交易時，或者是顧客與顧客之間、賣主與賣主之間的交談、賣主與顧客交談，或者賣主吆喝的狀況。
3 說話者及對話者的年齡、性別：以目測判斷說話者的年齡與性別，年齡層分為青年（39歲以下）、中年（40歲-59歲）、老年（60歲以上）。
4 使用語言：說話者說的是華語、閩南語、客語、英／美語或日語……等，無法判斷的則勾選「其他」。如果交談時夾雜兩種以上的語言，則同時勾選這幾種語言。

本研究跟 van den Berg （1986）及陳淑娟（2009）的研究相較起來，略有修正，互動模式新增了顧客與賣主交談，也就是顧客跟賣主交談有可能是交易買賣，另一種是因為彼此熟識而進行交談。

---

4 觀察員起初是採用類似 van den Berg 一九七八年的方式用觀察單記錄，後來因為發現這樣較易被觀察對象質疑調查動機，便改為用手機記錄，因為現今台灣很多低頭族，助理們發現這種觀察記錄方式較不容易被發現，因此就採用以手機紀錄的方式。

（三）調查地點

　　本文的調查地點是新竹市的公共地區，新竹市閩南人居多，van den Berg（1986）的研究僅調查新竹市傳統市場的語言使用，並沒有調查百貨公司及銀行。本研究除了傳統市場之外，也調查了新竹市的四家百貨公司，分別是大遠百、SOGO、巨城及新光三越。另外我們也調查了新竹市的三家銀行，分別是玉山銀行、土地銀行跟台新銀行。表一是 van den Berg 一九七八年調查的傳統市場，以及本研究二〇一五年新竹市觀察的地點及樣本數：

表一　一九七八年及二〇一五年新竹市公共地區語言使用的調查地點及觀察樣本

行政區	市場	1978 觀察次數	2015 觀察次數	百貨	2015 觀察次數	銀行	2015 觀察次數
新竹市	中央市場1	328	543	大遠百	657	玉山	121
	中央市場2		663	SOGO	940	土地	54
	東門市場	639	144	巨城	997	台新	122
	西門市場		615	新光三越	636		
	竹蓮市場		784				
總數		**967**	**2749**		**3230**		**297**

　　本研究調查的時間是在二〇一五年一月到六月，在這半年的時間，兩位助理到新竹市的五個傳統市場、三家銀行及四家百貨公司進行觀察紀錄。

四　研究結果

　　以下我們針對傳統市場、百貨公司、銀行等場所，分別從其交易語言、吆喝語言、賣主與賣主、顧客與顧客之間交談的語言，據以描述分析新竹市各個公共地區語言使用的現況。

（一）新竹市傳統市場的語言使用

　　傳統市場的顧客通常是以當地居民為主，當地居民到鄰近的傳統市場購買蔬食魚肉時，賣主用什麼語言吆喝？顧客在交易時及顧客與顧客聊天時，使用哪一種語言？賣主在交易時及賣主與其他賣主聊天時，使用哪一種語言？這是我們要觀察記錄的內容。

　　表二是新竹市傳統市場的語言使用，包括吆喝、交易時使用的語言，以及顧客與顧客、賣主與賣主之間交談的語言。其中 C 是顧客，S 是賣主，CC 是指顧客與顧客交談，SS 是賣主與賣主間的交談，BT-C 是指交易時顧客所使用的語言，BT-S 則是指交易時賣主所使用的語言，TOUT 則是指賣主吆喝時的語言。百分比的計算是觀察到使用該語言的人次，除以該項觀察的總人次，例如表二中的第三列，賣主交易的語言總計觀察到九百一十六次，其中說華語的有五百七十六次，將五百七十六除以九百一十六得出百分之六十二點九，這就是賣主交易時使用華語的比例；而賣主說閩南語的次數是三百〇六次，將三百〇六除以九百一十六等於百分之三十三點四，這就是賣主交易時使用閩南語的比例。其他各欄的比例，也是運用此方式計算得出。

表二　新竹市傳統市場的語言使用

互動模式	華語	閩南語	客語	華、閩語	華、客語	其他*	合計
CC	55.8%	32.2%	7.8%	0.7%	0.7%	2.8%	100.0%
BT-C	61.6%	35.3%	1.5%	1.3%	0.0%	0.2%	100.0%
BT-S	62.9%	33.4%	1.5%	2.0%	0.0%	0.2%	100.0%
SS	34.7%	56.8%	6.8%	1.7%	0.0%	0/0%	100.0%
SC	34.2%	50.9%	8.7%	4.3%	0.0%	1.9%	100.0%
TOUT	51.7%	36.4%	0.0%	11.0%	0.0%	0.8%	100.0%

*其他包括原住民語、東南亞語言、華語英語夾雜⋯⋯等。
C：顧客；S：賣主；CC：顧客與顧客之間交談；SS：賣主與賣主間交談；BT-C：交易時顧客使用的語言；BT-S：交易時賣主使用的語言；SC：顧客與賣主交談；TOUT：吆喝時的語言

　　由表二看出新竹市傳統市場的使用語言以華語和閩南語為主，華語是顧客間交談最主要使用的語言，佔百分之五十五點八；其次是閩南語，佔百分之三十二點二；再者是客語，佔百分之八點六。至於賣主之間的交談則是以閩南語為主，佔百分之五十六點八；其次是華語，佔百分之三十四點七；再者是客語，佔百分之六點八，而華、閩語夾雜，僅佔百分之一點七。

　　在交易時，顧客及賣主使用華語的比例更高，交易時顧客使用華語的比例增加為百分之六十一點六，交易時賣主使用華語的比例也增加到百分之六十二點九，這顯示賣主在交易時有向上聚合的現象，也就是賣主意識到跟自己的語言相較，聽者的語言屬優勢語言，為了得到對方認可，因而修正自己的語言以接近顧客的語言。

　　接著我們來分析新竹市傳統市場吆喝時的語言使用，通常賣主會選擇最多顧客能理解的語言來吆喝，新竹市傳統市場用華語吆喝的比例最高，平均數有百分之五十一點七，閩南語位居第二，平均數為百分之三十六點四，其次是華、閩語夾雜，佔百分之十一。新竹市的人口結構雖然以閩南人居多，然而從吆喝語言的使用看來，賣主預期華語是最多顧客共同可以理解的語言，而非閩南語。

（二）新竹市百貨公司的語言使用

　　百貨公司跟傳統市場不同的是其消費族群不侷限於當地居民，以下我們依照交易時、店員與店員交談、顧客與顧客對話以及吆喝語言，各類用語分別計算新竹市百貨公司的語言使用。表三顯示百貨公司更多人使用華語，百貨公司的各種交易模式，華語的使用比例都非常高，其中吆喝的語言以及顧客與百貨公司專櫃的店員交談全部百分之百都使用華語，交易時顧客使用華語的比例高達百分之九十八點八，交易時店員使用華語的比例也高達百分之九十九，店員跟店員交談使用華語的比例也有百分之九十五點二。整體看來，新竹市的百貨公司使用華語的比例超過九成。

　　相對的，閩南語在百貨公司的使用比例很低，交易時顧客使用閩南語的

比例僅有百分之一;而交易時店員使用閩南語的比例也僅有百分之零點七。顧客與顧客交談使用閩南語的比例為百分之三,店員與店員交談使用閩南語的比例也僅有百分之三點六。雖然新竹市的人口以閩南人居多,然而在新竹市的百貨公司,閩南語已經是非常少用的語言。新竹市的百貨公司幾乎不使用客語,各類交易中,僅有顧客與顧客交談時,百分之零點五的人使用客語。

表三　新竹市百貨公司的語言使用

	華語	閩南語	客語	華、閩語	其他	總數
CC	93.2%	3.0%	0.5%	0.3%	3.0%	100%
BT-C	98.8%	1.0%	0.0%	0.0%	1.2%	100%
BT-S	99.0%	0.7%	0.0%	0.2%	0.0%	100%
SS	95.2%	3.6%	0.0%	1.2%	0.0%	100%
SC	100%	0.0%	0.0%	0.0%	0.0%	100%
TOUT	100%	0.0%	0.0%	0.0%	0.0%	100%

我們將顧客間交談時使用的語言與顧客在交易時使用的語言做比較,同時也將店員交談時的語言與交易時的語言作比較,分析顧客及店員的語言遷就行為。顧客交易時使用華語的比例(98.8%),高於顧客與顧客交談時使用華語的比例(93.2%)。店員在交易時,使用華語的比例(99.0%),也是高於店員之間交談時使用華語的比例(95.2%)。由此可知在百貨公司中,顧客與店員都有「向上聚合」的現象,也就是交易時,使用更多華語、更少講閩南語。他們預期百貨公司是說華語的地方,所以顧客或店員在交易時,彼此都使用更多華語。

(三)新竹市銀行的語言使用

表四是新竹市三家銀行的語言使用情況,辦理業務時顧客與行員使用華語的比例都是百分之九十五點五,行員間交談使用華語的比例是百分之九十三點一。只有顧客與顧客交談使用華語的比例較低一些,為百分之七十八點九。

表四　新竹市銀行的語言使用

	華語	閩南語	華、閩語	合計
CC	78.9%	15.8%	5.3%	100%
BT-C	95.5%	2.2%	2.2%	100%
BT-S	95.5%	2.2%	2.2%	100%
SS	93.1%	6.9%	0%	100%

　　銀行的行員與行員交談使用華語的比例高達百分之九十三點一，行員在承辦業務時，使用華語的比例也高達百分之九十五點五，兩者的比例相當接近；顧客在跟銀行行員說明辦理的事項時，使用華語的比例（95.5%）高於顧客交談時使用華語的比例（78.9%），所以顧客有「向上聚合」的現象，亦即顧客在銀行辦理業務時，更常說華語，向銀行行員的語言靠攏。但是行員不管是平時交談或者承辦業務時都使用華語，他們並沒有明顯的語言遷就。

（四）三類公共地區語言使用的比較

　　不管交易模式為何，綜合比較三類公共地區的華語使用（如表五），可以看出三類公共地區中，傳統市場使用華語的比例較低，百貨公司使用華語的比例最高，銀行居中。新竹市的傳統市場最常使用的語言是華語，佔百分之五十五點九，閩南語僅佔百分之三十八點一。由此我們看出華語已經成為新竹市公共地區最普遍使用的語言，甚至在一般經常使用當地語言的傳統市場，閩南語也被華語取代。

表五　新竹市公共地區的語言使用

	華語	閩南語	客語	華、閩語	其他	總數
百貨公司	95.3%	2.5%	0.2%	0.4%	1.5%	100%
銀行	91.9%	4.7%	0.0%	3.4%	0.0%	100%
新竹市市場	55.9%	38.1%	3.2%	2.1%	0.7%	100%

五　討論與分析

　　瞭解新竹市公共地區語言使用的現況之後，本節將以 van den Berg（1986）在新竹市傳統市場的調查數據，與本研究的調查做比較，呈現新竹市公共地區三十多年來語言使用的變遷。由於 van den Berg（1986）的研究僅調查新竹市的傳統市場，未有百貨公司及銀行的調查記錄，因此本節僅討論傳統市場語言使用的變遷，並且探討分析其原因。

（一）新竹市傳統市場三十多年來的語言轉移

　　傳統市場是說地方語言而不是說官方語言的場域，這個說地方語言的公共地區，三十多年來的語言使用發生了怎樣的變化，圖一是一九七八年及二〇一五年新竹市傳統市場閩南語的使用比例。

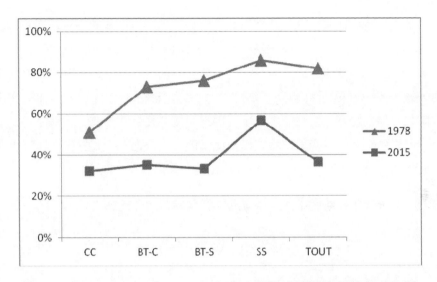

圖一 一九七八年及二〇一五年新竹市傳統市場閩南語的使用比例

首先我們來比較新竹市傳統市場吆喝語言的改變，吆喝語言具有重要的代表性，因為賣主會選擇大部分顧客能理解的語言作為吆喝語言。表六的第一列是 van den Berg 在一九七八年的調查，當時新竹市傳統市場最主要的吆喝語言是閩南語，占所有吆喝語言的百分之八十二，用華語吆喝僅佔百分之十四；然而在經過三十多年後，二〇一五年新竹市傳統市場的吆喝語言已經變成華語為主，佔百分之五十一點七，其次才是閩南語，佔百分之三十六點四。三十多年來新竹市傳統市場用華語吆喝的比例增加了百分之三十七點七，用閩南語吆喝卻減少了百分之四十五點六。

表六 三十多年來新竹市傳統市場吆喝語言使用的變化

	華語	閩南語	華、閩語	客家語	合計
1978	14%	82%	0%	0.8%	100%
2015	51.7%	36.4%	11%	0%	100%
1978-2015 的增減率	+37.7%	-45.6%	+11%	-0.8%	

　　其次，我們比較一九七八年以及二○一五年新竹市傳統市場顧客語言使用的變化。表七是一九七八年及二○一五年新竹市傳統市場顧客的語言使用，一九七八年傳統市場的顧客在交易時，有百分之七十三的人使用閩南語，顧客與顧客間交談也有百分之五十一用閩南語；但是二○一五年顧客用閩南語交易的比例只有百分之三十五點三，比一九七八年減少了百分之三十七點七；顧客與顧客交談使用閩南語比例僅有百分之三十二點二，比三十多年前少了百分之十八點八。

表七　三十多年來新竹市傳統市場顧客語言使用百分比的變化

	華語	閩南語	客家語	其他*	合計
1978 CC	37%	51%	10%	2%	100%
2015 CC	55.8%	32.2%	7.8%	4.2%	100%
增減率	+18.8%	-18.8%	-2.2%	+2.2%	
1978 BT-C	21%	73%	6%	0%	100%
2015 BT-C	61.6%	35.3%	1.5%	1.5%	100%
增減率	+40.6%	-37.7%	-4.5%	-1.5%	

　　由上述新竹市傳統市場顧客的語言使用，我們看到三十多年來顧客交易時使用閩南語的降幅非常明顯；相反的，顧客使用華語的比例大幅增加，交易時顧客使用華語的比例，由一九七八年的百分之二十一增加為百分之六十一點六，華語的使用率成長了快三倍。

　　至於賣主的語言使用如表八，一九七八年賣主與賣主交談主要使用的語言是閩南語，比例高達百分之八十六，現今雖然閩南語仍為新竹市菜販之間主要使用的語言，但已經降為百分之五十六點八；一九七八年新竹市的菜販交易時使用閩南語的比例高達百分之七十六，但是現今交易時菜販主要使用的語言已經變成華語，有百分之六十二點九的菜販交易時使用華語。

表八　三十多年來新竹市傳統市場賣主交易及賣主交談語言使用百分比的變化

	華語	閩南語	客家語	其他*	合計
1978 SS	5%	86%	9%	0%	100%
2015 SS	34.7%	56.8%	6.8%	1.7%	100%
增減率	+29.7%	-29.2%	-2.2%	+1.7%	
1978 BT-S	17%	76%	6%	0%	100%
2015 BT-S	62.9%	33.4%	1.5%	2.2%	100%
增減率	+45.9%	-42.6%	-4.5%	+2.2%	

　　新竹市一九七八年傳統市場的交易語言，以及顧客、賣主使用的語言主要都是閩南語，但是現今閩南語的使用大幅衰退，華語則大幅增加。從三十多年來新竹市傳統市場的語言使用，我們看到華語的使用快速成長以及閩南語的使用大幅衰退。

六　討論

　　比較一九七八年及二〇一五年新竹市傳統市場的語言使用，我們發現華語的使用大幅增加，臺灣閩南語的使用卻衰退。因此本文要探討的是為什麼在短短三十多年間，新竹市傳統市場的語言使用會有如此巨大的變化？以下就這個問題深入討論。

　　傳統市場是使用地方語言的場域，何以經過了三十幾年，現今新竹市的傳統市場，閩南語逐漸被華語取代？新竹市的閩南族群佔百分之六十二點三[5]，這個當地多數語族的語言，之所以被華語取代，陳淑娟（2009a，2009b）

5　根據客委會委外執行的客家族群認同調查的選項有「臺灣客家人、大陸客家人、福老人、大陸各省市人、原住民、臺灣人、其他族群、不知道／未回答」（該問卷使用的「福老人」一般寫做福佬人），本文的「閩南族群」是「福老人」選項。我們採用的數

認為華語及華語族在「地位」及「制度的支持」得到絕對的優勢，透過學校「國語運動」的大力推行，電視、廣播媒體的廣泛使用，經過幾十年的時間累積，進一步造成語言人口的量變。這讓閩南人居多的新竹市，現在公共地區的主要使用語言變成華語。華語及華語族現今在人口、語言及語族的地位、制度的支持這三方面都最具活力。

陳淑娟（2009a）在討論各語族的人口這個因素時，提出必須先釐清族群人口不等於語言人口的看法。如前所述，黃宣範（1993）推估臺灣的族群人口比例，閩南人口佔百分之七十三，外省人佔百分之十三[6]，客家人佔百分之十二，原住民佔百分之一點七。如果純粹就族群人口來看，閩南人是臺灣最大的族群，新竹市也是閩南人佔多數。然而現在語言人口最多的卻是說華語的人，華語族遠遠超過閩南語族及客語族。黃宣範在（1993:225）推估一九九三年的臺灣有超過百分之八十二點五的人口使用華語，洪惟仁（2002:530）推估臺灣至少有百分之九十的人通曉華語。陳淑娟（2004）的調查發現大牛欄居民認為現在臺灣最通行的語言是華語，尤其是找工作時若不會華語，其受到的影響遠大於不會閩南語或是不會客語。由此可證明，華語已是現今臺灣最通行的語言，也是使用人口最多的語言。

族群人口不等於語言人口，乃是因為「國語運動」的強力推行，使臺灣華語在語言地位及制度的支持兩方面得到極大優勢，進而造成現今臺灣的語言人口和族群人口不一致，也就是現在臺灣幾乎各族群的人都會說華語，但是年輕一輩卻不必然會說自己的族群語言。[7]因此現在語言人口最多的是華

據是「單一自我認定」的調查結果，也就是當詢問新竹市的訪談對象在上述選項中，若只能選擇其一的時候，回答是「福老人」的比例是百分之六十二點三。

6　何萬順（2009）認為臺灣的外省族群到了外省第三代，其實已經無法用語言、血緣、文化等清楚明確的界定。在此為了討論的必要，我們還是沿用閩南人、外省人、客家人、原住民、新住民等慣用的族群區分來討論。在大部分的研究中，外省族群的比例在百分之十三至百分之十五之間。例如王甫昌（1993）、林偉勝（2004：9）及李棟明（1968）的推估，外省族群佔百分之十四。

7　台灣目前不諳華語的人口很少，大多是老年且未受教育者。

語人口，說華語的人涵蓋各個族群。雖然新竹市人口以閩南人居多，但是族群人口不等於語言人口。

　　就人口的客觀條件來說，新竹近三十幾年，由於科學園區的設立，科技人的進駐，語族人口也產生變化。van den Berg（1986）一九七八年進行新竹公共地區的語言調查，隔年一九七九年新竹科學園區動土，在新竹市市區東郊金山面擴建動土，成立以電子代工為核心的專業工業區——新竹科學工業園區，一九八〇年十二月十五日完工。科學園區設立後，吸引許多科技業的專業人士或作業員到新竹科學園區工作，科技業的專業人士多為受過高等教育的中產階級，臺灣華語為科技業人士的主要使用語言，在科學園區的科技業人士，可能是閩南人、客家人、外省人或原住民，然而不論是哪個族群，華語是他們主要使用的語言，這也強化了新竹地區華語及華語族的活力。

　　其次，就「語言及語族的社會地位」而言，華語是臺灣唯一的國家語言、官方語言，其為高階語言，華語的地位高於臺灣其他各個語言。而華語族也是社會地位較高的一群，現今的華語族含括閩南人、客家人、外省人、原住民，尤其中產階級是最先具備華語能力、最先變成華語族的一群人，他們也是社會地位較高、掌握較多社會資源者。因此就語言及語族的地位來看，華語或華語族的地位遠高於臺灣其他語言或族群。

　　而在制度的支持方面，國語運動推行的幾十年以來，華語成為臺灣學校的教學語言，閩南語、客語有一段時間是校園裡禁止說的「方言」。雖然自二〇〇一年起實施九年一貫，已經將閩南語、客語、原住民語等納入本土語言的課程，閩南語、客語、原住民語不再像過去是學校禁止使用的語言，而是學生必須選修的語言，但因本土語言課程每週只有一節課，跟教學語言——華語比較起來，閩、客語在學校的資源遠不及華語，華語在教育上仍具有絕對優勢。在電視媒體亦然，過去制訂廣電法限制「方言」節目的播出，現在雖然沒有這些限制，然而媒體仍以華語節目為主。

　　由語族活力理論來分析，可以看出華語族在「人口」、「地位」及「制度的支持」三方面，活力均大於閩南語族

　　過去新竹市最通行的是閩南語，現在已變成弱勢語言。而華語人口的增

加,我們認為主要是華語在「語言的地位」佔有絕對優勢,華語是唯一的國家語言及官方語言,也在學校及廣播電視媒體獲得「制度的支持」,加上華語族的社經地位最高,於是華語族在語言地位、語族地位及制度的支持各方面的強勢,日積月累,進一步造成語言人口的量變。雖然臺灣閩南族群佔多數,新竹市也是閩南人居多的城市,不過由於在地位及制度的支持處於劣勢,因此語族優勢不再。

新竹市傳統市場的客家語一直都是弱勢語言,其比例在 van den Berg 以及我們的調查中都不高,即使如此,客家語在傳統市場的使用率也是呈現大幅度的衰退,尤其是交易時顧客及賣主使用客語的比例衰退幅度最大,都是由一九七八年的百分之六,衰退到二〇一五年的百分之一點五。

閩南語及客語的使用比例同樣都受到華語語族活力的擠壓而衰退,但因為新竹市的人口以閩南人為多數,閩南語的語族活力至少還有「人口的支持」,所以客語和閩南語相較之下,客語衰退的幅度又更加明顯。

七 結論

本文描述一九七八年到二〇一五年三十多年間,新竹市傳統市場的語言轉移,同時也運用語族活力理論,分析發生語言轉移的原因。我們由新竹市傳統市場的語言使用,看到三十多年來華語使用的大幅增加,新竹市的閩南語使用大幅衰退。

本文是罕見的跨越三十多年的真實時間的調查研究,主要的貢獻在於(1)詳細描述新竹市傳統市場三十多年來的語言轉移:本文提供二〇一五年調查的數據,與 van den Berg 一九七八年的調查數據比對,發現新竹市的傳統市場,閩南語使用減少,取而代之的是華語;(2)運用語族活力理論,對語言轉移的成因進行解釋:本文運用語族活力理論,探究新竹市傳統市場三十多年來華語及閩南語的消長。華語因為在「地位」及「制度的支持」取得全面的優勢,經過時間積累,造成語言人口的量變,導致華語成為最多人使用的語言,取代新竹市的閩南語,成為新竹市傳統市場的主要使用語言。

本文不僅對語言事實的描述有其貢獻——描述分析新竹市三十多年來語言使用的變遷，也運用社會語言學理論，對新竹市的語言轉移成因，進行充分的討論分析，記錄並探究臺灣社會語言變遷的真實面貌。

引用文獻

一　中文書目

王甫昌　〈光復後臺灣漢人族群通婚的原因與形式初探〉　《中央研究院民族學研究所集刊》第76期　1993年秋季　頁43-96

李棟明　《歷來臺灣人口社會增加之研究》　臺北市　臺灣省衛生處臺灣人口研究中心　1968年

何萬順　〈語言與族群認同：從臺灣外省族群的母語與臺灣華語談起〉《語言暨語言學》第10卷第2期　2009年4月　頁375-419

林偉勝　〈戶籍與兵籍：戰後臺灣人口統計二元化之成因及其影響〉　2004年臺灣人口學會年會論文　http://www.psc.ntu.edu.tw/C2004paper/6-2.pdf

林素卉　〈馬來西亞新山地區潮州方言的語音變化和語言轉移〉　桃園市國立中央大學中國文學系碩士論文　2013年

洪惟仁　〈臺灣的語言政策何去何從〉　施正鋒編　《各國語言政策——多元文化與族群平等》　臺北市　前衛出版社　2002年　頁501-542

客家委員會　《103年度臺閩地區客家人口推估及客家認同委託研究成果》2014年

陳淑娟　《桃園大牛欄方言的語音變化與語言轉移》　臺北市　國立臺灣大學出版委員會　2004年

陳淑娟　〈臺北市公共地區三十年來語言使用的變遷——比較分析1978及2008的語言調查〉　《臺灣文學研究集刊》第6期　2009年8月　頁171-206

陳淑娟　〈南投語言活力消長的調查研究——中生代居民第一語言及最流利語言之比較〉　《高師大學報》第26期　2009年　頁65-80

黃宣範　《語言、社會與族群意識——臺灣語言社會學研究》　臺北市　文鶴出版公司　1993年

蔡宏杰　〈楊梅客家話語音變化和語言轉移研究〉　臺北市　國立臺灣師範
　　　　大學國文學系碩士論文　2009年

蕭素英　〈閩客雜居地區居民的語言傳承：以新竹縣新豐鄉為例〉　《語言
　　　　暨語言學》第8卷第3期　2007年7月　頁667-710

二　西文書目

Chan, Hui-chen (詹惠珍), *Language Shift in Taiwan: Social and Political Determinants*, University of Georgetown, 1994.

Fasold, Ralph, *The Sociolinguistics of Society*. (Oxford: Blackwell, 1984)

Fasold, Ralph, *Sociolinguistics of Society*. (Oxford: Blackwell, 1993)

Fishman, J. A., "Language maintenance and language shift as a field of inquiry: Revisited," *Language in Sociocultural Change*. Anwar S. Dil (Stanford, Calif: Stanford University Press, 1972), pp. 77-134.

Giles, Howard, R. Y. Bourhis and D. M. Taylor, "Toward a theory of language in ethnic group relations," *Language, Ethnicity and Intergroup Relations*. Howard Giles. (London and New York: Academic Press, 1977), pp.307-348.

Giles Howard, and P. Johnson, "Ethnolinguistic Identity Theory: A Social Psychological Approach to Language Maintenance," IJSOL, 68 (Jan. 1987): 69-99.

Young, Russell (楊永仕). *Language Maintenance and Language Shift among the Chinese on Taiwan*. (Taipei: Crane, 1989)

Van den Berg, Marinus E. *Language Planning and Language Use in Taiwan*. (Taipei: Crane, 1986)

漢詩文化研究對地方教育學之貢獻
——以新潟縣燕市、岐阜縣高山市、
臺灣新竹市為主

森岡緣 著[*] 黃耀進 譯[**]

摘要

　　對區域教育發展而言，地方文化極其重要。各區域皆有各自的文化，而漢詩人及其漢詩亦為鄉土文化的一部分。筆者過往研究過鈴木虎雄、白川琴水、魏清德等漢詩人，他們的文學藝術與鄉土有著緊密的連結。漢詩文化能對區域教育起到何種貢獻？因為篇幅有限，本文將僅舉三個實例來進行考察。

關鍵詞：漢詩、地方、區域教育學、鈴木虎雄、白川琴水、魏清德

---

[*]　大連東軟信息學院日語系講師。
[**]　早稻田大學兼任講師。

一　前言

今天日本生活在地方上的年輕人們，很難對自己的出身故鄉抱持自豪
感。我年輕的時候也憧憬過大都會的生活，所以很清楚。可是，從我
最初以《萌之朱雀》在坎城影展獲獎，一直到《殯之森》為止的十年
期間，持續在奈良拍攝電影的我突然發現，只要在當地持續深耕，就
能與世界串連在一起。[1]

以上是電影導演河瀨直美（1969- ）的發言。出身並居住於奈良的河瀨
直美，在奈良縣西吉野村（現在的奈良縣五條市）拍攝了《萌之朱雀》，一
九九七年以史上最年輕的二十七歲之齡，拿下第五十屆坎城國際影展新人導
演獎。十年後的二〇〇七年以奈良市田原地區為場景拍攝了《殯之森》，又
獲得了第六十屆坎城國際影展評審團大獎。前一部作品拍攝了吉野的森林、
古老的木造校舍、為了運出杉木而計畫卻又中止建設的鐵道遺跡，後一部作
品則拍攝了大和茶的茶園、水田與舊民宅等，透過將根植於奈良歷史與風土
的風景影像化，為她的影像增添風采。上述她的發言，是基於拍攝過兩部以
奈良為舞台並獲得世界肯定的作品後，發自內心的自信，所以很有說服力。

愛惜自己的出生地或營生的土地，珍惜地「深耕」，為何就能「與世界
串連」呢？岩崎正彌（愛知大學經濟學部教授）認為，這是「因為找到了
『場域』」。岩崎所說的「場域」，指涉的是含有「開放性、生產性、包含
性」特質的空間。岩崎認為，當人們面對地方時，擔任振興地方任務的是發
現「作為認知的場域」（對地方的認知達到某個程度），並在與其相適的「作
為結構的場域」（場所環境所擁有的固有氣氛）中進行活動，又或者也可以
反過來透過在「作為結構的場域」中施力，並在這過程中發現「作為認知的
場域」。在這一連串的過程，或者說學習如何回歸主體的行動中，岩崎稱之

1　《日本経済新聞》二〇一〇年一月二十五日付〈「国際交流＝世界に出ていく」ことで
はない〉。

為「場域教育」，也可以說是讓「居民了解地方，培育地方的方法」。[2]

二〇〇六（平成18）年，教育基本法隔了六十年終於再次修正，其中第一章第二條附加了「尊重傳統與文化，珍愛培育傳統與文化的吾國與鄉土」的條文[3]。此外，隨著教育基本法條文修正，二〇〇八（平成20）年學習指導要領也跟著改訂。在小學五、六年級的學習要點中加入了要指導學生使其能概略理解「易於親近的古文與漢文」、「近代以降的文言調文章」與漢字的「音讀」。[4]如果思及岩崎所言之「場域教育」，當學校教育思考邁向新趨勢時，考慮更深入理解地方的古典文化似乎會更好。[5]在古典文化之中當然也包括漢詩漢文。如同詩人與小說家清岡卓指出的一般，過去日本人有傾向容易忽略存留下來的漢詩漢文，在「思考展開日本詩的場合」，人們「往往容易遺忘」[6]應該一併考慮漢詩。因而研究漢詩漢文文化的學者，更應該把地方漢詩文中能幫助「教育場域」的價值，盡可能傳達給一般人們。

本論文將透過介紹筆者一直以來研究的白川琴水與鈴木虎雄，探討地方漢詩漢文將來對「場域教育」有無貢獻的可能性。最後也將提及與本次研討會相關，深具傳統性的文人魏清德，嘗試連結比較日台漢詩文化對「場域教育」的貢獻。

---

2 岩崎正弥、高野孝子：《場の教育：「土地に根ざす学び」の水脈》（東京：農山漁村文化協会，2010年），頁27-30。

3 〈教育基本法（平成18年法律第百二十号）〉http://www.mext.go.jp/b_menu/houan/kakutei/06121913/06121913/001.pdf

4 文部省：〈改訂の基本的な考え方〉http://www.mext.go.jp/a_menu/shotou/new-cs/idea/1304378.htm

5 參照弓削繁：〈延慶本平家物語の加藤次景廉武勲譚：古文学習における地域素材の活用〉，《岐阜大学教育学部研究報告　人文科学》第59巻第1号（2010年），頁15-24。另一併參照岩田導子：〈近現代の歴史学習における人物(地域素材)の教材開発研究：「若槻礼次郎」と「福田平治」の教材化と授業実践を通じて〉，《島根大学大学院教育学研究科「現職短期1年コース」課題研究成果論集》第4期（2013年），頁51-60。

6 清岡卓行：〈著者から読者へ〉，《詩礼伝家》（東京：講談社，1992年），頁195。

二　白川琴水

（一）久保天隨的關注

　　漢學者久保天隨（1875-1934）於一九二九（昭和4）年三月來台擔任台北帝國大學文政學部教授，兩年之前的一九二七（昭和2）年八月，他曾赴飛驒高山，當時行程中的見聞，後來刊載在一九二九年發行的《茶前酒語》卷一當中。在該段欲題名為〈飛驒漢詩史〉的內容中，可以見到白川琴水的記述，雖然文章較長，在此仍引用如下：

> 飛州（指飛驒地區）地既屬僻遠、文化亦後于他方、江村北海曰、地出良材、如高山府、號為殷富、俗重伎藝、而學事無聞、伊藤東涯盍簪錄曰……（中略）……天明寬政間、始有赤田元義出、元義字伯宜、號臥牛山人、家元業釀酒、臥牛與江村北海、松平君山往復攻經魏、開靜修館授徒。是為飛州學校之嚆矢。臥牛能書、工詩文、有集十卷、俞曲園《東瀛詩選》、采其詩四十餘首、且曰、飛驒之為地、在彼國。為最僻、至此之蠶叢魚鳬、聲教隔絕、文學之士、蓋罕有焉、伯宜生其地、獨能以文名一時、亦可謂豪傑之士矣。羽衣行‧粟津懷古等、以七言出之、刻意鍛鍊、亦可以觀其格力。……（中略）……但詩則臥牛以後無復足傳者。……（中略）……明治中、闔州絕無能詩者、而白川琴水獨為巾幗大吐氣、尤可稱異也。琴水、名幸、字友之、高山郭外願生寺主慈辨妹也。嘗從兄、至京都、贊谿詩訪成島柳北于其旅寓、柳北一見稱其才、勸入菊池三谿門、從學多年、詩文兼達、又工繪事、所著有琴水小稿、既刊。其京寓居中所得、曰鴨西寓草、別有日本烈女傳二卷、行于世。後適名古屋富人青木氏舉一男一女、尋歿。才媛短命、可惜也。其女亦才藻善和歌、曩新年勅題豫選之榮云。三谿嘗評琴水詩曰、才鋒銳利、如昆刀切玉、一當百碎、觸者悉斃。其詩皆清麗瀟洒、不失其本領、時有盤空硬

語、以驚座人。予每評其語、以曹娥碑背八字、其詩多見閨媛吟藻、俞曲園采數首、載于《東瀛詩選》,陳鴻誥《日本同人詩選》亦錄七絕八首、其數共不在他家下。……（中略）……三寸彤管曲盡古今情何等精切、何等沈靜、可見識力高人一等。在昔紅蘭湘夢輩稱女學士之翹楚,而琴水之才,何亦相遜哉。[7]

　　久保天隨認為,飛驒漢詩史雖然起自赤田臥牛,但卻不見其後繼者,直至明治時期,才由白川琴水一吐氣燄。天隨在飛驒漢詩史中如何定位琴水值得我們注目。文學史的敘述風格方式來自於西洋,對天隨而言是習以為常的文體[8],天隨以飛驒高山地方作為焦點,將琴水在地方文學史中定為「女學士之翹楚」。這篇文章刊載於《茶前茶後》,時間正是天隨擔任台北帝大教授的同一年,具有相當意義,但此處僅先指出此點為止。

（二）白川琴水簡介

　　那麼,白川琴水究竟是位什麼樣的漢詩人?此處做一簡單介紹[9]。
　　白川琴水,原名幸。生於一八五八（安政3）年。父親白川慈攝是飛驒高山真宗大谷派寺院的願生寺住持,她的兩位兄長慈孝、慈辯（慈弁）亦為僧侶。

7　久保天隨:《茶前酒後》卷1（自費出版,1929年）,頁7-8。

8　參照拙著:〈新しい台湾漢文学史の試み——黃美娥「台湾古典文学史序説」〉,《野草》第75期（2005年3月）,頁129-132;黃美娥:《古典臺灣——文學史·詩社·作家論》（台北市:國立編譯館,2007年）;柯喬文:〈文學成史:殖民視域中的久保天隨與其支那文學〉,《中極學刊》第六輯（2007年12月）,頁45-66等。

9　參照拙著:〈詩筆清秀不染塵氣:試論近代日本女性漢詩人白川琴水及其《琴水小稿》〉,《臺灣古典文學研究集刊》第2號（2009年12月）,頁181-216;同:〈地歌を漢詩に——白川琴水とその漢詩をめぐって——〉,《書法漢學研究》第8号（2011年1月）,頁23-31;同:〈白川琴水《本朝形史列女伝》についての初歩的考察——願生寺所藏本を手がかりとして〉,《斐太紀》通卷11号（2014年9月）,頁39-51等。拙稿略歷之記述,與前揭「地歌を漢詩に」重複點甚多,請讀者先行了解。

　　飛驒高山，大約等同於現在岐阜縣高山市。飛驒的舊國名亦寫作「斐太」，指位於飛驒山脈北側的岐阜縣北部地方。七世紀時，飛驒國被課以提供木工勞務代替繳納實物稅金。大概因為身為山中國度無法繳納足夠的物資，不過也證明在森林資源豐富的飛驒地區有許多優秀的木工施作者。

　　現在在飛驒地方的北端有飛驒市，但因飛驒地方的文化中心在高山市，因此現在也多稱為飛驒高山。高山市的中心地區保留了許多江戶時期以後城下町（城堡外庶民居住區）的商家，已被選定為國家重要傳統建築物保存地區，也被稱為「飛驒小京都」。高山市有「合掌造」建築，也就是知名的世界文化遺產的白川鄉，而且也是前往乘鞍岳等日本北阿爾卑斯山脈時的交通要衝，成為大量國內外觀光客造訪的觀光都市。

　　白川琴水出生的時代，飛驒高山屬於德川幕府的直轄領地，林業與木材加工業非常興盛。居民信仰虔誠，現在高山市內中心部分仍大量保存著宗派各異的寺院。[10]

　　琴水十三歲時，正好迎來明治元年。這一年水戶藩士梅村速水（1942-1870）赴任高山縣知事，而琴水則成為高山縣知事水戶藩士梅村速水的妻子。然而，在「斐太明治亂記百首」中卻可見「不嫁」的記錄，因此也有說法認為琴水只是知事選取新娘時的候補之一。[11]琴水《本朝形史列女傳》中的逸聞多基於《大日本史》的烈女傳，因此相當可能與水戶藩士速水具有某種程度的接觸。

　　一八七四（明治7）年，琴水前往大阪集成學校就讀。集成學校被定位為較高等小學校更高一級的中等教育學校。接著從隔年起琴水展開了京都的生活，開始師事於漢學家菊池三溪（名純，字子顯，別號晴雪樓主人，1819-1891）。

　　一八七六（明治9）年，琴水出版了漢詩集《琴水小稿》並獲得三溪為其題序，翌年一八七七（明治10）年一月進入京都府女學校（現在的鴨沂高

10　高山市編：《高山市史》第1-3卷（高山：高山市出版，1981-1983年等）。
11　手撰文書。承蒙白川秀麿氏指教。

校）就讀。二月一日天皇蒞臨時，琴水主講了《詩經》的葛覃一章，進獻自己的書畫與《琴水小稿》，並獲得天皇賞賜的《康熙字典》。同年九月皇太后與皇后蒞臨，又獲得賞賜白絹一疋。這也大大地展現出琴水在該校內的學識能力。三月，以「准一等授業補」的職位，於該校任教，由學生身分一躍成為教師。

一九七九（明治12）年《本朝彤史列女傳》出版，琴水在「凡例」中寫道，使「兒女」研讀古今列傳，希望能「一助『勸善戒惡』」。[12]一八七九年政府公佈《教學聖旨》，借用若桑綠（若桑みどり音譯）的說法：「自此風氣一變轉為開明時代的精神，教育內容、教科書也大幅獲得修改」[13]，轉換為基於儒教道德的教育方向。琴水的《本朝彤史列女傳》很可能就是趁著這個修改舊時教育教養書籍的機會而出版的。一八八〇（明治13）年，琴水與青木錠太郎（輸入、買賣西洋布疋的店主）結婚，長女出生。同年十二月二十五日，自京都府女學校退職。

一八八三（明治16）年琴水產下鐐太郎，隔年十月產下次女志蓉（志よう音譯）後，十一月丈夫過世。一八九〇（明治23）年她也留下了稚子過世，享年三十五。

《琴水小稿》幾乎沒有大量在市面流傳，伴隨著她的英年早逝，許多輝煌的業績也湮沒在歷史的闇處。

然而，她的幾首漢詩，仍刊載於一八八〇（明治13）年水上珍亮編《日本閨媛吟藻》[14]與1883（明治16）年陳曼壽編《日本同人詩選》[15]中。接著

---

12 白川琴水：「凡例」，《本朝彤史列女伝》（京都：大谷仁兵衛、杉本甚助出版，1889年）。

13 若桑みどり：《皇后の肖像》（東京：筑摩書房，2001年），頁168。

14 以《日本閨媛吟藻》是、《詞華集日本漢詩》第11卷（東京：汲古書院、1984年）所收版本為準。琴水的漢詩刊載於《日本閨媛吟藻》下卷17首-20首。

15 以《日本同人詩選》（土屋弘出版，1883年）。王寶平主編：《中日詩文交流集》（上海市：世紀出版集團‧上海古籍出版社，2004年）收錄之影印本為準。蔡毅：〈陳曼壽と《日本同人詩選》〉，《国語国文》第72卷第3号，頁705-725；蔡毅：〈陳曼壽與《日本同人詩選》〉，《中国詩学》第9号（2004年6月），頁172-181；日野龍彦：〈陳曼壽と日本漢詩人の交流について〉，《成蹊国文》第48号（2015年），頁57-71。

在一八八四（明治17）年俞樾編《東瀛詩選》（編成年根據該書自述）[16] 中，幸運地也刊載了七首她的作品。俞樾為琴水做的小傳如下：

> 白水幸（原文照錄）、字友之、號琴水、飛驒人、詩見『閨媛吟藻』。琴水頗工古體、在閨媛中、為難得者、有紅絃餘唱四首、似歌似謠、音節絕異、序云、聊學國風遺韻、殆類於彼國所謂和歌者乎、然情致纏綿、頗得風人之意、題下有小注數字、末一字不可識、蓋彼國所謂普同字也、今既不識、故削之。[17]

「紅絃餘唱四首」指的是〈花紛紛〉、〈妾思〉、〈春雨〉、〈杜鵑啼〉等四首。這四首是從江戶時代主要在京都、大坂宴席上所唱，被稱為「地歌」的歌謠中所選出，進而翻譯為漢詩的作品。例如〈妾思〉就是從〈黑髮〉翻譯過來的。或許諸位有人見過坂東玉三郎舞踊〈黑髮〉的影像。[18]次處依照漢詩、地歌的順序舉例。

> 〈妾思〉
> 妾思紛紜如髮亂，髮亂尚可理，妾思紛紜不可斷，相見多則別亦多，雙枕雙枕如汝何，孤衾擁來聊相伴，無情鐘聲半夜過，昨夢今朝再難結，唯恐明日鬢上雪。[19]
> 〈黑髮〉
> 黑髮の、結ぼほれたる思ひをば、解けて寝た夜の枕こそ、独り寝る

---

16 佐野正巳編：《東瀛詩選》（東京：汲古書院，1981年）。川邊雄大：〈《東瀛詩選》編纂に関する一考察：明治漢詩壇と日中関係との関わりを中心に〉，《日本漢文学研究》第8号（2013年3月），頁41-68。郭穎：《漢詩與和習：從東瀛詩選到日本的詩歌自覺》（廈門：廈門大學出版社，2013年）等。

17 前揭佐野正巳編：《東瀛詩選》（東京：汲古書院，1981年），卷40。

18 DVD《坂東玉三郎舞踊集》2（東京：松竹株式会社，2003年）。

19 前揭《東瀛詩選》卷40，19首。《琴水小稿》刊載了8首，唯與本文並不一致。此處採用俞樾加以修正的《東瀛詩選》的本文。

夜の徒枕（あだまくら）、袖は片敷く夫（つま）ぢやというて愚痴
な女の心と知らで、しんと更け行く鐘の声、昨夜（ゆう）の夢の今
朝覚めて、懐かし遣瀬なや、積もると知らで、積もる白雪。[20]

〈黑髮〉是終夜持續思戀男性的女子，連綿不絕情思的象徵。漢詩題為
〈妾思〉，翻譯內容相對忠實於原本地歌的意義與內容。如「相見多則別亦
多」大約出自李商隱「相見時難別亦難」，而「雙枕雙枕如汝何」則大概出
自項羽〈垓下歌〉的「虞兮虞兮奈若何」，這些特色，或許也是獲得俞樾高
度評價的原因之一。

（三）飛驒高山的區域學（Regionology）

如前所述，琴水的業績湮沒在歷史的闇處。森銑三（1895-1985）在
〈琴水女史及其著書〉（最初見於一九四〇年）中指出，有關琴水的書刊皆
為珍本，並言「得見處書物」中，只見「本文僅不過十首漢詩的小冊子，大
概因為如此早逝，所以傳存者鮮少吧。[21]」時序進入一九六〇年後，會田範
治於《改訂增補近世女流文人傳》[22]中介紹了琴水的漢詩與簡歷，一九七〇
年代後半，豬口篤志在《女性與漢詩——和漢女流詩史》[23]中亦刊載了幾首
琴水的漢詩，於此時期研究者也開始嘗試替琴水在女性漢詩史中進行定位。
進入一九八〇年代，才終於有人執筆給予琴水正式的評傳。執筆者為飛

---

20 平野健次監修、解説：〈黑髮〉CD《箏曲地歌大系》解説書（東京：ビクター・エン
　タテイメント株式会社，1996年），頁106。另，參照宮崎まゆみ：〈地歌「黑髮」・長
　唄「黑髮」に関する一考察〉，《東洋音楽研究》第49号（1984年），頁39-49。
21 森銑三：〈琴水女史とその著書〉，《森銑三著作集続編》第8巻（東京：中央公論社，
　1993年），頁375-377。〈見ることを得た書物〉為《書物》（白揚社刊）一九四八年增
　訂再版時追加的文章。《森銑三著作集続編》第9巻（東京：中央公論社，1994年），頁
　430-431。
22 東京：明治書院，1961年。
23 東京：笠間書院，1978年。

驒出身的多賀秋五郎（1912-1990）。多賀以《宗譜研究：資料篇》[24]、與《中國宗譜研究》上、下卷[25]等，利用宗譜進行中國社會史研究而馳名。中國法制史大家仁井田陞（1904-1966）曾評價多賀的宗譜收集整理和研究道：「在多賀氏出現之前，幾乎沒有人有勇氣承擔此等整理大業。我首先對多賀氏完成此等大業的勇氣致上敬意。[26]」此外，作為《古代亞細亞教育史研究》[27]、《中世亞細亞教育史研究》[28]、《近世亞細亞教育使研究》[29]、《近代亞細亞教育史研究》上・下卷[30]、《現代亞細亞教育使研究》[31]的編者，在亞洲教育史的領域多賀也與許多人共同完成多項偉大的成果。雖然多賀秋五郎反覆從事廣泛且詳細的研究，但他對鄉土也就也抱有特殊的情感，例如一九四一年發行的《飛驒史研究》[32]，一九四三年與後藤吉郎共通編輯發行的《飛驒文化史概觀》[33]即屬此類，之後關於飛驒史的書籍，就得一路等到一九八九年的《濃飛史研究序說》。[34]但在這段期間他仍在鄉土研究的雜誌發表研究成果，另一方面也對非專門研究者的歷史愛好家或鄉土愛好家們，擔任指導地方史研究的角色。根據一九七九（昭和54）年桐谷忠夫開始發行的飛驒史學會《飛驒史學》時，也出現此學會「可以說就是多賀秋五郎老師的學會誌[35]」的說法。

多賀秋五郎對白川琴水研究的集大成之作，是收錄於《濃飛史研究序

---

24 東京：東洋文庫，1960年。

25 上卷（東京：日本学術振興會，1981年）。下卷（東京：日本学術振興會，1982年）。

26 仁井田陞：〈（書評）多賀秋五郎編著「宗譜の研究」（資料篇）〉，《法制史研究》第12號（1962年），頁276。

27 東京：日本学術振興會，1977年。

28 東京：国書刊行会，1980年。

29 東京：文理書院，1966年。

30 上卷（東京：岩崎学術出版社，1969年）。下卷（東京：岩崎学術出版社，1975年）。

31 東京：多賀出版，1983年。

32 岐阜：濃飛文化研究会，1941年。

33 高山：平田書店，1943年。

34 高山：平田書店，1943年。

35 桐谷忠夫：〈飛驒学の会〉，《斐太紀：「飛驒学の会」設立記念誌》（2009年），頁2-3。

說》中的〈白川琴水的生涯與思想〉[36]一文，他仔細地追述了著有《琴水小稿》與《本朝彤史列女傳》的琴水履歷，為琴水研究奠立了基礎。

此外，在高山的區域研究歷史並不短。一九一四（大正3）年「飛驒史談會」已經發行《飛驒史壇》，一九三四（昭和9）年飛驒考古土俗學會發行了《Hidabito》（直譯為「飛驒人」）。戰後一九五八年開始的飛驒鄉土學會刊行了《飛驒春秋》。前述《飛驒史學》雖隨多賀秋五郎的過世迎向結束，然而飛驒的區域史研究團體一口氣加速進行整合。二〇〇九年，飛驒學之會設立，每年發行兩次《斐太紀：研究紀要》。[37]二〇一四年九月，《斐太紀》刊載拙論〈關於白川琴水《本朝彤史列女傳》的初步性考察──以願生寺所藏本為線索〉時，也寫了一段對先學多賀秋五郎致敬的話語。

白川琴水作為鄉土的女性前輩，高山的區域研究給予她一定的評價，而且此區域研究也廣為接受像筆者這樣非高山市出身者的研究成果，持續努力深化該地區的區域研究。該區域中提及白川琴水的作品，如高山市編纂的《高山市史》下卷第十二編〈文藝〉[38]、道下淳〈被埋沒的才女白川琴水〉[39]、高山女性史學習會編《寫真記錄飛驒之女性史》[40]等等，不勝枚舉。琴水的人生及其著作，具備可以利用在學校教育領域，或者活用於地方上的可能性，為了能夠在教學現場使用，今後大概還需要整理準備容易理解的註釋書與譯註書籍。

---

36 多賀秋五郎：《濃飛史研究序説》（岐阜：教育出版文化協会，1989年），頁519-579。

37 前揭桐谷忠夫：〈飛驒学の会〉，《斐太紀：「飛驒学の会」設立記念誌》（2009年），頁2-3。

38 復刻版（高山：高山印刷株式会社印刷、發行，1981年），頁385。

39 岐阜県ＰＴＡ連合会《わが子の歩み》第35巻5号（1985年），頁52-55。

40 長野：鄉土出版社，1993年。

三　鈴木虎雄

（一）沒後五十年，歌牌上被閱讀的詩人

　　二〇一二年十一月三日，在上越新幹線燕三條站的戰前飯店舉辦了鈴木虎雄過世五十年紀念會。[41]主辦者是鈴木虎雄的孫子鈴木昌平，大約共有四十人參加聚會。雖然鈴木家及其親屬佔了大多數，不過當地的新潟縣燕市市長鈴木力與同市教育委員會委員長也前來參加。另外紀念會還邀請了輩分算是鈴木虎雄孫輩的弟子——京都大學名譽教授興膳宏，以及專攻包含鈴木虎雄義父陸羯南思想的明治時期民族主義的日本史研究者——筑波大學中野目徹教授，還有深耕良寬研究的新潟大學富澤信明名譽教授，而筆者也有幸獲得邀請列陪末席。

　　虎雄的祭日是一月二十日，正確而言應該是二〇一三年一月二十日才是過世五十週年，會提前兩個月舉辦是因為一月時節新潟縣燕市為大雪封閉，會增加來賓們交通上的不便之故。

　　十一月三日紀念會的隔日，大家前往位於鈴木虎雄生長的長善館旁的墓地，給鈴木虎雄與其先祖們上香，報告逝世五十年紀念會已經平安辦理完畢。之後還前往參觀目前尚存的長善館史蹟，以及為了展示資料而築成的長善館資料館，結束後大家才三五成群踏上歸途。

　　一九六一（昭和36）年，諾貝爾文學獎作家川端康成、日本畫家堂本印象、陶藝家富本憲吉等人獲頒文化勳章。與此同時以漢詩人業績獲得認可同樣獲得勳章的鈴木虎雄，卻鮮少被日本人記得。不過，在新潟縣燕市，鈴木虎雄則是倍受彰顯的偉人之一。

　　虎雄出生的一八七八（明治11）年的新潟縣西蒲原郡栗生津村，該地之後受到合併，一九五四（昭和29）年成為西蒲原郡吉田町的一部分，二〇

---

41 參照興膳宏：〈鈴木虎雄先生没後50年記念祭のこと〉，《杜甫のユーモア　ずっこけ孔子》（東京：岩波書店，2014年），頁201-207。

六（平成18）年與燕市、吉田町、分水町等三地區，基於對等的立場進行合併，成為新的燕市。[42]

　　燕市夾在縣府新潟市與長岡市之間，處於越後平原大約中央的位置。在這塊流過日本最長河川信濃川，及沿其支流形成的土地，是個洪水眾多之處。江戶時代，舊燕市市區的人們，因為洪水無法獲得穩定的稻作，因此也會經營金屬加工業，圖求安穩的生活。現在該地也活用傳統的金屬加工技術，注入於當今的金屬西洋食器生產上。此外，此處的金屬研磨技術發展水準極高，甚至連 iPod 也是委託本市進行研磨。[43]

　　虎雄曾獲得吉田町頒發的榮譽町民稱號，在吉田町廢除之後，接續著被稱為燕市榮譽市民，繼續享有光榮稱號。新生的燕市，如前所述由舊燕市、吉田町、分水町等充滿個性的三個地區所組成。為了成為新的燕市需要協調三處步伐，互相理解與共享各自地區的歷史、文化與風俗，成為不可或缺的一環，因此該地實行了「燕為一體企劃（燕はひとつプロジェクト）」，其中一項便是製作「燕市之子歌牌（つばめっ子かるた）」。歌牌上的詩句由市民募集提供，經當地的文藝雜誌《文藝燕（文芸つばめ）》的編輯委員監修，再由新潟市出身的繪本畫家黑井健繪製歌牌圖畫原稿，並由燕市書法家長谷川白楊揮毫書寫各個題句。[44]在歌牌製作上，如虎雄這般的偉人的存在，成為提高鄉土意識的象徵，因此受到相當的重視。

　　那麼，鈴木虎雄究竟是一位什麼樣的人物呢？

---

42 燕・吉田・分水合併推進協議会 HP http://www.city.tsubame.niigata.jp/gappei/index.html
43 〈3億台の iPod を支える世界一の磨き屋集団！新潟県燕市の「磨き屋シンジケート」〉http://chiikigoto.com/2012/10/11/01-33/
44 〈新潟市出身の絵本作家、黒井健さんが原画を描いた燕市のご当地かるた「つばめっ子かるた」一般販売用が26日発売〉（2012年4月27日）http://www.kenoh.com/2012/04/27karuta.html／〈素晴らしい「かるた」が出来ました：燕市長　鈴木力の日記〉（2012年3月22日）http://suzukitsutomu.seesaa.net/article/259208183.html

（二）鈴木虎雄簡介

鈴木虎雄（1878-1963），字字文，號豹軒，別號藥房（葯房）。[45]生於新潟縣西蒲原郡栗津村（2006年3月以降成為新潟縣燕市吉田町）。鈴木家是漢學世家，祖父鈴木文台（1796-1870）因與僧人良寬（1758-1831）為友而知名。[46]一八三三（天保4）年，家中開設私塾「長善館[47]」，以儒學為基礎展開地方區域教育。父親惕軒（1836-1896）與鈴木文台之女結婚，繼承了義父文台的學問與教育事業。[48]惕軒教導包括虎雄在內的孩童們《孝經》等中國古典作品，因此虎雄習得了解讀漢文的學識能力。長善館的經營算不上順利，當時大橋小一郎提出要收養虎雄當養子，惕軒不得不接受這個要求。這是為了虎雄將來而做出的重大決定。當時虎雄虛歲十二歲，父親惕軒曾作過一首「送虎雄」（《惕軒詩集》卷3）的絕句給他。

> 筆硯同窗幾螢雪、春花秋雨更怡怡、朝來自怪癡情切、昨送長兒今幼兒。[49]

父親的「癡情」殷切超過想像。虎雄則通過漢詩理解父親的思子之情。往後當虎雄回顧當初到領養家庭時的心境，曾詠詩一首：「十二為人嗣、寒門無吉祥。出贅非父志、為兒屈其剛。每憶當時事、血淚迸琅琅。[50]」從這首他二十三歲時作的「詠懷」詩的一節，可以一窺他即便進入領養家庭十餘

---

45 以下，依據拙著：《近代漢詩のアジアとの邂逅》（東京：勉誠出版，2008年），並增添新的見解。

46 鈴木虎雄：《特旨贈從五位鈴木文臺先生年譜略：附錄私塾長善館沿革略》（自費印刷，1929年）。

47 有關長善館，池田雅則：《私塾の近代》（東京：東京大学出版会，2014年）一書富有創見。

48 鈴木虎雄：《鈴木惕軒先生年譜》（京都：彙文堂，1962年）。

49 《長善館学塾史料》上（新潟：新潟県教育委員会，1974年），頁231。

50 鈴木虎雄：《豹軒詩鈔》卷3（東京：弘文堂書房，1938年），頁22-23。

年仍無法融入的心境。

實際上，虎雄在領養家庭中的關係並不圓滿。關於虎雄的處境，因為出生家庭與收養家庭雙方發生意見上的齟齬，甚至發展到法庭相見，之後虎雄又回到出生的家庭。這是一九〇四（明治37）年，虎雄二十七歲，前往台北赴任時的事情。[51]

虎雄一九〇〇（明治33）年七月東京帝國大學畢業後，進入陸羯南（1857-1907）經營、主導的日本新聞社，成為報紙《日本》的記者。一九〇三年作為《台灣日日新報》漢文部主任籾山衣州（1855-1919）的繼任者，前往台北就任。[52]一九〇四年，以漢語節譯威斯康辛大學芮恩施（Paul S. Reinsch）的《列國政策論》（*World politics: At the end of the ninteenth Century. As influenced by the oriental situation*），出版了《支那政治論》。此時居住於台灣的時間，係從一九〇三（明治36）年三月到一九〇五（明治38）年一月為止，大約兩年期間。

結束在台北的記者生活回到東京，虎雄開始邁向學者之道。一九〇八（明治41）年四月成為東京高等師範學校教授，同年十二月，任職京都帝國大學文科大學助教授，移居京都。之後到一九三八年為止的三十年間，皆在支那文學講座教學，教育了許多京都學派的學者。虎雄的主要著作有《支那詩史論》[53]、《賦史大要》[54]等等。此外，他僅憑自己一人便完成了杜甫詩作的日語翻譯，這也是他的重大業績之一，如此偉業至今仍無人能夠企及。[55]

此外，鈴木虎雄與羅振玉、王國維的親交也廣為人知。特別是因為王國維只較鈴木年長一歲，所以二人建立起相當深厚的友誼。另，一九二六（昭

---

51 參照中野目徹：《明治の青年とナショナリズム》（東京：吉川弘文館，2014年），頁240-279。

52 籾山衣洲：《激心盧日記》（大阪府立中之島図書館蔵）には，一九〇三年四月七日の条に〈大橋豹軒来社〉；同年四月十五日の条に〈大橋豹軒をして予に代らしめんがためなるべし〉とある。

53 京都：弘文堂，1925年。

54 東京：富山房，1936年。

55 《杜少陵詩集》，続国訳漢文大成（東京：国民文庫刊行会，1928-1931年）。

和7）年，虎雄也受京都帝大同僚西田幾多郎的委託，替至今依然保留在阿里山的「琴山河合博士旌功碑」揮毫撰寫石碑背面的銘文。

　　虎雄身為學者的業績自然璀璨，但他的成就絕不僅止於此，特別值得一書的是，他生涯持續創作了超過一萬首的漢詩。《豹軒詩鈔》中約有一千五百首，《豹軒退休集》[56]中收錄約七千餘首。而且尚未付梓，晚年創作的漢詩草稿群，至今仍收藏在京都大學圖書館。以下將舉他所撰漢詩為例。

　　　〈城南〉
　　城南道上草連天，遠望故鄉淚泫然，舉目山河非我土，傷心風物帶哀煙，悠悠隔國三千里，落落托生廿六年，惆悵不堪還獨立，暮雲喬木急寒蟬。

此首為他於台北所作漢詩，黃植亭評之：「景中有情，情中有景。悲歌慷慨，天地為愁而大氣仍復盤旋其間，如讀庾子山哀江南賦。[57]」

　　　〈杜詩譯解成自題其後二首〉
　　老杜文章日月光，經綸比興各擅場，千年枉托鍾期後，卻學朱家經解方。
　　理氣細微穿道體，疏箋牽強失詩精，誠心正意培根本，須賴真詩養性情。[58]

　　此為完成杜甫詩作註釋後所作的兩首漢詩，詩中提及學習朱熹的詮釋，或者陷入牽強附會則會有損詩情等情狀，透過此詩說明他進行註釋時所費苦心。

56　東京：弘文堂，1956年。
57　《豹軒詩鈔》（東京：弘文堂書房，1938年），卷4，頁11。
58　《豹軒詩鈔》（東京：弘文堂書房，1938年），卷12，頁17。

（三）長善館學習塾與燕市之子歌牌大會

　　新生的「燕市」施行了「燕為一體企劃」，其中的環節之一，便是製作「燕市之子歌牌」，這在前文頁五六二中已經提過。「燕市之子歌牌」中，有這樣的讀句：「長善館　以心承繼　燕市之子」、「鈴木虎雄　文化勳章　漢詩人」。

　　《廣報燕》一五六號使用「長善館　以心承繼　燕市之子」的歌牌繪卡作為封面，一方面介紹了文臺所創設的長善館，一方面也介紹了「長善館學習塾」這個組織，此學習塾是一個實施漢詩、歷史、英語學習，以及舉辦獨木舟划船與福祉設施訪問的學習會，預定在夏天舉辦三天兩夜的活動。[59]又，《廣報燕》一六七號使用「鈴木虎雄　文化勳章　漢詩人」繪卡為封面，並詳細介紹了長善館的創始人、歷史、之後成名的學者，以及現在的長善館史料館等。[60]

　　到了二〇一四年一月更舉辦了第一回燕市之子歌牌大會，二〇一五年一月接著辦理第二回大會，有許多小學生前來參加。舉辦者持續努力嘗試讓新生「燕市」的居民能對本地有更深的理解。

　　鈴木虎雄對鄉土帶有強烈懷思，這可以從他的漢詩中窺知。[61]他撰寫了《特旨贈從五位鈴木文臺先生年譜略：附錄私塾長善館沿革略》（自費印刷，1929年）與《鈴木惕軒先生年譜》（京都：彙文堂，1962年），整理自家私塾長善館與祖父文台、父親惕軒的資料等，都表現出他對故鄉與出生家庭的深厚情感。而他參與共著並獲頒讀賣文學賞的《良寬全集》[62]上、下卷，

59　《広報つばめ》156号，2013年9月11日。http://www.city.tsubame.niigata.jp/content/100
　　518066.pdf

60　《広報つばめ》167号，2014年3月1日。http://www.city.tsubame.niigata.jp/content/100
　　501298.pdf

61　拙著：《近代漢詩のアジアとの邂逅》（東京：勉誠出版，2008年），頁61-84、中野目徹：〈鈴木虎雄と故鄉〉，收錄於前揭《明治の青年とナショナリズム》（東京：吉川弘文館，2014年）。

62　東鄉豊治編著，鈴木虎雄、堀口大學校閱：《良寬全集》上下卷（東京：創元社，1959年）。

也可以算是他的貢獻之一。他的這些收集與整理，對於區域學有著莫大的貢獻。另外虎雄也寄贈了「琴山河合博士旌功碑」的拓本、在台灣與淺水又次郎合影的照片，以及自己的愛用品給長善館史料館，從這樣的舉止也可以察覺出他對地方的深刻思懷。像這樣虎雄與故鄉的積極連帶關係，可以說即便在他過世後五十年，燕市仍以舉辦紀念會或者使用歌牌等方式，將他與今日故鄉的狀況聯繫起來。

四 魏清德

（一）作為「心懷地方的主體」

本文冒頭介紹的岩崎正彌，也主張作為「心懷地方的主體」而生活的人們的重要性。所謂「心懷地方的主體」意味著「對地方具有一定認識的人們」，或者「對地方結構有一定貢獻的人們」，也是「不斷往內，持續向下挖掘本質的人們。」岩崎認為，這與是否留在當地無關，也與從事的職業無關。此處將透過此一「心懷地方的主體」概念，試著回顧拙論中登場的幾位人物。暫不論早逝的琴水，例如推進琴水研究的多賀秋五郎，專心致志追尋自家私塾與祖父、父親業績的鈴木虎雄等——這二位都未回到當地故鄉，但他們仍可說是「心懷地方的主體」。

那麼，台灣的狀況又如何？從結論而言，本章所提及的魏清德，也能說是「心懷地方的主體」吧。魏清德在急速邁向現代化，而且又是在日本統治之下的台灣，思考「身為台灣人應該如何生存」，持續借鑒台灣的地政學位置，以台灣人精神為基軸作為「心懷地方的主體」，以下將嘗試由此面向來思考魏清德。

（二）在湯島聖堂的思索

一九三五年四月，魏清德前赴東京。此行是為了參加四月二十八日作為

湯島聖堂新建紀念的孔子祭，以及同月三十日的儒道大會。一九三五年，魏清德參加了湯島聖堂的孔子祭典與儒道大會。

　　湯島聖堂（位於現在的東京都文京區），原本是儒學者林羅山宅邸內的孔廟（先賢殿），一六九〇（元祿3）年由五代將軍德川綱吉遷移至現址，經過大規模改建，成為幕府官學之府的緣起。一七九七（寬政9）年，十一代將軍德川家齊於同址開設「昌平坂學問所」，此一被稱為今日東京大學始祖的官方學問所，具備足堪自誇的威容。一九二三（大正12）年因關東大地震受災，建築物燒毀，之後由建築家伊東忠太設計建設新的建築，竣工儀式的舉行，便是在一九三五（昭和10）年的四月。魏清德參加的孔子祭與儒道大會，便算是竣工後祈福的儀式。[63]湯島聖堂的復興紀念儀式，由斯文會[64]企劃辦理，接受阪田方朗「因深鑑於時勢，為結合同文同種的亞洲民族，並以資世界和平，應以東亞諸國共享之儒學思想為中心，興辦一大會議」的提案，進而決定舉辦儒道大會。[65]

　　透過與天津、北平、濟南、上海、南京、長沙等日本領事、滿州帝國文教部暨帝國大使館、朝鮮、台灣兩總督府等和議，決定了各地的出席者。台灣方面，由台北帝國大學教授今村完道、《台灣日日新報》魏清德、竹社社長鄭養齋三人出席。

　　儒道大會當日的演說中，魏清德有如下發言：

　　　惟孔夫子之教為我東洋道德之中心，其教誨應始於日常之道，其手段在明明德，在親民，在止於至善之治國平天下之學，又使萬物各得其所。然孔夫子之道誠博大，遂不為當時天下所容，雖孔夫子之道不為

63　鈴木三八男編：《聖堂物語——湯島聖堂略志》（東京：斯文会発行，1989年）、〈湯島聖堂　史跡の全容〉http://www.seido.or.jp/whole.html 等參照。

64　斯文会は一九〇六（明治39）年の孔子祭典会の創立に始まる。大正八年第十三回祭典後，祭典会を吸収して斯文会が成立した。

65　〈儒道大会開催に至る経過概要〉，福島甲子三編集：《儒道大会誌》（東京：斯文会，1936年），頁12。

當時天下所容，仍無損孔夫子之道，幸而孔夫子精神傳至日本帝國，
其教誨與我國體及國民性渾然成為一體，作為教誨餘澤我國致力於明
治維新大業，又如今日得見眼下帝國達此隆盛，願孔夫子教誨不僅為
東洋的教誨，亦希望其教誨將愈益普及全世界人類。[66]

當時的日本漢學者，將孔子之道與日本固有民族特性融合一體、與日本
國體合為一體，抱持著一種形成日本精神的日本中心主義孔子觀。[67]黃美娥
分析魏清德的言說，主張那是以日本為主體的東洋文明觀[68]，本文也未脫離
此論述脈絡，不過或許也該認識到魏清德的真意，就是即便以日本為主軸，
但他並不拘泥在日本。[69]魏清德透過在湯島聖堂參與儀式的經驗，往後對台
灣的影響及意識到台灣的未來這點，值得人們注目。在他題名為《東遊紀
略》的遊記上有如下的描述。

例如，當他在大會的傳單中看到夾在其中的頌德歌[70]便說：「為小學校
之唱歌用附之印刷。廣頌全國諸校。此後台灣祭聖。使公學校兒童習唱。為
極有意義也。[71]」順帶說明，頌德歌為四句七五調、總共四節所組成，第一
節稱讚孔子的偉業，第二節歌頌孔子思想乃基於「仁」而成立，第四節則讚
譽湯島聖堂。他描述孔子「台灣祭聖」與有意義一句，也饒富深意。此外，
他也說明「台灣晚近人口驟增。有論再三十年後且度越千萬人以上。南華南

---

66 〈儒道大会の記〉，前揭《儒道大会誌》（東京：斯文会，1936年），頁45-46。

67 〈日本的孔子教〉為服部宇之吉使用的詞彙。參照子安宣邦「近代中国と日本と孔子
教」，《「アジア」はどう語られてきたか──近代日本のオリエンタリズム》（東京：
藤原書店，2003年），頁199-236等。

68 黃美娥：〈別類現代性──《台灣日日新報》記者魏盛德的文明啓蒙論述〉，《重層現代
性鏡像》（台北市：麥田出版，2004年），頁183-235。

69 關於魏清德於湯島聖堂演講取自拙著：《近代漢詩のアジアとの邂逅》（東京：勉誠出
版，2008年），頁224-230。拙論於資料上雖由重複，但之後的研究以此為基礎，並對
論述進行了調整。

70 頌德歌製作於昭和元年。以懸賞募集方式作成之歌曲。〈第二十九回孔子祭典〉，前揭
《儒道大会誌》（東京：斯文会，1936年），頁101。

71 〈東遊紀略（其七）〉，《台湾日日新報》12638号，1934年6月7日。

洋之發展策及移民。是其必要。若然則漢文力。那予為涵養」。「若台灣此後漢文種子絕滅。則是自絕海外發展之途」[72]，說明他已認識到台灣的海外發展與移民，並力陳「漢文力」。

如前所述，阪田方朗「為結合同文同種的亞洲民族，並以資世界和平」而提議「以東亞諸國共享之儒學思想為中心，興辦一大會議」，因此舉辦了儒道大會。魏清德雖然也前往東京參加，但他一路所見，則完全是台灣的未來。這也讓人感受到魏清德身為啟蒙家的真髓。

（三）啟蒙家魏清德

魏清德（1886-1964）的簡歷，或許沒有必要在此特別介紹，但仍簡單做一說明[73]。魏清德字潤庵，生於新竹。出生於一八八六年，也就是清光緒十二年。畢業自新竹公學校，總督府國語學校師範部，並通過第二次普通文官試驗，成為公學校的訓導。一九一〇年辭去教員職位改任《台灣日日新報》記者。之後從事記者工作達三十餘年。

年幼時期起便受父親的漢詩漢文薰陶，養成了卓越的漢詩文能力。在報紙上發表的時事批評或對文明的評論、以文言寫就的通俗小說等，正是魏清德發揮學識本領之處。魏以詩人身分而馳名，晚年更被選為中華民國桂冠詩人。他亦是一九一〇年瀛社最初的會員之一，一九五三年接續謝雪漁之後，成為第三任的社長。久保天隨創設「南雅詩社」時，社員除魏清德之外皆為日本人，魏清德成為會員後，也參加了每個月一次的聚會，與尾崎秀真、國分青崖、上山蔗庵、館森袖海、久保天隨等多位日本人親交，成為從明治到昭和時期，研究日本漢詩文之際不可忽視的存在。

---

72 〈東遊紀略（其十）〉，《台灣日日新報》12650号，1935年6月19日。
73 〈魏清德先生年表〉，黃美娥主編：《魏清德全集》7卷（台南市：國立臺灣文學館，2013年），頁264-322。

（四）區域學的學術性深化

以上，以身為「心懷地方的主體」的魏清德為例，摘要了他在儒道大會及其後遊記中的言說。鈴木虎雄既是「心懷地方的主體」，現在更進一步成為有助「場域教育」的地方偉人而受人矚目。從這個角度來看，魏清德也是位等待著被認識的偉人，可說是等著被活用於「場域教育」中的一人。

魏清德與白川琴水或鈴木虎雄的相異之處，有如下不可忽略的二點。其一是擁有全集，其二是新竹以當地區域為主題舉辦了國際性的學術研討會。

從區域學、區域教育學來處理漢詩文時，資料收集必不可欠。之後還必須解讀資料。關於魏清德，他的發表場域是報紙，為了閱讀他的文章便須仔細審視報紙，除了逐一找出他發表過的文章別無他法。想要將小說與遊記的連載毫無遺漏的找出，對一般讀者而言並不容易，但因全集的出版，讀者便可輕鬆閱讀所有魏清德的言說論述。魏清德過去思考過什麼，主張過什麼，因為有了全集，甚至國中、高中生都可以輕易接觸閱讀。進而，持續性的舉辦研討會，也讓專家們的解讀得以公開，一躍成為討論的標的，換言之，這就是作為主體回歸性學習活動的「場域教育」，而我們也可以說，新竹正在進行此種實踐。

五　結語

本論文冒頭介紹了岩崎題上的「場域教育」一詞。[74] 作為「住民了解地方、培育地方的方法」來活用的，例如有祭典或傳統活動、當地產業、生態系統等與村落共同體相關的各種事物。[75] 岩崎舉出的例子當中，其中之一是

---

74 岩崎正弥・高野孝子：《場の教育：「土地に根ざす学び」の水脈》（東京：農山漁村文化協会，2010年），頁27-30。

75 岡崎友典、夏秋英房：《地域社会の教育的再編：地域教育社会学》（東京：放送大学教育振興会，2012年），〈地域文化の継承と創造（1）〉、〈地域文化の継承と創造（2）〉，頁145-176。

飯田市立下久堅小學校。下久堅地區被稱為「全村漉紙成村」，其和紙製造傳統雖曾一度中斷，但在公民館（市民活動中心）的年長者與小學的孩童們攜手下，出現讓傳統和紙生產重新復活的案例。從楮樹的栽培、砍取、煮沸楮皮等開始，一直到漉紙（又稱抄紙，將紙漿以竹簾撈取成紙的過程）、製作畢業證書與風箏等，舉辦了各種活動。[76]為了將漢詩文文化再度形塑為地方固有文化，可從發掘過往的漢詩文開始，最終也讓地方的孩子們能創作漢詩，以毛筆書寫過去的漢詩，甚至可以加上曲調等，與各種創造性的活動連結大概是必要的。這也是漢詩文研究者們今後肩負的課題。

此外，文中從「心懷地方的主體」概念，舉了多賀秋五郎、鈴木虎雄、魏清德等例子。在故鄉是否有能夠讓人繼續維持生活的職業，鄉土的管理方法應該如何等問題，肯定人們都會抱持相當大的關注。不過，與這些現實中關心的事物處於不同次元，或許我們也可以從身為「心懷地方的主體」並得以生活下來的先學前輩們身上，獲得些許啟示。

---

76 前揭《場の教育》131頁，頁166-167。

參考文獻

一　近人專著

会田範治　《改訂増補近世女流文人伝》　東京　明治書院　1961年

池田雅則　《私塾の近代》　東京　東京大学出版会　2014年

岩崎正弥、高野孝子　《場の教育：「土地に根ざす学び」の水脈》　東京　農山漁村文化協会　2010年

猪口篤志　《女性と漢詩──和漢女流詩史》　東京　笠間書院　1978年

王德威、廖炳惠、松浦恆雄、安部悟、黃英哲編　《帝国主義と文学》　東京　研文出版　2010年

岡崎友典、夏秋英房　《地域社会の教育的再編：地域教育社会学》　東京　放送大学教育振興会　2012年

郭　穎　《漢詩與和習：從東瀛詩選到日本的詩歌自覺》　廈門　廈門大學出版社　2013年

清岡卓行　《詩礼伝家》　東京　講談社　1992年

久保天隨　《茶前酒後》　自刊本　1929年

子安宣邦　《「アジア」はどう語られてきたか──近代日本のオリエンタリズム》　東京　藤原書店　2003年

黃美娥　《重層現代性鏡像》　台北市　麥田出版　2004年

黃美娥　《古典臺灣──文學史・詩社・作家論》　台北市　國立編譯館　2007年

黃美娥主編　《魏清德全集》全八冊　台南市　國立臺灣文學館　2013年

興膳宏　《杜甫のユーモア　ずっこけ孔子》　東京　岩波書店　2014年

白川琴水　《本朝形史列女伝》　京都　大谷仁兵衛、杉本甚助出版　1889年

白川琴水　《琴水小稿》　1886年3月　菊池三渓序

鈴木虎雄 《特旨贈從五位鈴木文臺先生年譜略：附録私塾長善館沿革略》 自印本 1929年

鈴木虎雄 《支那詩論史》 京都 弘文堂 1925年

鈴木虎雄 《賦史大要》 東京 富山房 1936年

鈴木虎雄訳注 《杜少陵詩集》、続国訳漢文大成 東京 国民文庫刊行会 1928-1931年

鈴木虎雄 《豹軒退休集》 東京 弘文堂 1956年

鈴木虎雄 《鈴木惕軒先生年譜》 京都 彙文堂 1962年

鈴木虎雄 《豹軒詩鈔》 東京 弘文堂書房 1938年

鈴木三八男編 《聖堂物語──湯島聖堂略志》 東京 斯文会発行 1989年

東郷豊治編著 鈴木虎雄、堀口大學校閲 《良寛全集》上・下 東京 創元社 1959年

高山市編 《高山市史》第1-3巻 高山 高山市出版 1981-1983年

高山女性史学習会編 《写真記録飛騨の女性史》 長野 郷土出版社 1993年

多賀秋五郎 《濃飛史研究序説》 岐阜 教育出版文化協会 1989年

土屋弘 《日本同人詩選》 土屋弘出版 1883年 王宝平主編 《中日詩文交流集》 上海 世紀出版集団・上海古籍出版社 2004年

中野目徹 《明治の青年とナショナリズム》 東京 吉川弘文館 2014年

新潟県教育委員会 《長善館学塾史料》上・下 新潟 新潟県教育委員会 1974年

平野健次監修、解説 CD《箏曲地歌大系》解説書 東京 ビクター・エンタテイメント株式会社 1996年

復刻版 《高山市史》 高山 高山印刷株式会社印刷 発行 1981年

福島甲子三編集 《儒道大会誌》 東京 斯文会 1936年

松浦恆雄、垂水千惠、廖炳惠、黃英哲主編 《越境するテクスト：東アジア文化・文學の新しい試み》 東京 研文出版 2008年

水上珍亮編　《日本閨媛吟藻》　東京　奎文堂　1880年　《詞華集日本漢
　　　詩》第11卷　東京　汲古書院　1984年

森銑三　《森銑三著作集続編》第8巻-第9巻　東京　中央公論社　1993年-
　　　1994年

籾山衣洲　《澂心廬日記》　大阪府立中之島図書館蔵

兪樾編　《東瀛詩選》　1881年　影印本佐野正巳編　《東瀛詩選》　東京
　　　汲古書院　1981年

若桑みどり　《皇后の肖像》　東京　筑摩書房　2001年

拙　著　《近代漢詩のアジアとの邂逅》　東京　勉誠出版　2008年

二　期刊論文

岩田遵子　〈近現代の歴史学習における人物（地域素材）の教材開発研
　　　究：「若槻礼次郎」と「福田平治」の教材化と授業実践を通じ
　　　て〉　《島根大学大学院教育学研究科「現職短期1年コース」課
　　　題研究成果論集》第4期　2013年　頁51-60

川邉雄大　〈《東瀛詩選》編纂に関する一考察：明治漢詩壇と日中関係と
　　　の関わりを中心に〉　《日本漢文学研究》第8号　2013年3月　頁
　　　41-68

柯喬文　〈文學成史：殖民視域中的久保天隨與其支那文學〉　《中極學
　　　刊》第6輯　2007年12月　頁45-66

桐谷忠夫　〈飛騨学の会〉　《斐太紀：「飛騨学の会」設立記念誌》
　　　2009年　頁2-3

岐阜県ＰＴＡ連合会　《わが子の歩み》第35巻5号　1985年　頁52-55

黃美娥　〈久保天隨與臺灣漢詩壇〉　《臺灣學研究》7　2009年　頁1-27

蔡　毅　〈陳曼壽と《日本同人詩選》〉　《国語国文》第72巻第3号　頁
　　　705-725

蔡　毅　〈陳曼壽与《日本同人詩選》〉　《中国詩学》第9号　2004年6月
　　　頁172-181

仁井田陞　〈（書評）多賀秋五郎編著「宗譜の研究」（資料篇）〉　《法制
　　　　史研究》第12号　1962年　頁276

日野龍彦　〈陳曼壽と日本漢詩人の交流について〉　《成蹊国文》48号
　　　　2015年　頁57-71

宮崎まゆみ　〈地歌「黒髪」・長唄「黒髪」に関する一考察〉　《東洋音
　　　　楽研究》第49号　1984年　頁39-49

弓削繁　〈延慶本平家物語の加藤次景廉武勲譚：古文学習における地域素
　　　　材の活用〉　《岐阜大学教育学部研究報告　人文科学》第59巻第
　　　　1号　2010年　頁15-24

拙　著　〈新しい台湾漢文学史の試み──黄美娥「台湾古典文学史序
　　　　説」〉　《野草》第75期　2005年3月　頁129-132

拙　著　〈詩筆清秀不染塵氣：試論近代日本女性漢詩人白川琴水及其《琴
　　　　水小稿》〉　《臺灣古典文學研究集刊》第2號　2009年12月　頁
　　　　181-216

同〈地歌を漢詩に─白川琴水とその漢詩をめぐって─〉　《書法漢學研
　　　　究》第8号　2011年1月　頁23-31

同〈白川琴水《本朝形史列女伝》についての初歩的考察──願生寺所蔵本
　　　　を手がかりとして〉　《斐太紀》通巻11号　2014年9月　頁39-51

三　報紙新聞

《日本経済新聞》　2010年1月25日付

《台湾日日新報》（CD-ROM）

四　電子媒體

教育基本法（平成18年法律第百二十号）

http://www.mext.go.jp/b_menu/houan/kakutei/06121913/06121913/001.pdf）

文部省　〈改訂の基本的な考え方〉

http://www.mext.go.jp/a_menu/shotou/new-cs/idea/1304378.htm

燕・吉田・分水合併推進協議会 HP

http://www.city.tsubame.niigata.jp/gappei/index.html

〈3億台の iPod を支える世界一の磨き屋集団！新潟県燕市の「磨き屋シン
　　　ジケート」〉　http://chiikigoto.com/2012/10/11/01-33/

〈新潟市出身の絵本作家、黒井健さんが原画を描いた燕市のご当地かるた
　　　「つばめっ子かるた」一般販売用が26日発売〉　2012年4月27日
　　　http://www.kenoh.com/2012/04/27karuta.html

〈素晴らしい「かるた」が出来ました：燕市長　鈴木力の日記〉　2012年
　　　3月22日　http://suzukitsutomu.seesaa.net/article/259208183.html

《広報つばめ》一五六号　2013年9月11日

http://www.city.tsubame.niigata.jp/content/100518066.pdf

《広報つばめ》一六七号　2014年3月1日

http://www.city.tsubame.niigata.jp/content/100501298.pdf

〈湯島聖堂　史跡の全容〉　http://www.seido.or.jp/whole.html

以合作學習教學及跨國線上合作方式
提昇新竹在地華語教師的專業

劉宜君[*]

摘要

　　隨著全球華語學習市場逐漸擴展，投入華語教學行列的學習者亦日益增加。然而，如何提供華語職前教師充分的實習環境，使其學習有效地與外語學習者互動成了一極大的課題。本研究旨在利用實體教學及跨國網路教學實習的方式來提升國立新竹教育大學華語職前教師的專業教學經驗；並藉由合作學習教學的模式，設計多元且全面的課程，引導實習教師在社群互動中完成各項的實習任務，提升教師自我教學效能。課程設計的理論架構是以Bandura（1994）所提出的自我效能（self-efficacy）和 Tschannen-Moran 與Hoy（2001）的教師效能理論為基礎，將影響教師認知與自我教學效能發展的主要因素列入考量，設計多元的實習活動，及建立評估教師表現的範疇。研究對象包括十八位華語職前教師，而參與的外籍學習者囊括了新竹地區的華語初級學習者與德州三立大學的學生，蒐集的資料包括前測、後測、職前教師教學省思過程記錄，及各項教學評量結果。

關鍵詞：師資培訓、合作學習、華語文教育

---

* 　清華大學中國語文學系助理教授。

一　前言

　　學習華語文在近幾年來蔚為全球風尚，投入華語教學與學習的人數因而迅速增加，中文的教學模式也為了應付不同的需求與區域的文化，逐漸地改變與發展。教中文為第二語言或外語的師資培訓方式陸續地從區域化的訓練方式，發展到國際化、多元化的專業發展。因此，今日的華語教師除了要有專業的知識與教學技巧，更需要培養面對不同教學情況與學習需求的應變能力及溝通技巧，以便面對來自於全球各地華語教師的競爭。

　　我國政府在致力於發展與推廣華語教學與學習方面，除了鼓勵各大專院校設立華語文相關的教學、學習機構，亦提供資訊與相當的資助讓華語職前教師能有機會至海外實習。然而並非每個職前教師都有機會申請到補助，或者有能力出國實習，也非每個華語師資培訓機構都可提供固定的外籍生員，予以職前教師進行教學實習。因此華語教學機構在執行培訓時，主要必須面對兩個影響華語教師學習發展的關鍵問題：第一，提供實際教學的實習環境。面對實際教學環境的能力及培養教學經驗為提高職前教師自信的關鍵因素之一（Ashton and Webb, 1986；吳貞慧，2015）。[1]Hanif（2010）指出，新進老師常常會因為教學經驗不足，而感到壓力，對自己的表現不滿，甚至造成專業自信低落。因此，華語教學訓練機構必須要能提供實境的經驗，才能使職前教師意識到如何面對各種可能的狀況及其解決方法，與將其獲得的知識學以致用，進而提高自我的教學自信與成就。[2]第二，對使用外語（英語）教學的自信。由於訓練課程大都以中文進行，華語職前教師可能會因為

---

[1]　Patricia T. Ashton and Rodman B. Webb, *Making a difference: Teachers' sense of efficacy and student achievement* (White Plains, NY, Longman Inc., 1986)、吳貞慧：〈新竹在地華語師資培訓課程設計與實習──以竹教大碩班華語教學實習課為例〉。載於陳惠齡（主編）：《傳統與現在：第一屆臺灣竹塹學國際學術研討會論文集》（台北市：萬卷樓，2015年），頁339-362。

[2]　Rubina Hanif, *Teacher stress, job performance and self-efficacy among women teachers: Stress, performance and self-efficacy in teachers* (Saarbrucken, Germany, Lambert Academic Publishing AG & Co. KG, 2010).

自己在課堂中是否能有效地以外文溝通而感到緊張或焦慮；即使學生的標的語為指導老師的母語，倘若無法成功地與學生溝通，可能會嚴重的影響學生的理解、學習、認知，甚至於左右他們的學習動機（Cammarata, 2012）；[3]而學生反應的好與壞，更會影響老師對教學的自信及對自我的期許（Ashton and Webb, 1986; Bandura, 1994）。[4]

Bandura（1997）指出環境是學習成功的關鍵，尤其學習環境中之專業成就經驗（mastery experience）的培養、觀察能引發同感之成功經驗（vicarious experience）的提供、社群的支持（social persuasion），及正面心理與情緒狀態（psychological states）之維持，是左右教師自我效能與專業認知發展的重要因素。[5]Tschannen-Moran 與 Hoy（2001, 2007）發現越是有高度效能表現的教師越是能面對教學環境中的挫折、獨立抉擇合適的教學策略、表現自信和不易焦慮的態度。[6]但若教學的環境中沒有完整地考量各項相關因素及提供各項專業成長的機會，教師不但教學表現效能低、對自己的教學沒自信、容易感到慌張與焦慮，甚至覺得自己的職業不具前瞻性（Liu and Sayer, 2016）。[7]

3　Laurent Cammarata, "Content and language integration in K-12 contexts: Student outcomes, teacher Practices, and stakeholder perspectives," *Foreign Language Annals* 45 (2012): 528-553.

4　Patricia T. Ashton and Rodman B. Webb, *Making a difference: Teachers' sense of efficacy and student achievement* (White Plains, NY, Longman Inc., 1986)、Albert Bandura, "Self-efficacy" in *Encyclopedia of Human Behavior*, ed. V. S. Ramachandran (New York, Academic Press, 1994), pp.71-81.

5　Albert Bandura, *Self-efficacy : The exercise of control* (New York, W. H. Freeman, 1997).

6　Megan Tschannen-Moran and Anita Woolfolk Hoy, "Teacher efficacy: Capturing an elusive construct," *Teaching and Teacher Education* 17 (2001): 783-805、Megan Tschannen-Moran and Anita Woolfolk Hoy, "The differential antecedents of self-efficacy beliefs of novice and experienced teachers," *Teaching and Teacher Education* 23 (2007): 944-956.

7　I-Chun Liu and Peter Sayer. "Reconciling Pedagogical Beliefs and Teaching Practices: Chinese Teachers and the Pressures of a U.S. High School Foreign Language Context." *The Journal of Language Teaching and Learning* 6.1 (2016): 1-19.

　　為了提升職前教師的專業效能與考慮各項影響教師信念的因素，Opfer 和 Pedder（2011）建議教師的培養與訓練應該要涉及多樣的學習活動，使職前教師了解教學可能造成的因果關係、師生應有的互動方式，以及可能發生各種狀況。[8]Putnam 和 Borko（2000）認為多元的學習活動以不同角度引導職前教師學習、思考，於不同情境中刺激其專業認知發展、自我省思、解決問題的能力，並利用與不同專業互動方式，了解如何連結理論與實作，以提高教學的能力與自信度。[9]劉宜君與曾金金（2016）以實體、多媒體教學，與合作學習、引導討論、定期省思等多元方式培訓職前教師，不管在質與量方面皆發現教師在其專業的反應與自信方面皆有了顯著的成長。

　　因此，本課程設計旨在整合各項主要影響教學發展的因素，並利用合作學習與結合線上教學的方式設計多元化的課程，擴展職前教師的教學經驗與專業認知發展。課程設計層面包括：一、利用實體與多媒體的方式增加實習的機會；二、透過協同教學的模式強化教學專業；三、提高職前教師對華語學習者溝通的自信與能力；四、提升華語教師的教學效能。

　　以下便就學生的來源、各項任務的設計與安排、評量與回饋的結果，以及教學成果等進行討論。

二　華語學生的來源

（一）　新竹地區的華語學習者

　　全球化的經濟與科技發展，透過工作的機會或姻緣的結合，台灣湧進了不同語言及文化背景的人口。根據內政部移民署與戶政司，直至二〇一五年六月底，全台的外籍人士（不含大陸人士）共有七十七萬五千人，百分之八

8　V. Darleen Opfer and David Pedder, "Conceptualizing teacher professional learning," *Review of Educational Research* 81, 3 (2011): 376-407.

9　Ralph T. Putnam and Hilda Borko, "What do new views of knowledge and thinking have to say about research on teacher learning?" *Educational Researcher* 29, 1 (2000): 4-15.

十六來自於東南亞國家；而位於新竹地區的外籍勞工與外籍配偶的共有三萬九千九百人（如表1），外籍勞工主要來自於泰國、菲律賓、印尼、馬來西亞及越南，而外籍配偶除了東南亞國家，亦包括美國與日本。目前教育部於各地設置了新住民重點學校，希望能改善外籍配偶的語言問題，但是仍無法照顧到每個地區的外籍配偶，例如新竹地區僅有十九所點學校（內政部、教育部，2014），包括十三所在新竹縣，六所在新竹市。

表一　新竹縣市外籍勞工、外籍配偶人數（104年6月底）

	外籍勞工			外籍配偶			合計		
	男	女	計	男	女	計	男	女	計
新竹縣	9423	14761	24184	358	1266	1624	9781	16027	25808
新竹市	2765	10018	12783	369	940	1309	3134	10958	14092
合計	12188	24779	36967	727	2206	2933	12915	26985	39900

資料來源：內政部移民署與戶政司

　　除了外籍勞工，來台的外籍人士所參與的職業亦包括記者、教師、醫生、護理人員、傳教士、技工技匠、船員、家務，以及學生，主要來自於歐美及其他亞洲國家（如表2）。來台工作、生活，學習華語可以幫助這些外籍人士滿足生活上的各項需求，在新竹地區，除了私立學校或補習班外，清大與交大的語言中心提供華語課程的學分班，新竹市外國人協助中心[10]亦有一對一免費華語輔導的機會；而自本校開始進行免費華語教學課程，陸陸續續協助了許多華語學習者，獲得相當的好評。

10　已於一〇五年停止一對一華語輔導輔導服務。

表二　一〇三年（2014）新竹縣市外僑居留人數（Foreign Residents）

單位：人（Unit: Person）

年底及地區別 End of Year & Locality		新竹縣 Hsinchu County	新竹市 Hsinchu City
美國	U.S.A.	296	465
英國	U.K.	35	50
法國	France	15	32
德國	German	9	33
日本	Japan	151	578
荷蘭	Netherlands	3	14
西班牙	Spanish	5	5
葡萄牙	Portugal	1	3
丹麥	Denmark	─	3
瑞士	Switzerland	1	2
瑞典	Sweden	3	21
韓國	Korea	133	227
馬來西亞	Malaysia	298	799
印尼	Indonesia	5,652	4,582
菲律賓	the Philippines	11,514	4,623
泰國	Thailand	2,335	562
新加坡	Singapore	105	79
印度	India	33	433
加拿大	Canada	48	66
比利時	Belgium	2	2
義大利	Italy	3	9

奧地利	Austria	1	5
澳洲	Australia	11	24
越南	Vietnam	5,234	1,656
挪威	Norway	1	—
芬蘭	Finland	—	7
無國籍	Stateless	—	13
其他	Others	127	519
計	Total	26,016	14,812
總計	Grand Total	40,828	

資料來源：內政部入出國及移民署。

（二） 線上華語學習者

今日的華語教學除了實體教學以外，線上的課程亦日益普遍。職前教師可以利用課堂以外的時間實習，以便增加其教學經驗、與華語學習者互動的機會。因此，筆者聯繫美國德州三立大學（Trinity University）的中文系，希望藉由線上輔導的機制幫忙其學生有更多機會練習中文，同時提供我校的職前教師學習如何與外籍人士進行有效地溝通。

因為首次執行，在與三立大學老師溝通後，只邀請第三、四能力等級[11]的華語學習者參與此次的線上輔導，其考慮的因素有二：一、希望減輕華語職前教師面對外籍學習者時溝通上的壓力。輔導的過程中，職前教師大部分的時間以中文溝通，不需要擔心其外語的程度高低，其互動的過程中主要需思考如何簡化自己的語言、發音清晰正確、善用肢體動作，甚至可以打字、圖片顯示的方式輔佐其教學。二、降低華語學習者溝通的焦慮。在不熟悉所學的二語或外語的情況下，與不熟悉的母語者溝通時，學習者容易產生焦慮

---

11 此華語能力等級是由該校自訂，非根據任何華語測驗評定。

的現象（Brown, 2007）[12]，甚至可能影響其學習的動機。因此，選擇已有中文基礎的華語學習者，可確定其對學習中文已有相當的動機，且懂得基本的溝通、如何提出問題，讓這首次的線上互動能順暢進行。

三 實習模式設計

國立新竹教育大學在一百學年度第二學期首次於大學部開設華語實習課程，規劃的內容除了認識各項教學法、練習教案設計、觀察在職教師教學、了解教學實務與教學時可能發生的各項狀況，亦提供實習生教學機會予以實踐其教學理念，及感受真實的互動教學。然而由於校區並未設置華語中心，執教者必須製造機會讓實習生能接觸華語教學場域、進行教學實習。於一百學期，每位職前教師有二十分鐘面對同儕進行教學實習；一〇一年開始以免費學習的機會招收華語學習者，予以職前教師每週九十分鐘輪流面對小班的外籍學習者進行教學，並參訪華語中心，及觀摩華語在職教師的教學。然而，九十分鐘的實習、課堂的演練，以及校外的觀摩對職前華語教師的實際教學經驗累積，尚仍不足，尤其教學的執行的過程中交織著多項的變數、細節，是職前教師無法於單次的教學中體會的，其實習領域與時間必須要再擴充。

此多元教學實習的目的是為了提升華語職前教師之對外的溝通能力與教學效能，此理念於一〇三學年度第二學期（2014年2月至7月）在竹教大華語學分學程開設之「華語文教學實習」課程中執行，實習模式的設計方式是以 Bandura（1971, 1994）所提出的自我效能（self-efficacy）理論[13]，與

---

12 H. Douglas Brown, *Principles of language learning and teaching* (White Plains, NY, Pearson Longman, 2007).

13 Albert Bandura, *Social learning theory* (New York, General Learning Press, 1971)、Albert Bandura, "Self-efficacy" in *Encyclopedia of Human Behavior*, ed. V. S. Ramachandran (New York, Academic Press, 1994), pp.71-81.

Tschannen-Moran 和 Hoy（2001）的教師效能研究結果為課程設計主軸[14]，歸納出可能影響教師表現之因素，設計多元的任務刺激華語職前教師的認知、學習動機、專業經驗發展，從實習的過程中，累積專業相關的成功經驗，同時觀察及學習他人有效的執行方式，並在實習的過程中，與同儕和指導專業有相當正面的互動，不斷地反思其學習的過程與結果，培養對華語教學的正向思考。

此為期十八週的課程整合了多元實習活動（如圖1），包括華語教學相關章節討論、教學法的認識、教案與活動設計、教學觀摩、語言中心參訪、宏

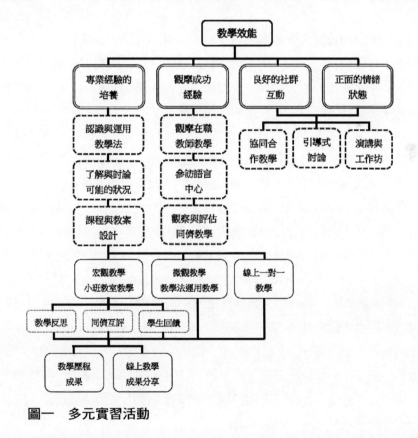

圖一　多元實習活動

---

14 Megan Tschannen-Moran and Anita Woolfolk Hoy, "Teacher efficacy: Capturing an elusive construct," *Teaching and Teacher Education* 17 (2001): 783-805.

觀教學、微觀教學、線上華語教學、工作坊與演講、教學自我省思、教學觀摩學習與心得、同儕教學互評、上課學生心得回饋、自我教學歷程，與線上教學成果分享；並利用合作學習的方式，讓職前教師在面對實際教學時，能有夥伴可以討論、互相鼓勵，降低經驗缺乏可能造成的焦慮、壓力；並依三個不同的階段依序進行，循序協助職前教師培植專業經驗。以下便依照各個階段，分別敘述與討論各項實習活動的進行方式。

（一）第一階段：基本知識養成與認識華語教學

第一階段的目的是熟習華語教學基本的專業知識、各教學法以及認識語言教學上可能面對的狀況。學習活動包括章節討論、課程與教案設計、觀摩在職教師上課與心得報告、線上學習夥伴配對、部落格製作，以及與合作夥伴討論並決定其宏觀教學、微觀教學的主題與教案設計方向。

章節討論每次以小組的方式就章節重點進行討論，並列出相關問題；然後以全班討論的方式分享各小組的發現與討論結果，並針對各個問題提出解決方法。此討論活動可讓職前教師了解與華語教學相關的各種教學情境，進而引導其設計有效的華語學習課程與教案。討論的主題主要分成三個部分：第一，認識新手老師可能或經常發生的狀況。在課程的前幾週中，每次都會安排一段時間引導職前教師們討論宋如瑜（2013）書中指出的各種新手老師可能發生的狀況、分享個人或觀察的經驗，及討論狀況發生的理由與如何應付類似狀況的產生。[15]第二、認識常用的語言教學方法與策略，及思考如何運用於華語學習教室裡。利用 Larsen-Freeman and Marsh（2011）一書中所歸納的教學方法、原則，[16]並搭配線上相關的教學影片，幫助職前教師認識各項實用教學法的精神、目地、互動的方式、相關策略的運用，同時利用兩人一組的方式，（1）選擇可運用於接下來微觀教學中使用的教學法，（2）並

---

15 宋如瑜：《華語教學新手指南——實境點評》（台北市：新學林出版社，2013年）。

16 Diane Larson-Freeman and Marti Anderson, *Techniques & principles in language teaching* (New York, Oxford University Press, 2011).

且決定其宏觀教學的主題（如表3）。第三、了解如何設計有效的教案與語言
學習課程。先利用徐子亮與吳仁甫（2008）書中對外華語教學的要點，幫助
職前教師了解教案與課程的設計基本結構；[17]接著介紹「歐洲語言共同架
構」（CEFR, Common European Framework of Reference for Languages）中對
語言能力表現的分類，包括對各項語言技巧在不同能力等級應有的表現，讓
職前教師了解各層次的語言能力的指標，以便其設定課程目標，對教材內容
設計亦有較明確的方向；最後，每組職前教師針對其選定之主題，設計適合
初級華語學習者的課程，包括教案與教材的設計。在選擇其教學主題之後，
各組職前教師選擇其負責的週別，並開始進行其教案與課程設計。宏觀教學
為九十分鐘的課程，微觀教學則為三十分鐘。

表三　一〇三學年第二學期宏觀教學與微觀教學主題

課程	週別	宏觀教學主題 （小班實際教學）	微觀教學主題 （教學法運用）
1	9	Chinese New Year 中國新年	The Silent Way 默式教學法
2	10	Clothes 服裝	Desuggestopedia/Suggestopedia 暗示教學法
3	11	Market Shopping 市場購物	The Communicative Approach 溝通教學法
4	12	Travel by Train 火車旅行	Direct Method 直接教學法
5	13	Tableware 認識餐具	Audio-lingual Approach 聽說教學法
6	14	Chinese Zodiac 十二生肖	Total Physical Response 肢體反應教學法

---

17 徐子亮，吳仁甫：《實用對外漢語教學法》（台北市：新學林出版社，2008年）。

課程	週別	宏觀教學主題 （小班實際教學）	微觀教學主題 （教學法運用）
7	15	Dragon Boat Festival 端午節	Cooperative Language Learning 合作學習法
8	16	Food & Dining 食物與用餐	Community Language Learning 團體語言學習法
9	17	Locations & Directions 地點與方向	Task-based Learning 任務型學習

　　線上教學是指導外籍華語學生在部落格（Blogger）上的寫作內容，以及如何正確的表達。此階段主要先讓華語學習者與職前教師各自完成自己的部落格內容，並分組、介紹他們相互認識、交換聯絡的方式，與討論可行的線上互動時間。

　　宏觀與微觀的教案設計內容必須包括教學主題、教學目標（內容與語言）、主要單字與句型、教具、教學過程，而教學過程內容必須敘述如何暖身、活動設計、教學進行的方式，以及如何複習與檢測學生的學習結果；提供的教材須包括學生講義、補充教材、教具，與上課簡報。每組職前教師必須至少於上場教學前一週與指導老師完成討論其設計內容，確定其教學方向、內容，與教材設計皆符合華語初級學習者的程度使用，並演練其教學過程，使職前教師熟習其教學過程、思考可能的互動，以降低其教學前的焦慮；並可從演練的過程中修正不適當的活動，或將活動修改得更為順暢、讓學習者更樂於投入。

　　此外，在第一階段中，本課程安排兩次在職教師教學觀摩，目的希望透過教學觀察的經驗讓職前教師對語言教學有較具體的認識。觀摩活動包括國小語言課程、語言中心的華語教學。職前教師除了觀察老師上課過程、教學的策略使用、互動的方式，亦可協助或參與課程活動，並記錄教學的過程。觀摩後必須繳交二至三頁的心得報告，內容須涵括教學內容概要、對教學過程與內容的感想，及對其未來教學的影響與省思。

（二） 第二階段：實際教學實習

　　在諸多研究中發現，構築自我效能的所有變數中，成功的專業經驗被視為一最具影響力的因素（Bandura, 1997; Tschannen-Moran and Hoy, 2007），[18]因為專業上的成就提供個體最直接的經驗，幫助其了解自己教學的效果，以及預視自己未來應該如何表現才能造就成功的教學。Gorsuch（2009）指出，教師需要具體的經驗才能展現其教學的效能與自信，缺乏實際教學經驗的新進老師，比較無法明確地將其所學運用於真實的課堂學習，相對的，其自我效能的程度就較為低落。[19]因此，為了在一學期之內強化職前教師對華語教學的了解，以及培養相當的教學經驗，本課程設計了三項不同實習活動，包括宏觀教學、微觀教學、線上教學，使職前教師於課堂內、外進行多元的實習任務，突破傳統侷限於教室裡的實習方式，將其專業知識，以及從第一階段所習得的經驗，運用於實際教學上。

　　宏觀教學為職前教師兩人一組面對華語學習者進行小班式的教學，每組職前教師有九十分鐘的時間。本課程共有十八名華語職前教師，因此共有九組的宏觀教學，一週一次，共進行九週。每次的課程依據選定的主題及學生的程度，設計合適的內容與教材。此次課程主要針對的是初級能力的學習者，參與的人數每次大約五至十人，出席率不定；學生的語言背景不盡相同，包括英語系國家、日本，及其他東南亞國家。每一組職前教師上課教學時，其他的同儕可以協助其活動的進行，幫助學習者練習對話，或參與遊戲，使活動更加順暢。同時非當週上課的職前教師亦必須完成對教學組的同

18　Albert Bandura, *Self-efficacy : The exercise of control* (New York, W. H. Freeman, 1997)、Megan Tschannen-Moran and Anita Woolfolk Hoy, "The differential antecedents of self-efficacy beliefs of novice and experienced teachers," *Teaching and Teacher Education* 23 (2007): 944-956.

19　Greta Gorsuch, "Investigating second language learner self-efficacy and future expectancy of second language use for high-stakes program evaluation," *Foreign Language Annals* 42 (2009): 505-540.

儕評量（peer evaluation），此評量是以非記名的方式進行，目的是給予進行教學的教師獲得具體的建議與想法，並讓觀課的職前教師注意每個細節的進行方式。在教學實習過後的，課程指導老師引導全班討論，對當日的教學提出具體的建議或評論，而負責上課的職前教師亦必須對其教學進行反思，並繳交二至三頁的教學心得報告。此外，非上課的同儕老師們亦必須於實習的九週中，繳交對其中三組教學的觀課心得，其內容須包括教學內容的摘要、教學策略的運用、教學的優缺點，及提供其個人的想法。

　　微觀教學跟宏觀教學一樣，亦是每週進行一次，總共九週。每組職前教師依照其選擇之教學方法的特色與相關策略設計教學活動，然後面對同儕進行三十分鐘的教學，每週宏觀教學與微觀教學為不同組別的職前教師。在教學中，他們將同儕們當作是華語學習者，進行教學互動；而因面對的是同儕，所以相對地其緊張的程度較為降低，可以專注於教學表現與活動的進行，包括思索如何有效地將各項教學法及其相關策略運用於教學中。教學後，亦會進行檢討，以強化職前教師對不同教學法的認知與運用的能力。

　　線上教學是結合部落格（Blogger）與線上對話平台的方式進行的。利用職前教師與德州三立大學（Trinity University）華語學習者各自設計的部落格內容，於線上進行面對面的互動，此活動為一對一的方式進行。在教學活動結束後，每位職前教師必須繳交兩份線上教學錄影，每份至少進行三十分鐘。部落格的主題與內容的表達方向為三立大學的老師所提供，三立大學的華語學習者與竹教大中文系的職前教師都必須各設計一部落格，介紹當地的美食或特色餐廳，例如三立大學的學生介紹德州當地的餐廳，而職前教師們介紹台灣在地的美食或餐廳。在部落格的內容完成後，竹教大的職前教師協助其合作的學生更正其部落格內容，包括用詞、用語、語法等，協助其正確地表達中文，及如何於課堂上用中文進行第一次簡報。接著，職前教師指導其學生認識教師自己的部落格內容，介紹台灣的文化與食物，並協助其練習其第二次簡報。

（三） 第三階段：教學歷程與成果發表

於期末，本課程的每位職前教師皆累積了三種不同的教案、教材、教學影片、自我的教學省思、同儕的評論、五份的觀課心得。職前教師必須將這些個人的學習與教學歷程集結成檔，繳交其期末作業，而此教學歷程亦可成為其將來尋求工作時，證明其個人教學經驗的最佳證據。此外，本課程於期末在網路上建構一成果發表網站（圖2），與全校分享本課程的教學成果。網站上有九組不同的宏觀與微觀的教案、教材，與教學錄影；錄影依照不同的進行方式、主題剪輯分類，例如教學法、特定的遊戲活動、文化教學、創意歌曲教學等，以便分享。

圖二　華語教學實習教學成果網站

四　課程實施成效與反饋

本課程利用多元任務實習及協同教學的方式，幫助華語職前教師培養教學經驗與專業，並藉此提升其教學效能。為了要了解課程實施的效果，及職前教師的專業成長情況，除了每學期學校固定進行的教學評量外，筆者於學期期初與期末各進行了一項問卷，以便了解職前教師的經歷背景、學習成效，及對課程各項活動的想法與建議；此外，本課程亦對參與實體課程的華語學習者進行回饋調查，透過學生的角度了解其學習成效與對職前教師表現

的評價；同時，筆者亦比對每次同儕教學評量與任教職前教師的自我教學心得報告，確定實習活動對職前教師有具體且建設性的影響。

以下便就各項結果分析如下：

（一）職前教師的背景經驗

於學期期初執行問卷的主要目的是為了瞭解參與之職前教師的經驗背景，及其對華語教學的想法。從問卷結果中顯示，十八位的華語職前教師中，十位（56%）有線上華語教學的經驗（如表四），但實習的經驗都稍嫌短暫，只有一名職前教師有一年以上的線上教學經驗，一名 （6%）有三個星期於英語系國家的海外實習經驗；共有十二位（67%）表示有非華語的教學經驗，但多為補習班或家教的教學經驗，此類的經驗面對皆為華語母語人士，較無溝通上的困難，或者文化上的隔閡。

表四　職前教師的背景

職前教師	線上華語教學	實體教式華語教學	非華語教學經驗
T1	3小時		
T2	3個月		英文／3個月
T3	4小時		安親班、家教／1年
T4	3個月		英語／約10小時
T5	3個月		英語／半年
T6	1學期		英語／一年
T7	約一年以上		音樂／半年
T8	一堂課		
T9	一堂課		
T10	7小時	3星期海外實習經驗	國小數學／1學期
T11			國語／一年

職前教師	線上華語教學	實體教式華語教學	非華語教學經驗
T12			國文、英文／半年
T13			國語、數學／半年
T14			英文／二年
T15			國語／二年
T16			
T17			
T18			
總共人數	10位　（56%）	1位　（6%）	12位　（67%）

　　對於開放式問題「即將面外籍華語學習者的感覺」的回覆，百分之七十八的回答中表示緊張（表5），兩位（11%）表示害怕出錯或溝通不良，四名（22%）表示此時體會到英文能力的重要性，二名（11%）亦指出教學策略的重要，二名（11%）提出教學融合中華文化的重要性。然而至於「是否可獨力面對外籍學習者」，百分之四十四職前教師表示可以，其他的似乎還無法確定自己是否可以獨立教學，包括三名（17%）表示不確定，二名（11%）需要夥伴共同教學，五名（28%）還無法獨力進行華語教學。

表五　面對外籍華語學習者的感覺

教外籍華語學習者的感覺			能否獨立教外籍華語學習者		
回覆	人數		回覆	人數	
緊張、興奮	14/18	（78%）	可以	8/18	（44%）
害怕出錯溝通不良	2/18	（11%）	不確定	3/18	（17%）
英文能力的重要	4/18	（22%）	需要夥伴	2/18	（11%）
教學策略的重要	2/18	（11%）	還不行	5/18	（28%）
傳授中華文化	2/18	（11%）			

在十四名對即將面對華語學習者感到緊張的職前教師中，有五位（28%）表示即使緊張仍可獨立教學（如表六），三名（17%）不確定、二名（11%）需要夥伴、四名（22%）還不行。此數據顯示職前教師可能是因缺乏經驗、對華語教學沒有具體概念而感到焦慮、緊張，而非皆因即將面對教學而興奮、緊張；尤其在其中有四名（17%）明確地指出英語能力是主要導致其緊張的原因，一位（6%）表示不確定是否可以獨立教學，一位（6%）表示需要夥伴、二位（11%）不確定其可獨立面對華語學習者。由此可知，英語對華語職前教師來說，是一關鍵性的溝通與教學工具，而是否與進行有效地溝通左右著其教學信念。

表六　感覺緊張、興奮對職前教師的影響

緊張興奮與獨立教學的關係			英語能力與獨立教學的關係		
回覆	人數		回覆	人數	
緊張、興奮→可以獨立教學	5/18	（28%）	英文能力→不確定	1/18	（6%）
緊張、興奮→不確定	3/18	（17%）	英文能力→需要夥伴	1/18	（6%）
緊張、興奮→需要夥伴	2/18	（11%）	英文能力→還不行	2/18	（11%）
緊張、興奮→還不行	4/18	（22%）			

（二）　職前教師自我教學效能的成長

於期末的問卷中，職前教師的教學效能顯著地增長許多：其表示對華語教學與教材設計更具概念；對未來獨立教學的信念雖感焦慮，但對教學準備的方向感覺較為具體，包括如何有效地與外籍華語學習者進行互動、設計適當的教材等。以下為針對教師信念與效能所詢問的問題，並分別討論如下：

1. 在經過這一學期的實習後，你覺得你對華語教學比以前更有概念嗎？
7. 你現在上台教學會緊張嗎？
9. 若現在有機會讓你獨自上台教學，你覺得更有自信了嗎？
10. 你現在對於設計教材更有具體概念了嗎？
13. 你現在可以獨力面對外語人士教學嗎？
14. 你現在對面對外語人士教學的感覺如何？

1 職前教師對華語教學更具概念

十八位（100%）職前教師皆表示在經過多元實習後，對華語教學的概念更加具體，而在教材設計、獨自上台教學方面亦顯著地比期初的時候更具自信了。在期末的問卷中，百分之八十三的職前教師表示對獨立上台教學更具自信了（表七），三名（17%）表示還好，沒有人認為其缺乏自信。由此可見專業經驗培養之重要，廣泛的實習、演練、熟習可能的流程與狀況，可幫助提高教師的自我教學效能與自信。

表七　期末問卷中對上台表示有自信的職前教師

答覆	人數	
是	15	（83%）
還好	3	（17%）
沒有	0	（0%）

在開放式的問題的回答中，大部分的職前教師提及有了實際與外籍學習者互動的經驗後，現在面對華語學習者的感覺多偏向正面的態度，例如新鮮、開心、有趣、親切、輕鬆、從容自在等；但仍有五位（28%）職前教師表示會緊張，有二位（11%）則指出會更加注意自己應有的專業表現。

對於是否能獨力面對外籍學習者教學，只有六名（33%）職教師表示有能力可以面對，其他則表示願意嘗試看看，或者還不具把握，並未正面回應其是否可以獨自地面對華語教學的工作。由此可知，職前教師雖感受到自己

對華語教學有進一步的了解，但只有一學期的實習顯然是不夠，普遍表示還是需要再多練習、還未完全有把握，甚至仍質疑自己的外語能力會對其教學有所影響。其回覆列舉如下：

- 如果是五人以下，我覺得自己比較有把握
- 還不太行，但慢慢學習中
- 或許可以嘗試看看
- 全中文的話，就可以
- 也許還沒有辦法
- 可能還要多練習

對於教材設計的概念部分，問卷結果顯示十七位（94%）職前教師表示透過循序漸進的訓練（如表8），他們更懂得設計合適的教材去貼切學生的需求，其中有五名職前教師特別指出參考同儕的教學成果尤其給予他們豐富且明確的教學設計方向。

表八　期末問卷中表示對設計教材更具概念的職前教師

答覆	人數	
是	17	（94%）
還好	1	（6%）
沒有	0	（0%）

在進一步比較學期前後問卷的結果之後，職前教師的教學概念、教材設計、獨自上台教學方面顯著地比期初的時候更具自信了（如表九，$p-$value $=0 \ll \alpha$）。表十中指出雙尾顯著，且信賴區間為正值，結果表示：（1）職前教師實習一學期後，對華語教學比以前顯著更有概念；（2）職前教師經過課程訓練後，對獨自上台教學比以前顯著更有自信；（3）職前教師經過課程訓練後，對教材設計比以前更具概念。

表九　教學自信與概念

	N	平均數	標準偏差	標準錯誤平均值
實習後對華語是否更有概念	18	3.00	.000[a]	.000
設計教材是否更有自信	18	2.94	.236	.056
獨自上台是否覺得更有自信	18	2.89	.323	.076

a. 因為標準差是零，所以無法計算 t。

表十　設計教材與獨自上職前教師是否更具自信

	檢定值 = 2				95% 差異數的信賴區間	
	T	df	顯著性（雙尾）	平均差異	下限	上限
設計教材是否更有自信	17.000	17	.000	.944	.83	1.06
獨自上台是否覺得更有自信	11.662	17	.000	.889	.73	1.05

　　而針對教學自信的開放問題中，職前教師明確地指出造成其教學自信增加的原因，包括：

- 了解了許多循序漸進的過程
- 吸收更多經驗，也更知道錯誤在哪裡以及如何避免
- 課程設計、教學細節
- 活動豐富
- 建立了關於華語教學的 Portfolio，非常有成就感
- 學到很多不同的教學法，有擁有實際的教學經驗

其答案明顯地指出實習經驗、多元的學習活動與教學成果是職前教師專業自信成長的關鍵，尤其是從如何具備華語教學的專業知識，然後循序引導其設

計教學計畫、設想可能的互動的方式、執行教學,到最後累積了豐碩的學習歷程,使其對教學的情境、過程與準備更加熟悉,教學自信也因此更加增長。

2 職前教師對上台教學是否仍會緊張

於期末的問卷中,職前教師表示完全不會緊張的僅剩一人 （如表十一）,大部分的回答為還好（67%）,而有百分之二十八的職前教師表示還是會緊張。比較期初與期末問卷的回覆（如表十二）,兩母體變異數齊一,$p-$value$=0.090>\alpha=0.05$,職前教師的緊張程度並未有顯著的差異。

表十一　期末問卷中表示上台仍會緊張的回覆

答覆	人數	
是	5	（28%）
還好	12	（67%）
不會	1	（6%）

表十二　比較期初與期末職前教師的緊張程度

	Levene 的變異數相等測試		針對平均值是否相等的 t 測試					95% 差異數的信賴區間	
	F	顯著性	T	df	顯著性（雙尾）	平均差異	標準誤差	下限	上限
上台教學緊張　採用相等變異數	3.046	.090	1.722	34	.094	.389	.226	-.070	.848
不採用相等變異數			1.722	30.380	.095	.389	.226	-.072	.850

結果指出，在有了實習經驗之後，職前教師表達完全不會緊張的反而降低，而以保守地「還好」回答佔多數。顯示在熟悉實際教學情況與流程之後，職前教師對實際的事務與流程的廣度與深度更加了解，知道華語教學領域仍有太多需要他們繼續鑽研，因此其回覆便較為謹慎。

（三）合作學習與職前教師自我教學效能的成長

為了降低職前教師獨自面對教學的壓力，以及更多的機會與同儕互動、討論課程設計，本課程實體教學部分是以合作教學的方式進行。十八位職前教師兩人一組，共有九組。基於同一主題，共同設計教材、教案，並上台教學。在經過一個學期的互動、教學之後，於期末問卷中，百分之百的職前教師贊成合作教學的方式讓他們學習甚多，分享許多構想、經驗；其中二名職前教師亦指出，此方式雖可分享意見、分擔任務、但過程中「偶爾會有小摩擦」，或會讓「主導力量分散」；可見其互動中可能曾碰到過阻力。以下針對合作學習的反應列舉回覆內容如下：

- 可以發現彼此的不足
- 可以相互合作，補足彼此沒有注意到的地方
- 因為我們（是）初學者，這樣可以彼此幫助
- 多聆聽他人意見，分擔工作，學習不同的構想，但主導力量分散
- 增加互動比較有趣
- 可以互相增進討論、配合，也訓練合作能力
- 夥伴可以互相支援，初次上場也比較不會緊張。
- 可以彼此教學相長，很棒！
- 互相幫助可以彌補自己的不足
- 可以激盪更多想法
- 可以互相學習、引導
- 分組可以討論、交換想法
- 可以分享想法，讓教學更好！

> – 雖然<u>偶爾會有小磨擦</u>，不過能有人一起討論，做出來的東西更有想法！

　　此外，職前教師指出，有夥伴一起互動，對其教學情緒有正面的效應，在上台教學時比較不易緊張、覺得「安心」，甚至可以互相鼓勵。其回覆如下：

- 反而能調適彼此的情緒
- 可以彼此討論鼓勵
- 組員互相幫忙，不會影響教學情緒
- 沒有組員，可能會比較緊張
- 兩個人好像比較安心
- 需要有默契，教學能更順利
- 沒有組員會比較忐忑
- 上台時會較安心
- 有組員討論比較安心
- 有夥伴幫忙會更安心，如果沒有，需要更充分演練

　　除了以分組教學方式刺激同儕之間的互動，在每次宏觀教學時，同時進行同儕互評，評量以不記名且四分制的評分方式進行，評量主要分為三大項：課程設計（Lesson Organization）、教學方法（Methodology）、教學表現（Teaching Performance），並包括兩個開放式的問題。同儕針對當日職前教師之教學表現進行評分，與列出其優、缺點。評量的結果於當天收回，以便指導老師針對同儕提供的意見與建議進行歸納，以便與執教之職前教師討論。

　　因為每一組的表現、教學主題、執行方式皆不相同，每次的評分結果都不盡相同。普遍上來講，同儕的給分都偏向正面，大都為三或四分，而每次的評論方向特別重視的項目包括實習老師有沒有解釋清楚、上課步驟是否太快，以及語言的使用。尤其教學語言的使用傾向於兩極化，部分的職前教師覺得應該少用英文，盡量多用中文及大量的肢體語言幫助華語學習者；但其

他部分的職前教師則認為應該適時的使用英文解釋，以便學生能夠進入學習情境。由於每次同儕們都不吝給予意見，職前教師可以清楚地瞭解其教學的效果，也可在教學省思上有更具體的方向。

（四）課程成效與反饋

本課程的成效可就四部分來討論：第一、華語學習者的回饋；第二、期末的教學評量；第三、期末問卷中針對課程設計的回饋；第四、線上教學的回饋。

1 華語學習者的回饋

華語課程總共進行九週，每次上課的外籍學習者約五至十人，雖是免費課程，但出席率經常會因天氣而有變化。每次上完課後皆請華語學習者填寫問卷，分享其學習經驗並提供建議。問卷設計的內容主要針對教師上課的方式、課程的活動設計、教材內容進行評量。由表十三中顯示，百分之九十參與華語課程的學習者表示滿意（4分），滿意度最低為「老師上課的速度是否恰當」（滿意度：77%），其次是關於老師的講解（滿意度：81%）、課程活動是否有趣（滿意度：85%）、內容的合適度（滿意度：88%），其中老師「上課的速度」與「說明是否清楚」還出現了兩分的情況。在核對所有的問卷資料後，發現此現象主要是發生在第一週的課程回饋。除了因為第一組打頭陣，實習老師可能會緊張，說話速度需要調整外，第一堂課的內容主要是關於中國新年，實習老師原希望透過音樂與故事讓課程有一歡樂的開始，但與文化相關的內容對初級學習者來講似乎是困難了些，除了幾個重要單字學生可大致跟上，許多概念、生字、情境，還是超乎外籍學習者的理解程度。此外，第四週（端午節）與第六週（十二生肖）也是關於文化的課題，亦有少許三分的情況出現。由此可知，對於初級華語學習者來講，應該以實用的主題與情境來引導學習，因為都是熟悉的話題，學生相對地理解得快，亦方便運用於日常生活當中，可激發較佳的學習動機與興趣。

表十三　外籍華語學習者課程問卷回饋

問卷題目 Questions:	滿意 ←————————→ 不滿意			
	4	**3**	**2**	**1**
1. 上課的內容是否合適？	88%	13%	0%	0%
2. 老師上課的速度是否恰當？	77%	17%	6%	0%
3. 老師的發音是否清楚？	99%	4%	0%	0%
4. 老師的講解說明是否清楚？	81%	17%	2%	0%
5. 課程活動是否有趣？	85%	15%	0%	0%
6. 老師是否正確回答學生的疑問？	94%	6%	0%	0%
7. 上課的內容，在日常生活中是否常用到？	92%	8%	0%	0%
8. 上課流程是否順暢？	90%	10%	0%	0%
9. 老師備課是否完整？	92%	8%	0%	0%
10.上課氣氛是否和諧？	98%	2%	0%	0%
11.老師糾錯是否適當？	96%	4%	0%	0%
12.老師是否時常鼓勵學生？	92%	8%	0%	0%
平均	90%	9%	6%	0%

　　至於開放問題部分，問卷中請外籍學習者列出於課堂中學習「實用的部分」、「困難的部分」及其他的建議。在實用部分，學生大都會列出其於課堂上學到的句型或主題生字，有部分學生提及對文化課題的了解，對端午節尤其印象深刻，例如三位學生表示 "Talk about Dragon [Boat] festival"、 "Learning about the traditional festival"、"Now I know Dragon [Boat] Festival"，有一名學生指出 "These are things used in life around New Year"。

　　至於困難的部分（表十四），大部分的學生都覺得發音、聲調、生字對他們最具挑戰性；還有學生指出實習老師的說話速度太快，這剛好呼應到上一部分的問卷結果，顯示以後在執行此課程時，要特別提醒實習老師注意其說話的速度；此外，實習老師可能在課前需要再加強教學演練，一旦熟習教學內容，可減少因緊張所造成說話太快的情況。另有一問卷提到 "English" 是

表十四　列舉外籍華語學習者認為課程中最困難的部分

14.今天上的課，你覺得什麼部分對你最難？

- Pronunciation & tones / I feel difficulties in pronouncing the words and characters.
- Remember the vocabulary without reading/remembering lots of new words
- New Year's Vocabulary / saying new words
- Some of the phrase sound similar / memorizing the differences
- English
- The dialogues are more difficult, but good practice. / dialogue
- the difficult part is the practice
- Rap / Singing, too fast / singing the song, but it was fun!
- Don't always understand what we're supposed to be doing
- Since I do not really know any Chinese, I feel lost but I don't think most of the rest of the class members know so little Chinese
- It usually goes to fast since I have so little knowledge
- were no parts that seemed difficult today

造成其學習困難的原因，可能外籍學習者當中有很多非英語母語者，如日本籍、東南亞的外籍新娘，用英語解釋反而會造成學習的困擾。因此，爾後應該加強實習老師學習如何簡化、清晰化他們的語言表達，及多一點肢體語言，以符合初級華語學習者的需求。至於其他要求與建議，表示很好（It's fine. OK）的居多，許多學生表示感激（Thank you），比較具體的是對發音學習的要求。有幾位學過注音符號（Bopomofo）的學生希望實習老師能於課堂上複習，而有一名同學則指出希望能在上課中介紹拼音系統。

2 期末的教學評量

本課程在學校期末教學評量中，獲得了四點六四的平均分數（滿分為5分）。修課的實習教師表示了解教學大綱，並認為課程內容安排適當，且學習的課程和訓練與課程目標相符（4.64分）；課程與各主題間有良好的關聯

性（4.64分），且指導老師所要求的教材、指定作業有助於其學習（4.64分、4.55分）；指導老師表達清晰，運用適當的方式足以啟發實習教師興趣與動機（4.55分）；實習教師大都認為指導老師上課負責、充滿熱忱（4.73分），並具備課程本身的專業知識與經驗（4.73分），而且經常鼓勵實習教師於課堂上發問、表達（4.91分），讓實習教師覺得與指導老師之間有很好的互動關係與溝通管道（4.82分）；此外，指導老師很尊重實習教師的意見與想法（4.91分），讓其更熱衷於華語教學此領域（4.55分）。

由此可知，實習教師對此多元化的學習與協同教學的方式感到滿意，這樣的學習過程讓實習教師更了解華語專業、更多管道演練教學、表達自己的想法與意見，也激發更多教學的熱忱。

3 期末問卷中針對課程設計的回饋

至於在期末問卷回饋中，針對可多重選擇的題項「哪一個任務活動收穫最多」的回覆，職前教師大部分（83%）都認為宏觀教學讓他們收穫最多（表15），因為他們必須直接面對整班的學生，除了教材、及平時的演練外，臨場的應變是讓他們收穫最多的經驗；而在回覆中有五名（28%）職前教師指出觀察同儕教學亦讓他們受益不斐，因為觀察的過程中，可以幫助他們思考何種的教學流程、模式較為合適、該如何與學生互動可以達到較佳的教學效果，而其所傳達的教學內容可激發更多活動設計的想法；有三名職前教師則指出線上教學讓其對與外籍學習者互動有了進一步的認知，甚至改變了他們原本的想像。其回覆列舉如下：

（從宏觀教學獲益）

- 宏觀教學像實戰，直接上場，得到最多、最直接的收穫
- 一整個九十分鐘的課，是需要多少東西組成，從籌備教材、上台演練等等，都是門學問
- 有實際的教學經驗，更熟悉真正教學的狀況
- 實際去面對學生，編寫教案直接獲得最真實的反應

- 透過實際的體驗讓我真的開始吸收別人經驗並內化成自己的
- 從無生有、累積經驗
- 必須從無到有，從教案到教具都要自己設計，學習很多
- 實際的試教，從最開始的準備，和夥伴討論，和老師討論到修改，經過不斷討論、修改、演練，到上台教學，真的收穫很多
- 第一次完成整個教案教材講義，並實際上台演練教學，很棒的學習經驗！
- 宏觀教學的時間較長，相對的，必須設計更完整的教案。而且面對的學生是外國人，會更容易緊張
- 因為所有的教材內容都是自己設計，雖然很辛苦但很值得

（從同儕教學中獲益）
- 觀課紀錄能反思教學，互相學習
- 可以學到很多不同的教學法，也可以觀察到大家不同的教學風格，學到很多
- 從同儕教學中，讓我從中得到很多沒有想過的教學方式及活動，而在自己練習的過程中也學到不少
- 雖然每次趕 log 都趕得很辛苦，但寫完才真的會有反思

（從線上教學中獲益）
- 我是和 Jxxx 線上教學，本以為寫 Blogger 不是難事，但原來和外國學生修改文章、解釋詞意真的不簡單！
- 和國外的學生使用 Skype 很新鮮，也發現對於外國人來說要說好中文真的不簡單
- 與外國人 Skype 很有趣，就像朋友一樣可以聊生活大小事

表十五　實習教師覺得哪項任務活動收穫最多

課程活動	人數		課程活動	人數	
宏觀教學	15	83%	微觀教學	2	11%
線上＆Blogger 教學	3	17%	觀察在職教師教學	1	6%
觀察同儕之間教學	5	28%	觀察華語中心	1	6%
章節討論	1	6%	其他	0	0%

　　當問及「是否哪項學習任務是多餘的」，大部分的實習教師（78%）覺得本課程所設計的活動沒有一項是多餘的（表十六）。對於他們來說，每一項的任務都有其意義的存在，可以循序地讓他們更加認識華語教學、豐富他們的經驗。有三名職前教師建議章節討論應增加其效率，或在時間上可以做些調整；一名提及需加強參觀華語中心的有效性。其回答內容列舉如下：

- 觀察華語中心是因為清大的老師們是要成立華語教學中心，但就比較偏向在體系的部分；章節討論我覺得討論每次都差不多，可能我只需要討論一、二次
- 每個部分都讓我學到很多，可以觀察別人教學的方法，從線上的討論也讓我知道學生其實在哪裡會產生問題
- 都有意義
- 每一項活動都讓我更加認識華語教學
- 每一項活動都很有收穫
- 不能說是多餘，不過可再改善，時間太短　（章節討論）

表十六　實習教師覺得哪項任務是多餘的

課程活動	人數		課程活動	人數	
宏觀教學	0	0%	微觀教學	0	0%
線上＆Blogger 教學	0	0%	觀察在職教師教學	0	0%
觀察同儕之間教學	0	0%	觀察華語中心	1	6%
章節討論	3	17%	沒有	14	78%

4 線上教學的回饋

　　線上教學的經驗對參與此課程的職前教師來說雖非影響最深的，但卻也是其一重要的實習經驗，幫助其更加了解海外的華語學習者，以及如何有效的互動，同時意識到互動時可能發生的狀況，與利用線上教學可能會碰到的情況；甚至有人在重複觀看自己的教學錄影時，察覺自己表達上的偏誤，藉此機會改善與精進自己的教學。以下列舉實習教師對此次「線上教學是否能幫助其對華語教學有進一步的認識」的回覆：

- 透過 Skype 的教學可以實際了解他們的中文情況，也可以幫助老師教學時知道如何調整教學速度。
- 有機會了解外國人（我學伴）的狀況，可以藉著聊天調整適合她程度的中文
- 使用 Blogger & Skype 我覺得很好，主題性很強，也能讓外國學生藉此學習台灣文化
- 讓我們有機會直接與外國面對面，與讓我們實際碰到線上教學的困難，ex：網路、通訊、聯絡、時差及視窗的限制
- 有幫助，因為我們需要先自己找尋相關資訊，並想各種方式來幫助學生學習
- 從寫文章的部分，能去預估學生的難點，思考語法句子的正確性。從 Skype 的視訊，會嘗試用學生聽得懂的語言來解釋
- 透過寫 Blogger 了解學生程度，再藉由 Skype 深入教學，Skype 除了可以教授中文，也可以練習英文
- 這次的計畫讓我擁有實際的教學經驗，分為口語的教學（Skype），與書面文字的教學（Blogger）
- 有。從教學中我知道了很多要再修改的地方，也更認識了 online teaching 真的較為困難
- 有，事後聽錄音會發現自己說話會有贅詞，而且會不知道要怎麼解釋

- 經由網路線上的方式教學，其實有一定的困難，因為無法給學生具體的教具，且網路不穩也增加了教學的負擔。但我覺得可藉此來訓練教師的口語教學能力，該如何藉由口述使學生可以理解一些文法或新詞。

- 是，讓我真正接觸比較初級的學生。透過這樣的方式回去檢討自己的教學是否太深、太困難。我很幸運其中一位學生是台灣人，但也因為她程度好讓我在評估另一位同學狀況時把程度設太高了，但在老師告訴我後，我漸漸可以理解教不同程度學生時應運用的方式。

- 我覺得更能理解外國人在學習華語時可能會遇到的難點，在事前準備時，更可以知道要準備什麼，也比較能夠預先準備一些對於外國人來說的難點（語法、單字）的解釋方法。

- 透過 Blogger 的修改，可以了解學生的學習難點，並練習該怎麼糾錯。透過 Skype，可以直接接觸外籍學生，並嘗試進行華語教學。

至於使用部落格、文書書寫的方式作為線上互動的討論內容，實習老師多表贊同，但也提供些許的建議，例如若學生不經常上部落格的話，留言不易被發現等。此外，實習教師發現外籍學習者的寫作，許多都是依靠網路翻譯，因此很多詞語的表達都不是很合理。其回覆如下：

- 介紹特色餐廳很不錯，但是對於文章的回應有點難以用文字表達，需先透過第一次溝通了解後，才有辦法給予回饋

- 將文章放在 Blogger 很好，但對於回應方面我覺得不是很好，因為很難回覆，學生其實也不一定上去看回覆，所以我覺得直接改文章後與學生討論比較好

- 在留言要修改不佳的文句不易，也不禮貌，可以是交流過的完整文章再置於平台上，也不會造成學生本身的錯誤閱讀認知

- 可以介紹台灣特色食物給海外學生很棒，但也許可以介紹景點……之類的。

- 我覺得 Blogger 的方法麻煩的就是需要事先寫文章及閱讀文章，而

學生大多都是使用 Google 翻譯，我們改起來也特別困難。

- 無，在 Blogger 上分享文章是很不錯的方法，也能漸漸發現自己有些口語或艱澀的用法

- 寫部落格是很好的方式！可以了解台灣&美國的中式餐廳有何不同與相同處。

- 我覺得 write blogger 是個 good idea，藉此與外國學生交流。

- 學生可以在 blogger 上使用日常生活的詞彙，也可以增加文法、書面語的理解，但是後來有些學生沒有再上 blog

- 1. Blogger 還算方便，可以隨時看其他同學的文章

  2. 食物餐廳的主題很有趣，認識新的美食

- 和真的外國朋友一起互動真的很難得

- 有，可以了解對方的文化

- 我覺得這次的 Blogger 很適合用來評鑑學生的文法能力，也可以利用此方法多教授學生一些日常用語，而且可由文章中看出學生的語用思維。

- 我認為 Blogger 是個很有趣的體驗，尤其我長大後已經有很長時間沒寫這種類型的文章。其實我很意外學生們能寫出這麼長和用心的文章，雖然字裏行間可以感受那種「翻譯」的文筆，但還是能感受那種用心。或許可以將我們宏觀的資訊（影片、PPT……）提供給他們建立一個線上教室？

- 我覺得寫文章其實是有難度的，因為事先不知道學生的程度在哪，所以有點不知道遇到的單字難度可以到哪，另外 Blogger 的內容並不一定限定在餐廳，可以讓學生自己選擇想學習的內容，雙方自己協調。我希望是真的想做這件事的學生自由參加，因為我覺得我的學生意願不高。

- Blogger is good enough, and if it can send [an] Email to every member when a new post posted on it, it will be better.

　　而對於網路對話平台的使用，職前教師大部分使用 Skype，有些則使用 Zoom，也有人使用 Google Hangouts。在互動過程中，幾乎每個人都經歷過技術上的困難，但大家也都盡量克服。其回覆如下：

- Skype 有點容易出差錯，錄音會變小聲，畫質也沒有到很好。
- Zoom，第一次 meeting 比較卡，還未能了解學伴狀況，主要是他用中文問我問題，偶爾我用中文問他。第二次延伸了更多中文，像是教他方向，然後利用他房間的東西作範例，發現他吸收得很快。
- 1.時間不容易約；2.受網路連速影響大
- 用 Skype 有時會出現硬體的問體（ex. 無法收音……），但大部分時間狀況都很好，除了使用 Skype 之外，我也要求學生加入 Facebook，可以更直接的約定 Skype meeting 的時間。
- I prefer Zoom. Reason[s]: 1. 可直接錄影；2. 可 share screen
- 我們是使用 Zoom 來進行視訊，視訊的確是幫助遠距教學的有效方法，但比較麻煩的是時差問題，兩方很難找到相互配合的時間。
- 很緊張但很好玩，不過 Skype 訊號很糟，一直斷線對學生很不好意思
- 用 Zoom 很穩定，可錄影，great！
- 我覺得 Skype 不是很好用，因為它不能錄影，而 Hypercam 錄影的效果不是很好。下次可以用 Zoom，它很好用 !!!（但要請學生們都下載 Zoom！）
- 我覺得很棒，Skype 可以看到對方，可以即時教學，即時提問。且從師生關係變成好朋友
- 我用 Skype 時會出現時間差，有一點延遲的現象，不過不嚴重，整體來講我覺得 Skype 很好用
- 1.收訊畫面不穩定；2.錄影不方便沒聲音
  1.通話清楚；2.有影像能使教學更簡單（有動作）
- 很好，可惜網路不穩時，會斷斷續續，另外沒辦法邊說邊錄影，很可惜

- Skype 可能是少數幾個訊號穩定的視訊軟體，但我仍覺得用此種方式教學被阻斷的機會很高
- 我認為 Skype 很好，可以即時性的反應學生問題。其實就視訊軟體而言我更喜歡 hangout，因為 hangout 可以讓對方看到你螢幕的畫面，還能同步 Youtube
- 我覺得對於兩個身處在不同地方的人來說，Skype 提供一個面對面的機會，但因為有時差，所以很難約時間，好不容易約出來也可能因為某些因素無法如約定視訊
- 用 Skype 大家（包含 Trinity）都 OK，曾有同學想用別的軟體，但 Trinity 的同學拒絕了！錄影軟體改用 Zoom 似乎比較方便，錄音聽得比較清楚

在經歷過線上教學之後，實習老師對此項活動的建議甚多，有人提及技術上、時間上搭配的問題；有人建議教學時間應需延長、討論的主題應該更多元；有人提供此活動未來應該執行的方向。其答覆整理如下：

- 和學伴的聯絡可以有多一點的方式／聯絡學伴可以有更有效率的辦法。
- 希望學生可以積極一點，因為有些學生聯絡不到，或是不太想上課，所以很難敲定 Skype 的時間
- 我發現有的學生會很依賴 Google translate，但翻譯的文法並不是正確的，倒不如在學生寫 Blog 前就先安排小老師協助，這樣學生的 Blog 也不會有太多錯誤
- 海外學生的成績評量是否包括與我們的互動過程？老師能多設計幾個「討論主題」，讓雙方多些互動
- 1.雙方學生的視訊不太順利；2.錄影 Skype 很難
  1.有些高年級的學生的語文能力其實很好，我覺得他們寫 Blogger 的篇幅可以更長，題目更深入
  2.有些學生也許較被動，可能需要 push 一下

- 我覺得這個 project 可以發展成更長的時間，半年有點短，意猶未盡
- 因為我四年級學生的學習意願似乎不太高，email 不太回，Skype 約好的時間也不曾出現，這樣對於教學者來說，是滿沮喪的 Blogger 的內容，主題雖然很生活化，但有點侷限，希望可以讓學生自由選擇一些生活化的主題
- 給一份台美作業 deadline 的對照表，因台美雙方同學的作業是互相影響的。讓雙方學生都知道對方的作業有一半的責任是自己要負責，或許也會讓雙（方）都比較積極

五　結論

本課程藉由 Bandura 所提出影響自我效能之四大因素，建立一多元任務實習模式，同時結合協同教學與線上互動的方式，協助華語職前教師建立其教學自信、拓展其教學經驗與專業。參與此課程的十八位華語學分學程的學生，經歷了專業知識的養成、實境與線上的教學實習、在職與同儕間的教學觀摩與省思，並有充分的機會與同儕、指導老師進行互動、討論，與持續的自我反思。透過量化與質化的資料，驗證了此教學模式之有效性，不但幫助職前教師累積其專業知識、培養其教學經驗，可提升其對自己教學能力的自信。

（一）實境專業經驗的重要性

於職前教師的回饋中，明顯地指出實境教學對其專業成就與自信培養最具影響力。職前教師可以直接與外籍學習者互動、了解其需求，並驗證教學設計之有效性。雖說過程中，實際教學給予的壓力最大，但執行的過程與效果在教師效能的養成也是最為卓著。證明了 Bandura（1994）與 Tschannen-

Moran 及 Hoy（2001）提出關於專業經驗對教學效能之關鍵影響的理論。[20]
如 Hew 和 Brush（2007）在一九九五到二〇〇六其間執行了四十八個關於
影響教師表現的研究中發現，老師若無實境教學的經驗，不易理解如何搜尋
或善用教學資源、知識與技巧，其表現出來的態度相對地較為負面，對自己
的教學自信相對地也比較低。[21]Banister 和 Vannatta（2006）亦指出要培植
職前教師的專業成就，必須讓他們有機會於實境中鍛鍊其教學技能，並整合
科技以便提供更多相關實習環境與資源。[22]師資培訓機構必須提供職前教師
充分的機會去培養實際的教學經驗，使他們了解如何運用其專業知識、面對
挫折，或如何從失敗中成長，進而養成其獨立教學的自信。

（二）合作教學與教學效能的發展

此課程結果發現合作教學對職前教師也有直接且關鍵的影響力。合作學
習與教學讓職前教師有伙伴可以討論其專業、課程設計，共同思考面對華語
學習者及與其互動的方式；在遇到教學困境時，有人可以相互鼓勵，降低其
焦慮的程度。合作夥伴的關係在此實習的模式當中，形成一重要的關鍵，幫
助參與的職前教師投入教學，使實習的過程更加順暢。就如 Bandura（1994）
所指出，社群及語言的支持與個人的情緒狀態是影響自我效能期許另一重要
的因素，會不斷地左右其自信度、學習動機，與可否勝任其專業的信念

---

20 Albert Bandura, "Self-efficacy" in *Encyclopedia of Human Behavior*, ed. V. S. Ramachandran
(New York, Academic Press, 1994), pp.71-81、Megan Tschannen-Moran and Anita Woolfolk
Hoy, "Teacher efficacy: Capturing an elusive construct," *Teaching and Teacher Education* 17
(2001): 783-805.

21 Khe Foon Hew and Thomas Brush, "Integrating technology into K-12 teaching and learning:
current knowledge gaps and recommendations for future research," *Educational Technology
Research and Development* 55 (2007): 223-252.

22 Savilla Banister and Rachel Vannatta, "Beginning with a baseline: Insuring productive
technology integration in teacher education," *Journal of Technology and Teacher Education*
14 (2006): 209-235.

（Bandura, 1997; Hanif, 2010; Tschannen-Moran and Hoy, 2007）。[23]身為一名
教師，其工作需要面臨不同層面的責任，除了教學以外，還需要花時間備
課、完成學校機構給予的任務，因此缺乏經驗的教師容易感到心力交瘁，甚
或懷疑自己的工作表現（Hanif, 2010; Swearingen, 2009）。[24]語言與社群的支
持可強化個人對其工作能力及達到成功的信念，尤其正面的稱讚與鼓勵不但
是對專業能力的肯定，亦可提高個體面對挑戰的自信，比起相互競爭，專業
的社群支持更可能促使個人發展其自我效能（Hanif, 2010）。[25]也就是說，合
作學習與教學形成了正向的社群交際，其在教師的效能發展上扮演著極重要
的角色，不但影響個體衡量自我表現的方式，亦提高職前教師尋求專業成功
的自信。

（三）引發同感的教學經驗

同儕教學觀摩、反思、評估與回饋對職前教師在專業的發展上亦深具影
響。因為面對的是同一團體的學習者、有著相同的教學目標，觀察同儕的教
學比起觀摩其他在職教師的教學引發職前教師更多的省思，並激發更多教學

---

23 Albert Bandura, Self-efficacy: *The exercise of control* (New York, W. H. Freeman, 1997)、
Rubina Hanif, *Teacher stress, job performance and self-efficacy among women teachers: Stress, performance and self-efficacy in teachers* (Saarbrucken, Germany, Lambert Academic Publishing AG & Co. KG, 2010)、Megan Tschannen-Moran and Anita Woolfolk Hoy, "The differential antecedents of self-efficacy beliefs of novice and experienced teachers," *Teaching and Teacher Education* 23 (2007): 944-956.

24 Rubina Hanif, *Teacher stress, job performance and self-efficacy among women teachers: Stress, performance and self-efficacy in teachers* (Saarbrucken, Germany, Lambert Academic Publishing AG & Co. KG, 2010)、M. Keli Swearingen, T., *Teacher-efficacy and cultural receptivity as predictors of burnout in novice urban teachers after one year of teaching* (Ph. D. Dissertation, The Florida State University, 2009).

25 Rubina Hanif, *Teacher stress, job performance and self-efficacy among women teachers: Stress, performance and self-efficacy in teachers* (Saarbrucken, Germany, Lambert Academic Publishing AG & Co. KG, 2010).

的創意。研究發現，讓觀察者有感而發的教學，表示可以提供其參考模式，並且影響其對教學決策的判斷力，及對自我成功表現的期待與堅持（Hanif, 2010）。[26]在教學信念發展中，一個教學模式的成功與否在於其對觀察者是否能造成任何影響、提供其參考、或對其具說服力（Bandura, 1994）[27]，越多相似點可被觀察者所察覺，表示教學的模式的影響力越大（Tschannen-Moran and Hoy, 2007）。[28]換句話說，若是觀察者無法辨識任何相似點或者有效的證據可以參考，即使此教學者的表現再怎麼有自信、傳達的理論再怎麼重要，都不是一有效且成功的教學模式。因此，一個完整的教學實習模式必須要包括不同的教學觀摩及相關經驗分享的機會，而觀察同儕教師教學可以了解彼此如何運用教學策略來傳達他們的教學、與學生互動，並且處理各種教學時發生的狀況。不管被觀察的教學結果視為成功或失敗，若觀察者可利用其觀察的結果為判斷基準，反思有效的教學應有的技巧與教學方式，或辨別可能的原因讓互動無法有效地進行，此教學模式便是一有效的模式。

（四）線上教學與教學效能發展

此次線上教學因時差、技術上的問題，執行上未盡順遂，但此經驗卻拓展了職前教師的實習機會，給予其線上平台的教學經驗，與不同的外籍學習者進行互動，因此，職前教師對此經驗基本上也都是持肯定的態度。Ertmer等人（2012）發現整合科技的實習可以鼓勵合作學習，並且幫助個體投入真實的且具挑戰性的任務，尤其是涉及實際的情境學習的任務，個體有機會去

---

26 Rubina Hanif, *Teacher stress, job performance and self-efficacy among women teachers: Stress, performance and self-efficacy in teachers* (Saarbrucken, Germany, Lambert Academic Publishing AG & Co. KG, 2010).

27 Albert Bandura, "Self-efficacy" in *Encyclopedia of Human Behavior*, ed. V. S. Ramachandran (New York, Academic Press, 1994), pp.71-81.

28 Megan Tschannen-Moran and Anita Woolfolk Hoy, "The differential antecedents of self-efficacy beliefs of novice and experienced teachers," *Teaching and Teacher Education* 23 (2007): 944-956.

調查、詢問、研究、及考察，連結所有發現的線索與資訊，幫助他們具體地了解目標的情境及如何在其中有效地進行任務。[29]科技可增加個體投入指定工作的興趣，同時與其近距或遠距的夥伴合作學習。然而，在執行任務之前，指導老師必須對使用的科技途徑與工具提供清楚指示與使用的方法，讓所有參與的學生老師們能專注於如何執行學習計畫及達成任務目標。

對於未來的華語實習課程的執行，多元化的合作學習與教學實習仍將是主要的模式，然而基於實境教學的重要性，尤其對教學專業培養與焦慮程度的降低，如何提供華語職前教師更多的實習時間與機會，是課程執教老師必須要思考的。此外，科技雖讓跨國實習變得更簡單，但如何善用科技、避免使用上經常產生的問題、使線上溝通更加順暢，是線上實習前每個職前教師都應該要瞭解與事先演練過的；尤其今日坊間線上華語教學中心日益蓬勃，有了實際的線上教學經驗，亦可讓職前教師在面對職場時更具競爭力。

---

29 Peggy A. Ertmer, Anne T. Ottenbreit-Leftwich, Olgun Sadik, Emine Sendurur and Polat Sendurur, "Teacher beliefs and technology integration practices: A critical relationship," *Computer and Education* 59 (2012): 423-435.

參考文獻

內政部、教育部 〈全國新住民火炬計畫〉 來源：http://www.immigration.
gov.tw/lp.asp?CtNode=35529&CtUnit=19277&BaseDSD=7&mp=tp&x
q_xCat=06，2014

宋如瑜 《華語教學新手指南——實境點評》 台北市 新學林出版社
2013年

徐子亮、吳仁甫 《實用對外漢語教學法》 台北市 新學林出版社 2008年

吳貞慧 〈新竹在地華語師資培訓課程設計與實習——以竹教大碩班華語教
學實習課為例〉 載於陳惠齡（主編） 《傳統與現在：第一屆臺
灣竹塹學國際學術研討會論文集》 台北市 萬卷樓 2015年 頁
339-362

Albert Bandura, *Social learning theory* (New York, General Learning Press, 1971).

Albert Bandura, "Self-efficacy" in *Encyclopedia of Human Behavior*, ed. *V. S. Ramachandran* (New York, Academic Press, 1994) , pp.71-81.

Albert Bandura, *Self-efficacy : The exercise of control* (New York, W. H. Freeman, 1997).

Diane Larson-Freeman and Marti Anderson, *Techniques & principles in language teaching* (New York, Oxford University Press, 2011).

Greta Gorsuch, "Investigating second language learner self-efficacy and future expectancy of second language use for high-stakes program evaluation," *Foreign Language Annals* 42 (2009): 505-540.

H. Douglas Brown, *Principles of language learning and teaching* (White Plains, NY, Pearson Longman, 2007).

I-Chun Liu and Peter Sayer. "Reconciling Pedagogical Beliefs and Teaching Practices: Chinese Teachers and the Pressures of a U.S. High School

Foreign Language Context." *The Journal of Language Teaching and Learning* 6.1 (2016): 1-19.

Khe Foon Hew and Thomas Brush, "Integrating technology into K-12 teaching and learning: current knowledge gaps and recommendations for future research," *Educational Technology Research and Development* 55 (2007): 223-252.

Laurent Cammarata, "Content and language integration in K-12 contexts: Student outcomes, teacher Practices, and stakeholder perspectives," *Foreign Language Annals* 45 (2012): 528-553.

M. Keli Swearingen, *T Teacher-efficacy and cultural receptivity as predictors of burnout in novice urban teachers after one year of teaching* (Ph. D. Dissertation, The Florida State University, 2009).

Megan Tschannen-Moran and Anita Woolfolk Hoy, "Teacher efficacy: Capturing an elusive construct," *Teaching and Teacher Education* 17 (2001): 783-805.

Megan Tschannen-Moran and Anita Woolfolk Hoy, "The differential antecedents of self-efficacy beliefs of novice and experienced teachers," *Teaching and Teacher Education* 23 (2007): 944-956.

Patricia T. Ashton and Rodman B. Webb, *Making a difference: Teachers' sense of efficacy and student achievement* (White Plains, NY, Longman Inc., 1986).

Peggy A. Ertmer, Anne T. Ottenbreit-Leftwich, Olgun Sadik, Emine Sendurur and Polat Sendurur, "Teacher beliefs and technology integration practices: A critical relationship," *Computer and Education* 59 (2012): 423-435.

Ralph T. Putnam and Hilda Borko, "What do new views of knowledge and thinking have to say about research on teacher learning?" *Educational Researcher* 29, 1 (2000): 4-15.

Rubina Hanif, *Teacher stress, job performance and self-efficacy among women teachers: Stress, performance and self-efficacy in teachers* (Saarbrucken, Germany, Lambert Academic Publishing AG & Co. KG, 2010).

Savilla Banister and Rachel Vannatta, "Beginning with a baseline: Insuring productive technology integration in teacher education," *Journal of Technology and Teacher Education* 14 (2006): 209-235.

V. Darleen Opfer and David Pedder, "Conceptualizing teacher professional learning," *Review of Educational Research* 81, 3 (2011): 376-407.

尺寸千里，蒙書新題

——從傳統「地理志」書寫看《臺灣三字經》的體例與特色

曾美雲[*]

摘要

　　所謂「蒙書」乃古代蒙學教材之簡稱，提供八至十四歲蒙童學習之用。從先秦至現代，蒙書之創作從未止息。清末日治時期的新竹士人王石鵬，其所著《臺灣三字經》於當代似乎頗受注目，或因此書乃傳統蒙書中獨以「臺灣」為書寫對象之作；次則或因此書乃以「地理」為主、歷史為次的書寫策略，別異於千年以降傳統蒙書以道德為宗之選材方向，故歷來學者對《臺灣三字經》的相關研究成果不少。本文之撰作，意欲解開王氏撰寫蒙書，何以獨鍾「地理」題材？目前學界多從內容分析、家國認同、鄉土感情、教育熱誠等角度切入外，筆者認為王氏以此題作為書寫重心，應當存有令王書與傳統蒙書題材足以區隔，又能回應自身博學愛鄉好文的個人期許與著作理型。展讀《臺灣三字經》之際，筆者依文「題目」，隱然浮現《尚書・禹貢》、《周禮・職方氏》以及《漢書・地理志》「題目」交疊之光影，故試從傳統「地理志」之書寫，看王石鵬如何在舊學雜記與東文新知間架構全文體例。至於語言之選擇、文體形式之呈現，以及心心念念的著作初衷，亦嘗試索隱；末了，為凸顯王書特色，擬與並時的民間通俗識字教材中的民

---

* 清華大學南大校區中國語文學系助理教授。

情風俗書寫參校，藉此對照出《臺灣三字經》作為一本蒙書，終究要落實於「教育」本質的堅持。

關鍵詞：臺灣三字經、王石鵬、蒙學、教材、地理志

一 前言

　　所謂「蒙書」乃古代「蒙學」教材之簡稱，大致提供八至十四歲蒙童[1]學習之用。「蒙學」之名，出自《周易·蒙卦》，卦辭有云：「蒙：亨。匪我求童蒙，童蒙求我。」〈彖傳〉釋曰：「蒙以養正，聖功也。」[2]事涉童蒙教育，故稱「蒙學」。在清末西式教材出現之前，蒙書長期作為民間私塾、家族長輩教導學子、蒙童的重要讀本，故在教材史上有其不可磨滅之重要性。時至近代，蒙書撰作仍未停息，部分作者推陳出新，以符合當時教育之需求。唯當新式教育出現，傳統蒙書之出版流傳似不復曩昔之繁盛。然蒙書依然保有自己的特色：形式上，蒙書通常具有韻語對偶、淺顯易懂、文字簡短、易於背誦等特色。倘依其內容為據，則可略分為「識字習字」、「詩歌韻對」、「知識典故」、「格言思想」、「傳記故事」等類型[3]，分別提供蒙童在知識、道德以及寫作上之學習需求。至若本文擬予探究之王石鵬《臺灣三字經》，於蒙書分類上，當屬於「知識典故」類蒙書。

1　《春秋穀梁傳》〈文公十二年〉云：「十五為成童，以次成人。」（晉·范甯集解、唐·楊士勛疏：《重栞宋本穀梁傳注疏》[臺北市：藝文印書館，1991年]，卷1，頁108。）又《禮記》〈內則〉載：「八年，出入門戶，及即席飲食，必後長者，始教之讓；九年，教之數日；十年，出就外傅，居宿於外，學書記，……禮帥初，朝夕學幼儀。」（漢·鄭玄注，唐·孔穎達疏：《禮記注疏》[臺北市：藝文印書館，1991年]，卷28，頁538）。班固《漢書》〈食貨志上〉亦云：「八歲入小學，……十五入大學。」（[臺北市：鼎文書局，1991年]，卷24，頁1122）

2　黃壽祺、張善文：《周易譯注》（臺北縣：頂淵文化事業有限公司，2000年），頁49。

3　蒙書分類有五，乃參酌前輩學者意見綜合而成：（一）鄭振鐸分為：「倫理」、「識字」、「故事」、「常識」、「詩歌集」五類。（徐梓：《蒙學讀物的歷史透視》（[武漢市：湖北教育出版社，1996年]，頁5-6）；（二）余嘉錫分為：「字書」、「蒙求」以及「格言」三類（見《余嘉錫論學雜著》〈內閣大庫本「碎金」跋〉（[北京市：中華書局，1963年]，頁606）；（三）張志公分作「識字」、「思想知識」以及「讀寫訓練」三大類（見張志公：《傳統語文教育教材料論──暨蒙學書目和書影》（[上海：上海教育出版社，1992年]，頁1-3）；（四）鄭阿財分識字、「知識」、「思想」三大類，其下則再細分為12小類（見徐梓：《蒙學讀物的歷史透視》，頁238-239）。（五）徐梓分作十大類型，有「識字」、「名物和科技」、「綜合」、「倫理」、「經學或理學」、「歷史」、「屬對」、「詩歌」、「故事」和「圖畫」。（見徐梓：《蒙學讀物的歷史透視》〈導論〉，頁I-II、237）。

選擇《臺灣三字經》[4]進行探究，蓋有感於其書寫主題與內容之特殊：一為純以「臺灣」地區作為主要對象；次則採行「地理」為主、歷史為次的書寫策略，大異於傳統蒙書偏重道德教化之取向，由是引發研究蒙書有年之筆者生發探賾之意。此外，選擇此題亦有向同鄉先賢兼師範生的王石鵬先生致敬之意，唯敝人才疏學淺，恐見笑大方之家！

（一）作者──竹塹文士王石鵬

王石鵬字箴盤，號了庵，一八七七年（清光緒三年）生於臺灣竹塹（今臺灣新竹地區），卒於一九四二年（昭和三十一年）。王氏少聰穎，十歲能通韻語，十五歲時，從舉人鄭家珍受業，並入學明治書院，甚器重之。王氏少時精通漢文，嘗有意於科舉，後值甲午戰敗，割讓臺灣予日本，島民轉由日人統治，無復科考，王氏因而中輟舉業。乙未之初（1895年5月8日）王氏選擇避亂故籍閩南，至明治三十年秋天（1897），局勢較穩定，始奉親東渡回臺，寓居於竹塹東南名勝奇峰附近。初返竹塹的王氏如同多數遺民詩人一般，欲以不問世事、隱逸自適生活型態處世；然而王氏在極短暫隱逸之後，轉而積極入世。因有感於學習日語之必要，即於明治三十年（1897）九月進入「新竹國語傳習所」學習日語。明治三十一年（1898）進入臺北師範學校就讀，接受新式西學教育之洗禮。其後遂通日文，並透過「日文」此一窗口，大量吸收由東文引介而來之西方新學。卒業後，擔任新竹廳雇員，還翻譯與經世濟民相關的日文著作[5]。透過其與友人唱和之作品，即可嗅出王氏對西式新學與現代文明之熱中。儘管如此，對中國傳統的漢詩，仍創作不輟，並積極加入詩社，如奇峰吟社、竹梅吟社，乃至日後南遷臺中後，復加入新詩社──櫟社，新作時出。寓居新竹期間，以詩作與當時名士謝介石並稱「新竹二石」；復與王松、王瑤京合稱「新竹三王」，足見王氏對中文舊學

4　本文所採《臺灣三字經》版本為，劉芳薇校釋：《臺灣三字經校釋》（臺北市：臺灣書房出版有限公司，2007年），以下相關引文將直接標明「劉本」之頁數。

5　此書為王氏於明治三十五年翻譯日人橫山壯次郎之《農學須知》。

不改精研熱愛。大正五年（1916）改任臺中「臺灣新聞報」新職，遂舉家移居臺中。其後從事記者生涯長達十年，期間不忘文藝，與中部文人密切往來。晚年王氏設帳授課，潛心佛學，遊歷名剎廟寺。一生著作不少，詩作、遊記、女學、佛歌，迭有佳作，惜未結集，終至零散難見；唯《臺灣三字經》一書，從出版以來，裨益幾多有心認識臺灣、關心家鄉之人，使讀者對故鄉歷史地理民情，得窺梗概，具備基本的了解。[6]

（二）顯隱之間──書寫動機彝測

學者對於王石鵬的寫作動機，自然是好奇的，以下分作三端試而探之：

1 序跋明示

《臺灣三字經》成於西元一九〇〇年，當時王石鵬以二十之齡，撰寫《臺灣三字經》一書，全文計九〇四句，共二七一二字。且以三字、韻體、文言介紹臺灣史、地，內容豐富多樣。王氏〈自序〉明白說明寫作目的及蒙童讀此書之必要性。如：為勸蒙童閱讀此書，王氏多引外國（如普魯士、法國等）無涉臺日良窳先例，以誘童蒙學習「地理」三字經。復言：「夫一物不知，儒者之恥！……吾人生斯、長斯而不知斯地之事事物物，亦可羞乎！」又云「大丈夫桑孤篷矢，志在四方，行將馳驅萬里，遊歷五洲；倘不知山川形勢，難免迷途入坎之虞。」應用激將法，導引閱讀，然後可以知「全島，敘分明；作地理，三字經。能孰讀，非無益；智識開，宜遊歷。」最後，則明白道出：「茲予之作此三字經者，蓋欲為本島童蒙示其捷徑，且便於口頭熟讀故也！」「便於口頭熟讀」，亦為王氏採行「三字經體」之緣由。

2 家國之思

有鑒於臺灣自古無專書可考，遲至明中朝葉，國人始知有臺灣一島孤懸

6　參考林明興：〈臺灣地區《三字經》與「三字經體」發展之研究〉（嘉義市：嘉義大學中國文學研究所碩士論文，2008年），頁107-109。

海外。遲未納入疆域,未幾,各地島夷、海寇相繼竊據。其後清初方收入版圖。三百年來,遂成富庶樂郊。斯土斯人,育民長我。焉知甲午戰敗,「白馬盟成」,臺灣人民成為無告犧牲者;乙未「紅羊劫換」之後,又淪落異族統治命運。初時王氏對日人的消極態度,明哲保身前題下,幽隱地選擇無關人事的「地理」主題作書,不言日人對待好壞,「師夷之技」方能「知彼知己」。王氏個人透過大量閱讀與臺灣相關之著作,其數已越三百餘種,且仍層出不窮……。資料所涉時久事繁,卷籍有甚夥難以全閱,思欲輯為一書,期許對臺灣越分明,愛鄉護土之心才能興發!其中不少以日文(東文)書寫,此時,王氏積極學習日文的目的,似乎有跡可尋。因為資料過多,故想濃縮精華以饜蒙童。

3 形式隱喻

宋人所作《三字經》,家喻戶曉,其三字成句,韻對工整,義理分明,殆為流傳不息主因。傳統蒙書,依內容分類有所謂「知識典故」一類,殆為詩文寫作以及科舉考試磨練韻對之用,縱有「地理」相關內容之穿插,亦似無以特定「單一地區」為書寫對象之作。倘若不拘於傳統蒙書文體,純就小學教科書為範疇,則在清末「西學東漸」之際,的確有以單一地區為書寫之教材出現。例如:清末大陸江蘇地區,即有專門以特定地區去編著鄉土地理之「小學」教材出現[7]。此處所以舉清末大陸教科書對照,乃因王石鵬曾與家人於乙未之亂避居閩南,直到一八九七才返臺,兩年間應有機會接觸到大陸地區那股清末地理教科書大轉型的風潮,故本文於必要時會將王作與共時異地的大陸地理教科書,相互參照比較。相同者,是對西學科技的認同;相異者,清末大陸地區的小學「地理」課本,因多譯自日本用書,形式較多白話[8],並以「章節」體最多;問答體次之,「遊記」體再次之;至於「蒙書體」雖

---

7 詳見黃曉菊:《清末民初江蘇鄉土史地教科書研究》(揚州市:揚州大學碩士學位論文,2009年)。

8 倪文君:〈近代學科形成過程中的晚清地理教科書述論〉,《華東師範大學學報》(哲學社會科學版)第38卷第5期(2006年9月),頁107-111。

有，但不多[9]。而王氏作品中所呈現者，不論形式內容或體例，自有其特出新意之處。然當身處異族統治之下，重溫祖國故物，似是另類家國之思的呈現。中國的道德、中國語言以及熟悉的韻律，在在與故國有切不斷的牽繫。

（三）讀者的預設──臺灣蒙童

《臺灣三字經》作者詩文俱佳，加以博學多聞，新學熟稔，倘若編寫成人教材，亦非難事，為何選擇書寫兒童教材？兒童讀物在部分成人認知中，雕蟲小技，童蒙把戲，無關治亂，反而易於流通傳遞。筆者以心逆志思之，為何先為兒童寫書？莫非家國已非，少年成人猶有故國經歷，是怕稚幼下一代，不知身份認同歸趨？還是想藉寫書，透過認識同居的鄉土，團結鄉人親朋，共渡殖民長夜？

無獨有偶的，與王石鵬同時代的洪棄生，亦有類似之作，即同以史地作為書寫重心，編成《時勢三字編》[10]一書，內容是簡略的中國史地，後半部則是當時的「世界大勢」，故其書名有「時勢」二字。其「地理」部分，分作「本國地理」[11]與「外國地理」[12]；「史」的部分涉及清史，然僅記載至

9　代玲玲：《清末小學地理教科書及其理念研究》（上海市：華東師範大學資源與環境科學學院碩士學位論文，2014年）。

10　洪棄生：《時勢三字編》，見郭立誠編：《小四書》（臺北市：號角出版社，1983年），頁111-140。

11　涉及本國史者，如：「混沌開，曰盤古；皇而帝，有三五。天地人，前三皇。巢燧後，羲神黃。自少昊，及顓頊，帝嚳間，唐虞續。號五帝，見史錄；夏自禹，十四世……自秦漢，明祧。入正統，十八史，割據國，盡金遼。此古今，宜分標。」（同前註，頁114-130）本國地理則以地理沿革為主，自〈禹貢〉「九州」開始到清代新疆建省為止（由東而西介紹），如：「冀兗青，徐揚荊。豫梁雍，〈禹貢〉明。此九州，禹功修。舜十二，營并幽。殷周際，互增損，今輿圖，〈禹貢〉準。至春秋，為列邦，揚荊地，吳楚疆。……廓爾喀，亦附旄。此屬國，貢以年。哈薩克，布魯特，布哈爾，崑崙隔。中國衰，非疇昔，東日本，西海通。遍亞洲，同文風。亞細亞，推中華。」

12　最末則有「外國地理」新學之內容，如：「悉伯利，俄國屬。若琉球，若朝鮮。越南境，緬甸邊。有南掌，暹羅焉」……「大西洋，歐羅巴。西南洋，非利加。三大地，如歧蛇，外西洋，美利加。別一地，南北遜。西人號，四洲誇。又墾荒，澳大利，各

「穆宗中興」(同治年間)(頁129)為止。「本國地理」結尾處明顯透露作者「遺民」心情:「中國衰,非疇昔。東日本,西海通。遍亞洲,同文風。亞細亞,推中華。」(頁137)影射甲午戰敗割地的失落,及對中華文化的自豪。[13]而洪棄生的預設讀者,亦是兒童。

　　王石鵬之作,成於洪棄生之後。王氏所預設的讀者,乃臺灣蒙童學子,從〈自序〉、篇首經文即已明示此為蒙學教材,其云:「爾小子,生於斯。地理誌,宜先知。舉臺灣,細參考」;又言「此全島,敘分明;作地理,三字經。能孰讀,非無益;智識開,宜遊歷。」為何要為孩童作書?洪瑋君指出:王石鵬所處時代,「並非缺乏地理知識的著作,只是缺乏專書介紹,直到清代才有《臺灣府志》與各縣志、廳志對臺灣有較詳細的論述」,但是這些典籍資料,對兒童來說,資料繁雜深奧,且各種地方志因編寫時間不同,在歷史的沿革及地區特性,人文發展等方面,可能呈現出差異齟齬。若要應用在教學上,務必就要有系統的整理[14]。當時,已問世的《臺灣通史》應是極好的參考書,但數十萬字的文言文,對兒童而言,相對困難。所以《臺灣三字經》以蒙學易讀、易誦、易記的形式,引領蒙童認識臺灣這塊土地。

　　雖然王作未將「地理」二字嵌入書名之中,然於《臺灣三字經》全書首尾二處,開宗明義地表明:「爾小子,生於斯。地理誌[15],宜先知。舉臺

散島,不勝誌」……「波羅的,北海匯。不通洋,鹹裡海。南北洋,冰不解。此『輿地』,宜明載。」(頁137-140)

13　洪棄生乃是史知名作家洪炎秋之父,生於清朝,轉為日民,心緒難平,故本國史記事僅至「同治」為止。身為異族統治,不願寫出日本年號,止於「同治中興」。甲午戰後,民人飄零,不願書寫,不剪髮辮,自認清人。

14　洪瑋君:《王石鵬《臺灣三字經》研究》(臺北市:臺北市立教育大學中國語文學系語文教學碩士學位班碩士論文,2009年),頁6。

15　關於「地理誌」與〈地理志〉是否等同,只能回歸「誌」與「志」的字義系統中是否有重疊互用之例。王書首行中之「地理誌」是字形之誤抑或書名之異?「地理誌」是王石鵬在《臺灣三字經》中的用辭,且強調:爾小子「宜先知」;看來對此書極重視,是否筆誤?其與正史「地理志」,是否相同?針對「志」字義涵,檢索教育部《國語辭典》云:「名詞,記錄事物的書。」並舉「府志」、「三國志」及《周禮・春官・小史》「小史掌邦國之志。」為例。至於「誌」字:(一)作動詞者,意為記住、記憶,如

灣，細參考」；復於終卷末行說明「此全島，敘分明；作『地理』，三字
經」，自行宣示以「地理」為書寫重心之取向。然而，王氏作書何以不承襲
傳統蒙書的道德路線？

　　傳統蒙書，儘管具有多種類型，然其注重倫理道德與行為規範之教導，
緊扣人生與社會兩端乃其重要特徵，論及品德教育與處世哲學之處隨時可見。
傳統文化與教育多以「儒學」為宗，蒙學又是古代教育一環，乃為大學教育
之先驅與基礎，故傳統蒙書，泰半被歸類於「經部小學類」或「子部儒家
類」[16]，然而並非所有人都接受傳統蒙書的道德化。鄭振鐸認為：「在舊式科
舉制度不曾改革之前，中國的兒童教育簡直是談不上的。假如說是有『教育』
的話，不過是注入式的教育、順民或忠臣孝子的教育而已。」批判思想道德
類蒙書的力道頗強，唸再多也只是落入封建道德的「順民教育」，無甚價
值。也許王石鵬直覺道德無法因應世變，當家國面目已非，尊君？何君；愛
國？何國？所以不適合於異族統治之下言道德，以免危及自身？倘若作書內
容屬「知識典故類」，無情無意，不牽涉道德思想，或許更能順利流傳乎！

二　尺寸千里，蒙書新題

　　《臺灣三字經》一書，可謂微縮版的臺灣史，「有志青年的江山風土備
忘錄」。此書雖為新作，然於中國蒙學史上，以「地理」、「歷史」為主題之
作，並非無有。無論內涵、形式皆具足，甚至科學[17]領域亦不乏作品，唯非

「永誌不忘」；又《新唐書‧傅亮傳》言亮「博見圖史，一經目輒誌于心。」（二）作
名詞，其意為記錄、記載。《列子‧楊朱》篇有「太古之事滅矣！孰誌之哉？」；又《聊
齋志異》卷九〈邵臨淄〉載：「邑有賢宰，里無悍婦矣；誌之，以補〈循吏傳〉之所不
及者。」（三）作「文體名」，一種記事文。如：「碑誌」、「讀書誌」。[15]要之，「志」有
諸義，其中有與「誌」字音義相通者，故「地理誌」可等同於「地理志」。參考教育
部重編《國語辭典》修訂本（http://dict.revised.moe.edu.tw/cgi-bin/cbdic/gsweb.cgi?ccd=
pDJMlA&o=e0&sec=sec1&op=v&view=3-1，2017年4月5日）。
16　如：漢代史游《急就篇》與蕭梁周興嗣《千字文》即收錄於《四庫全書‧經部‧小學
類》。
17　宋代鄭樵《通志‧天文略》著錄了《步天歌》，以七言體寫成，詳細介紹星宿知識。天

教材主流而已。以「歷史」領域為例，鑑往知來，本是史籍大用，故歷代作品不少，如《歷代蒙求》、《十七史蒙求》、《四言鑑略》、《五言鑑》、《金璧故事》等皆隸屬之。若僅是穿插「地理」內容之蒙書，為數更多，唯然多以典故穿插或配合韻對而作，如蕭梁·周興嗣《千字文》、唐·李翰《蒙求》，乃至南宋方逢辰的《名物蒙求》，於天文、山川、城邑、林木、花草、鳥獸、農事、園圃、人倫、職官、時令、飲食、服飾、居室與各種器物之外，「地理」分布其間。然儘管文涉「地理」，卻與多重領域混雜成篇，非「地理」專著，正因其較無系統，學童習之恐難施之於日常。[18]《幼學瓊林》亦不乏「地理」相關詞彙典故之載錄，察其內容，熟稔用典與臧否人物方為成書目的。「地理」僅是配角，而「人」方是重心，且比例相當有限。

　　至於專載「地理」專著，傳統蒙書早有之，如北宋·歐陽修的《州名急就章》，文體並採七言與四言，有押韻，然非一韻到底，每有轉韻。元末明初學者王褘著有《急就章三種》，分別是〈禹貢山川名急就章〉以及〈詩草木鳥獸名急就章〉、〈周官官名急就章〉，三章中與地理最相關者當屬〈禹貢山川名急就章〉，次為〈詩草木鳥獸名急就章〉[19]。然內容仍非專論「地理」。至於清人程思樂的《地理三字經》[20]（乾隆六十年序本），書名雖標「地理」，卻是術數風水定義下之「地理」，非科學、教育所言之「地理」，自與蒙學教育較無相關。[21]

文學領域蒙書有清嘉慶年間的徐朝俊，著《高厚蒙求》，共五集：言天學、海域、日晷圖法、中星表、……天地圖儀等。清代天文曆算家梅文鼎著有《日食蒙求》。至若數學蒙書，敦煌文獻中有佚名〈九九乘法歌〉；元代朱世傑則著《算學啟蒙》，凡三卷，計二八○問，在數學教育發展史上有重要地位。以上資料見於徐梓：《蒙學讀物的歷史透視》，頁230。

18 同前註，頁224-225。

19 同前註，頁221-223。

20 目前臺灣有出版程思樂《地理三字經》，由臺北武陵出版社於一九九二年出版。

21 筆者所謂的「通用蒙書」，蓋指綜合「習字識字」、「詩歌韻對」、「知識典故」、「思想道德」、「傳記故事」五大類中的幾類內容合編之書，比例不定。如：漢·史游《急就篇》，蕭梁·周興嗣《千字文》，唐·李翰《蒙求》，宋·王應麟《三字經》等書。

（一）蒙書中的「臺灣」、「地理」

　　透過提及以穿插、涉及方式置入地理知識之蒙書不少，但全書只寫地理者，無可置疑的，正是王石鵬的《臺灣三字經》。王氏以臺灣作為書寫對象，且聚焦於地理全貌與臺灣治亂史，已是實至名歸的「地理」專書。清末中國屢遭外患，思救亡圖存，引進大量東學、西學，「新式」教育於焉啟動，而在同時，大陸地區「新式地理教科書」正大量湧現，知名學者劉師培亦參與其中。劉師培編寫地理教科書，清楚交代其編寫地理教科書之目的：

> 夫人民之所棲托者，「大地」之上也。今也於海陸之區分，山川之流峙，邦國之建設，物產之盛衰，民風文化之變遷，不自知其所以然，猶之冥行而欲索途也。吾為此懼，編《中國地理教科書》，淺明簡直，以便初學，使治地學者，可以由淺而入深。古人有言：知古不知今，是為陸沉；知今不知古，是為聾瞽。學者明于此義，庶可以治地理學矣！（《中國地理教科書·序》）

劉氏認為：海陸、山川、邦國、物產、民風文化，必須知其所以然。若就王氏之書而言，其在種族、民風項目，內容明顯偏述「原民」；而其〈自序〉云「首序位置、名稱、治亂、沿革，繼敍番部種族、山川、物產及經濟上之事業，莫不略舉其端；雖曰地理，而歷史寓焉。」核其文字，「歷史寓焉」的內容，卻僅是一派輕描淡寫，只鎖定家＼鄉＼土地，而避談的是中國史與文化！被殖民的隱痛乎？儘管學者曾指出王氏的家國認同有游移傾向，然當王氏二十齡當下，在〈自序〉中透過「白馬盟成」、「紅羊劫換」典故所散發的不平之氣，筆者相信出自真情。遭外族殖民，心緒難平，身為師範學生，教育為任。編著地理教科書，應有其隱微難言的心境——憂蒙童僅知有「家」，不知有「鄉」；即使知鄉，未必通悉「全島」，若然，難有鄉土情乎！憂興復之日無期……。

　　相較於對岸中國，新式「地理教科書」正被大量編寫出來，原因無他，

基本上環繞在「列員輿大勢」，旨在使兒童「知本國地理」，進而發「寶愛土地之思」[22]而已。大陸學者倪文君認為：在近代地理學形成過程中，地理教科書承擔著普及地理知識、促進學科形成的重要作用。其實在清末中國自編的地理教科書出現以前，中國「傳統地理學」在西學的衝擊下，早已經發生一定程度的改變和轉型，而「新式地理教科書」的出現，即便不能代表這種轉型的最終完成，至少也是強有力的推動和促成力量[23]，未知王石鵬在閩南兩年間，是否也嗅到這股發展現代地理學的氛圍？而臺灣儘管與中國相隔兩地，啟動新式教育的呼聲，早在戊戌變法之後，日治之前，早已蔚為風潮。巧合的是，當中國人在彼岸透過日文編寫地理教科書時，熟稔日文的王石鵬，早已啟動「地理新學課本」的編寫工程[24]。

值得注意的是：王氏於「開篇」的確有一部分涉及臺灣歷史，然所記似非重大事件，反對改朝換代、殖民統治大事，皆未張揚；而後文幾乎全以「地理」作為書寫主幹。觀其題材內容來源，應當包含：乙未日人占臺之前涉及臺灣書寫之傳統史籍[25]、「地理志」與「方志」[26]；日文譯出之「西學科

---

22 《蒙學讀本全書》〈第三編〉，轉引倪文君〈近代學科形成過程中的晚清地理教科書述論〉，《華東師範大學學報》（哲學社會科學版）第38卷第5期（2006年），頁109-110。

23 同前註，頁107。

24 倪文君還主張：在討論傳統地理學的轉型或研究近代地學類書籍的過程中，「西學東漸」是一個不能夠被忽略的背景。然而，西學的進入，在清末大多要經過日本這一中轉站；甲午以後，隨著大量東文譯著的出現，日本教科書的譯本，為中國人自己編寫教科書提供了最直接的藍本，因而對於清末地理學教科書來說，更多的是借鑒「東學」而非「西學」，或嚴格的說，是「日本化」的西方地理學。（同前註，頁107-108）

25 在臺灣歷來所實行之「修志」事業，多在府、廳、縣治，以其成為儒學或書院所司掌之慣行，將此所需參考之大量圖書，一方面提供修志引用之同時，亦可為其他讀書人參閱者，乃屬事實。其中如光緒十八年在臺北府試院內所設之「臺灣通志總局」，所蒐集之古今參考圖書，其數量據稱達萬餘云。……加之臺灣入清以後，人文蔚起之進境顯著，……個人藏書家亦非少矣。大者如彰化富豪呂炳南，新築宅第一區，置書籍二萬餘卷，自經史子集以至雀錄雜碑之類，皆羅列一室中。吳子光云：「呂氏圖史之富，冠於東瀛。」嘗作〈呂氏家塾藏書記〉，云呂氏家藏史傳類：紀傳正史——馬、班以下至明史；編年則有《資治通鑑》，另有竹書紀年、吳越春秋之類，共計六二六〇卷。經史子亦頗多，呂氏藏書總計二一三三四卷。（同前註，頁78-79）

技」著作，日人經略臺灣前後所作各種「調查」報告[27]（領域涵括地形、博物[28]、產業、水利等），以及王氏性好丘山[29]水嶼[30]的遊歷踏查，加以當時臺

26 在中國之圖書蒐集，……由來有顯著進步，特別在清代初期（乾隆年間），基於昭彰千古同文之盛事，啟其端緒之《四庫全書》，實可傳為登峰造極之精華者也。如斯尚文極盛之影響，自然促致提高地方各省圖書蒐集之動機。夫設置在各省府、州縣等儒學及書院，概有附屬書庫為常例。臺灣當初因屬海外新附之域，故其既設之府縣儒學及書院，規模亦未整。似難免有：「臺郡著述多散在四方，島嶼固鮮曹書之府」（《臺灣府志・雜記志・雜著》）之情形。此間特以推為全臺首學之「臺灣府」，其藏書最稱充實。見伊能嘉矩著、國史館臺灣文獻館編譯，《臺灣文化志・上卷》（臺北市：臺灣書房，2015年）中卷，第四章〈圖書蒐集〉，頁77-78。

27 如王石鵬文中所云：「其面積，二十三。」此數據與日人竹越與三郎說法相同，竹越書中提到：「此島，其極東端在東京百二十二度，首府臺北位於北緯二十五度四分，東經百二十一度二十八分。……臺灣本島有十四個屬島，本島周圍二板九十裡，面積二千三百十八方裡。」見竹越與三郎：《臺灣統治志》（臺北市：南天書局，1997年），頁172。

28 日本佔臺前後，曾多次對臺灣地區進行各種「調查」，重要者如一八七二年五月二日，日本通譯官水野遵從上海來臺；同年九月八日，日本陸軍少佐樺山資紀到臺灣調查；一八七三年又從福州抵達淡水，在臺從事調查與情報蒐集，滯留四個月才離去。一八九六年六月十二日調查基隆築港；九月發布臺灣礦業規則；十二月二十一日臺灣總督府特別於參事官室設置臨時調查股。一八九七年，民政局設臨時調查股，開始全面調察臺灣制度、風俗、習慣。一八九八年一月八日調查各地鹽田，七月十七日發布臺灣地籍規則及土地調查規則。九月五日「土地調查局」正式開辦等等。詳見張靜宜著：《臺灣博物調查》，《再現臺灣》（[臺中市：莎士比亞文化事業股份有限公司，2009年]，第021期）末頁封底之「大事年表」。

29 《臺陽詩話》有詩證焉：譜弟箴磐，性好山水，所有吟詠，皆為紀游而作。如〈生番道中〉云：「隘寮高築大山顛，警鐸聲從谷口傳。昨日野番初出草，茶園十里絕人煙」。〈游鼓浪嶼吊延平王〉云：「延平王氣至今無，小嶼彈丸列海隅。五夜風濤猶帶怒，四圍山水自成圖。雷轟怪石文將蝕，炮湧紅衣血未枯。鼓浪有聲人不見，草雞啼罷月如弧。」〈舟近溜石渡遇雨〉云：「日暮逢淋雨，風帆一片懸。客心同逝水，山意欲含煙。塔遠疑人立，雲低與海連。櫓聲頻欸乃，歸夢落江邊」。其它名句，如〈夜泊靈溪〉云：「野渡潮生鷗夢警，疏燈人語雨聲殘。」〈夏天即景〉云：「五更雨急驚殘夢，四月風高欲假秋」，俱可誦也。

30 參考洪瑋君：《王石鵬《臺灣三字經》研究》（臺北市：臺北市立教育大學中國語文學系語文教學碩士學位班碩士論文，2009年）以及龔顯宗：〈箴盤鐵筆王石鵬〉，黃勁連譯注：《臺灣三字經・附錄》（臺南市：真平企業有限公司，2001年），頁262-271。

籍文人亦多書寫臺灣之詩賦[31]……目不暇給的豐富資料，殆為作者所以偏重「地理」書寫之憑恃。而師範學校出身的作者秉持教育熱誠，急欲與全臺蒙童分潤之，於是造就《臺灣三字經》的產出。

若論此書特色，蓋以輕薄方幅之童蒙讀物形式，詳說臺灣上下四方輿地，兼載古往今來人物興衰。然筆者所稱「新題」，非指其「形式」——全備傳統「蒙書」簡短、淺近、易記、韻語等特色，而是專指書寫之內容主題，即以「蒙書」形式來書寫「臺灣」，故稱「新題」。清末至日治時期，兩岸文人書寫臺灣，逕以「臺灣」入題之詩、文、賦不少，然以「蒙書」形式呈現，則是首例；又其「通論」臺灣史地，亦為創舉。

（二）「三字經體」的秘密——題材隱喻與文體形式

王石鵬生於光緒三年（1877），長於日人執政時期，卒於日治昭和十七年（1942），日文造詣甚高，何用中國文言、韻語形式書寫？作者自云：期望「為臺灣童蒙示其捷徑，便於口頭熟讀」，所以倣效王應麟《三字經》的三言體韻語以成書。然《臺灣三字經》殊異處更在於「題材內容」，作為蒙書，此書主體內容在於傳授臺灣地理「知識」——理性、科學方法、科技儀器測之察之、實地踏察、田野考察之資訊。基本上屬於非情感、非道德走向。不過黃美娥引用梁其姿的觀點，認為常人極易注意到《三字經》所擔負的「道德規訓」啟蒙作用外，梁氏更刻意觀察諸多《三字經》之前所出現的其他童蒙書籍，進而特別舉出——《三字經》的歷史意識，是較前期各書更

---

31 許俊雅曾引毛一波〈臺灣的文學發展〉云：「臺灣入清版圖後，宦遊諸公乃至臺人，均喜作詩作賦。沈光文即有〈臺灣賦〉。」（〈導論〉，頁1-2）後則有林謙光作〈臺灣賦〉；高拱乾〈臺灣賦〉、張從政〈臺山賦〉、陳輝〈臺海賦〉、王必昌〈臺灣賦〉、卓肇昌〈臺灣形勝賦〉、林夢麟〈臺灣形勝賦〉……等。（〈目錄〉，頁1-5)），往往融合形勝兩義於文中，不僅描寫臺灣風景，也鋪陳臺灣形勢；至於易順豫〈哀臺灣賦〉則作於甲午戰後，臺灣割讓於日本，臺人抗日行動失敗告終，對此，作者心懷忿忿，乃有此作。（頁244-245）詳見許俊雅、吳福助主編：《全臺賦》（臺南市：國家臺灣文學館籌備處，2006年）。

為強烈的——無論是書中的學術部分、歷史事件、人物故事，其實都是隸屬歷史性的知識。是故傳播歷史相關「知識」或「價值觀」，無疑也是《三字經》的重要任務之一。[32]筆者也同意：這是集體的文化記憶，一份表面上無涉政治國別的、自己人才能讀出的溫暖。

王石鵬的夙願，就是整理爬梳明代至日治的臺灣相關典籍，企圖整理出一本篇幅不大，卻可涵括千里江山、容納會聚的「臺灣學」教材。年輕的作者相信地理知識能夠開化文明，學習新知，方能有志竟成，於是負笈北上，就讀臺北師範學校。本著教育初衷的王石鵬，終於在一九〇〇年將《臺灣三字經》完稿，是時他僅有二十四歲。王石鵬歷經失國之痛，也曾萌生消極出世的心態，然而他畢竟有「年輕人」積極務實的一面，立即投身教育之中，為這塊土地編寫教材，強調臺灣史地，《臺灣三字經》成為臺灣傳統童蒙教材中，第一本完全以臺灣為書寫對象的蒙書。

「中學為體，西學為用」是清末時對中西文化折衝的原則，但筆者隱約嗅到蒙書體\韻文的書寫，是否暗寓對祖國語文的最後溫存？年輕的作者，對日人之科學、文明、民主、進步的好奇與響往是真心的，因為它可帶來文明與富強。作者外表縱然友日、甚至親日，但會不會心存「師夷之長以制夷」的盤算？虛與委蛇的背後，骨子裡是否仍是中國？目前關於王石鵬的研究，「國族認同」是諸多學者討論的熱點，在王氏〈自序〉中，透過用典故、引古諺，掩飾日人進駐的不平之情，續用「光緒」紀年，似乎透露其心之所向。

黃鎮南曾指出：王石鵬這個人，似乎集「抗日」與「親日」於一身；民俗學者郭立誠則認為王氏創作動機在於「告誡後人，不要忘本，不要認賊作父，不要忘記割臺之痛」[33]。二種說法各有證佐：王石鵬生平的確與幾位抗日意識強烈的文人王友竹等交好[34]；然而當《臺灣三字經》書前附錄有臺灣

---

32 黃美娥：〈童蒙教育的新頁——王石鵬及其《臺灣三字經》〉，《臺灣教育史研討會論文集》（新竹市：新竹市教師會，2001年），頁56-72。

33 郭立誠：《小四書》〈臺灣三字經〉（臺北市：號角出版社，1983年），頁85-130。

34 倘若王松《臺陽詩話》果為實錄，則由星洲邱菽園題詩（王松以為忠愛真忱之士）所

總督府編修官文學士小川尚義題字「如此江山」，又請來日本漢學家籾山衣洲校閱，如此大動作請來官方、學界日人加持，還能說《臺灣三字經》是抗日作品嗎？[35]然而，筆者以為：尋致人文素養較高之日本高官護航，《臺灣三字經》或可避免遭讀者檢舉反日，又能免除《臺灣三字經》被查封、燒毀之虞，容或此計乃吾人今日猶能「風簷展書讀」的權宜之計乎？

　　《臺灣三字經》乃王氏「少作」，二十歲時出手的作品，成書時身份仍是學生的王石鵬，年紀、閱歷、知識的增長，想法、心境、認同未必同一。若多看幾本二十五史，就會約略的嗅到此種氛圍。古代部分國人面對改朝換代，只要無損於家，變天似若無妨[36]；還是「在人屋簷下，不得不低頭」的無奈。但使用「文言韻文」以及自序提及：「山則崔巍萬疊，田則膏腴萬頃；舟楫可達，林木鬱蒼，西洋人嘗以「浩愈磨沙」稱之！」那是一種引以為傲的心情，山川壯麗，物產豐榮。生於斯長於斯的鄉土，教他如何不書寫！

云，當有所據：「箋盤王君，賢哉我友！重譯著書，澤及農畝。東人稱之，譽不絕口。待子為政，而君曰否。跡比義熙，自傳五柳。餘事及詩，千駟弗受……門對溪山，壺儲茗酒。夷惠不由，沮溺可耦……金石出聲，其志不朽。臺灣之都，新竹之藪。」筆者從丘菽園「待子為政，而君曰否」字句看來，王石鵬非是趨炎附勢、急功近利之人，然臺人處境不利，時勢非我族掌握，至少保持距離，亦不激怒惹火對方為限。《臺陽詩話》另載云：「櫻井知事任吾邑日，大開詩社，屢欲延致。後鄭毓臣廣文為通其意甚曲，因偕其譜弟瑤京、箋盤會於潛園吟壇。知事喜贈以詩，有「我與名園真有幸，三王同日訪梅來」之句，登於《新報》；亦可見知事之獨具青眼，愛才如命也！由是三子之名益著，遠近稱「三王」焉。」筆者案：此事究竟屬於跨越國族的知音相惜？抑或是櫻井知事的一廂情願？誠難斷定。再者，筆者認同楊逵〈送報夫〉小說中，不認為日本人全是仇敵壞人，而是視其言行而後才論斷的態度。

35 黃震南：〈自己的日本自己抗：抗日史料的故事〉，《臺灣文學館通訊》第46期（2015年），頁65-66。

36 譬如東漢末葉世族改朝西晉；或南朝換代頻仍，君王屢易，門第勢族無感，只求家族無虞，榮華續享。

三　從傳統「地理志」書寫看《臺灣三字經》體例

　　「體例」是教科書的骨架，也表現了每一位編纂者對學科構成最基本的理解，而對地理類教科書學的分類，直接影響到教科書的框架結構。所以欲探作者的編寫理念，對體例的理解，是不可或缺的。然而「體例」未必一窺即現，故於此節試行索隱。

　　十年前初得《臺灣三字經》一書，對於長於竹塹斯土的筆者，自然雀躍不已，──本專為「臺灣」而書寫之蒙書，實在難得！當時所用版本乃出自郭立誠《小四書》，上圖下文的排版，直覺可以通讀。然於展讀此書之時，略有退縮之情──陌生的地名，多種自然資源、動植物名稱，以及敘述臺灣簡史時，幾多從未聽過的名姓……，霎時恍如置身域外，迷途不知何往……。近年，重新閱讀《臺灣三字經》，靠著王氏自注，以及劉芳薇的校釋，終於能夠讀懂。而當筆者依文「題目」[37]之際，腦中隱然浮現《尚書·禹貢》、《周禮·職方氏》以及《漢書·地理志》「題目」交疊之光影。而為蒐集清末民初有關地理教科書的相關資料，搜尋到劉師培先生《中國地理教科書》[38]的序文：

> 〈禹貢〉一篇，地學之祖，詳于導水、導山之法，<u>以山川定疆域</u>，不以疆域定山川，並以勾股之形，定山川之高下。……周代之初，邦中之版，掌于司書；九州之圖，藏于司險。「司徒」知地域廣輪之數，以辨五地之物生；「職方」辨邦國都鄙之民，旁及財用穀畜之數，推之《史記·貨殖傳》、《漢書·地理志》，於風俗、民情、物產，莫不明辨章。

37　「題目」一詞，在此用作動詞，指稱閱讀時，根據對原文的理解，自行加上簡短標題」之過程。

38　劉師培：《中國地理教科書》（揚州市：廣陵書社，2013年）。

劉先生所言，於我心有戚戚焉。故於本節，擬從傳統「地理志」之書寫——《尚書‧禹貢》、《周禮‧職方氏》以及《漢書‧地理志》，看王石鵬如何在舊學「地理雜志」與「東學新知」間架構全文體例：

（一）書寫體例，前有所承

「志」是正史中經常出現的一個部分，其性質與本紀、列傳、表不同，書寫重點在於說明社會制度與學術演變上。《漢書》將此類篇章稱為「志」，不過在《漢書》前的《史記》不稱「志」，而言「書」；《新五代史》稱「考」，而華嶠《漢後書》則用「典」稱之，至於郝經的《續後漢書》則用「錄」之名。記事之文曰「志」，史書之「志」常見之題目則有多項，但憑作者增減之。本文用作體例分析之文本，除〈禹貢〉、〈職方氏〉外，即是《漢書‧地理志》。正史「地理志」之撰寫，似乎頗受重視，因為二十五史中，僅有《三國志》、《北齊書》、《梁書》、《陳書》、《周書》以及《南史》《北史》等七史無之。正史「地理志」除有此名之外，另有「郡國志」、「州郡志」、「地形志」、「郡縣志」等別稱，名稱異同，往往依者書寫時主題取材之輕重而定。

為探尋《臺灣三字經》之「地理要素」之形成，以下選擇三種重要「地理志類」作品，透過表格，逐一分析所含地理要素，探求王書體例之源流：

1 《尚書‧禹貢》已出體例

透過對〈禹貢〉全文之分析，此篇提供「地理志」體例要素如下：（一）提供「地理志」有關「山岳」、「河流」、「土質」、「物產」、「經濟作物」、「糧食作物」等「地理志」之要素。（二）山與水往往成為行政區劃的標準，進而形成一個個「政區」（州）。（三）住民種族：著重書寫外族，如：西戎、淮夷、鳥夷、島夷。（四）行政區劃目的，在於「別九州，隨山浚川，任土作貢。」（詳見「表一」）

表一 《尚書·禹貢》已出地理要素

體例源起 內容大要	地理學 之範疇	尚書·禹貢
序		
圖		
前言		目的：禹別九州，隨山浚川，任土作貢。
注解		
地理位置 與 行政區劃		禹敷土，隨山刊木，奠高山大川。 （一）冀州既載（禹治水始於冀州，顏注：兩河之間）。 （二）濟、河惟兗州 （三）海、岱惟青州 （四）海、岱及淮，惟徐州 （五）淮海惟揚州 （六）荊及衡陽惟荊州 （七）荊河惟豫州 （八）華陽、黑水惟梁州 （九）黑水、西河惟雍州 →以河為界，區別九州
6.沿革與 治亂	人 文 地 理	
7.文教		
8-1 地勢、 地形	自 然 地 理	
8-2 海岸 （港灣）		冀州壺口（山）治梁（山）及岐。既修太原，至於岳（山）陽。 覃懷厎績，至於衡漳（水）。……恒、衛既從，大陸（澤）既 作。 兗州九河既道，雷夏既澤，灉、沮會同。 青州嵎夷（地名）既略，濰、淄其道。

		徐州 淮、沂其乂，蒙、羽其藝，大野既豬（停水），東原底平。
		揚州 彭蠡（澤）既豬，陽鳥攸居。三江既入，震澤底定。
		荊州 江、漢朝宗於海，九江孔殷，沱、潛既道，雲土、夢作乂。
		豫州 伊、洛、瀍、澗既入於河，滎波既豬。導菏澤，被孟豬。
		雍州 弱水既西，涇屬渭汭，漆沮既從，灃水攸同。
		梁州 岷、嶓既藝，沱、潛既道。蔡、蒙旅平，和夷底績。
水利：河川、湖沼、泉水		1. 導岍及岐，至於荊山，逾於河；壺口、雷首至於太嶽；底柱、析城至於王屋；太行、恒山至於碣石，入於海。 西傾、朱圉、鳥鼠至於太華；熊耳、外方、桐柏至於陪尾。 2. 導嶓塚，至於荊山；內方，至於大別。 岷山之陽，至於衡山，過九江，至於敷淺原。 3. 導弱水，至於合黎，餘波入於流沙。 4. 導黑水，至於三危，入於南海。 5. 導河、積石，至於龍門；南至於華陰，東至於底柱， 又東至於孟津，東過洛汭，至於大伾；北過降水，至於大陸； 又北，播為九河，同為逆河，入於海。 6. 嶓塚導漾，東流為漢，又東，為滄浪之水，過三澨，至於大別，南入于江。東，匯澤為彭蠡，東，為北江，入於海。 7. 岷山導江，東別為沱，又東至於澧；過九江，至於東陵，東迤北，會於匯；東為不江，入於海。 8. 導沇水，東流為濟，入於河，溢為滎；東出於陶丘北，又東至於菏，又東北，會於汶，又北，東入於海。 9. 導淮自桐柏，東會於泗、沂，東入於海。 10.導渭自鳥鼠同穴，東會於灃，又東會於涇，又東過漆沮，入於河。 11.導洛自熊耳，東北，會於澗、瀍；又東，會于伊，又東北，入於河。 →九州攸同，四隩既宅，九山刊旅，九川滌源，九澤既陂，四海會同。
地質		冀州：厥土惟白壤→厥賦惟上上錯（1~2 等間）；厥田惟中中（五等）。

		兗州厥土黑墳（肥也），厥草惟繇，厥木惟條。 　　厥田惟中下，厥賦貞（九等），作十有三載乃同。 青州厥土白墳，海濱廣斥。\厥田惟上下，厥賦中上。 徐州厥土赤埴墳。\厥田惟上中，厥賦中中。 揚州厥土惟塗泥。\厥田唯下下，厥賦下上，上錯。 荊州厥土惟塗泥。\厥田惟下中，厥賦上下。 豫州厥土惟壤，下土墳壚。\厥田惟中上，厥賦錯上中。 雍州厥土惟黃壤。\厥田惟上上，厥賦中下。 梁州厥土青黎。\厥田惟下上，厥賦下中，三錯。
礦產	9. 物 產	青州厥貢-惟土五色，羽畎夏翟，嶧陽孤桐，泗濱浮磬。 青州岱畎絲、枲、鉛、松、怪石。 荊州厥貢……惟金三品 豫州錫貢磬錯。 梁州厥貢璆、鐵、銀、鏤、砮磬 雍州厥貢惟球、琳、琅玕。
蔬果		荊州包匭菁（楊梅）
作物		兗州厥草惟繇，厥木惟條。 徐州草木漸包。 揚州筱簜既敷，厥草惟夭，厥木惟喬。 青州厥貢……嶧陽孤桐。鳥夷……厥包桔柚 荊州厥貢……，杶、幹、栝、柏，……惟箘、簵、楛。……茅。
動物		青州厥貢……羽畎夏翟 荊州厥貢羽、毛、齒、革，……厥篚玄纁璣組，九江納錫大龜。 梁州厥貢……熊、羆、狐、狸、織皮。 雍州荊、岐既旅，終南、惇物，至於鳥鼠。原隰厎績，至於豬野。
民性風俗 （外族\ 原住民）	種 族	冀州（外族）島夷（東北之夷人）皮服。 青州淮夷（淮水之夷人）蠙珠暨魚。厥篚玄纖、縞。 揚州鳥夷（東南沿海各島）卉服。厥篚織貝，厥包桔柚，錫貢。 （交通：沿于江、海，達於淮、泗）

		雍州三危既宅，三苗丕敘……織皮昆侖、析支、渠搜，西戎即敘。
工商、產業	11 經濟物產	兗州桑土既蠶，是降丘宅土。
農業		
產業加工		兗州厥貢漆絲，厥篚織文。（交通：浮于濟、漯，達於河） 青州岱畎絲、枲、鉛、松、怪石。 淮夷（淮水之夷人）厥篚玄纖、縞。（交通：浮于淮、泗，達於河。） 揚州厥貢惟金三品，瑤、琨筿、簜、齒、革、羽、毛惟木。 荊州厥貢……礪、砥、砮、丹…… 豫州厥貢漆、枲，絺、紵，厥篚纖、纊。
林業		
漁牧		青州厥貢鹽、絺，海物惟錯。……淮夷（淮水之夷人）蠙珠暨魚。
氣候		
都邑		
附屬島嶼		
交通 附：驛路 民站		揚州交通：沿于江、海，達於淮、泗。 兗州交通：浮于濟、漯，達於河。 青州交通：浮于淮、泗，達於河。

2 《周禮・夏官・司馬・職方氏》已出體例要素

《周禮》成書年代，據學者考據，已有定論，約略成於戰國末年。筆者檢索原文製表，得出傳統「地理志」要素於下：首先，職方氏已能明確計算「人口」數目，且細分「男女人口比例」；其次，各州物產調查詳明，因物制宜；第三、動物飼養相當專業，不同物種，「職方氏」多給予專業建議；第四、經濟作物種類繁多，因地制宜，進行栽種。第五、對於郡國位置，先

採「方位」描述，輔以域內高山與水道，來訂定邦國疆域。第六、對水資源、水系調查深入；第七、農業、畜牧內容詳明。

表二 《周禮·夏官·司馬·職方氏》

體例源起 / 王氏體例	王石鵬之分類	地理學之範疇	職方氏：掌地圖，辨其邦國、都鄙及九州人民與其物產財用，知其利害得失，規定各邦國貢賦								
			（一）揚州	（二）荊州	（三）豫州	（四）青州	（五）兗州	（六）雍州	（七）幽州	（八）并州	（九）冀州
自序											
圖											
前言											
注解											
地理位置範圍	位置		東南	正南	河南	正東	河東	正西	東北	正北	河內
別稱	名稱										
臺灣史實	沿革與治亂										
明鄭											
清代											
乙未割臺											
文教											
海岸、港灣	山川										
山：地勢、地形	山川		其山曰：會稽	其山鎮曰：衡山	其山鎮曰：華山	其山鎮曰：沂山	其山鎮曰：岱山	其山鎮曰：岳山	其山鎮曰：醫無閭	其山鎮曰：霍山	其山鎮曰：恒山

水利 河川 湖沼 泉水		藪曰：具區，川曰：三江，浸曰：五湖	其澤藪曰：雲夢，其川江、漢，其浸潁、湛，	其澤藪曰：圃田，其川熒、雒，其浸波、溠，	其澤藪曰：望諸，其川淮、泗，其浸沂、沐	其澤藪曰：大野，其川河、沛，其浸盧、維，	其澤藪曰：弦蒲，其川涇、汭，其浸渭、洛，	其澤藪曰：貕養，其川河、泲，其浸菑、時	其澤藪曰：楊紆，其川漳，其浸汾、潞	其澤藪曰：昭余祁，其川虖池、嘔夷，其浸淶、易
地質										
礦產										
蔬果	物 產									
農作物		穀宜稻	其穀宜稻	其穀宜五種（黍、稷、豆、麥、稻）	其穀宜稻麥。	其穀宜四種（黍、稷、稻、麥）	其穀宜黍稷	其穀宜三種	其穀宜黍稷	其穀宜五種
動物		畜宜鳥獸	其畜宜鳥獸	其畜宜六擾-馬牛羊豬狗雞	其畜宜雞狗	其畜宜六擾	其畜宜牛馬	其畜宜四擾	其畜宜牛羊	其畜宜五擾
人口 、比例 男女		其民：二男五女	其民：一男二女	其民：二男三女	其民：二男二女	其民：二男三女	其民：三男二女	其民：一男三女	其民：五男三女	其民：二男三女
住民	種 族									
外族										
民性 、風俗										
工商 、產業	經 濟									

產業加工		其利：竹、箭	其利：齒、革	其利：絲、枲				其利：鹽		其利：帛
農業				漆、	蒲	蒲				
林業				林					松柏	
漁業	物產				魚	魚		魚		
畜牧										
礦業		金、錫	丹、銀				玉石			
氣候										
都邑										
附屬島嶼										
結語										
附：臺灣說略	行政劃區									
附：驛路民站	交通									

3　《漢書・地理志》已出地理要素

　　《漢書・地理志》是正史中的第一部「地理志」，也是中國第一部按照「政區」設置論說地理形式的著作，文中詳述戰國、秦、漢之領土疆域、建置沿革、封建世系與形勢風俗。《漢書》的「志」繼承了《史記》「書」的體例，而史記八書中沒有「地理」一書，史書中為地理作專論，始自《漢書・地理志》。前此之地理著作，如《山海經》、〈禹貢〉[39]、〈職方〉等，通常以

39　《尚書・禹貢》為後世「地理志」的前身，基於其重要性，《漢書・地理志・上》幾乎將〈禹貢〉全文納入《漢書・地理志上》之中，足見班固對〈禹貢〉作為「地理志」先驅的收錄。

山川為主體，以著作者擬定的地理區域為綱領，並不重視實際的疆域政區。[40]
《史記・貨殖列傳》則主要從「經濟地理」的角度對當時的區劃進行論述，
對政區的記錄相對薄弱[41]。而《漢書・地理志》所開創的體例是以「政區建
置」為主題，然後分條附繫各地山川物產等內容。這種著述體裁，有學者稱
之為「疆域地理志」。

　　《漢書・地理志》不僅是一部最早的「地理志」，也是一部最好的正史
「地理志」。其中，各郡縣下的「附註」，內容很豐富，包括：戶口數字、山
澤方位、河道源流、水利設施、城邑鄉聚、關塞亭障、祠廟古蹟、當地特
產、官營產業等等。《漢書・地理志・下》輯錄劉向所言「域分」，朱贛所條
「風俗」的調查、研究成果，對全國各地區的地理情況、歷史發展進程、經
濟特點，特別是這些方面下所逐漸形成的社會風俗，做出了系統、具體的論
述。這些論述對統治者制定方針政策具有參考借鑑的作用。他們可以根據不
同地區的特定情況而因時、因地制宜，從而達到移風易俗、九州同一、天下
大治的理想境界[42]。《漢書・地理志》開創全新的體例，為後世史籍中的相
關內容樹立了典範，成為比《史記・貨殖列傳》更為完備的全國區域地理總
論，之後的《續漢書・郡國志》與《晉書・地理志》等皆是參照其「體例」
而撰寫的[43]。

40　吳榮曾、劉祝華等：《新譯漢書》（臺北市：三民書局，2013年），頁1795。

41　同前註，頁2008。

42　同前註，頁2008-2009。

43　同前註，頁1795。

表三　《漢書·地理志》已出地理要素——以秦、吳二地為例

漢書體例　　　臺灣三字經	秦　地	吳　地
班固〈小序〉	凡民函之性，而其剛柔緩急，音聲不同，繫水土之風氣，故謂之風；好惡取舍，動靜亡常，隨君上之情欲，故謂之俗。孔子曰：「移風易俗，莫善於樂。」言聖王在上，統理人倫，必移其本，而易其末，此混同天下一之㢓中和，然後王教成也。漢承百年之末，國土變改，民人遷徙，成帝時劉向略言其域分，丞相張禹使屬潁川朱贛條其風俗，猶未宣究，故輯而論之，終其本末著於篇。	
《漢書地理志·下》	班固錄劉向舊作	
前圖〈舊政府行政機關圖〉		
前言		
註解：王氏自注	後人注解（唐·顏師古）	
形式　句式：三字韻對		
押韻：採古韻		
地理位置與範圍	1.秦地於 天官 東井、與鬼之 分野 也。（前文，以「分野」定位）	「斗」分野也。
	2.自井十度至柳三度，謂之「鶉首之次」，秦之分也。（後文以「二十八宿」言位置）	今之會稽、九江、丹陽、豫章、廬江、廣陵、六安、臨淮郡，盡吳分也。
別稱	·柏益為舜朕虞，養育草木鳥獸，賜姓 嬴 氏。 ·周有 造父 幸於穆王，封於趙城，故更為 趙氏 。	武王克殷封周章弟中於河北，是為「北吳」，後世謂之「虞」，十二世為晉所滅。
臺灣簡史-沿革與治亂	秦地簡史： 1.秦之先曰 柏益 ，出自帝 顓頊 。堯時助禹治水，為舜朕虞，養育草木鳥獸，姓 嬴氏 。 2.歷夏、殷（世襲）為諸侯。 3.至周有 造父 ，善取習馬，得華騮、綠耳之乘，幸於穆王，封於趙城，故更為 趙氏 。 4.後有 非子 ，為周孝王養馬汧、渭之間。孝王曰：「昔伯益知禽獸，子孫不絕。」 乃封為附庸， 邑之於秦 ，今隴西-秦亭-	吳地簡史： 1.殷道既衰，周大王 亶父 興廢梁之地，長子 大伯 ，次曰仲雍，少曰公季。 2.公季有聖子昌，大王欲傳國焉。大伯、仲雍辭行采藥，遂奔荊蠻。 3.「公季」位，至昌為「西伯」，受命而王。 4.大伯初奔荊蠻，荊蠻歸之，號曰「句吳」。 5.大伯卒，「仲雍」立，至曾孫 周章 ，而武王克殷，因而封之。 6.又封周章弟中於河北，是為「北

		秦谷是也。 5.至玄孫，氏為莊公，破西戎，有其地。 6.子 襄公 時，幽王為犬戎所敗，平王東遷雒邑。襄公將兵救周有功，賜受廄、酆之地，列為諸侯。 7.後八世，穆公 稱伯，以（黃）河為竟。 8.十餘世，孝公 用商君，制轅田，開仟伯，東雄諸侯。 9.子 惠公 初稱王，得上郡、西河。 10.孫 昭王 開巴蜀，滅周，取九鼎。 11.昭王曾孫 政 并六國，稱皇帝，負力怙威，燔書阬儒，自任私智。 12.至子 胡亥，天下畔之。	吳」，後世謂之「虞」，十二世為晉所滅。 7.後二世而 荊蠻 之吳子 壽夢 盛大稱王。其少子則 季札，有賢材。兄弟欲傳國，札讓而不受。 8.自大伯、壽夢稱王六世，闔廬 舉伍子胥、孫武為將，戰勝攻取，興伯名於諸侯。 9.至子 夫差，誅子胥，用宰嚭，為粵王句踐所滅。
文教、文化		·漢興，六郡 良家子選給羽林、期門，以材力為官，名將多出焉。 ·景、武間，文翁 為蜀守，教民讀書法令。未能篤信道德，反以好文刺譏，貴慕權勢。及司馬相如游宦京師諸侯，以文辭顯於世，鄉黨-慕循其跡。後有王褒、嚴遵、揚雄之徒，文章冠天下。繇 文翁倡其教，相如為之師，故孔子曰：「有教亡類。」	·楚賢臣屈原被讒放流，作離騷諸賦以自傷悼。後有宋玉、唐勒之屬慕而述之，皆以顯名。漢興，高祖王兄子濞於吳，招致天下之娛游子弟，枚乘、鄒陽、嚴夫子之徒興於文、景之際。而淮南王安亦都壽春，招賓客著書。而吳有嚴助、朱買臣，貴顯漢朝，文辭並發，故世傳《楚辭》。
海岸、港灣			
地勢、地形		·天水、隴西：山多林木。	
水文（河、湖沼、泉水）		·始皇之初，鄭國 穿渠，引涇水溉田，沃野千里，民以富饒。（水文、水資源）	
11.地質		巴、蜀、廣漢：土地肥美，有江水沃野（水資源）。	
自然資源	農業	·巴、蜀、廣漢：山林竹木疏食果實之饒。 ·「故秦地」，詩風兼秦、幽兩國。其民（性）有先王遺風，好稼穡，務本業。 ·雍、梁二州	
	林業	·天水、隴西：山多林木，民以板為室屋。 ·（古幽地）有鄠、杜、竹林，南山	壽春、合肥：受南北湖「木」之輸。

		檀、柘，號稱陸海，為九州膏腴。（林產）	
	畜牧	・自武威以西：習俗頗殊，地廣民稀，水中宜畜牧，古涼州之畜為天下饒。 ・南賈滇、僰僮，西近邛、筰馬、旄牛。	・壽春、合肥：受南北湖皮革、鮑、木之輸，亦一都會也。
	漁業（鹽）		・壽春、合肥：受南北湖「鮑」之輸。 ・吳東有海鹽。
	礦業		・吳東有章山之「銅」。 ・豫章出「黃金」，然堇堇物之所有，取之不足以更費。
種族	民性（含行政區劃）	・安定、北地、上郡、西河，皆迫近戎狄，修習戰備，高上氣力，以射獵為先。……六郡，民俗質木，不恥寇盜。 ・漢興，立都長安，五方雜厝，風俗不純：其世家則好禮文；富人則商賈為利； 豪桀則游俠通姦；瀕南山，近夏陽，多阻險輕薄，易為盜賊，常為天下劇。 ・又郡國輻湊，浮食者多，民去本就末；列侯貴人車服僭上，眾庶放效，羞不相及。嫁娶尤崇侈靡，送死過度。	・吳、粵之君皆好勇，故其民至今好用劍，輕死易發。
		1 天水、隴西：山多林木，民以板為室屋。安定、北地、上郡、西河，皆迫近戎狄，修習戰備，高上氣力，以射獵為先。 ・漢興，六郡良家子選給羽林、期門，以材力為官，名將多出焉。（出產良將） →此數郡，民俗質木，不恥寇盜。（民性）	・壽春、合肥：其失巧而少信。…… 本吳粵與楚接比，數相并兼，故民俗略同。
		2.「故秦地」於〈禹貢〉時跨雍、梁二州，詩風兼秦、豳兩國。（地理範圍） ・昔后稷封斄，公劉處豳，大王徙廄，文王作酆，武王治鎬。 →其民（性）有先王遺風，好稼穡，務本業。 ・始皇之初，鄭國穿渠，引涇水溉田，沃野千里，民以富饒。（水文、水資源）	

3.漢興，立都 長安 ，徙齊諸田，楚昭、屈、景及諸功臣家於 長陵 。

後-世世徙吏二千石、高訾富人及豪桀并兼之家於諸陵。蓋亦以 彊幹弱支 ，非獨為奉山園也。

是故五方雜厝，風俗不純：其
世家 則好禮文，
富人 則商賈為利，
豪桀 則游俠通姦。

3-4 瀕南山，近夏陽，多阻險輕薄，易為盜賊，常為天下劇。

‧又郡國輻湊，浮食者多， 民 去本就末；列侯 貴人 車服僭上， 眾庶 放效，羞不相及。嫁娶尤崇侈靡，送死過度。（侈靡）

4.自 武威 以西，本匈奴-昆邪王、休屠王地，武帝時攘之，初置四郡，以通西域，鬲絕南羌、匈奴。

其民：或以關東下貧（經濟），或以報怨過當，或以誖逆亡道，家屬徙焉。

習俗：頗殊，地廣民稀，水中宜畜牧，古 涼州之畜 為天下饒。

保邊塞，二千石治之，咸以兵馬為務；酒禮之會，上下通焉，吏民相親。

是以民俗：風雨時節，穀糴常賤，少盜賊，有和氣之應，賢於 內郡 。

此政寬厚，吏-不苛刻之所致也。

5. 巴、蜀、廣漢本 南夷 ，秦并以為郡。土地肥美，有江水沃野（水資源），山林竹木疏食果實之饒。（地質\物產）

南賈滇、僰僮，西近邛、莋馬、旄牛。民食稻魚，亡凶年憂，俗不愁苦。（生活飲食）→而輕易淫泆，柔弱褊阨。（民性）

‧景、武間， 文翁 為蜀守，教民讀書法令 。未能篤信道德，反以好文刺譏，貴慕權勢。

及司馬相如游宦京師諸侯，以文辭顯於世，鄉黨-慕循其跡。\後有王褒、嚴

		遵、揚雄之徒，文章冠天下。蘇文翁倡其教，相如為之師，故孔子曰：「有教亡類。」 6.武都地雜氐、羌，及犍為、牂柯、越嶲，皆西南外夷，武帝初開置。 民俗略與巴、蜀同，而武都近天水，俗頗似焉。	
種族	人口 （遷徙）	·世徙吏二千石、高訾富人及豪桀并兼之家於諸陵。	·壽春、合肥：初淮南王異國中民家有女者，以待游士而妻之，故至今多女而少男。 ·吳東有海鹽章山之銅，三江五湖之利，……江南卑溼，丈夫多夭。
	異族		會稽海外有「東鯷」人，分為二十餘國，以歲時來獻見云。
氣候			江南卑溼，丈夫多夭。
都邑 （聚落、城市）			
行政區劃		1.天水、隴西 2.「故秦地」於〈禹貢〉時跨雍、梁二州。 3.漢興，立都長安。 4.自武威以西，本匈奴-昆邪王、休屠王地，武帝時攘之，初置四郡，以通西域，鬲絕南羌、匈奴。 5.巴、蜀、廣漢本南夷，秦并以為郡。 6.武都地雜氐、羌，及犍為、牂柯、越嶲，皆西南外夷，武帝初開置。	
附屬島嶼			
交通			
結語			
跋			

　　憑藉前文對傳統「地理志」要素——題材項目的比對，大致多能找到《臺灣三字經》所涉地理要素。而《臺灣三字經》體例中所涵括之內容，亦能在傳統《地理志》窺見所涉要題，如：地理位置、面積、地形、氣候、水文、土壤、植物、居民、物產、交通、聚落、風俗等，唯歷代史家表述方式用語略有不同。

（二）自加注解，析論補充

體例特色之二，是《臺灣三字經》作者自加注解，此一動作提供經文解釋與背景資料。全書超過210個注解，縮小字體，另行換行作注，而非夾注，給予經文格式清新有致之美，便於閱讀。

（三）善用「標題語」，易於掌握大意

此一體例，蓋出自王應麟的《三字經》。現代國語文的教學中，有所謂的「自然段」與「意義段」之區別。所謂「自然段」，指段落開始以「低兩格」形式展開書寫之段落，這是段落特有的標誌，一般習慣將此種段落稱為「自然段」。至於「意義段」為何？有何使用之必要？蓋一篇文章最自然的分段是「自然段」（空兩格行文可視為一「自然段」），而「意義段」之所以產生，源於部分文章有「分段細碎」現象，具體而言就是有些文章的自然段可能出現過多的自然段，令學習者無法掌握重點，提綱挈領，所以「意義段」正如打漁的網，而意義段即是魚網之提綱。教師為教學方便，可能會將重點相同的「自然段」合併成意義段，讓文章的脈絡更加清晰。至於「標題語」是筆者自加，以代表某「意義段」中總述大意之文字。

「標題語」的先例，可見於宋人《三字經》字句，以下依其出現「意義段」的位置舉例：

一、「標題語」出現於「意義段」之前段，如：

「三才」者，天地人。[44]
「三光」者，日月星。（頁69）
「三綱」者，君臣義，父子親，夫婦順。（頁69）

---

44 黃沛榮：《新譯三字經》（臺北市：三民書局，2000年），頁63。以下引文直標頁碼於文末。

二、「標題語」在中者，如：

> 曰春夏，曰秋冬，此「四時」，運不窮。（頁69）
> 曰南北，曰東西，此「四方」，應乎中。（頁69）
> 曰水火、木金土，此「五行」，本乎數。（頁71）
> 曰仁義、禮智信，此「五常」，不容紊。（頁73）
> 稻粱菽、麥黍稷、此「六穀」，人所食。（頁73）
> 馬牛羊、雞犬豕，此「六畜」，人所飼。（頁79）
> 高曾祖、父而身、身而子、子而孫、自子孫，至玄曾，乃「九族」，人之倫。（頁87）
> 父子恩，夫婦從，兄則友，弟則恭。長幼序，友與朋。君則敬，臣則忠，此「十義」，人所同。（頁89）

三、「標題語」於文末者，如：

> 曰喜怒，曰哀懼，愛惡欲，「七情」具。（頁80）
> 匏土革、木石金，與絲竹，乃「八音」。（頁82）

此種以「標題語」明示義理、主旨之體例，《臺灣三字經》發揮極至，略見下表即可知悉：

表四　《臺灣三字經》「意義段」行文「標題」使用狀況表

編號	意義段「標題語」使用狀況表	位置	《臺灣三字經校釋》頁碼
1	「地理誌，宜先知。舉臺灣，細參考。」	首段	1
2	「同此島，不一名」：大琉球、毘舍耶、高砂國、東蕃、東瀛	段末	5-8

編號	意義段「標題語」使用狀況表	位置	《臺灣三字經校釋》頁碼
3.	「有海賊」：林道乾、顏思齊、鄭芝龍	段首	15-16
4.	「明運竭，有成功」：歷述鄭成功政績與建設。含： 整戎行，奮神武，逐蘭人，復故土。務屯墾，闢草萊，百廢興，又招徠。 以澎湖，為門戶。改東寧，為天府。	段首	24-28
5	「新版圖，民多亂」：吳劉黃、朱一貴、天地會、林爽文、陳蘇張、戴萬陞、施九段等民亂	段首	31-39
6.	「海岸」線：分述北部、西部、南北、東	段首	71-72
7	出入「港」，竟如何？「開四港」，約通商。 淡水、基隆、安平、打狗。→此四周，良港乏	段首	72-76
8.	論「小港」：南北部，大約計，十四五：（15 處）	段首	76-81
9.	論「地勢」：南北端。山脈峻，島脊闌……	段首	82-94
10	「河流水」，著名中。花、卑、秀，船難通……	段首	95-100
11	論「湖沼」，最名區：埔裏社，水社湖。……	段首	101-102
12	考「地質」，紀「石岩」：凝灰板、砂岩、灰岩	段首	108-110
13	島之中，「多鑛物」：砂金、硫黃、石炭、石油、石灰等	段中	112-116
14	「植物類」，南北中；「穀蔬菜」，稍異同：蒟醬、薑、番瓜子、龍眼、枇杷、李。通脫木、柳檞、楊、松、桃、梓、	段首	118-120

編號	意義段「標題語」使用狀況表	位置	《臺灣三字經校釋》頁碼
	苧麻、桑、棕櫚、楓、檳榔、棗、水柳、榕、椰子。波羅蜜、楠、柏、樟、血樹、桄榔。		
	「稱名菓」：佛手柑、鳳梨朵、西螺柑。 「人常栽」：葡萄、橘、蔗、榴、梅、芭蕉、柚。	段末	
15	「動物」類：暹邏豹、西藏熊、鼺鼠、栗鼠、穿山甲、鹿、豬、猿。 鳥類：雉、鷴、梟、鷟、鷹、鴿、鴒、燕鷗。 家禽家畜：馬、牛、羊、雞、豕、狗	段首	121-147
16	論「水產」：百種魚；惟牡蠣，養殖與。	段首	127-128
17	古時代，「移住民」（原住民）：巫來由（馬來西亞），比律賓。…… 野番退（近海），入臺東。三百載，感皇風。	段中	129-132
	其「熟番」：性愚直，歸化後，能守則。 其「生番」：多貪殘。以下敘民性； 擺安：最強猂，以頭顱，得名譽，誇威嚴，如虎踞。 牡丹社：本無因，竟敢戮，小田民。問罪師，遂興起，約賠償，事乃止。 知本族：性溫柔，早開化，惟此儔。文其身，標高貴；漁獵農，聊自慰。 阿眉族：性質和；比他族，毛髮多。	段首	132-137
	烏鬼番、紅毛奴：此種族，今已無。	段末	138
18	就諸番，「敘風俗」；「分部落」，各約束 分別說明：組織運作、喜報仇、得頭顱、耕作物、醫藥、禮俗（祭祖、喪葬、占卜）、居處、貿易（藥材、皮革）	段中	139-151

編號	意義段「標題語」使用狀況表	位置	《臺灣三字經校釋》頁碼
	其「宣教」：自荷蘭 「設社學」：是清官 「開番地」沈幼丹，善經營，不畏難	段首	151-152
19	閩廣人，繼接踵。嘉分類，相逞勇。	段首	130
20	「華民至，重栽培」：稻一年，穫二回。 灌溉法，溪流水，自高田，漸次迤。肥料糞，油粕傾； 藉牛力，助苦耕。收穫時，或遠近，二輪車，供搬運。	段首	153-158
	「他物品」：亦甚妙 （經濟作物）甘藷、砂糖、茶、大豆、胡麻……	段首	158-162
	（農產加工）：麻與苧→製布繩。\鳳梨絲、芭蕉布→織布\ 紙桑→造紙料→作紙傘\大甲三稜草→可織蛟文蓆\ 通脫木→造紙花\棕櫚藤→織簑衣	無題	162-165
21	「大樹木」：東部間，萬壑連。大樹木，不計年。 　　　　　多美材，採伐早。有香樟，堪製腦。	段中	
22	「漁業」盛：海岸西，魚之類，東洋齊……製魚鮞，惟此美；育牡蠣，海之涘。	段首	170-173
23	「牧畜業」：牛、羊群，馬最少。貓、犬、貑（豬）	段首	173-174
24	「考工業」：大工場，製鹽腦，及茶糖。	段首	175-
25	「考商業」： 一、輸出常，糖、茶、（樟）腦，炭、硫黃。	段首	178

編號	意義段「標題語」使用狀況表	位置	《臺灣三字經校釋》頁碼
	二、輸入物：自異地，輸入品，食物器、絲綢、錦。最多額，阿片煙；次燐寸（火柴），毛布、綿。		
26	「論氣候」：南與北，二部間，成異域。 西南地，天氣溫；夏多雨，冬期暄。西北方，夏炎熱；冬陰寒，常降雪。 其海峽，風力強；夏秋際，屢被傷。	段首	180
	冬春期，雨量大；水蒸氣，浮碧靄。及秋季，變風信，雨旋至，自濛濛。 東北風，踰峻嶺；西南風，濕氣逞。推此理，故夏期，雨多降，不計時。		182
	山海間，煙霧毒，瘴氣生，休感觸。		183
	夏秋至，雷發聲。地恒震，山嶽鳴。		
27	敘全臺，舊「都邑」……「府縣」立：3 府、11 縣、4 廳、1 州	段首	185-190
	（一）臺北府：基隆廳、淡水縣、新竹縣、宜蘭縣。（附港、河、番地、產物）		
	（二）臺灣府：埔裡社廳、臺灣縣（臺中）、彰化縣、苗栗縣、雲林縣。 （附：河流、番境、鐵道）		192-199
	（三）臺南府：澎湖廳、安平縣、嘉義縣、鳳山縣、恆春縣（附：山脈、番社、港口、集貨場、島嶼、明鄭古都、商業、古蹟）		200-206
	（四）臺東直隸州：其東方，水尾地；臺東州，前所置。（附：卑南番社）		206-207
28	「諸島嶼」：澎湖（群島五十五）、琉球島、紅頭嶼、火燒嶼、龜嶼。		208-
29	結語：「此全島，敘分明。作地理，三字經。」		215
30	期勉：「能熟讀，非無益。智識開，宜遊歷。」		

（四）應用西學知識──以經緯度標示地理位置

　　傳統「地理」書寫，於標示地理位置之時，「地理志」作者，似知滄海桑田、物換星移現象，於是定位「地域」時，多用古典天文學知識來解決前述問題，意即使用所謂的「分野」來定位。《漢書‧地理志》已使用之。所謂「分野」、「星野」[45]，亦作「十二次」，是中國古代天文學家對星辰的劃分。中國殷商時期已有「十二次」，即星紀、玄枵、娵訾、降婁、大梁、實沈、鶉首、鶉火、鶉尾、壽星、大火、析木，類似今日西方的黃道十二宮（西洋十二星座）。另有以「二十八宿」劃分「分野」者，如《晉書‧天文志》記載了十二州──兗州、豫州、幽州、揚州、青州、并州、徐州、冀州、益州、雍州、三河、荊州等十二州，分別由十三國──鄭、宋、燕、吳（越）、齊、衛、魯、趙、魏、秦、周、楚十二古國瓜分，當史書言某地於「箕、尾二宿」，即代表燕國幽州。[46]在清代以前，以「分野」描述地理位置幾乎是常態[47]。明末清初西方天文學早已傳入中國，其後因新學的傳揚接受，清末使用經緯度標誌地域位置，已不鮮見。而王石鵬也從善如流，其《臺灣三字經》篇首云：「北緯線，及東經。詳位置，知其形」，標定位置，其所用者正是「經緯度」，而其注解補充更詳實的資訊：「本島南是北緯二十一度五十四分起，至北部二十五度十八分，西方東經一百二十度七分起，至東部一百二十二度十五分」。又「南北長，東西狹。自富基，至南岬。」為現代地理要素之「四極」[48]，即已大方使用「經緯度」標誌疆域，又應用「四極」說明東西南北最遠地點所在，其注云：「臺灣幅員自北端富基角

---

45 清人高拱辰《臺灣府志‧封域志》即有「星野」之篇，詳見高拱乾輯纂，周元文增修，《臺灣府志》臺灣史料集成編輯委員會輯（臺北市：文建會，2004年），頁64。

46 參考維基百科「分野」詞條。（https://zh.wikipedia.org/wiki/%E5%8D%81%E4%BA%8C%E6%AC%A1，106.4.5下載）

47 唐人王勃〈滕王閣序〉中即有「星分翼軫，地接衡盧」之句。（見吳楚材編，謝冰瑩等八人新譯：《新譯古文觀止》（臺北市：三民書局，2012年）。

48 詳見〈附錄一〉：〈現代地理學的架構與要素〉，參考石再添：《臺灣地理概論》〈序言〉（臺北市：臺灣中華書局，1997年）。

起，至南端南岬地方止，計長有日本里凡百里許，東西約三十里許，將近南端，其幅甚狹，如柄形。凡日本里一里，合臺灣里六里之數，下皆倣此。」

《漢書‧地理志》既為「地理志」體例奠定之始，且為正史「地理志」中最完整且具代表性的著作，因此本文即以此作為解析「地理志」體例之樣本。透過表格整理《漢書‧地理志》[49]資料，《臺灣三字經》亦有其出乎傳統「地理志」之外的關注之要題。如《臺灣三字經》未涉傳統「地理志」書寫之主題，則有「（中）國史」（僅載治亂史）、政治等議題。至於「聚落、風俗」之書寫，在漢人部分，僅有「閩廣人，繼接踵，嘉分類，相逞勇」一條；然對原住民之書寫，相較於「閩廣」二大族群，則著墨甚多。旁及宗教、風俗、婚姻、營生、戰鬥……。至於何以僅見書寫「原民」風俗。民性，對於閩廣族群則未多言。筆者臆測：閩廣漢人，知己知彼，無庸書寫？抑或王氏敘述，無論美惡，恐見爭端，所以不論？

四　雅俗之間──《臺灣三字經》的教育理念與特色

談論「特色」，大抵須由比較而來。為能凸顯王書特色，擬與「橫向」並時且旁涉臺灣地理之蒙書相較，以明王作之特色。王石鵬出自書香門第，來自士紳階級，筆者用以參照之蒙書，屬於俗文學之「雜字體」蒙書，作者張氏，身份不明，然由其文字用語與涉及內容觀察，當屬俗文化一邊。「雅俗」向來是研究中國傳統文化之要項，期能為屬於雅文化的作者索隱出王氏「臺灣地理」書寫時的特色與著述蒙書的底線。然後，藉此結果比對出對曾為師範生的王氏心心念念卻未曾明言的寫作理念。

以下將透過《四言雜字》[50]一書來達成筆者預期的目標。至於《四言雜志》究竟從何而出，內容又是何種性質之書？在解答之前，先藉瞿菊農〈中

---

49 漢固：《漢書‧地理志上》（臺北市：鼎文書局，1997年），頁1523-1603；又〈地理志下〉，頁1609-1671。以下引文接在文末直接標明篇名及頁數。

50 本文使用版本為：清末‧張氏：《四言雜字》（新竹市：竹林書局，2000年）。以下《四言雜字》簡稱為《雜字》，以節篇幅。

國古代蒙養學教材〉一文來簡單說明傳統蒙書的雅俗之別：

> 就現在見到的這一類蒙養教材，似因對象不同，有兩種教材：一種是
> 地主階級或較為富有家庭的子弟用的。他們在讀畢《三字經》等書，
> 掌握相當文字工具之後，進而讀其他教材，如《名物蒙求》、《敘古千
> 字文》，以及後來的《龍文鞭影》、《幼學須知》或《幼學瓊林》一類
> 的教材；或者直接讀「四書」，學作對子，輔之以歷史典故與道德修
> 養的教材；同時學習作詩，誦讀古文，這還是為了準備考試的。
> 另一種則為一般手工業者、農人、商人為了識字用的，這些教材主要
> 是各種「雜字」書和把格言成語彙集在一起的課本，如所謂的《名賢
> 集》及《昔時賢文》之類。「雜字書」通常有五言、六言、七言等。
> 不同地區也有不同的本子。[51]

引文提及一般手工業者、農人、商人等有識字需求者，塾師選擇教材，基本
上與地主、富足人家子弟之教材也有區隔，而《四言雜字》的性質便是瞿文
提及的第二種類型的書。「雜字」作為傳統蒙書之一類，書名多以「一句之
字數多少」定名，常以韻語編成，隔句押韻，所以以讀來上口，聽來悅耳、
便於背誦。雜字類蒙書，涉及內容比較廣泛，如衣食住行、生產工具、家用
什器、工商等。〈雜字〉書的版本，在不同時代、不同地區常有不同的本
子，並不斷有所修改增刪，因此現存的「雜字」書，其編纂時代與作者均不
易考訂。

　　二十世紀初葉時，李開章於苗栗銅鑼一帶，得到十九世紀臺灣客家人
「張氏」版本的「手抄本」後，去除部分清朝制度與「負面」事情，加入臺
灣日治時代的事物，編輯成書後，於臺灣民間流傳甚廣，後世亦多以此版本
重印，以作為識字教材。書雖非李開章所寫，但既然李開章能在苗栗銅鑼一

---

51 瞿菊農〈中國古代蒙養學教材〉，《北京師範大學學報》（社會科學版）1961年第4期，
　頁53。

帶取得「張氏原本」，則張氏之故里應當就在該處附近，此種可能性相當高。藉此線索，所以有學者大膽假設：張氏是「臺中北部、苗栗南部」的客家人。此書具有濃厚客家風情，映射客庄生活的點滴。後來連閩南人也將此書作為教材，可見其實用性及普遍性。

《四言雜字》大致依照某種門類事物，將之聚合成句、成段。若依黃震南的分法，可分為：記帳、烹飪、蔬果、肉類、器官、衣飾、農具、家用、建築、祭祀、禽獸、歲時、水運、刑法、信仰、行業、人品、昆蟲、地治、世道人心、處世之道、各地民情、歷史人物、勸專心就業、作詩、醫藥、番人、契約、道德報應、書牘、宗族、死亡、親屬、官職、女子、忠臣孝子、聖賢經典、教育、文房四寶、結語等四十類[52]。教材所取既「雜」又廣，則可提供並反映日常生活的具體運作情形。

《四言雜志》作者曾於文末自云：「問我學問，二三四流。張氏新編，著出此書」，不過《四言雜字》，極多妙處」，看來這位「張老師」是位謙虛有趣又長於促銷之人。他提到己書「句語雖俗，文法近古」，意謂不會太難讀，頗有「想學習者，儘管放馬過來」意味。接著言明自己教本的用處：「世情勘破，通達理路。字字認識，半月工夫。習讀家用，能曉記簿；當家事務，曉得應酬。」（頁36）介紹嚴肅教材之後，此位張老師改言：

> 牛馬大肚，界隔中路；山下清水，滾滾泉流。
> 泌水汪洋，可以忘憂。行人觀水，回頭止步。
> 人多富貴，山明水秀。（頁18）
> 臺灣風景，南北兩路。無處人到，任我遨遊。
> 舉目所見，親歷其處。人情風俗，悉記我肚。（頁36）

---

52 對於張氏《四言雜字》目前已有學者抽絲剝繭探尋作者的資料，儘管目前仍然無法斷定於書中自稱「張氏」的作者身份，但依據內文指涉的人事地物及部分客庄用語及民俗，以及文中反映清領時期臺灣客家族群生活看來，已可限縮作者居處範圍，只待更多資料以定讞。參考維基百科「雜字」詞條。
（https://zh.wikipedia.org/wiki/%E9%9B%9C%E5%AD%97#cite_note-.E4.B8.AD.E5.9B.BD.E4.BF.97.E6.96.87.E5.8C.96-3。2017.4.10檢索）

由上可知；張氏與王石鵬，二師對鼓勵學生出去走走的觀點近似，但讀書目的，不盡相同。離開教育議題，略引其他主題原文，應能比對出王作書寫的教育理念與張氏的差異，因為文本便是證據！

（一）《四言雜字》的地理書寫

《四言雜字》作為教材，有其淺顯易懂、即學即用於生活上的優點。「雜字」文字用語儘管俚俗，然其體現在地即時生活文化的效率也是最高者——是令人直接有感的面向，甚至塾師亦可將方才剛發生的物事隨時添入教材之中。本節旨在透過《四言雜字》的多面向的書寫，從中提挈出與地理相關的資料，藉以對照出王氏書寫地理之特色。請參閱〈表五〉，以明梗概。

筆者先將《四言雜字》中與地理書寫相關段落，置入表格之中，除「勸學」之〈序文〉外，多與地理範疇相關。同一時期，清末大陸小學地理教科書，多半已將「天文地理」、「地文地理」以及「人文地理」三分的概念運用於教材編寫的結構中[53]，在此也嘗試以此架構來整合內文的議題：

第一類屬於「地文地理」範疇：《四言雜字》所涉主題，有：氣候、農時、水文、交通、土壤、災患、開墾、人口、聚落、地景、文明、教育、農業、商業以及治安等問題。與《臺灣三字經》所涉主題，正可互證有無，更能全面映照出那個時代的樣貌與情調。倘從教育角度來看，清末地理教材書寫的應用情況，頗有補充史料之不足之大用也。

第二類是「人文地理」：言風俗人情也。載城市地方的繁榮文明，常民生活衣食概況，介紹農業商業情況，反映時人樂天知命，努力勤作之德，倘

---

53 清末鄒代鈞的《京師大學堂講義》中，將地理學分為三類：一是「天文」地理學，論地球之形狀與天體之關係，及其運動而成四時晝夜之變化，並確定地球表面各地位之方法；二是「地文地理學」，論海陸自然之區別，空氣氣候，與動植物礦物之分佈，是地理學中最重要的部分；三是「人文地理學」，論各邦國及各部落之位置境界，居民文野之程度，政體風俗宗教種族語言之不齊。倪文君〈近代學科形成過程中的晚清地理教科書述論〉，頁109。

若天不從人，偶有風波，亦平心對應。教育日興，漸開文化。良吏治安，各盡其職。人情溫暖，重情重義，善行不替。文人耕讀，自食其力……，此為書中「人文地理」之大概。《雜字》基本上傾向寫人，而王氏重在記事。

表五　《四言雜字》的地理書寫

地學範疇	主題	原　　　　文	起訖頁數	王作有無類似書寫
序	勸學	《四言雜字》，極多妙處。句語雖俗，文法近古。世情勘破，通達理路。字字認識，半月工夫。習讀家用，能曉記簿；當家事務，曉得應酬。	36	有
地文地理	氣候	南北天時，陰陽各異。山如面目，沙土黑地。（坔無粘洽，人多情義）方無停止，海有潮退。愁雲漠漠，風雨淒淒。天昏地暗，不風則雨。飛沙走石，行人阻滯。跋涉艱難，風鏡帶隨。	19-20	有
	氣候農時	三伏冬至，不熱不寒。春晴夏雨，冬寒秋涼。正二三四，天氣亢陽。五六七八，雨水汪洋。三月割禾，冬至落秧。田肥地茂，水無旱荒。坡水灌蔭，渺渺茫茫。（人多豐富，男女溫良）	20	雜字書寫更為具體
	水文交通	東西南北，……天地日月，……河海溪圳，塘溝池湖。天旱水浸，日夜有流。大船小艇，任意漂流。	9	王書極詳（全臺）
	土壤	烏坔黑土，濁水汶河。浮坔虛土，沙濫極多。	16	有
	水文水患	要脫衣裳，勿恃輕過。歷年河路，損失人多。溪裡插竹，引路過河。	16	有
	移民開墾	學老客人，不敢苛求。三焦甲子，新開地方。水土未服，多生煙瘴。	19	似無書寫
	人口聚落	村庄市鎮，一百餘庄。竹管長洞，三日盡長。閭人另算，海唇直上。路途數日，約有百庄。	21	記人口聚落甚詳，因為身在其間

地學範疇	主題	原　　　文	起訖頁數	王作有無類似書寫
	地景	臺灣土地，日進繁華。孤懸一島，風景最佳。四圍海繞，勝境仙家。	13	〈雜字〉有，且更多
		臺灣風景，南北兩路。無處人到，任我遨遊。舉目所見，親歷其處。人情風俗，悉記我肚。	36	
	繁榮文明	各業進步，電力汽車。市區改正，莊嚴官衙。共謀公益，銀行會社。	13	引以為傲的文明，王書亦多著墨
	教育農業	教育日興，漸開文化。耕種朴實，不尚奢華。		
	人口商業農產	本島中部，雜處姓多。彰化鹿港，斗六西螺。園林北斗，人穰貨多。田地廣闊，穀豆最多。人雖豐富，不及諸羅。	16	〈雜字〉言商業具體且詳；王書則言農作專精
		鹹水笨港，街市長道。貨物廣積，穰過西螺。	17	
		後壠中港，竹塹新埔，新庄艋舺，兩市近處。（人多貨廣，河海通流）	17	
人文地理	治安	路途平靜，單客無憂。不貪不取，人情朴素。	19	〈雜字〉所載區域人情，各地不同
	常民生活	米穀希罕，薯薑豆芋。肩挑貿易，柴炭商賈。三餐粥飯，地瓜洽煑。（勤儉成家，人多辛苦。）	19	糧食
	良吏除暴	明官除害，恩同韓周。韓文祭鱷，周公驅獸。德重丘山，名垂千古。	17-18	〈雜字〉感恩良吏
	樂天勤作重情重義	銅鑼灣裡，一帶客人。山多田少，種作經營。山崗秀麗，龍脈有神。陽居陰穴，穩住安金。（人多貧苦，富成萬金。）	18	
		牛馬大肚，界隔中路；山下清水，滾滾泉流。泌水汪洋，可以忘憂。行人觀水，回頭止步。人多富貴，山明水秀。	18	〈雜字〉言家鄉之美

地學範疇	主題	原　　　　　文	起訖頁數	王作有無類似書寫
	民性人情	（大甲吞霄）石多人窮，村庄少富。 人情照常，不甜不苦。	18	〈雜字〉對貧富問題相當注意
		貓裡市鎮，（山水有情。）來往晝夜，生疏同進。 庄雖離散，豈無賢人。十室之邑，必有忠信。	18	
	善行	南路排渡，客人濟施。來往過渡，不用文錢。 行人出入，安樂自然。頭人首事，功德長綿。	21	〈雜字〉有「行善」記載
	移民	文人學士，車載斗量。男女穿著，相似原鄉。	22	有
	耕讀持家	讀書要專，日夜勤功。十年寒苦，何愁不通！ 耕種要勤，測及天時。四時八節，栽種得宜。	22-	有之
	認命	同人傭工，愛從主命。得錢勤做，不可執性。	23	無
	知命	生理買賣，有喜有愁。貨有起落，思前想後。	23	無

（二）《四言雜字》的「兒童不宜」

　　《四言雜字》的預設讀者，除蒙童外，部分勤作苦存束脩才得以學習者，可能年齡會與蒙童有所差距，甚至有成年人加入其間的可能。誠如《四言雜字》作者張氏所言：「《四言雜字》，極多妙處。句語雖俗，文法近古。世情勘破，通達理路。字字認識，半月工夫。」當「習讀家用，能曉記簿；當家事務，曉得應酬」皆已學會，其後在書房或私塾的時間便不會太長。意即《四言雜字》的學習者，其年齡可能有超出八至十四歲的蒙童年歲，於是部分「兒童不宜」的書寫，可能會在文中顯現。應用表格整理《雜字》時，統理出與《臺灣三字經》相去較遠的教材取向，以對比出二書作者教育理念之異同。

「兒童不宜」四字雖似廣告，但卻能一語道出此節討論議題之走向。只是提醒，猶然不足，深入探究，擬出辦法，才是上策。（詳見表六）

第一類不宜：「社會亂象，負面書寫」

在《雜字》書中，認為社會有亂象，多半來字「民少教育，惡習成禍」使然。有部分直露地將社會亂象盡書於教材中，令學生早早知悉人性社會的黑暗面——如社會亂象、貪官受賄、反易剛柔（男女角色對換）、違禮越教，內外無別。另有其它不一而足的怪風氣、壞榜樣，也被教材收入，包括：竊盜、詐騙、奸商勒索、霸凌新客、世風日下等。蒙童年紀尚輕，長輩塾師未必說得明白，可能提早產生對社會的疏離。因此，「兒童不宜」的教材內容就須好好斟酌再教才好。然部分內容似有須商榷，如「淫風雖盛，亦近書香」之說，似乎自相矛盾，因為若近書香，知所進退，便不致傷風敗俗，內外無別。

第二類不宜：「原民異族，文化差異」

〈表六〉所列文字，多屬負向價值；唯於原民部分，則是漸入佳境：由漢人自行捕風捉影，想像凶番欲害己；到與漢人從事非法買賣，總算有所交集，但作者仍不忘教化，言「昔無教育，野心最壞」，進化到：國有善治，教化蠻夷，再進步到「漸近人情，知理所在。」在《雜字》中，漢番終於有著歡喜大結局！又在《雜字》前文，似將生番妖魔化，王氏因接觸西學、人類學，雖不全然對番人有好感，對已知區分番人族群，分別評議，有好有壞，對族性溫順的原住民亦有佳評。而身為漢人的王石鵬對於異族能以平心對待，再與《雜字》對照，二書記載主題雖多重疊，然而觀感與評價截然不同。

因此原本列為兒童不宜者，最後終能轉為「教化有成：從敵對態勢到受教」：漢番相處，似有進展。當然文中大力稱揚官方教化的努力，功不可沒。但初期對原民的認知不清，進而將對方妖魔化的階段性書寫，仍是「兒童不宜」，必須成人陪同說明。

　　對比於《四言雜字》的書寫，王石鵬始終很謹慎地去置放他的教材。經文中有多處直喚孩童如何如何，他的教育理念不認為苦讀才能吸收，去遊歷，長智識，百聞不如一見，去行萬里路。莫非是王氏成書較早，熱血青年對家國對自己仍充滿信心與勇氣乎！在臺灣三字經中，極少看到怪力亂神的影子，處理中日臺之人際關係也相當謹慎。或許修習過師範學校課程，使他知道一本好教材的光華模樣。而本節的比對，在於彰顯王石鵬對童蒙教育理念的卓識。社會亂象、光怪陸離，通通散去，欲令全臺童蒙歡喜讀書，沒有憂懼，他心中的教育理念，就在於終究要落實於「教育」本質的堅持！

表六　《四言雜字》的負面書寫

範疇	議題	原　　文	頁數起訖	王作有無類似書寫
原因	治安	古昔時代，國法寬和，民少「教育」，惡習成禍。	16	負向枇評議（王氏似無）
社會亂象，負面書寫	竊盜	不營正業，慣為盜賊。聲音各異，啞口難和。剪徑強劫，不計其多。白撞小手，彳亍穿梭。橫街暗巷，強人頭帽。	16-17	無
	奸商勒索	若問排渡，生客難過。問撿傳錢，局燴詐訛。滿身搜撿，又扯又拖。盡錢搜空，也不為多。	17	無
		大和永靖，客人街道。生理冷淡，店中閒坐。旅人受害，濁水排渡，藉此營生，惡過狼虎。灣裡撥槳，急水等處，捕影捉人，攔河私抽。→漢人所行	17	無
	霸凌新客	唐山新客，話語不符，銀錢搶空，叉剝衫褲。上下過水，毆打無休。細出河壩，蒸曬出油。同他相鬧，溺水漂流。	16-17	
	貪官受賄	屢年人告，案疊山庫。枷打發放，依然依故。栓衙擺弄，衙門受賄。上司官府，不詳情由。如此害人，罪不容誅。→言官貪腐，受苦無告之悲	17	

範疇	議題	原　　　文	頁數起訖	王作有無類似書寫
	反易剛柔	東山假裡，西海汪洋。男人信實，女人乖张。田園勤做，免除績紡。繡花針指，巧琢奇良。	21-22	
	內外無別	待人接客，顏容笑歡。親朋交接，茶煙檳榔。不論疏識，歡喜留餐。淫風雖盛，亦近書香。	22	
	世風日下	性多雜處，人心不測。男女嫖賭，女好花色。狗耳軟垂，竹生荊棘。	21	
	詐騙	百樣貨物，原鄉載過。生理有賒，本少利多。假多真少，識人見破。		
	民風怪象	漂洋過海，險中難做。雌雄無分，陰陽顛倒。男粧女子，女作男權。牝雞司晨，婦人主見。河東獅吼，多畏妻言。水粉胭脂，裝身打伴。插花纏腳，三寸金蓮。出入用轎，要人隨行。男人辛苦，女人清閒。	21-22	
原民異族，教化有成	原民書寫	（漢人）鋤畬挖嶺，種作開埔。「驚恐」生番，隘丁巡守。	19	無
		生番假裡，東山一派：不著一裳，形容古怪。出來捕人，相似妖怪。行人謹慎，莫持膽大。金銀不要，愛人頭臚。一年殺人，不計其個。專取人頭，身屍留在。禍因番割，勾通番怪。	24	王氏在分論番民時，獵頭之俗皆有涉及
	犯罪	火藥鉛銃，鎗刀器械，豬酒鹽物。偷入山賣。交換鹿茸，利息深大。「昔無教育，野心最壞。」	24	無
	官方教化	國有善治，撫夷分派。教化蠻夷，特別招待。番童學校，教育不息。漸近人情，知理所在。人民安樂，國恩深大。	24	有，王氏客觀以對

五　結論

　　基於海峽兩岸「書同文」的特殊因緣，兩岸教育者對於傳統文化的推廣持續在進行中。兒童讀經須有教材，教材何來？無庸置疑，自然須因時因地因人制宜。在臺灣的讀經班，多半選擇品德教育類傳統蒙書來作為教材。然則，如果選用《臺灣三字經》來作為讀經課本，成效將如何？本地孩童看得到自己熟悉的地景、歷史文化，對於長年生活於臺灣土地上的住民而言，經文所論，多半能夠領會或共鳴，評價大抵不差。

　　至於筆者對王氏之作，只有敬意，僅有白璧微瑕的小小評議，此即指其「地理要素」之排序，疑有跳躍、同類分散之情形，筆者認為既然採用宋代《三字經》文體，則諸「要題」之串接，應當也要慮及「意義段」的體例，與古籍相較，其與「意義連貫，分割合理」要求，顯然有間。韻對是使其如此的主因。如其經文：

大兵至，破諸營。（平聲八庚韻）　　南北路，盡蕩平。（平聲八庚韻）

此治亂，敘大略。（入聲十藥韻）　\\　教育界，再參酌。（入聲十藥韻）

開風氣，自光文。（平聲十二文韻）　繼之者，有徐君。（平聲十二文韻）

建書院，立學堂。（平聲七陽韻）　　至今日，大改良。（平聲七陽韻）

前文本論戰爭治亂，首尾一貫甚佳；然將「教育界，再參酌」與前句叶韻，聲音韻對諧和，句意卻不相連，是在模仿歌劇中的「過門」嗎？在蒙童背誦之時，只有聲音的參照，恐致蒙童將段落混雜，未知句子應當附前，還是從後合解。

　　其次，許可以考慮讓內容依從學科架構，而不僅是韻對和諧而已。若觀察同代之清末大陸小學地理教科書，多半依「天文地理」、「地文地理」以及「人文地理」[54]進行教材內容之編排，似乎可以更有邏輯，更具系統性！其

---

54 清末鄒代鈞的《京師大學堂講義》中，將地理學分為三類：一是「天文」地理學，論

三、地理教材編寫的多樣化，已經在同樣的時間點展開。清末中國的地理教科書在「癸卯學制」後有相當大的變革，而地理教科書，除了類似王石鵬的蒙書體（三字經體）以外，當時中國學者已發展出因應不同教學法的教科書——包括問答體例（Q&A 形式）、區劃體例（依行政區域依序編寫）、旅行體例[55]以及匯類體例（兼採多體）。或許可作為日後編寫小學地理教科書參考的體例。

其三、王作文中有部分用字相當罕見，讀音檢索未必順利，造成閱讀上的阻礙。至於錯字、別字、假借字，之使用，許是蒼促之疏忽造成，終究這是一本不薄的專書。

儘管批評意義段被切斷是負分，然若推想二七一二字的大作，每三字就要押韻，相較於五言、七言或雜言，韻對頻率較低，倘若不必承載「新知」，或許容易些，但科學術語既多，有時不得已只得切斷脈絡（意義段與叶韻湊對。最末，是以文言為之，近現代兒童若想閱讀，頗有難度。即令成人教師，文言解釋與少數僻字，檢索不易。凡此，僅是作為故鄉先賢敬慕者的筆者，小小的瑣言。

傳統蒙書種類甚多，隸屬「知識典故」類蒙書的《臺灣三字經》，在當代臺灣受到極大的關注。身為同鄉後學，重以同為師範生之因緣，進行本文研究過程中，心情上格外不同。彷彿書寫之時，恍如兩人對面論學之感。前

地球之形狀與天體之關係，及其運動而成四時晝夜之變化，並確定地球表面各地位之方法；二是「地文地理學」，論海陸自然之區別，空氣氣候，與動植物礦物之分佈，是地理學中最重要的部分；三是「人文地理學」，論各邦國及各部落之位置境界，居民文野之程度，政體風俗宗教種族語言之不齊。倪文君：〈近代學科形成過程中的晚清地理教科書述論〉，頁109。

55 「參以遊記體以博其趣」是用「遊記體」來表述「地理志」的內容，也是清末興起「旅遊體」小學地理教科書的理念，實例如下：昔有童子名勤學，廉明善讀書，嘗從其父遊於河幹，俯視水流，泊泊無一息停者。勤學問其父：「水之流也，亦有說乎？」其父曰：「水性避高而趨下，故觀水之流，知上流地勢，比高於下流。」（《最新初等小學地理教科書》）轉引宋麗芳：《清末時期我國初等小學地理教科書編寫研究》（北京市：首都師範大學碩士學位論文，2013年），頁20-30。

輩學者功力深厚，重要議題皆已豁然；後知後覺的我，謹就「體例」角度，略言所得。

　　生於清末的王石鵬，所著《臺灣三字經》所以被看重，或因其題材，或以其書乃臺灣地區首冊「新出地理蒙書」之故，更重要的是獨以「臺灣」作為書寫對象之大作。相較於其他領域的蒙書，清末以降的地理教科書往往與西學、科學、文明劃上等號。新學西學似乎代表專業、願景，動力與未來。然同是戰敗國之子民，當對岸中國積極維新、編寫愛國手冊[56]、痛定思痛要把國家強回來時；作為遺民的王石鵬，該是何種心態？多位學者指陳王氏家國認同的游移心態，然家國破碎，花果飄零，又如何有講明白、說清楚的自由⋯⋯。

　　本文之撰作，意欲解開王氏撰寫蒙書，何以獨鍾「地理」題材，而廣泛蒐羅史料、改譯傳統古書與東文科學著作，令蒙童透過經文暗中經營──認識故鄉，了解土地，親愛同胞之情；而他還鼓勵讀者們可以讀萬卷書，也要行萬里路，以便打開國際視野⋯⋯。大陸學者曾針對「清末小學地理教科書」的「教育理念」進行研究，頗有見地：理念之一是「培養愛國主義情感」：若要落實，則須兼重鄉土、民族以及歷史三種教育；其二是「關注民生實用思想」：正德利用厚生，古有明訓，所以針對主要城邑，描述物產商務以及交通運輸，如此民生康樂。第三則自然是強調「地理教育」之價值，知人外有人，鄉外有鄉，國外有國，發展新學與改革的理念[57]。

　　目前學者多從內容分析、家國認同、鄉土感情、教育熱誠等角度切入外，筆者認為王氏以此題作為書寫重心，應當存有令王書與傳統蒙書題材足以區隔，又能回應自身博學愛鄉好文的個人期許與著作理型。展讀《臺灣三字經》之際，筆者依文「題目」，隱然浮現《尚書・禹貢》、《周禮・職方

---

56 宋麗芳認為：清末初等小學地理教科書的特點是和當時的歷史背景相關聯的，地理教科書集中體現了當時社會的主流文化，社會的統治階級試圖通過地理教科書將該階級的意識形態和價值觀滲透給學生。（同前註，頁1）

57 代玲玲：《清末小學地理教科書及其理念研究》（上海市：華東師範大學資源與環境科學學院碩士學位論文，2014年）。

氏》以及《漢書・地理志》「題目」交疊之光影，故試從傳統「地理志」之書寫，勾勒其王書「體例」內容：依經文先後略為排序，包括：「自序」、「行政機關圖」、「圖解」、「全文注解」；「前言」、「地理位置與範圍」；臺灣別稱與臺灣簡史——分作：早期開發、荷法佔據、明鄭治臺、清人建設，至乙未割台幾段。續論「文教」，多言日人文明好處；次論自然地理，述及「海岸、港灣」、高山地形、河川水利、地質礦產；復論蔬果農作與動物，繼言「種族」，然言「漢人」語不多，只言閩廣愛械鬥；論述原民尚中肯，大量、有序、又完整，若是好番讚之，凶番者，僅客觀根據所見或閱讀，如實介紹。對原民殊俗，未加評騭。至於「民性、風俗」部分，其實只論原住民。人口數與男女比例未置言，然《尚書・禹貢》似乎比近現代人更用心，早預知後世會有男女比例失衡情形？影響男耕女織的生產力。再次言及「工商、產業、農業、林業、漁牧以及加工業（玉石等）；復次是氣候；再來是都邑、城市或行政區劃分；最後是附屬島嶼。「附錄」部分則有〈臺灣說略〉、〈驛路民站〉以及王松的〈跋〉。

　　至於體例上之特色，則有：（一）書寫體例，前有所承；（二）自加注解，析論補充；（三）善用「標題語」，易於掌握大意；（四）應用西學知識——以經緯度標示地理位置。

　　末了，為凸顯王書特色，文中擇取與王氏並時的民間通俗識字教材《四言雜字》進行參校，藉此對照出《臺灣三字經》作為一本蒙書，終究要落實於「教育」本質的堅持——「溫柔敦厚，不出惡聲；教材分級，保護學生」理念，細觀其書，已然於其自作教材之中，充分顯現！

（感謝特約討論人鄭卜五教授給與良善修改意見，俾使本文得以更形完善；又李松柏先生親赴國圖印出〈王石鵬《臺灣三字經》研究〉全文，俾使本文得以順利完成。在此由衷敬致謝忱！）

附錄：現代地理學的架構與要素

　　透過石再添《臺灣地理概論》目錄與架構，可略知《臺灣三字經》與現代地理學之相關情形。石氏書中，鋪展現代地理學的主要議題如下：

序言：《臺灣地理概論》以臺灣地區為範圍，簡要探討其地形、氣候、水文、土壤、生物等「自然地理」要素；及人口、經濟、交通、聚落；（包括行政區）等「人文地理」要素。

地圖

概說：（1）臺灣範圍；（2）面積；（3）地理位置；（4）四極：東西南北；
　　　　（5）和大陸的關係[58]；（6）光復後行政區劃；
　　　　（7）高度、坡度與相對高度；（8）山地；
　　　　（9）臺地、丘陵、平原、盆地；（10）河流；（11）海岸；
　　　　（12）氣候；（13）氣溫；（14）雨量；（15）風；（16）土壤；
　　　　（17）生物；（18）礦業；（19）工業；（20）商業；（21）交通；
　　　　（22）人口；（23）教育；（24）國民所得；（25）環境。

一、地形：地質概觀、地勢、河流、海岸。

二、氣候：氣候的特性、氣溫、降水與濕度、風、其他氣候現象、氣候分類。

三、水文：降水量、蒸發散量、蓄水池、地下水、河川逕流、水利、水污染、水平衡。

四、土壤：土壤化育的環境、土壤類型與分類。

五、生物及自然保育：臺灣「物種豐富」及「多樣性高」的五個要素、臺灣植物地理、臺灣動物地理、臺灣「保育法」的制定及「保留（護）區」的設置。

六、人口：人口的成長、出生與死亡、人口分布、人口移動。

---

58 ＊因篇幅所限，參考文獻暫略；引用文獻出處，敬請參閱注解。

七、經濟：農業的特性、<u>農產與畜產</u>、<u>林業</u>、<u>漁業</u>、<u>礦業</u>、<u>工業</u>、貿易。

八、交通運輸：交通運輸三階段——<u>水運</u>、<u>鐵路與公路航空</u>（1952以前）；運輸發展之變遷、運輸對經濟發展之貢獻、運幹發展之展望。

九、聚落（含行政區劃）：<u>先住民之聚落</u>、<u>漢人</u>聚落之形成、聚落之現代化、光復之後的聚落發展。

「地方學的起點與開新」

座談會紀錄

時　　間：二〇一五年十一月十三日（五）17：05~18：25
地　　點：國立新竹教育大學國際會議廳
主 持 人：蔡榮光局長
討論學者：吳冠宏教授、黃美娥教授、武麗芳老師、陳銘磻先生、張德南
　　　　　老師

座談內容

武麗芳老師

　　我們中文系的惠齡主任，還有各位與會的學者、黃美娥老師、吳教授、陳老師，還有我們新竹的文史專家張德南老師，以及各位與會嘉賓大家好，大家午晚安。我是代班主持人武麗芳，主持人蔡局長剛剛有先來電話說，非常不好意思，他因為開會，會稍微晚點來，請我們先開始，那我們現在就先開始。

　　我想今天是一個非常難得的座談會，除了與會嘉賓，特別是我們現場的學者教授們，對於我們竹塹學，真的是別有一番新象。在這個地方特別先邀請我們的黃美娥教授，對於今天座談會的主題先說一下，因為您是在地新竹人，而您從事竹塹學，在新竹這一塊地方也是起頭起得非常早，也非常的投入與有見地，對我們在地新竹人來講，真的是非常感動，也非常地感謝，有關所謂我們的起始，我們的未來，是不是現在就請美娥老師為我們剖析與分享。

黃美娥教授

謝謝武處長的介紹。各位老師、各位同學，大家好！

上次第一屆我參加竹塹學會議時，那次也有個座談會。上次座談會的題目是「回顧與前瞻」，這次陳惠齡主任特別改了題目，是「地方學的起點與開新」，兩次的議題不太一樣。

在第一屆會議的時候，其實我有做了一些說明。那次有稍微談一下我之前所寫的博士論文，因為比較早開始處理新竹地區的文學，所以就會做了一些基礎的工作。而今天的這個會議，我覺得有意思的是，首先當我看到題目的時候會想到，它跟第一屆的題目不太一樣，且它還出現了一個詞彙是「起點」，於是就會去思考說那個「起點」的意義是什麼？「起點」該是什麼？要以什麼為「起點」？再者，要如何「開新」？誰可以「開新」？怎麼去「開新」？

首先我會想到的是臺灣在九〇年代的時候，其實我們就開始進行了很多區域的研究，然後很多地方陸陸續續都舉行了地方學研究會議。比如說，吳冠宏老師等一下會介紹花蓮學；比如說宜蘭也有宜蘭學、嘉義學、臺北學，甚至於金門也有金門學。在這裡面當中，竹塹學其實是比較晚才舉辦的，所以我非常高興竹教大開始籌畫這樣子的一個活動。

我們跟其他的地方學有什麼不同？譬如說我在臺北，我自己是臺北文獻委員會（現已更名為台北市立文獻館）的委員，我知道臺北文化局向來辦臺北學會議的時候，其實他們都是希望走國際路線，希望把這個城市推銷到全世界，所以會配合國際會議訂定一些議題，甚至後來他們還會把臺北學的議題結合他們的文化政策；也就是說，目前可能想到要推動什麼樣的文化政策，或什麼樣的城市改造，於是先設計一個議題，然後透過會議找學者來進行討論。從這裡面當中，我們就可以思考到：地方學跟文化局之間的關聯性是什麼？主辦或合辦單位彼此之間存有怎樣的互動關係？譬如說像金門學，金門學最近也辦了幾次，且也是趨向國際化的方向，但其實金門學的籌畫，是跟二〇〇〇年臺灣小三通的政策的那些議題密切相關。因此，你會發現，

小三通政策使得金門的研究當中，可能避免不了去談金廈的問題，金門跟廈門的問題就成為金門學當中蠻受到關注的部分。也就是說，每個地方的地方學的發展、籌畫、召開，它背後的背景和籌畫動機，都會引發出會議背後的不同目的性跟期待、想像，這也許是我們可以再做一些思考的地方。

　　正因為這樣的思考，以下我想轉到今天的發言，所要談的就是竹塹學的「起點」跟「開新」的問題。

　　首先，我覺得這次跟上屆不一樣，「出錢的單位不同」，上一屆是新竹市政府出錢，這一屆是新竹縣政府出錢，當然我不是光要講這樣子的……其實這也是蠻重要的議題。這個贊助單位的變化，使我馬上會想到的就是吳濁流，然後想到了龍瑛宗，甚至於我們還可能想到，當年也會寫詩的姜紹祖。因為《一八九五》以李喬先生劇本《情歸大地》拍出來的電影細節，於是我們會留意到點。而這還可以再包括上一場會議中所提到，吳學明老師以前所做的金廣福研究，以及今天邱鏡淳縣長所提的竹東、竹北、湖口等等問題。於是，從上屆會議到這次會議，讓我們有一個大新竹的概念，更加清楚的地方整體概念，以及一個地方如何增益更多可能性的概念的東西會跑出來。

　　我當年做博士論文的時候，其實有拜訪過幾個客家界的、就是新竹縣這裡的前輩大老，包括已經過世的林柏燕老師，我最近正在整理他的東西；也曾訪問過黃榮洛先生，現在彭瑞金老師正在整理他的東西；甚至拜訪過楊鏡汀校長，以及黃卓權先生等等。也就是說，所謂「竹塹學」研究，其實可以包括以前新竹市、還有新竹縣整個的範圍當中，許多作家以及這些前行研究者的前輩等等，特別是客家群體的問題。

　　而我覺得這一次，還有一個開新起點不同的是，上一次是比較偏向竹塹文學，但是這一次我們已經從「竹塹文學」邁向「竹塹學」，因此知識系統有所不同，我們的知識邊界擴大了，研究的內涵、對象也變寬、變多了，在上一場羅烈師老師、吳聲淼校長他們所討論的文章，正可說明這個現象的變化。於是，我們該沉潛思考到的是：當「竹塹文學」變成「竹塹學」議題討論的時候，往後要怎樣去面對知識系統的不同或者是相互關係，文史之間如何合作？如何對話？上一場議程中有個很有意思的問題，江天健老師談口述

歷史,周芬伶老師講評的時候就出現了蠻有趣的對話,這就會使得我們重新去思考:假如我們今天的題目是所謂「起點」與「開新」的話,我們要怎麼去思索這樣一個學術性、會議性質產生變化的問題。

再回過頭來,「起點」到底是什麼?不管是新竹市或新竹縣,在大新竹概念之下,我們都會想起開臺進士是鄭用錫,今天很多人的論文都談到他。甚至於我當初做博士論文時,其實也是因為一句話而衝動興起的,那句話是我投入新竹文學研究的起點,叫做「竹塹文學為北地之冠」。新竹的文學是北臺灣最厲害的,我在連橫《臺灣通史》裡面看到這句話,我很想用一本博士論文來回答它有什麼是值得厲害的地方?但,牽涉其中的,不只是文學研究的部分,還需要去留意歷史性質的東西,因此我們去看《淡水廳志稿》、《淡水廳志》,看《新竹縣採訪冊》、《新竹縣制度考》,以及《淡新檔案》等等,也就是說,不單只是文學,實際上在歷史的研究中,新竹也有它的獨特性。是故,要了解起點,其實也想知道的是「起點」的獨特性是什麼?起點是否會變化?起點後來有沒有更新?起點還存不存在?起點的意義和價值是什麼?

因為要回顧和思考「起點」,所以我們就會特別去注意看到這個地方的文學「傳統」是什麼?有過什麼?現在還剩下什麼?那個「傳統」就是「起點」嗎?比如說我們這次會議大會提供與會學者所住的飯店,對面就是鄭氏家廟。在清代的時候,單單這個家族就有二十幾個人獲得科舉功名,這說明了新竹具有書香傳統。或是,剛剛有人提到城隍廟的問題,在整個臺灣當中,它的地位跟一般城隍廟是不同的,如此恰恰顯現的是新竹宗教的特殊性;又或者是,今天早上邱鏡淳縣長提到新竹物流業在全臺灣的突出表現,我想這也是這次陳惠齡主任會特別擬定大會議題為「人文、自然跟科技城」的原因吧!而當我們一旦決定去尋找起點在哪裡時,自然就會牽涉到歷史記憶的問題;而當我們理解起點的特殊性,也就會牽涉到的榮耀感的問題,或是一個歸屬感的問題,乃至於一個認同形塑的問題。當我們不知道而想知道,就涉及到從陌生到熟悉,以及地方經驗如何成為我們的生命經驗、身體經驗,甚至於身體感覺中的一部分。這之中很顯然地,重新確認認識「起

點」之必要性，才有辦法促成後面的「開新」的啟動。

第三個我想談的是：誰的起點？怎樣的起點？誰能開新？如何開新？我打算放置在兩個脈絡底下來說。首先要講的是竹教大的問題。新竹教育大學當中，早上我們看到校長來了，第一屆會議其實校長也來了。對於一個學校來講，學校跟地方的關係是什麼，其實竹教大就做了一個最好的示範，讓我們知道學校的教育生產跟地方的生命情感當中，它的溝通角色與彼此之間的歸屬現象是什麼？我們甚至可以去問，竹塹國際學術會議為學校帶來什麼，為中文系帶來什麼，我們看到學生在這裡，看到老師在這裡，這之中實際牽涉了學校教育生產和知識傳承的問題。新竹教育大學後來還為此在通識課程當中開了一門竹塹學這樣的課程，嘗試結合歷史與文學專長老師們的力量，這門課顯現地方研究如何被重視？學生在學習過程中跟地方文史的關係又是什麼？

我們在第一屆會議的時候，曾經邀請來了李歐梵先生，他在為大會專題演講時，提到地方精靈的問題，他說起新竹中學帶給他（後來成為一個世界知名學者的他）回到最原初生長的地方的意義是什麼？而今天早上，我們又再聽到了今年演講貴賓，也是著名學者的張系國先生，同樣談了這個地方對他的意義。他由此怎麼去想「歸」的問題、「出去」的問題。在這之中，都市、城市對於一個居住者或過客的意義是什麼？我們可以發現在教授地方性的東西時，為什麼這些學者能夠成為世界著名的學者，地方與世界顯然不會是無意義的連結。那麼，我們可不可以更認真去看待地方以及地方作家的存在型態和角色意義，也許能夠從中發現地方跟全球化之間有所溝通的部分。例如，吳濁流的殖民經驗書寫，他關注被殖民者的心靈，他寫出其中無法發洩的苦悶和認同無著的痛苦，這其實是世界的人在觀看時都會感動的。又或者，我們去看林柏燕老師寫慰安婦，寫戰爭，這些題材你在他的文學作品裡面可以看到，這些事情是世界上所有人不願意發生的，而他去寫了那個人類生命創傷和流亡的過程。所以這裡面有很多東西其實是可以突破的，莫以為「地方」是小格局，但恰恰「地方」當中也可以有無限的可能性，端看它如何被發酵。

　　更何況，我們再去看今天會議當中也有一些攸關跨界移動的文章，這使「地方」研究有朝向跨域研究，乃至於如同前述和全球化、世界性相呼應之處。這都有助於從「起點」朝向「開新」而去。我自己過去寫新竹文學的博士論文，為了收集資料，有很長時間常跑到福建做調查，一、二十年下來，我發現譬如說在殖民地時期的日治時代，新竹人像是鄭鵬雲、鄭養齋，怎麼在福建地區成為日本漢文人跟福建當地人之間，一個促成彼此聯繫的橋樑角色。究竟新竹人在那裡做什麼？而且不只是新竹跟福建，新竹和中國、日本，或是像李歐梵、張系國兩位學者那樣，新竹的人在全世界流動、移動，這裡面我們怎麼樣重新在教學的過程之中讓同學體會到？至此，屬於地方學的研究，你可以把它做得很摩登，也可以把它做得格局很大，你也可以做得很在地，你也可以做得很感性或很知性。也就是說，想要去「開新」，其實真得有很大的可能性。

　　那麼，新竹縣政府又可以做什麼呢？我中間插一個例子：金門。我最近在做金門的研究，我覺得非常有趣的是，金門的一個作家吳鈞堯曾說：「金門是一個斷代島。」他說，他那個年代的金門人一心想來臺灣，他們不想待在金門，他們覺得那是一個閉鎖的小島。正因如此，面對從前的戰地記憶，所知太少，但後來吳鈞堯開始書寫金門的歷史，他還試圖用歷史小說的方式去寫，他寫金門的戰地記憶，寫金門認同的問題，寫金門人的生命，寫金門人的精神史，寫金門人在被軍管的時候所有一切、地景等等的東西。而當吳鈞堯用心書寫的時候，金門縣政府更發現原來這些文字，可以幫助金門重新把歷史找回來，原來可以讓這些戰地記憶有了另外一種生命，於是金門就不再是一個「斷代島」，李炷烽縣長過去就說我們可不可能透過書寫把金門變成「文學島」？如此可以真切體會到，這樣的一個金門地方學研究，對於金門的官方或百姓，其意義與憧憬會是什麼？可以產生怎樣的求新求變的動能？

　　回過頭來，當我們從新竹市的研究擴大到現在的大新竹地區，並從文學研究要進展到其他領域，就會立即感知到「客家」將成為今天很需要被關注的議題，然後是原住民議題，當然還有原本也存在於新竹市裡面的眷村議題，甚至於到現在的科技城議題，所以這次的大會標題是「自然、人文與科

技」，其實已經顯示籌備者心中的若干洞見了。早上張系國教授特別講到臺北被列為是一個慢活、自在的一個城市，那麼新竹想要透過「自然、人文與科技」這些東西來做什麼？我這次要來新竹之前，人還在臺北的時候，即使到現在我們可以用身體感受到今天天氣怎樣，要穿什麼衣服，但習慣性還是要上網查一下溫度幾度，然後再判斷出門以後的穿著厚薄。結果，你會意外發現網路上氣象首頁的臺灣主要城市，竟然沒有新竹，新竹不叫作「臺灣主要城市」！那麼，我非常好奇的是，多辦幾屆竹塹學的國際會議，大家集思廣益之後，有沒有辦法找出一些思想資源讓新竹成為臺灣的主要城市，或世界上有意思的城市？我最近看到一則報導，說彰化縣田中鎮用嘉年華的方式在辦馬拉松比賽，全鎮民眾都很熱烈參與了馬拉松，結果努力之後，引來了幾萬人聚集在田中小鎮辦了一場非常熱鬧的馬拉松，而廣獲各界好評。所以，重點其實是在於我們如何挪用這些學術資源，善用這些學術資源和創意，去為這個城市建立一個思想的厚度，甚至於為這個城市形塑一套論述，再造一個能夠吸引人的新形象。簡單的說，就是為這個城市形塑一些可能性。

過去，客家人是不談硬頸的，經過學者的調查，我記得是一九八幾年以後才出現這個專屬客家人的精神修辭，而一些文學界的人則是更晚才去談硬頸，但到現在我們都會說客家人有「硬頸精神」。這就顯示建構有其必要，而建構自然更可以成為「開新」的一條路徑。

我今天非常高興聽到邱縣長說，此後他們願意再來資助這麼一個有意義的學術會議活動。我想，這次的第二屆會議，透過新竹教育大學師生的合力，校長的支持，還有我們新竹縣政府這樣的遠見，讓我們發現到我們有這麼多出色的學者，又有那麼多有意思的討論議題。我深切期待從「起點」到「開新」，竹塹學會議所衍生出的許多言論與觀點，可以在日後為新竹城市性格的形塑，帶來更多啟發與刺激，產生更大意義和價值。謝謝大家！

蔡榮光局長

謝謝黃美娥所長。我真的很驚訝，早上縣長只是應景式的致詞竟然被我

們黃所長引用了這麼多次，引用越多，代表她越認真聽，那當然我們要很嚴肅去面對，縣長所有的承諾都很重要，我們要先做一下紀錄，尤其是他有特別承諾說希望有第三屆、第四屆，能夠持續辦下去，我都聽到了。

首先我還是要跟各位致歉，因為現在剛好十一月份，剛好在議會審預算，總質詢，五點結束我從竹北趕過來，我剛剛算一下只花了二十分鐘，算是很快了，因為這算下班時間，今天又小週末，慢到了。還好我的隔壁夥伴武處長，我也曾當過社會處長，跟她是苦命……不是鴛鴦，是同路人！非常辛苦，不過今天很難得，我們新竹教育大學，我曾經在這裡服務五年，所以我很有感情，尤其陳惠齡主任寫信給縣長，縣長把信交給我，我覺得一切都是很好的開始，當然我們也希望有很好的結束。

我們常說：「我們常常為了追逐遠在天邊的彩霞，踩碎了近在腳邊的玫瑰。」「遠在天邊的彩霞」，我們通常會把它定義成西方的、遠古的、中國的，結果「近在腳邊的玫瑰」就是屬於我們臺灣的、本土的、新竹的、竹塹的或是我們客家的，可能很陌生。我想，竹塹學的國際學術研討會，應該有這樣一個針砭的效果，常常眼界看外面，反而忘了看腳下，把腳下的玫瑰都踩碎了，這點非常非常可惜。我相信透過這樣的一個研討會，我們可以重新省視一下，也思考一下，我們周邊還有哪些值得我們關心的，我想這部分呢，因為我當主持人，我還是要先把我此刻心情做一個說明。

這樣好不好，我們的規則原本是每位五分鐘兩輪，我們現在每個人十分鐘一輪，一輪就把它結束，這樣我們六點半結束，因為我們晚上還有一個歡迎晚宴。那接下來是不是我們就請第二位，跟我們分享的是東華大學中國語文學系吳冠宏教授，掌聲歡迎，謝謝。

吳冠宏教授

主持人，各位前輩先進、各位專家、同學晚安。

我想我來到這個會場是很特別的，一方面我來自花蓮，一方面我在學界裡面大家都認定我是做魏晉玄學跟思想史或是儒道思想的專家，很少有人注

意到其實我在花蓮服務了十八年，今天也高興能把我和故鄉的文化緣在這裡
與大家分享。

我一九九七年從臺大畢業回到故鄉服務，那年剛好在籌備第一屆的花蓮
文學研討會，顏崑陽老師、王文進老師、陳黎老師，他們是籌備委員，交付
給我一個任務，就是希望我去做駱香林與王彥的古典詩研究，剛去任教的我
就傻呼呼地答應了，其實當時我對駱香林與王彥完全不熟，後來才憶起在我
國中的時候，我們全縣曾悲傷地為一位老前輩送行，原來就是駱香林先生，
而王彥先生為楊牧老師在花蓮中學讀書時的國文科教師，對楊牧老師甚有啟
發，由是一九九七年的暑假，我便一直閱讀駱香林與王彥的作品。如果要說
駱香林和新竹有什麼關係，其實他是新竹人，還曾在新竹公學校讀過書，如
此看來我們探源花蓮最典型的宿儒——駱香林，當從新竹說起。

駱香林對花蓮的貢獻何其大，包括花蓮八景的訂定、賞石風氣的推動，
而花蓮向來被稱為石頭的故鄉，近二十年來花蓮石雕藝術季業已成為全臺最
重要的藝文活動之一，駱香林在臨海堂進行民間講學，傳播漢學貢獻良多，
楊牧老師的父親及證嚴法師，都曾來此向他學習漢學，他對花蓮的攝影文化
亦有推波助瀾之功，我曾在第一屆、第二屆花蓮文學研討會撰寫過兩篇文
章，一為王彥與駱香林的對話，二為〈重見江山麗，再使風俗淳〉，淺談駱
香林對花蓮的社會文化、藝術與民風的影響，此一論述曾引起民間團體的重
視，之後遂有洄瀾文教基金會找我做一系列有關駱香林的研究及分享，當時
在心頭燃起在地關懷的熱情，差一點就讓我從傳統漢學的專業轉入駱香林乃
至台灣古典文學的研究領域，我尤欣喜能透過此一因緣，更深入地連結自己
與花蓮文化的關係，讓我遨遊於傳統漢學的研究之外，仍能在生於斯長於斯
的家鄉，找到根源於這一片土地的存在感。

猶記一九九七年第一次花蓮文學研討會，主題演講者——鄭樹森教授扮
演一個非常重要的角色，他透過當代地域文學的視角，把花蓮文學的定位擺
在一個世界文學的格局上來談，論及地域性與世界性的辯證性、外來者與在
地者的對話性、邊境地域與神話化、地域性與文學正典傳統的關係，這幾個
觸角後來都延伸成我們以後花蓮文學足以參照的路線，包括我們以「在地遷

移」作為第三屆花蓮文學研討會的主題，記得當時惠齡教授也曾受邀參加。

　　另一深受矚目的地點是花蓮的松園別館，它依傍美崙溪畔，是座落在可以眺望太平洋、美崙山腰松林遍佈的歷史建築，曾經是財團看上的五星級飯店預訂地，為了讓它發展成藝文與歷史的園地，我曾接受花東文教基金會的委託，為他們籌劃並主持長達十三週的週末「文學多重奏」演講，印象最深刻的就是當時焦桐老師做擔任「文學與飲食」的演講時，巧遇五級地震，我們花蓮人都沒有當一回事，只有演講人緊張得半死。松園後續在祥瀧文創公司與陳黎老師的合作下，每年推動「太平洋詩歌節」的活動，歷經十屆的努力，美麗與充滿詩意的松園，已成為台灣詩人節的重要地標。

　　我現在要講的是從花蓮文學到花蓮學的歷程，花蓮文學雖然深具代表性，但若僅鎖在花蓮文學這一個面向，仍無法充分掌握花蓮文化在各方面的發展，有鑒於此，二〇〇六年我們開始推動「花蓮學研討會」，當時就兼顧到這幾個主題，在地域上兼顧南（富里、玉里）、北，在族群上兼顧漢（包括客家）、原住民，在時代上從晚清、日治到近當代，在領域上舉凡哲學、歷史、文學、社會、宗教、文化、環境、觀光等面向，可謂面面俱到，連性別上也照應到了女作家，發表人兼顧研究先進與後起新秀，除學院的專家學者之外，並集結民間及社群的力量，我剛才聽到黃美娥教授說到有關新竹做為一個城市文學，其實我想到，我們過去在花蓮常常覺得自己是偏鄉，我曾承辦文建會委託的花蓮文化生活圈的規劃案，才發現前一屆的規劃案就分成北中南，臺灣只要分成北中南就忘記東，我們花蓮自己也分成北中南，即以花東縱谷這條線為主，把豐濱也忘記了，因此我開始進行花蓮文化生活圈的規劃時，最關心重視的就是豐濱，因為將心比心，覺得豐濱不該被遺忘，如果將竹塹學置於城市學的脈絡下，是否也會遺忘新竹市之外的偏鄉地區呢？大家可以想一想。

　　第一屆花蓮學研討會有三篇文章值得在此介紹分享，顏崑陽教授以〈「後山意識」結構及其在花蓮地方社會文化發展上異向作用與調和〉一題為花蓮學進行哲學論述，反省思考作為一個花蓮人的後山意識與文化情懷，以召喚後山人的存在共識；朱景鵬教授以〈花蓮縣地方治理的轉型與機

遇──邁向洄瀾夢土政策規劃與實踐之分析〉為題，藉由他服務縣府的經驗，結合其學術打造花蓮永續經營的理念與實踐，其間有理論如何落實的關懷與思考；海洋作家廖鴻基透過〈洄瀾潮汐──論花蓮的轉向定位與新願景〉一文，把文學家的夢想變成是一個政策性的未來，廖鴻基對海的觀照遂成為藍色公路的新願景，這三篇論文皆是格局恢弘的學術論述，為花蓮學的初航畫出美麗動人又精彩可期的開始。

花蓮的前輩長者除了駱香林之外，花中有古文根底深厚的王彥先生，花女也有學養俱佳的陳贊昕先生，以陳先生的條件可以在外地的大學任教，卻以一身學問書香隱居到花蓮的女中任教，在這裡春風化雨數十年，造就很多學生後來成為大學的中文系教授，陳先生雖已離世，但其弟子編撰他的詩文集以表紀念感恩之意，在我整理協編其作品的過程中發現，他曾經於廈門大學就學，是陳石遺（陳衍）的學生，陳石遺是閩學很重要的代表性學者，我們可由此連結臺灣跟閩學之間的關係。在此之際，花蓮已有一段時間未編列任何藝文出版的經費，感謝朱景鵬副縣長以縣長預備金十萬塊之經費伸援，我們才得以順刊完成陳贊昕先生詩文集《菁華書屋》的出版與發行，經由此次的效應，後續縣府開始啟動兩年一次的在地藝文出版計畫，所以這本書變成花蓮在地藝文出版計畫的啟航，我想新竹縣在這一部分的重視也當不落人後，透過此書的誕生，陳贊昕當時住的花女校長宿舍，也被花女的老師規劃成歷史建築「菁華書屋」，成為花女及花蓮文化人讀書討論的好厝所。

花蓮學陸續開辦四屆，花蓮文學也辦了七屆之後，我們發現特別是花蓮文學這一塊，連楊牧老師都說，不要再舊飯冷炒了，應該要力求突破。在此之際，花蓮文化局向文建會（後來的文化部）申請「五種觀看花蓮的方式系列叢書」，如果能創造一些新的作品，未來才能開發新的研究能量。這五本作品其中之一為《甘蔗的名字》，由長期住在花蓮中區，對於甘蔗、糖廠有深情及願力的赫恪先生所撰寫，透過他深厚的學養與開闊的視野，把一個本來是在地的甘蔗書寫提昇到世界性的格局，他從在地性的角度出發，探討的卻是全世界農工的苦難，為這些被剝削的員工如蔗工、棉花工請命，由於他博學又喜自由揮灑，文化局希望我能為這一本書撰寫一篇序文作為讀者的引

導，於是我轉用肯・洛區《吹動大麥的風》，（講愛爾蘭獨立史的故事）的電影片名，另以〈吹動縱谷蔗林的風〉一文來為大家介紹這本在地書寫的奇葩。這本書及我的序文，後來吸引一位從外地移民到花蓮光復做糖廠展開歷史文化創意考察之邱于霖老師的注意，糖廠有很多動人的故事，過去大家來花蓮光復糖廠，總是吃個冰就走，她希望以糖廠為中心，帶入「在地百年生活工藝文物區」以及〈老糖廍文化故事〉的理念，把整個光復鄉規劃成世界級的慢城，當是願景可期的，如此糖廠便能吸引更多世界級的觀光客，前來花蓮展開文化深度旅遊，邱于霖老師的熱情讓我心生感動，我們因為一篇甘蔗的書序而結緣，後續我也希望能協助她在光復串起文化風潮，以共圓在地服務的夢想。

對於花蓮特殊的在情懷，除了根源於此自然風土之外，仍必須交代一段重要的心路歷程，我的研究領域是儒道思想，回到東華理所當然教授「論孟」一課。當我教到「吾十有五而志於學」時，每提醒同學們說道我們東華大學就在志學村，孔子十五歲就志於學了，現在十七、十八的你們，人生方向在哪裡？後來我才發現原來這是一場美麗的錯誤，因為其實東華大學的「志學」跟《論語》的「志學」是完全沒有關係的，它其實是我們在地原住民植物之名字「記哈」音轉而來，雖這個附會可以帶來振奮人心的力量，卻讓我對故鄉陌生所造成的錯置心生愧疚之感，覺得自己常常浸潤於大中華文化經典的洗禮，但對故鄉的風土與歷史記憶卻沒有更深的了解。正因為志學與記哈這對語言密碼對話的召喚，使我更覺得自己應該為故鄉做更多的事，由是我不斷在東華的課程裡注入花蓮的文化元素，包括一系列「斯土與斯文」的講座、後山人文暑期密集課程、通識教材如《山海書》的出版……等，讓百分之八、九十都是外地的東華學生，雖然只是在花蓮短短四年的讀書時間，也能夠藉此了解花蓮的歷史、建築、宗教、藝術與文化……，這林林總總的美善因緣，無不在志學與記哈對話的催生下積累而成。

我想分享花蓮詩人也是世界詩人楊牧老師的「島語」，楊牧老師有別於一些有大中華意識的詩人，但也不同於那些過度偏狹的地域主義者，他常常跟我提到他在溫哥華的時候，看到旁邊很多的島，其中有一個島的大小跟形

狀非常像臺灣，所以楊牧老師不是只有透過波浪傳遞他的思念，他那邊還有一個很像臺灣的島，讓他心繫臺灣的情懷。我要進一步講的是說，楊牧老師在《疑神》裡面提到了一個這樣的想像，他在溫哥華看到一個很像「島」字的一個島，這個島會隨著漲潮的起落，產生了漢字的變化：

> 它落潮的時候像柳公權的楷書，波濤稍大的時候像行書，暴風雨的時候如草書不可逼視，無論漢隸和魏碑、楷書和行書，那個鳥頭總是突出海面上的。

我要說明的就是不管是地域，還是我們看待臺灣文學跟中國文學所扮演的角色，在地的連結使得我有真正的存在感，可是如果我原先沒有受過中華文化的洗禮，會不會我的存在感反而無法置於更大的視域來掌握呢？因此「志學與記哈」的對話之外，我們可否能跳開一般所謂認同之意識形態的問題，透過漢字豐美與生動的力量去尋繹更深的線索、更廣的視域？因為漢字思維這樣的縱深連結，可以讓我們於見證歷史、看待地域、理解文化之際，都能擺脫一些觀看的限制，進而掌握到更深的美感滋養與文化脈動。

今天來聽一整天的竹塹學，內心充滿感謝，我覺得竹塹學雖然只進行至第二屆，但看到那麼多在地文史工作者、作家與學者的熱情參與，不論主題演講、座談安排、論文選題，都有深度精彩及多元廣度的難得表現，相信在縣府與竹教大的繼續合作下，竹塹學的未來發展當是潛力無窮的，祝福大家。

蔡榮光局長

謝謝我們吳冠宏教授，從花蓮趕過來，晚上會住這邊吧？後天還會到新竹縣遊玩一定要參加，現在剛好是柿餅飄香的時候，一定要品嘗一下我們現做的柿餅。

剛剛我們吳冠宏教授是從他的研究專長切入，分享很多有關花蓮學的部

分,我倒覺得竹塹學雖然是第二屆,還是一句話,只要繼續辦下去,超過三屆就會變成一個品牌,會變成一個口碑,我想我們跟陳主任、竹教大繼續合作,好不好?第三屆、第四屆繼續辦下去,我想很快就有機會超越花蓮學了。

接下來,我們新竹號稱有五波移民,第一波當然就是閩南人,比較早來,所以就住比較好的地方,第二波就是客家人,大概兩百多年前,第三波就是一九四九年我們號稱所謂的外省人,當然現在我們不能叫外省人了,他們現在也是我們這邊的居民,只是來臺先後順序不同而已。第四波應該叫新住民,或是講科技人,我們科學園區,八〇年代,開始在這邊落地生根以後,來一波新的移民,當然最後一波就是我們剛剛提到的,新住民有兩個定義,一個是科技人,另外一個就是外籍配偶,現在算起來臺灣外籍配偶比原住民還多了,超過四十萬了,所以這些都不可忽視,但是最不可忽視的就是原來就住在這邊的原住民,我們更要尊重、要謙卑。那對這五波移民都非常有涉獵,研究非常深入的,我們張德南張老師常常跟我們分享,他也是我們的文獻編輯委員,所以我們就請他來分享一下,他的所學專長。

掌聲歡迎我們張德南老師。

張德南老師

主持人,各位朋友大家好。

我記得以前看書看到說光緒十三年的時候,沈葆禎在〈台北擬建一府三縣摺〉裡,提到了「淡蘭文風冠全臺」,我想這句話裡頭我就從黃美娥老師很多著作裡面都可以看得到,最重要的像鄭用錫相關研究今天就被我們大量地在會議裡變成一個討論的主題。在日據時代新竹地區可以說是全台私塾最多的地方,那種吟詩朗誦的風氣也最盛,我想在座五位老師的創作,目前還是我們誦詩的一個最好的學習對象。我是六十年前來到新竹這裡的一個新住民,我沒有像陳銘磻老師這樣,因為從小生活在石坊街,可以把石坊街的故事講得非常非常清楚,但是我以一個眷村小孩子調皮搗蛋,到處亂跑,從頑童到耆老,對這個地方的了解與認識研究裡面我想提出幾個看法。

　　一般從事地方研究者被稱之為「地方文史工作者」，我自己不太喜歡這個說法，我比較喜歡說我自己是一個「區域社會發展研究的工作者」，因為大家一聽到「地方文史工作者」就認為它的範圍非常小，而且缺乏一種學術理論跟系統的研究，在這方面常常受到相當多的被汙名化感覺。我們做一個地方區域社會研究裡面，常常從一個小的問題裡面慢慢去討論，像我有一天做採訪的時候不小心經過了采田福地，我一看到上面的解說牌，再進去看到裡面的神主牌的時候，我非常訝異，就是他們拜了幾十年的神主牌竟然上面寫了錯字、誤用典故。可是這儀式每一年都認真地重覆進行，所以我就想把采田福地做一個釐清，當然這個小敘事的研究，過去一般人是不會注意到它的，因為我們都不相信這個地方還有竹塹社原住民，因為他們大部分隱藏在客家人裡面。文獻上從最早的張炎憲的著作開始——接著像新竹縣當時是文化中心在文藝季所做的「尋找竹塹」活動中，就發現這些一向被淡忘的、被汙名化的一些竹塹社後人，在這次活動後，他們開始承認說他是平埔人，更進一步看到文化中心旁邊那個當年活動的道卡斯路，他們也會進一步說：「我不僅是平埔人，我也是道卡斯人。」像這樣的一個探訪，它其實是從地方上的小敘事研究開始的，類似像在采田福地這一些不經意犯的過失裡面，我就想要怎麼樣「從舊史事中，發現新觀點」，地方區域社會研究不是僅限於一個點，一個線，就好像我們說做一個聚落、做一個人物、做一個家族，我們實際上是需要對整個時間、空間變化中去做一個了解。新竹縣文化局在十二月份連續出版三本有關於竹塹社的作品，做多元的探討，例如：我們可以從竹塹社裡面，有科舉功名最多、人數最多的家族——廖家來討論，我們可以從擔任公職，像土目、千、把總的錢家作為一個討論，再進一步我們再試著討論到現在的平埔族的後人他們的認同是什麼，我希望我們從這樣不同層面的研究慢慢去擴充到去了解解嚴之後臺灣平埔族正名運動它到底表現的是什麼。剛剛我們在討論的就是，地方學的起點是什麼？當初我們在做竹塹文獻的時候，就避免只從小問題裡面討論，建議把它以《新竹廳志》範圍為主，往北邊可以到中壢龍潭，往南邊到頭份這一帶，當作我們對外討論研究的一個方式，然後我們慢慢地擴充。另外這樣一個研究的例子是，我們到了

十八尖山的時候常常注意到裡面的石觀音崇拜，就是日本的三十三座觀音，到目前為止沒有把它做一個很詳細的討論，民眾去到十八尖山玩只知道那裡面有二十幾尊石觀音，怕它很寂寞所以就給它擺了很多香爐，甚至必要的時候我們把它美容一下，但是這個石碑它背後的意義在哪裡？石碑是第幾番的觀音、是哪一年刻的之外，我們真正要探討的，這些碑石佛像代表的涵義在哪裡？實際上如果我們進一步去探討，這些從日本西國三十三觀音發展到坂東、秩父的百觀音參拜，以至於整個日本的觀音巡禮，它在日本統治臺灣的時候，西國巡禮傳入臺灣，它在臺北、基隆、宜蘭，大致的造型風格是一樣的，可是我們發現在新竹它就不一樣了，一方面是它的石材來源跟其他地方不一樣，這個地方的石材竟然是來自日本的山口縣德山市製作花崗石佛，而且雕刻的方式、製作的方式全部都不一樣，如果你再進一步了解說，就在地人而言這些觀音擺的位置原來就是新竹的墓葬區，新竹的「夜總會」，當它被開闢為臺灣第一個森林公園的時候，某些時間在心理上它必須做一些安撫，就在地日人而言，將這種觀音崇拜移到了新竹，它除了尋求一種保佑之外，更重要的它還有類似於日本地藏菩薩的功能，各有不同的見解，所以我在想如果我們看到三十三觀音在新竹的表現，我們應該注意到的是它應該跟臺灣，跟新竹早年所接受的佛教思想，中國本土齋教、佛教的還有日本統治台灣後，各寺院宗教的比較，我想就是作為一個地方史的區域社會研究來講，它並不是只做一個微觀的調查，而是希望提供了相當多的基礎之後，讓我們可以從宏觀的角度來做一個解釋。

我們最近陸續發現了很多的石碑，一般的作法就是把它做一個考據，比方說較有名的就是在古奇峰那個地方有一個「皇恩山重碑」，我們進到古奇峰，通常只想到那裡有楊英風的雕塑，我們不會注意到有這個石碑，石碑上三十五位新竹的仕紳，如果我們繼續研究，不是要研究這三十五個人住在哪裡、他的後代住在哪裡；我們希望的是透過這個石碑了解在乙未割臺的數十年之間，新竹地區社會領導階層面對新的變局的問題，應該怎麼樣去因應剛才主持人提到說地方學，即在透過地方的研究把它的視野擴充到一個普遍的現象。我們來看一看這個三十三觀音的定位，在整個臺灣地區佛教思想、觀

音崇拜裡面擺著什麼位置，比方說像石觀音的信仰，跟日本列為國寶，幾十年才看到一次的秘佛與馬路上不時可以看得到的野佛之間的一個差異。我的想法就是，我們做為一個地方學的討論，新竹有它的好處，它有相當多的檔案資料，它有相當多的民間傳說及民俗文物，如果各位有興趣在新竹的小巷子看一下，隨便一個老房子裡面的廳堂布置有對聯有神像，有各種你想像不到的文化傳承，所以我想藉著地方研究的點點滴滴，讓我們試著從這種微觀小處的觀察，凝聚起來做出更大的視野，讓我們瞭解說這個地方的特色在哪裡。不要每次在做這種報導的時候，只有東門城，我們都知道東門城是我們新竹的標誌、是新竹觀念的起點，從東門城我們會談到王世傑，談到伊能嘉矩，但是我們卻很少知道它整個發展的意義，我想地方學真正來說是從基礎開始慢慢做起來的一種研究，謝謝各位。

蔡榮光局長

謝謝張德南老師，時間掌握非常好，剛好十分鐘，現在我們還剩二十分鐘，剛好也剩兩位，我們掌握時間好嗎，接下來我們請著作等身，我們在地的、非常傑出的、知名的報導文學作家陳銘磻老師。他應該是今年六月份還是七月份，我參加他第一百本著作的一個新書發表會，一百本疊起來應該比他身高還高，著作等身在他身上應該完全符合，那我們就掌聲歡迎陳銘磻老師。

陳銘磻先生

謝謝大家。

我想從一個創作者的角度來看竹塹學，尤其是出生新竹的我在很多場合常說，新竹市是我出生的故鄉，曾經教書的尖石鄉是我心靈的故鄉，因為我出生在新竹市跟新竹縣還沒有分家的那個年代，心目中的新竹，其實是包含著新竹市以及新竹縣。現在已經分開來，就是兄弟分家了！從這個角度來看

竹塹學，去年第一屆大都侷限在新竹市，今年能夠橫跨到我的心靈故鄉——新竹縣，雖然已經把整個新竹包括起來，成為討論的、研究的範疇，在我看來還是在所難免地侷限在清朝以來，一直到現在的新竹縣或者新竹市的文史工作者，包括寫作者的作品研究。

那麼，剛剛聽了局長這樣說，我們竹塹學還會有第三屆、第四屆，往後的延伸當然也期望著竹塹學不應該、也不必要一直侷限在清朝時代、日治時期的一些作家。我覺得應該往前看，就是我們從花蓮學也好，包括宜蘭、臺南，他們都在文化單位發動下花了很多錢，邀請許多作家去寫他們當地的文跟史。

宜蘭我知道，像最近的舒國治，還有林文義被邀請去寫宜蘭。臺南不用講，臺南早在幾年前就已經邀請許多作家，包括魚夫、賴鈺婷等等，開始大量地用文學的角度、用出版的角度把整個都市行銷出來。當然這些作家朋友們也都知道文學是不能脫離歷史的，所以他們在書寫城市或者是書寫所謂的本地，都用盡他們的心思努力去做。

最近桃園也在做，桃園把我囊括進去了，就是希望能夠透過我書寫城市的經驗來寫桃園，可是一開始我覺得桃園有什麼好寫的，我不知道，因為我對桃園非常陌生。就好像我對新竹來講，也覺得陌生了！因為，離開久了以後你會發現新竹市有什麼好讓我寫的？這個問題其實在第一屆竹塹學的時候已經困擾我了，包括跟陳惠齡主任聊起這個問題。後來就觸發了「我應該對我自己成長的故鄉做一點事吧！」那麼做一點事，我的能力範圍當然就是文學的創作，所以後來交出成績，寫了一本以新竹市故里為背景的書，叫《安太郎の爺爺》。

我覺得用行動來進行創作很重要，我們的研討會在討論新竹的文化、新竹的文學，或者是新竹的歷史，研討了半天，有沒有人用具體的行動來呈現出我們對新竹的文化、或者是文學、或者是歷史的了解呢？當然要把它呈現出來。我當然也知道由官方來做這件事情，似乎有點為難。官方出版的文學書籍在外面事實上也不太容易看到，所以我們剛剛提到的宜蘭學也好、臺南學也好，他們是跟外面的出版社合作，所以逛書店時，會發現描寫臺南的書

籍，描寫宜蘭的書籍，突然之間發現新竹呢？新竹沒有。過去有啦，過去我也寫了好幾本，可是這種東西是要長期性的、不斷性的去書寫，不斷地出現在出版的市場上，才能夠把新竹或者是竹塹學，怎麼樣呈現出來給大家看，讓更多人了解新竹。當然也不是說我們拿它要做為觀光或是行銷，這些書籍的出版主要是為吸引更多外地的人認是新竹，並常來新竹玩，當然新竹有很多美麗的風景，也有美好的文化要呈現給大家。可是我們沒有透過書寫，我們沒有透過出版這麼好的管道來因應。

在我看來，文學最早跟最大的功能就是報導，要把很多事情讓更多人知道，就是要透過文學，透過文字來表達，這就是一種報導，透過文字的表達之後，接續出版的程序。緊接著當然有更多的、其他的呈現方式，像戲劇、電影，都能把文學呈現得更美妙。

我們看芥川龍之介的《羅生門》，我們看芥川龍之介的《竹林中》這樣優秀的文學作品，後來經過黑澤明導演把兩本書的作品合併成為電影的劇本，叫《羅生門》。也因為這樣，所以很多人都知道《羅生門》是怎樣一個故事，甚至芥川龍之介這位日本偉大的作家的作品能夠更暢行在民間。我覺得文學跟出版在這部分占著非常重要的地位，尤其是我們在談竹塹學的時候，想到什麼？我是說，從文學的角度來看，我們有沒有更多新的文學作品的出現？當然有，包括新竹縣文化局也默默地在做很多出版的工作。可是，我們不知道，我是說我們要如何讓它公諸於世，讓更多的人來見識到。不然做了半天，或者是我們竹塹學討論了半天，沒有具體的作品浮現出來，關於描寫我們新竹的文化、新竹的美學、或者是新竹的文學作品。當然，文學我知道很多都是作家默默地在做、默默的出版。像我覺得最具有代表性的愛亞的《曾經》，它就是最好的近代竹塹學的作品，它是以湖口為背景寫作的一本小說，後來公視把它改編拍成電視。在當年的時候非常風行，是公視的年度大戲，這個是不是我們非常重要的竹塹學作品呢？當然，我覺得愛亞一直沒有被納進來，我們沒有很積極地重視她，雖然她住在台北，可是她成長的環境在新竹市，在寶山，後來在湖口，這三個地方她都待過。

所以我覺得竹塹學另外的一個背後意義應該是，需要透過教育大學來推

動竹塹學這樣一個工作。當然相關單位，今天局長就坐在旁邊，局長是一個我們可以跟他要求說，你可以這樣做或那樣做的人，因為他是一個願意推動文化的人，我們也會期望他就是透過一邊在推動竹塹學的同時，也來推動更多具體的，關於書寫新竹的工作。我講的是大新竹。我覺得很難去區分新竹市、新竹縣，比如別人常常問我，你是哪裡人？我每次都講新竹，後來我想想不對，以前還沒有分家的時候大家都不會分，我說我出生新竹市，這時候會突然覺得分家之後，身分、位置都起了變化。只是我始終認為自己是新竹人。我還是期望每一年會有更多的好作品出現。關於描寫我的故鄉、書寫我的故鄉，剛剛提到的《安太郎の爺爺》，其實我覺得我失敗了，因為我還是在描寫回憶。新竹不能只是成為我回憶的一個故鄉而已，它有很多美好的東西值得書寫的，只是要怎麼去尋找。

就好像剛剛談到城市學，談到京都，京都有京都學，可是你看川端康成的《古都》這本書是最具代表性的，他把日本人甚至於京都的文化、日本人的生活、精神全部透過《古都》這部小說，藉由一對雙胞胎姊妹發展出來的故事，他把文化深植在裡面。再來看東京學好了，永井荷風的《東京散策》，雖然是用散步寫作，作者喜歡戴頂尼龍帽、穿著木屐、拿著他的黑雨傘，有事沒事在東京的老街逛來逛去，但是他把東京的文化寫在他的旅遊作品中，繼而產生當代東京學一本非常重要的代表作。你看東京學就是這樣子來的，你看京都的京都學有《古都》，而川端康成並不是京都人，他是大阪人。

我剛剛提到成長在新竹市，後來成長在湖口的愛亞，她用湖口來呈現故鄉。我也做了，我的心靈故鄉尖石，我寫了一本書叫《部落・斯卡也答》，後來吳念真把它改變成為《老師・斯卡也答》，拍成電影，這本書今年年初的時候，成為臺灣第一本由泰雅語翻譯的中文書，我個人感到非常驕傲。在竹塹學裡面，用泰雅語文，不是日文也不是英文，讓我覺得這是無上的榮耀。這是一位在甲仙國中教英文，出生尖石鄉的泰雅族人葉賢能老師把它翻譯出來的，把我的《部落・斯卡也答》翻譯成泰雅語文，我覺得這是尖石鄉的，尖石學的，我覺得是非常重要的工作。

最後，我想要提到，我們應該要透過竹塹學去發覺，我剛剛有提到，未

來第三屆、第四屆，應該要延展出更多作品，所謂延展出去就是說，第三屆、第四屆甚至第五屆應該要來談近代作家、近代文史工作者，他們對於竹塹學的發現或者是研究，將會有更具體的成果，我們不能一直環繞在清朝、日治時代，我一再強調，不能只是一直停留在對清朝、日治時代的作家、歷史的探討而已。我們應該要面對的是更多未來的，以及現在有很多年輕朋友他們很認真地在做的文化工作。譬如，剛剛張德南老師提到了包括對於新竹市的東門城，它的歷史淵源我們又認識多少呢？坦白說我也不知道。

接下來我想用兩段短短的影片，民視的《飛閱文學地景》呈現新竹。這個《文學地景》它是呈現地方文史最具體的影象，因為它把風景跟人文都融入在影像裡面了，剛巧我也很榮幸地被邀請，在作品裡提到新竹市和新竹縣，我覺得這時候身為新竹人非常地榮耀。

現在就來看一下，只有兩分鐘的時間，第一段先來看新竹市——《風城的一組秋聲》。（影片播映）

緊接著來看也是兩分鐘的，尖石鄉的那羅部落，我在那個地方用「把文學種在土地上」的信念，協助那羅部落建造了一個叫「文學的故鄉」的櫻花文學園區，後來，連鄉長都變成文學鄉長了。（影片播映）

蔡榮光局長

因為有了兩個影片，多了五分鐘出來，所以不好意思，你可以盡量簡短一些，超過一點沒關係，可以包容一下，好不好？我們最後還是請武麗芳老師來給我們分享一下，好不好。

武麗芳老師

在臺前幾位大師面前，我想到幾個俗諺。

所謂地方的文學，多來自於鄉詩俚諺，以及一些文會的切磋見證文學之美。我以我們新竹地區曾經有過的幾個鄉詩俚諺來跟大家報告。

　　在日據時代有一句時諺：「犬塚先生呷芋泥，燙到嘴舌痛歸暝。」芋泥是什麼，芋泥是在農業社會時代，最好的上等飯後餐點，我想老一輩的可能都知道。另外有一個俚語講到我們新竹埔頂地區的紅土，就是現在我們東區，東區過去土地是相當貧瘠的：「雨仔灑灑，豬肉兩斤十；腳仔紅紅，敢是埔仔頂人。」講的就是我們赤土崎貧瘠、但是農民很認真，也很守信用，到市區去買豬肉忘記拿回來，豬肉攤的老闆對民眾講說；「唉呀！我不知道他是哪裡人耶！喔！我記得，早上大概十點多的時候，剛好下著雨，有一個人來跟我買豬肉，還寄放在我這裡。那個人打赤腳，但是兩隻腿都是紅土……」，那是什麼地方才會有的呢？就是現在新竹市寸土寸金東區的赤土崎啊！從俗諺俚語就可見證地方的發展與變化。

　　另外再講到農業社會，以我們教育大學南大路往前走，繼續走，走到明湖、走到雙溪、寶山。那個時候農民土地並不是很好，可是當地的農民，有很多所謂的羅漢腳，就是我們講的「青春少年兒」。「雙溪葫蘆島，大崎水查某，娶返去煮麋配菜脯。」這是當時的一個生活的態樣，所以人們常透過鄉詩里諺的孕育，建構出庶民文學的基調，以及常民文化的素養。當然新竹地區，並不是只有新竹縣才有客家人，尤其是我們東區，靠近竹東那一帶的客家人很多。所以當時也有這麼一個俚語：「公雞打架兒（胸）對兒（胸），山羊打架角對衝；男子打架爭天下，阿妹打架爭老公。」為什麼？以前的女人不上班在家裡煮飯、種菜、餵豬、下田、照顧先生，今天你把我的老公搶去了，請問我要不要跟你拚命？因為我的長期飯票不見了，所以一定要為了自己老公跟對方打架。這是當時我們的庶民生活，也是事實。雖然說看起來好像有點粗，但是我記得在趙滋蕃教授《半上流社會》、《半下流社會》裡面講的，這就是生活，最真實的生活。我想，透過這樣的一個庶民文化來呈現；特別是我的恩師蘇子建老師，他今天本來要來，但是他年紀大了身體不方便，他曾經為我們新竹市寫了《鄉詩俚諺采風情》〈鄉音篇〉，因為新竹是以泉州音為主；還有《鄉詩俚諺采風情》〈歲時篇〉，新竹的一到十二月所有的一些歲時、祭祀、宗教這一方面；還有《鄉詩俚諺采風情》〈漫筆篇〉，寫的就是新竹的各種風物，包括我們南大路，甚至我們的香粉、蔺草，點點滴滴

一些很基礎的東西，透過這樣一個彙整，一個城市的成就，絕對是來自於底層的共同幫襯與努力，才能夠日益的蓬勃發展。

在這邊我也很高興參與這樣一個活動，特別是在座的各位，為我們在地不只是立下了汗馬功勞，也因為「身為新竹人，不可不知新竹事」，只有讓新竹的文化深耕下去，鄉土傳情下去，我們的未來才會有更廣闊的天空，謝謝大家。

蔡榮光局長

我身為主持，不學無術，還是要做個 Ending。

上個禮拜我剛從西安回來，晚上到華清池看一場非常大型的歌舞表演，叫「長恨歌」。各位，你看那〈長恨歌〉的時候氣勢磅礴你都會想：哇！那是東方的，也算是中國的、古代的、唐代的。當時白居易如果沒有寫這首〈長恨歌〉，我不知道去了華清池還有甚麼故事可以講。所以，屬於現代的、屬於新竹的，屬於我們竹塹，或屬於我們臺灣的〈長恨歌〉在哪裡？有待大家來努力，希望我們為後代孕育更多的文學作品出來，讓他們能夠有更多的故事可以綿延、傳承下去，好不好？

今天呢，最偉大的是各位，堅持到底。我們第一天的竹塹學國際學術研討會在這邊圓滿地告一段落，謝謝各位，謝謝！別忘記，明天還有非常精彩的課程，一定要繼續來，三天的行程裡面都值得各位細細的品味，細細來參與，謝謝！

二〇一五第二屆竹塹學國際學術研討會
會議議程

第一天，2015.11.13（五）

時　間	議　　　　　　　程
8:30 ｜ 9:00	報　到
9:00 ｜ 9:15	開幕式 新竹縣邱縣長鏡淳 新竹縣文化局蔡局長榮光 國立新竹教育大學陳校長惠邦 新竹學租教育基金會朱董事長坤塗 國立新竹教育大學中國語文學系陳主任惠齡
9:15 ｜ 9:20	與會嘉賓團體合照
9:20 ｜ 10:50 專題演講	專題演講：竹塹堡、科技城與烏托邦／我的科幻小說創作 張系國教授 （美國匹茲堡大學教授） 引言人：陳惠邦教授 （國立新竹教育大學校長）
10:50 ｜ 11:00	與會嘉賓團體合照暨茶敘

第　　　　一　　　　場				
竹塹傳統文士及其文學活動				
時　　間	主持人	發表人	特約討論人	論文題目
11:00 ｜ 12:30	蔡英俊 (清華大學人 社院院長)	朱雙一 (廈門大學台灣研究院)	楊晉龍 (中央研究院文 哲所)	〈魏清德島外紀遊作品芻論──以對東 亞各地文明狀況的觀察和思考為中心〉

		詹雅能 (東南科大通識中心)	廖振富 (中興大學台灣文學與跨國文化所)	〈從新竹到南安──舉人鄭家珍生平考述及其作品研究〉
		余育婷 (輔仁大學中文系)	林淑慧 (台灣師範大學台灣語文學系)	〈自然與真趣:鄭用錫詩歌特色重探〉
12:30 │ 13:40			午　　　　餐	

第　　　　二　　　　場

竹塹文史與經學思想

時　間	主持人	發表人	特約討論人	論文題目
13:40 │ 15:10	顏崑陽 (淡江大學中文系教授)	許俊雅 (台灣師範大學國文系)	施懿琳 (成功大學中文系)	〈臺灣詩話研究的遺珠──葉文樞《百衲詩話》、《續百衲詩話》評議〉
		江天健 (新竹教育大學環文系)	周芬伶 (東海大學中文系)	〈眾聲喧嘩──《竹塹文獻》雜誌與口述歷史〉
		林保全 (新竹教育大學中文系)	趙中偉 (輔仁大學中文系)	〈清領時期臺灣竹塹地區鄭用錫經學的通經與致用──兼論《靜遠堂文鈔》文獻來源及其所反映的經學旨趣〉
15:10 │ 15:30			茶　　　　敘	

第　　　　三　　　　場

客家文學、民俗信仰及其區域社會發展

時　間	主持人	發表人	特約討論人	論文題目
15:30 │ 17:00	李奭學 (中央研究院文哲所研究員)	蔣淑貞 (交通大學人文社會學系)	康來新 (中央大學中文系)	〈逆寫當代愛情:李喬《情世界──回到未來》之觀點敘事研究〉
		羅烈師 (交通大學人文社會學系)	李丁讚 (清華大學社會學研究所)	〈英靈與時疫:義民信仰的中元之疑〉

		吳聲淼 (地方文史專家)	吳學明 (中央大學歷史研究所)	〈新竹縣民俗藝陣研究〉
17:05 | 18:25	座談：地方學的起點與開新 （主持人蔡榮光局長：吳冠宏、黃美娥、武麗芳、陳銘磻、張德南）			
18:30 |	迎賓晚宴（縣長主持）			

第二天，2015.11.14（六）

時　　間	議　　　　　　　　程
9:00 | 9:50	專題演講：竹塹學的建構提要與進程 李　喬老師 （知名小說家） 引言人：陳萬益教授 （清華大學台文所）
9:50 | 10:00	與會嘉賓團體合照暨茶敘

第　　　　四　　　　場

竹塹地景與地方記憶

時　　間	主持人	發表人	特約討論人	論文題目
10:00 | 11:00	黃美娥 (台灣大學台文所所長)	翁聖峰 (台北教育大學台灣文化研究所)	江寶釵 (中正大學台文所)	〈日治時期統治者、知識份子、社會大眾對新竹城隍廟的接受與文化意識〉
		嶋田聰 (日本長野大學)	柳書琴 (清華大學台文所)	〈日治時期蘇維熊文藝思想的歷史考察——以「自然文學」為中心〉

第　　　　五　　　　場

全球化與地方誌書寫的多元性

時　　間	主持人	發表人	特約討論人	論文題目
11:00 ︱ 12:30	陳益源 (台灣文學館 館長)	張重崗 (北京中國社科院)	梅家玲 (台灣大學中文系)	〈失敗的潛能：關於釣運的文學反思〉
		徐道彬 (安徽大學徽學研究 中心)	蔣秋華 (中央研究院文 哲所)	〈從徽學到竹塹學──略論地域人文與 時代學風的關係〉
		曾美雲 (新竹教育大學中文系)	鄭卜五 (高雄師範大學經 學所)	〈尺寸千里，蒙書新題──從傳統地理 志書寫看《臺灣三字經》之體例與特 色〉
12:30 ︱ 13:40		午　　　　　　　餐		

第　　　　六　　　　場

竹塹現當代作家作品的探討

時　　間	主持人	發表人	特約討論人	論文題目
13:40 ︱ 15:30	林瑞明 (成功大學名 譽教授)	林淑貞 (中興大學中文系)	蔡振念 (中山大學中文系)	〈文情與畫意──論席慕蓉散文與插畫 之互詮性〉
		許維賢 (南洋理工大學中文系)	李癸雲 (清華大學台文所)	〈從台灣到南洋的萬里尋妻：新竹默片 演員鄭連捷與華語大眾文化〉
		陳惠齡 (新竹教育大學中文系)	張堂錡 (政治大學中文系)	〈凝視、再現與自我書寫：邵僩小說中 的城市文本〉
		王鈺婷 (清華大學台文所)	林芳玫 (台灣師範大學台 灣語文學系)	〈從故國記憶到香港敘事──論張漱菡 《當代文藝》的小說創作及其文化想 像〉
15:30 ︱ 15:50		茶　　　　　　　敘		

第　　　　七　　　　場

竹塹地方文化、語言與教育

時　間	主持人	發表人	特約討論人	論文題目
15:50 ｜ 17:40	羅達賢 (工研院產業學院執行長)	史欽泰／吳淑敏 (清華大學科技管理研究所、力和博原創坊)	宋智達 (沛錦科技公司)	〈東方矽谷——新竹科技產業發展探源〉
		陳淑娟／鄭宜仲 (新竹教育大學中文系、長庚科技大學通識教育中心)	劉承慧 (清華大學中文系)	〈新竹公共地區語言使用的調查分析〉
		森岡緣 (日本奈良學園大學)	金培懿 (台灣師範大學國文系)	〈地域教育学に対する漢詩文化研究の貢献——新潟県燕市・岐阜県高山市・台湾新竹市を中心に〉
		劉宜君 (新竹教育大學中文系)	曾金金 (台灣師範大學華語文教學系)	〈以協同教學及跨國線上合作方式提昇新竹在地華語教師的專業〉
17:45 ｜ 18:15	地方曲藝表演劇（三腳採茶戲）			
18:15 ｜ 18:25	閉幕式 新竹縣邱縣長鏡淳 新竹縣文化局蔡局長榮光 國立新竹教育大學陳校長惠邦 新竹學租教育基金會詹執行長銘鐘 國立新竹教育大學中國語文學系陳主任惠齡			
18:30 ｜	閉幕晚宴（校長主持）			

第三天，2013.11.10（日）：09:00~16:00

時間	參訪活動行程
8:20	新竹教育大學校門口發車
8:40	福華大飯店發車
9:20-10:10	新竹義民廟 （新竹縣新埔鎮義民路三段360號）
10:20-11:10	縣定古蹟劉家雙堂屋 （新竹縣新埔鎮上枋寮8號）
11:20-12:10	柿餅遊：金漢柿餅園區 （新竹縣新埔鎮旱坑里旱坑路一段501號）
12:30-13:50	湖口天主堂、瑪納餐廳午膳 （新竹縣湖口鄉湖口老街108號）
13:50-14:50	湖口老街、三元宮 （新竹縣湖口鄉湖口老街278號）
15:15-16:00	新竹縣縣史館參觀 （新竹縣竹北市縣政九路146號）
16:00-	賦歸

「第二屆竹塹學國際學術研討會」會前會演講

日期	演講人	講題
104.9.30	周彥文教授 （淡江大學中文系）	從地方史到立體方志——書寫與攝影機的轉譯
104.10.7	陳啟佑教授 （詩人渡也、中興大學中文系）	靠近地方——以嘉義、新竹詩寫為例
104.10.29	楊語芸老師 （島讀文化學社秘書長）	旅行是為了遇見最美的那條路
104.11.3	蔣淑貞教授 （交通大學社會人文學系）	竹塹作家作品——重讀吳濁流的〈先生媽〉
104.11.4	蔡榮光局長 （新竹縣文化局）	台三線客家莊的浪漫想像和人文風貌
104.11.10	武麗芳老師 （新竹竹社總幹事）	塹城在地詩社史話

二○一五第二屆竹塹學國際學術
研討會與會學者名錄

專題演講者：

張系國：美國匹茲堡大學教授、知名小說家

李　喬：台灣文化榮譽博士、知名小說家

專題演講引言人：

陳惠邦：國立新竹教育大學校長

陳萬益：國立清華大學臺灣文學研究所名譽教授

會議主持人：（依姓名筆劃排列）

李奭學：中央研究院中國文哲研究所研究員

林瑞明：國立成功大學歷史學系名譽教授

陳益源：國立臺灣文學館館長

黃美娥：國立臺灣大學臺灣文學研究所教授兼所長

蔡英俊：國立清華大學中國文學系教授兼人文社會學院院長

顏崑陽：淡江大學中國文學學系教授

羅達賢：工研院產業學院執行長

特約討論人：（依姓名筆劃排列）

江寶釵：國立中正大學中國文學系教授兼台灣文學研究所所長

吳學明：國立中央大學歷史研究所教授

宋智達：沛錦科技公司董事長

李丁讚：國立清華大學社會學研究所、人文社會學院學士班教授

李癸雲：國立清華大學臺灣文學所教授兼所長

周芬伶：東海大學中國文學系教授

林芳玫：國立臺灣師範大學臺灣語文學系教授兼系主任

林淑慧：國立臺灣師範大學臺灣語文學系教授

金培懿：國立臺灣師範大學國文系教授

施懿琳：國立成功大學中國語文學系、臺灣文學系合聘教授

柳書琴：國立清華大學臺灣文學所教授

康來新：國立中央大學中國文學系教授

張堂錡：國立政治大學中國文學系副教授

梅家玲：國立臺灣大學中國文學系教授

曾金金：國立臺灣師範大學華語文教學系教授兼系主任

楊晉龍：中央研究院中國文哲研究所研究員

廖振富：國立中興大學臺灣文學與跨國文化研究所特聘教授

趙中偉：輔仁大學中國文學系教授

劉承慧：國立清華大學中國文學系教授兼系主任

蔡振念：國立中山大學中國文學系教授兼系主任

蔣秋華：中央研究院中國文哲研究所副研究員

鄭卜五：國立高雄師範大學經學研究所教授兼高雄師大附中校長

座談主持人及與談人：（依姓名筆劃排列）

蔡榮光：新竹縣政府文化局局長

吳冠宏：國立東華大學中國語文學系教授

黃美娥：國立臺灣大學臺灣文學研究所教授兼所長

武麗芳：新竹市竹社總幹事、中華民國傳統詩學會副理事長

陳銘磻：知名作家

張德南：地方文史專家

發表人：（依姓名筆劃排列）

王鈺婷：國立清華大學臺灣文學研究所副教授

史欽泰：前工研院院長、國立清華大學科技管理研究所張忠謀講座教授

朱雙一：廈門大學臺灣研究院教授

江天健：國立新竹教育大學環境與文化資源學系教授兼通識中心主任

余育婷：輔仁大學中國文學系助理教授

吳淑敏：力和博原創坊創辦人

吳聲淼：地方文史專家

林保全：國立新竹教育大學中國語文學系助理教授兼課務組組長

林淑貞：國立中興大學中國文學系教授兼系主任

徐道彬：安徽大學徽學研究中心研究員

翁聖峰：國立臺北教育大學臺灣文化研究所教授

張重崗：中國社會科學院文學研究所臺港澳文學與文化研究室副主任

許俊雅：國立臺灣師範大學國文學系教授

許維賢：新加坡南洋理工大學中文系助理教授

陳淑娟：國立新竹教育大學中國語文學系教授

陳惠齡：國立新竹教育大學中國語文學系教授兼系主任

曾美雲：國立新竹教育大學中國語文學系助理教授

森岡緣：日本奈良學園大學特任講師

詹雅能：東南科技大學副教授兼通識教育中心主任

嶋田聰：日本長野大學講師

劉宜君：國立新竹教育大學中國語文學系助理教授

蔣淑貞：國立交通大學客家文化學院人文社會學系副教授

鄭宜仲：長庚科技大學通識教育中心助理教授

羅烈師：國立交通大學客家文化學院人文社會學系副教授

二〇一五第二屆竹塹學國際學術研討會籌備工作人員名單

一　籌備會編制委員

陳惠齡主任、黃雅莉教授、陳淑娟教授、丁威仁副教授、邴尚白副教授、曾美雲助理教授、林佳儀助理教授、吳貞慧助理教授、林保全助理教授、劉宜君助理教授、蔣興立助理教授、游騰達助理教授

二　任務編組及工作執掌

本會議之任務編組及各組之工作執掌及負責事項如下：

組別	負責人員	工作職掌
統籌	陳惠齡老師 謝秉憲 戴嘉馨	1. 會議計畫書撰寫 2. 邀稿函與報名表之撰寫 3. 貴賓名單之研擬與邀請 4. 研討會議程之內容安排 5. 專題演講、發表人、主持人及評論人邀請排定及聯絡 6. 新聞媒體之聯繫及新聞稿發佈 7. 飯店預訂 8. 工作進度表之擬訂／分組與協調/敦促各組組長準備工作分配表 9. 工作會議通知及記錄整理 10.【工作人員參與證明】製作
文書組	指導老師	
	陳惠齡老師	

組別	負責人員	工作職掌
	林保全老師 組長 張筱儀 組員 曾思雯 吳前芊 馮馨元 游佩芸	1. 論文編纂、排版與校正（編纂時與秉憲、嘉馨確認論文內容、格式是否無誤） 2. 與印刷店聯繫論文集、會議手冊印製／詢問印刷店是否可幫忙運回系辦（須調動人力幫忙） 3. 論文集裝袋（資料袋，須調動人力幫忙） 4. 研討會當天支援會場
美工組	指導老師 曾美雲老師 蔣興立老師 組長 吳俞儒 組員 毛顗甄	1. 紀念品 LOGO 設計、下訂及取貨 2. 宣傳海報設計、印製及寄送 3. 邀請函設計（內含議程）、印製及寄送 4. 議程海報設計 5. 論文集封面、會議手冊封面設計 6. 研討會當天支援會場 7. 大型輸出之訪價
會場接待組	指導老師 丁威仁老師 林佳儀老師 組長 楊雨蓉 邱茹敏 組員 黃順宇 黃品勳 吳語庭 陳姿惠	會前 1. 學者、貴賓【桌牌】製作 2. 與會學者、貴賓、報名者【名牌】製作 3. 【簽到單】製作 4. 【餐券】製作 5. 【研習證明】製作 6. 調查所需器材設備及借用 7. 鮮花預訂 8. 便當數量統計及預訂 9. 【會場指標】製作 10. 場佈規劃 11. 會場洗手間之環境清潔、確認是否有衛生紙 12. 論文集、名牌、紀念品裝袋（紀念提袋）

組別	負責人員	工作職掌
		會中 13. 司儀（林采薇、宋函庭）、計時（馮馨元、蔣雯琇） 14. 設置報到處：簽到、停車代幣發放、發表者授權書 15. 貴賓、與會者接待 16. 竹塹叢書攤位佈置、管理及清點書目 17. 中午便當發放/貴賓休息室服務/用餐地點引導 18. 支援便當發放/茶點供應、補充 19. 清理垃圾、廚餘及環境整理
交通組	指導老師 黃雅莉老師 邴尚白老師 組長 謝秉憲 組員 陳慧貞 蔡汶瑾 田明玉	1. 設置飯店報到處／飯店報到處——學校之校車接送引導（與司機保持聯繫） 2. 桃機、台鐵、高鐵、校園交通接送、聯繫
資訊組	指導老師 陳淑娟老師 劉宜君老師 組長 林采薇 組員 蘇柏丞	1. 網頁設計規劃/網站設置/系統管理 2. 網路資料庫建置與維護 3. 線上網頁報名系統設置 4. 統計報名人數、提供文書組、會場組報名名單 5. 會場 PPT 製作 6. 研討會當天支援會場 7. 座談逐字稿（4-5人） 8. 筆電借用、場內電腦操作（1人）
攝影組	指導老師	

組別	負責人員	工作職掌
	吳貞慧老師 游騰達老師	1. 攝影（兩日上、下午場結束後先上傳硬碟） 2. 照相（兩日上、下午場結束後先上傳硬碟） 3. 照片整理及挑選、寄送學者 4. 燒錄 DVD 光碟 5. 筆電借用（傳輸影片、照片）、會前檢測、備用
	組長	
	林啟禎	
	組員	
	蘇潔盈 蔣雯琇 徐新雅	
財務組	指導人員	1. 統籌所有經費工作及收據製作 2. 會議當天設置收據簽收處
	陳純玉	
	負責人員	
	黃穎薇	

學術論文集叢書　1500007

自然、人文與科技的共構交響
——第二屆竹塹學國際學術研討會論文集

總　策　劃	國立清華大學南大校區中國語文學系（原國立新竹教育大學）	發　行　人	陳滿銘
主　　　編	陳惠齡	總　經　理	梁錦興
作　　　者	張系國等著	總　編　輯	陳滿銘
編　　　輯	楊雨蓉、謝秉憲、馮馨元、戴嘉馨	副總編輯	張晏瑞
指導單位	行政院科技部	編　輯　所	萬卷樓圖書股份有限公司
主辦單位	國立清華大學南大校區中國語文學系（原國立新竹教育大學）	排　　　版	林曉敏
協辦單位	新竹縣政府文化局、財團法人新竹學租教育基金會	印　　　刷	百通科技股份有限公司
		封面設計	百通科技股份有限公司

發　　行　萬卷樓圖書股份有限公司
　　　臺北市羅斯福路二段 41 號 6 樓之 3
　　　電話 (02)23216565
　　　傳真 (02)23218698
　　　電郵 SERVICE@WANJUAN.COM.TW
大陸經銷　廈門外圖臺灣書店有限公司
　　　電郵 JKB188@188.COM
香港經銷　香港聯合書刊物流有限公司
　　　電話 (852)21502100
傳真 (852)23560735

國家圖書館出版品預行編目資料

自然、人文與科技的共構交響——第二屆竹塹
學國際學術研討會論文集 / 陳惠齡主編.
-- 初版.-- 臺北市：萬卷樓, 2017.4
　面；　公分
ISBN 978-986-478-079-2(平裝)
1.臺灣文學 2.文集

863.07　　　　　　　　　　　106003966

ISBN 978-986-478-079-2
2017 年 8 月初版二刷
2017 年 4 月初版
定價：新臺幣 980 元